eclipse

ALFAGUARA

ALFAGUARA

Título original en inglés: *ECLIPSE*
Publicado en español con la autorización de *Little, Brown and Company, Inc.*,
New York, New York, USA
Todos los derechos reservados

© 2007, Stephenie Meyer
© De la traducción: 2007, José Miguel Pallarés
© De la imagen de cubierta: John Grant / Getty Images
© Del poema de la página 7: Versión de Vanesa Pérez-Sauquillo

© De esta edición: 2008, Santillana USA Publishing Company, Inc.
2105 NW 86th Avenue
Miami, FL 33122
www.santillanausa.com

Eclipse
ISBN 10: 1-60396-022-8
ISBN 13: 978-1-60396-022-9

Printed in the U.S.A. by HCI Printing & Publishing, Inc.

12 11 10 09 08   6 7 8 9 10

eclipse

STEPHENIE MEYER

ALFAGUARA

A mi esposo, Pancho, por su paciencia, amor, amistad, sentido del humor y buena predisposición para comer fuera de casa.

Y también, a mis hijos, Gabe, Seth y Eli, por permitirme sentir el tipo de amor por el que la gente muere sin dudarlo.

FUEGO Y HIELO

Unos dicen que el mundo sucumbirá en el fuego,
otros dicen que en hielo.
Por lo que yo he probado del deseo
estoy con los que apuestan por el fuego.
Pero si por dos veces el mundo pereciera
creo que conozco lo bastante el odio
para decir que, en cuanto a destrucción,
también el hielo es grande
y suficiente.

Robert Frost

Prefacio

Todos nuestros intentos de huida habían sido infructuosos.

Con el alma en un hilo, observé cómo se aprestaba a defenderme. Su intensa concentración no mostraba ni rastro de duda, a pesar de que lo superaban en número. Sabía que no podía esperar ayuda, ya que, en ese preciso momento, lo más probable era que los miembros de su familia lucharan por su vida, del mismo modo que él por las nuestras.

¿Llegaría a saber alguna vez el resultado de la otra batalla? ¿Me enteraría de quiénes ganaron y quiénes perdieron? ¿Viviría lo suficiente para averiguarlo?

Las perspectivas de que eso sucediera no parecían muy halagadoras.

El fiero deseo de cobrarse mi vida relucía en unos ojos negros que vigilaban estrechamente, a la espera de que se produjera el menor descuido por parte de mi protector, y ése sería el instante en el que yo moriría con toda certeza.

Lejos, muy lejos, en algún lugar del frío bosque, aulló un lobo.

Ultimátum

Bella:

~~No sé por qué te empeñas en enviarle notas a Billy por medio de~~
~~Charlie como si estuviéramos en la escuela. Si quisiera hablar~~
~~contigo, te contestaría la~~

~~Ya tomaste tu decisión, ¿verdad? No puedes tenerlo todo~~
~~cuando~~

~~¿Qué parte de «enemigos mortales» es la que te resulta tan~~
~~complicada de Mira, ya sé que me estoy comportando como un~~
~~estúpido, pero es que no veo otra forma. No podemos ser amigos~~
~~cuando te pasas todo el tiempo con esa panda de~~

~~Simplemente, no me la paso bien cuando pienso en ti~~
~~demasiado, así que no me escribas más.~~
Bueno, yo también te extraño. Mucho...
Aunque eso no cambia nada. Lo siento.

Jacob

Deslicé los dedos por la hoja y sentí las marcas donde él apretó
con tanta fuerza el bolígrafo contra el papel que casi lo rompió.
Podía imaginarlo mientras escribía, lo veía garabateando con su

tosca letra aquellas palabras llenas de ira, acuchillando una línea tras otra, cuando sentía que las palabras empleadas no reflejaban su voluntad, quizá hasta romper el bolígrafo con esa gran mano suya; esto explicaba las manchas de tinta. Me imaginaba su frustración: lo veía fruncir las cejas negras y arrugar el ceño. Si hubiera estado allí, casi me estaría riendo. "Te va a dar una hemorragia cerebral, Jacob", le diría. Simplemente, escúpelo.

Aunque lo último que deseaba en esos momentos, al releer las palabras que ya casi había memorizado, era reírme. No me sorprendió su respuesta a la nota de súplica que le envié con Billy, a través de Charlie, justo como hacíamos en la escuela, como él señaló. Conocía el contenido esencial de su respuesta, incluso antes de abrirla.

Lo sorprendente era cuánto me dolía cada una de las líneas tachadas, como si los extremos de las letras estuvieran rematados con cuchillos. Sin embargo, detrás de cada violento comienzo, se arrastraba un inmenso pozo de sufrimiento; la pena de Jacob me dolía más que la mía propia.

Mientras reflexionaba sobre todo aquello, capté el olor inconfundible de algo que se quemaba en la cocina. En cualquier otro hogar no sería preocupante que cocinara alguien que no fuera yo.

Metí el papel arrugado en el bolsillo trasero de mis pantalones y salí corriendo de mi habitación. Bajé las escaleras en un tiempo récord.

El bote de salsa de espaguetis que Charlie había metido en el microondas apenas había dado una vuelta, cuando abrí la puerta y lo saqué.

—¿Qué hice mal? —inquirió Charlie.

—Se supone que debes quitarle la tapa primero, papá. El metal no se debe meter en los microondas.

La saqué rápidamente mientras hablaba; vacié la mitad de la salsa en un recipiente y lo metí al microondas, regresé el bote al refrigerador; ajusté el tiempo y apreté el botón del encendido.

Charlie observó mis arreglos con los labios fruncidos.

—¿Puse bien los espaguetis, al menos?

Miré la cacerola en el fogón. Era el origen del olor que me había alertado.

—Estarían mejor si lo movieras —le dije con dulzura.

Busqué una cuchara e intenté despegar la pasta pegajosa y chamuscada del fondo.

Charlie suspiró.

—Bueno, ¿se puede saber qué quieres? —le pregunté.

Cruzó los brazos sobre el pecho y miró la lluvia que caía a cántaros a través de las ventanas traseras.

—No sé de qué me hablas —gruñó.

Estaba perpleja. ¿Por qué papá se puso a cocinar? ¿Y por qué tenía esa actitud hosca? Edward todavía no había llegado. Por lo general, mi padre reservaba esa actitud sólo para mi novio, hacía cuanto estaba a su alcance para evidenciar con cada una de sus posturas y palabras la acusación de persona no grata. Los esfuerzos de Charlie eran innecesarios, ya que Edward sabía con exactitud lo que mi padre pensaba sin necesidad del teatrito.

Seguí considerando el término «novio» con esa tensión habitual mientras removía la comida. No era la palabra correcta, en absoluto. Se necesitaba un término mucho más expresivo para el compromiso eterno, pero palabras como «destino» y «sino» sonaban muy mal cuando las mencionabas en una conversación trivial.

Edward pensaba que la palabra apropiada era otra, y ese término era el origen de la tensión que yo sentía. De sólo pensarla se me destemplaban los dientes.

"Prometido". Ag... La simple idea me hacía estremecer.

—¿Me perdí de algo? ¿Desde cuándo haces tú la cena? —le pregunté a Charlie. El grumo de pasta burbujeaba en el agua hirviendo mientras intentaba separarlo—. O más bien, «intentaba» hacer la cena.

Charlie se encogió de hombros.

—No hay ninguna ley que me prohíba cocinar en mi propia casa.

—Tú sabrás —le repliqué haciendo una mueca, mientras miraba la insignia prendida en su chaqueta de cuero.

—Ja. Ésa es buena.

Se quitó la chaqueta y se encogió de hombros, porque mi mirada le recordó que aún la llevaba puesta, y la colgó del perchero donde guardaba sus enseres. El cinturón del arma ya estaba en su sitio, pues hacía unas cuantas semanas que no tenía necesidad de llevarlo a la comisaría. No se habían dado más desapariciones inquietantes que preocuparan a la pequeña ciudad de Forks, Washington, ni más avistamientos de esos gigantescos y misteriosos lobos en los bosques siempre húmedos, a causa de la pertinaz lluvia.

Probé los espaguetis en silencio. Supuse que Charlie andaría de un lado a otro hasta que hablara, cuando le pareciera oportuno, de aquello que lo tenía tan nervioso. Mi padre no era un hombre de muchas palabras y el esfuerzo de organizar una cena, con los manteles puestos y todo, me dejó bien claro que le rondaba por la cabeza un número poco frecuente de palabras.

Miré el reloj por rutina, algo que solía hacer a esas horas a cada minuto. Me quedaba menos de media hora para irme.

Las tardes eran la peor parte del día para mí. Desde que mi antiguo mejor amigo, y hombre lobo, Jacob Black, me delató al decir que yo me había montado en moto a escondidas —una traición que ideó para conseguir que mi padre no me dejara salir y no pudiera estar con mi novio, y vampiro, Edward Cullen—, sólo se me permitía ver a Edward desde las siete hasta las nueve y media de la noche, siempre dentro de los límites de las paredes de mi casa y bajo la supervisión de la mirada indefectiblemente refunfuñona de mi padre.

En realidad, Charlie se había limitado a aumentar un castigo previo, algo menos estricto, que me había ganado por una desaparición sin explicación de tres días y un episodio de salto de acantilado.

De todos modos, seguía viendo a Edward en la escuela, porque no había nada que mi progenitor pudiera hacer al respecto. Y además, Edward pasaba casi todas las noches en mi habitación, aunque Charlie no supiera del hecho. Su habilidad para escalar con facilidad y silenciosamente hasta mi ventana en el segundo piso era casi tan útil como su capacidad de leer la mente de mi padre.

Por ello, sólo podía estar con mi novio por las tardes, y eso bastaba para tenerme inquieta y para que las horas pasaran despacio. Aguantaba mi castigo sin una sola queja, ya que, por una parte, me lo había ganado, y por otra, no soportaba la idea de lastimar a mi padre marchándome ahora que se acercaba una separación permanente, de la que él no sabía nada, pero que estaba tan cercana en mi horizonte.

Mi padre se sentó en la mesa, lanzó un gruñido y abrió el periódico húmedo que estaba allí; a los pocos segundos chasqueaba la lengua, disgustado.

—No sé para qué lees las noticias, papá. Lo único que consigues es enojarte.

Me ignoró y le refunfuñó al papel que sostenía en las manos.

—Éste es el motivo por el que todo el mundo quiere vivir en una ciudad pequeña. ¡Es terrible!

—¿Y qué tienen ahora de malo las ciudades grandes?

—Seattle está compitiendo a ver si se convierte en la capital del crimen del país. En las últimas dos semanas hubo cinco homicidios sin resolver. ¿Te puedes imaginar lo que es vivir con eso?

—Creo que Phoenix se encuentra bastante más arriba en cuanto a listas de homicidios, papá, y yo sí he vivido con eso —y nunca estuve más cerca de convertirme en víctima de uno que cuando me mudé a esta pequeña ciudad, tan segura. De hecho, todavía tenía bastantes peligros que me acechaban a cada momento... La cuchara me tembló en las manos, al agitar el agua.

—Bueno, pues no hay dinero que pague eso —comentó Charlie.

Dejé de intentar salvar la cena y me senté a servirla; tuve que usar el cuchillo de la carne para poder cortar una ración de espaguetis para Charlie y otra para mí, mientras él me miraba con expresión avergonzada. Mi padre cubrió su porción con salsa y comenzó a comer. Yo también disimulé aquel engrudo como pude y seguí su ejemplo sin mucho entusiasmo. Comimos en silencio unos instantes. Charlie todavía revisaba las noticias, así que tomé mi manoseado ejemplar de *Cumbres borrascosas,* de donde lo había dejado en el desayuno, e intenté perderme en la Inglaterra del cambio de siglo, mientras esperaba que en algún momento él empezara a hablar.

Estaba justo en la parte del regreso de Heathcliff ,cuando Charlie se aclaró la garganta y arrojó el periódico al suelo.

—Tienes razón —admitió—. Tenía un motivo para hacer esto —movió su tenedor de un lado a otro entre la pasta gomosa—. Quería hablar contigo.

Dejé el libro a un lado. Tenía las cubiertas tan vencidas que se quedó abierto sobre la mesa.

—Bastaba con que lo hubieras hecho.

Asintió y frunció las cejas.

—Ya. Lo recordaré para la próxima vez. Pensé que te pondría de buenas no tener que hacer la cena.

Me reí

—Pues funcionó. Tus habilidades culinarias me dejaron como la seda. ¿Qué quieres, papá?

—Bueno, tiene que ver con Jacob.

Sentí cómo se endurecía la expresión de mi rostro.

—¿Qué pasa con él? —pregunté con labios apretados.

—Sé que aún están enojados por lo que te hizo, pero actuó de modo correcto. Estaba siendo responsable.

—Responsable —repetí con tono mordaz mientras ponía los ojos en blanco—. Claro, sí, y ¿qué pasa con él?

Esa pregunta que había formulado de manera casual se repetía dentro de mi mente de forma menos trivial. ¿Qué pasaba con Jacob? ¿Qué iba a hacer con él? Mi antiguo mejor amigo que ahora era... ¿qué? ¿Mi enemigo? Me iba a dar algo.

El rostro de Charlie se volvió súbitamente precavido.

—No te enojes conmigo, ¿de acuerdo?

—¿Enojarme?

—Bueno, también tiene que ver con Edward.

Se me empequeñecieron los ojos.

La voz de Charlie se volvió brusca.

—Lo dejé entrar a la casa, ¿no?

—Así es —admití—, pero por períodos muy pequeños. Claro, también me dejas salir a ratos de vez en cuando —continué, aunque en plan de broma; sabía que estaba encerrada hasta que se acabara el curso—. La verdad es que me he portado bastante bien últimamente.

—Bueno, pues ahí quería llegar, más o menos...

Y entonces la cara de Charlie se frunció con una sonrisa y un guiño de ojos inesperado; por unos instantes pareció veinte años más joven. Entreví una oscura y lejana posibilidad en aquella sonrisa, pero opté por no precipitarme.

—Me confundes, papá. ¿Estamos hablando de Jacob, de Edward o de mi encierro?

La sonrisa flameó de nuevo.

—Un poco de las tres cosas.

—¿Y cómo se relacionan entre sí? —pregunté con cautela.

—Bueno —suspiró mientras alzaba las manos para simular una rendición—. Creo que te mereces la libertad condicional por buen comportamiento. Te quejas sorprendentemente poco para ser una adolescente.

Alcé las cejas y el tono de voz al mismo tiempo.

—¿De verdad? ¿Puedo salir?

¿A qué venía todo esto? Me había resignado a estar bajo arresto domiciliario hasta que me mudara de forma definitiva y Edward no había detectado ningún cambio en los pensamientos de Charlie.

Mi padre levantó un dedo.

—Pero con una condición...

Mi entusiasmo se desvaneció.

—Fantástico —gruñí.

—Bella, esto es más una petición que una orden, ¿está bien? Eres libre, pero espero que uses esta libertad de forma... juiciosa.

—¿Y qué significa eso?

Suspiró de nuevo.

—Sé que te basta con pasar todo tu tiempo en compañía de Edward...

—También veo a Alice —lo interrumpí. La hermana de Edward no tenía unas horas limitadas de visita, ya que iba y venía a su antojo. Charlie hacía lo que a ella le daba la gana.

—Es cierto —asintió—, pero tú también tienes otros amigos además de los Cullen, Bella. O al menos los tenías.

Nos miramos fijamente el uno al otro durante un largo tiempo.

—¿Cuándo fue la última vez que viste a Angela Weber? —me increpó.

—El viernes a la hora de comer —le contesté de forma instantánea.

Antes del regreso de Edward, mis amigos se habían dividido en dos grupos. A mí me gustaba pensar en ello como si fueran los buenos contra los malos. También en plan de «nosotros» y «ellos». Los buenos eran Angela; su novio, Ben Cheney, y Mike Newton; todos me habían perdonado generosamente por haber enloquecido después de la marcha de Edward. Lauren Mallory era el núcleo de los malos, de «ellos», y casi todos los demás, incluyendo mi primera amiga en Forks, Jessica Stanley, parecían felices de llevar al día su agenda anti-Bella.

La línea divisoria se había vuelto, incluso, más nítida una vez que Edward regresó a la escuela, un retorno que se había cobrado su tributo en la amistad de Mike, aunque Angela continuaba inquebrantablemente leal y Ben seguía su estela.

A pesar de la aversión natural que la mayoría de los humanos sentía hacia los Cullen, Angela se sentaba de manera diligente al lado de Alice todos los días a la hora de comer. Después de unas cuantas semanas, Angela, incluso, parecía estar cómoda allí. Era difícil no caer bajo el embrujo de los Cullen, una vez que alguien les daba la oportunidad de ser encantadores.

—¿Fuera de la escuela? —me preguntó Charlie, para atraer de nuevo mi atención.

—No he podido ver a nadie fuera del colegio, papá. Estoy castigada, ¿no te acuerdas? Y Angela también tiene novio, siempre está con Ben. Si realmente llego a estar libre —añadí, acentuando mi escepticismo—, quizás podamos salir los cuatro.

—Está bien, pero entonces... —dudó—. Jake y tú parecían muy unidos, y ahora...

Lo interrumpí.

—¿Quieres ir al meollo de la cuestión, papá? ¿Cuál es tu condición, en realidad?

—No creo que debas deshacerte de todos tus amigos por tu novio, Bella —espetó con dureza—. No está bien y me da la impresión de que tu vida estaría mejor equilibrada si hubiera más gente en ella. Lo que ocurrió el pasado septiembre... —me estremecí—. Bien —continuó, a la defensiva—, aquello no habría sucedido si hubieras tenido una vida aparte de Edward Cullen.

—No fue exactamente así —murmuré.

—Quizá, a lo mejor no.

—¿Cuál es la condición? —le recordé.

—Que uses tu nueva libertad para verte también con otros amigos. Que mantengas el equilibrio.

Asentí con lentitud.

—El equilibrio es bueno, pero, entonces, ¿debo cubrir alguna cuota específica de tiempo con ellos?

Hizo una mueca, pero sacudió la cabeza.

—No quiero que esto se complique de modo innecesario. Simplemente, no olvides a tus amigos...

Éste era un dilema con el que yo ya había comenzado a luchar. Mis amigos: gente a la que, por su seguridad, no debería volver a ver después de la graduación.

Así que, ¿cuál sería el camino correcto? ¿Pasar el tiempo con ellos mientras pudiera, o comenzar ya la separación, para hacerla de forma gradual? La segunda opción me ponía a temblar.

—… en especial, a Jacob —añadió Charlie antes de que mis pensamientos avanzaran más.

Y éste era un dilema mayor aún que el anterior. Me llevó unos momentos encontrar las palabras adecuadas.

—Jacob…, eso puede ser difícil.

—Los Black prácticamente son nuestra familia, Bella —dijo, severo, pero paternal a la vez—. Y Jacob ha sido muy, muy amigo tuyo.

—Ya lo sé.

—¿No lo extrañas ni un poco? —preguntó Charlie, frustrado.

Se me cerró la garganta repentinamente; tuve que aclarárme-la un par de veces antes de contestar.

—Sí, claro que lo extraño —admití, todavía con la vista ba-ja—. Lo extraño mucho.

—Entonces, ¿dónde está el problema?

Eso era algo que no le podía explicar. Iba contra las normas de la gente normal —normal como Charlie o yo misma— co-nocer el mundo clandestino lleno de criaturas míticas y mons-truos que existían en secreto a nuestro alrededor. Yo sabía todo lo que tenía que saber sobre ese mundo, y eso me había causa-do no pocos problemas. No tenía la más mínima intención de poner a Charlie en la misma situación.

—Con Jacob hay… un inconveniente —contesté lentamen-te—. Tiene que ver con el mismo concepto de amistad. Quiero decir... La amistad no parece ser suficiente para Jake —eludí los detalles ciertos, pero insignificantes, apenas trascendentes comparados con el hecho de que la manada de licántropos de Jacob odiaba fieramente a la familia de vampiros de Edward, y por extensión, a mí también, que estaba decidida a pertenecer a ella. Esto no era algo que se pudiera tratar en una nota, y él no respondía a mis llamadas. Sin embargo, mi plan de verme con el hombre lobo en persona no les gustaba nada a los vampiros.

—¿Edward no está de acuerdo con un poco de sana competencia? —la voz de Charlie se volvió sarcástica ahora.

Le lancé una mirada siniestra.

—No hay competencia de ningún tipo.

—Estás hiriendo los sentimientos de Jake al evitarlo de este modo. Él preferiría que fueran amigos mejor que nada.

—Ah, ¿soy yo la que le está rehuyendo? Estoy segura de que Jake no quiere que seamos amigos de ninguna manera —las palabras me quemaban la boca—. ¿De dónde sacaste esa idea, entonces?

Charlie ahora parecía avergonzado.

—El asunto salió hoy a colación mientras hablaba con Billy...

—Billy y tú chismosean como abuelas —me quejé, enfadada, mientras hundía el cuchillo en los espaguetis congelados de mi plato.

—Billy está preocupado por Jacob —contestó Charlie—. Jake la está pasando bastante mal... Parece deprimido.

Hice un gesto de dolor, pero continué con los ojos fijos en el engrudo.

—Y antes, tú solías mostrarte tan feliz después de pasar el día con Jake... —suspiró Charlie.

—Soy feliz ahora —gruñí ferozmente entre dientes.

El contraste entre mis palabras y el tono de mi voz rompió la tensión. Charlie se echó a reír a carcajadas y yo me uní a él.

—Bueno, bueno —asentí—. Equilibrio.

—Y Jacob —insistió él.

—Lo intentaré.

—Bien. Encuentra ese equilibrio, Bella. Ah, y mira, tienes correo —dijo Charlie para cerrar el asunto sin ninguna sutileza—. Está al lado de la cocina.

No me moví, pero mis pensamientos gruñían y se retorcían en torno al nombre de Jacob. Seguramente sería correo basura; había recibido un paquete de mi madre el día anterior y no esperaba nada más.

Charlie retiró su silla y se estiró cuando se puso en pie. Tomó su plato y lo llevó al fregadero, pero antes de abrir el grifo del agua para enjuagarlo, me trajo un grueso sobre. La carta se deslizó por la mesa y me golpeó el codo.

—Ah, gracias —murmuré, sorprendida por su actitud avasalladora. Entonces, vi el remitente; la carta venía de la Universidad del Sudeste de Alaska—. Qué rápidos. Creí que se me había pasado el plazo de entrega de ésta también.

Charlie rió entre dientes.

Le di la vuelta al sobre y luego levanté la vista hacia él.

—Está abierto.

—Tenía curiosidad.

—Me dejó atónita, *sheriff.* Eso es un crimen federal.

—Bueno ya, léela.

Saqué la carta y un formulario doblado con los cursos.

—Felicidades —dijo antes de que pudiera ojearla—. Tu primera aceptación...

—Gracias, papá.

—Tenemos que hablar de la inscripción. Tengo un poco de dinero ahorrado...

—Eh, eh, nada de eso. No voy a tocar el capital de tu retiro, papá. Tengo mi fondo universitario.

Bueno, al menos lo que quedaba de él, que no era mucho. Charlie torció el gesto.

—Esos sitios son bastante caros, Bella. Quiero ayudarte. No tienes que irte hasta Alaska, tan lejos, sólo porque sea más barato.

Pero no era más barato, precisamente. La cuestión es que estaba bastante lejos y Juneau tenía una media de trescientos veintiún días de cielo cubierto al año. El primero era un requerimiento mío; el segundo, de Edward.

—Ya lo tengo resuelto. Además, hay montones de ayudas financieras por ahí. Es fácil conseguir créditos.

Esperé que mi plan no fuera demasiado obvio. Lo cierto es que no había investigado absolutamente nada del asunto.

—Así que... —comenzó Charlie y, luego, apretó los labios y miró hacia otro lado.

—Así que, ¿qué?

—Nada. Sólo que... —frunció el ceño—. Sólo me preguntaba... cuáles serán los planes de Edward para el año que viene.

—Oh.

—¿Y bien?

Me salvaron tres golpes rápidos en la puerta. Charlie puso los ojos en blanco y yo salté de la silla.

—¡Entra! —grité, mientras Charlie murmuraba algo parecido a «lárgate». Lo ignoré y fui a recibir a Edward.

Abrí la puerta de un tirón, con una precipitación ridícula, y allí estaba él, mi milagro personal.

El tiempo no había conseguido inmunizarme contra la perfección de su rostro y estaba segura de que nunca sabría valorar lo suficiente todos sus atributos. Mis ojos se deslizaron por sus pálidos rasgos: la dureza de su mandíbula cuadrada; la suave curva de sus labios carnosos, convertidos ahora en una sonrisa; la línea recta de su nariz; el ángulo agudo de sus pómulos; la suavidad marmórea de su frente, oscurecida, en parte, por un mechón enredado de pelo broncíneo, mojado por la lluvia...

Dejé sus ojos para lo último; sabía que perdería el hilo de mis pensamientos en cuanto me sumergiera en ellos. Eran grandes, cálidos, de un líquido color dorado, enmarcados por unas espesas pestañas negras. Asomarme a sus pupilas siempre me hacía sentir de un modo especial, como si mis huesos se volvieran esponjosos. También me noté ligeramente mareada, pero quizás eso se debió a que olvidé seguir respirando, otra vez.

Era un rostro por el que cualquier modelo del mundo hubiera entregado su alma; pero, claro, sin duda, ése sería precisamente el precio que habría de pagar: el alma.

No. No podía creer aquello. Me sentía culpable sólo por pensarlo. En ese momento me alegré de ser —a menudo me sucedía— la única persona cuyos pensamientos constituían un misterio para Edward.

Le tomé la mano y suspiré cuando sus dedos fríos se encontraron con los míos. Su tacto trajo consigo un extraño alivio, como si estuviera adolorida y el daño hubiera cesado de repente.

—Eh —sonreí un poco para compensarlo por el recibimiento tan frío. Él levantó nuestros dedos entrelazados para acariciar mi mejilla con el dorso de su mano.

—¿Cómo ha estado tu tarde?

—Lenta.

—Sí, también para mí.

Alzó mi muñeca hasta su rostro, con nuestras manos aún unidas. Cerró los ojos mientras su nariz se deslizaba por la piel de mi mano, y sonrió dulcemente sin abrirlos. Como alguna vez comentó, disfrutando del aroma, pero sin probar el vino.

Sabía que el olor de mi sangre, más dulce para él que el de ninguna otra persona, era realmente como si se le ofreciera vino en vez de agua a un alcohólico, y le causaba un dolor real por la sed ardiente que le provocaba; pero eso ya no lo atemorizaba, como ocurría al principio. Apenas podía intuir el esfuerzo hercúleo que encubría ese gesto tan sencillo.

Me entristecía que se viera sometido a esta prueba tan dura. Me consolaba el pensar que no le causaría este dolor durante mucho más tiempo.

Oí acercarse a Charlie, haciendo ruido con las pisadas; era su forma habitual de expresar el desagrado que sentía hacia nuestro visitante. Los ojos de Edward se abrieron de golpe y dejó caer nuestras manos, aunque las mantuvimos unidas.

—Buenas tardes, Charlie —Edward se comportaba siempre con una educación intachable, pese a que papá no lo mereciera.

Mi padre le gruñó y después se quedó allí de pie, con los brazos cruzados. Últimamente llevaba su idea de la supervisión paternal a extremos insospechados.

—Traje otro juego de solicitudes —me dijo Edward, enseñando un grueso sobre de papel manila en color crema. Llevaba un rollo de sellos como un anillo enroscado en su dedo meñique.

Gemí. Pero ¿es que aún quedaba alguna facultad que no me hubiera obligado a solicitar? ¿Y cómo podía encontrar todas esas lagunas legales en los plazos? El año estaba ya muy avanzado.

Sonrió como si realmente pudiera leer mis pensamientos, ya que seguramente se mostraban con la misma claridad en mi rostro.

—Todavía nos quedan algunas fechas abiertas, y hay ciertos lugares que estarían encantados de hacer excepciones.

Podía imaginarme las motivaciones que habría detrás de tales excepciones. Y la cantidad de dólares involucrada, también.

Edward se empezó a reír ante mi expresión.

—¿Vamos? —me preguntó mientras me empujaba hacia la mesa de la cocina.

Charlie se enfurruñó y nos siguió, aunque difícilmente podía quejarse de la actividad prevista en la agenda de aquella noche. Llevaba ya un montón de días fastidiándome para que tomara una decisión sobre la universidad.

Limpié rápidamente la mesa mientras Edward organizaba una pila impresionante de solicitudes. Enarcó una ceja cuando puse *Cumbres borrascosas* en la mesa de la cocina. Sabía lo que estaba pensando, pero Charlie intervino antes de que pudiera hacer algún comentario.

—Hablando de solicitudes de universidades, muchacho — dijo con su tono más huraño; siempre intentaba evitar dirigirse directamente a Edward, pero cuando lo hacía, le empeoraba el humor—. Bella y yo estábamos hablando del próximo año. ¿Ya decidiste dónde vas a continuar los estudios?

Edward le sonrió y su voz fue amable.

—Todavía no. Ya recibí unas cuantas cartas de aceptación, pero aún estoy valorando mis opciones.

—¿Dónde te han aceptado? —presionó él.

—Syracuse... Harvard... Dartmouth... y acabo de recibir hoy la de la Universidad del Sudeste de Alaska.

Edward giró levemente el rostro hacia un lado para guiñarme un ojo. Yo contuve una risita.

—¿Harvard? ¿Dartmouth? —preguntó Charlie, incapaz de ocultar el asombro—. Vaya, eso está muy bien, pero muy bien. Ya, pero la Universidad de Alaska... realmente no la tomarás en cuenta cuando puedes acceder a estas estupendas universidades. Quiero decir que tu padre no querrá que tú...

—Carlisle siempre está de acuerdo con mis decisiones, sean las que sean —le contestó con serenidad.

—Humpf...

—¿Sabes qué, Edward? —pregunté con voz alegre, siguiéndole el juego.

—¿Qué, Bella?

Señalé el sobre grueso que descansaba encima de la mesa de la cocina.

—¡Yo también acabo de recibir mi aceptación de la Universidad de Alaska!

—¡Felicidades! —contestó, esbozando una gran sonrisa—. ¡Qué coincidencia!

Charlie entrecerró los ojos y paseó la mirada del uno al otro.

—Estupendo —murmuró al cabo de un minuto—. Me voy a ver el partido, Bella. Recuerda: a las nueve y media.

Ése era siempre su comentario final.

—Pero…, papá, ¿recuerdas la conversación que acabamos de tener sobre mi libertad…?

Él suspiró.

—De acuerdo. Bueno, a las diez y media. El toque de queda continúa en vigor las noches en que haya escuela al día siguiente.

—¿Bella ya no está castigada? —preguntó Edward. Aunque yo sabía que él no estaba realmente sorprendido, no pude detectar ninguna nota falsa en el repentino entusiasmo de su voz.

—Con una condición —corrigió Charlie entre dientes—. ¿Y a ti qué más te da?

Le fruncí el ceño a mi padre, pero él no lo vio.

—Es bueno saberlo —repuso Edward—. Alice desea contar con una compañera para ir de compras y estoy seguro de que a Bella le encantará un poco de ambiente urbano —me sonrió.

Pero Charlie gruñó «¡no!», y su rostro se tornó púrpura.

—¡Papá! Pero ¿qué problema hay?

Él hizo un esfuerzo para despegar los dientes.

—No quiero que vayas a Seattle por ahora.

—¿Eh?

—Ya te conté aquella historia del periódico. Hay alguna especie de pandilla matando a todo lo que se les pone enfrente en Seattle y quiero que te mantengas lejos, ¿está bien?

Puse los ojos en blanco.

—Papá, hay más probabilidades de que me caiga encima un rayo. Para un día que voy a estar en Seattle no me...

—De acuerdo, Charlie —intervino Edward, interrumpiéndome—. En realidad, no me refería a Seattle, sino a Portland. No la llevaría a Seattle de ningún modo. Desde luego que no.

Lo miré incrédula, pero tenía el periódico de Charlie en las manos y leía la página principal con sumo interés.

Quizás estaba intentando apaciguar a mi padre. La idea de estar en peligro —incluso, entre los más mortíferos de los humanos, en compañía de Alice o Edward— era de lo más hilarante.

Funcionó. Charlie miró a Edward un instante más y después se encogió de hombros.

—De acuerdo.

Luego se marchó a zancadas hacia el salón, casi con prisa, quizá, porque no quería estropear una salida teatral.

Esperé hasta que encendió la televisión, para que Charlie no pudiera oírme.

—Pero ¿qué...? —comencé a preguntar.

—Espera —dijo Edward, sin levantar la mirada del papel. Tenía los ojos aún pegados a la página cuando empujó la primera solicitud hacia mí—. Creo que puedes usar las otras solicitudes para llenar ésta. Tiene las mismas preguntas.

Quizá Charlie seguía escuchando, así que suspiré y comencé a llenar la misma información de siempre: nombre, dirección, estado civil... Levanté los ojos después de unos minutos. Edward miraba a través de la ventana con gesto pensativo. Cuando volví a inclinar la cabeza sobre mi trabajo, de pronto me di cuenta del nombre de la facultad.

Resoplé y puse los papeles a un lado.

—¿Bella?

—Esto no es serio, Edward. ¿Dartmouth?

Edward tomó el formulario desechado y me lo puso enfrente otra vez con amabilidad.

—Creo que New Hampshire podría gustarte —comentó—. Hay un montón de cursos complementarios para mí por la noche y los bosques están apropiadamente cerca y llenos de fauna salvaje, para un excursionista entusiasta.

Mostró esa sonrisa torcida que sabía que no podía resistir. Tomé aire profundamente por la nariz.

—Te dejaré que me devuelvas el dinero, si eso te hace feliz —me prometió—. Si quieres, puedo hasta cobrarte los intereses.

—Como si me fueran aceptar en alguna de esas universidades sin el pago de un tremendo soborno. ¿Entrará eso también como parte del préstamo? ¿La nueva ala Cullen de la biblioteca? Ag... ¿Por qué tenemos otra vez esta discusión?

—Por favor, simplemente llena la solicitud. ¿Está bien, Bella? Llenar la solicitud no te hará ningún daño.

Aflojé la mandíbula.

—¿Cómo lo sabes? No pienso igual.

Estiré las manos para tomar los papeles, pensando en arrugarlos para tirarlos a la basura, pero no estaban. Miré la mesa vacía un momento y después a Edward. No parecía que se hubiera movido, pero la solicitud probablemente estaba ya guardada en su chamarra.

—¿Qué estás haciendo? —le dije.

—Rubrico con tu firma casi mejor que tú, y ya terminaste de escribir los datos.

—Te estás pasando de listo con esto, ¿sabes? —susurré, por si acaso Charlie no estaba totalmente concentrado en su partido—. No voy a escribir ninguna solicitud más. Ya me aceptaron en Alaska y casi puedo pagar la colegiatura del primer semestre. Es una coartada tan buena como cualquier otra. No hay necesidad de tirar un montón de dinero, no importa cuánto sea.

Una expresión de dolor se extendió por su rostro.

—Bella...

—No empieces. Estoy de acuerdo en guardar las formas por el bien de Charlie, pero ambos sabemos que no voy a estar en condiciones de ir a la facultad el próximo otoño. Ni de estar en ningún lugar cerca de la gente.

Mi conocimiento sobre los primeros años de un vampiro era bastante superficial. Edward nunca se había explayado acerca de los detalles, ya que no era su tema favorito, pero pensé que no era precisamente idílico. El autocontrol era, al parecer, una habilidad que se adquiría con el tiempo. Estaba fuera de consideración cualquier otra relación que no fuera por correspondencia, a través del correo de la facultad.

—Creía que el momento todavía no estaba decidido —me recordó Edward con suavidad—. Puedes disfrutar de un semestre o dos de universidad. Hay un montón de experiencias humanas que aún no has vivido.

—Las tendré luego.

—Después ya no serán experiencias humanas. No hay una segunda oportunidad para ser humano, Bella.

Suspiré.

—Tienes que ser razonable respecto a la fecha, Edward. Es demasiado arriesgado para tomarlo a la ligera.

—Aún no hay ningún peligro —insistió él.

Lo fulminé con la mirada. ¿No había peligro? Seguro. Sólo había una sádica vampiresa que estaba intentando vengar la muerte de su compañero con la mía, preferiblemente utilizando algún método lento y tortuoso. ¿A quién le preocupaba Victoria? Y claro, también estaban los Vulturis, la familia real de los vampiros con su pequeño ejército de guerreros, que insistían en que mi corazón dejara de latir un día u otro en un futuro cercano, sólo porque no estaba permitido que los humanos supieran de su existencia. Estupendo... No había ninguna razón para dejarse llevar por el pánico.

Incluso, con Alice manteniendo la vigilancia —Edward confiaba en sus imprecisas visiones del futuro para concedernos un aviso con tiempo—, era de locos correr el riesgo.

Además, ya había ganado antes esta discusión. La fecha para mi transformación, de forma provisional, sería poco después de mi graduación, en la escuela, apenas dentro de unas cuantas semanas.

Una fuerte punzada de malestar me atravesó el estómago cuando me di cuenta del poco tiempo que quedaba. Era evidente lo necesario de estos cambios, sobre todo porque eran la clave para lo que yo quería más que nada en este mundo. Pero era totalmente consciente de que Charlie estaba sentado en la otra habitación, disfrutando de su partido, como cualquier otra noche; y de mi madre, Renée, allá lejos en la soleada Florida, que todavía me suplicaba que pasara el verano en la playa con ella y su nuevo marido. También de Jacob, que, a diferencia de mis padres, sí sabría con exactitud lo que estaría ocurriendo cuando yo desapareciera en alguna universidad lejana. Incluso, aunque ellos no concibieran sospechas durante mucho tiempo, o yo pudiera evitar las visitas con excusas sobre lo caro de los viajes, mis obligaciones con los estudios o alguna enfermedad, Jacob sabría la verdad.

Durante un momento, la idea de la repulsión que inspiraría en Jacob se sobrepuso a cualquier otra pena.

—Bella —murmuró Edward, con el rostro agitado al leer la aflicción en el mío—, no hay prisa. No dejaré que nadie te haga daño. Puedes tomarte todo el tiempo que quieras.

—Quiero darme prisa —susurré, sonriendo débilmente, e intentando hacer un chiste—. Yo también deseo ser un monstruo.

Apretó los dientes y habló a través de ellos.

—No tienes idea de lo que estás diciendo.

De golpe, puso el periódico húmedo sobre la mesa, entre nosotros. Su dedo señaló el encabezado de la página principal.

SE ELEVA EL NÚMERO DE VÍCTIMAS MORTALES, LA POLICÍA TEME LA PARTICIPACIÓN DE BANDAS CRIMINALES

—¿Y qué tiene esto que ver con lo que estamos hablando?

—Los monstruos no son cosa de risa, Bella.

Miré el título otra vez, y después volví la mirada a su expresión endurecida.

—¿Es un… vampiro quien ha hecho esto? —murmuré.

Él sonrió sin un ápice de alegría. Su voz era ahora baja y fría.

—Te sorprenderías, Bella, de cuán a menudo los de mi especie somos el origen de los horrores que aparecen en tus noticias humanas. Son fáciles de reconocer cuando sabes dónde buscar.

Esta información indica que un vampiro recién transformado anda suelto en Seattle, sediento de sangre, salvaje y descontrolado, tal y como lo fuimos todos.

Refugié mi mirada en el periódico otra vez, para evitar verlo a los ojos.

—Hemos estado vigilando la situación desde hace unas semanas. Ahí están todos los signos, las desapariciones insólitas, siempre de noche, los pocos cadáveres recuperados, la falta de otras evidencias... Sí, un neófito. Y parece que nadie se está haciendo responsable de él —inspiró con fuerza—. Bien, no es nuestro problema. No podemos ni siquiera prestar atención a la situación hasta que no se nos acerque más a casa. Esto pasa siempre. La existencia de monstruos no deja de tener consecuencias monstruosas.

Intenté no fijarme en los nombres del periódico, pero resaltaban entre el resto de la letra impresa como si estuvieran en negritas. Eran cinco personas cuyas vidas habían terminado y cuyas familias lloraban sus muertes. Es diferente considerar el asesinato en abstracto que cuando tiene nombre y apellidos. Maureen Gardiner, Geoffrey Campbell, Grace Razi, Michelle O'Connell, Ronald Albrook eran gente que tenía padres, hijos, amigos, animales domésticos, trabajos, esperanzas, planes, recuerdos y un futuro...

—A mí no me sucederá lo mismo —murmuré, casi para mí—. Tú no dejarás que me comporte así. Viviremos en la Antártida.

Edward bufó, rompiendo la tensión.

—Pingüinos, maravilloso...

Una risa temblorosa salió de mí y tiré el periódico fuera de la mesa, de modo que no tuviera que ver esos nombres; golpeó el linóleo con un ruido sordo. Sin duda, Edward tendría en cuenta las posibilidades de caza. Él y su familia «vegetariana» —todos comprometidos con la protección de la vida humana— preferían el sabor de los grandes predadores para satisfacer las necesidades de su dieta.

—Alaska, entonces, tal como habíamos planeado. Sólo que sería mejor para nosotros algo mucho más lejano que Juneau, algún sitio con osos en abundancia.

—Mejor —consintió él—. También hay osos polares. Son muy fieros. Y también abundan los lobos.

Me quedé con la boca abierta y expiré todo el aire de golpe, de forma violenta.

—¿Qué hay de malo? —me preguntó. Antes de que pudiera recuperarme, comprendió la confusión y todo su cuerpo pareció ponerse rígido—. Vaya, olvídate de los lobos, entonces, si la idea te repugna —su voz sonaba forzada, formal, y tenía los hombros rígidos.

—Era mi mejor amigo, Edward —susurré. Dolía usar el tiempo pasado—. Por supuesto que me desagrada la idea.

—Perdona mi falta de consideración —dijo, todavía de modo muy formal—. No debería haberlo sugerido.

—No te preocupes.

Me miré las manos, cerradas en dos puños sobre la mesa.

Nos sentamos en silencio durante un momento y, después, su dedo frío se deslizó bajo mi barbilla, y me levantó el rostro. Su expresión era ahora mucho más dulce.

—Lo siento. De verdad.

—Lo sé. Sé que no es lo mismo. No debería haber reaccionado de ese modo. Es sólo que…, bueno, estaba pensando justo en Jacob antes de que vinieras —dudé. Sus ojos leonados parecían oscurecerse un poco siempre que escuchaba el nombre de Jacob. En respuesta, mi voz se tornó suplicante—. Charlie dice que Jacob lo está pasando mal. Se siente muy dolido y... es por mi culpa.

—Tú no hiciste nada malo, Bella.

Tomé un largo trago de aire.

—Tengo que hacer mejor las cosas, Edward. Se lo debo. Y de todos modos, es una de las condiciones de Charlie...

Su rostro cambió mientras hablaba, endureciéndose de nuevo, volviéndose como el de una estatua.

—Ya sabes que está fuera de discusión que andes con un licántropo sin protección, Bella. Y el viejo pacto se rompería si alguno de nosotros atravesáramos sus tierras. ¿Quieres que empecemos una guerra?

—¡Claro que no!

—Pues entonces no hay necesidad de discutir más sobre esto —dejó caer la mano y miró hacia otro lado, buscando cambiar de tema. Sus ojos se posaron en algún lugar detrás de mí y sonrió, aunque continuaron precavidos—. Me alegra que Charlie te deje salir. Es realmente necesario que visites la librería. No puedo creer que te estés leyendo otra vez *Cumbres borrascosas*. Pero ¿no te lo sabes ya de memoria?

—No todos tenemos memoria fotográfica —le contesté, en tono cortés.

—Memoria fotográfica o no, me cuesta entender que te guste. Los personajes son gente horrible que se dedica a arruinar la vida de los demás. No comprendo cómo terminaron poniendo a Heathcliff y Cathy a la altura de parejas como Romeo y Julieta o Elizabeth Bennet y Darcy. No es una historia de amor, sino de odio.

—Tú tienes serios problemas con los clásicos —le repliqué.

—Quizás es porque no me impresiona la antigüedad de las cosas —sonrió, evidentemente satisfecho al pensar que había conseguido distraerme—. Pero de verdad, en serio, ¿por qué lo lees una y otra vez? —sus ojos se llenaron de vitalidad, encendidos por un súbito interés, para intentar, otra vez, desentrañar la intrincada forma de trabajar de mi mente. Se inclinó a lo largo de la mesa para rodear mi rostro con su mano—. ¿Qué es lo que tiene que te interesa tanto?

Su sincera curiosidad me desarmó.

—No estoy segura —le contesté, luchando por mantener la coherencia mientras su mirada, de forma involuntaria, dispersaba mis pensamientos—. Creo que tiene que ver con el concepto de lo inevitable. El hecho de que nada puede separarlos, ni el egoísmo de ella, ni la maldad de él o, incluso, la muerte, al final...

Su rostro se volvió pensativo mientras sopesaba mis palabras. Después de un momento sonrió con ganas de burla.

—Sigo pensando que sería una mejor historia si alguno de ellos poseyera alguna cualidad que lo redimiera. Espero que tú tengas más sentido común que eso, que enamorarte de algo tan... maligno.

—Es un poco tarde para mí considerar de quién enamorarme —le señalé—, pero incluso sin necesidad de la advertencia, creo que me las he arreglado bastante bien.

Él rió en silencio.

—Me alegra que pienses eso.

—Bien, y yo espero que seas lo suficientemente listo para mantenerte lejos de alguien tan egoísta. Catherine es realmente el origen de todo el problema; no Heathcliff.

—Estaré en guardia —me prometió.

Suspiré. Se le daba muy bien distraerme.

Puse mi mano sobre la suya para sostenerla contra mi rostro.

—Necesito ver a Jacob.

Cerró los ojos.

—No.

—En realidad, no es tan peligroso —le dije, en tono de súplica—. Antes solía pasarme el día en La Push, con todos ellos, y nunca me ocurrió nada.

Pero ahí cometí un desliz. La voz me falló al final cuando me di cuenta de que estaba diciendo una mentira. No era verdad que no hubiera pasado nada. Un recuerdo relampagueó en mi mente, el de un enorme lobo gris acuclillado para saltar, con sus dientes, afilados como dagas, dirigidos hacia mí…, y las palmas de mis manos comenzaron a sudar con el eco del pánico en mi memoria.

Edward oyó cómo se aceleraba mi corazón y asintió como si yo hubiera reconocido la mentira en voz alta.

—Los licántropos son inestables. Algunas veces, la gente que está cerca de ellos termina herida; algunas otras veces, incluso, muerta.

Quería negarlo, pero otra imagen detuvo mi refutación. Vi en mi mente de nuevo el que alguna vez fue el bello rostro de Emily Young, ahora marcado por un trío de cicatrices oscuras que iniciaban en la esquina de su ojo derecho y deformaban su boca hasta convertirla para siempre en una mueca torcida.

Él esperó, triunfante, pero triste, a que yo recobrara la voz.

—No los conoces —murmuré.

—Los conozco mejor de lo que crees, Bella. Estuve aquí la última vez.

—¿La última vez?

—Llevamos cruzándonos con los hombres lobo desde hace setenta años. Nos acabábamos de establecer cerca de Hoquiam. Fue antes de que llegaran Alice y Jasper. Los aventajábamos en número, pero eso no los hubiera frenado a la hora de luchar, de no ser por Carlisle. Se las arregló para convencer a Ephraim Black de que la coexistencia era posible y por ese motivo hicimos el pacto.

El nombre del tatarabuelo de Jacob me sorprendió.

—Creíamos que su linaje había perecido con Ephraim —susurró Edward, y sonaba casi como si estuviera hablando consigo mismo—, que la mutación genética que permitía la transformación había desaparecido con él —se interrumpió y me miró de forma acusadora—. Pero tu mala suerte parece que se acrecienta cada vez más. ¿Te das cuenta de que tu atracción insaciable por todo lo letal ha sido lo suficientemente fuerte como para hacer retornar de la extinción a una manada de cánidos mutantes? Desde luego, si pudiéramos embotellar tu mala fortuna, tendríamos entre manos un arma de destrucción masiva.

Ignoré sus ganas de molestarme, ya que me llamó la atención su suposición: ¿lo decía en serio?

—Pero yo no los hice regresar, ¿no te das cuenta?

—¿Cuenta de qué?

—Mi pésima suerte no tiene nada que ver con eso. Los licántropos regresaron cuando lo hicieron los vampiros.

Edward me clavó la mirada, con el cuerpo inmovilizado por la sorpresa.

—Jacob me dijo que la presencia de tu familia fue lo que precipitó todo. Pensé que estabas informado...

Entrecerró los ojos.

—¿Y eso es lo que piensan?

—Edward, ve los hechos. Viniste hace setenta años y aparecieron los licántropos; vuelves ahora y aparecen de nuevo. ¿No te das cuenta de que es más que una coincidencia?

Pestañeó y su mirada se relajó.

—Esa teoría le va a parecer a Carlisle muy interesante.

—Teoría —contesté con mala cara.

Se quedó en silencio un momento, mirando sin ver la lluvia, a través de la ventana. Supuse que estaría ponderando el hecho de que fuera la presencia de su familia la que estuviera convirtiendo a los locales en lobos gigantes.

—Interesante, aunque no cambia nada —murmuró tras un instante—. La situación continúa como está.

Interpreté esto con bastante facilidad: nada de amigos licántropos.

Sabía que debía ser paciente con Edward. El problema no estaba en que fuera irrazonable, sino en que, simplemente, no lo entendía. No tenía idea de cuánto era lo que le debía a Jacob Black. Me había salvado varias veces mi vida y, quizá, también mi cordura.

No quería hablar con nadie acerca de aquel tiempo yermo y estéril, y menos aún con él, que con su partida sólo había intentado defenderme, salvar mi alma. No podía culparlo por todas aquellas estupideces que cometí en su ausencia, o de lo mucho que sufrí.

Pero él sí.

Por ello, tenía que plantear mis ideas con muchísimo cuidado.

Me levanté y caminé alrededor de la mesa. Me abrió los brazos y yo me senté en el regazo de mi novio, acurrucándome dentro de su frío y pétreo abrazo. Le miré las manos mientras hablaba.

—Por favor, sólo escúchame un minuto. Esto es algo mucho más importante que el capricho de no querer desprenderse de un viejo amigo. Jacob está sufriendo —mi voz tembló al pronunciar la palabra—. No puedo dejar de ayudarlo ahora, justo cuando me necesita, simplemente porque no es humano todo el tiempo. Estuvo a mi lado cuando yo me convertí también

en... algo no del todo humano. No tienes idea de cómo fue...
—dudé, porque los brazos de Edward se pusieron rígidos a mi
alrededor, con los puños cerrados y los tendones resaltados—.
Si Jacob no me hubiera ayudado... No estoy segura de qué
habrías encontrado al volver. Le debo mucho más de lo que
crees, Edward.

Levanté el rostro con cautela para mirarlo. Tenía los ojos cerrados y la mandíbula, tensa.

—Nunca me perdonaré por haberte abandonado —susurró—,
ni aunque viva cien mil años.

Presioné mi mano contra su rostro frío y esperé hasta que
suspiró y abrió los ojos.

—Sólo intentabas hacer lo correcto. Y estoy segura de que habría funcionado con alguien menos chiflado que yo. Además,
ahora estás aquí y eso es lo único que importa.

—Si no me hubiera ido, no tendrías necesidad de arriesgar
tu vida para consolar a un perro.

Me estremecí. Estaba acostumbrada a Jacob y sus comentarios despectivos —chupasangre, sanguijuela, parásito—, pero
me sonó mucho más duro al oírlo en su voz aterciopelada.

—No sé cómo decirlo de forma adecuada —comentó
Edward, y su tono era sombrío—. Supongo que, incluso, te
sonará cruel, pero ya estuve muy cerca de perderte en el pasado. Ahora sé qué se siente y no voy a tolerar que te expongas a
ninguna clase de peligro.

—Tienes que confiar en mí en este asunto. Estaré bien.

El dolor volvió a aflorar en su rostro.

—Por favor, Bella —murmuró.

Fijé la mirada en sus ojos dorados, repentinamente llenos de
fuego.

—¿Por favor, qué?

—Por favor, hazlo por mí. Por favor, haz un esfuerzo consciente por mantenerte a salvo. Yo hago todo lo que puedo, pero apreciaría un poco de ayuda.

—Lo intentaré —contesté en voz baja.

—¿Es que realmente no te das cuenta de lo importante que eres para mí? ¿Tienes idea de cuánto te quiero?

Me apretó más fuertemente contra su pecho endurecido para acomodar mi cabeza bajo su barbilla. Presioné los labios contra su cuello frío, como la nieve.

—Lo que sí sé es cuánto te quiero yo a ti —respondí.

—Eso es comparar un árbol con todo un bosque.

Puse los ojos en blanco, pero él no pudo verme.

—Imposible.

Me besó la parte superior de la cabeza y suspiró.

—Nada de hombres lobo.

—No lo sé. Tengo que ver a Jacob.

—Entonces tendré que detenerte.

Sonaba completamente confiado en que no sería un problema para él.

Yo estaba convencida de que tenía razón.

—Bueno, eso ya lo veremos —fanfarroneé de todos modos—. Todavía es mi amigo.

Sentía la nota de Jacob en mi bolsillo, como si de pronto pesara diez libras. Podía oír sus palabras en su propia voz, y parecía estar de acuerdo con Edward, algo que en realidad nunca iba a pasar.

«Eso no cambia nada. Lo siento.»

Evasión

Era extraño, pero me sentía optimista mientras caminaba desde la clase de Español a la cafetería, y no se debía sólo a que estuviera tomada de la mano del ser más perfecto del planeta, aunque sin duda, esto también contaba.

Quizá se debía a que mi sentencia se había cumplido y volvía a ser una mujer libre. O quizá no tenía que ver conmigo. Más bien podía ser la atmósfera de libertad que se respiraba en todo el campus. A la escuela se le estaba acabando la cuerda, sobre todo a los veteranos; había una evidente emoción en el aire.

Teníamos la libertad tan cerca que casi podíamos tocarla, degustarla. Había signos por todas partes. Los pósters se amontonaban en las paredes de la cafetería y las papeleras mostraban un colorido despliegue de folletos que rebosaban los bordes: notas para que recordemos comprar el anuario y tarjetas de graduación; plazos para encargar togas, sombreros y borlas; pliegos de argumentos en papel fluorescente de los de tercero haciendo campaña para delegados de clase; horrendos anuncios adornados con rosas para el baile de fin de curso de ese año. El gran baile era el fin de semana siguiente, pero le hice prometer a Edward firmemente que no me haría pasar por aquello otra vez. Después de todo, yo ya había tenido esa experiencia humana.

No, seguramente lo que me hacía sentir tan ligera era mi reciente libertad personal. El final del curso no me resultaba tan placentero como parecía serlo para el resto de los estudiantes. En realidad, me ponía al borde de las náuseas cuando pensaba en ello. De todos modos, intentaba no hacerlo.

Pero era difícil escapar a un tema tan de actualidad como la graduación.

—¿Ya enviaron sus tarjetas? —preguntó Angela cuando Edward y yo nos sentamos en nuestra mesa. Tenía el cabello marrón claro, recogido en una improvisada coleta, en vez de su habitual peinado liso, y había un brillo casi desquiciado en sus ojos.

Alice y Ben estaban allí también, uno a cada lado de Angela. Ben estaba concentrado leyendo un cómic, con los espejuelos que se le deslizaban por la pequeña nariz. Alice escudriñó mi soso conjunto de tejanos y camiseta, de tal forma, que me hizo sentir cohibida. Probablemente estaba planeando otro cambio de imagen. Suspiré. Mi actitud indiferente ante la moda era una espina constante en su costado. Si la dejara, me vestiría todos los días —puede que hasta varias veces al día— como si fuera una muñeca de papel en tres dimensiones y tamaño gigante.

—No —le contesté a Angela—. No hay necesidad, la verdad. Renée ya sabe que me gradúo. ¿Y a quién más se lo voy a decir?

—¿Y tú qué, Alice?

Ella sonrió.

—Ya está todo controlado.

—Qué suerte —suspiró Angela—. Mi madre tiene miles de primos y quiere que las escriba todas a mano, una por una. Me voy a quedar sin mano. No puedo retrasarlo más y sólo de pensarlo...

—Yo te ayudo —me ofrecí—, si no te importa mi mala caligrafía.

Seguro que a Charlie le gustaría esto. Vi sonreír a Edward por el rabo del ojo. También a él le gustaba la idea, seguro, de que yo cumpliera las condiciones de Charlie sin implicar a ningún hombre lobo.

Angela parecía aliviada.

—Eres un encanto. Voy a tu casa cuando quieras.

—La verdad es que preferiría ir a la tuya, si estás de acuerdo. Estoy harta de estar en la mía. Charlie me levantó el castigo anoche —sonreí ampliamente mientras anunciaba las buenas noticias.

—¿De verdad? —me preguntó Angela, con sus siempre amables ojos castaños, iluminados por una dulce excitación—. Pensé que dijiste que era para toda la vida.

—Me sorprende más que a ti. Estaba segura de que, al menos, tendría que terminar la escuela antes de que me liberara.

—¡Vaya, eso es estupendo, Bella! Tenemos que salir por ahí para celebrarlo.

—Qué buena idea. Me encantaría.

—¿Y qué podríamos hacer? —caviló Alice, con su rostro iluminado ante las distintas posibilidades. Las ideas de Alice generalmente eran demasiado grandiosas para mí y leí en sus ojos justo eso, cómo entraba en acción su costumbre de llevar las cosas demasiado lejos.

—Sea lo que sea en lo que estés pensando, Alice, dudo que pueda disfrutar de tanta libertad.

—Si estás libre, lo estás, ¿no? —insistió ella.

—Estoy segura de que aun así hay límites; por ejemplo, las fronteras de los Estados Unidos.

Angela y Ben se rieron, pero Alice hizo una mueca, realmente disgustada.

—Y entonces, ¿qué vamos a hacer esta noche? —insistió de nuevo.

—Nada. Mira, vamos a darle un par de días hasta que comprobemos que no es puro cuento. Además, de todas formas, estamos entre semana.

—Entonces, lo celebraremos este fin de semana —el entusiasmo de Alice era incontenible.

—Seguro —repuse para aplacarla con eso. Yo sabía que no iba a hacer nada muy descabellado; era mejor tomarse las cosas con calma con Charlie. Darle la oportunidad de apreciar lo madura y digna de confianza que me había vuelto antes de pedirle algún favor.

Angela y Alice empezaron a platicar para evaluar las distintas posibilidades; Ben se unió a la conversación y dejó sus cómics a un lado. Mi atención se dispersó. Me sorprendía darme cuenta de que el tema de mi libertad de pronto no me parecía tan gratificante como creía hacía sólo unos minutos. Cuando empezaron a discutir sobre qué cosas podíamos hacer en Port Angeles o quizás en Hoquiam, empecé a sentirme contrariada.

No me llevó mucho tiempo descubrir de dónde procedía mi agitación.

Desde que me despedí de Jacob Black en el bosque contiguo a mi casa, me veía agobiada por la invasión persistente e incómoda de una imagen mental concreta. Se introducía en mis pensamientos de vez en cuando, como la irritante alarma de un reloj programado para sonar cada media hora y me llenaba la cabeza con la imagen de Jacob contraída por la pena. Éste era el último recuerdo que tenía de él.

Cuando la molesta visión me invadió otra vez, supe exactamente por qué no me sentía satisfecha con mi libertad. Porque era incompleta.

Sí, desde luego, yo podía ir a cualquier sitio que quisiera, excepto a La Push, para ver a Jacob. Le fruncí el ceño a la mesa.

Tenía que haber algún tipo de terreno intermedio.

—¿Alice? ¡Alice!

La voz de Angela me sacó de mi ensueño. Sacudía enérgicamente su mano frente al rostro de Alice, inexpresivo y con la mirada en trance. Alice tenía esa expresión que yo conocía tan bien, una expresión capaz de enviar una ráfaga de pánico a través de mi cuerpo. La mirada ausente de sus ojos me dijo que estaba viendo algo muy distinto, pero tanto o más real que la escena mundana que se desarrollaba en el comedor que nos rodeaba. Algo que estaba por venir, algo que ocurriría pronto. Sentí cómo la sangre abandonaba mi rostro.

Entonces, Edward rió, un sonido relajado, muy natural. Angela y Ben se volvieron para mirarlo, pero mis ojos estaban trabados en Alice, que se sobresaltó de pronto, como si alguien le hubiera dado una patada por debajo de la mesa.

—¿Qué, te echaste un siesta, Alice? —se burló Edward.

Alice volvió en sí.

—Lo siento, supongo que me adormilé.

—Echarse un sueñito es mejor que enfrentarse a dos horas más de clase —comentó Ben.

Alice se sumergió de nuevo en la conversación, más animada que antes, tal vez en exceso; entonces, vi cómo sus ojos se clavaban en los de Edward sólo por un momento, y cómo después volvían a fijarse en Angela antes de que alguien se diera cuenta. Edward parecía tranquilo mientras jugueteaba absorto con uno de los mechones de mi pelo.

Esperé con ansiedad la oportunidad de preguntarle en qué consistía la visión de su hermana, pero la tarde transcurrió sin que estuviéramos ni un minuto a solas…

Me pareció raro, casi lo sentí deliberado. Tras el almuerzo, Edward emparejó su paso al de Ben para hablar de unos deberes que yo sabía que ya había terminado. Después, siempre nos encontrábamos con alguien entre clases, aunque lo normal sería que contáramos con unos minutos para nosotros, como solía ocurrir. Cuando sonó el último timbre, Edward eligió conversar con Mike Newton, de entre todos los que se encontraban por allí, y adaptó su paso al de Mike mientras se dirigían al estacionamiento. Yo los seguía, dejando que él me remolcara.

Escuché, desconcertada, cómo contestaba Mike las inusualmente amables preguntas de Edward. Al parecer, Mike tenía problemas con su coche.

—… así que lo único que hice fue cambiarle la batería —decía en ese momento. Sus ojos iban y venían, con cautela y rapidez, del rostro de Edward al suelo. El pobre Mike estaba tan desconcertado como yo.

—¿Y no serán los cables? —sugirió Edward.

—Podría ser. La verdad es que no tengo ni idea de autos —admitió Mike—. Necesito que alguien le eche una ojo, pero no me puedo dar el lujo de llevarlo a Dowling.

Abrí la boca para sugerir a mi mecánico, pero la cerré de golpe. Mi mecánico estaba muy ocupado esos días; andaba por ahí en forma de lobo gigante.

—Yo sí tengo alguna idea. Puedo echarle una ojo, si quieres —le ofreció Edward—, en cuanto deje a Alice y Bella en casa.

Mike y yo miramos a Edward con la boca abierta.

—Eh… gracias —murmuró Mike cuando se recobró—. Pero me tengo que ir a trabajar. A lo mejor otro día.

—Cuando quieras.

—Nos vemos —Mike se subió a su coche, sacudiendo la cabeza incrédulo.

El Volvo de Edward, con Alice ya dentro, estaba sólo a dos autos del de Mike.

—¿De qué se trata todo esto? —musité mientras Edward me abría la puerta del copiloto.

—Sólo intentaba ayudarlo —repuso Edward.

Y en ese momento, Alice, que esperaba en el asiento de atrás, comenzó a balbucear a toda velocidad.

—Realmente no eres tan buen mecánico, Edward. Sería mejor si permitieras a Rosalie echarle un ojo esta noche, por si quieres quedar bien con Mike; no se le vaya a ocurrir pedirte ayuda, ya sabes. Aunque lo que estaría divertido de verdad, sería verle la cara si fuera Rosalie la que se ofreciera... Bueno, tal vez eso no sería muy buena idea, teniendo en cuenta que se supone que está al otro lado del país, en la universidad. Cierto, sería una mala idea. De todas formas, supongo que podrás arreglártelas con el auto de Mike. Total, lo único de lo que no te creo capaz es de arreglar un buen auto deportivo italiano, requiere más finura. Y hablando de Italia y de los deportivos que robé allí, todavía me debes un Porsche amarillo. Y no sé si quiero esperar hasta Navidad para tenerlo...

Después de un minuto, dejé de escucharla, su voz rápida se convirtió sólo en un zumbido de fondo mientras me armaba de paciencia.

Me daba la impresión de que Edward estaba intentando evitar mis preguntas. Estupendo... De todos modos, pronto estaríamos a solas. Nada más era cuestión de tiempo.

También él parecía darse cuenta del asunto. Dejó a Alice en la entrada de la finca de los Cullen, aunque como iban las cosas, casi creí que iba a llevarla hasta la puerta y luego a acompañarla dentro.

Cuando salió, Alice le dirigió una mirada perspicaz. Edward parecía completamente relajado.

—Luego nos vemos —le dijo; y después, aunque de forma muy ligera, asintió.

Alice se volvió y desapareció entre los árboles.

Estaba tranquilo cuando le dio la vuelta al coche y se encaminó hacia Forks. Yo esperé y me pregunté si él sacaría el tema. No lo hizo, y eso me puso tensa. ¿Qué era lo que había visto Alice a la hora del almuerzo? Algo que no deseaba contarme, así que intenté pensar en un motivo por el que le gustaría mantener el secreto. Quizá sería mejor prepararme antes de preguntar. No quería ponerme nerviosa y que pensara que no podía manejarlo, fuera lo que fuera.

Así que continuamos en silencio hasta que llegamos a la parte trasera de la casa de Charlie.

—Esta noche no tienes muchos deberes —comentó él.

—Ajá —asentí.

—¿Crees que me permitirá entrar otra vez?

—No ha hecho ningún berrinche cuando has venido a buscarme para ir a la escuela.

Sin embargo, estaba segura de que Charlie se iba a poner de malas en cuento llegara a casa y se encontrara con Edward allí. Quizá sería buena idea que preparara algo muy especial para la cena.

Una vez dentro, me encaminé hacia las escaleras, seguida de Edward. Se recostó sobre mi cama, y miró sin ver por la ventana, completamente ajeno a mi nerviosismo.

Guardé mi bolso y encendí la computadora. Tenía pendiente un correo electrónico de mi madre y a ella le daba un ataque de pánico cuando tardaba mucho en contestarle. Tabaleé con los dedos sobre la mesa, mientras esperaba resollando a que mi decrépita computadora comenzara a encenderse; golpeaba el tablero de forma entrecortada, mostrando mi ansiedad.

De pronto, sentí sus dedos sobre los míos, manteniéndolos quietos.

—Parece que estás algo nerviosa hoy, ¿no? —murmuró.

Levanté la mirada e intenté decir algo de forma sarcástica, pero su rostro estaba más cerca de lo que esperaba. Sus ojos ardían apasionadamente a pocos centímetros de los míos, y sentía su aliento frío contra mis labios abiertos. Podía sentir su sabor en mi lengua.

Ya no podía acordarme de la respuesta ingeniosa que había estado a punto de decirle. Ni siquiera podía recordar mi nombre.

No me dio siquiera la oportunidad de recuperarme.

Si fuera por mí, me pasaría la mayor parte del tiempo besando a Edward. No había nada que yo hubiera experimentado en mi vida comparable con la sensación que me producían sus fríos labios, tan duros como el mármol, pero siempre tan dulces al deslizarse sobre los míos.

Por lo general, no solía salirme con la mía.

Así que me sorprendió un poco cuando sus dedos se entrelazaron dentro de mi pelo y sujetaron mi rostro contra el suyo. Tenía los brazos firmemente asidos a su cuello y habría deseado ser más fuerte para asegurarme de que podría mantenerlo prisionero así para siempre. Una de sus manos se deslizó por mi espalda y me presionó contra su pecho pétreo con mayor fuerza aún. A pesar de su suéter, su piel era tan fría que me hizo temblar, aunque más bien era un estremecimiento de placer, de felicidad, razón por la cual sus manos me soltaron.

Ya sabía que tenía aproximadamente tres segundos antes de que suspirara y me apartara con destreza, diciendo que había arriesgado mi vida lo suficiente para una tarde. Intenté aprovechar al máximo mis últimos segundos y me apreté contra él, amoldándome a la forma de su cuerpo. Seguí la forma de su labio inferior con la punta de la lengua; era tan perfecto y suave, como si estuviera pulido, y el sabor...

Apartó mi cara de la suya y rompió mi fiero abrazo con facilidad, probablemente, sin darse cuenta siquiera de que yo estaba empleando toda mi fuerza.

Se rió entre dientes una vez, con un sonido bajo y ronco. Tenía los ojos brillantes de excitación, fogosidad que era capaz de disciplinar con tanta rigidez.

—Ay, Bella —suspiró.

—Se supone que tendría que arrepentirme, pero no voy a hacerlo.

—Y a mí tendría que molestarme que no te arrepientas, pero tampoco puedo. Quizá sea mejor que vaya a sentarme a la cama.

Espiré, algo mareada.

—Si lo crees necesario...

Él esbozó esa típica sonrisa torcida y se zafó de mi abrazo.

Sacudí la cabeza unas cuantas veces para intentar aclararme y regresé la computadora. Se había calentado y ya había empezado a zumbar; bueno, más que zumbar, parecía que gruñía.

—Mándale recuerdos de mi parte a Renée.

—Sin problema.

Leí con rapidez el correo de Renée y sacudí la cabeza aquí y allá ante algunas de las locuras que había cometido. Estaba tan divertida como horrorizada, exactamente igual que cuando leí su primer correo. Era muy propio de mi madre olvidarse de lo mucho que le aterrorizaban las alturas, hasta verse firmemente atada a un paracaídas y a un instructor de vuelo. Estaba un poco enfadada con Phil, con quien llevaba casada ya casi dos años, por permitirle esto. Yo habría cuidado mejor de ella, aunque sólo fuera porque la conocía mucho más.

Pensé que tenía que dejarlos seguir su camino, darles su tiempo. "Tienes que permitirles vivir su vida…".

Había pasado la mayor parte de mis años a cargo de Renée, intentando con paciencia disuadirla de sus planes más alocados, soportando con una sonrisa aquellos que no conseguía evitar. Siempre fui comprensiva con mamá porque me divertía e, incluso, llegué a ser un poquito condescendiente con ella. Observaba sus muchos errores y me reía en mi interior. La loca de Renée...

No me parecía en nada a mi madre. Más bien era introspectiva y cautelosa, una chica responsable y madura. Al menos, así era como me veía, ésa era la persona a la que yo conocía.

Con la sangre aún revuelta que me corría por el cerebro, por los besos de Edward, no podía evitar pensar en el más perdurable de los errores de mi madre. Tan tonta y romántica como para casarse apenas salida de la escuela, con un hombre al que apenas conocía, y poco después, un año más tarde, trayéndome al mundo. Ella siempre me aseguraba que no se había arrepentido en absoluto, que yo era el mejor regalo que la vida le había dado. Y a pesar de todo, no paraba de insistirme una y otra vez en que la gente lista tomaba el matrimonio en serio. Que la gente madura va a la facultad y termina una carrera antes de involucrarse profundamente en una relación. Renée sabía que yo no sería tan irreflexiva, atontada e ignorante como ella había sido.

Apreté los dientes y me concentré en contestar su mensaje.

Volví a leer su despedida y recordé entonces por qué no había querido responderle antes.

»No me has contado nada de Jacob desde hace bastante tiempo —había escrito—. ¿Por dónde anda ahora?».

Seguro que Charlie le había insinuado algo.

Suspiré y tecleé con rapidez; situé la respuesta a su pregunta entre dos párrafos menos conflictivos.

Supongo que Jacob está bien. Hace mucho que no le veo; ahora se la pasa la mayor parte del tiempo con su pandilla de amigos de La Push.

Con una sonrisa irónica para mis adentros, añadí el saludo de Edward e hice clic en la pestaña de «Enviar».

No me había dado cuenta de que él estaba de pie y en silencio detrás de mí, hasta que apagué la computadora y me aparté de la mesa. Iba a empezar a regañarlo por haber estado leyendo sobre mi hombro, cuando me percaté de que no me prestaba atención. Estaba examinando una aplastada caja negra de la que sobresalían por una de sus esquinas varios alambres retorcidos, de un modo que no parecía favorecer mucho su buen funcionamiento, fuera lo que fuera. Después de un instante, reconocí el estéreo para el auto que Emmett, Rosalie y Jasper me regalaron en mi último cumpleaños. Se me habían olvidado esos regalos, que se escondían tras una creciente capa de polvo en el suelo de mi armario.

—¿Qué hiciste? —preguntó, con la voz cargada de horror.

—No quería salir del tablero.

—¿Y por eso tuviste que torturarlo?

—Ya sabes que no se me da eso de los cacharros. No fue intencional.

Sacudió la cabeza, con el rostro oculto bajo una máscara de falsa tragedia.

—¡Lo asesinaste!

Me encogí de hombros.

—Si tú lo dices...

—Herirás sus sentimientos si llegan a verlo algún día —continuó—. Quizá fue buena idea que no pudieras salir de casa en todo este tiempo. Lo voy a cambiar por otro antes de que se den cuenta.

—Gracias, pero no me hace falta algo tan cursi.

—No es por ti por lo que voy a instalar uno nuevo.

Suspiré.

—No disfrutaste mucho de tus regalos el año pasado —dijo con voz contrariada. De pronto, empezó a abanicarse con un rectángulo de papel rígido.

No contesté, temía que me temblara la voz. No me gustaba recordar mi desastroso cumpleaños dieciocho, con todas sus consecuencias a largo plazo, y me sorprendía que lo sacara a colación. Para él, era un tema, incluso, más delicado que para mí.

—¿Te das cuenta de que están a punto de caducar? —me preguntó, enseñándome el papel que tenía en las manos. Era otro de los regalos, el boleto de avión que Esme y Carlisle me regalaron para que pudiera visitar a Renée en la Florida.

Hice una inspiración profunda y le contesté con voz indiferente.

—No. La verdad es que me olvidé de ellos por completo.

Su expresión mostraba un aspecto cuidadosamente alegre y positivo. No había en ella ninguna señal de emoción de ningún tipo cuando continuó.

—Bueno, todavía queda algo de tiempo. Ya que te liberaron y no tenemos planes para este fin de semana, porque no quieres que vayamos al baile de graduación —sonrió abiertamente—..., ¿por qué no celebramos de este modo tu libertad?

Tragué aire, sorprendida.

—¿Yendo a Florida?

—Dijiste algo respecto a que tenías permiso para moverte dentro del territorio de los Estados Unidos.

Lo miré fijamente, con suspicacia, para intentar saber a adónde quería llegar.

—¿Y bien? —insistió—. ¿Nos vamos a ver a Renée o no?

—Charlie no me dejará jamás.

—No puede impedirte visitar a tu madre. Es ella quien tiene la custodia.

—Nadie tiene mi custodia. Ya soy adulta.

Su sonrisa relampagueó brillante.

—Exactamente.

Lo pensé durante un minuto antes de decidir que no valía la pena luchar por esto. Charlie se pondría furioso, no porque fuera a ver a Renée, sino porque Edward me acompañaría. Charlie no me hablaría durante meses y, probablemente, terminaría encerrada otra vez. Era mucho más inteligente no intentarlo siquiera. Quizá dentro de varias semanas, me dejaría ir en plan de regalo de graduación o algo así.

Pero la idea de volver a ver a mi madre ahora, y no dentro de unas semanas, era difícil de resistir. Tenía mucho tiempo de no verla y, mucho más aún, en una situación agradable. La última vez estuve con ella en Phoenix, me la pasé todo el tiempo en una cama de hospital. Y la última vez que ella me había visitado yo estaba más o menos catatónica. No eran, precisamente, los mejores recuerdos que podía dejarle.

Y a lo mejor, si veía lo feliz que era con Edward, le diría a mi padre que se lo tomara con algo más de calma.

Edward inspeccionó mi rostro mientras deliberaba.

Suspiré.

—No podemos ir este fin de semana.

—¿Por qué no?

—No quiero tener otra pelea con Charlie. Hace poco que me perdonó.

Alzó las cejas.

—Este fin de semana me parece perfecto —susurró.

Yo sacudí la cabeza.

—En otra ocasión.

—Tú no eres la única que ha pasado todo este tiempo atrapada en esta casa, ¿sabes? —me frunció el ceño.

La sospecha volvió. No solía comportarse de ese modo. Él nunca se ponía tan testarudo ni tan egoísta. Sabía que estaba tramando algo.

—Tú puedes irte adonde quieras —señalé.

—El mundo exterior no me interesa sin ti —puse los ojos en blanco ante la evidente exageración—. Estoy hablando en serio —insistió él.

—Pues vamos a bebernos el mundo exterior poco a poco, ¿está bien? Por ejemplo, podemos empezar yéndonos a Port Angeles a ver una película...

Él gruñó.

—No importa. Ya hablaremos del asunto más tarde.

—No hay nada de qué hablar.

Se encogió de hombros.

—Así que bueno, tema nuevo —seguí yo. Casi se me había olvidado lo que me preocupaba desde el almuerzo. ¿Sería ésa su intención?—. ¿Qué fue lo que Alice vio esta mañana?

Mantuve la mirada fija en su rostro mientras hablaba, midiendo su reacción.

Su expresión apenas se alteró; sólo se aceraron ligeramente los ojos de color topacio.

—Vio a Jasper en un lugar extraño, en algún lugar del sudoeste, cree ella, cerca de su… antigua familia, pero él no tenía intenciones conscientes de regresar —suspiró—. Eso la tiene preocupada.

—Oh —eso no era lo que yo esperaba, para nada, pero claro, tenía sentido que Alice estuviera vigilando el futuro de Jasper. Era su compañero del alma, su auténtica media naranja…, aunque su relación no iba ni la mitad de bien que la de Emmett y Rosalie—. ¿Y por qué no me lo dijiste antes?

—No pensé que te darías cuenta —contestó—. De cualquier modo, tiene poca importancia.

Advertí con tristeza que mi imaginación estaba en ese momento fuera de control. Había tomado una tarde perfectamente normal y la retorcí hasta que pareciera que Edward se había empeñado en ocultarme algo. Necesitaba terapia.

Bajamos las escaleras para hacer nuestras tareas, sólo por si Charlie regresaba temprano. Edward acabó en pocos minutos, y a mí me costó un esfuerzo enorme hacer las de cálculo, hasta que decidí que había llegado el momento de preparar la cena de mi padre. Edward me ayudó, a pesar de que ponía caras raras ante los alimentos crudos, ya que la comida humana le resultaba repulsiva. Hice filete *stroganoff* con la receta de mi abuela paterna, porque quería impresionarlo. No era una de mis favoritas, pero seguro que a Charlie le gustaría.

Llegó a casa de buen humor. Incluso, prescindió de su rutina de mostrarse grosero con Edward.

No quiso acompañarnos a la mesa, tal y como acostumbraba. Desde el salón se oyó el sonido del noticiario nocturno, aunque yo dudaba de que Edward les prestara atención de verdad.

Después de meterse entre pecho y espalda tres raciones, Charlie puso los pies sobre una silla desocupada, y se palmeó satisfecho el estómago hinchado.

—Esto estuvo genial, Bella.

—Me alegro de que te haya gustado. ¿Cómo te fue en el trabajo?

Comió tan concentrado, que no pude empezar antes la conversación.

—Bastante tranquilo. Bueno, en realidad, casi muerto de tranquilo. Mark y yo hemos estado jugando a las cartas buena parte de la tarde —admitió con una sonrisa—. Le gané diecinueve manos a siete. Y luego hablé un rato por teléfono con Billy.

Intenté no variar mi expresión.

—¿Y cómo está?

—Bien, bien. Le molestan un poco las articulaciones.

—Oh. Qué pesado.

—Así es. Nos invitó a visitarlo este fin de semana. También quiere invitar a los Clearwater y a los Uley. Una especie de fiesta de finales...

—Ajá —ésa fue mi genial respuesta, pero ¿qué otra cosa iba decir? Sabía que no se me permitiría asistir a una fiesta de licántropos, aun con vigilancia parental. Me pregunté si a Edward le preocuparía que Charlie se diera una vuelta por La Push. O quizá supondría que, como mi padre iba a pasar la mayor parte del tiempo con Billy, que era sólo humano, no estaría en peligro.

Me levanté y apilé los platos sin mirarlo. Los coloqué en el fregadero y abrí el agua. Edward apareció silenciosamente y tomó un paño para secar.

Charlie suspiró y dejó el tema por el momento, aunque me imaginé que lo volvería a sacar de nuevo cuando estuviéramos a solas. Se levantó con esfuerzo y caminó hacia la televisión, exactamente igual que cualquier otra noche.

—Charlie —le apeló Edward, en tono de conversación.

Charlie se paró en mitad de la pequeña cocina.

—¿Sí?

—¿Te dijo Bella que mis padres le regalaron por su cumpleaños unos pasajes de avión, para que pudiera ir a ver a Renée?

Se me cayó el plato que estaba fregando. Saltó de la mesa de la cocina y se estampó ruidosamente contra el suelo. No se rompió, pero roció toda la habitación, y a nosotros tres, de agua jabonosa. Charlie ni siquiera pareció darse cuenta.

—¿Bella? —preguntó con asombro en la voz.

Mantuve los ojos fijos en el plato mientras lo recogía.

—Ah, sí, es verdad.

Charlie tragó saliva ruidosamente y entonces sus ojos se entrecerraron y se volvieron hacia Edward.

—No, jamás lo mencionó.

—Ya —murmuró Edward.

—¿Hay alguna razón por la que sacaste el tema ahora? —preguntó Charlie con voz dura.

Edward se encogió de hombros.

—Están a punto de caducar. Creo que Esme podría ofenderse si Bella no usa su regalo…, aunque ella no ha dicho nada del tema.

Miré a Edward, incrédula.

Charlie pensó durante un minuto.

—Probablemente sea una buena idea que vayas a visitar a tu madre, Bella. A ella le va a encantar. Sin embargo, me sorprende que no me dijeras nada de esto.

—Se me olvidó —admití.

Él frunció el ceño.

—¿Se te olvidó que te habían regalado unos pasajes de avión?

—Ajá —murmuré distraídamente, y me volví hacia el fregadero.

—Creo haberte oído decir que están a punto de caducar, Edward —continuó Charlie—. ¿Cuántos pasajes le regalaron tus padres?

—Uno para ella…, y otro para mí.

El plato que se me cayó ahora aterrizó en el fregadero, por lo que no hizo mucho ruido. Escuché sin esfuerzo el sonoro resoplido de mi padre. La sangre se me agolpó en la cara, impulsada por la irritación y el disgusto. ¿Por qué hacía Edward esto? Muerta de pánico, miré fijamente las burbujas en el fregadero.

—¡De eso ni hablar! —bramó Charlie palabra por palabra, en pleno ataque de ira.

—¿Por qué? —preguntó Edward, con la voz saturada de una inocente sorpresa—. Acabas de decir que sería una gran idea que fuera a ver a su madre.

Charlie lo ignoró.

—¡No vas a ir a ninguna parte con él, señorita! —aulló. Yo me giré bruscamente en el momento en que alzaba un dedo amenazador.

La ira me inundó de forma automática, una reacción instintiva a su tono.

—No soy una niña, papá. Además, ya no estoy castigada, ¿recuerdas?

—Oh, yo creo que sí. Desde ahora mismo.

—Pero ¿por qué?

—Porque yo lo digo.

—¿Voy a tener que recordarte que ya tengo la mayoría de edad legal, Charlie?

—¡Mientras estés en mi casa, cumplirás mis normas!

Mi mirada se volvió helada.

—Si tú lo quieres así... ¿Deseas que me mude esta noche o me vas a dar algunos días para que pueda llevarme todas mis cosas?

El rostro de Charlie se puso de color rojo encendido. Me sentí fatal por haber jugado la carta de irme de casa. Respiré hondo e intenté utilizar un tono más razonable.

—Yo asumí sin quejarme todos los errores que he cometido, papá, pero no voy a pagar por tus prejuicios.

Charlie farfulló, pero no consiguió decir nada coherente.

—Tú sabes que tengo todo el derecho de ver a mamá este fin de semana. Dime con franqueza si tendrías alguna objeción al plan si me fuera con Alice o Angela.

—Son chicas —rugió, asintiendo.

—¿Te molestaría, si me llevara a Jacob?

Escogí a Jacob sólo porque sabía que mi padre lo prefería, pero rápidamente deseé no haberlo hecho; Edward apretó los dientes con un crujido audible.

Mi padre luchó para recuperar la calma antes de responder.

—Sí —me dijo con voz poco convencida—. También me molestaría.

—Eres un maldito mentiroso, papá.

—Bella...

—No es como si me fuera a Las Vegas para convertirme en corista o algo parecido. Sólo voy a ver a mamá —le recordé—. Ella tiene tanta autoridad sobre mí como tú —me lanzó una mirada fulminante—. ¿O es que cuestionas la capacidad de mamá para cuidar de mí? —Charlie se estremeció ante la amenaza implícita en mi pregunta—. Creo que preferirás que no le mencione esto —le dije.

—Ni se te ocurra —me advirtió—. Esta situación no me hace nada feliz, Bella.

—No tienes motivos para enfadarte.

Él puso los ojos en blanco, pero parecía que la tormenta había pasado ya.

Me volteé para quitarle el tapón al fregadero.

—Hice las tareas, tu cena, lavé los platos y no estoy castigada, así que me voy. Regreso antes de las diez y media.

—¿Adónde vas? —su rostro, que casi había vuelto a la normalidad, se puso otra vez de color rojo brillante.

—No estoy segura —admití—, aunque de todos modos estaremos en un radio de poco más de tres kilómetros, ¿está bien?

Gruñó algo que no sonó exactamente como su aprobación, pero salió a zancadas de la habitación. Como es lógico, la culpabilidad comenzó tan pronto como sentí que había ganado.

—¿Vamos a salir? —preguntó Edward, en voz baja, pero entusiasta.

Me volví y lo fulminé con la mirada.

—Sí, quiero decirte unas cuantas palabritas a solas.

Él no pareció muy aprensivo ante la idea, al menos, no tanto como supuse que lo estaría.

Esperé hasta que nos encontramos a salvo en su coche.

—¿De qué trata esto? —le exigí saber.

—Sé que quieres ir a ver a tu madre, Bella. Hablas de eso en sueños y, además, parece que con preocupación.

—¿Eso hago?

Él asintió.

—Pero lo cierto es que te comportas de una forma muy cobarde con Charlie, así que tuve que intervenir por tu bien.

—¿Intervenir? ¡Me arrojaste a los tiburones!

Puso los ojos en blanco.

—No creo que hayas estado en peligro en ningún momento.

—Ya te dije que no quiero enfrentarme a Charlie.

—Nadie dijo que tengas que hacerlo.

Le lancé otra mirada furibunda.

—No puedo evitarlo cuando se pone en plan mandón. Debe de ser que me sobrepasan mis instintos naturales de adolescente.

Él se rió entre dientes.

—Bueno, pero eso no es culpa mía.

Me quedé mirándolo fijamente, especulando. Él no pareció darse cuenta, ya que su rostro estaba sereno mientras miraba por el cristal delantero. Había algo que no cuadraba, pero no conseguí advertirlo. O, quizá, era otra vez mi imaginación, que iba por la libre del mismo modo que lo había hecho esa tarde.

—¿Tiene que ver esta necesidad urgente de ir a la Florida con la fiesta de este fin de semana en casa de Billy?

Dejó caer la mandíbula.

—Nada en absoluto. No me importa si estás aquí o en cualquier otra parte del mundo; de todos modos, no irías a esa fiesta.

Se comportaba del mismo modo que Charlie lo había hecho antes, justo como si estuvieran tratando con un niño malcriado. Apreté los dientes con fuerza sólo para no empezar a gritar. No quería pelearme también con él.

Suspiró y, cuando habló de nuevo, su tono de voz era cálido y aterciopelado.

—Bueno, ¿y qué quieres hacer esta noche? —me preguntó.

—¿Podemos ir a tu casa? Hace mucho tiempo que no veo a Esme.

Él sonrió.

—A ella le va a encantar, sobre todo cuando sepa lo que vamos a hacer este fin de semana.

Gruñí al sentirme derrotada.

Tal y como había prometido, no nos quedamos hasta tarde. Y no me sorprendió ver las luces todavía encendidas cuando nos estacionamos frente a la casa. Imaginé que Charlie me estaría esperando para gritarme un poco más.

—Será mejor que no entres —le advertí a Edward—. Sólo conseguirás empeorar las cosas.

—Tiene la mente relativamente en calma —bromeó él. Su expresión me hizo preguntarme si había alguna otra gracia adicional que me estaba perdiendo. Tenía las comisuras de la boca torcidas y luchaba por no sonreír.

—Te veré luego —murmuré con desánimo.

Él se carcajeó y me besó en la coronilla.

—Volveré cuando Charlie esté roncando.

Cuando entré, la televisión estaba a todo volumen. Por un momento consideré la idea de pasar a hurtadillas.

—¿Puedes venir, Bella? —me llamó Charlie, arruinándome el plan.

Arrastré los pies los cinco pasos necesarios para entrar en el salón.

—¿Qué pasa, papá?

—¿Lo pasaste bien esta noche? —me preguntó. Se veía incómodo. Busqué un significado oculto en sus palabras antes de contestarle.

—Sí —dije, no muy convencida.

—¿Qué hiciste?

Me encogí de hombros.

—Salimos con Alice y Jasper. Edward desafió a Alice en el ajedrez y yo jugué con Jasper. Me apaleó.

Sonreí. Ver jugar al ajedrez a Alice y Edward era una de las cosas más divertidas que había visto en mi vida. Se sentaban allí, inmóviles, miraban fijamente el tablero, mientras Alice intentaba prever los movimientos que él iba a hacer y, a su vez, él intentaba escoger aquellas jugadas que ella haría en respuesta sin que pasaran por su mente. El juego se desarrollaba la mayor parte del tiempo en sus mentes y creo que apenas habían movido dos peones cuando Alice, de modo repentino, tiró a su rey y él se rindió. Todo el proceso transcurrió en poco más de tres minutos.

Charlie pulsó el botón de silencio en el televisor, algo inusual.

—Mira, hay algo que necesito decirte.

Frunció el ceño y me pareció verdaderamente incómodo. Me senté y permanecí quieta, esperando. Nuestras miradas se encontraron un instante antes de que él clavara sus ojos en el suelo. No dijo nada más.

—Bueno, ¿y qué es, papá?

Suspiró.

—Estas cosas no se me dan. No sé ni por dónde empezar...

Esperé otra vez.

—Está bien, Bella. Éste es el tema —se levantó del sofá y comenzó a andar de un lado para otro por la habitación, sin que dejara de mirarse los pies todo el tiempo—. Parece que Edward y tú van bastante en serio, y hay algunas cosas de las que debes tener cuidado. Ya sé que eres una adulta, pero todavía eres joven, Bella, y hay un montón de cosas importantes que tienes que saber cuando tú... bueno, cuando te ves implicada físicamente con...

—¡Oh no, por favor, por favor, no! —le supliqué, saltando del asiento—. Por favor, no me digas que vas a intentar tener una charla sobre sexualidad conmigo, Charlie.

Él miró fijamente al suelo.

—Soy tu padre y tengo mis responsabilidades. Y recuerda

que yo me siento tan incómodo como tú en esta situación.

—No creo que eso sea humanamente posible. De todos modos, mamá te tomó la delantera desde hace, por lo menos, diez años. Te libraste.

—Hace diez años tú no tenías un novio —murmuró a regañadientes. No tenía duda de que estaba batallando con su deseo de dejar el tema. Ambos estábamos de pie, contemplándonos los zapatos para evitar tener que mirarnos a los ojos.

—No creo que lo esencial haya cambiado mucho —susurré, con la cara tan roja como la suya. Esto llegaba más allá del séptimo círculo del infierno; y lo hacía peor el hecho de que Edward sabía lo que me esperaba. Ahora no me sorprendía que estuviera tan seguro de sí mismo en el auto.

—Sólo dime que ambos están siendo responsables —me suplicó Charlie; seguramente, deseaba con toda claridad que se abriera un agujero en el suelo que se lo tragara.

—No te preocupes, papá, no es como tú piensas.

—No es que yo desconfíe de ti, Bella; pero estoy seguro de que no me vas a contar nada sobre esto y, además, sabes que en realidad yo tampoco quiero oírlo. De todas formas, intentaré tomarlo con actitud abierta, ya sé que los tiempos han cambiado.

Reí incómoda.

—Quizá los tiempos hayan cambiado, pero Edward es un poco chapado a la antigua. No tienes de qué preocuparte.

Charlie suspiró.

—Ya lo creo que sí —murmuró.

—Ugh —gruñí—. Realmente desearía que no me obligaras a decirte esto en voz alta, papá. De verdad...Pero bueno... Soy virgen aún y no tengo planes inmediatos para cambiar esta circunstancia.

Ambos nos moríamos de vergüenza, pero Charlie se tranquilizó. Pareció creerme.

—¿Me puedo ir ya a la cama? Por favor.

—Un minuto —añadió.

—¡Bueno ya, por favor, papá! ¡Te lo suplico!

—La parte embarazosa ya pasó, te lo prometo —me aseguró.

Me aventuré a mirarlo y me sentí agradecida al ver que parecía más relajado, y que su rostro había recuperado su tonalidad natural. Se hundió en el sofá y suspiró con alivio al ver que ya se había acabado la charla sobre sexo.

—¿Y ahora qué pasa?

—Sólo quería saber cómo iba la cosa del equilibrio.

—Oh. Bien, supongo. Hoy Angela y yo hicimos planes. Voy a ayudarla con sus tarjetas de graduación. Para chicas, nada más...

—Eso está bien. ¿Y qué pasa con Jake?

Suspiré.

—Todavía no he resuelto eso, papá.

—Pues sigue intentándolo, Bella. Sé que harás las cosas bien. Eres una buena persona.

Estupendo... Entonces, ¿era una mala persona, si no conseguía arreglar las cosas con Jake? Eso era un golpe bajo.

—Bueno, bueno —me mostré de acuerdo. Esta respuesta automática casi me hizo sonreír, ya que era una réplica que se me había pegado de Jacob. Incluso, estaba empleando ese mismo tono condescendiente que él solía usar con su padre.

Charlie sonrió ampliamente y volvió a conectar el sonido del televisor. Se dejó caer sobre los cojines, complacido por el trabajo que había llevado a cabo esa noche. En un momento se había sumergido de nuevo en el partido.

—Buenas noches, Bella.

—¡Hasta mañana! —me despedí, y salté camino de las escaleras.

Edward ya hacía rato que se había ido y lo más probable es que regresara cuando mi padre se durmiera. Seguramente, estaría de caza o haciendo lo que fuera para matar el rato, así que no tenía prisa por cambiarme de ropa y acostarme. No me sentía de humor para estar sola, pero, desde luego, no iba a bajar las escaleras dispuesta a pasar un rato en compañía de mi padre, por si acaso había algún otro asunto relativo al tema de la educación sexual que se le hubiera olvidado tocar antes; me estremecí.

Así que, gracias a Charlie, me encontraba nerviosa y llena de ansiedad. Ya había hecho las tareas y no estaba tan sosegada como para ponerme a leer o simplemente a escuchar música.

Estuve pensando en llamar a Renée para informarle de mi visita, pero entonces me di cuenta de que era tres horas más tarde en Florida y que ya estaría dormida.

Podía llamar a Angela, supuse.

Pero de pronto supe que no era con Angela con quien quería ni con quien necesitaba hablar.

Miré fijamente hacia el oscuro rectángulo de la ventana, mordiéndome el labio. No sé cuánto tiempo permanecí allí considerando los pros y los contras; los pros: hacer las cosas bien con Jacob y ver otra vez a mi mejor amigo, comportarme como una buena persona; y los contras: provocar el enfado de Edward. Tardé apenas unos diez minutos en decidir que los pros eran más válidos que los contras. A Edward sólo le preocupaba mi seguridad y yo sabía que, realmente, no había ningún problema por ese lado.

El teléfono no sería de ninguna ayuda; Jacob se había negado a contestar mis llamadas desde el regreso de Edward. Además, yo necesitaba verlo, verlo sonreír de nuevo de la manera como solía hacerlo. Si quería conseguir alguna vez un poco de paz espiritual, debía reemplazar aquel horrible último recuerdo de su rostro deformado y retorcido por el dolor.

Disponía de una hora, aproximadamente. Podía echar una carrera rápida a La Push y volver antes de que Edward se percatara de mi fuga. Ya había terminado mi toque de queda, pero seguro que a Charlie no le importaría mientras no tuviera que ver con Edward. Sólo había una manera de comprobarlo.

Agarré la chaqueta y pasé los brazos por las mangas mientras corría escaleras abajo.

Charlie apartó la mirada del partido, suspicaz al instante.

—¿Te importa si voy a ver a Jake esta noche? —le pregunté casi sin aliento—. No tardaré mucho.

Tan pronto como mencioné el nombre de Jake, el rostro de Charlie se relajó de forma instantánea con una sonrisa petulante. No parecía sorprendido en absoluto de que su sermón hubiera surtido efecto tan pronto.

—Para nada, Bella, sin problemas. Tarda todo lo que quieras.

—Gracias, papá —le dije, mientras salía disparada por la puerta.

Como cualquier fugitivo, no pude evitar mirar varias veces por encima de mi hombro mientras me subía a mi auto, pero la noche era tan oscura que realmente no hacía falta. Tuve que encontrar el camino siguiendo el lateral del coche hasta llegar a la manija.

Mis ojos comenzaban apenas a ajustarse a la luz cuando introduje las llaves en el contacto. Las torcí con fuerza hacia la izquierda, pero, en vez de empezar a rugir de forma ensordecedora, el motor sólo emitió un simple clic. Lo intenté de nuevo con los mismos resultados.

Y entonces, una pequeña porción de mi visión periférica me hizo dar un salto.

—¡¡Aahh!! —di un grito ahogado cuando vi que no estaba sola en la cabina.

Edward estaba sentado, muy quieto, un punto ligeramente brillante en la oscuridad, y sólo sus manos se movían mientras daba vueltas una y otra vez a un misterioso objeto negro. Lo miró mientras hablaba.

—Me llamó Alice —susurró.

¡Alice! Maldición. Se me había olvidado contemplarla en mis planes. Él debía de haberla puesto a vigilarme.

—Se puso nerviosa cuando tu futuro desapareció de forma repentina hace cinco minutos.

Mis pupilas, dilatadas ya por la sorpresa, se agrandaron más aún.

—Ella no puede visualizar a los licántropos, ya sabes —me explicó en el mismo murmullo bajo—. ¿Se te había olvidado? Cuando decides mezclar tu destino con el de ellos, tú también desapareces. Supongo que no tenías por qué saberlo, pero creo que puedes entender por qué eso me hace sentirme un poco... ¿ansioso? Alice te vio desaparecer y ella no podía decirme si habías venido ya a casa o no. Tu futuro se perdió junto con ellos.

—Ignoramos por qué sucede esto. Tal vez sea alguna defensa natural innata —hablaba ahora como si lo hiciera consigo mismo, todavía mirando la pieza del motor de mi coche mientras la hacía girar entre sus manos—. Esto no parece del todo creíble, máxime si se considera que yo no tengo problema alguno en leerles la mente a los hombres lobo, al menos, los de los Black. La teoría de Carlisle es que esto sucede porque sus vidas están muy limitadas a sus transformaciones. Son más una reacción involuntaria que una decisión. Son tan impredecibles que hacen cambiar todo lo que los rodea. En el momento en que cambian de una forma a otra, en realidad, ni existen siquiera. El futuro no puede afectarles...

Atendí a sus cavilaciones sumida en un silencio sepulcral.

—Arreglaré tu auto a tiempo para ir a la escuela en caso de que quieras conducir tú —me aseguró al cabo de un minuto.

Con los labios apretados, saqué las llaves y salté rígidamente fuera del coche.

—Cierra la ventana, si no quieres que entre esta noche. Lo entenderé —me susurró justo antes de que yo cerrara de un portazo.

Entré en la casa pisando fuerte y cerré esta puerta también de un portazo.

—¿Pasa algo? —inquirió Charlie desde el sofá.

—El coche no arranca —mascullé.

—¿Quieres que le eche un ojo?

—No, volveré a intentarlo mañana.

—¿Quieres llevarte mi coche?

No se supone que yo pueda conducir el auto patrulla de la Policía. Charlie debía de estar en verdad muy desesperado porque fuera a La Push. Probablemente, tanto como yo lo estaba.

—No. Estoy cansada —dije—. Buenas noches.

Subí las escaleras y me fui derecho a la ventana. Empujé con rudeza el metal del marco y lo cerré de un golpe, haciendo que temblaran los cristales.

Miré fijamente el trémulo y oscuro cristal durante largo rato, hasta que se quedó quieto. A continuación, suspiré y abrí la ventana lo más que pude.

Razones

El sol estaba tan oculto entre las nubes que no había forma de saber si se había puesto o no. Me encontraba bastante desorientada después de un vuelo tan largo, como si fuéramos hacia el oeste, a la caza del sol, que, a pesar de todo, parecía inmóvil en el cielo; por extraño que pudiera parecer, el tiempo estaba inestable. Me tomó por sorpresa el momento en que el bosque cedió paso a los primeros edificios, señal de que ya estábamos cerca de casa.

—Llevas mucho tiempo callada —observó Edward—. ¿Te mareó el avión?

—No, estoy bien.

—¿Te puso triste la despedida?

—Creo que estoy más aliviada que triste.

Alzó una ceja. Sabía que era inútil e innecesario, por mucho que odiara admitirlo, pedirle que mantuviera los ojos fijos en la carretera.

—Renée es bastante más... perceptiva que Charlie en muchos sentidos. Me estaba poniendo nerviosa.

Edward se rió.

—Tu madre tiene una mente muy interesante: casi infantil, pero muy perspicaz. Ve las cosas de modo diferente a los demás.

Perspicaz... Era una buena definición para mi madre, al menos, cuando prestaba atención a las cosas. La mayor parte del tiempo Renée estaba tan apabullada por lo que sucedía en su vida que apenas se daba cuenta de mucho más, pero este fin de semana me dedicó toda su atención.

Phil estaba ocupado, ya que el equipo de béisbol de la escuela en el que entrenaba había llegado a las rondas finales y el estar a solas con Edward y conmigo había intensificado el interés de Renée. Comenzó a observar tan pronto como nos abrazó y se pasaron los gritos de alegría; y mientras observaba, sus grandes ojos azules primero habían mostrado perplejidad y, luego, interés.

Esa mañana nos habíamos ido a dar un paseo por la playa. Quería enseñarme todas las cosas bonitas del lugar donde se encontraba su nuevo hogar, aún con la esperanza de que el sol consiguiera atraerme fuera de Forks. También quería hablar conmigo a solas y esto le facilitaba las cosas. Edward se había inventado un trabajo de la escuela para tener una excusa que le permitiera quedarse dentro de la casa durante el día.

Reviví la conversación en mi mente.

Renée y yo deambulamos por la acera, procurando mantenernos al amparo de las sombras de las escasas palmeras. Aunque era temprano, el calor resultaba abrasador. El aire estaba tan impregnado de humedad que el simple hecho de inhalar y exhalar requería de un esfuerzo para mis pulmones.

—¿Bella? —me preguntó mi madre, mirando a lo lejos, sobre la arena, a las olas que rompían suavemente mientras hablaba.

—¿Qué pasa, mamá?

Ella suspiró al tiempo que evitaba mi mirada.

—Me preocupa...

—¿Qué es lo que está mal? —pregunté, repentinamente ansiosa—. ¿En qué puedo ayudarte?

—No soy yo —sacudió la cabeza—. Me preocupas tú... y Edward.

Renée me miró por fin, con una expresión de disculpa en el rostro.

—Oh —susurré y fijé los ojos en una pareja que corría y nos rebasó en ese momento, empapados en sudor.

—Van mucho más en serio de lo que pensaba —continuó ella.

Fruncí el ceño y me transporté con rapidez a los dos últimos días. Edward y yo apenas nos habíamos tocado, al menos delante de ella. Me pregunté si Renée también me iba soltar un sermón sobre la responsabilidad. No me importaba que fuera del mismo modo como con Charlie, porque no me avergonzaba hablar del tema con mi madre. Después de todo, había sido yo la que le había soltado a ella el mismo sermón una y otra vez durante los últimos diez años.

—Hay algo... extraño en cómo están juntos —murmuró ella, con la frente fruncida sobre sus ojos preocupados—. Te mira de una manera... tan... protectora. Es como si estuviera dispuesto a interponerse delante de una bala para salvarte o algo parecido.

Me reí, aunque aún no me sentía capaz de enfrentarme a su mirada.

—¿Y eso es algo malo?

—No —ella volvió a fruncir el ceño mientras luchaba para encontrar las palabras apropiadas—. Simplemente es diferente. Él siente algo muy intenso por ti... y muy delicado. Me da la impresión de no comprender del todo su relación. Es como si me perdiera algún secreto.

—Creo que estás imaginando cosas, mamá —respondí con rapidez, luchando por hablarle con total naturalidad, a pesar de que se me revolvió el estómago. Había olvidado cuántas cosas era capaz de ver mi madre. Su comprensión sencilla del mundo prescindía de lo que no fuera esencial para ir directo a la verdad. Esto nunca había sido un problema. Hasta ahora, no había existido un secreto que no pudiera contarle.

—Y no es sólo él —apretó los labios en un ademán defensivo—. Me gustaría que vieras la manera como te mueves a su alrededor.

—¿Qué quieres decir?

—La manera como andas, como si él fuera el centro del mundo para ti y ni siquiera te dieras cuenta. Cuando él se desplaza, aunque sea sólo un poco, tú ajustas automáticamente tu posición a la suya. Es como si fueran imanes, o la fuerza de la gravedad. Eres su satélite... o algo así. Nunca había visto nada igual.

Cerró la boca y miró hacia el suelo.

—No me digas —le contesté en broma y me esforcé por sonreír—. Estás leyendo novelas de misterio otra vez, ¿verdad? ¿O es ciencia ficción esta vez?

Renée enrojeció y adquirió un delicado color rosado.

—Eso no tiene nada que ver.

—¿Encontraste algún buen título?

—Bueno, sí, había uno, pero eso no importa ahora. En realidad, estamos hablando de ti.

—No deberías salirte de la novela romántica, mamá. Ya sabes que enseguida te pones a alucinar.

Las comisuras de sus labios se elevaron.

—Estoy diciendo tonterías, ¿verdad?

No pude contestarle durante menos de un segundo. Renée era tan influenciable. Algunas veces eso estaba bien, porque no todas sus ideas eran prácticas, pero me dolía ver lo rápidamente que era arrastrada por mi argumento, sobre todo si tomaba en cuenta que esta vez tenía más razón que un santo.

Levantó la mirada y yo controlé mi expresión.

—Quizá no sean tonterías, tal vez sea porque soy madre —se echó a reír e hizo un gesto que abarcaba las arenas blancas y el agua azul—. ¿Y todo esto no basta para conseguir que vuelvas con la tonta de tu madre?

Me pasé la mano con dramatismo por la frente y después fingí retorcerme el pelo para escurrir el sudor.

—Con el tiempo terminas acostumbrándote a la humedad —me prometió.

—También a la lluvia —contraataqué.

Me dio un codazo juguetón y me tomó de la mano mientras regresábamos a su auto.

Sin considerar su preocupación por mí, parecía bastante feliz, contenta... Todavía miraba a Phil con ojos enamorados y eso me consolaba. Seguramente su vida era plena y satisfactoria. Seguramente no me extrañaba tanto, incluso ahora...

Los dedos helados de Edward se deslizaron por mi mejilla. Le devolví la mirada y parpadeé de vuelta al presente. Se inclinó sobre mí y me besó la frente.

—Llegamos a casa, Bella Durmiente. Hora de despertarse.

Nos paramos frente a la casa de Charlie, que había estacionado el auto patrulla en la entrada y mantenía encendida la luz del porche. Mientras observaba la entrada, vi cómo se alzaba la cortina en la ventana de la sala y proyectaba una línea de luz amarilla sobre el oscuro césped.

Suspiré. Sin duda, Charlie estaba esperando para abalanzarse sobre mí.

Edward debía de estar pensando lo mismo, porque su expresión se había vuelto rígida y sus ojos parecían lejanos cuando me abrió la puerta.

—¿Se ve mal la cosa?

—Charlie no se va a poner difícil —me prometió Edward

con voz neutra, sin mostrar el más ligero atisbo de humor—. Te ha extrañado.

Entorné los ojos, llenos de dudas. Si ése era el caso, ¿por qué estaba Edward en tensión, como si se aproximara una batalla?

Mi bolsa era pequeña, pero él insistió en llevarla hasta dentro. Papá nos abrió la puerta.

—¡Bienvenida a casa, hija! —gritó Charlie como si realmente lo pensara—. ¿Cómo te fue en Jacksonville?

—Húmedo. Y lleno de insectos.

—¿Y no te vendió Renée las excelencias de la Universidad de Florida?

—Lo intentó, pero francamente, prefiero beber agua antes que respirarla.

Los ojos de Charlie se deslizaron en busca de Edward.

—¿Lo pasaste bien?

—Sí —contestó con voz serena—. Renée fue muy hospitalaria.

—Este..., hum, bueno. Me alegro de que te divirtieras —Charlie apartó la mirada de Edward y me abrazó de forma inesperada.

—Impresionante —le susurré al oído.

Rompió a reír con una risa escandalosa.

—Realmente te extrañé, Bella. Cuando no estás, la comida es asquerosa.

—Ahora lo entiendo —le contesté mientras soltaba su abrazo.

—¿Antes de cualquier cosa, podrías llamar a Jacob? Lleva fastidiándome cada cinco minutos desde las seis de la mañana. Le prometí que le llamarías antes de que te pusieras a deshacer la maleta.

No tuve que mirar a Edward para advertir la rigidez de su postura o la frialdad de su expresión. Así que ésta era la causa de su tensión.

—¿Jacob desea hablar conmigo?

—Con toda su alma, diría yo. No ha querido decirme de qué se trata, sólo me dijo que es importante.

El teléfono volvió a sonar, estridente y acuciante.

—Será él otra vez, te apuesto mi próximo pago —murmuró Charlie.

—Yo contesto —dije mientras me apresuraba hacia la cocina.

Edward me siguió mientras Charlie desaparecía en la sala.

Agarré el auricular en mitad de un timbrazo y me volteé para permanecer de cara a la pared.

—¿Diga?

—Ya regresaste —dijo Jacob.

Su áspera voz familiar me hizo sentir una intensa añoranza. Mil recuerdos asaltaron mi mente y se mezclaron entre sí: una playa rocosa sembrada de maderas que flotaban a la deriva, una cochera fabricada con plásticos, refrescos calientes en una bolsa de papel, una habitación diminuta con un raído sillón, igualmente pequeño. El júbilo que brillaba en sus oscuros ojos hundidos, el calor febril de su mano grande en torno a la mía, el relampagueo de sus dientes blancos contra su piel oscura, su rostro relajado en esa amplia sonrisa que había sido siempre como la llave de una puerta secreta, donde sólo tienen acceso los espíritus afines.

Sentí una especie de anhelo por la persona y el lugar que me habían protegido a lo largo de mi noche más oscura.

Aclaré el nudo que tenía en la garganta.

—Sí —contesté.

—¿Por qué no me has llamado? —exigió Jacob.

Su tono malhumorado me enfadó al instante.

—Porque llevo en casa exactamente cuatro segundos y tu

llamada interrumpió el momento en que Charlie me estaba diciendo que habías llamado.

—Oh. Lo siento.

—Ya. Y dime, ¿por qué agobias a mi padre?

—Necesito hablar contigo.

—Seguro, pero eso ya lo tengo claro. Sigue.

Hubo una corta pausa.

—¿Vas a ir a clase mañana?

Torcí el gesto, incapaz de ver adónde quería ir a parar.

—Claro que iré. ¿Por qué no iba a hacerlo?

—Ni idea. Sólo era curiosidad.

Otra pausa...

—¿Y de qué quieres hablar, Jake?

Él dudó.

—Supongo que de nada especial. Sólo... quería oír tu voz.

—Sí..., lo entiendo... Me alegra mucho que me llamaras, Jake. Yo... —pero no sabía qué más decir. Me gustaría haberle dicho que iba de camino a La Push en ese momento, pero no podía.

—Tengo que irme —dijo de pronto.

—¿Qué?

—Te llamaré pronto, ¿Okey?

—Pero Jake...

Ya había colgado. Escuché el tono de colgar llena de incredulidad.

—Qué cortante —murmuré.

—¿Todo bien? —preguntó Edward con voz baja y cautelosa.

Me volví lentamente para encararlo. Su expresión era totalmente tranquila e inescrutable.

—No lo sé. Me gustaría saber qué pasa —no tenía sentido que Jacob hubiera estado fastidiando a Charlie todo el día sólo para preguntarme si iba a ir a la escuela. Y si quería escuchar mi voz, ¿por qué había colgado tan pronto?

—Tú tienes más probabilidades que yo de saber qué esta pasando —comentó Edward, con la sombra de una sonrisa tirando de la comisura de su labio.

—Ajá —susurré. Era cierto. Conocía a Jake a fondo. Seguro que sus razones no serían tan complicadas de entender.

Con mis pensamientos a kilómetros de distancia —como a unos veintitrés kilómetros siguiendo la carretera hacia La Push—, comencé a reunir los ingredientes necesarios en el refrigerador para prepararle la cena a Charlie. Edward se recargó en la mesa de cocina y yo era apenas consciente de cómo clavaba los ojos en mi rostro, pero estaba demasiado inquieta para preocuparme también por lo que pudiera ver en ellos.

Lo de la escuela tenía pinta de ser la clave del asunto. Eso era en realidad lo único que Jake había preguntado. Y él debía de estar buscando una respuesta a algo, o no habría molestado a Charlie de forma tan persistente.

Sin embargo, ¿por qué le iba a preocupar mi asistencia a clase?

Intenté abordar el tema de una manera lógica. Así que, si yo hubiera faltado al día siguiente a la escuela, ¿qué problema habría causado eso desde el punto de vista de Jacob? Charlie se hubiera enojado porque yo perdiera un día de clase tan cerca de los finales, pero lo habría convencido de que un viernes no era un estorbo en mis estudios. A Jake eso le daba exactamente igual.

Mi cerebro no parecía estar dispuesto a colaborar con ninguna aportación especialmente brillante. Quizás era que pasaba por alto alguna pieza vital de información.

¿Qué podría haber ocurrido en los últimos tres días que fuera tan importante como para que Jacob interrumpiera su negativa a contestar a mis llamadas y lo hiciera ponerse en contacto conmigo? ¿Qué diferencia suponían esos tres días?

Me quedé helada en mitad de la cocina. El paquete de hamburguesas congeladas que llevaba se deslizó entre mis manos aturdidas. Tardé un largo segundo en evitar el golpe que se hubieran dado contra el suelo.

Edward lo tomó y lo arrojó a la mesa de la cocina. Sus brazos me rodearon rápidamente y pegó los labios a mi oído.

—¿Qué es lo que pasa?

Sacudí la cabeza, aturdida.

Tres días podrían cambiarlo todo.

¿No había estado pensando acerca de la imposibilidad de ir a la escuela, por no poder estar cerca de la gente, después de haber atravesado los dolorosos tres días de la conversión? Esos tres días me liberarían de la mortalidad, de modo que podría compartir la eternidad con Edward, una conversión que me haría prisionera definitivamente de mi propia sed.

¿Le había dicho Charlie a Billy que desaparecí durante tres días? ¿Billy llegó a la conclusión evidente? ¿Lo que realmente me había estado preguntando Jacob era si todavía continuaba siendo humana? ¿Estaba asegurándose, en realidad, de que el tratado con los hombres lobo no se hubiera roto, y de que ninguno de los Cullen se hubiera atrevido a morder a un humano...? Morder, no matar...

Pero ¿creía él honradamente que yo volvería a casa si ése fuera el caso?

Edward me sacudió.

—¿Bella? —me preguntó, ahora lleno de auténtica ansiedad.

—Creo... creo que simplemente estaba comprobando algo —masculle entre dientes—. Quería asegurarse de que sigo siendo humana, a eso se refería.

Edward se puso rígido y un siseo ronco resonó en mi oído.

—Tendremos que irnos —susurré— antes. De ese modo no

se romperá el tratado. Y nunca más podremos regresar.

Sus brazos se endurecieron a mi alrededor.

—Ya lo sé.

—Ejem —Charlie se aclaró la garganta ruidosamente a nuestras espaldas.

Yo pegué un salto y después me liberé de los brazos de Edward, enrojeciendo. Edward se reclinó en la mesa de cocina. Tenía los ojos entornados y pude ver reflejada en ellos la preocupación y la ira.

—Si no quieres hacer la cena, puedo llamar y pedir una pizza —insinuó Charlie.

—No, está bien, ya empecé.

—Bueno —comentó él. Se acomodó contra el marco de la puerta, con los brazos cruzados.

Suspiré y me puse a trabajar, intentando ignorar a mi audiencia.

—Si te pido que hagas algo, ¿confiarás en mí? —me preguntó Edward, con un tono afilado en su voz aterciopelada.

Casi habíamos llegado a la escuela. Él había estado relajado y bromeando hasta hacía apenas un momento; ahora, de pronto, tenía las manos aferradas al volante e intentaba controlar la fuerza para no romperlo en pedazos.

Clavé la mirada en su expresión llena de ansiedad, con los ojos distantes como si escuchara voces lejanas.

Mi pulso se desbocó en respuesta a su tensión, pero contesté con cuidado.

—Eso depende.

Metió el coche a el estacionamiento de la escuela.

—Ya me temía que dirías eso.

—¿Qué deseas que haga, Edward?

—Quiero que te quedes en el coche —se estacionó en su sitio habitual y apagó el motor mientras hablaba—. Quiero que esperes aquí hasta que regrese por ti.

—Pero ¿por qué?

Fue entonces cuando lo vi. Habría sido difícil no distinguirlo al sobresalir como lo hacía del resto de los estudiantes, incluso, aunque no hubiera estado recostado contra su motora negra, estacionada de forma ilegal en la acera.

—Oh.

El rostro de Jacob era la máscara tranquila que yo conocía tan bien. Era la cara que solía poner cuando estaba decidido a mantener sus emociones bajo control. Lo hacía parecerse a Sam, el mayor de los licántropos, el líder de la manada de los quileute, pero Jacob nunca podría imitar la serenidad perfecta de Sam.

Había olvidado cuánto me molestaba ese rostro. Había llegado a conocer a Sam bastante bien antes de que regresaran los Cullen, incluso, me gustaba, aunque nunca conseguía sacudirme el resentimiento que experimentaba cuando Jacob imitaba la expresión de Sam. No era mi Jacob cuando la llevaba puesta; era la cara de un extraño.

—Anoche te precipitaste en llegar a una conclusión equivocada —murmuró Edward—. Te preguntó por la escuela, porque sabía que yo estaría donde tú estuvieras. Buscaba un lugar seguro para hablar conmigo, un escenario con testigos.

Así que yo había malinterpretado las razones de Jacob para llamarme. El problema radicaba en la información faltante, por ejemplo, por qué demonios querría Jacob hablar con Edward.

—No me voy a quedar en el coche —repuse.

Edward gruñó bajo.

—Claro que no. Bien, acabemos con esto de una vez.

El rostro de Jacob se endureció conforme avanzábamos hacia él, con las manos unidas.

Noté también otros rostros, los de mis compañeros de clase. Me di cuenta de cómo sus ojos se dilataban al posarse sobre los dos metros del fortachón de Jacob, cuya constitución musculosa era impropia de un chico de poco más de diecisiete años. Vi cómo aquellos ojos recorrían su ajustada camiseta negra de manga corta, aunque el día era frío a pesar de la estación, sus pantalones rasgados y manchados de grasa y la motora lacada en negro sobre la que se apoyaba. Las miradas no se detenían en su rostro, ya que había algo en su expresión que les hacía retirarlas con rapidez. También constaté la distancia que mantenían con él, una burbuja de espacio que nadie se atrevía a cruzar.

Con cierta sorpresa, me di cuenta de que Jacob les parecía peligroso. Qué raro.

Edward se detuvo a unos cuantos metros de Jacob. Tenía bien claro lo incómodo que le resultaba tenerme tan cerca de un licántropo. Retrasó ligeramente la mano y me echó hacia atrás para ocultarme a medias con su cuerpo.

—Podrías habernos llamado —comenzó Edward con una voz dura como el acero.

—Lo siento —contestó Jacob y torció el gesto con desprecio—. No tengo sanguijuelas en mi agenda.

—También podríamos haber hablado cerca de casa de Bella —la mandíbula de Jacob se contrajo y frunció el ceño sin contestar—. Éste no es el sitio apropiado, Jacob. ¿Podríamos discutirlo luego?

—Okey, okey. Pasaré por tu cripta cuando terminen las clases —bufó Jacob—. ¿Qué tiene de malo hablar ahora?

85

Edward miró alrededor intencionalmente y posó su mirada en aquellos testigos que se hallaban a distancia suficiente como para escuchar la conversación. Unos pocos remoloneaban en la acera con los ojos brillantes de expectación, exactamente igual que si esperaran una pelea que aliviara el tedio de otro lunes por la mañana. Vi cómo Tyler Crowley le daba un ligero codazo a Austin Marks y ambos interrumpían su camino hacia el aula.

—Ya sé lo que viniste a decir —le recordó Edward a Jacob en una voz tan baja que apenas pude oírlo—: mensaje entregado. Considéranos advertidos.

Edward me miró con ojos preocupados durante un fugaz segundo.

—¿Advertidos? —le pregunté sin comprender—. ¿De qué estás hablando?

—¿No le has dicho a ella? —inquirió Jacob, con los ojos dilatados por la sorpresa—. ¿Qué? ¿Acaso temes que se ponga de nuestra parte?

—Por favor, déjalo ya, Jacob —intervino Edward, con voz calmada.

—¿Por qué? —lo desafió Jacob.

Fruncí el ceño, confundida.

—¿Qué es lo que no sé, Edward?

Él se limitó a seguir mirando a Jacob como si no me hubiera escuchado.

—¿Jake?

Jacob alzó una ceja en mi dirección.

—¿No te dijo que ese... hermano gigante que tiene cruzó la línea el sábado por la noche? —preguntó, con un tono lleno de sarcasmo. Entonces, fijó la vista en Edward—. Paul estaba totalmente en su derecho de...

—¡Era tierra de nadie! —masculló Edward.

—¡No es así!

Jacob estaba claramente que echaba humo. Le temblaban las manos. Sacudió la cabeza e hizo dos inhalaciones profundas de aire.

—¿Emmett y Paul? —susurré. Paul era el camarada más inestable de la manada de Jacob. Él fue quien perdió el control aquel día en el bosque y el recuerdo de ese lobo gris que gruñía revivió repentinamente en mi mente—. ¿Qué pasó? ¿Se enfrentaron? —mi voz se alzó con una nota de pánico—. ¿Por qué? ¿Está herido Paul?

—No hubo lucha —aclaró Edward con tranquilidad, sólo para mí—. Nadie salió herido. No te inquietes.

Jacob nos miraba con gesto de incredulidad.

—No le contaste nada en absoluto, ¿a que no? ¿Ése es el modo como la mantienes apartada? Por eso ella no sabe…

—Vete ya —Edward le cortó a mitad de la frase y su rostro se volvió de repente amedrentador, realmente terrorífico. Durante un segundo pareció un… un vampiro. Miró a Jacob con una aversión abierta y sanguinaria.

Jacob enarcó las cejas, pero no hizo ningún otro movimiento.

—¿Por qué no se lo has dicho?

Se enfrentaron el uno al otro en silencio durante un buen rato. Comenzaron a reunirse más estudiantes con Tyler y Austin. Vi a Mike al lado de Ben. El primero tenía una mano apoyada en el hombro de Ben, como si estuviera reteniéndolo.

De repente, en medio de aquel silencio sepulcral, intuí que algo estaba pasando, y todas las piezas comenzaron a encajar.

Algo que Edward no quería que yo supiera…

Algo que Jacob no me hubiera ocultado jamás…

Algo que había hecho que los Cullen y los hombres lobo anduvieran juntos por el bosque en una proximidad peligrosa...

Algo que había hecho que Edward insistiera en cruzar el país en avión...

Algo que Alice había visto en una visión la semana pasada, una visión sobre la que Edward me había mentido...

Algo que, de todos modos, yo había estado esperando.

Algo que yo sabía que volvería a ocurrir, aunque deseaba con todas mis fuerzas que no fuera así.

¿Hasta cuando?

Escuché el rápido jadeo entrecortado del aire que salía entre mis labios, pero no pude evitarlo. Parecía como si el edificio de la escuela temblara, como si hubiera un terremoto, pero yo sabía que era sólo mi propio temblor el que causaba la ilusión.

—Ella ha vuelto por mí —resollé con voz estrangulada.

Victoria nunca iba a rendirse, a menos que yo estuviera muerta. Repetiría el mismo patrón una y otra vez —engañar y escapar, engañar y escapar— hasta que encontrara una brecha entre mis defensores.

Quizá tendría suerte. Quizá los Vulturis vendrían primero por mí, ya que ellos me matarían más rápidamente, por lo menos.

Edward me apretó contra su costado y puso su cuerpo de modo que él siguiera estando entre Jacob y yo, y me acarició la cara con manos ansiosas.

—No pasa nada —me susurró—. No pasa nada. Nunca dejaré que se te acerque, no pasa nada.

Luego, se volvió y miró a Jacob.

—¿Contesta esto a tu pregunta, perrito?

—¿No crees que Bella tiene derecho a saberlo? —lo retó Jacob—. Es su vida.

Edward mantuvo su voz muy baja. Incluso Tyler, que intentaba acercarse paso a paso, fue incapaz de oírlo.

—¿Por qué debe tener miedo, si nunca ha estado en peligro?

—Mejor asustada que ignorante...

Intenté recobrar la compostura, pero mis ojos estaban anegados de lágrimas. Podía imaginarla detrás de mis párpados, podía ver el rostro de Victoria, sus labios retraídos sobre los dientes, sus ojos carmesís que brillaban con la obsesión de la venganza; ella responsabilizaba a Edward de la muerte de su amor, James, y no pararía hasta quitarle a él también el suyo.

Edward limpió las lágrimas de mi mejilla con las yemas de los dedos.

—¿Realmente crees que herirla es mejor que protegerla? —murmuró.

—Ella es más fuerte de lo que crees —repuso Jacob—. Y la ha pasado bastante mal.

De repente, el rostro de Jacob cambió y fijó la mirada en Edward con una expresión extraña, calculadora. Entornó los ojos como si intentara resolver un difícil problema de matemáticas en su mente.

Sentí que Edward se encogía. Alcé los ojos para ver sus facciones, que se crisparon con un sentimiento que sólo podía ser de dolor. Por un momento espantoso, recordé una tarde en Italia, en aquella macabra habitación de la torre de los Vulturis, donde Jane había torturado a Edward con aquel maligno don que poseía y lo había quemado simplemente con el poder de su mente.

El recuerdo me ayudó a recuperarme de mi inminente ataque de histeria y puso las cosas en perspectiva, ya que prefería que Victoria me matara cien veces antes que verlo sufrir de ese modo otra vez.

—Qué divertido —comentó Jacob, con una carcajada mientras observaba el rostro de Edward, que hizo otro gesto de dolor, pero consiguió suavizar su expresión con un pequeño esfuerzo, aunque no podía ocultar la agonía de sus ojos.

Miré fijamente, con los ojos bien abiertos, primero la mueca de Edward y, luego, el aire despectivo de Jacob.

—¿Qué estás haciéndole? —inquirí.

—No es nada, Bella —me aseguró Edward en voz baja—. Sólo que Jacob tiene muy buena memoria, eso es todo.

El aludido esbozó una gran sonrisa y Edward se estremeció de nuevo.

—¡Ya basta!, sea lo que sea que estés haciendo.

—Okey, si tú quieres —Jacob se encogió de hombros—. Aunque es culpa suya si no le gustan mis recuerdos.

Lo miré fijamente y él me devolvió una sonrisa despiadada, como a un chiquillo que era sorprendido en algo que sabe que no debe hacer, por alguien que sabe que no lo castigará.

—El director viene de camino a echar a los merodeadores de la propiedad de la escuela —me murmuró Edward—. Vete a clase de Lengua, Bella, no quiero que te involucres en esto.

—Es un poco sobreprotector, ¿a que sí? —comentó Jacob, dirigiéndose sólo a mí—. Algo de emoción hace que la vida sea divertida. Déjame adivinar, ¿a que no tienes permiso para divertirte?

Edward lo fulminó con la mirada y sus labios se retrajeron levemente sobre sus dientes.

—Cierra la boca, Jacob —le dije.

Él se echó a reír.

—Eso suena a negativa. Oye, si alguna vez quieres vivir la vida nuevamente, búscame. Todavía tengo tu motora en mi garaje.

Esta noticia me distrajo.

—Se supone que ya la hubieses vendido. Le prometiste a Charlie que lo harías.

Le supliqué a mi padre que la vendiera en agradecimiento a Jacob. Después de todo, él había invertido semanas de trabajo en ambas motoras y merecía algún tipo de compensación, ya que, si fuera por Charlie, habría tirado la motora a un basurero. Y, probablemente, después le habría prendido fuego.

—Ah, sí, claro. Como si yo pudiera hacer eso. Es tuya; no, mía. De cualquier modo, la conservaré hasta que quieras que te la devuelva.

Un pequeño atisbo de la sonrisa que yo recordaba jugueteó con ligereza en las comisuras de sus labios.

—Jake...

Se inclinó hacia delante, ahora con el rostro lleno de interés, sin sarcasmo.

—Creo que no he hecho bien las cosas hasta ahora, ya sabes, eso de no volver a vernos como amigos. Quizá podríamos arreglarlo, al menos por mi parte. Ven a visitarme algún día.

Me sentía plenamente consciente de Edward, con sus brazos todavía alrededor de mi cuerpo, para protegerme, y yo, inmóvil como una piedra. Le lancé una mirada al rostro, que aún seguía tranquilo, paciente.

—Este, yo... no sé, Jake.

Jacob abandonó su fachada hostil por completo. Era casi como si se hubiera olvidado que Edward estaba allí o, al menos, como si estuviera decidido a actuar así.

—Te extraño mucho, todos los días, Bella. Las cosas no son iguales sin ti.

—Ya lo sé y lo siento, Jake. Yo sólo...

Él sacudió la cabeza y suspiró.

—Lo sé. Después de todo, no importa, ¿verdad? Supongo que sobreviviré o lo que sea. ¿A quién le hace falta tener amigos? —hizo una mueca de dolor e intentó disimularla bajo un ligero barniz bravucón.

El sufrimiento de Jacob siempre había disparado mi lado protector. No era racional del todo, ya que él, difícilmente, necesitaría el tipo de protección física que yo le podría proporcionar, pero mis brazos, atrapados con firmeza bajo los de Edward, ansiaban alcanzarlo para enredarse alrededor de su cintura grande y cálida, en una silenciosa promesa de aceptación y consuelo.

Los brazos protectores de Edward se habían convertido en un encierro.

—Bueno, a clase —una voz severa resonó a nuestras espaldas—. Póngase en marcha, señor Crowley.

—Vete a tu escuela, Jake —susurré, nerviosa, en el momento en que reconocí la voz del director. Jacob iba a la escuela de los quileute, pero podría verse involucrado en problemas por allanamiento de propiedad o algo así.

Edward me soltó, aunque me tomó la mano y continuó interponiendo su cuerpo entre nosotros.

El señor Greene avanzó por medio del círculo de espectadores, con las cejas protuberantes como nubes ominosas de tormenta sobre sus ojos pequeños.

—¡Dije que ya —amenazó—! Castigaré a todo el que me encuentre aquí mirando cuando me dé la vuelta.

La concurrencia se disolvió antes de que el director hubiese terminado la frase.

—Ah, señor Cullen, ¿qué ocurre aquí? ¿Algún problema?

—Ninguno, señor Greene. Íbamos ya de camino a clase.

—Excelente. Creo que no conozco a su amigo —el director volvió su mirada fulminante a Jacob—. ¿Es usted un estudiante del centro?

Los ojos del señor Greene examinaron a Jacob y vi cómo llegaba a la misma conclusión que todo el mundo: peligroso, un chico problemático.

—No —repuso Jacob, con una sonrisita engreída en sus gruesos labios.

—Entonces le sugiero que se marche rápido de la propiedad de la escuela, jovencito, antes de que llame a la Policía.

La sonrisita de Jacob se convirtió en una gran sonrisa y supe que se estaba imaginando a Charlie deteniéndolo; pero su expresión era demasiado amarga, demasiado llena de burla para satisfacerme. Ésa no era la sonrisa que yo esperaba ver.

Jacob respondió: «Sí, señor», y esbozó un saludo militar antes de montarse en su motora y patear el pedal de arranque en la misma acera. El motor rugió y, luego, las ruedas rechinaron cuando las hizo dar un giro cerrado. Jacob se perdió de vista en apenas segundos.

El señor Greene rechinó los dientes mientras observaba la escena.

—Señor Cullen, espero que hable con su amigo para que no vuelva a invadir la propiedad privada.

—No es mi amigo, señor Greene, pero le haré llegar la advertencia.

El señor Greene apretó los labios. El expediente académico intachable de Edward y su trayectoria impecable lo favorecían en la valoración del director respecto al incidente.

—Ya veo. Si tiene algún problema, estaré encantado de…

—No hay de qué preocuparse, señor Greene. No hay ningún problema.

—Espero que sea así. Bien, entonces, a clase. Usted también, señorita Swan.

Edward asintió y me empujó con rapidez hacia el edificio donde estaba el aula de Lengua.

—¿Te sientes bien como para ir a clase? —me susurró cuando dejamos atrás al director.

—Sí —murmuré en respuesta, aunque no estaba del todo segura de estar diciendo la verdad.

Aunque si me sentía bien o no, no era el tema más importante. Necesitaba hablar con Edward cuanto antes y la clase de Lengua no era el sitio ideal para la conversación que deseaba.

Pero no había muchas otras opciones mientras tuviéramos al señor Greene justo detrás de nosotros.

Llegamos al aula un poco tarde y nos sentamos rápidamente en nuestros sitios. El señor Berty estaba recitando un poema de Frost. Ignoró nuestra entrada, para que no se rompiera el ritmo de la declamación.

Arranqué de mi libreta una página en blanco y comencé a escribir, con una caligrafía más ilegible de lo normal, debido a mi nerviosismo.

¿Qué es lo que está pasando? Y no me vengas con el rollo protector, por favor.

Le pasé la nota a Edward. Él suspiró y comenzó a escribir. Le llevó menos tiempo que a mí, aunque rellenó un párrafo entero con su caligrafía antes de deslizarme el papel de vuelta.

Alice vio regresar a Victoria. Te saqué de la ciudad por simple precaución, aunque nunca hubo oportunidad de que se acercara a ti de ningún modo. Emmett y Jasper estuvieron a punto de atraparla, pero ella tiene un gran instinto para huir. Se escapó justo por la línea que marca la frontera con los licántropos, de un modo tan preciso como si la hubiera visto en un mapa. Tampoco ayudó que las capacidades de Alice se eliminaran por la implicación de los quileute. Para ser jus-

to, admito que los quileute podían haberla atrapado también si no hubiéramos estado nosotros de por medio. El lobo gris grande pensó que Emmett había traspasado la línea y se puso a la defensiva. Desde luego, Rosalie entró en acción y todo el mundo abandonó la casa para defender a sus compañeros. Carlisle y Jasper consiguieron calmar la situación antes de que se nos fuera de las manos. Pero para entonces, Victoria se había escapado. Eso es todo.

Fruncí el entrecejo ante lo que había escrito en la página. Todos ellos habían participado en el asunto: Emmett, Jasper, Alice, Rosalie y Carlisle; quizá, incluso hasta Esme, aunque él no la había mencionado. Y además, Paul y el resto de la manada de los quileute... No habría sido difícil convertir aquello en una lucha generalizada, que enfrentara a mi futura familia con mis viejos amigos. Y cualquiera de ellos podría haber salido herido. Supuse que los lobos habrían corrido más peligro, pero imaginarme a la pequeña Alice al lado de alguno de aquellos gigantescos licántropos, luchando...

Me estremecí.

Cuidadosamente, borré con la goma todo el párrafo y entonces escribí en la parte superior:

¿Y qué pasa con Charlie? Victoria podría haber ido por él.

Edward negó con la cabeza antes, incluso, de que terminara; resultaba obvio que intentaba restarle importancia al peligro que Charlie podría haber corrido. Levantó una mano, pero lo ignoré, y continué escribiendo:

No puedes saber qué pasa por la mente de Victoria, sencillamente, porque no estabas aquí. Florida fue una mala idea.

Me arrebató el papel de las manos:

No iba a dejarte marchar sola. Con la suerte que tienes, no habrían encontrado ni la caja negra.

Eso no era lo que yo quería decir en absoluto. Ni siquiera se me había ocurrido irme sin él. Me refería a que habría sido mejor que nos hubiéramos quedado aquí los dos. Pero su respuesta me distrajo y me molestó un poco. Como si yo no pudiera volar a través del país sin provocar un accidente de avión. Muy divertido, claro.

Digamos que mi mala suerte hiciera caer el avión... ¿Qué es, exactamente, lo que tú hubieras podido hacer al respecto?

¿Por qué tendría que estrellarse?

Ahora intentaba disimular una sonrisa.

Los pilotos podrían estar borrachos.

Fácil: pilotaría el avión.

Claro. Apreté los labios y lo intenté de nuevo.
Explotan los dos motores y caemos en una espiral mortal hacia el suelo.

Esperaría hasta que estuviéramos lo suficientemente cerca del suelo, te agarraría bien fuerte, le daría una patada a la pared, y saltaría. Luego, correría de nuevo hacia la escena del accidente y nos tambalearíamos como los dos afortunados supervivientes de la historia.

Me quedé sin palabras. Lo miré.

—¿Qué? —susurró.

Sacudí la cabeza, intimidada.

—Nada —articulé las palabras sin pronunciarlas en voz alta.

Di por terminada la desconcertante conversación y escribí sólo una línea más:

La próxima vez me lo contarás.

Sabía que habría otra vez. El esquema se repetiría hasta que alguien perdiera.

Edward me miró a los ojos durante un largo rato. Me pregunté qué aspecto tendría mi cara, ya que la sentía fría, como si la sangre no hubiera regresado a mis mejillas. Todavía tenía las pestañas mojadas.

Suspiró y asintió sólo una vez.

Gracias.

El papel desapareció de mis manos. Levanté la mirada y parpadeé por la sorpresa de encontrarme al señor Berty que venía por el pasillo.

—¿Tiene algo ahí que tenga que darme, señor Cullen?

97

Edward alzó una mirada inocente y puso la hoja de papel encima de su carpeta.

—¿Mis notas? —preguntó, con un tono lleno de confusión.

El señor Berty observó las anotaciones: una perfecta trascripción de su lección, sin duda, y se marchó con el ceño fruncido.

Más tarde, en clase de Cálculo, la única en la que no estaba con Edward, escuché el chismorreo.

—Apuesto a favor del indio grandote —decía alguien.

Miré a hurtadillas y vi a Tyler, Mike, Austin y Ben con las cabezas inclinadas y juntas, que conversaban muy interesados.

—Okey —susurró Mike— ¿Vieron el tamaño de ese chico, el tal Jacob? Creo que habría podido con Cullen —Mike parecía encantado con la idea.

—No lo creo —disintió Ben—. Edward tiene algo. Siempre está tan… seguro de sí mismo. Me da la sensación de que más vale cuidarse de él.

—Estoy con Ben —admitió Tyler—. Además, si alguien se metiera con Edward, ya saben que aparecerían esos hermanos enormes que tiene...

—¿Han pasado por La Push últimamente? —preguntó Mike—. Lauren y yo fuimos a la playa hace un par de semanas y créanme, los amigos de Jacob son todos tan descomunales como él.

—Uf —intervino Tyler—, menos mal que esto terminó sin que la sangre llegara al río. Ojalá no averigüemos cómo podría haber acabado la cosa.

—Pues si hubiera problemas, a mí no me importaría echar un ojo —dijo Austin—. Quizá deberíamos ir a ver.

Mike esbozó una amplia sonrisa.

—¿Alguien quiere apostar?

—Diez por Jacob —propuso Austin rápidamente.

—Diez, a Cullen —replicó Tyler.

—Diez, a Edward —imitó Ben.

—Apuesto por Jacob —intervino Mike.

—Bueno, chicos, ¿y alguien sabe cuál era el problema? —se preguntó Austin—. Eso podría afectar las probabilidades.

—Yo creo tener una idea —apuntó Mike, y entonces lanzó una mirada en mi dirección al mismo tiempo que Ben y Tyler.

Concluí, por sus expresiones, que ninguno se había dado cuenta de que estaba a una distancia en la que era fácil oírlos. Todos apartaron la mirada con rapidez y removieron los papeles en los pupitres.

—Mantengo mi apuesta por Jacob —musitó Mike entre dientes.

Naturalezas

Pasaba por una semana horrible.

Yo sabía que no había cambiado nada muy importante. Bueno, Victoria no se rendía, pero ¿acaso esperaba que fuera de otro modo? Su reaparición sólo confirmaba lo que ya sabía. No tenía motivo para asustarme; no era algo nuevo.

Eso en teoría. Porque no sentir pánico es algo más fácil de decir que de hacer.

Sólo quedaban unas cuantas semanas para la graduación, y me preguntaba si no era un poco estúpido quedarme sentada, débil y apetecible, a la espera del próximo desastre. Parecía muy peligroso continuar siendo humana, como si estuviera atrayendo el peligro conscientemente. Una persona con mi suerte debería ser un poquito menos vulnerable.

Pero nadie me escucharía.

Carlisle había dicho:

—Somos siete, Bella, y con Alice de nuestro lado, dudo que Victoria nos pueda sorprender con la guardia baja. Pienso que es importante, por el bien de Charlie, que nos atengamos al plan original.

Esme había agregado:

—No dejaremos nunca que te pase nada malo, cielo. Ya lo sabes. Por favor, no te pongas nerviosa —y luego me besó la frente.

Emmett había continuado:

—Estoy muy contento de que Edward no te haya matado. Todo es mucho más divertido contigo por aquí.

Rosalie lo miró con cara de pocos amigos.

Alice había puesto los ojos en blanco para luego agregar:

—Me siento ofendida. ¿Verdad que no estás preocupada por esto? ¿A que no?

—Si no era para tanto, entonces, ¿por qué me llevó Edward a Florida? —inquirí.

—Pero ¿no te has dado cuenta todavía, Bella, de que Edward es un poquito dado a reaccionar de forma exagerada?

Jasper, silenciosamente, había borrado todo el pánico y la tensión de mi cuerpo con su curiosa habilidad para controlar las atmósferas emocionales. Me sentí más tranquila y los dejé convencerme de lo innecesario de mi desesperada petición.

Pero claro, toda esa calma desapareció en el momento en que Edward y yo salimos de la habitación.

Así que el acuerdo consistía en que lo mejor que podía hacer era olvidarme de que un vampiro desquiciado quería cazarme. Y ocuparme de mis asuntos.

Y lo intenté. Y de modo sorprendente, había otras cosas casi tan estresantes en las cuales concentrarse, como mi rango dentro de la lista de especies amenazadas...

Porque la respuesta de Edward había sido la más frustrante de todas.

—Eso es algo entre tú y Carlisle —había dicho—. Claro, que yo estaría encantado de que fuera algo entre tú y yo en cualquier momento que quisieras, pero ya conoces mi condición —y sonrió angelicalmente.

Agh... Claro que sabía en qué consistía su condición. Edward me había prometido que sería él mismo quien me convertiría cuando yo quisiera... siempre que me casara con él primero.

Algunas veces me preguntaba si sólo simulaba no saber leerme la mente. ¿Cómo fue que encontró la única condición que tendría problemas en aceptar? El requisito preciso que me obligaría a tomarme las cosas con más calma.

Había sido una semana malísima en su conjunto, y aquel día, el peor de todos.

Siempre eran días malos cuando se ausentaba Edward. Alice no había visto nada fuera de lo habitual ese fin de semana, por lo que insistí en que aprovechara la oportunidad para irse con sus hermanos de cacería. Sabía cuánto le aburría cazar las presas cercanas, tan fáciles.

—Ve y diviértete —le insté—. Caza unos cuantos pumas en mi honor.

Jamás admitiría en su presencia lo mal que sobrellevaba la separación, ya que de nuevo volvían las pesadillas de la época del abandono. Si él lo supiera, se sentiría fatal y le habría dado miedo dejarme, incluso, aunque fuera por la más necesaria de las razones. Así fue al principio, cuando regresamos de Italia. Sus ojos dorados se habían tornado negros y sufría por culpa de la sed más de lo normal. Por eso, ponía cara de valiente y hacía de todo, salvo sacarle a patadas de la casa, cada vez que Emmett y Jasper querían marcharse.

Sin embargo, a veces me daba la sensación de que veía dentro de mí, al menos un poco. Esa mañana había encontrado una nota en mi almohada:

Volveré tan pronto que no tendrás tiempo de extrañarme. Cuida mi corazón... Lo dejé contigo.

Así que ahora tenía todo un sábado entero sin nada que hacer salvo mi turno de la mañana en la tienda de ropa Newton's

Olympic para distraerme. Y claro, esa promesa tan reconfortante de Alice.

—Cazaré cerca de aquí. Si me necesitas, estoy sólo a quince minutos. Estaré pendiente por si hay problemas.

Traducción: no intentes nada divertido sólo porque no esté Edward.

Realmente, Alice era tan capaz de fastidiarme el auto como Edward.

Intenté verlo por el lado positivo. Después del trabajo, había hecho planes con Angela para ayudarla con lo de sus tarjetas de graduación, de modo que estaría distraída. Y Charlie estaba de un humor excelente, debido a la ausencia de mi novio, así que convenía disfrutar de esto mientras durara. Alice pasaría la noche conmigo si yo me sentía tan patética como para pedírselo, y mañana Edward ya estaría de vuelta. Sobreviviría.

No quería llegar a trabajar ridículamente temprano, y me comí el desayuno masticando muy despacio cada cucharada de cereales Cheerios. Entonces, una vez que lavé los platos, coloqué los imanes del refrigerador en una línea perfecta. Quizás estaba desarrollando un trastorno obsesivo-compulsivo.

Los últimos dos imanes, un par de utilitarias piezas redondas y negras, que eran mis favoritas porque podían sujetar diez hojas de papel en el refrigerador, no querían cooperar con mi fijación. Tenían polaridades inversas; cada vez que intentaba ponerlas en fila, al colocar la última, la otra saltaba fuera de su sitio.

Por algún motivo —una manía de ordenar, quizá—, eso me sacaba de quicio. ¿Por qué no podían comportarse como es debido? De una forma tan estúpida como terca, continué alineándolas como si esperara una repentina rendición. Podría haber puesto una más arriba, pero sentía que eso equivalía a perder. Finalmente, más desesperada por mi comportamiento que por los imanes, los tomé del refrigerador y los sostuve juntos, uno en cada mano. Me costó un poco, ya que eran lo suficientemente fuertes como para dar la batalla, pero conseguí que coexistieran uno al lado del otro.

—Ya ves —esto de hablarles a los objetos inanimados no podía ser síntoma de nada bueno—. Tampoco es tan malo, ¿a que no?

Permanecí allí quieta durante un segundo, incapaz de admitir que no estaba teniendo ningún éxito a largo plazo contra los principios científicos. Entonces, con un suspiro, volví a colocar los imanes en el refrigerador, a poca distancia.

—No hay necesidad de ser tan inflexible —murmuré.

Todavía era muy temprano, pero decidí que lo mejor sería salir de la casa antes de que los objetos inanimados comenzaran a contestarme.

Cuando llegué a Newton's Olympic, Mike pasaba la ropa de forma metódica por los pasillos, mientras su madre acondicionaba un nuevo escaparate en el mostrador. Los sorprendí en mitad de una disputa, aunque no se dieron cuenta de mi llegada.

—Pero es el único momento en que Tyler puede ir —se quejaba Mike—. Dijiste que después de la graduación...

—Pues vas a tener que esperar —repuso la señora Newton con brusquedad—. Tyler y tú ya pueden pensar en otra cosa. No vas a ir a Seattle hasta que la Policía solucione lo que está pasando, sea lo que sea. Ya sé que Betty Crowley le dijo lo mismo a Tyler, así que no me vengas con que yo soy la mala de la película... Oh, buenos días, Bella —me dijo cuando se dio cuenta de que había entrado y alegró su tono rápidamente—. Llegaste temprano.

Karen Newton era la última persona que imaginarías de empleada en un establecimiento de prendas deportivas al aire libre. Llevaba su pelo rubio perfectamente peinado y recogido en un elegante moño a la altura de la nuca; las uñas de las manos, pintadas por un profesional, lo mismo que las de los pies, visibles a través de sus altos tacones de tiras, que no se parecían en nada a los que los Newton ofrecían en el largo estante de las botas de montaña.

—Apenas había tráfico —bromeé mientras tomaba la horrible camiseta naranja fluorescente de debajo del mostrador. Me sorprendía que la señora Newton estuviera tan preocupada por lo de Seattle como Charlie. Pensé que era sólo él quien lo tomaba con tanto dramatismo.

—Esto… eh…

La señora Newton dudó por un momento, mientras jugaba incómoda con el paquete de folletos publicitarios que iba colocando al lado de la caja registradora.

Ya tenía una mano sobre la camiseta, pero me detuve. Conocía esa mirada.

Cuando les dije a los Newton que no trabajaría allí ese verano, y los dejé plantados en la estación con más trabajo, comenzaron a adiestrar a Katie Marshall para que ocupara mi lugar. Realmente, no podían permitirse mantener los sueldos de las dos a la vez, así que, cuando se veía que iba a ser un día tranquilo…

—Te iba a llamar —continuó la señora Newton—. No creo que vayamos a tener hoy mucho trabajo. Creo que podremos arreglarnos entre Mike y yo. Siento que te hayas tenido que levantar y conducir hasta aquí.

En un día normal; este giro de los acontecimientos me habría hecho entrar en éxtasis, pero hoy… no tanto.

—Está bien —suspiré. Se me hundieron los hombros. ¿Qué iba a hacer ahora?

—Eso no está bien, mamá —repuso Mike—. Si Bella quiere trabajar…

—No, no pasa nada, señora Newton. De verdad, Mike. Tengo exámenes finales para los que debo estudiar y otras cosas… —no quería ser una fuente de discordia familiar cuando ya los había sorprendido en una discusión.

—Gracias, Bella. Mike, te saltaste el pasillo cuatro. Este… Bella, ¿no te importaría tirar estos folletos en un contenedor cuando te vayas? Le dije a la chica que los dejó aquí que los pondría en el mostrador, pero la verdad es que no tengo espacio.

—Claro, no hay problema.

Guardé la camiseta y me puse los folletos debajo del brazo para salir de nuevo al exterior, donde lloviznaba.

El contenedor estaba al otro lado de Newton's Olympic, cerca de donde se suponía que nos estacionábamos los empleados. Caminé sin dirección precisa hacia allá, enfurruñada, dándole patadas a las piedras. Estaba a punto de tirar el paquete de brillantes papeles amarillos a la basura cuando captó mi interés el título impreso en negrita en la parte superior. Fue una palabra en especial la que me llamó la atención.

Tomé los papeles entre las dos manos, mientras miraba la imagen bajo el título. Se me hizo un nudo en la garganta.

SALVEMOS AL LOBO
DE LA PENÍNSULA OLYMPIC

Bajo las palabras había un dibujo detallado de un lobo frente a un abeto, con la cabeza hacia atrás aullándole a la luna. Era una imagen desconcertante; algo en la postura quejosa del lobo lo hacía parecer desamparado, como si aullara de pena.

Y, luego, corrí hacia mi auto, con los folletos aún sujetos con firmeza en la mano.

Quince minutos, eso era cuanto tenía, pero bastaría. Sólo me tardaba quince minutos hasta La Push y seguramente cruzaría la frontera unos cuantos minutos antes de llegar al pueblo.

El auto arrancó sin ninguna dificultad.

Alice no podía verme hacer esto porque no lo había planeado. Una decisión repentina, ¡ésa era la clave!, y podría sacarle provecho, si conseguía moverme con suficiente rapidez.

Con la prisa, arrojé los papeles húmedos al asiento del pasajero, donde se desparramaron en un brillante desorden, cien títulos en negritas, cien lobos negros que le aullaban a la luna, recortados contra el fondo amarillo.

Iba a toda prisa por la autopista mojada, con los limpiaparabrisas a tope y sin hacerle caso al rugido del viejo motor. Lo máximo que podía sacarle a mi coche eran unos noventa por hora y recé para que fuera suficiente.

No tenía idea de dónde estaba la frontera, pero empecé a sentirme más segura cuando pasé las primeras casas en las afueras de La Push. Seguro que esto era lo más lejos que se le permitía llegar a Alice.

La llamaría cuando llegara a casa de Angela por la tarde, me dije, para hacerle saber que me encontraba bien. No había motivo para que se preocupara. No necesitaba enfadarse conmigo, porque Edward ya estaría lo suficientemente furioso por los dos a su regreso.

Mi auto ya comenzaba a dar problemas cuando, de momento, le rechinaron los frenos al parar frente a la familiar casa de color rojo desgastado. Se me volvió a hacer un nudo en la garganta al mirar aquel pequeño lugar fue mi refugio alguna vez. Había pasado tanto tiempo desde que estuve allí.

Antes de que pudiera parar el motor, Jacob ya estaba en la puerta, con el rostro demudado por la sorpresa.

Tan pronto se detuvo el rugido del motor, hubo un silencio repentino. Su respiración estaba entrecortada.

—¿Bella?

—¡Hola, Jake!

—¡Bella! —gritó en respuesta y la sonrisa que había estado esperando atravesó su rostro como el sol en un día nublado. Los dientes relampaguearon contra su piel cobriza—. ¡No lo puedo creer!

Corrió hacia el auto, me sacó casi volando a través de la puerta abierta, y nos pusimos a saltar como niños.

—¿Cómo llegaste hasta aquí?

—¡Me escapé!

—¡Impresionante!

—¡Hola, Bella! —Billy impulsó su silla hacia la entrada para ver a qué se debía toda aquella conmoción.

—¡Hola, Bil…!

Y en ese momento me quedé sin aire. Jacob me había sepultado en un abrazo gigante, tan fuerte, que no podía respirar y me daba vueltas en círculo.

—¡Guau, es estupendo tenerte aquí!

—No puedo… respirar —jadeé.

Él se rió y me puso en el suelo.

—Bienvenida de nuevo, Bella —me dijo con una sonrisa.

Y el modo como lo dijo me sonó como «bienvenida a casa».

Empezamos a ponernos nerviosos ante la perspectiva de quedarnos solos en la casa. Jacob iba prácticamente saltando mientras caminaba y tuve que recordarle unas cuantas veces que yo no tenía piernas de tres metros.

Mientras caminábamos, sentí cómo me transformaba en otra persona, la que era cuando estaba con Jacob. Era algo más joven, y también algo más irresponsable. Alguien que haría, en alguna ocasión, algo realmente estúpido sin motivo aparente.

Nuestra euforia duró los primeros temas de conversación que abordamos: qué estábamos haciendo, qué queríamos hacer, cuánto tiempo tenía y qué me había traído hasta allí. Cuando le conté lo del folleto del lobo, de forma vacilante, su risa ruidosa hizo eco entre los árboles.

Pero entonces, cuando paseábamos detrás de la tienda y atravesamos los matorrales espesos que bordeaban el extremo más lejano de la playa Primera, llegamos a las partes más difíciles de la conversación. Muy pronto tuvimos que hablar de las razones de nuestra larga separación y observé cómo el rostro de mi amigo se endurecía, hasta formar la máscara amarga que ya me resultaba tan familiar.

—Bueno, ¿y a qué viene todo esto? —me preguntó Jacob, pateando un trozo de madera de deriva fuera de su camino con una fuerza excesiva. Saltó sobre la arena y luego se estampó contra las rocas—. O sea, que desde la última vez que… bueno, antes, ya sabes… —luchó para encontrar las palabras. Aspiró un buen trago de aire y lo intentó de nuevo—. Lo que quiero decir es que… ¿simplemente todo ha vuelto al mismo lugar que antes de que él se fuera? ¿Le perdonaste todo?

Yo también inhalé con fuerza.

—No había nada que disculpar.

Me habría gustado saltarme toda esa parte, las traiciones y las acusaciones, pero sabía que teníamos que hablar de todo esto antes de que fuéramos capaces de llegar a algún otro lado.

El rostro de Jacob se crispó como si acabara de chupar un limón.

—Desearía que Sam te hubiera tomado una foto cuando te encontramos aquella noche de septiembre. Sería la prueba A.

—No estamos juzgando a nadie.

—Pues quizá deberíamos hacerlo.

—Ni siquiera tú lo culparías por irse, si conocieras sus motivos.

Me miró fijamente durante unos instantes.

—Está bien —me retó con amargura—. Sorpréndeme.

Su hostilidad me caía encima, quemándome en carne viva. Me dolía que estuviera enfadado conmigo. Me recordó aquella tarde gris y deprimente, hacía mucho ya, cuando, por cumplir órdenes de Sam, me dijo que no podíamos seguir siendo amigos. Me llevó un momento recobrar la compostura.

—Edward me dejó el pasado otoño porque pensaba que yo no debía salir con vampiros. Pensó que sería mejor para mí si él se marchaba.

Jacob tardó en reaccionar. Luchó consigo durante unos minutos. Lo que fuera que tenía planeado decir, claramente, había dejado de tener sentido. Me alegraba de que no supiera lo que había precipitado la decisión de Edward. Me podía imaginar qué habría pensado de haber sabido que Jasper intentó matarme.

—Pero volvió, ¿no? —susurró Jacob—. Parece que le cuesta atenerse a sus propias decisiones.

—Si recuerdas bien, fui yo la que corrió tras él y lo trajo de vuelta.

Jacob me miró fijamente durante un momento y, después, me dio la espalda. Relajó el rostro y su voz sonó más tranquila cuando volvió a hablar.

—Eso es cierto, pero nunca supe la historia. ¿Cuéntame que fue lo que pasó?

Yo dudaba y me mordí el labio.

—¿Es un secreto? —su voz se tornó burlona— ¿No me lo puedes contar?

—No —contesté con brusquedad—. Además, es una historia realmente larga.

Él sonrió con arrogancia, se giró y empezó a caminar por la playa, esperando que lo siguiera.

No tenía nada de gracioso estar con él si se iba a comportar de ese modo. Lo seguí de manera automática, sin saber si no sería mejor dar media vuelta y dejarlo. Aunque tendría que enfrentarme con Alice cuando regresara a casa… Así que, pensándolo bien, en realidad no tenía tanta prisa.

Jacob llegó hasta un enorme y familiar tronco de madera, un árbol entero con sus raíces y todo, blanqueado y profundamente hundido en la arena; de algún modo, era nuestro árbol.

Se sentó en aquel banco natural y dio unas palmaditas en el sitio que había a su lado.

—No me importa que las historias sean largas. ¿Hay algo de acción?

Puse los ojos en blanco mientras me sentaba a su lado.

—Sí hay —concedí.

—No puede haber miedo de verdad si no hay un poco de acción.

—¡Miedo! —me burlé—. ¿Vas a escuchar o te vas a pasar todo el rato interrumpiéndome para hacer comentarios groseros sobre mis amigos?

Hizo como que se cerraba los labios con llave y, luego, como si tiraba la llave invisible sobre su hombro. Intenté no sonreír, pero no lo conseguí.

—Tengo que empezar con cosas que pasaron cuando tú estabas —decidí, mientras intentaba organizar las historias en mi mente antes de comenzar.

Jacob alzó una mano.

—Adelante. Eso está bien —añadió él—. No entendí la mayor parte de lo que pasó entonces.

—Ah, bueno, estupendo; es un poco complicado, así que pon atención. ¿Sabes ya que Alice tiene visiones?

Interpreté que su ceño fruncido era una respuesta afirmativa. Como a los hombres lobo no les impresionaba que fuera verdad la leyenda de los poderes sobrenaturales de los vampiros, procedí con el relato de mi carrera a través de Italia, para rescatar a Edward.

Intenté resumir lo más posible, sin dejarme nada esencial. Al mismo tiempo, me esforcé por interpretar las reacciones de Jacob. Sin embargo, su rostro era inescrutable mientras le explicaba que Alice había visto los planes de Edward para suicidarse cuando escuchó que yo había muerto. Algunas veces Jacob parecía ensimismarse en sus pensamientos, tanto que ni siquiera estaba segura de que me estuviera escuchando. Sólo me interrumpió una vez.

—¿La adivina chupasangre no puede vernos? —repitió; su rostro reflejaba una expresión feroz y llena de alegría—. ¿En serio? ¡Eso es magnífico!

Apreté los dientes y nos quedamos sentados en silencio, con su cara expectante mientras esperaba que continuara. Lo miré fijamente hasta que se dio cuenta de su error.

—¡Ups! —exclamó—. Lo siento —y cerró la boca otra vez.

Su respuesta fue más fácil de comprender cuando llegamos a la parte de los Vulturis. Apretó los dientes, se le pusieron los brazos como carne de gallina y se le agitaron las aletas de la nariz. No entré en detalles, pero le conté que Edward nos había sacado del problema, sin revelar la promesa que habíamos tenido que hacer ni la visita que estábamos esperando. Jacob no necesitaba participar de mis pesadillas.

—Ahora ya conoces toda la historia —concluí—. Es tu turno para hablar. ¿Qué ocurrió mientras yo pasaba el fin de semana con mi madre?

Sabía que Jacob me proporcionaría más detalles que Edward. No temía asustarme. Se inclinó hacia delante, animado al momento.

—Embry, Quil y yo estábamos patrullando el sábado por la noche, sólo algo rutinario, cuando allí estaba, apareció de la nada ¡bum!, una pista fresca, que no tenía ni quince minutos —alzó los brazos y remedó una explosión—. Sam quería que la esperáramos, pero yo ignoraba que tú te habías ido y no sabía si tus chupasangres estaban vigilando o no. Así que salimos en su persecución a toda velocidad, pero cruzó la línea del tratado antes de que pudiéramos atraparla. Nos dispersamos por la línea para esperar que volviera a cruzarla. Fue frustrante, te lo juro —movió la cabeza, y el pelo, que ya le había crecido desde que se lo había rapado cuando se unió a la manada, le cayó sobre los ojos—. Nos fuimos muy hacia el sur y los Cullen la persiguieron hacia nuestro sitio, pero sólo a unos cuantos kilómetros al norte de nuestra posición. Habría sido la emboscada perfecta si hubiéramos sabido dónde esperar.

Sacudió la cabeza e hizo ahora una mueca.

—Entonces fue cuando la cosa se complicó. Sam y los otros le siguieron el rastro antes de que llegáramos, pero ella iba de un lado a otro de la línea y el aquelarre en pleno estaba al otro lado. El grande, ¿cómo se llama...?

—Emmett.

—Ése, bueno, pues él arremetió contra ella, pero ¡qué rápida es esa pelirroja! Voló detrás de ella y casi se estrella contra Paul. Y ya sabes, Paul... bueno, ya lo conoces.

—Sí.

—Se puso loco. No puedo culparlo: tenía al chupasangre grandote justo encima suyo. Así que saltó... Eh, no me mires así. El vampiro estaba en nuestro territorio.

Intenté recomponer mi expresión para que continuara con su relato. Tenía las uñas clavadas en las palmas de las manos con la tensión de la historia, incluso al saber que había terminado bien.

—De cualquier modo, Paul falló y el grandullón regresó a su sitio, pero entonces, esto, la, eh, bien, la rubia...

La expresión de Jacob era una mezcla cómica de disgusto y reacia admiración mientras intentaba encontrar una palabra para describir a la hermana de Edward.

—Rosalie...

—Como quieras... Se volvió realmente territorial, así que Sam y yo nos retrasamos para cubrir los flancos de Paul. Entonces su líder y el otro macho rubio...

—Carlisle y Jasper.

Me miró algo exasperado.

—Ya sabes que me da igual cómo se llamen. Como sea, Carlisle habló con Sam en un intento de calmar las cosas. Y fue bastante extraño, porque la verdad es que todo el mundo se tranquilizó muy rápidamente. Creo que fue ese otro que dices, que nos hizo algo raro en la cabeza, pero aunque sabíamos lo que estaba haciendo, no podíamos dejar de estar tranquilos.

—Ah, sí, ya sé cómo se siente uno.

—Realmente enojado, así es como se siente uno. Sólo que no estás enfadado del todo, al final —sacudió la cabeza, confundido—. Así que Sam y el vampiro líder acordaron que la prioridad era Victoria y volvimos a la caza otra vez. Carlisle nos dio la pista, de modo que pudimos seguir el rastro correcto, pero entonces tomó el camino de los acantilados justo al norte del territorio de los makah, donde la frontera discurre pegada a la costa durante unos cuantos kilómetros. Así que se metió en el agua otra vez. El grandulón y el tranquilo nos pidieron permiso para cruzar la frontera y perseguirla, pero no lo permitimos, como es lógico.

—Estupendo... Quiero decir que su comportamiento me parece estúpido, pero estoy contenta. Emmett nunca tiene la suficiente prudencia. Podría haber salido herido.

Jacob resopló.

—Así que tu vampiro te dijo que los atacamos sin razón y que su aquelarre, totalmente inocente...

—No —lo interrumpí—. Edward me contó la misma historia, sólo que sin tantos detalles.

—Ah —dijo Jacob entre dientes y se inclinó para tomar una piedra entre los millones de guijarros que teníamos a los pies. Con un giro casual, la mandó volando como cien metros hacia las aguas de la bahía—. Bueno, ella regresará, supongo. Y volveremos a tenerla a tiro.

Me encogí de hombros; ya lo creo que volvería, pero ¿de veras me lo contaría Edward la próxima vez? No estaba segura. Debía mantener vigilada a Alice en busca de los síntomas indicadores de que el patrón de comportamiento volvía a repetirse...

Jacob no pareció darse cuenta de mi reacción. Estaba absorto contemplando las olas con los gruesos labios apretados y una expresión pensativa en la cara.

—¿En qué estás pensando? —le pregunté, después de un buen rato en silencio.

—Le doy vueltas a lo que me dijiste hace un rato, en cómo la adivina te vio saltando del acantilado y pensó que querías suicidarte, y en cómo a partir de aquello todo se descontroló. ¿Te das cuenta de que, si te hubieras limitado a esperarme, como se supone que tenías que hacer, entonces la chup... Alice no habría podido verte saltar? Nada habría cambiado. Probablemente, los dos estaríamos ahora en mi garaje, como cualquier otro sábado. No habría ningún vampiro en Forks y tú y yo... —dejó que su voz se apagara, perdido en sus pensamientos.

Era desconcertante su forma de ver la situación, como si fuera algo bueno que no hubiera vampiros en Forks. Mi corazón comenzó a latir arrítmicamente ante el vacío que sugería la imagen.

—Edward hubiera regresado de todos modos.

—¿Estás segura de eso? —me preguntó otra vez y volvió su actitud defensiva en cuanto mencioné el nombre de Edward.

—Estar separados... no nos hace bien a ninguno de los dos.

Comenzó a decir algo, violentamente a juzgar por su expresión, pero enmudeció de pronto, tomó aliento y empezó de nuevo.

—¿Sabías que Sam está muy enojado contigo?

—¿Conmigo? —me llevó un segundo entenderlo—. Ah, ya veo. Cree que se habrían mantenido apartados, si yo no estuviera aquí.

—No. No es por eso.

—¿Cuál es el problema entonces?

Jacob se inclinó para tomar otra roca. Le dio vueltas una y otra vez entre los dedos. No le quitaba los ojos a la piedra negra mientras hablaba en voz baja.

—Cuando Sam vio en qué estado estabas al principio, cuando Billy les contó lo preocupado que estaba Charlie porque no mejorabas y, luego, cuando empezaste a saltar de los acantilados...

Puse mala cara. Nadie iba a dejar que me olvidara de eso.

Los ojos de Jacob me miraron de hito a hito.

—Pensamos que tú eras la única persona en el mundo que tenía tanta razón para odiar a los Cullen como él. Sam se siente... traicionado, porque volviste a dejarlos entrar en tu vida, como si jamás te hubieran hecho daño.

No creí ni por un segundo que Sam fuera el único que se sintiera de ese modo y, por tanto, el tono ácido de mi respuesta iba dirigido a ambos.

—Puedes decirle a Sam que se vaya a...

—Mira eso —Jacob me interrumpió para señalarme a un águila que se lanzaba en picada hacia el océano desde una altura increíble. Recuperó el control en el último minuto, y sólo sus garras rozaron la superficie de las olas, apenas durante un instante. Después, volvió a aletear, con las alas tensas por el esfuerzo de cargar el pescado enorme que acababa de pescar—. Lo ves por todas partes —dijo con voz repentinamente distante—: la naturaleza sigue su curso, cazador y presa, el círculo infinito de la vida y la muerte.

No entendía el sentido del sermón de la naturaleza; supuse que sólo quería cambiar el tema de la conversación, pero entonces volvió a mirarme con un negro humor en los ojos.

—Y desde luego, no verás al pez, si intentas besar el águila. Jamás verás eso —sonrió con una mueca burlona.

Le devolví la sonrisa, una sonrisa tirante, porque aún tenía un sabor ácido en la boca.

—Quizá el pez lo está intentando —le sugerí—. Es difícil saber lo que piensa un pez. Las águilas son unos pájaros bastante atractivos, ya sabes.

—¿A eso es a lo que se reduce todo? —su voz se volvió aguda—. ¿A tener un buen aspecto?

—No seas estúpido, Jacob.

—Entonces, ¿es por el dinero? —insistió.

—Estupendo —murmuré y me levanté del árbol—. Me halaga que pienses eso de mí —le di la espalda y me fui.

—Oh, bueno, no te pongas así —estaba justo detrás de mí; me tomó de la cintura y me dio una vuelta—. ¡Lo digo en serio!, intento entenderte y me estoy quedando en blanco.

Frunció el ceño, enfadado, y sus ojos se oscurecieron enquistados entre sombras.

—Lo amo. ¡Y no porque sea guapo o rico! —le escupí las palabras en la cara—. Preferiría que no fuera ni lo uno ni lo otro. Incluso, te diría que eso podría ser un motivo para abrir una brecha entre nosotros, pero no es así, porque siempre es la persona más encantadora, generosa, brillante y decente que he conocido. Claro que lo amo. ¿Por qué te resulta tan difícil de entender?

—Es imposible de comprender.

—Por favor, ilumíname, entonces, Jacob —dejé que el sarcasmo fluyera densamente—. ¿Cuál es la razón válida para amar a alguien? Por qué dices que estoy haciéndolo mal...

—Creo que el mejor lugar para empezar sería mirando dentro de tu especie. Eso suele funcionar.

—¡Eso es... asqueroso! —le respondí con brusquedad—. Supongo que debería estar loca por Mike Newton después de todo.

Jacob se estremeció y se mordió el labio. Pude ver que mis palabras lo habían herido, pero yo estaba muy enojada como para sentirme mal por ello.

Me soltó la muñeca y cruzó los brazos sobre el pecho y se volteó para mirar hacia el océano.

—Yo soy humano —susurró, con voz casi inaudible.

—No eres tan humano como Mike —continué sin piedad—. ¿Sigues pensando que eso es lo más importante? No es lo mismo

—Jacob no apartó los ojos de las olas grises—. Yo no he escogido esto.

Me reí, incrédula.

—¿Y crees que Edward sí? Él no sabía lo que estaba ocurriéndole más que tú. Él no eligió esto.

Jacob cabeceó de atrás adelante con un movimiento rápido y corto.

—¿Sabes, Jacob? Es terrible de tu parte que pretendas sentirte moralmente superior, considerando que tú eres un licántropo.

—No es lo mismo —repitió él, mirándome con el ceño fruncido.

—No veo por qué no. Podrías ser un poquito más comprensivo con los Cullen. No tienes idea de lo buenos que son, pero buenos de verdad, Jacob.

Frunció el ceño más profundamente.

—No deberían existir. Su existencia va contra la naturaleza.

Lo miré fijamente con una ceja alzada durante un largo rato, llena de incredulidad. Pasó un tiempo hasta que se dio cuenta.

—¿Qué?

—Hablando de algo antinatural… —insinué.

—Bella —me dijo, con la voz baja, y algo diferente, envejecida. Me di cuenta de que, de repente, sonaba mucho mayor que yo, como un padre o un profesor—. Lo que yo soy nació conmigo. Es parte de mi naturaleza, de mi familia, de lo que todos somos como tribu, es la razón por la cual todavía estamos aquí. Aparte de eso —bajó la vista para mirarme, con sus ojos oscuros inescrutables—, sigo siendo humano.

Me tomó de la mano y la presionó contra su pecho ardiente como la fiebre. A través de su camiseta, pude sentir el rápido latido de su corazón contra mi mano.

—Los humanos normales no arrojan motoras por ahí, como haces tú.

Él sonrió ligeramente, con una media sonrisa.

—Los humanos normales huyen de los monstruos, Bella. Y nunca he proclamado ser normal, sólo humano.

Continuar enfadada con Jacob me cansaba. Empecé a sonreír mientras retiraba la mano de su pecho.

—La verdad es que me pareces humano del todo —concedí—, al menos, de momento.

—Me siento humano.

Miró a lo lejos, y volvió el rostro. Le tembló el labio inferior y se lo mordió con fuerza.

—Oh, Jake —murmuré al tiempo que buscaba su mano.

Ésa era la razón por la que estaba aquí. Ésa era la razón por la que no me importaba quedarme, fuera cual fuera la recepción que me esperara al regresar. Bajo toda esa ira y ese sarcasmo, Jacob sufría. En este preciso momento, lo veía en sus ojos. No sabía cómo ayudarlo, pero sabía que lo tenía que intentar. No era por todo lo que le debía, sino porque su pena me dolía a mí también. Jacob se había convertido en parte de mí y no había nada que pudiera cambiar eso.

Imprimación

—¿Te encuentras bien, Jake? Charlie dijo que estabas mal ¿No has mejorado nada?

—No estoy tan mal —contestó.

Rodeó mi mano con la suya, pero evitó mi mirada. Caminó despacio de vuelta a la plataforma de madera flotante, sin apartar la vista de los colores cristalinos del arco iris y me empujó suavemente para mantenerme a su lado. Me senté de nuevo en nuestro árbol, pero él se acomodó sobre el húmedo suelo rocoso en vez de sentarse junto a mí. Me pregunté si lo haría para poder hurtar mi mirada con más facilidad. No me soltó la mano.

Comencé a parlotear para llenar el silencio.

—Ha pasado mucho tiempo desde que estuve aquí. Probablemente, me perdí un montón de cosas. ¿Cómo están Sam y Emily? ¿Y Embry? ¿Cómo se tomó Quil...?

Me interrumpí a mitad de frase al recordar que el amigo de Jacob era un tema espinoso.

—Ah, Quil —Jacob suspiró.

Entonces, había sucedido: Quil debía de haberse incorporado a la manada.

—Lo siento —me disculpé entre dientes.

—No se te ocurra decirle eso —gruñó Jacob, para mi sorpresa.

—¿Qué quieres decir?

—Quil no busca compasión, más bien, todo lo contrario. Está que no cabe en sí de gozo. Es feliz.

No le encontré sentido alguno. Todos los demás licántropos se entristecieron ante la posibilidad de que sus amigos compartieran su destino.

—¿Qué?

Jacob ladeó la cabeza y la echó hacia atrás para mirarme. Esbozó una sonrisa y puso los ojos en blanco.

—Él considera que esto es lo mejor que le ha pasado. En parte se debe a que al fin sabe de qué trata la película, pero también le entusiasma haber recuperado a sus amigos y estar bien con ellos —Jacob bufó—. Supongo que no debería sorprenderme, es muy propio de él.

—¿Le gusta?

—¿La verdad…? A casi todos les gusta —admitió Jacob con voz pausada—. No hay duda de que tiene ciertas ventajas: la velocidad, la libertad, la fuerza, el sentido de… familia. Sam y yo somos los únicos que sentimos una verdadera amargura, y él se transformó hace mucho, por lo que ahora soy el único «quejumbroso».

Mi amigo se rió de sí mismo.

—¿Por qué Sam y tú son diferentes? En todo caso, ¿qué le ocurre a Sam? ¿Cuál es su problema?

Eran demasiadas las cosas que yo quería saber y formulé las preguntas demasiado seguidas, sin darle oportunidad para que las respondiera. Jacob volvió a reírse.

—Es una larga historia.

—Yo te conté otra bastante larga. Además, no tengo ninguna prisa en regresar —le contesté al tiempo que hacía una mueca cuando pensé en el lío en que me metería cuando volviera.

Él alzó los ojos de inmediato al percatarse del doble sentido de mis palabras.

—¿Se va a enfadar contigo?

—Sí —admití—. No soporta que haga cosas que considera... arriesgadas.

—¿Como andar por ahí con licántropos?

—Exacto...

Jacob se encogió de hombros.

—No vuelvas entonces. Quédate y dormiré en el sofá.

—¡Qué gran idea! —rezongué con ironía—. En tal caso, vendrá a buscarme.

Mi amigo se enorgulleció y esbozó una sonrisa.

—¿Lo haría?

—Si temiera encontrarme herida o algo similar..., probablemente.

—La perspectiva de que te quedes cada vez me gusta más.

—Jacob, por favor, sabes que eso me molesta de verdad.

—¿Qué cosa?

—¡Que se puedan matar el uno al otro! —protesté—. Me vuelve loca. ¿Por qué no pueden comportarse de forma civilizada?

—¿Está dispuesto a matarme? —preguntó él con gesto huraño, sin que le importara mi ira.

—No tanto como tú —me percaté de que le gritaba—. Al menos, él es capaz de comportarse como un adulto en este tema. Sabe que me lastima herirte, por lo que nunca lo haría. ¡Eso no parece preocuparte en absoluto!

—Claro, por supuesto —musitó él—. Estoy convencido de que es todo un pacifista.

—¡Bueno!

Di un jalón para retirar mi mano de la suya y aparté su cabeza de mi lado. Luego, recogí las piernas contra el pecho y las abarqué con los brazos lo más fuertemente posible.

Lancé una mirada fulminante al horizonte. Echaba chispas.

Jacob no se movió durante unos minutos; luego, se levantó del suelo para sentarse a mi lado y me pasó el brazo por los hombros.

—Lo siento —se disculpó con un hilo de voz—. Intentaré comportarme.

No le respondí.

—¿Aún quieres saber lo de Sam? —me propuso.

Me encogí de hombros.

—Es una larga historia, como te dije, y también muy extraña. Esta nueva vida tiene demasiadas cosas raras y no he tenido tiempo para contarte ni la mitad; la relativa a Sam..., bueno, no sé siquiera si voy a poder explicarlo correctamente.

Sus palabras me dieron curiosidad, a pesar de mi enfado.

—Te escucho —repuse con frialdad.

Atisbé de reojo su boca; al sonreír, curvó hacia arriba la comisura de sus labios.

—Fue mucho más duro para Sam que para los demás, ya que, al ser el primero, estaba solo, y no había nadie que le explicara lo que sucedía. Su abuelo murió antes de que él naciera y su padre siempre estaba ausente, por lo que no había persona alguna capaz de reconocer los síntomas. La primera vez que se transformó llegó a pensar que había enloquecido. Pasaron dos semanas antes de que se calmara lo suficiente como para volver a su estado anterior.

«No puedes acordarte de esto porque sucedió antes de que vinieras a Forks. La madre de Sam y Leah Clearwater movilizaron a los guardabosques y a la Policía para la búsqueda. Se pensaba que había sufrido un accidente o algo por el estilo...

—¿Leah? —inquirí, sorprendida. Leah era la hija de Harry y la mención de su nombre me abrumó de piedad. Harry

Clearwater, el amigo de toda la vida de Charlie, había muerto de un ataque al corazón la primavera pasada.

La voz de mi amigo cambió, se endureció.

—Sí. Ella y Sam fueron novios en el colegio. Empezaron a salir cuando él era inexperto. Leah se puso como una loca cuando él desapareció.

—Pero él y Emily...

—Ya llegaremos a eso... Forma parte de la historia —me atajó. Inhaló muy despacio y, luego, exhaló de golpe.

Suponía que era estúpido de mi parte pensar que Sam no había amado a otra mujer que no fuera Emily. La mayoría de la gente se enamora muchas veces a lo largo de la vida. Era sólo que, tras verlos juntos, no podía imaginármelos con otra persona. La forma como él la miraba, bueno, me recordaba a las pupilas de Edward cuando me observaba.

—Sam volvió después de su transformación —prosiguió—, pero no podía revelar a nadie su paradero durante aquella ausencia y se dispararon los rumores. La mayoría decía que no había estado en ningún sitio bueno. Una tarde, Sam entró corriendo a casa y se encontró por casualidad al Viejo Quil Ateara, el abuelo de Quil, que había ido a visitar a la señora Uley. Al anciano estuvo a punto de darle una apoplejía cuando Sam le estrechó la mano.

Mi amigo interrumpió la historia y comenzó a reír.

—¿Por qué?

Jacob puso la mano en mi mejilla y me giró el rostro para que lo mirara. Se había inclinado sobre mí y tenía el semblante a escasos centímetros del mío. La palma de su mano me quemaba la piel, como cuando tenía fiebre.

—De acuerdo —repuse. Resultaba incómodo tener su cara a tan escasa distancia y su mano sobre mi piel—. A Sam le había subido la temperatura.

Jacob rió una vez más.

—Tocar la mano de Sam era como ponerla encima de un radiador.

Lo tenía tan cerca de mí que podía sentir el roce de su aliento. Alcé el rostro con tranquilidad y aparté su mano, pero ensortijé mis dedos entre los suyos para no herir sus sentimientos. Sonrió y se echó hacia atrás, desalentado por mi pretendida despreocupación.

—Entonces, Ateara acudió enseguida a los ancianos —continuó Jacob—, pues eran los únicos que aún recordaban, los que sabían. De hecho, el señor Ateara, Billy y Harry habían visto transformarse a sus abuelos. Cuando el Viejo Quil habló con ellos, los ancianos se reunieron en secreto con Sam y se lo explicaron todo.

«Resultó más fácil cuando lo comprendió y al fin dejó de estar solo. Ellos eran conscientes de que, aunque ningún otro joven era lo bastante mayor, él no iba a ser el único en verse afectado por el regreso de los Cullen —Jacob pronunció el apellido de sus enemigos con involuntario resentimiento—. De ese modo, Sam esperó hasta que los demás nos uniéramos a él...

—Los Cullen no tenían ni idea —repuse en un susurro—. Ni siquiera creían que quedaran hombres lobo en la zona. Ignoraban que su llegada iba a cambiarlos.

—Eso no altera el hecho de que lo hicieran.

—Recuérdame no tenerte tirria .

—¿Crees que pueda mostrar la misma indulgencia que tú? No todos podemos ser santos ni mártires.

—Crece, Jacob.

—Qué más quisiera yo —masculló en voz baja.

Lo estudié con la mirada mientras intentaba descubrir el significado de su respuesta.

—¿Qué?

Él se rió entre dientes.

—Es una de las peculiaridades que te comenté...

—No... ¿No puedes crecer...? —lo miré, aún sin comprender—. ¿Es eso? ¿No envejeces...? ¿Es un chiste?

—No —frunció los labios al pronunciar la o.

Sentí que la sangre me huía del rostro y se me llenaron los ojos de lágrimas de rabia. Apreté los dientes, que rechinaron de forma ostensible.

—¿Qué dije, Bella?

Volví a ponerme de pie con los puños apretados y el cuerpo tembloroso.

—Tú... no... envejeces —masculié entre dientes.

Jacob me puso la mano en el hombro y me atrajo con delicadeza para intentar calmarme.

—Ninguno de nosotros avejenta. ¿Qué rayos te pasa?

—¿Es que soy la única que se va a convertir en una vieja? —gritaba mientras daba manotazos al aire. Una minúscula parte de mí era consciente de que hacía el ridículo, pero mi lado racional se veía ampliamente superado por el irracional—. ¡Maldición! ¿En qué clase de mundo vivimos? ¡No es justo!

—Tranquilízate, Bella.

—Cierra la boca, Jacob. Tú, ¡cierra la boca! ¡Esto es muy injusto!

—¿De verdad pegas patadas en el suelo? Creía que eso sólo lo hacían las chicas en la televisión.

Emití un gruñido patético.

—No es tan malo como crees. Siéntate y te lo explico.

—Prefiero quedarme de pie.

Puso los ojos en blanco.

—Bueno, como gustes, pero escúchame con atención... Envejeceré... algún día.

—Aclárame eso.

Él palmeó el árbol. Lo fulminé con la mirada durante unos segundos, pero luego me senté. Mi malhumor se desvaneció con la misma rapidez con la que había llegado y me calmé lo suficiente para comprender que yo misma me estaba poniendo en ridículo.

—Cuando obtengamos el suficiente control para dejarlo —empezó Jacob—... Volveremos a envejecer cuando dejemos de transformarnos durante un largo período. No va a ser fácil —sacudió la cabeza, repentinamente dubitativo—. Vamos a necesitar mucho tiempo para obtener semejante dominio, o eso creo. Ni siquiera Sam lo tiene aún. Por supuesto, la presencia de un enorme aquelarre de vampiros ahí arriba, al otro lado de la carretera, no es de mucha ayuda. Ni nos pasa por la cabeza la búsqueda de ese autodominio cuando la tribu necesita protectores, pero no hace falta que te preocupes sin necesidad porque, físicamente, al menos, ya soy mayor que tú.

—¿A qué te refieres?

—Mírame, Bella. ¿Aparento dieciséis años?

Contemplé su colosal cuerpo de arriba abajo con plena objetividad y admití:

—No exactamente.

—No del todo... aún. Nos desarrollaremos por completo dentro de pocos meses, cuando se activen nuestros genes de licántropos. Voy a pegar un buen estirón —torció el gesto—. Físicamente, voy a aparentar alrededor de unos veinticinco, o algo así... Ya no vas a poder ponerte histérica por ser mayor que yo durante al menos otros siete años.

«Unos veinticinco, o algo así». Me desconcertó esa perspectiva, pero yo recordaba el estirón anterior de mi amigo, recordaba haberlo visto crecer y adquirir corpulencia. Me acordaba de que cada día tenía un aspecto diferente del anterior. Meneé la cabeza, presa del vértigo.

—Bueno, ¿quieres oír la historia de Sam o prefieres seguir pegando gritos por cosas que no comprendo?

Respiré profundamente.

—Disculpa. No me gustan los comentarios relativos a la edad. Es como poner el dedo en la llaga.

Jacob entrecerró los ojos. Tenía el aspecto de quien piensa el modo de contar algo.

Dado que no deseaba hablar del asunto verdaderamente delicado, mis planes para el futuro, ni de los tratados que esos planes podrían romper, lo apunté para ayudarlo a empezar con la historia.

—Dijiste que todo le resultó más fácil a Sam una vez que comprendió su situación tras su encuentro con Billy, Harry y el señor Ateara. También me contaste que la licantropía tiene sus cosas buenas... —vacilé durante unos instantes—. Entonces, ¿por qué Sam las aborrece tanto? ¿Por qué le gustaría que yo las detestara?

Jacob suspiró.

—Eso es lo más extraño.

—Bueno, yo estoy a favor de lo raro.

—Sí, lo sé —me dedicó una sonrisa burlona—. Bueno, tienes razón, una vez que Sam estuvo al tanto de lo que ocurría, todo recuperó casi la normalidad, y su vida volvió a ser la de siempre, bueno, quizá no llevó una existencia normal, pero sí mejor —la expresión de Jacob se tensó como si tuviera que abordar la narración de algún momento doloroso—. Sam no podía decírselo a Leah. Se supone que no debemos revelárselo a nadie inadecuado y él se ponía en peligro al permanecer cerca de su amada. Por eso la engañaba, como hice yo contigo. Leah se enfadaba cuando él no le contaba dónde había estado ni adónde iba de noche ni por qué estaba tan fatigado, pero a su manera se entendieron, lo intentaron. Se amaban de verdad.

—¿Ella lo descubrió? ¿Fue eso lo que ocurrió?

Él negó con la cabeza.

—No, ése no fue el problema. Un fin de semana, Emily Young vino de la reserva de los makah para visitar a su prima Leah.

—¿Emily es prima de Leah? —pregunté con voz entrecortada.

—Son primas segundas, aunque cercanas. De pequeñas, parecían hermanas.

—Es... espantoso... ¿Cómo pudo Sam...? —mi voz apagaba mientras sacudía la cabeza.

—No lo juzgues aún. ¿Te ha hablado alguien de...? ¿Has oído hablar de la imprimación?

—¿Imprimación? —repetí esa expresión tan poco familiar—. No, ¿qué significa?

—Es una de esas cosas singulares con las que tenemos que enfrentarnos, aunque no le sucedan a todo el mundo. De hecho, es la excepción; no, la regla. En aquel entonces, Sam ya había oído todas las historias que solíamos tomar como leyendas y sabía en qué consistía, pero ni en sueños...

—¿Qué es? — insistí.

La mirada de Jacob se ensimismó en la inmensidad del océano.

—Sam amaba a Leah, pero no le importó nada en cuanto vio a Emily. A veces, sin que sepamos exactamente la razón, encontramos de ese modo a nuestras parejas —sus ojos volvieron a mirarme de forma fugaz mientras se ponía colorado—. Me refiero a nuestras almas gemelas.

—¿De qué modo? ¿Amor a primera vista? —me burlé.

Él no sonreía y en sus ojos oscuros leí una crítica a mi reacción.

—Es un poquito más fuerte que eso, más... contundente.

—Perdón —murmuré—. Lo dices en serio, ¿verdad?

—Así es.

—¿Amor a primera vista, pero con mayor fuerza? —en mi voz había aún una nota de incredulidad, y él podía percibirla.

—No es fácil de explicar. De todos modos, tampoco importa —Jacob se encogió de hombros—. Querías saber qué sucedió para que Sam odiara a los vampiros, porque su presencia lo transformó e hizo que se detestara a sí mismo. Pues eso fue lo que sucedió, que le rompió el corazón a Leah. Quebrantó todas las promesas que le había hecho. Sam debe ver la acusación en los ojos de Leah todos los días con la certeza de que ella tiene razón.

Enmudeció de forma abrupta, como si hubiera hablado más de la cuenta.

—¿Cómo maneja Emily esa situación si era tan cercana a Leah...?

Sam y Emily estaban hechos el uno para el otro, eran dos piezas perfectamente compenetradas, formadas para encajar la una en la otra. Aun así, ¿cómo lograba Emily superar el hecho de que su amado perteneciera a otra, una mujer que había sido casi su hermana?

—Se enojó mucho al principio, pero es difícil resistirse a ese nivel de compromiso y adoración —Jacob suspiró—. Entonces, Sam pudo contárselo todo. Ninguna regla te ata cuando encuentras a tu media naranja. ¿Sabes cómo resultó herida Emily?

—Sí.

La historia oficial en Forks era que la había atacado y herido un oso, pero yo estaba al tanto del secreto.

«Los licántropos son inestables», había dicho Edward. «La gente que está cerca de ellos termina herida».

—Bueno, por extraño que parezca, fue la solución a todos los problemas. Sam estaba tan horrorizado y sentía tanto desprecio hacia sí mismo, tanto odio por lo que había hecho, que se habría lanzado bajo las ruedas de un autobús, si eso le hubiera permitido sentirse mejor. Y lo podía haber hecho sólo para escapar de sus actos. Estaba desolado... Entonces, sin saber muy bien cómo, ella lo reconfortó a él, y después de eso...

Jacob no se atrevió a continuar el hilo de sus pensamientos, pero sentí que la historia tenía un cariz muy personal como para compartirlo.

—Pobre Emily —dije en cuchicheos—, pobre Sam, pobre Leah...

—Sí, Leah fue la peor parada —coincidió él—. Le echa ganas. Va a ser la dama de honor.

Contemplé fijamente la silueta recortada de las rocas que emergían del océano, como dedos en los bordes del malecón sur; mientras tanto, intentaba encontrarle sentido a todo aquello sin que él apartara los ojos de mi rostro, a la espera de que yo dijera algo.

—¿Te pasó a ti eso del amor a primera vista? —inquirí al fin, sin desviar la vista del horizonte.

—No —replicó con viveza—. Sólo les ha sucedido a Sam y Jared.

—Um —contesté mientras fingía un interés muy pequeño, determinado por la cortesía; pero me quedé aliviada.

Intenté explicar semejante reacción en mi fuero interno. Resolví que me alegraba de que Jacob no afirmara la existencia de alguna mística conexión lobezna entre nosotros. Nuestra relación ya era bastante confusa en su estado actual. No necesitaba ningún otro elemento sobrenatural añadido a los que ya debía atender.

Él permanecía callado, y el silencio resultaba un poco incómodo. La intuición me decía que no quería oír lo que estaba pensando, y para romper su mudez, pregunté:

—¿Qué tal le fue a Jared?

—Sin nada digno de mención. Se trataba de su compañera de pupitre. Se había sentado a su lado un año y no la había mirado dos veces. Entonces, de pronto, él cambió, la volvió a mirar y ya no apartó los ojos. Kim quedó encantada, ya que estaba loca por él. En su diario, había enlazado el apellido de Jared al de ella por todas partes.

Se carcajeó con ironía.

—¿Te lo dijo Jared? No debió hacerlo.

Jacob se mordió el labio.

—Supongo que no debería reírme, aunque es divertido.

—Menuda alma gemela.

Él suspiró.

—Jared no me comentó nada de eso a sabiendas. Ya te lo expliqué, ¿te acuerdas?

—Ah, sí, entiendo que son capaces de oír los pensamientos de los demás miembros de la manada, pero sólo cuando son lobos, ¿no es así?

—Exacto. Igual que tu chupasangre —torció el gesto.

—Edward —lo corregí.

—Bueno, bueno. Por eso es por lo que sé tanto acerca de los sentimientos de Sam. No es que él haya elegido contarnos todo. De hecho, es algo que todos odiamos —de pronto, su voz se cargó de amargura—. No tener privacidad ni secretos es atroz. Todo lo que te avergüenza queda expuesto para que todos lo vean.

Se encogió de hombros.

—Tiene pinta de ser algo espantoso —murmuré.

—Resulta útil cuando tenemos que coordinarnos —repuso a regañadientes—, una vez de higos a brevas. Lo de Laurent fue divertido. Y si los Cullen no se hubieran interpuesto en nuestro camino este último sábado... ¡Ay! —refunfuñó—. ¡Podíamos haberla alcanzado!

Apretó los puños con rabia.

Me estremecí. Por mucho que me preocupara que Jasper o Emmett resultasen heridos, no era nada en comparación con el pánico que me entró sólo de pensar en que Jacob se lanzase contra Victoria. Emmet y Jasper eran lo más cercano que yo podía imaginar a dos seres indestructibles, pero él seguía siendo una criatura de sangre caliente y en comparación, aún era un humano, un mortal. La idea de que Jacob se enfrentara a Victoria, con su destellante melena alborotada alrededor de aquel rostro extrañamente felino, me hizo estremecer.

Jacob alzó los ojos y me estudió con gesto de curiosidad.

—Pero, de todos modos, ¿no te sucede eso todo el tiempo? ¿No te lee Edward el pensamiento?

—Oh, no, nunca entra en mi mente. Aunque le gustaría.

La expresión de su rostro reflejó perplejidad.

—No puede leerme la mente —le expliqué con una pequeña nota de petulancia en la voz, fruto de la costumbre—. Soy la única excepción, pero ignoramos el motivo.

—¡Qué raro! —comentó Jacob.

—Sí —la suficiencia desapareció—. Probablemente, eso significa que me falta alguno que otro tornillo —admití.

—Siempre supe que no andabas bien de la cabeza —murmuró él.

—Gracias.

De pronto, los rayos del sol se abrieron paso entre las nubes y tuve que entrecerrar los ojos para no quedar cegada por el resplandor del mar. Todo cambió de color: las aguas pasaron del gris al azul; los árboles de un apagado verde oliva a un chispeante tono jade; los guijarros relucían como joyas con todos los colores del arco iris.

Parpadeamos durante unos instantes para ganar tiempo, hasta que nuestras pupilas se habituaran al aumento de luminosidad. Sólamente se escuchaba el apagado rugir de las olas, que retumbaban por los cuatro lados del malecón, el suave crujido de las rocas al entrechocar entre sí bajo el empuje del océano y los chillidos de las gaviotas en el cielo. Era muy tranquilo.

Jacob se acomodó más cerca de mí, tanto que se apoyó contra mi brazo y, como estaba ardiendo, al minuto siguiente tuve que mover los hombros para quitarme la chaqueta impermeable. Emitió un ronroneo gutural de satisfacción y apoyó la mejilla sobre mi coronilla. El sol me calentaba la piel, aunque no tanto como Jacob. Me pregunté con despreocupación cuánto iba a tardar en empezar a arder.

—¿En qué piensas? —susurró.

—En el sol.

—Um. Es agradable.

—¿Y en qué piensas tú?

—Recordaba aquella película que me llevaste a ver —rió entre dientes— y a Mike Newton, que vomitaba por todas partes.

Yo también me doblé de la risa, sorprendida por la manera como el tiempo altera los recuerdos. Aquél solía ser uno de los de mayor estrés y confusión, pues fue mucho lo que cambió esa noche, y ahora era capaz de reírme. Aquélla fue la última velada que Jacob y yo pasamos juntos antes de que él supiera la verdad sobre su linaje. Allí terminaba su memoria humana. Ahora, por extraño que pareciera, se había convertido en un recuerdo agradable.

—Echo de menos la facilidad con que sucedía todo... la sencillez —reconoció—. Me alegra tener una buena capacidad de recordar.

Suspiró.

Sus palabras activaron mis recuerdos y reaccioné de manera arrogante, presa de una repentina tensión. Él se percató y preguntó:

—¿Qué pasa?

—Acerca de esa excelente memoria tuya —me aparté para leer la expresión de su rostro e inquirí—, ¿te importaría decirme qué pensabas el lunes por la mañana? Tus reflexiones molestaron a Edward —el verbo «molestar» no era, precisamente, el más adecuado, pero deseaba obtener una respuesta, por lo que pensé que era mejor no empezar con demasiada dureza.

El rostro de Jacob se animó al comprender y se carcajeó.

—Estaba pensando en ti. A él no le gustó ni pizca, ¿verdad?

—¿En mí? ¿En qué exactamente?

Jacob se volvió a reír a carcajadas, pero en esta ocasión con una nota de mayor dureza.

—Recordaba tu aspecto la noche en que Sam te halló. Es como si hubiese estado allí, ya que lo he visto en su mente. Ese recuerdo es el que siempre acecha a Sam, ya sabes, y luego recordé tu imagen la primera vez que viniste de visita a casa. Apuesto a que no tienes ni idea de lo confusa que estabas, Bella. Tardaste varias semanas en volver a tener una apariencia humana. Siempre recuerdo que te abrazabas el cuerpo como si estuviera hecho añicos y quisieras mantenerlo unido con los brazos —se le crisparon las facciones y sacudió la cabeza—. Me resulta duro recordar tu tristeza de entonces, pero no es mi culpa. Imagino que para él debe ser aún más duro; pensé que Edward debía echar un vistazo a lo que había hecho.

Le pegué un manotazo en el hombro con tanta fuerza que me dolió.

—¡No vuelvas a hacerlo jamás, Jacob Black! Promételo.

—Ni hablar. Hacía meses que no me lo pasaba tan bien.

—A mi costa, Jake...

—Vamos, Bella, contrólate. ¿Cuándo volveré a verlo? No le des vueltas.

Me puse en pie. Él me tomó la mano cuando intenté alejarme. Di un tirón para soltarme.

—Me largo, Jacob.

—No, no te vayas aún —protestó mientras apretaba mi mano con más fuerza—. Disculpa, y... Bueno. No volveré a hacerlo. Te lo prometo.

Suspiré.

—Gracias, Jake.

—Vamos, regresemos a mi casa —dijo con impaciencia.

—En realidad, creo que debería irme. Angela Weber me está esperando y sé que Alice está preocupada. No quiero inquietarla.

—¡Pero si acabas de llegar!

—Eso es lo que parece —admití.

Alcé la vista a lo alto para mirar el sol, sin saber que ya lo tenía exactamente encima de mi cabeza. ¿Cómo podía haber transcurrido el tiempo tan deprisa?

Sus cejas se hundieron sobre los ojos.

—No sé cuándo volveré a verte —añadió con voz herida.

—Regresaré la próxima vez que él se vaya —le prometí de forma impulsiva.

—¿Irse? —Jacob puso los ojos en blanco—. Es un buen eufemismo para describir su conducta. Malditas garrapatas...

—¡No vendré jamás si eres incapaz de ser agradable! —lo amenacé mientras daba tirones para liberar la mano. Se negó a dejarme ir.

—No te enojes, ¿bueno? —repuso mientras esbozaba un gesto burlón—. Fue una reacción instintiva.

—Vas a tener que meterte algo en la cabeza si quieres que vuelva, ¿está bien? —él esperó—. Mira, no me preocupa quién es un vampiro ni quién un licántropo —le expliqué—. Es irrelevante. Tú eres Jacob; él es Edward; y yo, Bella. Todo lo demás no importa.

Entornó levemente los ojos.

—Pero yo soy un licántropo —repuso de mala gana—, y él, un vampiro —agregó con obstinada repugnancia.

—¡Y yo soy virgo! —grité, exasperada.

Enarcó las cejas y sopesó mi expresión con ojos llenos de curiosidad. Al final encogió los hombros.

—Si en verdad eres capaz de verlo así...

—Puedo hacerlo.

—De acuerdo. Bella y Jacob. Nada de extrañas virgos por aquí.

Me dedicó una sonrisa, el cálido gesto de siempre que tanto había añorado. Sentí que le respondía con una sonrisa que se extendía por mi cara.

—Te he extrañado mucho, Jake —admití, sin pensarlo.

—Yo también —su sonrisa se ensanchó. Claramente, había felicidad en sus ojos, por una vez sin atisbo de ira ni amargura—. Más de lo que supones... ¿Volveré a verte pronto?

—En cuanto pueda —le prometí.

Suiza

Mientras conducía de vuelta a casa, no prestaba mucha atención a la superficie mojada de la carretera, que resplandecía al sol. Reflexionaba acerca del torrente de información que Jacob compartió conmigo para aclarar algunas cosas y lograr que todo tuviera sentido. Me sentía más ligera, a pesar del agobio. No es que ver sonreír de nuevo a Jacob y haber discutido sobre todos los secretos haya arreglado algo, pero facilitaba las cosas. Había hecho bien en ir. Jacob me necesitaba y, obviamente, no había peligro, pensé mientras entrecerraba los párpados para no quedarme cegada.

El auto apareció de la nada. Un instante antes, en el espejo retrovisor no había más que una calzada reluciente y después, de repente, tenía pegado un Volvo plateado centelleante bajo el sol.

—Ay, mierda —me quejé.

Consideré la posibilidad de acercarme a los arbustos y parar, pero era demasiado cobarde para hacerle frente en ese momento. Había contado con disponer de algún tiempo de preparación y tener cerca a Charlie. Eso, al menos, le obligaría a no alzar la voz.

El Volvo continuó a escasos centímetros detrás de mí. Mantuve la vista fija en la carretera.

Conduje hasta la casa de Angela completamente aterrada; no permití que mis ojos se encontraran con los suyos, que parecían haber abierto un boquete al rojo vivo en mi retrovisor.

Me siguió hasta que pisé el freno en frente de la casa de los Weber. Él no se detuvo y yo no alcé la mirada cuando pasó a mi lado para evitar ver la expresión de su rostro. En cuanto desapareció, crucé lo más rápidamente posible el corto trecho para llegar hasta la puerta de Angela.

Ben la abrió antes de que yo dejara de llamar con los nudillos. Daba la impresión de que estaba justo detrás.

—¡Hola, Bella! —exclamó, sorprendido.

—Hola, Ben. Eh… ¿Está Angela?

Me pregunté si mi amiga se había olvidado de nuestros planes y me intimidé ante la posibilidad de volver temprano a mi casa.

—Claro —repuso Ben justo antes de que ella apareciera en lo alto de las escaleras y me llamara:

—¡Bella!

Ben echó un vistazo a mi alrededor cuando oímos el sonido de un auto en la carretera, pero este ruido no me asustó al no parecerse en nada al suave ronroneo del volvo. El vehículo fue dando trompicones hasta detenerse en medio de un fuerte petardeo del tubo de escape. Ésa debía de ser la visita que Ben estaba esperando.

—Ya viene Austin —anunció Ben tan pronto como Angela llegó a su lado.

El sonido de un bocinazo resonó en la calle.

—Te veo luego —le prometió Ben—. Ya te extraño.

Él pasó el brazo alrededor del cuello de Angela y la atrajo hacia abajo para ponerla a su altura y poder besarla con entusiasmo. Un segundo después, Austin hizo sonar la bocina de su auto otra vez.

—¡Adiós, Ang, te quiero! —gritó Ben mientras pasaba corriendo junto a mí.

Angela se balanceó con el rostro levemente enrojecido, pero luego se recuperó y lo despidió con la mano hasta que los perdimos de vista. Entonces se volvió hacia mí y me sonrió con arrepentimiento.

—Te agradezco con toda mi alma este favor, Bella —dijo—. No sólo evitas que mis manos sufran heridas irreparables, sino que, además, me ahorras dos horas de una película de artes marciales sin argumento y mal doblada.

—Me encanta ser de ayuda.

Tuve menos miedo y fui capaz de respirar con más regularidad. Allí todo era muy común y, por extraño que pareciera, los sencillos problemas humanos de Angela resultaban tranquilizadores. Era magnífico saber que la vida podía ser normal en algún lado.

—¿Dónde está tu familia?

—Mis padres llevaron a los gemelos a un cumpleaños en Port Angeles. Aún no creo que vayas a ayudarme en esto. Ben se inventó una tendinitis.

Hizo una mueca.

—No me importa en absoluto —le aseguré hasta que entré en su cuarto y vi las pilas de sobres que nos esperaban—. Uf —exclamé, asombrada.

Angela volteó para mirarme con la disculpa grabada en los ojos. Ahora entendía por qué lo había pospuesto y por qué se había escabullido Ben.

—Pensé que exagerabas —admití.

—¡Qué más quisiera! ¿Estás segura de querer hacerlo?

—Ponme a trabajar. Dispongo de todo el día.

Angela dividió un montón en dos y colocó la agenda de direcciones sobre el escritorio, en medio de nosotras dos. Nos concentramos en el trabajo durante un buen rato, en el que sólo se oyó el sordo rasguñar de nuestras plumas sobre el papel.

—¿Qué hace Edward esta noche? —me preguntó al cabo de unos minutos.

La punta de mi pluma se hundió en el reverso del sobre.

—Pasa el fin de semana en casa de Emmett. Se supone que van a salir de excursión.

—Lo dices como si no estuvieras segura.

Me encogí de hombros.

—Eres afortunada. Edward tiene hermanos para todo eso de las acampadas y las caminatas. No sé qué haría si Ben no tuviera a Austin para todas esas cosas de chicos.

—Sí. Las actividades al aire libre no son lo mío, la verdad, y no hay forma de que yo pueda seguirle el ritmo.

Angela se rió.

—Yo también prefiero quedarme en casa.

Ella se concentró durante un minuto en el montón de sobres y yo escribí otras cuatro direcciones. Con Angela nunca sentía el apremio de tener que llenar una pausa con cosas triviales. Al igual que Charlie, ella se sentía a gusto con el silencio, pero al igual que mi padre, en ocasiones, también era demasiado observadora.

—¿Algo va mal? —inquirió, ahora en voz baja—. Pareces… ansiosa.

Sonreí avergonzada.

—¿Es tan evidente?

—En realidad, no.

Lo más probable es que mentía para hacerme sentir mejor.

—No tienes por qué contarme, si no quieres —me aseguró—. Te escucharé si crees que eso puede ayudarte.

Estuve a punto de decir: «Gracias, gracias, pero no». Después de todo, había muchos secretos que debía ocultar. Lo cierto es que yo no podía hablar de mis problemas con ningún ser humano. Iba contra las reglas.

Y aun así, sentía el deseo repentino e irrefrenable de hacer precisamente eso. Quería hablar con una amiga normal, humana. Tenía ganas de quejarme un poco, como cualquier otra adolescente. Anhelaba que mis problemas fueran más sencillos. Sería estupendo contar con alguien ajeno a todo aquel embrollo de vampiros y hombres lobo para poner las cosas en su justa perspectiva, alguien imparcial.

—Me ocuparé de mis asuntos —me prometió Angela; sonrió y volvió la mirada hacia las señas que escribía en ese momento.

—No —repuse—, tienes razón: estoy preocupada. Se trata de... Edward.

—¿Qué ocurre?

¡Qué fácil resultaba hablar con ella! Cuando formulaba una pregunta como ésa, yo estaba segura de que no le movía la curiosidad o la búsqueda de un chismoseo, como habría ocurrido en el caso de Jessica. A ella le interesaba la razón de mi inquietud.

—Se enojó conmigo.

—Resulta difícil de imaginar —me contestó—. ¿Por qué se enojó?

Suspiré.

—¿Te acuerdas de Jacob Black?

—Ah —se limitó a decir.

—Exacto.

—Está celoso.

—No, celoso no... —debí mantener la boca cerrada. No había modo alguno de explicarle aquello correctamente, pero, de todos modos, quería seguir hablando. No me había percatado de lo mucho que deseaba mantener una conversación humana—. Supongo que Edward cree que Jacob es... una mala influencia para mí. Algo... peligroso. Ya sabes cuántos problemas he tenido en estos últimos meses. Aunque todo esto es ridículo...

Me sorprendió ver que Angela negaba con la cabeza.

—¿Qué? —quise saber.

—Bella, he visto cómo te mira Jacob Black. Apostaría a que el problema detrás de todo esto son los celos.

—No es ésa la relación que tengo con Jacob.

—Por tu parte, quizá, pero por la suya...

Fruncí el ceño.

—Él conoce mis sentimientos. Se lo conté todo.

—Edward sólo es un ser humano, Bella, y va a reaccionar como cualquier otro chico.

Hice una mueca. No debía responder a eso. Angela me palmeó la mano.

—Lo superará.

—Eso espero. Jake está pasando por momentos difíciles y me necesita.

—Tú y él son muy amigos, ¿verdad?

—Como si fuéramos familia —admití.

—Y a Edward no le gusta él... Debe de ser duro. Me pregunto cómo manejaría Ben esa situación —se dijo en voz alta.

Esbocé media sonrisa.

—Probablemente, como cualquier otro chico.

Ella sonrió, franca.

—Probablemente.

Entonces, ella cambió de tema. Angela no era una entremetida y pareció percatarse de que yo no iba —ni podía— añadir nada más.

—Ayer me asignaron un colegio mayor. Es el más alejado del campus, por supuesto.

—¿Sabe Ben ya cuál le tocó?

—En el más cercano. Toda la suerte es para él. ¿Y tú? ¿Ya decidiste adónde vas a ir?

Aparté la vista mientras me concentraba en los torpes trazos de mi letra. La idea de que Ben y Angela estuvieran en la Universidad de Washington me despistó durante unos instantes. Se marcharían a Seattle en pocos meses. ¿Sería seguro? ¿Amenazaría Edward con instalarse en otra parte? ¿Habrá para entonces un nuevo lugar, otra ciudad que se estremeciera ante unos titulares de prensa propios de una película de terror? ¿Serían culpa mía algunas de esas noticias?

Intenté desterrar de mi mente esa preocupación y respondí a su pregunta un poco tarde.

—Creo que a la Universidad de Alaska, en Juneau.

—¿Alaska? ¿De veras? —percibí el tono de sorpresa en su voz—. Quiero decir... ¡Es estupendo!, sólo que imaginaba que ibas a elegir otro destino más... cálido.

Reí un poco sin apartar los ojos del sobre.

—Sí. Lo cierto es que la estancia en Forks ha cambiado mi perspectiva de la vida.

—¿Y Edward?

La mención de su nombre provocó un cosquilleo en mi estómago, pero alcé la vista y le sonreí.

—Alaska tampoco es demasiado frío para Edward.

Ella me devolvió la sonrisa.

—Por supuesto que no —luego, suspiró—. Está muy lejos. No vas a poder venir a menudo. Te voy a extrañar ¿Me escribirás algún correo?

Me abrumó una ola de contenida tristeza. Quizás era un error intimar de más con Angela ahora, pero, ¿no sería aún más triste perderse estas últimas oportunidades? Me libré de tan lúgubres pensamientos y pude responderle con malicia:

—Si es que puedo volver a escribir después de esto…

Señalé con la cabeza el montón de sobres que ya había preparado.

Nos reímos las dos y, a partir de ese momento, fue más fácil hablar despreocupadamente sobre clases y asignaturas. Todo lo que debía hacer era no pensar en ello. De todos modos, había cosas más urgentes de qué preocuparse aquel día.

La ayudé también a poner los sellos, pues me asustaba tener que irme.

—¿Cómo va esa mano? —inquirió.

Flexioné los dedos.

—Creo que se recuperará… algún día.

Alguien cerró de golpe la puerta de la entrada en el piso inferior. Ambas levantamos la vista.

—¿Ang? —llamó Ben.

Traté de sonreír, pero me temblaron los labios.

—Supongo que eso da pie a mi salida del escenario.

—No tienes por qué irte, aunque probablemente me va a describir la película con todo lujo de detalles.

—Da igual, Charlie va a preguntarse por mi paradero.

—Gracias por ayudarme.

—Lo cierto es que me lo he pasado bien. Deberíamos hacer algo parecido de vez en cuando. Es muy agradable tener un tiempo sólo para chicas.

—Sin lugar a dudas.

Sonó un leve golpeteo en la puerta del dormitorio.

—Entra, Ben —invitó Angela.

Me incorporé y me estiré.

—Hola, Bella. ¡Has sobrevivido! —me saludó Ben de pasada

mientras acudía a ocupar mi lugar junto a Angela. Observó nuestra tarea—. Buen trabajo. Es una pena que no quede nada que hacer, yo habría... —dejó en suspenso la frase y el hilo de sus pensamientos para retomarlo con entusiasmo—. ¡No puedo creer que te hayas perdido esta película! Era estupenda. La secuencia final de la pelea tenía una coreografía alucinante. El tipo ése, bueno, tendrías que ir a verla para saber a qué me refiero...

Angela me miró, exasperada.

—Te veo en la escuela —me despedí, y solté una risita nerviosa.

Ella suspiró y dijo:

—Nos vemos allí.

Estaba nerviosa mientras recorría la distancia que me separaba hasta mi vehículo, pero la calle estaba vacía. Durante todo el trayecto miré con inquietud por todos los espejos, sin que se viera rastro alguno del auto plateado.

Su vehículo tampoco estaba en frente de la casa, aunque eso no significaba demasiado.

—¿Bella? —me llamó Charlie en cuanto abrí la puerta de la entrada.

—Hola, papá.

Lo encontré en el cuarto de estar, sentado delante de la televisión.

—Bueno, ¿qué tal te fue en el día?

—Bien —le respondí. Podía contárselo todo, ya que enseguida iba a enterarse a través de Billy. Además, iba a hacerlo feliz—. No me necesitaban en el trabajo, por lo que decidí ir a La Push.

Su rostro no reflejó sorpresa alguna. Billy y él habían hablado.

—¿Cómo está Jacob? —preguntó Charlie, para fingir indiferencia.

—Perfectamente —contesté, con aire despreocupado.

—¿Fuiste a casa de los Weber?

—Sí. Terminamos de escribir todas las direcciones en los sobres.

—Eso está bien —respondió Charlie con una ancha sonrisa. Estaba sorprendentemente concentrado, máxime si se consideraba que había un partido en juego—. Me alegro de que hoy hayas pasado unas horas con tus amigos.

—También yo.

Me fui sin prisa a la cocina en busca de un trabajo con el cual sentirme ocupada. Por desgracia, Charlie ya había limpiado los platos del almuerzo. Me demoré allí durante unos minutos; contemplaba el brillante recuadro de luz que los rayos del sol dibujaban en el suelo, pero sabía que no podía aplazarlo de forma indefinida.

—Me subo a estudiar —anuncié con desánimo mientras me dirigía a las escaleras.

—Te veo luego —se despidió Charlie a mis espaldas.

Si sobrevivo, pensé.

Cerré la puerta de mi dormitorio con cuidado antes de volver el rostro hacia el interior.

Él estaba allí, por supuesto, junto a la ventana, reclinado sobre la pared más alejada de mí, guarecido en las sombras. Su rostro era severo y mantenía una postura tensa. Me contempló sin despegar los labios.

Me acobardé a la espera de una discurso acusador que no se produjo. Él se limitó a mirarme; es posible que estuviera demasiado enfadado para articular palabra.

—Hola —saludó al fin.

Su rostro parecía cincelado en piedra. Conté mentalmente hasta cien, pero no se produjo cambio alguno.

—Este... Bueno, sigo viva —comencé. Brotó un bramido de su pecho, pero su expresión no se alteró—. No sufrí ningún daño —insistí y encogí los hombros.

Se movió. Cerró los ojos y apretó el puente de la nariz entre los dedos de la mano derecha.

—Bella —murmuró—, ¿no tienes la menor idea de lo cerca que he estado de cruzar hoy la línea y romper el tratado para ir por ti? ¿Sabes lo que eso significa?

Lancé un grito ahogado y él abrió los párpados, dejando al descubierto unos ojos duros y fríos como la noche.

—¡No puedes hacerlo! —repliqué en voz muy alta. Me esforcé en controlar el volumen de mi voz para que Charlie no me oyera, pero ardía en deseos de gritar cada palabra—. Lo usarían como pretexto para una lucha, estarían encantados, Edward. ¡Jamás debes romper las reglas!

—Quizá no sean los únicos que disfrutarían con el enfrentamiento.

—No empieces —lo atajé bruscamente—. Lograron un acuerdo para respetarlo.

—Si él te hubiera hecho daño...

—¡Bueno ya! —lo corté—. No hay de qué preocuparse. Jacob no es peligroso.

—Bella... —puso los ojos en blanco—. Tú no eres precisamente la persona más adecuada para juzgar lo que es o no pernicioso.

—Sé que no debo preocuparme por Jake, ni tú tampoco.

Apretó la mandíbula con un rechinar de dientes al tiempo que los puños crispados colgaban a cada lado. Permanecía recostado contra la pared. Odié el espacio que nos separaba, por lo que respiré hondo y crucé la habitación. No reaccionó cuando le rodeé con los brazos. Su piel resultaba especialmente helada en comparación con el calor de los rayos del sol vespertino que se colaba a chorros por la ventana. Él también parecía glacial, gélido a su manera.

—Siento haberte preocupado —dije entre dientes.

Suspiró y se relajó un poco mientras rodeaba mi cintura con los brazos.

—«Preocupado» es quedarse corto —murmuró—. Ha sido un día muy largo.

—Se suponía que no ibas a enterarte —le recordé—. Pensé que la caza te iba a llevar más tiempo.

Alcé la vista para contemplar sus pupilas, a la defensiva, y entonces vi que estaban demasiado oscuras, algo de lo que no me había percatado con la tensión del momento. Los círculos alrededor de los ojos eran de color morado oscuro.

Fruncí el ceño con gesto de desaprobación.

—Regresé cuando Alice te vio desaparecer —me explicó.

—No deberías haberlo hecho —arrugué aún más el ceño—. Ahora vas a tener que irte otra vez.

—Puedo esperar.

—Eso es ridículo, es decir, sé que ella no puede verme con Jacob, pero tú deberías haber sabido…

—Pero no lo sé —me interrumpió—, y no puedes esperar de mí que te deje…

—Oh, sí, claro que puedo —le detuve—. Eso es exactamente lo que espero…

—No volverá a suceder.

—¡Eso es verdad! La próxima vez no vas a reaccionar de forma exagerada…

—… porque no va a haber próxima vez…

—Comprendo tus ausencias, aunque no sean de mi agrado.

—No es lo mismo. Yo no arriesgo mi vida.

—Tampoco yo.

—Los hombres lobo representan un riesgo.

—Discrepo.

—No estoy negociando, Bella.

—Yo tampoco.

Volvió a cerrar las manos. Sentí sus puños en la espalda.

—¿De verdad que todo esto es por mi seguridad? —las palabras se me escaparon sin pensar.

—¿A qué te refieres? —inquirió.

—Tú no estás... —ahora, la teoría de Angela parecía más estúpida. Me resultaba difícil concluir la frase—. Quiero decir, me conoces lo suficientemente bien como para no tener celos, ¿verdad?

Subí una ceja.

—¿Debería tenerlos?

—No es broma.

—Eso es fácil. No hay nada remotamente gracioso en todo este lío.

Fruncí el ceño con recelo.

—¿O hay algo más? No sé, alguna de esas tonterías del tipo «los vampiros y los licántropos son siempre enemigos». Si esto es fruto de la testosterona...

Sus ojos flamearon.

—Esto es sólo por ti. No me preocupa más que tu seguridad.

No dudé al ver fuego en sus ojos.

—De acuerdo —suspiré—. Lo creo, pero quiero que sepas algo. Me quedaré fuera cuando se produzcan situaciones ridículas en cuanto a su enemistad. Soy un país neutral. Soy Suiza. Me niego a verme afectada por disputas territoriales entre criaturas míticas. Jacob es de mi familia. Tú eres… Bueno, no exactamente el amor de mi vida, porque espero poder quererte por mucho más tiempo que eso… Eres el amor de mi existencia. Me da igual quién es un vampiro y quién, un hombre lobo. Si Angela se convirtiera en una bruja, ella también formaría parte del grupo.

Me miró con ojos entrecerrados.

—Suiza —repetí de nuevo con énfasis.

Me hizo una mueca, pero luego suspiró.

—Bella… —comenzó, pero se detuvo y torció la nariz con desagrado.

—¿Qué pasa ahora?

—Bueno, no te ofendas, por favor, pero hueles como un perro —me dijo.

Luego, esbozó una de esas sonrisas torcidas tan propias suyas, por lo que supe que la pelea se había terminado, por el momento.

Edward tuvo que recuperar la expedición de caza que se había saltado, por lo que se ausentó el viernes por la noche con Jasper, Emmett y Carlisle a una reserva en el norte de California que tenía problemas con un puma.

No habíamos llegado a ningún acuerdo en el asunto de los hombres lobo, pero no sentí ningún remordimiento por telefonear a Jake durante el breve intervalo en el que Edward llevaba el Volvo a casa, antes de regresar a mi cuarto por la ventana, para decirle que iba a pasar por allí de nuevo el sábado. No pensaba marcharme a hurtadillas. Edward conocía mi forma de pensar y haría que Jacob me recogiera si él volvía a estropearme el coche. Forks era neutral, como Suiza y como yo.

Por eso, no sospeché cuando Alice, en vez Edward, me esperaba en el Volvo a la salida del trabajo. La puerta del copiloto estaba abierta y una música desconocida para mí sacudía el marco cada vez que sonaban los contrabajos.

—Hola, Alice —grité para hacerme oír mientras entraba—. ¿Dónde está tu hermano?

Ella coreaba la canción una octava más alta que la melodía con la que se entretejía hasta lograr una intrincada armonía. Asintió, ignorando mi pregunta mientras se concentraba en la música.

Cerré la puerta de un portazo y me puse las manos sobre los oídos. Ella me sonrió y redujo el volumen, hasta limitarlo al nivel de la música ambiente. Aseguró las puertas y aceleró el auto al mismo tiempo.

—¿Qué es lo que pasa? —pregunté; empezaba a sentirme inquieta—. ¿Dónde está Edward?

Se encogió de hombros.

—Se marcharon a primera hora.

—Vaya.

Intenté controlar el absurdo sentimiento de decepción. Si salió temprano, volverá temprano, me obligué a recordar.

—Todos los chicos se fueron, así que ¡tendremos una fiesta de pijamas! —anunció con voz cantarina.

—¿Una fiesta de pijamas? —repetí.

La sospecha finalmente cobró forma.

—¿No te hace ilusión? —gorjeó.

Mis ojos se encontraron con los suyos, muy animados, durante un largo instante.

—Me estás raptando, ¿verdad?

Ella se echó a reír y asintió.

—Hasta el sábado. Esme lo arregló con Charlie. Vas a quedarte conmigo dos noches. Mañana yo te llevaré y te recogeré del colegio.

Me volví hacia la ventanilla con un rechinar de dientes.

—Lo siento —se disculpó Alice sin el menor asomo de arrepentimiento—. Me pagó.

—¿Con qué?

—El Porsche. Es exactamente igual al que robé en Italia —suspiró satisfecha—. No puedo conducirlo por Forks, pero ¿qué te parece si comprobamos cuánto tiempo tarda en llegar a Los Ángeles? Apuesto a que podemos estar de vuelta a medianoche.

Respiré hondo.

—Me parece que paso.

Suspiré al tiempo que reprimía un estremecimiento.

Aunque siempre más deprisa de la cuenta, redujimos paulatinamente la velocidad. Alice dio la vuelta a la cochera. Eché un vistazo rápido a los autos. Allí estaba el enorme Jeep de Emmett y, a su lado, el Porsche de brillante color amarillo, como el plumaje de un canario, entre aquél y el convertible rojo de Rosalie.

Alice salió de un grácil brinco y se acercó para acariciar con la mano cuan largo era su soborno.

—Es demasiado, ¿verdad?

—Demasiado se queda corto —refunfuñé, incrédula—. ¿Te lo regaló por retenerme dos días como rehén? —Alice hizo un gesto. Un segundo después lo comprendí todo y jadeé a causa del pánico—. Es por todas las veces que Edward se ausente, ¿verdad?

Ella asintió.

Cerré de un portazo y me dirigí pisando fuerte hacia la casa. Ella danzó a mi lado, aún sin dar muestras de remordimiento.

—¿No te parece que se está pasando de controlador? ¿No es, quizá, un poquito psicótico?

—La verdad es que no —hizo un gesto desdeñoso—. No pareces entender hasta qué punto puede ser peligroso un hombre lobo joven. Sobre todo cuando yo no los puedo ver y Edward no tiene forma de saber si estás a salvo. No deberías ser tan imprudente.

—Sí —repuse con mordacidad—, ya que una fiesta de pijamas con vampiros es la cumbre de un comportamiento consciente y seguro.

Alice se echó a reír.

—Te haré pedicura y todo —me prometió.

No estaba tan mal, excepto por el hecho de que me retenían contra mi voluntad. Esme compró comida italiana de la buena —traída directamente de Port Angeles— y Alice preparó mis películas favoritas. Estaba allí, incluso Rosalie, callada y en un segundo plano. Alice insistió en lo de arreglarme los pies hasta el punto de que me pregunté si no estaría trabajando conforme a una lista de tareas elaboradas a partir de la visión de las horribles telenovelas.

—¿Hasta qué hora quieres quedarte levantada? —me preguntó cuando las uñas de mis pies estuvieron de un reluciente color rojo sangre. Mi mal humor no afectó su entusiasmo.

—No quiero quedarme levantada. Mañana tenemos escuela.

Ella hizo una mueca.

—De todos modos, ¿dónde voy a dormir? —evalué el sofá con la mirada. Era algo pequeño—. ¿No puedes limitarte a vigilarme en mi casa?

—En tal caso, ¿qué clase de fiesta de pijamas iba a ser? —Alice sacudió la cabeza con exasperación—. Vas a acostarte en la habitación de Edward.

Suspiré. Su sofá de cuero negro era más grande que aquél. De hecho, lo más probable era que la alfombra dorada de su dormitorio tuviera el grosor suficiente para convertirse en un lecho excelente.

—¿No puedo ir al menos a casa a recoger mis cosas?

Ella sonrió.

—Ya nos ocupamos de eso.

—¿Tengo permiso para llamar por teléfono?

—Charlie sabe dónde estás.

—No voy a telefonearle a él —torcí el gesto—. Al parecer, tengo que cancelar ciertos planes.

—Ah —ella caviló al respecto—. No estoy del todo segura...

—¡Alice! —me quejé gritando—. ¡Vamos!

— Charlie está bien, okey —accedió mientras revoloteaba por la estancia. Regresó en menos de medio segundo con un celular en la mano—. Él no me lo prohibió específicamente —murmuró para sí mientras me entregaba el teléfono.

Marqué el número de Jacob con la esperanza de que no hubiera salido con sus amigos aquella noche. Tuve suerte y fue él quien respondió.

—¿Diga?

—Hola, Jake, soy yo.

Alice me observó con ojos inexpresivos durante un segundo antes de darse la vuelta e ir a sentarse en el sofá entre Rosalie y Esme.

—Hola, Bella —respondió, súbitamente alerta—. ¿Qué ocurre?

—Nada bueno. Después de todo, no voy a poder ir el sábado.

Jacob permaneció en silencio durante un minuto.

—Estúpido chupasangre —murmuró al final—. Pensé que se había ido. ¿No puedes vivir tu vida durante sus ausencias, o es que te encerró en un ataúd? —me carcajeé—. A mí no me parece divertido.

—Me reía porque no falta mucho para eso —le aclaré—, pero estará aquí el sábado, por lo que eso no importa.

—Entonces, ¿va a alimentarse aquí, en Forks? —inquirió Jacob de forma cortante.

—No —no dejé que notara lo enojada que estaba con Edward, y mi enojo no era menor al de Jacob—. Salió de madrugada.

—Ah. Bueno, ¡eh!, entonces, ven por casa —repuso con repentino entusiasmo—. Todavía no es tarde, o yo voy por la de Charlie.

—Me gustaría, pero no estoy allí —le expliqué con rudeza—. Soy una especie de prisionera.

Permaneció callado mientras lo asimilaba; luego, gruñó.

—Iremos por ti —me prometió con voz monótona, pasando automáticamente al plural.

Un escalofrío corrió por mi espalda, pero respondí con tono ligero y bromista.

—Um. Es... tentador que sepas que me han torturado... Alice me pintó las uñas.

—Hablo en serio.

—No lo hagas. Sólo pretenden mantenerme a salvo.

Volvió a gruñir.

—Sé que es una necedad, pero son buena gente.

—¿Buena gente? —se mofó.

—Lamento lo del sábado —me disculpé—. Bueno, me voy a la cama..., al sofá —rectifiqué en mi fuero interno—. Pero volveré a llamarte pronto.

—¿Estás segura de que te van a dejar salir? —me preguntó, mordaz.

—No del todo —suspiré—. Buenas noches, Jake.

—Ya nos veremos por ahí.

De pronto, Alice estaba a mi lado y tendía la mano para recuperar el celular, pero yo ya estaba marcando otro número. Ella lo identificó y me avisó:

—Dudo que lleve el teléfono encima.

—Voy a dejarle un mensaje.

El teléfono sonó cuatro veces, seguidas de un tono de mensaje. No lo saludé.

—Estás metido en un lío —dije enfáticamente—, en uno bien grande. La próxima vez, los osos pardos enfadados te van a parecer oseznos domados en comparación con lo que te espera en casa.

Cerré la tapa del celular y lo deposité en la mano tendida de Alice.

—Terminé.

Ella sonrió burlona.

—Esto del secuestro es divertido.

—Ahora me voy a dormir —anuncié mientras me dirigía a las escaleras.

Alice se pegó a mis pasos. Suspiré.

—Alice, no voy a fisgonear ni a escabullirme. Si planeara eso, tú lo sabrías y me atraparías en caso de que lo intentara.

—Sólo voy a enseñarte dónde está cada cosa —repuso con aire inocente.

La habitación de Edward se hallaba en el extremo más alejado del pasillo del tercer piso y era difícil perderse, incluso, aunque estuviera menos familiarizada con la casa. Sin embargo, me detuve confusa cuando encendí la luz. ¿Me habría equivocado de puerta?

Alice soltó una risita.

Enseguida comprendí que se trataba de la misma habitación, sólo habían reubicado el mobiliario. El sofá se hallaba en la pared norte y habían corrido levemente el estéreo hacia los estantes repletos de discos compactos, para hacer espacio a la colosal cama que ahora dominaba el espacio central.

La pared sur de vidrio reflejaba la escena trasera como si fuera un espejo, lo que hacía que todo pareciera doblemente peor.

Encajaba. El cobertor era de un dorado apagado, apenas más claro que las paredes. El bastidor era negro, hecho de hierro forjado y con un intrincado diseño. Mi pijama estaba cuidadosamente doblada al pie de la cama, y a un lado descansaba el neceser con mis artículos de aseo.

—¿Qué rayos es esto? —musité.

—No ibas a creer de veras que te iba a hacer dormir en un sofá, ¿verdad?

Murmuré de forma ininteligible mientras me adelantaba para tomar mis cosas de la cama.

—Te daré un poco de intimidad —Alice se rió—. Te veré mañana.

Después de cepillarme los dientes y ponerme el pijama, aferré una hinchada almohada de plumas y la saqué del lecho para luego arrastrar el cobertor dorado hasta el sofá. Sabía que me estaba comportando como una tonta, pero no me preocupaba. Eso de porsches como sobornos y camas de matrimonio en casas donde nadie dormía se pasaba de la raya. Apagué las luces y me acomodé en el sofá. Me pregunté si no estaría demasiado enfadada como para conciliar el sueño.

En la oscuridad, la pared de vidrio dejó de ser un espejo negro que producía la sensación de duplicar el tamaño de la habitación. En el exterior, la luz de la luna iluminó las nubes. Cuando mis ojos se acostumbraron, vi la difusa luminosidad que remarcaba las copas de los árboles y arrancaba reflejos a un meandro del río. Observé la luz plateada a la espera de que me pesaran los párpados.

Hubo un leve golpeteo de nudillos en la puerta.

—¿Qué pasa, Alice? —susurré.

Estaba a la defensiva, pues ya imaginaba su diversión en cuanto viera mi improvisado camastro.

—Soy yo —susurró Rosalie mientras entreabría la puerta lo suficientemente para que pudiera ver su rostro perfecto a la luz del resplandor plateado—. ¿Puedo pasar?

Desenlace desafortunado

Rosalie vaciló en la entrada con la indecisión escrita en aquellos rasgos arrebatadores.

—Por supuesto —repliqué. Mi voz fue más alta de la cuenta a causa de la sorpresa—. Entra.

Me incorporé y me deslicé a un extremo del sofá para hacerle sitio. Sentí un retortijón en el estómago cuando el único miembro de la familia Cullen al que no le gustaba se acercó en silencio para sentarse en el espacio libre que le había dejado. Intenté imaginar la razón por la que quería verme, pero no tenía la menor idea.

—¿Te importa que hablemos un par de minutos? —me preguntó—. No te desperté ni nada por el estilo, ¿verdad?

Su mirada fue de la cama, despojada del cobertor y de la almohada, a mi sofá.

—No, estaba despierta. Claro que podemos hablar —me pregunté si sería capaz de advertir la nota de alarma de mi voz con la misma claridad que yo.

Rió con despreocupación. Sus carcajadas repicaron como un coro de campanas.

—Edward no suele dejarte sola —dijo—, y pensé que haría bien en aprovechar la ocasión.

¿Qué querría contarme para que no pudiera decirlo delante de su hermano? Enrosqué y desenrosqué las manos en el extremo del cobertor.

—Por favor, no pienses que interfiero por crueldad —imploró ella con voz gentil. Cruzó los brazos sobre su regazo y clavó la vista en el suelo mientras hablaba—. Estoy segura de haber herido bastante tus sentimientos en el pasado, y no quiero hacerlo de nuevo.

—No te preocupes, Rosalie. Soy fuerte. ¿Qué pasa?

Ella rió una vez más; parecía extrañamente avergonzada.

—Pretendo explicarte las razones por las que, en mi opinión, deberías conservar tu condición humana, y por qué yo intentaría seguir siéndolo si estuviera en tu lugar.

—Ah.

Sonrió ante mi sorpresa; luego, suspiró.

—¿Te contó Edward qué fue lo que me condujo a esto? —preguntó al tiempo que señalaba su glorioso cuerpo inmortal con un gesto.

Asentí lentamente. De pronto, me sentí triste.

—Me dijo que se pareció a lo que estuvo a punto de sucederme aquella vez en Port Angeles, sólo que no había nadie para salvarte —me estremecí al recordarlo.

—¿De veras es eso lo que te contó? —inquirió.

—Sí —contesté perpleja y confusa—. ¿Hay más?

Alzó la mirada y me sonrió con una expresión dura, amarga, y apabullante a pesar de todo.

—Sí, sí lo hay —respondió.

Aguardé mientras contemplaba el exterior a través de la ventana. Parecía intentar calmarse.

—¿Te gustaría oír mi historia, Bella? No tiene un final feliz, pero ¿cuál de nuestras existencias lo tiene? Estaríamos debajo de una lápida si hubiéramos tenido un desenlace afortunado.

Asentí, aunque me aterró el tono amenazante de su voz.

—Yo vivía en un mundo diferente al tuyo, Bella. Mi sociedad era más sencilla. En 1933, yo tenía dieciocho años, era guapa y mi vida, perfecta.

Contempló con expresión ausente las nubes plateadas que se veían a través de la ventana.

—Mi familia era de clase media. Mi padre tenía un empleo estable en un banco. Ahora comprendo que estaba muy orgulloso de sí mismo, ya que consideraba su prosperidad como resultado directo de su talento y el trabajo duro, en vez de admitir el papel desempeñado por la fortuna. Yo lo tenía todo garantizado en aquel entonces. En mi casa parecía como si la Gran Depresión no fuera más que un rumor molesto. Veía a los menesterosos, por supuesto, a los que no eran tan afortunados, pero me dejaron crecer con la sensación de que ellos mismos se habían buscado sus problemas.

»La tarea de mi madre consistía en atender las labores del hogar, a mí y a mis dos hermanos pequeños, en ese mismo orden. Resultaba evidente que yo era tanto su prioridad como la hija favorita. En aquel entonces no lo comprendía del todo, pero siempre tuve la vaga noción de que mis padres no estaban satisfechos con lo que tenían, incluso aunque poseyeran mucho más que los demás. Deseaban más y tenían aspiraciones sociales... Supongo que podía considerárseles unos arribistas. Estimaban mi belleza como un regalo en el que veían un potencial mucho mayor que yo.

»Ellos no estaban satisfechos, pero yo sí. Me encantaba ser Rosalie Hale y me complacía que los hombres me miraran a donde quiera que fuera desde que cumplí los doce años. Me encantaba que mis amigas murieran de envidia cada vez que tocaban mi cabello. Que mi madre se enorgulleciera de mí y a mi padre le gustara comprarme vestidos nuevos me hacía feliz.

»Sabía qué quería de la vida y no parecía existir obstáculo alguno que me impidiera obtenerlo. Deseaba ser amada, adorada, celebrar una boda por todo lo alto, con la iglesia llena de flores y caminar por el pasillo central del brazo de mi padre. Estaba segura de ser la criatura más hermosa del mundo. Necesitaba despertar admiración tanto o más que respirar, Bella. Era tonta y frívola, pero estaba satisfecha —sonrió, divertida por su propia estimación—. La influencia de mis padres había sido tal que también anhelaba las cosas materiales de la vida.

»Quería una gran casa llena de muebles elegantes cuya limpieza estuviera a cargo de otros y una cocina moderna donde guisaran los demás. Como te he dicho, era una chica frívola, joven y superficial. Y no veía razón alguna por la que no debiera conseguir esas cosas.

»De todo cuanto quería, tenía pocas cosas de verdadero valor, pero había una en particular que sí lo era: mi mejor amiga, una chica llamada Vera, que se casó a los tiernos diecisiete años con un hombre que mis padres jamás considerarían digno de mí: un carpintero. Al año siguiente, tuvo un hijo, un hermoso bebé con hoyuelos y pelo ensortijado. Fue la primera vez en toda mi vida que sentí verdaderos celos de alguien.

Me lanzó una mirada insondable.

—Era una época diferente. Yo tenía los mismos años que tú ahora, pero ya me hallaba lista para todo eso. Me moría de ganas por tener un hijo propio. Quería mi propio hogar y un marido que me besara al volver del trabajo, igual que Vera, sólo que yo tenía en mente un tipo de casa muy distinta.

Me resultaba difícil imaginar el mundo que Rosalie había conocido. Su relato me parecía más propio de un cuento de hadas que de una historia real. Me sorprendí al percatarme de que ese mundo estaba muy cerca del mundo de Edward cuando fue humano, que fue la sociedad en que había crecido. Mientras Rosalie permanecía sentada en silencio, me pregunté si mi siglo le parecía a Edward tan desconcertante como a mí el de Rosalie.

Mi acompañante suspiró y continuó hablando, pero esta vez lo hizo con una voz diferente, sin rastro alguno de nostalgia.

—En Rochester había una familia regia, de buen apellido y cierta ironía, King. Royce King era el propietario del banco en el que trabajaba mi padre y de casi todos los demás negocios realmente rentables del pueblo. Así fue como me vio por primera vez su hijo, Royce King II —frunció los labios al pronunciar el nombre, como si lo soltara entre dientes—. Iba a hacerse cargo del banco, por lo que comenzó a supervisar los diferentes puestos de trabajo. Dos días después, a mi madre se le olvidó de modo muy oportuno darle a mi padre el almuerzo. Recuerdo mi confusión cuando insistió en que llevara mi vestido blanco de organza y me alisó el cabello sólo para ir al banco.

Rosalie se rió sin alegría.

—Como todo el mundo me miraba, no me había fijado especialmente en él, pero esa noche me envió la primera rosa. Me mandó un ramo de rosas todas las noches de nuestro noviazgo, hasta el punto de que mi cuarto terminó abarrotado de ramilletes y yo olía a rosas cuando salía de casa.

»Royce era apuesto, tenía el cabello más rubio que el mío y ojos azul claro. Decía que los míos eran como las violetas y, luego, empezó ese *rollo* de las rosas y todo lo demás.

»Mis padres aprobaron esa relación con gusto, y me quedo corta. Era todo lo que ellos habían soñado y Royce parecía ser todo lo que yo había soñado. El príncipe de los cuentos de hadas había venido para convertirme en una princesa. Era cuanto quería, y no menos de lo que esperaba. Nos comprometimos antes de que transcurrieran dos meses de habernos conocido.

»No pasábamos mucho tiempo a solas el uno con el otro. Royce me explicó que tenía muchas responsabilidades en el trabajo y cuando estábamos juntos le complacía que lo vieran conmigo del brazo, lo cual también me gustaba a mí. Hubo vestidos preciosos y muchas fiestas y bailes, ya que todas las puertas estaban abiertas y todas las alfombras rojas se desenrollaban para recibirte cuando eras un King.

»No fue un noviazgo largo, pues se adelantaron los planes para la más fastuosa de las bodas, que iba a ser todo cuanto yo había querido siempre, lo cual me hacía enormemente dichosa. Ya no me sentía celosa cuando llamaba a Vera. Me imaginaba a mis hijos, unos niños de pelo rubio, que jugaban por los enormes prados de la finca de los King y la compadecía.

Rosalie enmudeció de pronto y apretó los dientes, lo cual me sacó de la historia y me indicó que la parte espantosa estaba cerca. No había final feliz, tal y como ella me había anunciado. Me pregunté si ésa era la razón por la que había mucha más amargura en ella que en los demás miembros de su familia, porque ella había tenido al alcance de la mano todo cuanto quería cuando se truncó su vida humana.

—Esa noche yo estaba en el hogar de Vera —susurró Rosalie. Su rostro parecía liso como el mármol, e igual de duro—. El pequeño Henry era realmente adorable, todo sonrisas y hoyuelos... Empezaba a andar por su cuenta. Al marcharme, Vera, que llevaba al niño en brazos, y su esposo me acompañaron hasta la puerta. Él rodeó su cintura con el brazo y la besó en la mejilla cuando pensó que yo no estaba mirando. Eso me molestó. No se parecía al modo como Royce me besaba, él no se mostraba tan dulce. Descarté ese pensamiento. Royce era mi príncipe y algún día yo sería la reina.

Resultaba arduo percibirlo a la luz de la luna, pero el rostro de Rosalie, blanco como el hueso, me pareció aún más pálido.

—Los faroles ya estaban encendidos, pues las calles estaban a oscuras. No me había dado cuenta de lo tarde que era —prosiguió con un susurro apenas audible—. También hacía mucho frío pese a ser finales de abril. Faltaba una semana para la ceremonia y me preocupaba el tiempo mientras volvía apresuradamente a casa. Me acuerdo con toda claridad. Recuerdo cada uno de los detalles de esa noche. Me aferré a ellos... al principio, para no pensar en nada más. Y ahora también, para tener algo de que agarrarme cuando tantos recuerdos agradables han desaparecido por completo —suspiró y retomó el hilo en susurros—. Sí, me preocupaba el clima porque no quería celebrar la ceremonia bajo techo.

»Los oí cuando me hallaba a pocas calles de mi casa. Se trataba de unos hombres situados debajo de un farol roto que soltaban fuertes risotadas. Estaban ebrios. Me asaltó el deseo de llamar a mi padre para que me acompañara a casa, pero me pareció una tontería al encontrarme tan cerca. Entonces, él gritó mi nombre.

»—¡Rose! —dijo.

»Los demás echaron a reír como idiotas.

»No me había dado cuenta de que los borrachos iban tan bien vestidos. Eran Royce y varios de sus amigos, hijos de otros adinerados.

»—¡Aquí está mi Rose! —gritó mi prometido al tiempo que se carcajeaba con los demás, y parecía igual de necio—. Llegas tarde. Estamos helados, nos has tenido esperándote demasiado tiempo.

»Nunca antes lo vi borracho. Había bebido de vez en cuando en los brindis de las fiestas. Me había comentado que no le gustaba el champán. No había comprendido que prefería las bebidas mucho más fuertes.

»Tenía un nuevo amigo, el amigo de un amigo, un tipo llegado desde Atlanta.

»—¿Qué te dije, John? —se pavoneó al tiempo que me aferraba por el brazo y me acercaba a ellos—. ¿No es más adorable que todas tus beldades de Georgia?

»El tal John era un hombre moreno de cabello negro. Me estudió con la mirada como si yo fuera un caballo que fuera a comprar.

»—Resulta difícil decirlo —contestó arrastrando las palabras—. Está totalmente tapada.

»Se rieron, y Royce con ellos.

»De pronto, Royce me tomó de los hombros y rasgó la chaqueta, que era un regalo suyo e hizo saltar los botones de latón. Se desparramaron todos sobre la acera.

»—¡Muéstrale tu aspecto, Rose!

»Se dobló de la risa otra vez y me quitó el sombrero de la cabeza. Los alfileres estaban sujetos a mi cabello desde las raíces, por lo que grité de dolor, un sonido que pareció del agrado de todos.

Rosalie me miró de pronto, sorprendida, como si se hubiera olvidado de mi presencia. Yo estaba segura de que las dos teníamos el rostro igual de pálido, a menos que yo me hubiera puesto verde de puro mareo.

—No voy a obligarte a escuchar el resto —continuó bajito—. Quedé tirada en la calle y se marcharon dando tumbos entre carcajadas. Me dieron por muerta. Le dijeron en broma a Royce que iba a tener que encontrar otra novia. Él se rió y contestó que antes debía aprender a ser paciente.

»Aguardé la muerte en la calle. Era tanto el dolor que me sorprendió que me importunara el frío de la noche. Comenzó a nevar y me pregunté por qué no me moría. Aguardaba este hecho con impaciencia, para así acabar con el dolor, pero tardaba demasiado.

»Carlisle me encontró en ese momento. Olfateó la sangre y

168

acudió a investigar. Recuerdo vagamente haberme enojado con él cuando noté cómo trabajaba con mi cuerpo en su intento de salvarme la vida. Nunca me habían gustado el doctor Cullen, ni su esposa, ni el hermano de ella, pues por él se hacía pasar Edward en aquella época. Me disgustaba que los tres fueran más apuestos que yo, sobre todo los hombres, pero ellos no hacían vida social, por lo que sólo los había visto en un par de ocasiones.

»Pensé que iba a morir cuando me alzó del suelo y me llevó en sus brazos. Íbamos tan deprisa que me dio la impresión de que volábamos. Me horrorizó que el suplicio no terminara...

»Entonces, me hallé en una habitación luminosa y tibia. Me dejé llevar y agradecí que el dolor empezara a calmarse, pero de pronto algo punzante me cortó en la garganta, las muñecas y los tobillos. Aullé de sorpresa; supuse que el doctor me traía a la vida para hacerme sufrir más. Luego, una quemazón recorrió mi cuerpo y ya no me preocupé de nada más. Imploré a Carlisle que me matara e hice lo mismo cuando Esme y Edward regresaron a la casa. Carlisle se sentó a mi lado, me tomó de la mano y me dijo que lo sentía y prometió que aquello iba a terminar. Me lo contó todo; a veces, lo escuchaba. Me dijo qué era él y en qué me convertiría yo. No le creí. Se disculpó cada vez que yo gritaba.

»A Edward no le hizo ninguna gracia. Recuerdo haberles escuchado discutir sobre mí. A veces, dejaba de gritar, ya que no me hacía ningún bien.

»—¿En qué estabas pensando, Carlisle? —espetó Edward—. ¿Rosalie Hale?

Rosalie imitó a la perfección el tono irritado de Edward.

—No me gustó la forma como pronunció mi nombre, como si hubiera algo malo en mí.

»—No podía dejarla morir —replicó Carlisle en voz baja—. Era demasiado... horrible, un desperdicio enorme...

»—Lo sé —respondió.

»Pensé que le quitaba importancia. Eso me enfadó. En aquel entonces, yo no sabía que él era capaz de ver lo que Carlisle había visto.

»—Era una pérdida enorme. No podía dejarla allí —repitió Carlisle en voz baja.

»—Por supuesto que no —aceptó Esme.

»—Todos los días muere gente —le recordó Edward, molesto—, y ¿no crees que es demasiado fácil reconocerla? La familia King va a organizar una gran búsqueda para que nadie sospeche de ese desalmado —refunfuñó.

»Me complació que estuvieran al tanto de la culpabilidad de Royce.

»No me percaté de que casi había terminado, de que cobraba nuevas fuerzas y de que, por eso, era capaz de concentrarme en su conversación. El dolor empezaba a desaparecer de mis dedos.

»—¿Qué vamos a hacer con ella? —inquirió Edward con repulsión, o al menos ésa fue mi impresión.

»Carlisle suspiró.

»—Eso depende de ella, por supuesto. Quizá prefiera seguir su propio camino.

»Yo había entendido de sus explicaciones lo suficiente para saber que mi vida había terminado y que no iba a recuperarla. No soportaba quedarme sola.

»El dolor pasó al fin y ellos volvieron a explicarme qué era. En esta ocasión les creí. Experimenté la sed y noté la dureza de mi piel. Vi mis brillantes ojos rojos.

»Frívola como era, me sentí mejor al mirarme en el espejo por

170

primera vez. A pesar de las pupilas, yo era la cosa más hermosa que había visto en la vida —Rosalie se rió de sí misma por un instante—. Tuvo que pasar algún tiempo antes de que comenzara a inculpar de mis males a la belleza, una maldición, y desear haber sido... bueno, fea no, pero sí normal, como Vera. En tal caso, me podría haber casado con alguien que me amara de verdad y haber criado hijos hermosos, pues eso era lo que, en realidad, quería desde el principio. Sigo pensando que no es pedir demasiado.

Permaneció pensativa durante un momento. Creí que se había vuelto a olvidar de mi presencia, pero entonces me sonrió con expresión súbitamente triunfal.

—¿Sabes? Mi expediente está casi tan limpio como el de Carlisle —me dijo—. Es mejor que el de Esme y mil veces superior al de Edward. Nunca he probado la sangre humana —anunció con orgullo.

Comprendió la perplejidad de mi expresión cuando le pregunté por qué su expediente estaba «casi tan» limpio.

—Maté a cinco hombres —admitió, complacida de sí misma—, si es que merecen tal nombre, pero tuve buen cuidado de no derramar su sangre, sabedora de que no sería capaz de resistirlo. No quería nada de ellos dentro de mí, ya ves.

»Reservé a Royce para el final. Esperaba que se enterara de las muertes de sus amigos y comprendiera lo que se le avecinaba. Confiaba en que el miedo empeorara su muerte. Me parece que dio resultado. Cuando lo capturé, se escondía dentro de una habitación sin ventanas, detrás de una puerta tan gruesa como una cámara acorazada, custodiada en el exterior por un par de hombres armados. ¡Uy...! Fueron siete homicidios —se corrigió a sí misma—. Me había olvidado de los guardias. Sólo necesité un segundo para deshacerme de ellos.

»Fue demasiado teatral y lo cierto es que también un poco infantil. Yo lucía un vestido de novia robado para la ocasión. Lloró al verme. Esa noche gritó mucho. Dejarlo para el final resultó una medida acertada, ya que me facilitó un mayor autocontrol y pude hacer que su muerte fuera más lenta.

Dejó de hablar de repente y clavó sus ojos en mí.

—Lo siento —se disculpó con tono de disgusto en la voz—. Te asusté, ¿verdad?

—Estoy bien —le mentí.

—Me dejé llevar.

—No te preocupes.

—Me sorprende que Edward no te contara nada a esto.

—Le disgusta hablar de las historias de otras personas. Le parece estar traicionando su confianza, ya que él se entera de más cosas de las que pretende cuando «escucha» a los demás.

Ella sonrió y sacudió la cabeza.

—Probablemente voy a tener que darle más crédito. Es bastante decente, ¿verdad?

—Eso me parece.

—Te lo puedo asegurar —luego, suspiró—. Tampoco he sido muy justa contigo, Bella. ¿Te lo contó o también fue reservado?

—Me dijo que tu actitud se debía a que yo era humana. Me explicó que te resultaba más difícil que al resto aceptar que alguien de afuera estuviera al tanto de su secreto.

La musical risa de Rosalie me interrumpió.

—Ahora me siento en verdad culpable. Se portó mucho más cortés de lo que me merezco —parecía más cariñosa cuando se reía, como si hubiera bajado la guardia que mantenía en mi presencia hasta ese instante—. ¡Qué embustero es este chico!

Se carcajeó una vez más.

—¿Me mintió? —inquirí, súbitamente recelosa.

—Bueno, eso quizá resulte exagerado. No te contó todo. Lo que te dijo es cierto, más cierto ahora de lo que fue antes. Sin embargo, en su momento —enmudeció y rió entre dientes, algo nerviosa—, es violento. Ya ves, al principio, yo estaba celosa porque él te quería a ti y no, a mí.

Un estremecimiento de pánico recorrió mi cuerpo al oír sus palabras. Ahí sentada, bañada por una luz plateada, era más hermosa que cualquier otra cosa que yo pudiera imaginar. Yo no podía competir con Rosalie.

—Pero tú amas a Emmett —comenté.

Ella cabeceó adelante y atrás, divertida por la ocurrencia.

—No amo a Edward de ese modo, Bella, no lo he hecho nunca. Lo quiero como a un hermano, pero me irritó desde el primer momento en que lo oí hablar, aunque debes de entenderlo… Yo estaba acostumbrada a que la gente me quisiera y él no se interesaba por mí ni una pizquita. Al principio, me frustró e, incluso, me ofendió, pero no tardó mucho en dejar de molestarme al ver que Edward nunca amaba a nadie. No mostró la menor preferencia ni siquiera la primera vez que nos encontramos con todas esas mujeres del clan de Tanya en Denali. Y entonces te conoció a ti.

Me miró confusa. Yo sólo le ponía atención a medias. Pensaba en Edward, en Tanya y en «todas esas mujeres» y fruncí los labios hasta que formaron un trazo grueso.

—No es que no seas guapa, Bella —añadió al malinterpretar mi expresión—, pero te vio más hermosa que a mí… Soy más vanidosa de lo que pensaba.

—Pero tú dijiste «al principio». Ahora ya no te molesta, ¿no? Quiero decir, las dos sabemos que tú eres la más bella del Planeta.

Me reí al tener que decirlo. ¡Era tan obvio…! Resultaba

extraño que Rosalie necesitase esas palabras de confirmación. Ella también se unió a mis risas.

—Gracias, Bella, y no, la verdad es que ya no me molesta. Edward siempre ha sido un poquito raro —volvió a reírse.

—Pero aún sigo sin gustarte —susurré.

Su sonrisa se desvaneció.

—Lo lamento.

Permanecimos allí sentadas, en silencio, y ella parecía poco dispuesta a continuar hablando.

—¿Vas a decirme la razón? ¿Hice algo...?

¿Estaba enojada por poner en peligro una y otra vez a su familia, a Emmett? Primero, James; ahora, Victoria...

—No, no has hecho nada —murmuró—. Aún no...

La miré, perpleja.

—¿No lo entiendes, Bella? —de pronto, su voz se volvió más apasionada que antes, incluso que cuando relataba su desdichada historia—. Tú ya lo tienes todo. Te aguarda una vida por delante..., todo lo que yo quería, y vas a desperdiciarla. ¿No te das cuenta de que yo daría cualquier cosa por estar en tu lugar? Tú hiciste la elección que yo no pude hacer, ¡y elegiste mal!

Me estremecí y retrocedí ante la ferocidad de su expresión. Apreté los labios con fuerza cuando me percaté de que me había quedado boquiabierta.

Ella me miró fijamente durante un buen rato y el fulgor de sus ojos disminuyó. De pronto, se avergonzó.

—¡Y yo que estaba segura de poder hacer esto con calma! —sacudió la cabeza. El torrente de emociones parecía haberla aturdido—. Supongo que sólo es porque ahora resulta más duro que antes, cuando era una pura cuestión de vanidad.

Contempló la luna en silencio. Al cabo de unos instantes me atreví a romper su ensimismamiento.

174

—¿Te caería mejor si eligiera continuar siendo humana?

Ella se volvió hacia mí con los labios curvados en un amago de sonrisa.

—Quizá.

—En todo caso, tu historia sí tiene algo de final feliz —le recordé—. Tienes a Emmett.

—Lo tengo a medias —sonrió—. Sabes que salvé a Emmett de un oso que lo había atacado y herido, y lo arrastré hasta el hogar de Carlisle, pero ¿te imaginas por qué impedí que el oso lo devorara? —negué con la cabeza—. Sus rizos negros y los hoyuelos, visibles incluso a pesar de la mueca de dolor, daban a sus facciones una extraña inocencia, fuera de lugar en un varón adulto; me recordaba a Henry, el pequeño de Vera. No quería que muriera, a pesar de lo mucho que odiaba esta vida. Fui lo bastante egoísta como para pedirle a Carlisle que lo convirtiera para mí.

»Tuve más suerte de la que merecía. Emmett es todo lo que habría pedido si me hubiera conocido lo suficientemente bien como para saber de mis carencias. Él es exactamente la persona adecuada para alguien como yo y, por extraño que parezca, también él me necesitaba. Esa parte funciona mejor de lo que esperaba, pero sólo vamos a estar nosotros dos, no va a haber nadie más. Jamás me voy a sentar en el porche, con él a mi lado, y ya con canas, rodeada de mis nietos.

Ahora su sonrisa fue amable.

—Quizá te parezca un poco estrambótico, ¿verdad? En cierto sentido, tú eres mucho más madura que yo a los dieciocho, pero por otra parte, hay muchas cosas que no te has pensado detenidamente. Eres demasiado joven para saber qué vas a desear dentro de diez o quince años, y lo bastante inexperta como para darlo todo sin pensarlo. No te precipites con algo que es irreversible, Bella.

Me palmeó la cabeza, pero el gesto no era de condescendencia. Suspiré.

—Sólo piénsalo un poco. No se puede deshacer una vez que esté hecho. Esme lo sobrelleva porque nos usa a nosotros como sustitutos de los hijos que no tiene, y Alice no recuerda nada de su existencia humana, por eso no la extraña. Sin embargo, tú sí vas a recordarla. Es mucho a lo que renuncias.

Pero obtengo más a cambio, pensé, aunque me callé.

—Gracias, Rosalie. Me alegra conocerte más, para comprenderte mejor.

—Te pido disculpas por haberme portado como un monstruo —esbozó una ancha sonrisa—. Intentaré comportarme mejor de ahora en adelante.

Le devolví la sonrisa.

Aún no éramos amigas, pero estaba segura de que no me iba a odiar tanto.

—Ahora voy a dejarte para que duermas —lanzó una mirada a la cama y torció la boca—. Sé que estás enojada por mantenerte encerrada de esta manera, pero no lo hagas pasar un mal rato cuando regrese. Te ama más de lo que piensas. Le aterra alejarse de ti —se levantó sin hacer ruido y se dirigió hacia la puerta, sigilosa como un espectro—. Buenas noches, Bella —susurró mientras la cerraba al salir.

—Buenas noches, Rosalie —murmuré un segundo tarde.

Después de eso, me costó mucho conciliar el sueño.

Tuve una pesadilla cuando me dormí. Recorría muy despacio los fríos y oscuros ladrillos de una calle desconocida, bajo una suave cortina de nieve. Dejaba un leve rastro sanguinolento detrás de mí, mientras un misterioso ángel de largas vestiduras blancas vigilaba mi avance con gesto resentido.

Alice me llevó al colegio a la mañana siguiente, mientras

yo, malhumorada, miraba fijamente por el parabrisas. Tenía sueño y eso sólo aumentaba la irritación que me provocaba mi encierro.

—Esta noche saldremos a Olympia o algo así —me prometió—. Será divertido, ¿te parece bien?

—¿Por qué no me encierras en el sótano y dejas de buscarme consuelo? —le sugerí.

Alice torció el gesto.

—Va a pedirme que le devuelva el porsche por no hacer un buen trabajo. Se suponía que debías pasártela bien.

—No es culpa tuya —murmuré; en mi fuero interno, no podía creer que me sintiera culpable—. Te veré en el almuerzo.

Caminé con desánimo hasta la clase de Lengua. Tenía garantizado que el día iba a ser insoportable sin la compañía de Edward. Permanecí enfurruñada durante la primera clase, consciente de que mi actitud no ayudaba en nada.

Cuando sonó la campana, me levanté sin mucho entusiasmo. Mike me esperaba a la salida, al tiempo que mantenía abierta la puerta.

—¿Se va Edward de excursión este fin de semana? —me preguntó con afabilidad mientras caminábamos bajo una fina llovizna.

—Sí.

—¿Te gustaría hacer algo esta noche?

¿Cómo era posible que aún albergara esperanzas?

—Imposible, tengo una fiesta de pijamas —refunfuñé. Me dedicó una mirada extraña mientras ponderaba mi estado de ánimo.

—¿Quiénes van a…?

Detrás de nosotros, un motor bramó con fuerza en algún punto del estacionamiento. Todos los que estaban en la acera voltearon para observar con incredulidad cómo una estruendosa

177

motora negra llegaba hasta el límite de la zona asfaltada sin aminorar el runrún del motor.

Jacob me llamó con los brazos.

—¡Corre, Bella! —gritó por encima del rugido del motor.

Me quedé allí clavada durante un instante antes de comprender.

Miré a Mike de inmediato y supe que sólo tenía unos segundos.

¿Hasta dónde sería capaz de ir Alice para refrenarme en público?

—Di que me sentí mal repentinamente y me fui a casa, ¿de acuerdo? —le dije a Mike, con la voz llena de repentino entusiasmo.

—Okey —murmuró él.

Le pellizqué la mejilla y le dije gritando mientras me alejaba a la carrera:

—Gracias, Mike. ¡Te debo una!

Jacob aceleró la moto sin dejar de sonreír. Salté a la parte posterior del asiento, rodeé su cintura con los brazos y me aferré con fuerza.

Alcancé a ver de refilón a Alice, petrificada en la entrada de la cafetería, con los ojos chispeando de furia y los labios fruncidos, que dejaban entrever los dientes.

Le dirigí una mirada de súplica.

Después, salimos disparados sobre el asfalto; salimos tan rápidamente que tuve la impresión de que dejaba atrás el estómago.

—¡Agárrate fuerte! —gritó Jacob.

Escondí el rostro en su espalda mientras él dirigía la motora hacia la carretera. Sabía que aminoraría la velocidad en cuanto llegáramos a la orilla del territorio quileute. Lo único que debía hacer hasta ese momento era no soltarme. Rogué en silencio para que Alice no nos siguiera y que a Charlie no se le ocurriera pasar a verme.

Fue muy evidente el momento en que llegamos a zona segura. La motocicleta redujo la velocidad y Jacob se enderezó y aulló entre risas. Abrí los ojos.

—Lo logramos —gritó—. Como fuga de la cárcel no está mal, ¿verdad?

—Bien hecho, Jake.

—Me acordé de tus palabras. Esa sanguijuela psíquica era incapaz de predecir lo que yo iba a hacer. Me alegra que no pensaras en esto o, de lo contrario, no te habría dejado venir a la escuela.

—No me pasó por la cabeza.

Lanzó una carcajada triunfal.

—¿Qué quieres hacer hoy?

Respondí con otra risa.

—¡Cualquier cosa!

¡Qué estupendo era ser libre!

Genio

Terminamos yendo una vez más a la playa, donde vagabundeamos sin rumbo fijo. Jacob no cabía de satisfacción por haber urdido mi fuga.

—¿Crees que vendrán a buscarte? —preguntó. Parecía esperanzado.

—No —estaba segura de eso—. Aunque esta noche se van a poner como fieras.

Él eligió una piedra y la lanzó. El canto rebotó sobre la cresta de las olas.

—En ese caso no regreses —sugirió de nuevo.

—A Charlie le encantaría —repuse con sarcasmo.

—Apuesto a que no le importaría.

No contesté. Lo más probable es que Jacob estuviera en lo cierto y eso me hizo apretar los dientes con rabia. La manifiesta preferencia de Charlie por mis amigos quileute era improcedente. Me pregunté si opinaría lo mismo en caso de saber que la elección era en realidad entre vampiros y hombres lobo.

—Bueno, ¿y cuál es el último escándalo de la manada? —preguntó con desenfado.

Jacob resbaló al detenerse en seco y me miró fijamente con asombro hasta hacerme desviar la vista.

—¿Qué pasa? Sólo era una broma.

—Ah.

Miró hacia otro lado. Esperé a que reanudara la caminata, pero parecía ensimismado en sus pensamientos.

—¿Hay algún escándalo? —quise saber.

Mi amigo rió entre dientes de nuevo.

—A veces se me olvida cómo es no tener a todo el mundo metido en mi cabeza la mayoría del tiempo, y poder reservar en ella un lugar privado y tranquilo para mí.

Caminamos en silencio a lo largo de la rocosa playa durante unos minutos, hasta que al final pregunté:

—Bueno, ¿qué es eso que tienes en tu cabeza y que todos los de tu banda ya saben?

Él vaciló un segundo, como si no estuviera seguro de cuánto me contaría. Luego, suspiró y dijo:

—Quil está imprimado, y ya es el tercero, así que los demás empezamos a preocuparnos. Quizá sea un fenómeno más común de lo que dicen las historias.

Puso cara de pocos amigos y volteó hacia mí para observarme. Me miró fijamente a los ojos, sin hablar, con las cejas fruncidas con un gesto de concentración.

—¿Qué miras? —pregunté, cohibida.

Él suspiró.

—Nada.

Jacob empezó a caminar de nuevo y, como quien no quiere la cosa, alargó el brazo y me tomó de la mano. Caminamos callados entre las rocas.

Pensé en la imagen que debíamos tener al caminar juntos de la mano, la de una pareja, sin duda, y me pregunté si no tendría que oponerme, pero siempre fue así entre nosotros y no había razón alguna para cambiar ahora.

—¿Por qué es un escándalo la imprimación de Quil? —pregunté, al darme cuenta de que no iba a contarme nada más—.

¿Será porque es el miembro más joven de la manada?

—Eso no tiene nada que ver.

—Entonces, ¿cuál es el problema?

—Es otra de nuestras leyendas. Me pregunto cuándo dejará de sorprendernos que todas sean ciertas.

—¿Me lo vas a contar o tengo que adivinarlo?

—No acertarías jamás. Verás, como sabes, Quil se incorporó a la manada hasta hace poco tiempo, así que él no había estado en la casa de Emily.

—¿Quil también está imprimado de Emily? —pregunté jadeando.

—¡No! Te digo que no lo puedes adivinar. Emily tiene dos sobrinas que estaban de visita y... Quil conoció a Claire.

—¿Y Emily no quiere que su sobrina salga con un licántropo? ¡Qué hipócrita! —dije.

Pese a todo, comprendía por qué ella pensaba así. Recordé las enormes cicatrices que le afeaban el rostro y se extendían por todo su brazo derecho. Sam había perdido el control una sola vez estando junto ella, pero no hizo falta más. Yo vi el dolor en sus ojos cada vez que miraba las heridas inflingidas a Emily. Me resultaba comprensible que ella deseara proteger a su sobrina de ese peligro.

—¿Quieres hacer el favor de no intentar adivinarlo? Estas perdida. A ella no le preocupa esa parte, es sólo que, bueno, es un poco pronto.

—¿Qué quieres decir con «un poco pronto»?

Jacob entrecerró los ojos y me observó detenidamente.

—Trata de no juzgar, ¿de acuerdo?

Asentí con cautela.

—Claire tiene dos años —me dijo Jacob.

Comenzó a llover. Parpadeé con fuerza cuando las gotas me golpetearon en el rostro.

Jacob guardó silencio. No llevaba chaqueta, como de costumbre, y el chaparrón dejó un reguero de motas oscuras en su camiseta negra, y su pelo enmarañado empezó a gotear. Mantuvo el gesto inexpresivo mientras me miraba.

—Quil está imprimado... ¿con... una niña... de dos años? —contesté, cuando fui capaz de hablar.

—Sucede — encogió los hombros. Luego, se agachó para tomar otra roca y lanzarla con fuerza a las aguas de la bahía—. O eso dicen las leyendas.

—Pero es un bebé —protesté.

Me miró con gesto de sombrío regocijo.

—Quil no va a envejecer más —me recordó con un tono algo mordaz—. Sólo debe ser paciente durante unas décadas.

—Yo... No sé qué decir.

Intenté no ser crítica con todas mis fuerzas, pero lo cierto es que estaba aterrada. Hasta ahora, nada de lo relacionado con los licántropos me había molestado, menos aún, desde que averigüé que no tenían nada que ver con los crímenes que yo les achacaba.

—Estás juzgándolo —me acusó—. Lo leo en tu cara.

—Perdón —repuse entre dientes—, pero la verdad es que me parece repulsivo.

—No es así. Te equivocas de cabo a rabo —de pronto, Jacob salió en defensa de su amigo con vehemencia—. He visto lo que siente a través de sus ojos. No hay nada romántico en todo esto, no para Quil, aún no —respiró hondo, frustrado—. ¡Qué difícil es describirlo! La verdad es que no se parece al amor a primera vista, sino que más bien tiene que ver con el movimiento de gravedad. Cuando tú la ves, ya no es la tierra quien te sostiene, sino ella, y se convierte en lo único que importa. Harías y serías cualquier cosa por ella, te convertirías en lo que ella necesitara, ya sea en su protector, su amante, su amigo o su hermano.

—Quil será el mejor y más tierno de los hermanos mayores que haya tenido un niño. No habrá criatura en este mundo más protegida que esa niñita. Luego, cuando crezca, ella necesitará un amigo. Él será el mejor amigo que ella pueda tener, comprensivo, digno de confianza y responsable. Después, cuando sea adulta, serán tan felices como Emily y Sam.

Una extraña nota de amargura aceró su voz al final, cuando habló de Sam.

—¿Y Claire no tiene alternativa?

—Por supuesto, pero, a fin de cuentas, ¿por qué no va a elegirlo a él? Quil va a ser su compañero perfecto, y es como si lo hubieran creado sólo para ella.

Caminamos callados durante un momento hasta que me detuve para arrojar una piedra al océano, pero me quedé muy corta, faltaron varios metros para que cayera en las aguas. Jacob se burló de mí.

—No todos podemos tener una fuerza sobrenatural —le dije con sarcasmo.

Él suspiró.

—¿Cuándo crees que te va a suceder a ti? —pregunté bajito.

—Jamás —replicó de inmediato.

—No es algo que esté bajo tu control, ¿verdad?

Se mantuvo callado durante unos minutos. Sin darnos cuenta, ambos paseamos más despacio, casi sin avanzar.

—Y tú crees que si aún no la has visto es que no existe, ¿verdad? —le pregunté con escepticismo—. Jacob, apenas y has vivido, incluso menos que yo.

—Cierto —repuso en voz baja; observó mi rostro con ojos penetrantes—, pero no voy a ver a nadie, Bella, salvo a ti, incluso cuando cierro los ojos e intento concentrarme en otra persona. Pregúntale a Quil o a Embry. Eso los vuelve locos.

Miré rápidamente a las rocas.

Ya no deambulábamos por la playa. No se oía nada más que el batir de las olas en la orilla, cuyo rugido ahogaba incluso el sonido de la lluvia.

—Lo mejor es que regrese a casa —susurré.

—¡No! —protestó, sorprendido por aquel final.

Alcé los ojos para mirarlo. Los suyos estaban llenos de ansiedad.

—Tienes todo el día libre, ¿no? El chupasangre aún no va a volver a casa.

Lo fulminé con la mirada.

—No quería ofender —se apresuró a añadir.

—Sí, tengo todo el día, pero Jake...

Me tomó una mano y se disculpó:

—Disculpa. No volveré a comportarme así. Seré sólo Jacob.

Suspiré.

—Pero si es eso lo que piensas...

—No te preocupes por mí —insistió, mientras sonreía con una alegría excesiva y premeditada—. Sé lo que me traigo entre manos. Sólo dime si te ofendo...

—No sé...

—Vamos, Bella. Regresemos a casa y tomemos las motocicletas. Tienes que montar con regularidad para mantenerte a tono.

—En realidad, me parece que me lo prohibieron...

—¿Quién? ¿Charlie o el chupa... él?

—Los dos.

Jacob esbozó una enorme sonrisa y, de pronto, apareció el Jacob que tanto extrañaba, risueño y afectuoso.

No pude evitar devolverle la sonrisa.

La llovizna aminoró hasta convertirse en niebla.

—No se lo voy a decir a nadie —me prometió.

—Excepto a todos y a cada uno de tus amigos.

Negó solemnemente con la cabeza y alzó la mano derecha.

—Prometo no pensar en ello.

Me reí.

—Decimos que me tropecé, si me lastimo, ¿Okey?

—Como tú digas.

Estuvimos practicando en las motos hasta que la lluvia nos dejó, Jacob insistió en que se convertiría si no comía algo pronto. Billy me recibió con absoluta normalidad cuando llegamos a la casa, como si mi repentina aparición no implicara nada más que mi deseo de pasar el día con un amigo. Nos fuimos al garaje después de comer los bocadillos que preparó Jacob, y lo ayudé a limpiar las motoras. No había estado allí en meses, desde el regreso de Edward, pero no parecía importar. Sólo era otra tarde en la cochera.

—Me encanta —comenté mientras él sacaba un par de refrescos calientes de una bolsa—. Extrañaba este sitio.

Él sonrió mientras miraba las planchas de plástico que formaban el techo.

—Sí, te entiendo perfectamente. Tiene toda la magnificencia del Taj Mahal, pero sin los inconvenientes ni los gastos de viajar a la India.

—Por el pequeño Taj Mahal de Washington —brindé, sosteniendo en alto mi lata.

Él chocó la suya con la mía.

—¿Recuerdas el pasado San Valentín? Creo que fue la última vez que estuviste aquí, la última vez, cuando las cosas aún eran… normales.

Solté una carcajada.

—Por supuesto que me acuerdo. Cambié toda una vida de servidumbre por una caja de dulces de San Valentín. No es algo que pueda olvidar fácilmente.

Su risa se unió a las mía.

—Eso está bien. Um... Servidumbre... Tendré que pensar en algo bueno —luego, suspiró—. Parece que han pasado años. Otra Era, una más feliz...

No estaba de acuerdo, ya que ahora vivía un momento muy dulce, pero me sorprendía darme cuenta de cuántas cosas extrañaba de mis días de oscuridad. Miré fijamente el bosque oscuro a través de la abertura. Llovía de nuevo, pero sentada junto a Jacob en el garage todo estaba bien.

Me acarició la mano con los dedos y dijo:

—Las cosas han cambiado de verdad.

—Sí —admití; entonces, alargué la mano y palmeé la rueda trasera de mi motora—. Antes, Charlie y yo nos llevábamos mejor —me mordí el labio—. Espero que Billy no le diga nada de lo de hoy...

—No lo hará. Él no es nervioso como Charlie. Eh, no me disculpé oficialmente por traicionarte y decirle a tu padre lo de la motora. Desearía no haberlo hecho.

Puse los ojos en blanco.

—También yo.

—Lo siento mucho, de veras.

Me miró expectante. La maraña de pelo negro húmedo se pegaba a su rostro suplicante y lo cubría por todas partes.

—Bueno, está bien, te perdono.

—¡Gracias, Bella!

Nos sonreímos el uno al otro durante un instante, y luego su expresión volvió a ensombrecerse.

—¿Sabes?, ese día, cuando te llevé la moto, quería preguntarte algo —dijo muy despacio—, pero al mismo tiempo, tampoco tenía ganas de hacerlo.

Permanecí inmóvil, una medida preventiva, un hábito adquirido de Edward.

—¿Tenías esa actitud porque estabas enojada conmigo o era totalmente en serio? —preguntó con un hilo de voz.

Aunque estaba segura de saber a qué se refería, le contesté, igualmente en susurros.

—¿Sobre qué?

Él me miró fijamente.

—Ya sabes. Cuando dijiste que no era de mi incumbencia si él te mordía —se encogió al pronunciar el final de la frase.

—Jake…

Se me hizo un nudo en la garganta y fui incapaz de terminar siquiera. Él cerró los ojos y respiró hondo.

—¿Hablabas en serio?

Tembló levemente. Permaneció con los párpados cerrados.

—Sí —susurré.

Jacob exhaló muy despacio.

—Supongo que ya lo sabía.

Lo miré a la cara, a la espera de que abriera los ojos.

—¿Eres consciente de lo que eso va a significar? —inquirió de pronto—. Lo comprendes, ¿verdad? ¿Sabes qué va a ocurrir si rompen el tratado?

—Nos iremos antes —repuse con voz queda.

Cuando abrió los ojos, pude ver la ira y el dolor que reflejaban.

—No hay un límite geográfico para el tratado, Bella. Nuestros tatarabuelos sólo acordaron mantener la paz porque los Cullen juraron que eran diferentes, que no ponían en peligro a los humanos. El tratado no tiene sentido y ellos son igual al resto de los vampiros si vuelven a sus costumbres. Una vez establecido esto, y cuando volvamos a encontrarlos...

—Pero ¿no rompieron ya el tratado? —pregunté, para agarrarme de lo último que podía—. ¿No formaba parte del acuerdo que no le dirías a la gente lo de los vampiros? Tú me lo dijiste. ¿No es eso quebrantar el tratado?

A Jacob no le gustó que se lo recordara. El dolor de sus ojos se recrudeció hasta volverse animoso.

—Sí, no respeté el tratado cuando no creía en él, y estoy seguro de que los has puesto al tanto, pero eso no les concede una ventaja ni nada parecido. Un error no justifica otro. Si no les gusta mi conducta, sólo les queda una opción, la misma que tendremos nosotros cuando ellos rompan el acuerdo: atacar, comenzar la guerra.

Lo presentaba de un modo tal que el enfrentamiento parecía inevitable. Me estremecí.

—No tiene por qué terminar así, Jake.

—Va a ser así.

Rechinó los dientes.

El silencio que siguió a esa afirmación fue largo.

—¿No me perdonarás nunca, Jacob? —susurré. Deseé haberme mordido la lengua en cuanto solté la frase. No quería oír la respuesta.

—Tú dejarás de ser Bella —me contestó—. Mi amiga no va a existir. No habrá nadie a quien perdonar.

—Eso parece un «no» —susurré.

Nos encaramos el uno al otro durante un momento interminable.

—Entonces, ¿es esto una despedida, Jake?

Él parpadeó a toda velocidad y la sorpresa consumió la fiereza de su expresión.

—¿Por qué? Aún nos quedan unos pocos años. ¿No podemos ser amigos hasta que se acabe el tiempo?

—¿Años? No, Jake, nada de años —sacudí la cabeza y solté una carcajada forzada—. Sería más apropiado hablar de semanas.

No preví su reacción.

Se puso en pie de repente y se escuchó un fuerte estruendo cuando la lata del refresco estalló en su mano. El líquido salió volando por todas partes y me empapó, como si me hubieran rociado con una manguera.

—¡Jake! —empecé a quejarme, pero guardé silencio en cuanto me di cuenta de que todo su cuerpo se estremecía de ira.

Me lanzó una mirada enloquecida al tiempo que resonaba un gruñido en su pecho. Me quedé allí petrificada, demasiado atónita para ser capaz de moverme.

Todo su cuerpo se convulsionaba más y más deprisa hasta que dio la impresión de que vibraba. El contorno de su figura se desdibujó.

... y entonces, Jacob apretó los dientes y cesó el gruñido. Cerró los ojos con fuerza para concentrarse y el temblor aminoró hasta que sólo le temblaron las manos.

—Semanas —repitió él con voz apagada.

Era incapaz de responderle. Continuaba inmóvil.

Abrió los ojos, en los que se leía más que rabia.

—¡Te va a convertir en una mugrienta chupasangre en cuestión de unas pocas semanas! —habló entre dientes.

Estaba muy aturdida para sentirme ofendida por sus palabras, de modo que me limité a asentir en silencio. Su tez adquirió un tinte verdoso por debajo de su habitual tono rojizo.

—Por supuesto que sí, Jake —susurré después de un largo minuto de silencio—. Él tiene diecisiete y cada día me acerco más a los diecinueve. Además, ¿qué sentido tiene esperar? Él es todo: lo amo. ¿Qué otra cosa puedo hacer?

Yo lo había planteado como una cuestión puramente retórica.

—Cualquier cosa, cualquier otra cosa —sus palabras chasquearon como un látigo—. Sería mejor que murieras. Yo lo preferiría.

Retrocedí como si me hubiera abofeteado. De hecho, dolía más que si hubiera sido asi. Entonces, cuando la aflicción me traspasó, estalló en llamas mi propio genio.

—Quizá tengas suerte —repliqué sombría mientras me alejaba dando tumbos—. Quizá me atropelle un camión de vuelta a casa.

Agarré la motocicleta y la empujé al exterior, bajo la lluvia. Jacob no se movió cuando pasé a su lado. Me subí en cuanto llegué al sendero enlodado y la encendí de una patada. La rueda trasera lanzó barro hacia el garaje. Deseé que le diera.

Me fui enfureciendo mientras conducía a toda prisa sobre la resbaladiza carretera, hacia la casa de los Cullen. Sentía como si el viento congelara las gotas de lluvia sobre mi piel y antes de que hubiera recorrido la mitad del camino estaba castañeteando los dientes.

Las motocicletas eran poco prácticas para Washington. Iba a vender aquel trasto a la primera oportunidad.

Empujé la moto al interior del enorme garage de los Cullen. No me sorprendió encontrar a Alice allí esperándome, recargada de su Porsche. Alice acarició la reluciente pintura amarilla.

—Aún no lo he podido conducir.

Suspiró.

—Perdona —conseguí decir entre el castañeo de dientes.

—Creo que necesitas una ducha caliente —dijo bruscamente, mientras se incorporaba de un pequeño salto.

—Sí.

Ella frunció la boca y estudió mi rostro con cuidado.

—¿Quieres platicar?

—No.

Ella cabeceó en señal de asentimiento, pero sus ojos relucían de curiosidad.

—¿Te gustaría ir a Olympia esta noche?

—La verdad es que no. ¿Puedo irme a casa? —reaccionó con una mueca—. No importa, Alice. Me quedaré si eso va a facilitarte las cosas.

—Gracias.

Ese día me acosté temprano y volví a acurrucarme en el sofá de Edward.

Aún era de noche cuando me desperté. Estaba atontada, pero sabía que todavía no había amanecido. Cerré los ojos y me estiré para ponerme de lado. Necesité unos momentos antes de comprender que me caí de bruces con aquel movimiento, y que, por el contrario, estaba mucho más cómoda.

Traté de ver a mi alrededor. La oscuridad era mayor que la del día anterior. Las nubes eran demasiado espesas para que la luna las traspasara.

—Lo siento —murmuró él tan bajito que su voz parecía formar parte de las sombras—. No pretendía despertarte.

Me tensé a la espera de un estallido de furia de su parte y de la mía, pero no hubo más que la paz y la quietud de la oscuridad de su habitación. Casi podía deleitarme con la dulzura del reencuentro en el aire, una fragancia diferente a la del aroma de su aliento. El vacío de nuestra separación dejaba su gusto amargo, algo de lo que no me percataba hasta que se había alejado.

No saltaron chispas en el espacio que nos separaba. La

quietud era pacífica, no como la calma previa a la tempestad, sino como una noche clara a la que no le había alcanzado el menor atisbo de la tormenta.

Me daba igual que estuviera enojada con él. No me preocupaba que tuviera que estar enojada con todos. Extendí los brazos hacia delante, hallé sus manos en la penumbra y me acerqué a Edward, cuyos brazos me rodearon y me acunaron contra su pecho. Mis labios buscaron a tientas los suyos por la garganta y el mentón hasta alcanzar al fin su objetivo.

Me besó con dulzura durante unos segundos y, luego, rió entre dientes.

—Venía preparado para soportar una ira que empequeñecería a la de los osos pardos, y ¿con qué me encuentro? Debería hacerte rabiar más a menudo.

—Dame un minuto para que me prepare —bromeé mientras lo besaba de nuevo.

—Esperaré todo lo que quieras —susurraron sus labios mientras rozaban los míos y hundía sus dedos en mi cabello.

Mi respiración se fue haciendo cada vez más irregular.

—Quizá por la mañana.

—Lo que tú digas.

—Bienvenido a casa —le dije mientras sus fríos labios me besaban debajo de la mandíbula—. Me alegra que hayas vuelto.

—Eso es estupendo.

—Um —coincidí mientras apretaba los brazos alrededor de su cuello.

Su mano descubrió una curva alrededor de mi codo y descendió despacio por mi brazo y las costillas para luego recorrer mi cintura y avanzar por mi pierna hasta la rodilla, donde se detuvo, y enroscó la mano en torno a mi pantorrilla.

Contuve el aliento. Edward jamás se permitía llegar tan lejos.

A pesar de la gelidez de sus manos, me sentí repentinamente acalorada. Su boca se acercó al hueco de la base de mi cuello.

—No es por atraer tu enojo antes de tiempo —murmuró—, pero ¿te importaría decirme qué tiene de malo esta cama para que la rechaces?

Antes de que pudiera responder, antes incluso de que fuera capaz de concentrarme lo suficiente para encontrarle sentido a sus palabras, Edward rodó hacia un lado y me puso encima de él. Sostuvo mi rostro con las manos y lo orientó hacia arriba de modo que mi cuello quedara al alcance de su boca. Mi respiración aumentó de volumen de un modo casi embarazoso, pero no me preocupaba avergonzarme.

—¿Qué tiene la cama? —volvió a preguntar—. Me parece estupenda.

—Es innecesaria —me las arreglé para contestar.

Mis labios perfilaron el contorno de su boca antes de que retirara mi rostro del suyo y rodara sobre sí mismo, esta vez más despacio, para luego colocarse sobre mí, y lo hizo con cuidado para evitar que yo no tuviera que soportar ni un gramo de su peso, pero podía sentir la presión de su frío cuerpo marmóreo contra el mío. El corazón me latía con tal fuerza que apenas oí su amortiguada risa.

—Eso es una cuestión discutible —discrepó—. Sería difícil hacer esto encima de un sofá.

Recorrió el reborde de mis labios con su lengua, fría como el hielo.

La cabeza me daba vueltas y mi respiración se volvía entrecortada y poco profunda.

—¿Cambiaste de idea? —pregunté jadeando.

Tal vez había reconsiderado todas sus medidas de precaución. Quizás aquella cama tenía más significados de los que yo había supuesto. El corazón me dolía con cada palpitación mientras aguardaba su respuesta.

Edward suspiró mientras giraba sobre un lado; los dos nos quedamos descansando sobre nuestros costados.

—No seas ridícula, Bella —repuso con fuerte tono de desaprobación. Era obvio que había comprendido a qué me refería—. Sólo intentaba ilustrarte acerca de los beneficios de una cama que tan poco parece gustarte. No te dejes llevar.

—Demasiado tarde —murmuré—, y me encanta la cama —agregué.

—Bien —distinguí un tono de alegría mientras me besaba la frente—. También a mí.

—Pero me parece innecesaria —proseguí—. ¿Qué sentido tiene si no vamos a llegar hasta el final?

Suspiró de nuevo.

—Por enésima vez, Bella, es demasiado arriesgado.

—Me gusta el peligro —insistí.

—Lo sé.

Había un punto de hosquedad en su voz y comprendí que debía de haber visto la motocicleta en el garaje.

—Te voy a decir qué es peligroso —me apresuré a señalar antes de que pudiera abordar otro tema de discusión—; un día de estos voy a sufrir una combustión espontánea y la culpa vas a tenerla sólo tú.

Comenzó a empujarme hasta que me alejó.

—¿Qué haces? —protesté mientras me aferraba a él.

—Protegerte de la combustión espontánea. Si no puedes soportarlo...

—Sabré manejarlo —insistí.

Permitió que me arrastrara hasta el círculo de sus brazos.

—Lamento haberte dado la impresión equivocada —dijo—.

No pretendo hacerte desdichada. Eso no está bien.

—En realidad, esto está fenomenal.

Respiró hondo.

—¿No estás cansada? Debería dejarte para que duermas.

—No, no lo estoy. No me importa que me vuelvas a dar la impresión equivocada.

—Puede que sea una mala idea. No eres la única que puede dejarse llevar.

—Sí lo soy —me quejé.

Edward rió entre dientes.

—No tienes ni idea, Bella. Tampoco ayuda mucho que estés tan ávida de socavar mi autocontrol.

—No voy a pedirte perdón por eso.

—¿Puedo disculparme yo?

—¿Por qué?

—Estabas enojada conmigo, ¿no te acuerdas?

—Ah, eso.

—Lo siento. Me equivoqué. Resulta más fácil tener una perspectiva adecuada cuando te tengo a salvo aquí —aumentó la presión de sus brazos sobre mi cuerpo—. Me saca un poco de mis casillas dejarte. No creo que vuelva a irme tan lejos. No vale la pena.

Sonreí.

—¿No localizaste a ningún puma?

—De hecho, sí, pero aun así, la ansiedad no compensa. Lamento que Alice te haya retenido como rehén. Fue una mala idea.

—Sí —coincidí.

—No lo volveré a hacer.

—De acuerdo —acepté su disculpa sin problemas, pues ya lo había perdonado—, pero las fiestas de pijamas tienen sus ventajas... —me encogí cerca de él y besé la hendidura de su clavícula—. Tú puedes raptarme siempre que quieras.

—Um —suspiró—. Quizá te tome la palabra.

—Entonces, ¿ahora me toca a mí?

—¿A ti? —inquirió, confuso.

—Mi turno para disculparme.

—¿Por qué tienes que disculparte?

—¿No estás enojado conmigo? —pregunté sin comprender.

—No.

Parecía que lo decía en serio.

Fruncí las cejas.

—¿No hablaste con Alice al venir a casa?

—Sí, ¿por qué...?

—¿Vas a quitarle el porsche?

—Claro que no. Era un regalo.

Me habría gustado verle la cara. A juzgar por el sonido de su voz, parecía que lo había insultado.

—¿No quieres saber qué hice? —le pregunté mientras empezaba a desconcertarme por su aparente falta de preocupación.

Noté su encogimiento de hombros.

—Siempre me interesa todo lo haces, pero no tienes por qué contármelo, a menos que lo desees.

—Pero fui a La Push.

—Lo sé.

—Y me escapé de la escuela.

—También lo sé.

Miré hacia el lugar de donde venía su voz, mientras recorría sus rasgos con las yemas de los dedos, en un intento de comprender su estado de ánimo.

—¿De dónde sale tanta tolerancia? —inquirí.

Edward suspiró.

—Decidí que tienes razón. Antes, mi problema tenía más que ver con mi... prejuicio contra los licántropos que con cualquier otra cosa. Voy a intentar ser más razonable y confiar en tu sensatez. Si tú dices que es seguro, entonces te creeré.

—¡Vaya!

—Y lo más importante..., no estoy dispuesto a que esto sea un obstáculo entre nosotros.

Apoyé la cabeza en su pecho y cerré los ojos, plenamente satisfecha.

—Bueno —murmuró como quien no quería la cosa—, ¿tenías planes para volver pronto a La Push?

No le contesté. La pregunta trajo a mi recuerdo las palabras de Jacob y sentí una tirantez en la garganta. Él malinterpretó mi silencio y la rigidez de mi cuerpo.

—Es sólo para que yo pueda hacer mis propios planes —se apresuró a añadir—. No quiero que te sientas obligada a anticipar tu regreso porque estoy aquí sentado, esperándote.

—No —contesté con una voz que me resultó extraña—, no tengo previsto volver.

—Ah. Por mí no lo hagas.

—Me da la sensación de que ya no soy bienvenida allí —susurré.

—¿Atropellaste a algún gato? —preguntó medio en broma. Sabía que no quería sonsacarme, pero noté una gran curiosidad en sus palabras.

—No —tomé aliento y murmuré atropelladamente la explicación, animosa—. Pensé que Jacob había comprendido... No creí que le sorprendiera —Edward aguardó callado mientras yo vacilaba—. Él no esperaba que sucediera... tan pronto.

—Ah, ya —repuso Edward en voz baja.

—Dijo que prefería verme muerta —se me quebró la voz al decir la última palabra.

Edward se mantuvo inmóvil durante unos instantes hasta controlar su reacción; fuera cual fuera, no quería que yo la viera.

Luego, me apretó suavemente contra su pecho.

—Cuánto lo siento.

—Pensé que te alegrarías —murmuré.

—¿Alegrarme de que alguien te haya herido? —susurró con los labios cerca de mi pelo—. No creo que eso vaya a alegrarme nunca, Bella.

Suspiré y me relajé mientras me acomodaba a su figura de piedra, pero él estaba inmóvil, tenso.

—¿Qué ocurre? —inquirí.

—Nada.

—Puedes decírmelo.

Se mantuvo callado durante cerca de un minuto.

—Quizá te enojes.

—Aun así, quiero saberlo.

Suspiró.

—Podría matarlo, y lo digo en serio, por haberte dicho eso. Quiero hacerlo.

Reí con poco entusiasmo.

—Es estupendo que tengas tanto dominio de ti.

—Podría fallar —su tono era pensativo.

—Si tu fuerza de voluntad va a flaquear, se me ocurre otro objetivo mejor —me estiré e intenté levantarme para besarlo. Sus brazos me sujetaron con más fuerza y me frenaron.

Suspiró.

—¿Debo ser siempre yo el único sensato?

Sonreí en la oscuridad.

—No. Deja a mi cargo el tema de la responsabilidad durante unos minutos, o mejor, unas horas.

—Buenas noches, Bella.

—Espera, quiero preguntarte una cosa más.

—¿De qué se trata?

—Hablé con Rosalie ayer por la noche…

Él se detuvo.

—Sí, ella pensaba en eso a mi llegada. Te dio mucho en qué pensar, ¿verdad?

Su voz reflejaba ansiedad. Comprendí que él creía que yo quería hablar acerca de las razones que Rosalie me había dado para continuar siendo humana. Sin embargo, a mí me interesaba hablar de algo mucho más apremiante.

—Me habló un poco del tiempo en que tu familia vivió en Denali.

Se produjo un breve receso. Aquel comienzo lo tomó desprevenido.

—¿Ah, sí?

—Mencionó algo sobre un grupo de vampiresas… y tú —Edward no me contestó, a pesar de que esperé un buen rato—. No te preocupes —proseguí cuando el silencio se hizo insoportable—, ella me aseguró que no habías demostrado preferencia por ninguna; pero, ya sabes, me preguntaba si alguna de ellas lo hizo, o sea, si manifestó alguna preferencia hacia ti —él siguió callado—. ¿Quién fue? —pregunté; intenté mantener un tono despreocupado, pero sin lograrlo del todo—. ¿O hubo más de una?

No se produjo respuesta alguna. Me habría gustado verle la cara para intentar averiguar el significado de aquel silencio.

—Alice me lo dirá, con seguridad —afirmé—. Voy a preguntárselo ahora mismo.

Me sujetó con más fuerza y no pude moverme ni un centímetro.

—Es tarde —dijo. Había una tono nuevo en su voz, quizás un poco de nervios y, también, algo de vergüenza—. Además, creo que Alice salió.

—Es algo malo —aventuré—, algo realmente malo, ¿verdad?

Comencé a aterrarme. Mi corazón se aceleró cuando me imaginé a la guapísima rival inmortal que nunca antes había imaginado tener.

—Cálmate, Bella —me pidió mientras me besaba la punta de la nariz—. No seas ridícula.

—¿Lo soy? Entonces, ¿por qué no me dices nada?

—Porque no hay nada qué decir. Lo estás sacando todo de contexto.

—¿Cuál de ellas fue? —insistí.

Él suspiró.

—Tanya expresó un pequeño interés y yo le hice saber de modo muy cortés y caballeroso que no me interesaba. Fin de la historia...

—Dime una cosa —intenté mantener la voz lo más tranquila posible—, ¿qué aspecto tiene?

—Como el resto de nosotros: tez clara, ojos dorados —se apresuró a responder.

—... y, por supuesto, es extraordinariamente guapa.

Noté cómo se encogía de hombros.

—Supongo que sí, a los ojos de los mortales —contestó con apatía—, aunque, ¿sabes qué...?

—¿Qué? —pregunté enfurruñada.

Acercó los labios a mi oído y exhaló su frío aliento antes de contestar.

—Las prefiero morenas.

—Eso significa que ella es rubia.

—Tiene el cabello de un rubio rojizo. No es mi tipo para nada.

Estuve dándole vueltas durante un rato. Intenté concentrarme mientras recorría mi cuello con los labios una y otra vez. Durante el tercer trayecto, por fin, hablé.

—Supongo que entonces está bien —decidí.

—Um —susurró cerca mi piel—. Eres aún más adorable cuando te pones celosa. Es sorprendentemente agradable.

Torcí el gesto en la oscuridad.

—Es tarde —repitió. Su murmullo parecía casi un canturreo. Su voz era suave como la seda—. Duerme, Bella mía. Que tengas dulces sueños. Tú eres la única que me ha llegado al corazón. Siempre seré tuyo. Duerme, mi único amor.

Comenzó a tararear mi nana y supe que era cuestión de tiempo que sucumbiera, por lo que cerré los ojos y me acurruqué junto a su pecho.

Objetivo

Alice me dejó en casa a la mañana siguiente para seguir con la farsa de la fiesta de pijamas. No iba a pasar mucho tiempo antes de que apareciera Edward, que oficialmente regresaba de su excursión. Empezaba a estar harta de tantas mentiras. No iba a extrañar aquella parte de mi vida humana.

Charlie echó un vistazo a través de la ventana cuando me oyó cerrar con fuerza la puerta del coche. Saludó a Alice con un abrazo y luego se dirigió a la entrada para recibirme.

—¿Te divertiste? —inquirió mi padre.

—Sí, estuvo bien, fue... muy de chicas.

Metí mis cosas a la casa y las dejé al pie de la escalera para dirigirme a la cocina en busca de algo para comer. —Tienes un mensaje —me dijo Charlie.

El cuaderno de notas del teléfono estaba sobre la mesa de la cocina, apoyado en una cacerola para que se viera fácilmente.

«Te llamó Jacob», había escrito Charlie.

Me contó que no pretendía decir lo que dijo y que lo lamentaba mucho. Quiere que lo llames. Sé amable y dale un respiro. Parecía alterado.

Hice un mueca. No era común que mi padre expresara su opinión acerca de mis mensajes.

Jacob podía estar agitado, pero saldría adelante. No quería hablar con él. Lo último que había sabido es que las llamadas del otro lado no eran bien recibidas. Si Jacob me quería muerta, sería mejor que se fuera acostumbrando al silencio.

Perdí el apetito, di media vuelta y me fui a guardar mis cosas.

—¿No vas a llamar a Jacob? —inquirió Charlie, que me observaba recogerlos apoyado en la pared del cuarto de estar.

—No.

Empecé a subir las escaleras.

—Ésa no es forma de comportarse, Bella —me sermoneó—. El perdón es sagrado.

—Encárgate de tus asuntos —murmuré muy bajo para que no pudiera oírme.

Sabía que estaba amontonándose la ropa sucia, por lo que después de cepillarme los dientes y guardar la pasta, eché mi ropa al cesto y deshice la cama de mi padre. Amontoné sus sábanas en lo alto de las escaleras y fui por las mías.

Me detuve junto a la cama y ladeé la cabeza.

¿Dónde está mi almohada? Giré en círculo y recorrí la estancia con la vista, sin descubrir ni rastro de ella. Fue entonces cuando me percaté del excesivo orden que reinaba en mi habitación. ¿Acaso no estaba mi sudadera gris arrugada al pie de cama? Y juraría que dejé un par de calcetines sucios detrás de la mecedora, junto a la blusa roja que me había probado hacía dos días, antes de decidir que era demasiado elegante para ir a la escuela y dejarla encima del brazo de la mecedora. Di otra vuelta alrededor. El cesto de la ropa no estaba vacío, pero tampoco lleno, tal y como yo creía.

¿Habría Charlie lavado la ropa? No, eso no se le daba.

—¿Empezaste a lavar la ropa?

—Este..., no —contestó. Parecía avergonzado—. ¿Querías que lo hiciera?

—No, me encargo yo. ¿Buscaste algo en mi cuarto?

—No, ¿por qué?

—No encuentro... una blusa...

—Ni siquiera entré.

Entonces, me acordé que Alice había entrado a buscar mi pijama. Y no noté que se llevó mi almohada, porque no me fijé en la cama. Daba la impresión de que estuvo limpiando mientras pasaba. Me avergoncé de mi desorden.

Esa blusa roja no estaba sucia, así que fui hacia el cesto de la ropa para sacarla.

Esperaba encontrarla en la parte de arriba del montón, pero no estaba allí. Rebusqué en toda la pila sin localizarla. Me estaba poniendo paranoica, pero todo apuntaba a que había perdido una prenda, quizás incluso más de una. En el cesto no había ni la mitad de la ropa que tendría que haber.

Deshice la cama, tomé las sábanas y me dirigí al armario del lavadero; también tomé las de Charlie al pasar. La lavadora estaba vacía. Revisé la secadora, con la esperanza de encontrar una carga de ropa lavada por obra y gracia de Alice. No había nada. Perpleja, puse cara de pocos amigos.

—¿Encontraste lo que estabas buscando? —preguntó mi padre a gritos.

—Todavía no.

Volví escaleras arriba para registrar debajo de la cama, donde no había más que pelusas. Comencé a buscar en mi tocador. Quizá la había dejado allí y no me acordaba.

—Llaman a la puerta —me dijo Charlie desde el sofá cuando pasé dando saltitos.

—Voy, no te vayas a herniar, papá.

Abrí la puerta con una gran sonrisa en mi cara.

Edward tenía dilatados sus dorados ojos, bufaba por la nariz y fruncía los labios, dejando los dientes al descubierto.

—¿Edward? —mi voz se agudizó, a causa de la sorpresa cuando entendí el significado de su expresión—. ¿Qué pa...?

—Concédeme dos segundos —puso un dedo en mis labios y agregó en voz baja—: no te muevas.

Permanecí inmóvil en el umbral y él... desapareció. Se movió a tal velocidad que mi padre ni siquiera lo vio pasar.

Regresó antes de que lograra recobrar la compostura y contar hasta dos. Me rodeó la cintura con el brazo y me condujo enseguida a la cocina. Recorrió la habitación rápidamente con la mirada y me sostuvo contra su cuerpo como si me estuviera protegiendo de algo. Eché un vistazo al sofá. Charlie nos ignoraba intencionadamente.

—Alguien estuvo aquí —me dijo al oído después de llevarme al fondo de la cocina. Hablaba con voz forzada. Era difícil oírlo por el ruido del centrifugado de la lavadora.

—Te juro que ningún licántropo... —empecé a decir.

—No es uno de ellos —me interrumpió de inmediato al tiempo que negaba con la cabeza—, sino uno de los nuestros.

El tono de su voz dejó claro que no se refería a un miembro de su familia.

La sangre se me fue del rostro.

—¿Victoria? —inquirí con voz entrecortada.

—No reconozco el aroma.

—Uno de los Vulturis —aventuré.

—Es muy probable.

—¿Cuándo?

—No hace mucho, esta mañana de madrugada, mientras Charlie dormía. Por eso creo que deben de ser ellos, y quienquiera que haya sido no lo tocó, por eso creo que su objetivo era otro.

—Buscarme...

No me contestó, su cuerpo estaba inmóvil como una estatua.

—¿Qué están cuchicheando ustedes dos ahí dentro? —preguntó mi padre con recelo mientras doblaba la esquina con un recipiente vacío de palomitas en las manos.

Sentí un mareo. Un vampiro me había venido a buscar a la casa, mientras dormía allí mi padre. El pánico me abrumó hasta dejarme muda. Fui incapaz de responder. Sólo pude mirarlo horrorizada.

La expresión de Charlie cambió y de pronto esbozó una sonrisa.

—Si tienen una pelea..., bueno, no los voy a interrumpir.

Sin dejar de sonreír, depositó el recipiente en el fregadero y se marchó de la estancia con aire despreocupado.

—Vámonos —me instó Edward con determinación.

—Pero..., ¿y Charlie?

El miedo me apretaba el pecho y me dificultaba aún más la respiración.

Él caviló durante unos segundos, y luego sacó el celular.

—Emmett —dijo entre dientes. Comenzó a hablar tan rápidamente que no pude distinguir las palabras. Terminó de hablar al medio minuto; luego, comenzó a arrastrarme hacia la salida.

—Emmett y Jasper están en camino —me informó al sentir mi resistencia—. Van a peinar los bosques. Tu padre estará a salvo.

Entonces, demasiado aterrada para pensar con claridad, lo dejé que me arrastrara junto a él.

El gesto de suficiencia de Charlie se convirtió en una mueca de confusión cuando se encontraron nuestras miradas, pero

Edward me sacó por la puerta antes de que papá lograra articular una palabra.

—¿Adónde vamos? —no era capaz de hablar en voz alta ni cuando entramos al auto.

—Vamos a hablar con Alice —me contestó con su volumen de voz normal, pero con un tono sombrío.

—¿Crees que haya podido ver algo?

Entrecerró los ojos y mantuvo la vista fija en la carretera.

—Quizá.

Nos estaban aguardando, alertados por la llamada de Edward. Andar por la casa era como caminar por un museo: todos estaban quietos como estatuas en diferentes poses y sus gestos mostraban mucha tensión.

—¿Qué sucede? —quiso saber Edward en cuanto cruzamos la puerta.

Me sorprendió verlo con los puños cerrados de ira. Fulminó con la mirada a Alice, que permaneció con los brazos cruzados fuertemente sujetos contra el pecho. Sólo movió los labios al responder:

—No tengo la menor idea. No vi nada.

—¿Cómo es posible? —bufó él.

—Edward —lo llamé, en señal de reprobación. No me gustaba que se dirigiera a Alice de ese modo.

Carlisle intervino con un ademán tranquilizador.

—Su don no es una ciencia exacta, Edward.

—Estaba en la habitación de Bella. Quizá aún esté ahí, Alice, esperándola.

—Eso lo habría visto.

Él alzó los brazos, exasperado.

—¿De veras? ¿Estás segura?

—Ya me tienes vigilando las decisiones de los Vulturis, el regreso de Victoria y todos y cada uno de los pasos de Bella —respondió Alice con frialdad—. ¿Quieres añadir otra cosa? ¿Quieres que vele por Charlie? ¿O también tengo que atender la habitación de Bella, y la casa, y por qué no toda la calle? Edward, claro se me va a escapar algo, se crearán fisuras si intento abarcarlo todo.

—Da la impresión de que eso ya sucedió —respondió Edward.

—No había nada que ver, porque ella jamás estuvo en peligro.

—Si estabas vigilando lo que ocurre en Italia, ¿por qué no los viste enviar...?

—Dudo que sean ellos —insistió Alice—. Me habría dado cuenta.

—¿Quién más habría dejado vivo a Charlie?

Me estremecí.

—No lo sé —admitió Alice.

—Muy útil.

—Ya, tranquilo, Edward —le pedí con un hilo de voz.

Volteó hacia mí con el rostro aún lívido y los dientes apretados. Me lanzó una mirada envenenada, y luego, de pronto, exhaló. Abrió los ojos y relajó la mandíbula.

—Tienes razón, Bella. Lo siento —miró a Alice—. Perdóname. No está bien que descargue mi frustración en ti.

—Lo entiendo —le aseguró—. A mí tampoco me hace feliz esta situación.

Edward respiró hondo.

—Bueno, examinemos esto desde un punto de vista lógico. ¿Cuáles son las alternativas?

Todos parecieron relajarse a la vez. Alice se calmó y se reclinó contra el respaldo del sofá. Carlisle se acercó a ella con paso lento y la mirada ausente. Esme se sentó en el sofá y flexionó las piernas para ponerlas encima. Sólo Rosalie permaneció inmóvil y de espaldas a nosotros mientras miraba por el muro de cristal.

Edward me arrastró hacia el sofá, donde me senté junto a Esme, que cambió de postura para rodearme con un brazo. Me apretó una mano con fuerza entre las suyas.

—¿Puede ser Victoria? —inquirió Carlisle.

—No. No conozco ese aroma —Edward sacudió la cabeza—. Quizá sea un enviado de los Vulturis, alguien a quien no conocemos.

Ahora fue Alice quien movió la cabeza.

—Aro aún no le ha pedido a nadie que la busque. Eso sí lo veré. Lo estoy esperando.

Edward volvió la cabeza de inmediato.

—Vigilas una orden oficial.

—¿Crees que se trata de alguien que actúa por su cuenta? ¿Por qué?

—Quizá sea una idea de Cayo —sugirió Edward, con el rostro tenso de nuevo.

—O de Jane —agregó Alice—. Ambos disponen de recursos para enviar a un desconocido...

—... y el motivo —Edward torció el gesto.

—Aun así, no tiene sentido —repuso Esme—. Alice habría visto a quienquiera que sea si pretendiera ir por Bella. Él, o ella, no tiene intención de herirla; ni a ella ni a Charlie, de hecho.

Me encogí al oír el nombre de mi papá.

—Todo va a estar bien, Bella —me aseguró Esme mientras me alisaba el cabello.

—Entonces, ¿cuál es su propósito? —dijo Carlisle como pensando en voz alta.

—¿Verificar si aún eres humana? —aventuré.

—Es una opción —contestó Carlisle.

Rosalie suspiró tan fuerte como para que yo lo oyera. Continuaba inmóvil y con el rostro vuelto hacia la cocina con expectación. Por su parte, Edward parecía desanimado.

En ese momento, Emmett atravesó la puerta de la cocina con Jasper pisándole los talones.

—Se marchó hace varias horas, demasiadas —anunció Emmett, decepcionado—. El rastro conducía al este y luego, al sur. Desapareció al costado de la carretera, en donde lo esperaba un coche.

—¡Qué mala suerte! —murmuró Edward—. Habría sido estupendo que se hubiera dirigido al oeste. Esos perros habrían sido útiles por una vez.

Esme me frotó el hombro al notar mis temblores.

Jasper miró a Carlisle.

—No lo pudimos identificar, pero toma —le tendió algo verde y arrugado que Carlisle sostuvo delante de su cara. Mientras cambiaba de manos, vi que se trataba de unas hojas de helecho—. Quizá conozcas el olor.

—No, no me parece familiar —repuso—. No es nadie que yo recuerde.

—Quizá nos equivocamos y se trate de una simple coincidencia... —dijo Esme, pero se detuvo cuando vio las expresiones de incredulidad en los rostros de todos los demás—. No pretendo decir que sea casualidad el hecho de que un forastero elija visitar la casa de Bella al azar, pero sí que tal vez sea solamente un curioso. El lugar está impregnado por nuestras fragancias. ¿No se pudo preguntar qué nos arrastraba hasta allí?

—En tal caso, si sólo era un fisgón, ¿por qué no se limitó a venir aquí? —inquirió Emmett.

—Tú lo harías —repuso Esme con una sonrisa de afecto—. La mayoría de nosotros no siempre actúa de forma directa. Nuestra familia es muy grande, él o ella podría asustarse, pero Charlie no resultó herido. No tiene por qué ser un enemigo. Un simple curioso... ¿Igual que James o Victoria? Al principio, sólo fue algo cotidiano. El simple recuerdo de Victoria me hizo estremecer, aunque en lo único en que coincidían todos era en que no se trataba de ella; no, en esta ocasión. Victoria se aferraba a su modelo obsesivo. Este invitado seguía otro patrón diferente; era otro, un forastero.

De forma paulatina empezaba a darme cuenta de la función que desempeñaban los vampiros en este mundo, y era más importante de lo que pensaba. ¿Cuántas veces se cruzaban sus caminos con los de los ciudadanos normales, totalmente ajenos a la realidad? ¿Cuántas muertes, calificadas como crímenes y accidentes, se debían a su sed? ¿Estaría muy concurrido aquel nuevo mundo cuando, al final, yo formara parte de él?

La perspectiva de mi nebuloso futuro me provocó un escalofrío en la espalda.

Los Cullen ponderaron las palabras de Esme con diferentes expresiones. Tuve claro que Edward no aceptaba esa teoría y que Carlisle quería aceptarla a toda costa.

—No lo veo así —Alice frunció los labios—. La sincronización fue demasiado precisa... El visitante se esforzó en no establecer contacto, casi como si supiera lo que yo iba a ver...

—Pudo tener otros motivos para evitar la comunicación —le recordó Esme.

—¿Importa quién sea en realidad? —pregunté—. ¿No basta la posibilidad de que alguien me esté buscando? No deberíamos esperar a la graduación.

—No, Bella —saltó Edward—. No están tan mal las cosas.

Nos enteraremos si llegas a estar en verdadero peligro.

—Piensa en Charlie —me recordó Carlisle—. Imagina lo mucho que le afectaría tu desaparición.

—¡Estoy pensando en él! ¡Él es quien me preocupa! ¿Qué habría sucedido si mi huésped de la noche pasada hubiera tenido sed? En cuanto estoy cerca de mi papá, él también se convierte en un objetivo. Si algo le ocurre, la culpa será mía y sólo mía.

—No digas eso, Bella —intervino Esme, acariciándome el pelo de nuevo—. Nada va a sucederle a Charlie. Debemos proceder con más cuidado, sólo eso.

—¿Con más cuidado? —repliqué, incrédula.

—Todo va a estar bien —me aseguró Alice.

Edward me apretó la mano con fuerza.

Al estudiar todos aquellos hermosos semblantes, uno por uno, supe que nada de lo que yo dijera iba a hacerlos cambiar de idea.

Hicimos en silencio el trayecto de vuelta a casa. Estaba frustrada. Continuaba siendo humana, a pesar de que yo sabía que eso era un error.

—No vas a estar sola ni un segundo —me prometió Edward mientras me conducía al hogar de Charlie—. Siempre habrá alguien cerca, Emmett, Alice, Jasper…

Suspiré.

—Eso es ridículo. Van a aburrirse tanto que tendrán que matarme ellos mismos, aunque sólo sea por hacer algo.

Él me dedicó una mirada envenenada.

—¡Qué graciosa, Bella!

Cuando regresamos, Charlie se puso de un humor excelente al ver, e interpretar mal, la tensión existente entre nosotros dos. Me vio improvisar cualquier cosa para darle de cenar, muy seguro de sí mismo. Edward salió unos minutos hacia donde, supuse, sería alguna tarea de vigilancia; así que mi papá esperó su regreso para entregarme los mensajes.

—Jacob volvió a llamar —dijo en cuanto Edward entró de la estancia. Mantuve el gesto inexpresivo mientras depositaba el plato delante de él.

—¿De verdad?

Charlie frunció el ceño.

—Sé un poco comprensiva, Bella. Parecía bastante deprimido.

—¿Te paga Jacob para que lleves su relaciones públicas o es un trabajo voluntario?

Mi papá refunfuñó de forma incoherente hasta que la comida silenció sus ininteligibles quejas, pero aunque no se diera cuenta, había dado en el blanco.

En aquel preciso momento, yo tenía la sensación de que mi vida era como una partida de dados. ¿En qué tirada me saldrían un par de unos? ¿Qué pasaría si me ocurriera algo a mí? Eso parecía peor que la falta leve de dejar a Jacob sintiendo remordimientos por sus palabras.

En todo caso, no quería hablar con él mientras Charlie merodeara por allí cerca para vigilar cada una de mis palabras, con el fin de que no cometiera ningún desliz. Pensar en esto me hizo envidiar la relación existente entre Jacob y Billy. ¡Qué fácil debe de ser no ocultarle nada a la persona con la que vives!

Por todo ello, iba a esperar al día siguiente. Al fin y al cabo, era poco probable que fuera a morirme esa noche y otras doce horas de culpabilidad no le iban a caer nada mal. Quizá, incluso, le convenían.

Cuando Edward se marchó por la noche oficialmente, me pregunté quién estaría montando guardia bajo la tromba de agua que caía; quién estaría vigilándonos a Charlie y a mí. Me sentí culpable por Alice o quienquiera que fuera, pero aun así sentí cierto consuelo. Debía admitir lo agradable que era saber que no estaba sola, y Edward regresó a hurtadillas en un tiempo récord.

Volvió a canturrear hasta que concilié el sueño y, consciente de su presencia, incluso en la inconsciencia, dormí sin pesadillas.

A la mañana siguiente, mi papá salió a pescar con Mark, su ayudante en la comisaría, antes de que me hubiera levantado. Decidí usar ese tiempo de libertad para ser generosa.

—Voy a perdonar a Jacob —avisé a Edward después del desayuno.

—Estaba seguro de que lo harías —contestó con una sonrisa fácil—. Guardarle rencor a alguien no figura entre tus muchos talentos.

Puse los ojos en blanco, pero estaba encantada de comprobar que realmente había dado por concluida toda la campaña contra los hombres lobo.

No miré la hora en el reloj hasta después de marcar el número. Era temprano para llamar y me preocupó la posibilidad de despertar a Billy y a Jake, pero alguien descolgó antes del segundo timbrazo, por lo que no podía estar demasiado lejos del teléfono.

—¿Diga? —contestó una voz apagada.

—¿Jacob?

—¡Bella, oh, Bella, cuánto lo siento! —exclamó a tanta velocidad que se enredaba de la prisa que tenía por hablar—. Te juro que no quería decir eso. Me comporté como un necio. Estaba enojado, pero eso no es excusa. Es lo más estúpido que he dicho en mi vida, y lo siento mucho. No te enojes conmigo, ¿sí? Por favor... Estoy dispuesto a una vida de servidumbre, a hacer todo lo que quieras, a cambio de tu perdón.

—No estoy enojada. Te perdono.

—Gracias —resopló—. No puedo creer que cometiera semejante estupidez.

—No te preocupes por eso. Estoy acostumbrada.

Él se rió a carcajadas, eufórico de alivio.

—Baja a verme —imploró—. Quiero compensarte.

Torcí el gesto.

—¿Cómo?

—Como tú quieras. Podemos hacer salto de acantilado —sugirió mientras reía de nuevo.

—Vaya, qué idea tan brillante.

—Te mantendré a salvo —prometió—. No me importa lo que quieras hacer.

Un vistazo al rostro de Edward me bastó para saber que no era el momento adecuado, a pesar de la calma de su expresión.

—Ahora mismo, no.

—A él no le caigo muy bien, ¿verdad? —por una vez, su voz reflejaba más bochorno que resquemor.

—Ése no es el problema. Hay... Bueno, en este momento, tengo otro problema más preocupante que un exasperante licántropo adolescente.

Intenté mantener un tono alegre, pero no le engañé, ya que inquirió:

—¿Qué ocurre?

—Este...

No estaba segura de si debía decírselo. Edward alargó la mano para tomar el auricular. Estudié su rostro con cuidado. Parecía bastante tranquilo.

—¿Bella? —me preguntó Jacob.

Edward suspiró y acercó aún más la mano tendida.

—¿Te importaría conversar con Edward? —le pregunté con cierto temor—. Quiere hablar contigo.

Se produjo una larga pausa.

—De acuerdo —aceptó Jacob al final del intervalo—. Esto promete ser interesante.

Le entregué el teléfono a Edward con la esperanza de que interpretara correctamente mi mirada de advertencia.

—Hola, Jacob —empezó él con impecable amabilidad. Hubo silencio. Me mordí el labio e intenté adivinar la posible contestación de Jacob—. Alguien ha estado aquí, alguien cuyo olor desconozco —le explicó Edward—. ¿Tu manada ha encontrado algo nuevo?

Hubo otra pausa mientras Edward asentía para sí mismo, sin sorprenderse.

—He ahí la clave, Jacob. No voy a perder de vista a Bella hasta que no me haya ocupado de esto. No es nada personal...

Entonces, Jacob lo interrumpió. Alcancé a oír el zumbido de su voz a través de la bocina del teléfono. No sé qué decía, pero sus palabras sonaban más intensas que antes. Intenté descifrarlas sin éxito.

—Quizás estés en lo cierto —comenzó Edward, pero Jacob siguió expresando su punto de vista. Al menos, ninguno de los dos parecía enojado.

—Es una sugerencia interesante y estamos dispuestos a renegociar si Sam se hace responsable.

Jacob bajó el volumen de la voz. Empecé a morderme el pulgar mientras pretendía descifrar la expresión de Edward, cuya respuesta fue:

—Gracias.

Entonces, Jacob añadió algo más que provocó un gesto de sorpresa en el rostro de Edward, quien contestó a la inesperada propuesta.

—De hecho, había planeado ir solo y dejarla con los demás.

Mi amigo alzó un poco la voz. Me dio la impresión de que intentaba ser persuasivo.

—Voy a considerarlo con objetividad —le aseguró Edward—, con toda la objetividad de la que sea capaz.

Esta vez el intervalo de silencio fue más breve.

—Eso no es ninguna mala idea. ¿Cuándo...? No, está bien. De todos modos, me gustaría tener la ocasión de rastrear la pista personalmente. Diez minutos... Pues claro —contestó Edward antes de ofrecerme el auricular—. ¿Bella?

Tomé el teléfono despacio, sintiéndome algo confusa.

—¿De qué hablaban? —le pregunté a Jacob, un poco curiosa. Sabía que era una niñería, pero me sentía excluida.

—Creo que es una tregua. Eh, hazme un favor —me propuso Jacob—, procura convencer a tu chupasangre de que el lugar más seguro para ti, sobre todo en sus ausencias, es la reserva. Nosotros somos capaces de enfrentarnos a cualquier cosa.

—¿Vas a intentar venderle eso?

—Sí. Tiene sentido. Además, lo mejor sería que Charlie también estuviera fuera de allí el mayor tiempo posible.

—Agrega a Billy a esa cuenta —admití. Odiaba poner a mi padre en el punto de mira que siempre había parecido centrado en mí—. ¿Qué más?

—Hablamos de un simple reajuste de fronteras para poder atrapar a cualquiera que merodee demasiado cerca de Forks. No sé si Sam aceptará, pero hasta que esté por aquí, me mantendré atento.

—¿Qué quieres decir con eso de que vas a estar «atento»?

—Que no dispares si ves a un lobo rondar cerca de tu casa.

—Te aseguro que no, aunque tú no vas a hacer nada... arriesgado...

Resopló.

—No seas tonta. Sé cuidarme.

Suspiré.

—También intenté convencerlo de que te deje visitarme. Tiene prejuicios. No dejes que te suelte todo un tratado sobre la seguridad. Tú sabes que aquí vas a estar a salvo.

—Lo tendré en cuenta.

—Nos vemos en breve —repuso Jacob.

—¿Vas a subir hasta aquí?

—Ajá. Voy a intentar percibir el olor de tu visitante para poder rastrearlo, por si acaso regresara.

—Jake, no me agrada nada la idea de que te pongas a seguir la pista de...

—Vamos, Bella, por favor —me interrumpió.

Jacob se rió y luego colgó.

El olor

Todo era de lo más infantil. ¿Por qué demonios se había dejado Edward convencer por Jacob para que viniera hasta mi casa? ¿No estábamos ya un poco grandecitos para esa clase de niñerías?

—No es que sienta algún tipo de rivalidad hacia él, Bella, es que de este modo es más sencillo para los dos —me dijo Edward en la puerta—. Yo permaneceré cerca y tú estarás a salvo.

—No es eso lo que me preocupa.

Él sonrió y un brillo pícaro se abrió paso en sus ojos. Me abrazó con fuerza y enterró el rostro en mi cabello. Cuando exhaló el aire, sentí cómo se extendía su aliento frío por los mechones de mi pelo; la piel del cuello se me puso de gallina.

—Regresaré pronto —me aseguró.

Enseguida se rió en voz alta como si le hubiera contado un buen chiste.

—¿Qué es tan divertido?

Pero él se limitó a sonreír y corrió hacia los árboles sin responderme.

Me fui a limpiar la cocina sin dejar de refunfuñar para mis adentros, pero el timbre de la puerta sonó, incluso antes de que hubiera llenado de agua el fregadero. Resultaba difícil acostumbrarse a lo rápido que podía trasladarse Jacob sin su auto, y a que todo el mundo a mi alrededor se moviera mucho más rápidamente que yo...

—¡Entra, Jake! —grité.

Estaba tan concentrada acomodando los platos en el agua jabonosa que se me había olvidado que Jacob solía moverse con el sigilo de un fantasma. Me llevé un buen susto, cuando, de pronto, oí su voz a mis espaldas.

—¿Es necesario que dejes la puerta abierta de ese modo? —debido al sobresalto, me manché con el agua del fregadero—. Oh, lo siento.

—No me preocupa la gente a la que puede detener una puerta cerrada —le contesté mientras me secaba la parte delantera de la falda con el trapo de la cocina.

—Apúntate una a tu favor—asintió.

Me volví para mirarlo con un cierto aire crítico.

—¿Te resulta imposible ponerte ropa, Jacob? —inquirí. Una vez más Jacob llevaba el pecho desnudo y no vestía más que unos viejos pantalones cortados. Me preguntaba si no era porque se sentía tan orgulloso de sus nuevos músculos, que no podía soportar cubrirlos. Tenía que admitir que eran impresionantes, pero nunca pensé que él fuera tan vanidoso—. Quiero decir, ya sé que no te vas a enfriar, pero aun así...

Se pasó la mano despreocupadamente por el pelo mojado, que le caía sobre los ojos.

—Es más sencillo —me explicó.

—¿Qué es más sencillo?

Sonrió condescendientemente.

—Ya es bastante molesto cargar con unos pantalones cortos a todas partes, peor aún tener que hacerlo con toda la ropa. ¿Qué te parece que soy, una mula de carga?

Fruncí el ceño.

—¿De qué hablas, Jacob?

Mostraba una expresión de superioridad en la cara, como si yo no viese algo obvio.

—Cuando me transformo, mis ropas no aparecen y desaparecen por arte de magia. Debo llevarlas conmigo cuando corro. Perdona que evite llevar sobrecarga.

Me cambió el color de la cara.

—Supongo que no se me había ocurrido nunca pensar en eso —murmuré.

Él se rió y señaló una tira de cuero negra, fina como un hilo, que llevaba atada con tres vueltas a la pantorrilla, como una tobillera. No me había dado cuenta hasta ese instante de que también iba descalzo.

—No tiene nada que ver con la moda, es que es muy vulgar llevar los pantalones en la boca.

No supe qué responderle y él me dedicó una amplia sonrisa.

—¿Te molesta que ande medio desnudo?

—No.

Jacob se echó a reír otra vez y le di la espalda para concentrarme en los platos. Esperé que atribuyera mi sonrojo a la vergüenza por mi propia estupidez y no a algo relacionado con su pregunta.

—Bien, se supone que debo ponerme a trabajar —suspiró—. No quiero darle ningún motivo para que me acuse de ser vago.

—Jacob, esto no es cosa tuya...

Alzó una mano para detenerme.

—Estoy aquí haciendo un trabajo voluntario. Ahora, dime, ¿dónde se nota más el olor del intruso?

—En mi dormitorio, creo.

Entrecerró los ojos. La noticia le había gustado tan poco como a Edward.

—Tardaré un minuto.

Froté insistentemente el plato que sostenía en las manos. No se oía otro sonido que el raspar de las cerdas de plástico del cepillo contra la porcelana. Agucé el oído a ver si escuchaba algo arriba. Escuché el crujido de una tabla del piso, el clic de una puerta... Nada... Me di cuenta de que llevaba frotando el mismo plato más tiempo del necesario e intenté prestar atención a mi tarea.

—¡Bu!

Jacob estaba a unos centímetros de mi espalda y me pegó otro susto.

—¡Ya para, Jake!

—Lo siento. Dame —Jacob tomó el paño y secó lo que me había mojado de nuevo—. Deja que te ayude. Tú lavas; yo enjuago y seco.

—Bien —le di el plato.

—Bueno, el rastro era fácil de seguir. En realidad, tu habitación apesta.

—Compraré algo para aromatizar el ambiente.

Mi amigo se rió. Yo lavé y él secó en un agradable silencio que duró unos cuantos minutos.

—¿Puedo preguntarte algo?

Le di otro plato.

—Eso depende de lo que quieras saber.

—No pretendo ser indiscreto ni nada de eso. Es simple curiosidad —me aseguró Jacob.

—Bueno. Adelante.

Hizo una breve pausa.

—¿Qué se siente tener un novio vampiro?

Puse los ojos en blanco.

—Es lo mejor que te pueda pasar.

—Hablo en serio. ¿No te molesta la idea ni te pone los pelos de punta?

—No.

Se quedó absorto mientras tomaba el envase de mis manos. Lo miré de reojo. Tenía el ceño fruncido, con el labio inferior sobresaliente.

—¿Algo más? —le dije.

Arrugó la nariz de nuevo.

—Bueno... me preguntaba... tú... ya sabes... ¿Lo besas?

Me empecé reír.

—Claro.

Se estremeció.

—Ugh.

—Y es bastante bueno en eso —susurré.

—¿No te preocupan los colmillos?

Le di un manotazo y lo salpiqué con el agua de los platos.

—¡Cierra la boca, Jacob! ¡Ya sabes que no tiene colmillos!

—Pues es algo muy parecido —murmuró él.

Apreté los dientes y, con más fuerza de la necesaria, froté un cuchillo de deshuesar.

—¿Puedo preguntarte otra cosa? —dijo con voz queda mientras le pasaba el cuchillo—. Es curiosidad, nada más.

—Está bien—repuse con brusquedad.

Le dio vueltas y vueltas al cuchillo bajo el agua de la llave. Cuando habló, sólo se oyó un susurro.

—Hablaste de unas semanas, pero ¿cuándo exactamente...? —no pudo terminar la pregunta.

—Después de la graduación —respondí en un murmullo mientras observaba su rostro con cansancio.

—¡Qué pronto!

Respiró hondo y cerró los ojos. La exclamación no había sonado como una pregunta, sino más bien como un lamento. Tenía rígidos los hombros y se le endurecieron los músculos de los brazos.

¿Otra vez iba a explotar por la misma noticia?

—¡Aauu! —gritó.

Existía un silencio tan profundo en la habitación que pegué un brinco ante su exabrupto. Había cerrado el puño con fuerza en torno a la hoja del cuchillo, que chocó contra la mesa de la cocina cuando cayó de su mano, y en su palma apareció una larga y profunda herida. La sangre chorreó de sus dedos y goteó en el suelo.

—¡Maldita sea! ¡Ay! —se quejó.

La cabeza empezó a darme vueltas y se me revolvió el estómago en cuanto olí la sangre. Me sujeté del mueble de la cocina con una mano e inhalé una gran bocanada de aire; luego, conseguí controlarme para poder auxiliarlo

—¡Oh, no, Jacob! ¡Oh, cielos! Toma, ¡envuélvete la mano con esto! —le alargué el paño de secar mientras intentaba agarrar su mano. Se encogió y se alejó de mí.

—No pasa nada, Bella, no te preocupes.

La habitación empezó a ponerse un poco borrosa por los lados.

Volví a inhalar profundamente.

—¡¿Que no me preocupe?! ¡Pero si te abriste la palma!

Ignoró el paño que le daba, colocó la mano debajo de la llave y dejó que el agua corriera sobre la herida. El líquido enrojeció y volvió a darme vueltas la cabeza.

—Bella —dijo.

Aparté la mirada de la herida y la alcé hasta su rostro. Tenía el ceño fruncido, pero su expresión era serena.

—¿Qué?

—Tienes cara de que estás apunto de desmayarte y te vas a

sacar sangre del labio, si sigues mordiéndote con tanta fuerza. Para ya. Relájate. Respira. Estoy bien.

Inhalé aire a través de la boca y retiré los dientes de mi labio inferior.

—No te hagas el valiente —puso los ojos en blanco ante mis palabras—. Vámonos. Te llevo a urgencias.

Estaba segura de que iba a ser capaz de conducir. Las paredes parecían más estables ahora.

—No es necesario —Jake cerró la llave, tomó el paño y se lo enrolló flojo alrededor de la mano.

—Espera —protesté—. Déjame echarle un ojo —me aferré a la mesa de la cocina con más fuerza, para mantenerme derecha si me volvía a marear al ver la herida.

—¿Tienes un título médico del que nunca me has hablado, o qué?

—Sólo déjame decidir si me tiene que dar un ataque para obligarte a ir al hospital.

Puso cara de horror, pero en son de burla.

—¡Por favor, un ataque, no!

—Pues es lo que va a ocurrir si no me dejas ver esa mano.

Inhaló profundamente y después exhaló el aire poco a poco.

—Está bien.

Desenrolló el paño y puso su mano sobre la mía cuando extendí los brazos hacia él. Tardé unos segundos en darme cuenta. Le di la vuelta a la mano para asegurarme, a pesar de estar convencida de que era la palma lo que se había cortado. La volví de nuevo hacia arriba, hasta advertir que el único vestigio de la herida era aquella línea arrugada de un feo color rosa.

—Pero... estabas sangrando... tanto.

Apartó la mano y fijó sus ojos sombríos en los míos.

—Me curo rápidamente.

—Ya me di cuenta —articulé con los labios.

Yo había visto el corte con toda claridad, y también borbotar la sangre por el fregadero. Había estado a punto de desmayarme por culpa de su olor a óxido y sal. En condiciones normales, necesitaría que le tomaran puntos y habría necesitado muchos días para cicatrizar; después, varias semanas para convertirse en la línea rosa brillante que ahora marcaba su piel.

Una media sonrisa recorrió su boca cuando se golpeó una vez el pecho con el puño.

—Soy un hombre lobo, ¿recuerdas?

Sus ojos sostuvieron los míos durante un momento larguísimo.

—De acuerdo —repuse al fin.

Se rió ante mi expresión.

—Ya te lo había dicho. Viste la cicatriz de Paul.

Sacudí la cabeza para aclarar las ideas.

—Resulta un poco distinto cuando lo ves de primera mano.

Me arrodillé y saqué un desinfectante del armario debajo del fregadero. Vertí unas gotitas sobre un trapo y comencé a frotar el suelo. El olor fuerte despejó los resabios del mareo que todavía me nublaban la mente.

—Déjame que lo limpie yo.

—Toma esto. Echa el paño en la lavadora, ¿quieres?

Cuando estuve segura de que el suelo sólo olía a desinfectante, me levanté y limpié también el lado derecho del fregadero. Me acerqué entonces al mueble de la limpieza que estaba al lado de la despensa y vertí un vaso lleno de detergente en la lavadora antes de encenderla. Jacob me miraba con gesto de desaprobación.

—¿Tienes algún trastorno obsesivo-compulsivo? —me preguntó cuando terminé.

Uf... Quizá, pero al menos esta vez contaba con una buena excusa.

—Somos un poco sensibles al olor de la sangre por aquí. Estoy segura de que lo entiendes.

—Ah —arrugó la nariz otra vez.

—¿Por qué no voy a facilitárselo al máximo? Lo que hace ya es bastante duro para él.

—Bueno, bueno. ¿Por qué no?

Quité el tapón, y el agua sucia comenzó a bajar por el desagüe del fregadero.

—¿Puedo preguntarte algo, Bella?

Suspiré.

—¿Qué se siente tener un hombre lobo como tu mejor amigo? —dijo. La pregunta me tomó por sorpresa. Me reí con muchas ganas—. ¿No te asusta? —presionó antes de que pudiera contestarle.

—No. Si el licántropo se porta bien —maticé—, es lo de menos.

Desplegó una gran sonrisa, con los dientes brillantes sobre su piel cobriza.

—Gracias, Bella —añadió, y entonces me tomó de la mano y casi me dislocó con otro de esos abrazos suyos que te hacían crujir los huesos.

Antes de que tuviera tiempo de reaccionar, dejó caer los brazos y dio un paso atrás.

—Uf —dijo, arrugando la nariz—. Tu pelo apesta más que tu habitación.

—Lo siento —murmuré.

De pronto comprendí de qué se había reído Edward después de haber mezclado su aliento en mi pelo.

—Ésa es una de las muchas desventajas de salir con vampiros

—comentó Jacob y encogió los hombros—. Hace que huelas fatal. Aunque pensándolo bien, es un mal menor.

Lo miré fijamente.

—Sólo huelo mal para ti, Jake.

Mostró su más amplia sonrisa.

—Mira a tu alrededor, Bella.

—¿Te vas ya?

—Está esperando a que me vaya. Puedo oírlo ahí afuera.

—Oh.

—Saldré por la puerta trasera —comentó; luego, hizo una pausa—. Espera un minuto. Oye, ¿podrías venir a La Push esta noche? Tenemos un picnic nocturno junto a las hogueras. Estará Emily y podrás ver a Kim… Y seguro que Quil también quiere verte. Le fastidia bastante que te enteraras antes que él.

Sonreí ante eso. Podía imaginarme lo irritado que estaría Quil, el pequeño amigo humano de Jacob, andaba de un lado a otro con hombres lobo y no tenía idea de qué estaba pasando. Y entonces suspiré.

—Bueno, Jake, la verdad es que no sé si podrá ser. Mira, las cosas están un poco tensas ahora…

—Pero ¿tú crees que alguien se va a atrever con nosotros seis, con unos…?

Al final de la pregunta vaciló y hubo una extraña pausa. Sería que tenía algún problema al decir la palabra «licántropo» en voz alta, igual que a menudo me costaba pronunciar la palabra «vampiro».

Sus grandes ojos negros estaban llenos de una súplica sin reparos.

—Preguntaré —le contesté, dudosa.

Hizo un ruido en el fondo de su garganta.

—¿Acaso ahora también es tu guardián? Ya sabes, vi ese

reportaje en las noticias de la tele la semana pasada sobre relaciones con adolescentes, por parte de gente controladora y abusiva y...

—¡Ya está bien! —lo paré y después lo tomé del brazo—. ¡Ha llegado la hora de que el hombre lobo se largue!

Él sonrió con ganas.

—Adiós, Bella. Asegúrate de pedir permiso.

Salió deprisa por la puerta de atrás antes de que pudiera encontrar algo para arrojarle. Gruñí una sarta de incoherencias en la habitación vacía.

Segundos después de que se fue, Edward caminó lentamente dentro de la cocina, con gotas de lluvia que brillaban como diamantes en su pelo de color bronce. Tenía una mirada cautelosa.

—¿Se pelearon? —preguntó.

—¡Edward! —canté y me arrojé a sus brazos.

—Hola, tranquila —soltó una carcajada y deslizó sus brazos a mi alrededor—. ¿Estás intentando distraerme? Funciona.

—No, no peleamos, al menos, no mucho. ¿Por qué?

—Me preguntaba por qué lo apuñalaste —señaló con la barbilla el cuchillo que estaba sobre la mesa de la cocina—. No es que tenga nada en contra...

—¡Maldición! Creí que había limpiado todo.

Me aparté de él y corrí a poner el cuchillo en el fregadero antes de empaparlo de desinfectante.

—No lo apuñalé —le expliqué mientras limpiaba—. Se le olvidó que sostenía un cuchillo en la mano.

Edward se rió entre dientes.

—Eso no tiene ni la mitad de gracia de lo que había imaginado.

—Oye, pórtate bien.

Tomó un sobre grande del bolsillo de su chaqueta y lo puso sobre la mesa de la cocina.

—Recogí tu correo.

—¿Hay algo bueno?

—Eso creo.

Entrecerré los ojos con recelo al oír aquel tono de voz y fui a investigar. Había doblado un sobre grande por la mitad. Lo desplegué, sorprendida por el peso del papel caro, y leí el remitente.

—¿Dartmouth? ¿Esto es una broma?

—Estoy seguro de que te aceptaron. Es muy parecido al mío.

—Santo cielo, Edward, pero ¿qué es lo que hiciste?

—Envié tu solicitud, eso es todo.

—Yo no soy del tipo de gente que buscan en Dartmouth, y tampoco soy lo suficientemente estúpida como para creerme ese cuento.

—Pues en Dartmouth sí parecen pensar que eres su tipo.

Respiré hondo y conté lentamente hasta diez.

—Es muy generoso de su parte —dije al final—. Sin embargo, me hayan aceptado o no, todavía queda esa cuestión menor de la colegiatura. No puedo permitírmelo y no admitiré que pierdas un montón de dinero sólo para que yo aparente ir a Dartmouth el año próximo. Lo necesitas para comprarte otro auto deportivo.

—No necesito otro coche, y tú no tienes que aparentar nada —murmuró—. Un año de universidad no te va a matar. Quizás, incluso, te guste. Sólo piénsalo, Bella. Imagínate qué contentos se van a poner Charlie y Renée.

Su voz aterciopelada me creó una imagen mental antes de que pudiera bloquearla. Charlie explotaría de orgullo, sin duda, y nadie en la ciudad de Forks escaparía a la lluvia radiactiva de su alegría. Y Renée se pondría histérica de alegría por mi triunfo, aunque luego jurara que no le sorprendía en absoluto...

Intenté borrar la imagen de mi mente.

—Sólo me planteo sobrevivir a mi graduación, Edward, y no me preocupa ni este verano ni el próximo otoño.

Sus brazos me envolvieron de nuevo.

—Nadie te va a hacer daño. Tienes todo el tiempo del mundo.

Suspiré.

—Mañana voy a enviar el contenido de mi cuenta de ahorro a Alaska. Es la única coartada que necesito. Es más que comprensible que Charlie no espere una visita, sino hasta Navidad. Y estoy segura de que encontraré alguna excusa para ese momento. Ya sabes —bromeé con desgano—, todo este secreto y darles una decepción es también algo parecido al dolor.

La expresión de Edward se hizo más grave.

—Es más fácil de lo que crees. Después de unas cuantas décadas, toda la gente que conoces habrá muerto. Problema resuelto —me encogí ante sus palabras—... Lo siento, fui demasiado duro.

Miré fijamente el sobre blanco y grande, sin verlo realmente.

—Pero, sin embargo, sincero.

—Una vez que hayamos resuelto todo esto, sea lo que sea con lo que estemos tratando, por favor, ¿considerarías retrasar el momento?

—No.

—Siempre tan terca.

—Sí.

La lavadora golpeteó y, luego, tartamudeó hasta pararse.

—Maldito cachivache viejo —murmuré apartándome de él. Moví el trapo pequeño que había dentro de la máquina, motivo por el cual se desequilibró y la puse en marcha otra vez—.

Esto me recuerda algo —le comenté—. ¿Podrías preguntarle a Alice qué hizo con mis cosas cuando limpió mi habitación? No las encuentro por ninguna parte.

Me miró con la confusión escrita en las pupilas.

—¿Alice limpió tu habitación?

—Sí, claro, supongo que eso fue lo que hizo cuando vino a recoger mi almohada y mi pijama para tomarme como rehén —lo fulminé con la mirada—. Recogió todo lo que estaba tirado alrededor: mis camisetas, mis calcetines, y no sé dónde los puso.

Edward siguió perplejo durante un rato y, de pronto, se puso rígido.

—¿Cuándo te diste cuenta de las cosas que faltaban?

—Cuando volví de la falsa fiesta de pijamas, ¿por qué?

—Dudo que Alice tomara tu ropa y tu almohada. Las prendas que se llevaron, ¿eran cosas que te ponías... tocabas... o dormías con ellas?

—Sí. ¿Qué pasa, Edward?

Su expresión se volvió tensa.

—Llevaban tu olor...

—¡Oh!

Nos miramos a los ojos durante un buen rato.

—Mi visitante —susurré.

—Estaba reuniendo rastros... evidencias... ¿para probar que te había encontrado?

—¿Por qué? —murmuré.

—No lo sé. Pero, Bella, te juro que lo averiguaré. Lo haré.

—Ya sé que lo harás —le contesté mientras reclinaba mi cabeza contra su pecho. Mientras estaba allí recostada, sentí que vibraba su celular en el bolsillo.

Lo tomó y miró el número.

—Justo la persona con quien quería hablar —masculló, y lo abrió—. Carlisle, yo... —se interrumpió y escuchó, con el rostro tenso durante unos minutos—. Lo comprobaré. Escucha...

Le explicó lo de las prendas que me faltaban, pero al oírlo contestar, me pareció que Carlisle no tenía más idea que nosotros.

—Quizá debería ir... —contestó Edward, y la voz se le fue apagando mientras sus ojos vagaban cerca de mí—. A lo mejor no... No dejes que Emmett vaya solo, ya sabes cómo se las gasta. Al menos dile a Alice que verifique el asunto. Ya resolveremos esto más tarde.

Cerró el celular con un chasquido.

—¿Dónde está el periódico? —me preguntó.

—Um, no estoy segura, ¿por qué?

—Quiero ver algo. ¿Lo tiró Charlie?

—Quizá...

Edward desapareció.

Estuvo de vuelta en medio segundo, con más diamantes en el pelo y un periódico mojado en las manos. Lo extendió en la mesa, y sus ojos se deslizaron con rapidez entre los títulos. Se inclinó, interesado por algo que leía. Con un dedo, marcó los párrafos que le interesaban más.

—Carlisle lleva razón. Sí..., muy descuidado. ¿Joven o enloquecido...? ¿O con deseos de morir? —murmuró para sí.

Miré por encima de su hombro.

El titular del *Seattle Times* rezaba: «La epidemia de asesinatos continúa. La Policía no tiene nuevas pistas».

Era casi la misma noticia de la que Charlie se había quejado hacía unas semanas: la violencia propia de la gran ciudad había hecho subir la posición de Seattle en las estadísticas del crimen nacional. Sin embargo, no era exactamente la misma nota. Los números se habían incrementado.

—Está empeorando —murmuré.

Frunció el ceño.

—Están descontrolados. Esto no puede ser trabajo de un solo vampiro neonato. ¿Qué está pasando? Es como si nunca hubieran oído hablar de los Vulturis. Supongo que podría ser posible. Nadie les explicó las reglas... así que... ¿Quién los está creando?

—¿Los Vulturis? —agregué, estremeciéndome.

—Ésta es la clase de cosas de la que ellos se hacen cargo comúnmente, de aquellos inmortales que amenazan con exponernos a todos. Sé que hace poco, unos cuantos años, arreglaron un lío como éste en Atlanta, y no fue ni la mitad de candente. Intervendrán pronto, muy pronto, a menos que encontremos alguna manera de calmar la situación. La verdad es que preferiría que, por ahora, no se aparecieran por Seattle. Quizá se les antoje verificar si están tan cerca.

Me estremecí de nuevo.

—¿Qué podemos hacer?

—Necesitamos saber más antes de tomar alguna decisión. Quizá si lográramos hablar con esos jovencitos, explicarles las reglas, a lo mejor se podría resolver esto de forma pacífica —frunció el ceño, como si las perspectivas de que esto se cumpliera no fueran buenas—. Esperaremos hasta que Alice tenga una idea de lo que pasa. No conviene dar un paso si no es absolutamente necesario. Después de todo, no es nuestra responsabilidad. Pero es bueno que tengamos a Jasper —añadió, casi para sí mismo—. Servirá de gran ayuda si estamos tratando con neófitos.

—¿Jasper? ¿Por qué?

Edward sonrió misteriosamente.

—Jasper es una especie de experto en vampiros nuevos.

—¿Qué quieres decir con lo de «un experto»?

—Tendrías que preguntárselo a él. Hay toda una historia detrás.

—Qué horror —señalé entre dientes.

—Eso parece, ¿verdad? Nos cae de todo por todos lados —suspiró—. ¿Nunca se te ha ocurrido pensar que tu vida sería más sencilla si no te hubieras enamorado de mí?

—Quizá, aunque sería una existencia vacía, sin valor.

—Para mí —me corrigió con suavidad—. Y ahora, supongo —continuó con un gesto irónico— que hay algo que quieres preguntarme.

Lo miré sin comprender.

—¿Ah, sí?

—O quizá no —sonrió con ganas—. Tenía la sensación de que prometiste pedirme permiso para ir a cierta fiesta de lobos esta noche.

—¿Me escuchaste a escondidas?

Hizo una mueca.

—Sólo un poquito, al final.

—Pues bien, no iba pedírtelo de todos modos. Me imaginaba que ya tenías bastante con toda esta tensión.

Me puso la mano bajo la barbilla y me sostuvo el rostro hasta que pudo leer mis ojos.

—¿Quieres ir?

—No es nada del otro mundo. No te preocupes.

—No tienes que pedirme permiso, Bella. No soy tu padre, y doy gracias al cielo por eso, aunque quizá deberías preguntarle a Charlie.

—Pero ya sabes que Charlie dirá que sí.

—Sé más que cualquier otra persona cuál podría ser su respuesta, eso es cierto.

Me limité a mirarlo fijamente mientras procuraba comprender qué era lo que él quería que hiciera, al mismo tiempo que intentaba apartar de mi mente el anhelo de ir a La Push para no verme arrastrada por mis deseos. Era estúpido querer salir con una pandilla de enormes chicos lobo idiotas justo ahora, cuando rondaban tantas cosas temibles e incomprensibles por ahí. Aunque claro, ésos eran los motivos por los que deseaba ir. Escapar de las amenazas de muerte, aunque sólo fuera por unas cuantas horas y ser, por un momento, la inmadura, la irresponsable Bella que podía reír un rato con Jacob. Pero eso no importaba.

—Bella —me dijo Edward—. Te prometí ser razonable y confiar en tu juicio. Lo decía de verdad. Si tú confías en los licántropos, yo no voy a preocuparme por ellos.

—Guau —respondí, tal y como hice la pasada noche.

—Y Jacob tiene razón, al menos en esto; una manada de hombres lobo deben de ser capaces de proteger a alguien una noche, aunque ese alguien seas tú.

—¿Estás seguro?

—Claro. Lo único…

Me preparé para lo que fuera a decir.

—Espero que no te importe tomar algunas precauciones: una, que me dejes acercarte a la frontera, y otra, llevarte un celular, de modo que puedas decirme cuándo puedo ir a recogerte.

—Eso suena… muy razonable.

—Excelente.

Me sonrió y no percibí ni rastro de temor en sus ojos parecidos a joyas.

Como era de esperar, Charlie no vio ningún problema en que asistiera a un picnic nocturno en La Push. Jacob dio un alarido de júbilo cuando le telefoneé para darle la noticia; sentía tanta emoción que no le importó aceptar las medidas de seguridad de Edward. Prometió encontrarse con nosotros a las seis en la frontera entre ambos territorios.

Decidí no vender mi motocicleta, tras un breve debate interno. La devolvería a La Push, donde pertenecía, y ya que no iba a necesitarla más... Bueno, entonces, insistiría en que Jacob se la quedara para recompensarlo de algún modo por su trabajo. Podría venderla o dársela a un amigo. No me importaba.

Esa noche me pareció una ocasión estupenda para devolver la motocicleta al garaje de Jacob. Al ver la negatividad que arrastraba, veía en cada día una última oportunidad para todo. No tenía tiempo de dejar nada para mañana, por poco importante que fuera.

Cuando le expliqué lo que quería, Edward simplemente asintió. Creí ver una chispa de consternación en sus ojos, y comprendí que a él no le hacía más feliz la idea de verme montada en una motocicleta que a Charlie.

Lo seguí de vuelta a su casa, al garaje donde la había dejado. No fue hasta que estacioné el auto y salí, que me di cuenta que la consternación podía no deberse por completo a mi seguridad, al menos, esta vez.

Al lado de mi vieja motocicleta, había otro vehículo que la eclipsaba totalmente. Llamar a este otro vehículo una moto parecía poco apropiado, ya que difícilmente podríamos decir que perteneciera a la misma familia. A su lado, la mía ya no se veía tan atractiva.

Era grande, de líneas elegantes, plateada y, aunque estaba detenido, prometía ser un bólido.

—¿Qué es eso?

—Nada —murmuró Edward.

—Pues *nada* no es exactamente lo que parece.

La expresión de Edward era indiferente y parecía realmente decidido a ignorar el tema.

—Bien, no sabía si ibas a perdonar a tu amigo, o él, a ti, y me pregunté si alguna vez querrías volver a montar una moto. Como parece ser algo que disfrutas, pensé que podría ir contigo… si tú quisieras.

Se encogió de hombros.

Examiné aquella hermosa máquina. A su lado, mi moto parecía un triciclo roto. Me asaltó una repentina sensación de tristeza cuando pensé que no era una mala comparación, si nos fijábamos en el aspecto que yo tenía al lado de mi novio.

—No creo que pueda seguirte el paso —murmuré.

Edward puso la mano debajo de mi mentón y me hizo volver el rostro, para mirarme de frente. Con un dedo, intentó subirme la comisura de un lado de la boca.

—Seré yo quien me mantenga al tuyo, Bella.

—No te vas a divertir nada.

—Claro que sí, siempre que vayamos juntos.

Me mordí el labio y lo imaginé por un momento.

—Edward, si pensaras que voy demasiado rápido o que pierdo el control de la moto o algo por el estilo, ¿qué harías?

Lo vi dudar. Evidentemente, pretendía encontrar la respuesta adecuada, pero yo sabía la verdad: él se las arreglaría para hallar alguna forma de salvarme antes de que me estrellara contra cualquier obstáculo.

Luego, me sonrió. Parecía que lo hacía sin esfuerzo, excepto por el ligero estrechamiento de sus ojos a la defensiva.

—Esto es algo que tiene que ver con Jacob. Ahora lo veo.

—Es sólo que, bueno, yo no lo hago ir más lento, al menos, no mucho, ya sabes. Puedo intentarlo, supongo…

Miré con gesto de duda la motocicleta plateada.

—No te preocupes por eso —contestó Edward y luego se rió para restarle tensión al asunto—. Vi cómo la admiraba Jasper. Quizá llegó la hora de que descubra una nueva forma de viajar. Después de todo, Alice ya tiene su Porsche.

—Edward, yo...

Me interrumpió con un beso rápido.

—Te dije que no te preocupes, pero ¿harías algo por mí?

—Lo que quieras —le prometí con mucha rapidez.

Me soltó las mejillas y se inclinó sobre el lado más alejado de la gran moto para recoger unos objetos ocultos con los que regresó; uno era negro e informe; y otro, rojo, fácil de identificar.

—¿Por favor? —me pidió, lanzando aquella sonrisa torcida que siempre destruía mi resistencia.

Tomé el casco rojo y lo sopesé en las manos.

—Voy a tener un aspecto ridículo.

—Cómo crees, te vas a ver estupenda. Tan estupenda como para que no te lastimes—arrojó la cosa negra, lo que fuera, sobre su brazo y luego me tomó la cabeza—. Hay cosas entre mis manos en este momento sin las cuales no puedo vivir. Me gustaría que las cuidaras.

—Está bien, de acuerdo. ¿Y cuál es la otra cosa? —pregunté con suspicacia.

Se rió y sacudió una especie de chaqueta.

—Es una cazadora para motociclista. Tengo entendido que el aire en la carretera es bastante incómodo, aunque no tengo idea.

Me lo dio. Con un suspiro profundo, recogí el pelo hacia atrás y me ajusté el casco en la cabeza. Después, pasé los brazos por las mangas de la cazadora. Me subió el cierre mientras una sonrisa le jugueteaba en las comisuras de los labios y dio un paso hacia atrás.

Me sentí gorda.

—Sé honesto, ¿me veo horrible?

Dio otro paso hacia atrás y frunció los labios.

—¿Tan mal? —cuchicheé.

—No, no, Bella. La verdad es que —parecía buscar la palabra correcta—... Estás... sexy.

Me reí en voz alta.

—Bueno.

—Muy sexy, en realidad.

—Lo dices de un modo que me lo voy a creer —comenté—, pero no está mal. Tienes razón, me queda bien.

Me envolvió con sus brazos y me apretó contra su pecho.

—Eres tonta. Supongo que es parte de tu encanto. Aunque, he de admitirlo, este casco tiene sus desventajas.

Y me lo quitó para poder besarme.

Me di cuenta poco después, mientras Edward me llevaba en el auto a La Push. La situación me resultaba extrañamente familiar a pesar de que dicha escena jamás se había producido. Tuve que devanarme los sesos antes de poder precisar la fuente del *déjà vu*.

—¿Sabes a qué me recuerda esto? A cuando Renée me llevaba a casa de Charlie para pasar el verano. Me siento como si tuviera siete años.

Edward se rió.

Preferí no decirlo en voz alta, pero la principal diferencia entre las dos situaciones era que Renée y Charlie estaban en mejores términos.

Al doblar una curva a medio camino de La Push encontramos a Jacob recargado en un costado del Volkswagen rojo que se había fabricado con chatarra y piezas sobrantes. Su expresión, cuidadosamente neutral, se disolvió en una sonrisa cuando lo saludé desde el asiento delantero del copiloto.

Edward estacionó el Volvo a poco más de veinticinco metros y me dijo:

—Llámame cuando quieras regresar a casa y vendré.

—No tardaré mucho —le prometí.

Él sacó la motocicleta y mi nueva vestimenta del maletero de su coche. Me impresionó mucho que cupiera todo, pero claro, las cosas no eran tan difíciles de manejar cuando eres lo suficientemente fuerte para hacer juegos malabares con una camioneta, así que no digamos, con una pequeña motocicleta.

Jacob observaba, sin hacer ningún movimiento. Había perdido la sonrisa, y la expresión de sus ojos oscuros era inescrutable.

Me puse el casco debajo del brazo, y la cazadora, sobre el asiento.

—¿Tienes todo? —me preguntó.

—Sin problema —le aseguré.

Suspiró y se inclinó sobre mí. Volví el rostro para recibir un besito de despedida en la mejilla, pero Edward me tomó por sorpresa; me abrazó fuertemente y me besó con el mismo ardor con que lo había hecho en el garaje. Enseguida empecé a jadear en busca de aire.

Edward se rió entre dientes y, luego, me soltó.

—Adiós —se despidió—. ¡Cómo me gusta esa cazadora!

Cuando me volteé para irme, creí distinguir un chispazo en sus ojos, algo que se suponía que no debía haber visto. No podría asegurar qué era exactamente: preocupación, quizá. Por un momento pensé que era pánico, pero lo más seguro es que fueran imaginaciones mías, como era habitual.

Sentí sus ojos clavados en mi espalda mientras yo empujaba la moto y cruzaba la invisible línea divisoria del tratado entre vampiros y licántropos, hasta llegar a donde me esperaba Jacob.

—¿Qué es todo esto? —exigió Jacob, con la voz precavida, e inspeccionó la moto con una expresión enigmática.

—Pensé que debía devolverla a donde pertenece —le contesté.

Mi anfitrión lo sopesó durante un segundo; después, una gran sonrisa se extendió por su rostro.

Supe el momento exacto en que entré en territorio licántropo, porque Jacob se apartó de su coche y trotó rápidamente hacia mí; cruzó la distancia en tres largas zancadas. Tomó la motocicleta, la apoyó en su pie y después me envolvió en otro abrazo muy estrecho.

Escuché rugir el motor del Volvo y luché por desprenderme de él.

—¡Para ya, Jake! —respiré de forma entrecortada, casi sin aire.

Él se rió y me puso de pie. Me volteé para despedirme, pero el auto plateado ya casi había desaparecido en la curva de la carretera.

—Estupendo —comenté, dejando que mi voz destilara ácido.

Sus pupilas se dilataron con una expresión de falsa inocencia.

—¿Qué?

—Se ha portado bastante bien con todo esto; no hacía falta forzar la suerte.

Soltó otra carcajada más aguda que la anterior. Le parecía muy divertido mi comentario. Intenté verle la gracia, mientras él daba la vuelta al Golf para abrirme la puerta.

—Bella —repuso finalmente, todavía reía entre dientes—, no puedes forzar lo que no tienes.

Leyendas

—¿Te vas a comer ese perrito caliente? —le preguntó Paul a Jacob, con los ojos fijos en el último bocado de la gran pila de alimentos que habían engullido los lobos.

Jacob se echó hacia atrás, apoyó la espalda en mis rodillas y jugueteó con el perrito ensartado en un gancho de alambre. Las llamas del borde de la hoguera lamían la piel cubierta de ampollas de la salchicha. Lanzó un suspiro y se palmeó el estómago. Yo no sabía cómo aún parecía plano, pues había perdido la cuenta de los perros calientes devorados a partir del décimo, y eso sin mencionar la bolsa mega grande de papas ni la botella de dos litros de malta.

—Supongo —contestó Jacob perezosamente—; tengo el estómago tan lleno que estoy a punto de vomitar, pero creo que podré tragármelo —suspiró otra vez con tristeza—. Sin embargo, no voy a disfrutarlo.

A pesar de que Paul había comido tanto como Jacob, lo fulminó con la mirada y apretó los puños.

—Tranquilo —Jacob rió—. Era broma, Paul. Allá va.

Lanzó el pincho casero a través del círculo de la fogata. Yo esperé que el perrito aterrizara primero en la arena, pero Paul lo tomó con suma destreza por el lado correcto sin dificultad alguna.

Iba a acomplejarme si seguía saliendo con gente tan hábil y diestra.

245

—Gracias —dijo Paul, a quien ya se le había pasado el ataque de mal genio.

El fuego chasqueó y la leña se hundió un poco más sobre la arena. Las chispas saltaron en una repentina explosión de brillante color naranja contra el cielo oscuro. Qué cosa más divertida, no me había dado cuenta de que se había puesto el sol. Me pregunté por primera vez si no se me estaría haciendo demasiado tarde. Había perdido por completo la noción del tiempo.

Estar en compañía de mis amigos quileute fue mucho más fácil de lo previsto.

Mi irrupción en la fiesta junto a Jacob empezó a preocuparme mientras llevábamos la motora al garaje. Él admitía que lo del casco había sido una gran idea y, arrepentido, sostenía que se le debió ocurrir a él. ¿Me considerarían una traidora los hombres lobo? ¿Se enfadarían con mi amigo por llevarme? ¿Estropearía la fiesta?

Jacob me condujo por el bosque hacia el punto de encuentro en lo alto de una colina, donde el fuego chisporroteaba más brillante que el cielo oscurecido por las nubes. En ese momento, todo sucedió de la forma más alegre y natural.

—¡Hola, chica vampira! —me saludó Embry a voces.

Quil dio un salto para chocarme la mano y besarme en la mejilla. Emily me apretó la mano con fuerza cuando me senté al lado de Sam y de ella en el suelo de piedra fría.

Aparte de algunas quejas en broma, la mayoría por parte de Paul, sobre que no me pusiera a favor del viento para no inundar todo con la peste a vampiro, me trataron como si fuera de la famila.

No sólo asistían los chicos. Billy también estaba allí, con la silla de ruedas situada en lo que parecía ser el lugar principal del círculo. A su lado, en un asiento plegable, se hallaba el Viejo Quil, el abuelo de Quil, un anciano de aspecto frágil y cabello blanco. Sue Clearwater, la viuda del amigo de Charlie, Harry, se sentaba en una silla al otro lado; sus dos hijos, Leah y Seth, también se encontraban allí, acomodados en el suelo, como todos los demás. Se veía claramente que los tres estaban al tanto del secreto, lo cual me sorprendió. Me dio la impresión de que Sue había ocupado el lugar de su marido en el Consejo por el modo en que le hablaban Billy y el Viejo Quil. ¿Se habrían convertido también sus hijos en miembros de la sociedad más secreta de La Push?

Pensé lo terrible que debía de resultar para Leah sentarse en el círculo junto a Sam y Emily. Su rostro encantador no delataba ningún tipo de emoción, pero no se apartó en ningún momento de las llamas. Al mirar los rasgos perfectos del rostro de Leah, era imposible no compararlos con la cara destrozada de Emily. ¿Qué pensaría Leah de las cicatrices de Emily, ahora que sabía la verdad detrás de ellas? ¿Las consideraría alguna especie de justicia?

En el pequeño Seth Clearwater apenas quedaban ya vestigios de la infancia. Me recordaba mucho a un Jacob más joven, con su gran sonrisa de felicidad y su constitución desgarbada y larguirucha. El parecido me hizo sonreír y, luego, suspirar. ¿Estaba también Seth condenado a sufrir un cambio en su vida tan drástico como el resto de estos chicos? ¿Era éste el motivo por el cual se les había permitido acudir a él y a su familia?

Estaba la manada completa: Sam con Emily, Paul, Embry, Quil, y Jared con Kim, la chica a la que había imprimado.

Kim me causó una excelente impresión. Era estupenda, algo tímida y poco agraciada. Tenía una cara grande, donde destacaban unos pómulos marcados, pero sus ojos eran muy pequeños para equilibrar las facciones. La nariz y la boca eran excesivamente grandes para ser consideradas bonitas dentro de los cánones convencionales. Su pelo liso y negro se veía fino y ralo al viento, que nunca parecía amainar allí, en lo alto del acantilado.

Ésta fue mi primera impresión, pero no volví a encontrar nada feo en ella después de observar durante varias horas el modo en que Jared la contemplaba.

¡Y cómo la miraba!

Parecía un ciego que veía el sol por primera vez; un coleccionista que acababa de descubrir un nuevo Da Vinci; la madre que ve por primera vez el rostro de su hijo recién nacido.

Sus ojos inquisitivos me hicieron advertir en ella nuevos detalles: su piel reluciente como seda cobriza a la luz del fuego, la doble curva de sus labios, el destello de sus dientes blancos en contraste con la negritud de la noche y la longitud de sus pestañas cuando bajaba la mirada al suelo.

Su tez enrojecía algunas veces cuando se encontraba con la mirada emocionada de Jared, e inclinaba los ojos como si se avergonzara, y ella intentaba por todos los medios mantenerlos apartados de él durante el mayor tiempo posible.

Al mirarlos a ambos, sentí que comprendía mejor lo que Jacob me había explicado acerca de la imprimación: «Es difícil resistirse a ese nivel de compromiso y adoración».

Kim se estaba quedando dormida apoyada en el pecho de Jared y rodeada por sus brazos. Supuse que allí se encontraría muy calentita.

—Se me está haciendo tarde —le cuchicheé a Jacob.

—No empieces ya con eso —me replicó él con un hilo de voz, aunque lo cierto es que la mitad de los allí presentes tenía el oído lo bastante agudo como para escucharnos sin problemas—. Ahora viene lo mejor.

—¿Qué va a suceder ahora? ¿Te vas a tragar una vaca entera tú solo?

Jacob se rió entre dientes con su risa baja y ronca.

—No. Ése es el número final. No sólo nos reunimos para devorarnos lo de una semana entera. Técnicamente, ésta es una reunión del Consejo. Es la primera a la que asiste Quil y él aún no ha oído las historias. Bueno, sí que las ha oído, pero ésta es la primera vez que lo hace sabiendo que son verdad. Eso hará que preste más atención. También es la primera vez para Kim, Seth y Leah.

—¿Historias?

Jacob saltó a mi lado donde se acomodó en un pequeño borde rocoso. Me pasó el brazo por el hombro y me habló al oído un poco más bajito.

—Las historias que siempre habíamos considerado leyendas —repuso—. La crónica de cómo llegamos a ser lo que somos. La primera es la historia de los espíritus guerreros.

El susurro de Jacob fue casi como la introducción. La atmósfera cambió de forma abrupta alrededor de los rescoldos del fuego. Paul y Embry se enderezaron. Jared sacudió a Kim con suavidad y la ayudó a incorporarse.

Emily sacó un cuaderno de espiral y un bolígrafo. Adquirió el aspecto atento de un estudiante ante una lección magistral. Sam se giró ligeramente a su lado, para quedar frente al Viejo Quil, que estaba al otro lado. De pronto, me di cuenta de que los ancianos del Consejo no eran tres, sino cuatro.

El rostro de Leah Clearwater era aún una máscara hermosa e inexpresiva, cerró los ojos, y no a causa de la fatiga, sino para concentrarse mejor. Su hermano se inclinó hacia delante para escuchar a sus mayores con interés.

El fuego chasqueó y lanzó otra explosión de chispas brillantes hacia la noche.

Billy se aclaró la garganta y, con voz amena y profunda, comenzó la historia de los espíritus guerreros sin otra presentación que el susurro de su hijo. Las palabras fluyeron con precisión, como si se las supiera de memoria, aunque sin perder por eso el sentimiento ni un cierto ritmo sutil, como el de una poesía recitada por su autor.

—Los quileute han sido pocos desde el principio —comenzó Billy—. No hemos llegado a desaparecer, a pesar de lo escaso de nuestro número, porque siempre ha corrido magia por nuestras venas. No siempre fue la magia de la transformación, eso acaeció después, sino que, al principio, fue la de los espíritus guerreros.

Nunca antes había sido consciente del tono de majestad que había en la voz de Billy Black, aunque en ese momento comprendí que esa autoridad siempre había estado allí.

El bolígrafo de Emily corría por las páginas de papel procurando mantener su ritmo.

—En los primeros tiempos, la tribu se estableció en este fondeadero y adquirió gran destreza en la pesca y en la construcción de canoas. El puerto era muy rico en peces y el grupo, pequeño; por ello, pronto hubo quienes codiciaron nuestra tierra, pues éramos pocos para contenerlos. Tuvimos que embarcarnos en las canoas y huir cuando nos atacó una tribu mayor.

»Kaheleha no fue el primer espíritu guerrero, pero no han llegado hasta nosotros las historias acaecidas con anterioridad. No recordamos quién fue el que descubrió este poder ni cómo se usó antes de esta situación crítica. Kaheleha fue el primer Espíritu Jefe de nuestra historia. Él se sirvió de la magia para defender nuestra tierra en aquel trance.

»Todos los guerreros y él dejaron las canoas; no en carne y hueso, pero sí en espíritu. Las mujeres se ocuparon de los cuerpos, y las olas y los hombres volvieron a tierra en espíritu.

»No podían tocar físicamente a la tribu enemiga, pero disponían de otras formas de lucha. Dice la tradición que hicieron soplar fuertes vientos sobre el campamento enemigo; el viento aulló de tal modo que los aterrorizó. Las historias también nos dicen que los animales podían ver a los espíritus guerreros y comunicarse con ellos, de modo que los usaron a su antojo.

»Kaheleha desbarató la invasión con su ejército de espíritus. La tribu invasora traía manadas de enormes perros de pelaje espeso, que utilizaban para tirar de sus trineos en el helado norte. Los espíritus guerreros volvieron a los canes contra sus amos y, luego, atrajeron a una inmensa plaga de murciélagos desde las cuevas de los acantilados. También usaron el aullido del viento para ayudar a los perros a causar confusión entre los hombres. Al final, los perros y los murciélagos vencieron. Los invasores supervivientes se dispersaron y consideraron el fondeadero como un lugar maldito a partir de entonces. Los perros se volvieron salvajes cuando fueron liberados por los espíritus guerreros. Los quileute volvieron a sus cuerpos y con sus mujeres, victoriosos.

»Las otras tribus vecinas, la de los hoh y los makah, sellaron tratados de paz con los quileute, porque no querían tenérselas que ver con nuestra magia. Vivimos en paz con ellos. Cuando un enemigo nos atacaba, los espíritus guerreros lo dispersaban.

»Pasaron muchas generaciones hasta la llegada del último Espíritu Jefe, Taha Aki, conocido por su sabiduría y su talante pacífico. La gente vivía dichosa y feliz bajo su cuidado.

»Pero había un hombre insatisfecho: Utlapa.

Un siseo bajo recorrió el círculo alrededor del fuego. Reaccioné tarde y no logré detectar su procedencia. Billy lo ignoró y continuó con la narración.

—Utlapa era uno de los espíritus guerreros más fuertes del jefe Taha Aki, un gran guerrero, pero también un hombre codicioso. Opinaba que nuestra gente debía usar la magia para extender sus territorios, someter a los hoh y los makah y erigir un imperio.

»Sin embargo, los guerreros compartían los pensamientos cuando eran espíritus, por lo que Taha Aki supo de la ambición de Utlapa, se encolerizó con él, le desterró y le ordenó no convertirse en espíritu otra vez. Utlapa era fuerte, pero los guerreros del jefe le superaban en número, así que no le quedó otro remedio que irse. El exiliado, furioso, se escondió en el bosque cercano, a la espera de una oportunidad para vengarse del jefe.

»El Espíritu Jefe estaba alerta para proteger a su gente, incluso, en tiempos de paz. Con tal propósito, frecuentaba un recóndito lugar sagrado en las montañas, donde abandonaba su cuerpo para recorrer los bosques y la costa y así cerciorarse de que no había ningún peligro.

»Un día, Utlapa lo siguió, cuando Taha Aki se marchó a cumplir con su deber. Al principio, sólo planeaba matarlo, pero aquello tenía desventajas. Lo más probable sería que los espíritus guerreros lo buscaran para acabar con él y lo alcanzaran antes de que lograra escapar. Mientras se escondía entre las rocas para observar cómo se preparaba el jefe para abandonar su cuerpo, se le ocurrió otro plan.

»Taha Aki abandonó su cuerpo en el lugar sagrado y voló con el viento para cuidar de su pueblo. Utlapa esperó hasta asegurarse de que el espíritu del jefe se había alejado una cierta distancia.

»Taha Aki supo el momento exacto en que Utlapa se le unió en el mundo de los espíritus y también se percató de sus propósitos homicidas. Volvió a toda velocidad hacia el lugar sagrado, pero, incluso, los vientos fueron incapaces de ir lo suficientemente rápido para salvarlo. A su regreso, su cuerpo se había marchado ya, y el de Utlapa yacía abandonado, pero su enemigo no le había dejado ninguna vía de escape, porque había cortado su propia garganta con las manos de Taha Aki.

»El Espíritu Jefe siguió su cuerpo mientras bajaba la montaña, e increpó a Utlapa, pero éste lo ignoró como si no fuera más que viento.

»Taha Aki presenció con desesperación cómo usurpaba Utlapa su puesto como jefe de los quileute. Lo único que hizo el traidor durante las primeras semanas fue cerciorarse de que nadie descubriera su impostura. Luego, empezaron los cambios, porque el primer edicto de Utlapa consistió en prohibir a todos los guerreros entrar en el mundo de los espíritus. Alegó que había tenido la visión de un peligro, pero lo cierto era que estaba asustado. Sabía que Taha Aki estaría esperando el momento de contar su historia. Utlapa también temía entrar en el mundo de los espíritus, sabiendo que en ese caso, Taha Aki reclamaría su cuerpo rápidamente. Así pues, sus sueños de conquista con un ejército de espíritus guerreros eran imposibles, por lo que se contentó con gobernar la tribu. Se convirtió en un estorbo, siempre a la búsqueda de privilegios que Taha Aki jamás había reclamado. Rehusó trabajar codo a codo con los demás guerreros, y tomó a otra esposa joven, la segunda; y después, a una tercera, a pesar de que la primera esposa de Taha Aki aún vivía, algo que nunca se había visto en la tribu. El Espíritu Jefe lo observaba todo con rabia e impotencia.

»Hubo un momento en que, incluso, Taha Aki quiso matar su propio cuerpo para salvar a la tribu de los excesos de Utlapa. Hizo bajar a un lobo fiero de las montañas, pero el usurpador se escondió detrás de sus guerreros. Cuando el lobo mató a un joven que protegía al falso jefe, Taha Aki sintió una pena terrible, y por eso, ordenó al lobo que se marchara.

»Todas las historias nos dicen que no era fácil ser un espíritu guerrero. Liberarse del propio cuerpo resultaba más aterrador que excitante y ése es el motivo por el que reservaban el uso de la magia para los tiempos de necesidad. Los solitarios viajes de vigilancia del jefe fueron siempren una molestia y un sacrificio, ya que estar sin cuerpo desorientaba y era una experiencia horrible e incómoda. Taha Aki llevaba ya tanto tiempo fuera de su cuerpo que llegó a estar al borde de la agonía. Se sentía maldito y creía que, atrapado para siempre en el martirio de esa nada, jamás podría cruzar a la tierra del más allá, donde le esperaban los ancestros.

»El gran lobo siguió al espíritu del jefe por medio de los bosques mientras se retorcía y se contorsionaba en su sufrimiento. Era un animal muy grande y bello entre los de su especie. De pronto, el jefe sintió celos del estúpido lobo que, al menos, tenía un cuerpo y una vida. Incluso, una existencia como animal sería mejor que esa horrible conciencia de la nada.

»Y entonces, Taha Aki tuvo la idea que nos hizo cambiar a todos. Le rogó al gran lobo que le hiciera sitio en su interior para compartir su cuerpo y éste se lo concedió. Taha Aki entró en el cuerpo de la criatura con alivio y gratitud. No era su cuerpo humano, pero resultaba mejor que la incorporeidad del mundo de los espíritus.

»El hombre y el lobo regresaron al poblado del puerto formados por un solo ser. La gente huyó despavorida y reclamó a gritos la presencia de los guerreros, que acudieron a enfrentarse a la bestia con sus lanzas. Utlapa, por supuesto, permaneció escondido y a salvo.

»Taha Aki no atacó a sus guerreros. Retrocedió lentamente ante ellos. Les habló con los ojos e intentó aullar las canciones de su gente. Los guerreros comenzaron a darse cuenta de que no era un animal corriente y que lo poseía un espíritu. Un viejo luchador, de nombre Yut, decidió desobedecer la orden del falso jefe e intentó comunicarse con el lobo.

»Tan pronto como Yut cruzó al mundo de los espíritus, Taha Aki dejó al lobo. El animal esperó obedientemente su regreso, para hablar con él. Yut comprendió la verdad al instante y dio la bienvenida a su casa al verdadero jefe.

»En este momento, Utlapa apareció para ver si habían derrotado al carnívoro. Cuando descubrió que Yut yacía sin vida en el suelo, rodeado por los guerreros que lo protegían, se dio cuenta de lo que estaba ocurriendo. Sacó su cuchillo y corrió a matar a Yut antes de que pudiera regresar a su cuerpo.

»—¡Traidor! —exclamó, y los guerreros no supieron qué hacer. El jefe había prohibido los viajes astrales y a él le correspondía castigar a quienes desobedecieran.

»Yut saltó dentro de su cuerpo, pero Utlapa tenía ya el cuchillo en su garganta y le había cubierto la boca con una mano. El cuerpo de Taha Aki era fuerte y Yut estaba debilitado por la edad. No pudo decir ni una palabra para avisar a los otros antes de que Utlapa lo silenciara para siempre.

»Taha Aki observó cómo el espíritu de Yut se deslizaba hacia las tierras del *más allá*, que le estaban vedadas por toda la eternidad. Lo abrumó una ira superior a cualquier otro sentimiento que había experimentado hasta ese momento. Volvió al cuerpo del gran lobo con la intención de desgarrar la garganta de Utlapa pero, en cuanto se unió a la bestia, acaeció un gran acontecimiento mágico.

»La ira de Taha Aki era la de un hombre, el amor que profesaba por su gente y el odio por su opresor fueron emociones demasiado humanas, demasiado grandes para el cuerpo del animal, así que éste se estremeció y Utlapa se transformó en un hombre ante los ojos de los sorprendidos guerreros.

»El nuevo hombre no tenía el mismo aspecto que el cuerpo de Taha Aki, sino que era mucho más glorioso: la interpretación en carne del espíritu de Taha Aki. Los guerreros lo reconocieron al instante, porque ellos habían volado con el espíritu de Taha Aki.

»Utlapa intentó huir, pero el nuevo Taha Aki tenía la fuerza de un lobo, por lo que capturó al impostor y aplastó el espíritu dentro de él antes de que pudiera salir del cuerpo robado.

»La gente se alegró al comprender lo ocurrido. Taha Aki rápidamente puso todas las cosas en su sitio; otra vez,obtuvo la ayuda de su gente y les devolvió las esposas a sus familias. El único cambio que mantuvo fue el fin de los viajes espirituales, sabedor de su peligro ahora que ya existía la idea de robar vidas con ellos. No hubo más espíritus guerreros.

»Desde entonces en adelante, Taha Aki fue más que un lobo o un hombre. Lo llamaron Taha Aki, el Gran Lobo, o Taha Aki, el Hombre Espíritu. Lideró la tribu durante muchos, muchos años, porque no envejecía. Cuando amenazaba algún peligro, volvía a adoptar su forma de lobo para luchar o asustar al enemigo, y así la tribu vivió en paz. Taha Aki tuvo una prolífica descendencia y muchos de sus hijos, al llegar la edad de convertirse en hombres, también se convertían en lobos. Todos los lobos eran diferentes entre sí, porque eran espíritus lobo y reflejaban al hombre que llevaban dentro.

—Por eso Sam es negro del todo —murmuró Quil entre dientes, sonriendo—: corazón negro, pelaje negro.

Yo estaba tan inmersa en la historia que fue un *shock* regresar a la realidad, al círculo en torno a las llamas agonizantes. Con sorpresa, me di cuenta de que el círculo se componía de los tataranietos de los tataranietos de los tataranietos de Taha Aki. O más aún: a saber cuántas generaciones habrían pasado.

El fuego arrojó una lluvia de chispas al cielo, donde temblaron y bailaron, y adquirieron formas casi indescifrables.

—¿Y qué es lo que refleja tu pelambrera de color chocolate? —respondió Sam a Quil entre susurros—. ¿Lo dulce que eres?

Billy ignoró sus bromas.

—Algunos de sus hijos se convirtieron en los guerreros de Taha Aki y tampoco envejecieron. Otros se negaron a unirse a la manada de hombres lobo porque les disgustaban las transformaciones, y ellos sí envejecían. Con los años, la tribu descubrió que los licántropos podían hacerse ancianos como cualquiera, si abandonaban sus espíritus lobo. Taha Aki vivió el mismo período que tres hombres. Se casó con una tercera mujer después de que murieran otras dos y encontró en ella la verdadera compañera de su espíritu, y, aunque también amó a las otras dos, con ésta experimentó un sentimiento más intenso. Así que decidió abandonar su espíritu lobo para poder morir con ella.

»Y así fue como llegó a nosotros la magia, aunque no es el final de la historia…

Miró al anciano Quil Ateara, que cambió de postura en su silla y estiró sus frágiles hombros. Billy bebió de una botella de agua y se secó la frente. El bolígrafo de Emily no paró y continuó el garabato furioso en el papel.

—Ésa fue la historia de los espíritus guerreros —comenzó el Viejo Quil con su aguda voz de tenor—. Y ésta es la historia del sacrificio de la tercera esposa.

»Muchos años después de que Taha Aki abandonara su espíritu lobo, cuando había alcanzado la edad adulta, estallaron problemas en el norte con los makah, a causa de la desaparición de varias jóvenes de su tribu. Los makah culpaban de ello a los lobos vecinos, a los que temían y de los que desconfiaban. Los hombres lobo podían acceder al pensamiento de los demás mientras estaban en forma lupina, del mismo modo que sus ancestros cuando adquirían su forma de espíritu. Sabían que ninguno de ellos estaba involucrado. Taha Aki intentó tranquilizar al jefe de los makah, pero había demasiado miedo. Él no quería arriesgarse a una lucha, pues ya no era un guerrero en condiciones de llevar a la tribu al combate. Por eso, encomendó a su hijo lobo Taha Wi, el mayor, la tarea de descubrir al verdadero culpable, antes de que se desataran las hostilidades.

»Taha Wi emprendió una búsqueda por las montañas con cinco lobos de su manada, en pos de cualquier evidencia de las desaparecidas. Hallaron algo totalmente novedoso: un extraño olor dulzón en el bosque que les quemaba la nariz hasta hacerles daño.

Me encogí un poco al lado de Jacob. Vi cómo una de las comisuras de sus labios se torcía en un gesto de sonrisa y su brazo se tensó a mi alrededor.

—No conocían a ninguna criatura que dejara semejante hedor, pero lo rastrearon igualmente —continuó el Viejo Quil. Su voz temblorosa no tenía la majestad de la de Billy, pero sí un extraño tono afilado, urgente, feroz. Se me aceleró el pulso conforme sus palabras adquirieron velocidad—. Encontraron débiles vestigios de fragancia y sangre humanas a lo largo del rastro. Estaban convencidos de seguir al enemigo correcto.

»El viaje los llevó tan al norte que Taha Wi envió de vuelta al puerto a la mitad de la manada, a los más jóvenes, para informar a Taha Aki.

»Taha Wi y sus dos hermanos nunca regresaron.

»Los más jóvenes buscaron a sus hermanos mayores, pero sólo hallaron silencio. Taha Aki lloró a sus hijos y deseó vengar su muerte, pero ya era un anciano. Vistió sus ropas de duelo y acudió en busca del jefe de los makah para contarle lo acaecido. El jefe makah creyó en la sinceridad de su dolor y desaparecieron las tensiones entre las dos tribus.

»Un año más tarde, desaparecieron de sus casas dos jóvenes doncellas makah en la misma noche. Los makah llamaron a los lobos quileute rápidamente, que descubrieron el mismo olor dulzón por todo el pueblo. Los lobos salieron de caza de nuevo.

»Sólo uno regresó. Era Yaha Uta, el hijo mayor de la tercera esposa de Taha Aki, y el más joven de la manada. Se trajo con él algo que los quileute jamás habían visto, un extraño cadáver pétreo y frío despedazado. Todos los que tenían sangre de Taha Aki, incluso, aquellos que nunca se habían transformado en lobos, aspiraron el olor penetrante de la criatura muerta. Éste era el enemigo de los makah.

»Yaha Uta contó su aventura: sus hermanos y él encontraron a la criatura con apariencia de hombre —pero dura como el granito—, con las dos chicas makah. Una ya estaba muerta en el suelo, pálida y desangrada. La otra estaba en los brazos de la criatura, que mantenía la boca pegada a su garganta. Quizá aún vivía cuando llegaron a la espantosa escena, pero aquel ser rápidamente le partió el cuello y tiró el cuerpo sin vida al suelo mientras ellos se aproximaban. Tenía los labios blancos cubiertos de sangre y los ojos le brillaban rojos.

»Yaha Uta describió la fuerza y la velocidad de la criatura. Uno de sus hermanos se convirtió muy pronto en otra víctima al subestimar ese vigor. La criatura lo destrozó como a un muñeco. Yaha Uta y su otro hermano fueron más cautos y atacaron en equipo. Mostraron mayor astucia al acosar a la criatura desde dos lados distintos. Tuvieron que llegar a los límites extremos de su velocidad y fuerza lobuna, algo que no habían tenido que probar hasta ese momento. Aquel ser era duro, como la piedra; y frío, como el hielo. Se dieron cuenta de que sólo le hacían daño sus dientes, por lo que en el curso de la lucha fueron arrancándole trozos de carne a mordiscos.

»Pero la criatura aprendía rápido y pronto empezó a responder a sus maniobras. Consiguió ponerle las manos encima al hermano de Yaha Uta. Éste encontró un punto indefenso en la garganta del ser de hielo, y lo atacó a fondo. Sus dientes le arrancaron la cabeza, pero las manos del enemigo continuaron destrozando a su hermano.

»Yaha Uta despedazó a la criatura en trozos irreconocibles y los arrojó a su alrededor en un intento desesperado de salvar a su hermano. Fue demasiado tarde, aunque al final logró destruirla.

»O eso pensó, al menos... Yaha Uta llevó los restos que quedaron para que los ancianos los examinaran. Una mano estaba al lado de un trozo del brazo granítico de la criatura. Las dos piezas entraron en contacto cuando los ancianos las movieron con palos. La mano se arrastró hacia el brazo e intentó armarse de nuevo.

»Horrorizados, los ancianos incineraron los restos. El aire se contaminó con una gran nube de humo asfixiante y repulsivo.

Cuando sólo quedaron cenizas, las dividieron en pequeñas bolsitas y las esparcieron muy lejos y separadas unas de otras; algunas, en el océano; otras, en el bosque; el resto, en las cavernas del acantilado. Taha Aki anudó una bolsita alrededor de su cuello, con la finalidad de poder dar la alarma en caso de que la criatura intentara rehacerse.

El Viejo Quil hizo una pausa y miró a Billy, que alzó una cuerda de cuero anudada a su cuello, de cuyo extremo pendía una bolsita renegrida por el paso del tiempo. Varios oyentes jadearon. Probablemente yo fui una de ellas.

—Lo llamaron *el Frío, el bebedor de sangre*, y vivieron con el miedo de que no estuviera solo, pues la tribu contaba únicamente con un lobo protector, el joven Yaha Uta.

»Enseguida salieron de dudas. La criatura tenía una compañera, otra bebedora de sangre, que vino a las tierras de los quileute para vengarse.

»Las historias sostienen que la Mujer Fría era la criatura más hermosa que habían visto los ojos humanos. Parecía una diosa del amanecer cuando entró en el pueblo aquella mañana; el sol brilló de pronto e hizo resplandecer su piel blanca y el cabello dorado que flotaba hasta sus rodillas. Tenía una belleza mágica, con los ojos negros y el rostro pálido. Algunos cayeron de rodillas y la adoraron.

»Pidió algo en una voz alta y penetrante, en un idioma que nadie había escuchado antes. La gente se quedó atónita sin saber qué contestarle. No había nadie del linaje de Taha Aki entre los testigos, salvo un niño pequeño. Éste se colgó de su madre y gritó que el olor de la aparición le quemaba la nariz. Uno de los ancianos, que iba de camino hacia el Consejo, escuchó al muchacho y se dio cuenta de lo que estaba ocurriendo. Ordenó la huida con un grito. Ella lo mató a él en primer lugar.

»Sólo sobrevivieron dos de los veinte testigos de la llegada de la Mujer Fría, y ello gracias a que la sangre la distrajo e hizo una pausa en la matanza para saciar su sed. Esos dos supervivientes corrieron hacia donde estaba Taha Aki, sentado en el Consejo con los otros ancianos, sus hijos y su tercera esposa.

»Yaha Uta se transformó en lobo en cuanto oyó las noticias y se fue solo para destruir a la bebedora de sangre. Taha Aki, su tercera esposa, sus hijos y los ancianos lo siguieron.

»Al principio no encontraron a la criatura, sólo los restos de su ataque: cuerpos rotos, desangrados, tirados en el camino por el que había llegado. Entonces, oyeron los gritos y corrieron hacia el puerto.

»Un puñado de quileutes había corrido hacia las canoas en busca de refugio. Ella nadó hacia ellos como un tiburón y rompió la proa de la embarcación con su fuerza prodigiosa. Cuando la canoa se fue a pique, atrapó a quienes intentaban apartarse a nado y los mató también.

»Se olvidó de los nadadores que se daban a la fuga cuando atisbó al gran lobo en la playa. Nadó tan deprisa que se convirtió en una mancha y llegó, mojada y gloriosa, a enfrentarse con Yaha Uta. Lo señaló con un dedo blanco y le preguntó algo incomprensible. Yaha Uta esperó.

»Fue una lucha pareja. Ella no era un guerrero como su compañero, pero Yaha Uta estaba solo y nadie pudo distraerla de la furia que concentró en él.

»Cuando Yaha Uta fue vencido, Taha Aki gritó desafiante. Saltó hacia delante y se transformó en un lobo anciano, de hocico blanco. Estaba viejo, pero era Taha Aki, el Hombre Espíritu, y la ira le hizo fuerte. La lucha comenzó de nuevo.

»La tercera esposa de Taha Aki acababa de ver morir a su hijo. Ahora era su marido el que luchaba y ella había perdido la esperanza de que venciera. Había escuchado en el Consejo cada palabra pronunciada por los testigos de la matanza. Había oído la historia de la primera victoria de Yaha Uta y sabía que su difunto hijo triunfó en aquella ocasión, gracias a la distracción causada por su hermano.

»La tercera esposa tomó un cuchillo del cinturón de uno de los hijos que estaban a su lado. Todos eran jóvenes, aún no eran hombres, y ella sabía que morirían cuando su padre perdiera.

»Corrió hacia la Mujer Fría con la daga en alto. Ésta sonrió, sin distraerse apenas de la lucha con el viejo lobo. No temía ni a la débil humana ni al cuchillo, que apenas le arañaría la piel. Estaba dispuesta ya a descargar el golpe de gracia sobre Taha Aki.

»Y entonces la tercera esposa hizo algo inesperado. Cayó de rodillas ante la bebedora de sangre y se clavó el cuchillo en el corazón.

»La sangre borbotó entre los dedos de la tercera esposa y salpicó a la Mujer Fría, que no pudo resistir el cebo de la sangre fresca que abandonaba el cuerpo de la mujer agonizante y, de modo instintivo, se volvió hacia ella, totalmente consumida durante un segundo por la sed.

»Los dientes de Taha Aki se cerraron en torno a su cuello.

»Ése no fue el final de la lucha, ya que ahora Taha Aki no estaba solo. Al ver morir a su madre, dos de sus jóvenes hijos sintieron tal ira que brotaron de ellos sus espíritus lobo, aunque todavía no eran hombres. Consiguieron acabar con la criatura, junto con su padre.

»Taha Aki jamás volvió a reunirse con la tribu. Nunca volvió a convertirse en hombre. Permaneció echado todo un día al lado del cuerpo de la tercera esposa y gruñó cada vez que alguien intentaba acercársele, y después se fue al bosque para no regresar jamás.

»Apenas hubo problemas con los fríos a partir de aquel momento. Los hijos de Taha Aki protegieron a la tribu hasta que sus hijos alcanzaron la edad necesaria para ocupar su lugar. Nunca hubo más de tres lobos a la vez, porque ese número era suficiente. Algún bebedor de sangre aparecía por estas tierras de vez en cuando, pero caían víctimas de la sorpresa, ya que no esperaban a los lobos. Alguna vez moría algún protector, pero nunca fueron diezmados como la primera vez, pues habían aprendido a luchar contra los fríos y se transmitieron el conocimiento de unos a otros, de mente a mente, de espíritu a espíritu, de padre a hijo.

»El tiempo pasó y los descendientes de Taha Aki no volvieron a convertirse en lobos cuando alcanzaban la hombría. Los lobos sólo regresaban en momentos esporádicos, cuando un frío aparecía cerca. Los fríos venían de uno en uno o en parejas, y la manada continuó siendo pequeña.

»Entonces, apareció un gran aquelarre y nuestros tatarabuelos se prepararon para luchar contra ellos. Sin embargo, el líder habló con Ephraim Black como si fuera un hombre y prometió no hacerles daño a los quileute. Sus extraños ojos amarillos eran la prueba de que no eran iguales a los otros bebedores de sangre. Superaban en número a los lobos, así que no había necesidad de que los fríos ofrecieran un tratado cuando podían haber ganado la lucha. Ephraim aceptó. Permanecieron fieles al pacto, aunque su presencia sirvió de atracción para que vinieran otros.

»El aumento del aquelarre hizo que la manada fuera la mayor que la tribu había visto jamás —continuó el Viejo Quil y durante un momento sus ojos negros, casi enterrados entre las arrugas de la piel que los rodeaban, parecieron detenerse en mí—, excepto, claro, en los tiempos de Taha Aki —luego, suspiró—. Y así los hijos de la tribu otra vez cargan con la responsabilidad y comparten el sacrificio que sus padres soportaron antes que ellos.

Se hizo un profundo silencio que se alargó un rato. Los descendientes vivos de la magia y la leyenda se miraron unos a otros a través del fuego con los ojos llenos de tristeza, todos menos uno.

—Responsabilidad —resopló en voz baja—. A mí me parece divertido —el grueso labio inferior de Quil sobresalía un poco.

Al otro lado del fuego, Seth Clearwater, cuyos ojos estaban dilatados por el halago de pertenecer a la hermandad de protectores de la tribu, asintió, plenamente de acuerdo.

Billy rió entre dientes durante unos momentos y la magia pareció desvanecerse entre las brasas resplandecientes. De pronto, sólo había un círculo de amigos y nada más. Jared le tiró una piedrecilla a Quil y todo el mundo se rió cuando éste se sobresaltó. El murmullo de las conversaciones en voz baja se extendió alrededor, lleno de bromas y con naturalidad.

Leah Clearwater mantuvo los ojos cerrados. Me pareció ver brillar en su mejilla algo parecido a una lágrima, pero ya no había nada cuando volví a mirarla un momento después.

Ni Jacob ni yo hablamos. Él permanecía absolutamente inmóvil a mi lado; su respiración era tan profunda y regular que creí que estaba a punto de dormirse.

Mi mente estaba a miles de años de allí. No pensaba en Yaha Uta ni en los otros lobos ni en la hermosa Mujer Fría, ya que podía imaginármela con mucha claridad. No, mi mente buscaba algo totalmente alejado de la magia. Intentaba imaginarme el rostro de la mujer sin nombre, la que había salvado a toda la tribu, la tercera esposa.

Se trataba de una simple mortal sin poderes especiales ni ningún otro don. Era más débil que cualquiera de los otros monstruos que poblaban la historia, pero ella había sido la clave, la solución. Había salvado a su marido, a sus hijos, a la tribu.

Me habría gustado que recordaran su nombre.

Alguien me sacudió el brazo.

—Eh, vamos, Bella —me dijo Jacob al oído—. Regresa.

Parpadeé y busqué el fuego, que parecía haber desaparecido. Miré hacia la inesperada oscuridad, intentando ver a mi alrededor. Tardé casi un minuto en darme cuenta de que ya no estábamos en los acantilados. Jacob y yo nos hallábamos solos. Todavía estaba reclinada contra su hombro, pero no en el suelo.

¿Cómo había llegado al coche de Jacob?

—Ay, cielos —respiré entrecortadamente cuando me di cuenta de que me había quedado dormida—. ¿Qué hora es? Maldición, ¿dónde guardé ese estúpido celular?

Palmeé mis bolsillos, frenética, y no había nada en ellos.

—Calma, aún no es medianoche y ya lo llamé yo. Mira, te está esperando.

—¿Medianoche? —repetí de manera estúpida, todavía desorientada. Miré hacia la oscuridad y se me aceleró el pulso cuando entreví la forma del volvo, a unos veintitantos metros. Alcé la mano hacia la manija.

—Toma —dijo Jacob mientras depositaba un objeto pequeño en la palma de mi otra mano. Era el celular.

—¿Llamaste a Edward de mi parte?

Mis ojos ya se habían acostumbrado lo suficiente a la oscuridad para ver el repentino relumbrar de la sonrisa de mi amigo.

—Supuse que podría pasar un rato más contigo si jugaba bien mis cartas.

—Gracias, Jake —repuse, emocionada—. Te lo agradezco

de verdad, y también por haberme invitado esta noche. Ha sido —me faltaban palabras—... Guau, ha sido algo realmente especial.

—Y eso que no te vas a quedar a ver cómo me tragaba una vaca entera —se rió—. Sí, me alegro de que te haya gustado. Ha sido... estupendo para mí. El tenerte aquí, me refiero.

Atisbé un movimiento en la lejanía, donde parecía pasear una especie de espectro, cuya blancura se recortaba contra los árboles oscuros.

—Vaya, no es tan paciente, ¿verdad? —comentó Jacob al notar mi distracción—. Vete ya, pero vuelve pronto, ¿sí?

—Claro que sí, Jake —le prometí, abriendo la puerta del coche. El aire frío me recorrió las piernas y me hizo temblar.

—Duerme bien, Bella. No te preocupes por nada. Estaré vigilándote toda la noche.

Me detuve, con un pie ya en el suelo.

—No, Jake. Descansa un poco. Estaré bien.

—Bueno, bueno —repuso, pero sonó más paternal que otra cosa.

—Buenas noches, Jake. Gracias.

—Buenas noches, Bella —susurró, mientras yo me apresuraba a través de la oscuridad.

Edward me recogió en la línea divisoria.

—Bella —había un considerable alivio en su voz cuando sus brazos me ciñeron apretadamente.

—Hola. Siento llegar tan tarde. Me quedé dormida y...

—Lo sé. Jacob me lo explicó —avanzó hacia el coche y yo me tambaleé rígidamente a su lado—. ¿Estás cansada? Puedo llevarte en brazos.

—Estoy bien.

—Voy a llevarte a casa para acostarte. ¿Lo pasate bien?

—Sí, fue sorprendente, Edward. Me habría gustado que hubieras venido. No encuentro palabras para explicarlo. El padre de Jake nos contó las viejas leyendas y fue algo... algo mágico.

—Ya me lo contarás, pero después de que hayas dormido.

—No me acordaré de todo —le contesté; bostecé abriendo mucho la boca.

Edward se rió entre dientes. Me abrió la puerta, me sentó y me puso el cinturón de seguridad.

Unas brillantes luces se encendieron de súbito y nos deslumbraron. Saludé hacia las luces delanteras del coche, pero no supe si Jacob había visto mi gesto.

Mi papá causó menos problemas de los esperados, gracias a que Jacob también lo había llamado. Tras desearle buenas noches a Charlie, me apoyé junto a la ventana para esperar a Edward. La noche era sorprendentemente fría, casi invernal. No me había dado cuenta de esto en los acantilados ventosos; supongo que tuvo más que ver con estar sentada al lado de Jacob que con el fuego.

Me salpicaron gotitas heladas en la cara cuando empezó a caer la lluvia.

Estaba demasiado oscuro para distinguir otra cosa que no fueran los conos oscuros de los abetos que se inclinaban y se mecían al ritmo de los hostigos del viento. De todos modos, forcé la vista en busca de otras formas en la tormenta. Una silueta pálida, que se movía como un fantasma en la oscuridad... o quizás el contorno borroso de un enorme lobo, pero mis ojos eran demasiado débiles para distinguir figuras.

Entonces, hubo un repentino movimiento en la noche, justo a mi lado. Edward se deslizó a través de la ventana abierta. Tenía las manos más frías que la lluvia.

—¿Está Jacob ahí afuera? —le pregunté temblando. Luego, Edward me acercó al abrigo de sus brazos.

—Sí, en alguna parte. Y Esme va de camino a casa.

Suspiré.

—Hace mucho frío y humedad. Esto es una tontería.

Me estremecí de nuevo y él se rió entre dientes.

—Sólo tú tienes frío, Bella.

Esa noche también hizo frío en mis sueños, quizá porque dormí en los brazos de Edward, pero soñé que estaba a la intemperie, bajo la tormenta, el viento me sacudía el pelo contra la cara hasta cegarme. Permanecía en la costa en forma de media luna de la playa Primera. Intenté distinguir las formas que se movían con tal rapidez que apenas podía verlas en la oscuridad ni desde la orilla. Al principio, no apreciaba más que los destellos de relámpagos negros y blancos que se lanzaba unos contra otros, como en una danza, hasta que entonces, como si la luna hubiera aparecido súbitamente entre las nubes, pude verlo todo.

Rosalie, con dorada melena empapada y colgando hasta la parte de atrás de sus rodillas, arremetía contra un lobo enorme, de hocico plateado, que instintivamente reconocí como perteneciente a Billy Black.

Eché a correr, pero lo único que conseguí fue ese frustrante movimiento lento y pausado tan propio de los sueños. Intenté gritarles, decirles que se detuvieran, pero el viento me privó de la voz y no logré proferir ningún sonido. Sacudí los brazos en alto, esperando captar su atención. Algo relampagueó a mi lado y me di cuenta por primera vez de que mi mano derecha no estaba vacía.

Llevaba un afilado cuchillo largo, antiguo y de color plateado, con manchas de sangre seca y ennegrecida.

Solté el cuchillo y abrí los ojos de golpe en la tranquila oscuridad de mi dormitorio. Lo primero de lo que me percaté era que no estaba sola y me volví para enterrar el rostro en el pecho de Edward. Supe que el dulce olor de su piel sería el mejor remedio contra la pesadilla.

—¿Te desperté? —murmuró él. Hubo un sonido de papel, el de páginas de un libro abierto y, luego, un ligero golpe sordo como si algo se hubiera caído al suelo de madera.

—No —cuchicheé. Suspiré contenta cuando sus brazos se apretaron a mi alrededor—. Tuve un mal sueño.

—¿Quieres contármelo?

Sacudí la cabeza.

—Estoy muy cansada. Quizá mañana por la mañana…, si me acuerdo.

Lo sentí estremecerse con una risa silenciosa.

—Por la mañana —asintió.

—¿Qué estás leyendo? —pregunté, aún adormilada.

—*Cumbres borrascosas* —contestó él.

Fruncí el ceño medio en sueños.

—Creía que no te gustaba ese libro.

—Lo dejaste aquí olvidado —susurró él; su dulce voz me acunaba y me llevaba de nuevo a la inconsciencia—. Además, cuanto más tiempo paso contigo, mejor comprendo las emociones humanas. Estoy descubriendo que simpatizo con Heathcliff de un modo que no creí posible.

—Ajá —mascullé.

Dijo algo más, algo en voz baja, pero ya estaba dormida.

Amaneció, era un mañana de color gris perla y muy tranquila. Edward me preguntó por mi sueño, pero no podía precisarlo con exactitud. Sólo recordaba el frío y mi alegría de tenerlo allí cuando me desperté. Me besó durante mucho rato, tanto que se me disparó el pulso, antes de irse a casa para cambiarse de ropa y recoger el auto.

Me vestí con rapidez, aunque no tenía mucho de donde elegir. Quienquiera que hubiera saqueado mi cesto de ropa, había dejado mi vestuario bastante perjudicado. Estaría muy enojada si el hecho no fuera tan aterrador.

Estaba a punto de bajar a desayunar cuando noté mi maltratado libro de *Cumbres borrascosas* abierto en el suelo, donde Edward lo había dejado caer por la noche. Estaba abierto por el sitio donde se había quedado en la lectura, ya que la encuadernación había cedido.

Lo recogí con curiosidad mientras procuraba recordar sus palabras sobre la simpatía que sentía por Heathcliff por encima de los demás personajes. Me parecía imposible; quizá lo había soñado.

Había tres palabras que captaron mi atención en la página por la que estaba abierto el libro e incliné la cabeza para leer el párrafo con más atención. Hablaba Heathcliff y conocía bien el pasaje:

Y ahí es donde se puede ver la diferencia entre nuestros sentimientos: si él estuviera en mi lugar y yo, en el suyo, aunque lo aborreciera con un odio que convirtiera mi vida en hiel, nunca habría levantado la mano contra él. ¡Puedes poner cara de incredulidad, si quieres! Yo nunca podría apartarlo de ella, al menos, mientras ella lo quisiera así. Mas en el momento en que perdiera su estima, ¡le habría arrancado el corazón y me habría bebido su sangre! Sin embargo, hasta entonces, y si no me crees es que no me conoces, hasta entonces, ¡preferiría morir con certeza antes que tocarle un solo pelo de la cabeza!

Tres palabras captaron mi atención «beber su sangre».

Me estremecí.

Sí, seguramente había soñado que Edward había dicho algo positivo sobre Heathcliff. Y lo más probable es que esta página no fuera la que había estado leyendo. El libro podría haber caído abierto por cualquier hoja.

Tiempo

—He visto... —Alice comenzó en tono ominoso, Edward le dio un codazo en las costillas que ella esquivó limpiamente.

—Bueno —refunfuñó—. Es Edward el que quiere que lo haga, pero intuyo que te encontrarás en más dificultades si soy yo quien te da la sorpresa.

Caminábamos hacia el coche después de clase y yo no tenía la menor idea de a qué se refería.

—¿Y por qué no me lo dices en español? —requerí.

—No te comportes como una niña. Sin berrinches, ¿eh?

—Creo que me estás asustando.

—Tú..., bueno, todos nosotros, vamos a tener una fiesta de graduación. Nada del otro mundo ni que deba preocuparte lo más mínimo, pero he visto que te iba a dar un ataque si intentaba hacer una fiesta sorpresa —ella baileteó de un lado a otro mientras Edward intentaba atraparla para despeinarla—. Y Edward dijo que te lo tenía que decir, pero no será nada, te lo prometo.

Suspiré profundamente.

—¿Serviría de algo que intentara discutir?

—En absoluto.

—De acuerdo, Alice. Iré, y odiaré cada minuto que esté allí, lo prometo.

—¡Así me gusta! A propósito, a mí me encanta mi regalo. No debías haberte molestado.

—¡Alice, pero si no lo tengo!

—Oh, ya lo sé, pero lo tendrás.

Incitada por el pánico, me devané los sesos e intenté recordar si había decidido alguna vez comprarle algo para la graduación. Tuvo que ser así para que ella lo hubiera podido ver.

—Sorprendente —intervino Edward—. ¿Cómo algo tan pequeño puede ser tan insoportable?

Alice se echó a reír.

—Es un talento natural.

—¿No podrías haber esperado unas cuantas semanas para decírmelo? —pregunté enojada—. Ahora estaré preocupada mucho más tiempo.

Alice me frunció el ceño.

—Bella —dijo con lentitud—, ¿tú sabes qué día es hoy?

—¿Lunes?

Puso los ojos en blanco.

—Sí, lunes… Estamos a día cuatro.

Me tomó del codo, me hizo dar media vuelta y me dejó frente a un gran póster amarillo pegado en la puerta del gimnasio. Allí, en marcadas letras negras, estaba la fecha de la graduación. Faltaba una semana exacta desde ese día.

—¿Estamos a cuatro? ¿A cuatro de junio? ¿Estás segura?

Nadie contestó. Alice sacudió la cabeza con pesar y simuló decepción, y Edward enarcó las cejas.

—¡No puede ser! Pero ¿cómo es posible?

Intenté contar hacia atrás los días en mi cabeza, pero era incapaz de comprender cómo habían transcurrido tan deprisa.

De pronto, no sentí las piernas. Parecía que alguien me las hubiera cortado. Sin saber cómo, en la vorágine de aquellas semanas de tensión y de ansiedad, en medio de toda mi obsesión por el tiempo..., el tiempo había desaparecido. Había perdido mi momento para revisarlo todo y hacer planes. Se me había pasado el tiempo.

Y no estaba preparada.

No sabía cómo hacer frente a todo aquello. No sabía cómo despedirme de Charlie y de Renée, de Jacob. Tampoco sabía cómo afrontar el hecho de dejar de ser humana.

Sabía exactamente lo que quería, pero de repente, me daba terror conseguirlo.

En teoría, ansiaba, a veces con entusiasmo, que llegara la ocasión de cambiar la mortalidad por la inmortalidad. Después de todo, era la clave para permanecer con Edward para siempre. Por otra parte, estaba el hecho de que enemigos conocidos y desconocidos pretendían darme caza. Convenía que no me quedara mirando, indefensa y deliciosa, a la espera de que me capturase cualquiera de ellos.

En teoría, todo esto tenía sentido..., pero en la práctica, ser humana era toda la experiencia que yo tenía. El futuro que se extendía a partir del cambio se me antojaba como un enorme abismo oscuro del cual no sabría nada hasta que saltara dentro de él.

Este simple dato, la fecha de ese día, tan obvia que probablemente había estado reprimiendo de forma inconsciente, se había convertido en el momento límite que había estado esperando con impaciencia, pero, a la vez, era una cita con el escuadrón de fusilamiento.

A lo lejos, percibí cómo Edward me abría la puerta del auto, cómo Alice parloteaba desde el asiento trasero y cómo golpeteaba la lluvia contra el cristal delantero. Él pareció darse cuenta de que sólo estaba allí en cuerpo y no intentó hacerme salir de mi abstracción. O quizá lo hizo y yo no me di cuenta.

Terminamos en casa al final del trayecto. Edward me condujo al sofá y se sentó junto a mí. Mientras, yo contemplaba por la ventana la tarde gris de llovizna e intentaba descubrir cuándo se había esfumado mi resolución. ¿Por qué sentía tanto pánico? Sabía que la fecha final se acercaba. ¿Por qué me asustaba ahora que ya había llegado?

No sé cuánto tiempo me dejó mirar en silencio hacia la ventana, pero la lluvia desaparecía en la oscuridad cuando al final la situación lo superó, puso sus manos frías sobre mis mejillas y fijó sus ojos dorados en los míos.

—¿Quieres hacer el favor de decirme en qué estás pensando antes de que me vuelva loco? —¿Qué le podía decir, que era una cobarde? Busqué las palabras adecuadas. Él insistió—: Tienes los labios blancos, habla de una vez, Bella.

Exhalé una gran cantidad de aire. ¿Cuánto tiempo había aguantado la respiración?

—La fecha me tomó por sorpresa —susurré—. Eso es todo.

Él esperó, con la cara llena de preocupación y escepticismo. Intenté explicarme.

—No estoy segura de qué hacer ni de qué le voy a decir a Charlie ni qué… ni cómo… —la voz se me quebró.

—Entonces, ¿todo esto no es por la fiesta?

Torcí el rostro.

—No, pero gracias por recordármelo.

La lluvia repiqueteaba con más fuerza en el tejado mientras él intentaba leer mi rostro.

—No estás preparada —murmuró.

—Sí lo estoy —mentí de manera automática, una reacción refleja. Estaba segura de que él sabría lo que ocultaba, así que inhalé profundamente y le dije la verdad—. Debo estarlo.

—No debes estarlo de ninguna manera.

Sentí cómo el pánico ascendía a la superficie de mis ojos mientras musitaba los motivos.

—Victoria, Jane, Cayo, quienquiera que hubiera estado en mi habitación...

—Razón de más para esperar.

—¡Eso no tiene sentido, Edward!

Apretó las manos con más fuerza contra mi rostro y habló con deliberada lentitud.

—Bella, ninguno de nosotros tuvo ninguna oportunidad. Ya has visto lo que ocurrió..., especialmente a Rosalie. Todos hemos luchado para reconciliarnos con algo que no podemos controlar. No voy a dejar que suceda del mismo modo en tu caso. Tú tendrás tu oportunidad de escoger.

—Yo ya hice mi elección.

—Tú crees que tienes que pasar por todo esto porque pende una espada sobre tu cabeza. Ya nos ocuparemos de los problemas y yo cuidaré de ti —juró—. Cuando haya pasado todo y no exista nada que te obligue a hacerlo, entonces podrás decidir si quieres unirte a mí, si aún lo deseas, pero no, por miedo. No permitiré que nada te fuerce a hacerlo.

—Carlisle me lo prometió —refunfuñé para llevarle la contraria como de costumbre—. Después de la graduación.

—No, hasta que estés preparada —repuso con voz segura—. Y desde luego, no mientras te sientas amenazada.

No contesté. No tenía fuerzas para discutirle; en ese momento, no parecía encontrar por ningún lado mi resolución.

—Bueno, bueno —me besó la frente—. No hay de qué preocuparse.

Reí con nerviosismo.

—Nada, salvo una sentencia inminente.

—Confía en mí.

—Sí confío.

Siguió observando mi cara, en lo que me tranquilizaba.

—¿Puedo preguntarte algo?

—Lo que quieras.

Me mordí el labio mientras lo pensaba y, luego, le pregunté algo distinto de lo que me preocupaba.

—¿Qué le voy a regalar a Alice para su graduación?

Sonrió.

—Según Alice, parece como si fueras a comprar entradas para un concierto para nosotros dos.

—¡Eso era! —me sentí tan aliviada que casi sonreí—. El concierto de Tacoma. Vi un anuncio en el periódico la semana pasada y pensé que sería algo que te gustaría, ya que dijiste que era un buen CD.

—Es una gran idea. Gracias.

—Espero que no estén agotadas.

—La intención es lo que cuenta. Debía saberlo.

Suspiré.

—Había algo más que querías preguntarme —continuó él.

Fruncí el ceño.

—No se te va una, ¿verdad?

—Tengo mucha práctica leyendo tus expresiones faciales. Pregúntame.

Cerré los ojos y me recliné contra él, escondiendo mi rostro contra su pecho.

—Tú no quieres que yo sea vampiro.

—No, no quiero —repuso con suavidad, y entonces esperó un poco—, pero ése no es el problema —apuntó después de un momento.

—Bueno, me preocupaba saber... cómo te sentías respecto a ese asunto.

—¿Estás preocupada? —resaltó la palabra con sorpresa.

—¿Me dirás la verdad? La verdad completa, sin tener en cuenta mis sentimientos.

Él dudó durante un minuto.

—Si respondo a tu pregunta, ¿me explicarás entonces por qué lo preguntas?

Asentí, con el rostro aún escondido.

Inhaló profundamente antes de responder.

—Podrías aspirar a algo mejor, Bella. Ya sé que tú crees que tengo alma, pero yo no estoy del todo convencido, y arriesgar la tuya —sacudió la cabeza muy despacio—... Para mí, permitir eso, dejar que te conviertas en lo que yo soy, simplemente para no perderte nunca, es el acto más egoísta que puedo imaginar. En lo que a mí se refiere, es lo que más deseo en el mundo, pero ansío mucho más para ti. Rendirme a eso me hace sentir como un criminal. Es la cosa más egoísta que haría jamás, incluso, si viviera para siempre.

—Es más, si hubiera alguna forma de convertirme en humano para estar contigo, no importa el precio, lo pagaría feliz.

Me quedé sentada allí, muy quieta, para absorber todo eso.

Edward pensaba que estaba siendo egoísta.

Sentí cómo se extendía lentamente la sonrisa por mi rostro.

—Así que... no es que temas que no te guste lo mismo cuando sea diferente, es decir, cuando no sea suave, cálida y no huela igual. ¿Realmente querrás quedarte conmigo sin que te importe en lo que me convierta?

Él soltó el aire de un golpe.

—¿Lo que te preocupa es que no me gustaras luego? —inquirió. Entonces, antes de que pudiera contestar, empezó a reírse—. Bella, para ser una persona bastante intuitiva, a veces puedes resultar de un obtuso...

Sabía que él pensaría que era una tontería, pero yo me sentí aliviada. Si él realmente me quería, podría soportar cualquier cosa... de algún modo. De pronto, la palabra «egoísta» me pareció una palabra hermosa.

—No creo que te des cuenta de lo fácil que sería para mí, Bella —me dijo con cierto eco de humor aún en su voz—, sobre todo porque no tendría que estar concentrado todo el tiempo para no matarte. Desde luego, habrá cosas que extrañaré. Ésta, por ejemplo...

Me miró a los ojos mientras me acariciaba la mejilla y sentí cómo se apresuraba la sangre a colorear mi piel. Se rió amablemente.

—Y el latido de tu corazón —continuó, más serio pero aún sonreía un poco—. Lo considero el sonido más maravilloso del mundo. Estoy tan sintonizado con él, que juraría que puedo oírlo desde kilómetros de distancia. Pero nada de eso importa. Esto —dijo, al tomar mi rostro entre sus manos—. Tú; eso es lo que yo quiero. Siempre serás mi Bella, sólo que un poquito más duradera.

Suspiré y dejé que mis ojos se cerraran satisfechos y descansé allí, entre sus manos.

—Y ahora, ¿me contestarás una pregunta tú a mí? ¿La verdad completa, sin tener en cuenta mis sentimientos? —preguntó.

—Claro —le contesté sin dudar, con los ojos bien abiertos por la sorpresa. ¿Qué querría saber ahora?

Él recitó las palabras muy despacio.

—No quieres ser mi esposa.

De pronto, mi corazón se detuvo; después, rompió a latir desaforadamente. Sentí un sudor frío en la parte de atrás del cuello y las manos se me quedaron heladas.

Él esperó, para observar y evaluar mi reacción.

—Eso no es una pregunta —susurré al final.

Él bajó la mirada, y sus pestañas proyectaron largas sombras sobre sus pómulos. Dejó caer las manos de mi rostro para tomarme la helada mano izquierda. Jugó con mis dedos mientras hablaba.

—Me preocupa cómo te sientes al respecto.

Intenté tragar saliva.

—De todas formas, no es una pregunta —insistí.

—Por favor, Bella.

—¿La verdad? —inquirí formando las palabras con los labios.

—Claro. Podré soportarla, sea lo que sea.

Inhalé muy hondo.

—Te vas a reír de mí.

Sus ojos llamearon en mi dirección, sorprendidos.

—¿Reírme? No puedo imaginar por qué.

—Verás —murmuré, y después suspiré. Mi cara pasó del blanco al escarlata; ardía repentinamente del disgusto—. ¡Bueno, está bien! Estoy segura de que esto te va a sonar como una especie de chiste, pero ¡es la verdad! Es sólo que... me da... tanta vergüenza —le confesé y escondí el rostro en su pecho otra vez.

Se hizo una gran pausa.

—No te entiendo.

Eché la cabeza hacia atrás y lo miré. El pudor me hizo lanzarme, ponerme beligerante.

—No quiero ser una de esas chicas, Edward. ¡De esas que se casan justo al acabar el instituto, como una chica de pueblo que muere por su novio! ¿Sabes lo que van a pensar los demás? ¿Te das cuenta de en qué siglo estamos? ¡La gente ya no se casa a los dieciocho! ¡Al menos, no la gente lista, responsable y madura! ¡No quiero ser una chica de ésas! Yo no soy así... —la voz se me apagó y fue perdiendo fuerza.

El rostro de Edward era imposible de leer mientras pensaba en mi respuesta.

—¿Eso es todo? —preguntó finalmente.

Yo parpadeé.

—¿Te parece poco?

—¿No es que estés más entusiasmada por ser... inmortal que por mí?

Y entonces, aunque ya sabía que él se reiría de mí, fui yo la que tuvo el ataque de risa histérica.

—¡Edward! —jadeé entre risitas—. ¡Oye! ¡Yo siempre... pensé... que tú eras mucho más... listo que yo!

Me tomó entre sus brazos y sentí que se estaba riendo conmigo.

—Edward —repetí e hice un pequeño esfuerzo para hablar con absoluta claridad—. No tengo ningún interés en vivir para siempre, si no es contigo. No querría ni siquiera vivir un día más si no es contigo.

—Bueno, es un alivio —comentó.

—Aunque... eso no cambia nada.

—Ya, pero es estupendo saberlo, de todos modos. Y ahora conozco tu punto de vista, Bella, y lo entiendo, pero me gustaría mucho que intentaras ver las cosas desde el mío.

Ya estaba más tranquila, así que asentí y luché por no fruncir el ceño.

Sus ojos dorados se volvieron hipnóticos al clavarse en los míos.

—Ya ves, Bella, yo siempre he sido un chico «de esos»; ya era un hombre en mi mundo. No iba buscando el amor, qué va. Estaba demasiado entusiasmado con la posibilidad de convertirme en soldado. No pensaba en otra cosa que en esa imagen idealizada de la gloria de la guerra que nos vendían entonces los eventuales reclutadores, pero si yo hubiera encontrado —efectuó una pausa y ladeó la cabeza—... Iba a decir que si hubiera encontrado a alguien, pero eso no sería cierto, si te hubiera encontrado a ti, no tengo ninguna duda de lo que hubiera hecho. Yo era de esa clase de chicos que tan pronto como hubiera descubierto que tú eras lo que yo buscaba me habría arrodillado ante ti y habría intentado por todos los medios asegurarme tu mano. Te hubiera querido para toda la eternidad, incluso aunque la palabra no tuviera entonces las mismas connotaciones que ahora.

Me dedicó de nuevo su sonrisa torcida.

Lo miré con los ojos abiertos de par en par hasta que se me secaron.

—Respira, Bella.

Me recordó, sonriente; y yo tomé aire.

—¿No lo ves, aunque sea un poquito, desde mi lado?

Y durante un segundo, pude. Me vi con una falda larga y una blusa de cuello alto anudada con un gran lazo, y el pelo recogido sobre la cabeza. Vi a Edward vestido de forma muy elegante con un traje y un ramo de margaritas, sentado a mi lado en el columpio de un porche.

Sacudí la cabeza y tragué. Estaba sufriendo un *flash-back* al estilo de *Ana de las Tejas Verdes*.

—Lo que pasa, Edward —repuse con voz temblorosa y eludí la pregunta—, que, en mi mente, *matrimonio* y *eternidad* no son conceptos mutuamente exclusivos ni inclusivos. Y ya que por el momento estamos viviendo en mi mundo, quizá sea mejor que vayamos con los tiempos, no sé si sabes lo que quiero decir.

—Pero, por otro lado —contraatacó él—, pronto habrás dejado atrás estos tiempos. Así que, ¿por qué deben afectar tanto en tu decisión lo que, al fin y al cabo, son sólo las costumbres transitorias de una cultura local?

Apreté los labios.

—¿Te refieres a Roma?

Se rió de mí.

—No tienes que decir sí o no hoy, Bella, pero es bueno entender las dos posturas, ¿no crees?

—¿Así que tu condición...?

—Sigue en pie. Yo comprendo tu punto de vista, Bella, pero si quieres que sea yo quien te transforme...

—Chan cha cha chan, chan cha cha chan...

Tararé la marcha nupcial entre dientes, aunque a mí me parecía más bien una especie de canto fúnebre.

El tiempo fluyó mucho más deprisa de lo previsto.

Pasé sin contratiempos aquella noche, y de pronto había amanecido y la graduación me miraba a la cara de tú a tú. Se me había acumulado un montón de material pendiente para los exámenes finales y sabía que no me daría tiempo de hacer ni la mitad en los días restantes.

Charlie ya se había ido cuando bajé a desayunar. Había dejado el periódico en la mesa. Eso me recordó que debía hacer algunas compras. Esperé que el anuncio del concierto todavía estuviera; necesitaba el número de teléfono para conseguir aquellas estúpidas entradas. No parecía un regalo fuera de lo común ahora que ya sabían que iba a hacérselo, aunque claro, intentar sorprender a Alice no había sido una idea brillante.

Quería pasar las hojas para irme directamente a la sección de espectáculos, pero un titular en gruesos caracteres negros captó mi atención. Sentí un estremecimiento de miedo conforme me inclinaba para leer la noticia de primera página.

SEATTLE ATERRORIZADA POR LOS ASESINATOS

Ha pasado menos de una década desde que la ciudad de Seattle fuera el territorio de caza del asesino en serie más prolífico de la historia de los Estados Unidos, Gary Ridgway, el Asesino de Río Verde, condenado por la muerte de 48 mujeres.

Ahora, una atribulada Seattle debe enfrentarse a la posibilidad de estar albergando a un monstruo aún peor.

La Policía no considera la reciente racha de crímenes y desapariciones como obra de un asesino en serie; al menos, no todavía. Se muestran reacios a creer que semejante carnicería sea obra de un solo individuo. Este asesino —si es, de hecho, una sola persona— podría ser responsable de 39 homicidios y desapariciones sólo en los últimos tres meses. En comparación, la orgía de los 48 asesinatos perpetrados por Ridgway se dispersó en un período de 21 años. Si estas muertes fueran atribuidas a un solo hombre, entonces estaríamos hablando de la más violenta escalada de asesinatos en serie en la historia de América.

La Policía se inclina por la teoría de que se trata de bandas criminales, dado el gran número de víctimas y el hecho de que no parece haber un patrón reconocible en su elección.

Desde Jack el Destripador a Ted Bundy, los objetivos de los asesinos en serie siempre han estado conectados entre sí por similitudes en edad, sexo, raza o una combinación de los tres elementos. Las víctimas de esta ola de crímenes van desde los 15 años de la brillante estudiante Amanda Reed, a los 67 del cartero retirado Omar Jenks. Las muertes relacionadas incluyen a casi 18 mujeres y 21 hombres. Las víctimas pertenecen a razas diversas: caucásicos, afroamericanos, hispanos y asiáticos.

La selección parece efectuada al azar y el motivo no parece otro que el mismo asesinato en sí.

Entonces, ¿por qué no se descarta aún la idea del asesino en serie?

Hay suficientes similitudes en el modus operandi de los crímenes como para crear fundadas sospechas. Cada una de las víctimas fue quemada hasta el punto de ser necesario un examen dental para realizar las identificaciones. En este tipo de incendios suele utilizarse algún tipo de sustancia para acelerar el proceso, como gasolina o alcohol; sin embargo, no se han encontrado restos de ninguna de estas sustancias en el lugar de los hechos. Además, parece que todos los cuerpos han sido desechados de cualquier modo, sin intentar ocultarlos.

Aún más horripilante es el hecho de que la mayoría de las víctimas muestra evidencias de una violencia brutal. Lo más destacable es la aparición de huesos aplastados, al parecer como resultado de la aplicación de una presión tremenda. Según los forenses, dicha violencia se ejerció antes del momento de la muerte, aunque es difícil estar seguro de estas conclusiones, si se considera el estado de los restos.

Existe otra similitud que apunta a la posibilidad de un asesino en serie: no ha sido posible hallar ninguna pista en la investigación de los crímenes. Aparte de los restos en sí mismos, no se ha encontrado ni una huella ni la marca de un neumático ni un cabello extraño. No hay testigos ni ningún tipo de sospechoso en las desapariciones.

Además, también son dignas de análisis las desapariciones en sí mismas. Ninguna de las víctimas es lo que se podría haber considerado un objetivo fácil. No eran vagabundos sin techo, que se desvanecen con facilidad y de los que raramente se denuncian sus desapariciones. Las víctimas se han esfumado de sus hogares, desde la cuarta planta de un edificio de apartamentos e, incluso, desde un gimnasio y una celebración de boda. El caso más sorprendente es el del boxeador aficionado de 30 años Robert Walsh, que entró al cine para ver una película con la chica con la que se había citado; pasados unos cuantos minutos de la sesión, la mujer se dio cuenta de que no se encontraba en su asiento. Su cuerpo se halló apenas tres horas más tarde, cuando los bomberos acudieron para apagar un incendio producido dentro de un contenedor de basuras, a unos treinta kilómetros de distancia de la sala cinematográfica.

Otro rasgo común en la serie de asesinatos: todas las víctimas desaparecieron durante la noche.

¿Y cuál es la característica más alarmante? La progresión. Seis de los homicidios se cometieron en el primer mes; once, en el segundo. Sólo en los últimos diez días se han producido ya veintidós asesinatos. Y la Policía no se encuentra más cerca de descubrir al responsable ahora, de lo que lo estaba cuando se halló el primer cuerpo carbonizado.

Las evidencias son contradictorias; los hechos, espantosos. ¿Se trata de una nueva banda criminal o de un asesino en serie en estado de actividad salvaje? ¿O quizás es algo más que la Policía no se atreve a imaginar?

Sólo hay un hecho irrefutable: algo terrible acecha en Seattle.

Me llevó tres intentos leer la última frase y me di cuenta de que el problema eran mis manos, que temblaban.

—¿Bella?

Tan concentrada como estaba, la voz de Edward, aunque tranquila y no del todo inesperada, me hizo jadear y darme la vuelta. Permanecía apoyado en el marco de la puerta, con las cejas alzadas. Y de pronto estaba ya a mi lado, tomándome la mano.

—¿Te asusté? Lo siento, tendría que haber llamado.

—No, no —me apresuré a responder—. ¿Ya viste esto? —le señalé el periódico.

Una arruga le cruzó la frente.

—Todavía no he leído las noticias de hoy, pero sé que se está poniendo cada vez peor. Vamos a tener que hacer algo... enseguida.

Aquello no me gustó ni un poco. Odiaba que alguno de ellos asumiera riesgos, y quien o lo que fuera que se encontraba en Seattle estaba empezando a aterrorizarme de verdad, aunque la idea de la llegada de los Vulturis me asustaba casi igual.

—¿Qué dice Alice?

—Ése es el problema —su ceño se acentuó—. No puede ver nada..., aunque hemos tomado decisiones una media docena de veces para ver qué pasa. Está perdiendo la confianza. Siente que se le escapan demasiadas cosas en estos días, que algo está mal, que quizás esté perdiendo el don de la visión.

Abrí los ojos de golpe.

—¿Y eso puede suceder?

—¿Quién sabe? Nadie ha hecho jamás un estudio, pero la verdad lo dudo. Estas cosas tienden a intensificarse con el tiempo. Mira a Aro y Jane.

—Entonces, ¿qué es lo está mal?

—Creo que la profecía que se cumple por sí misma. Esperamos a que Alice vea algo para actuar, y ella no visualiza nada, porque no lo haremos en realidad hasta que ella vea algo. Ése es el motivo por el que no nos ve. Quizá debamos actuar a ciegas.

Me estremecí.

—No.

—¿Tienes muchas ganas hoy de ir a clase? Sólo nos quedan un par de días para los exámenes finales y dudo que nos vayan a dar algo nuevo.

—Creo que puedo vivir un día sin la escuela. ¿Qué vamos a hacer?

—Vamos a hablar con Jasper.

Otra vez Jasper. Era extraño. En la familia Cullen, Jasper estaba siempre en el límite, participaba en las cosas sin ser nunca el centro de ellas. Había asumido sin palabras que en realidad estaba allí sólo por Alice. Tenía la intuición de que seguiría a Alice adonde fuera, pero que este estilo de vida no había sido decisión suya. El hecho de que estuviera menos comprometido con ello que los demás era probablemente la razón por la cual le costaba más asumirlo.

De cualquier modo, nunca había visto a Edward sentirse dependiente de Jasper. Me pregunté otra vez qué quería decir cuando se refería a su «pericia». Realmente no es que supiera mucho sobre la historia de Jasper, salvo que venía de algún lugar del sur antes de que Alice lo encontrara. Por alguna razón, Edward solía evitar cualquier pregunta sobre su hermano más reciente, y a mí siempre me había intimidado ese alto vampiro rubio, que tenía el aspecto perturbador de una estrella de cine, como para preguntarle directamente.

Cuando llegamos a casa de los Cullen, nos encontramos con Carlisle, Esme y Jasper que veían las noticias con mucho interés, aunque el sonido era tan bajo que me pareció casi ininteligible. Alice estaba sentada en el último escalón de las enormes escaleras, con el rostro entre las manos y aspecto desanimado. Mientras entrábamos, Emmett se asomó por la puerta de la

289

cocina, con un aspecto totalmente relajado. Nada alteraba jamás a Emmett.

—Hola, Edward. ¿Qué? ¿Escapándote, Bella? —me dedicó su ancha sonrisa.

—Fuimos los dos —le recordó Edward.

Emmett se rió.

—Ya, pero es la primera vez que ella va a la escuela. Quizá se pierda algo.

Edward puso los ojos en blanco, pero, por lo demás, ignoró a su hermano favorito. Le entregó el periódico a Carlisle.

—¿Viste que ahora están hablando de un asesino en serie? —preguntó.

Carlisle suspiró.

—Dos especialistas han debatido esa posibilidad en la CNN durante toda la mañana.

—No podemos dejar que esto continúe así.

—Pues vamos ya —intervino Emmett, lleno de entusiasmo repentino—. Me muero de aburrimiento.

Un siseo bajó las escaleras desde el piso de arriba.

—Ella siempre tan pesimista —murmuró Emmett para sí mismo.

Edward estuvo de acuerdo con él.

—Tendremos que ir en algún momento.

Rosalie apareció por la parte superior de las escaleras y bajó despacio. Tenía una expresión serena, indiferente.

Carlisle sacudía la cabeza.

—Esto me preocupa. Nunca nos hemos visto involucrados en este tipo de cosas. No es asunto nuestro, no somos los Vulturis.

—No quiero que los Vulturis tengan que aparecer por aquí —comentó Edward—. Eso nos concede mucho menos tiempo para actuar.

—Y todos esos pobres inocentes humanos de Seattle —susurró Esme—... No está bien dejarlos morir de ese modo.

—Ya lo sé —Carlisle suspiró.

—Oh —intervino Edward de repente, y volteó ligeramente la cabeza para mirar a Jasper—. No lo había pensado. Claro, tienes razón, ha de ser eso. Bueno, eso lo cambia todo.

No fui la única que lo miró confundida, pero debí de ser la única que no lo miró algo enojada.

—Creo que es mejor que se lo expliques a los demás —le dijo Edward a Jasper—. ¿Cuál podría ser el propósito de todo esto? —Edward comenzó a pasearse de un lado a otro, mirando el suelo y perdido en sus pensamientos.

Yo no la había visto levantarse, pero Alice estaba allí, a mi lado.

—¿De qué habla? —le preguntó a Jasper—. ¿En qué estás pensando?

Jasper no pareció contento de convertirse en el centro de atención. Dudó al interpretar cada uno de los rostros que había en el salón, ya que todo el mundo se había movido para escuchar lo que tuviera que decir y entonces sus ojos se detuvieron en mí.

—Pareces confusa —me dijo, con su voz profunda y muy tranquila.

No era una pregunta. Jasper sabía lo que yo sentía al igual que sabía lo que sentían todos los demás.

—Todos estamos confundidos —gruñó Emmett.

—Podrías darte el lujo de ser un poco más paciente —le contestó Jasper—. Ella también debe entenderlo. Ahora es uno de nosotros.

Sus palabras me tomaron por sorpresa. Especialmente por el poco contacto que había tenido con él a partir de que intentara matarme el día de mi cumpleaños. No me había dado cuenta de que pensara en mí de este modo.

—¿Cuánto es lo que sabes sobre mí, Bella? —inquirió.

Emmett suspiró teatralmente y se dejó caer sobre el sofá para esperar con impaciencia exagerada.

—No mucho —admití.

Jasper miró a Edward, y éste levantó la mirada para encontrarse con la de él.

—No —respondió Edward a sus pensamientos—. Estoy seguro de que entiendes por qué no le he contado esa historia, pero supongo que debería escucharla ahora.

Jasper asintió pensativo y después empezó a enrollarse sobre el brazo la manga de su suéter de color marfil.

Lo observé, curiosa y confusamente, e intenté entender el significado de sus actos. Sostuvo la muñeca bajo la lámpara que tenía al lado, muy cerca de la luz de la bombilla y pasó el dedo por una marca en relieve de luna creciente que tenía sobre la piel pálida.

Me llevó un minuto comprender por qué la forma me resultaba tan familiar.

—Oh —exclamé y respiré hondo cuando me di cuenta—. Jasper, tienes una cicatriz exactamente igual que la mía.

Alcé la mano, con la marca de media luna, más nítida contra mi piel de color crema que contra la suya, más parecida al alabastro.

Jasper sonrió de forma imperceptible.

—Tengo un montón de cicatrices como la tuya, Bella.

El rostro de Jasper era impenetrable cuando se arremangó la fina manga del suéter. Al principio, mis ojos no pudieron entender el sentido de la textura que tenía la piel allí. Había un montón de medias lunas curvadas que se atravesaban unas con otras en forma de un patrón, como si se tratara de plumas, que sólo eran visibles, al ser todas blancas. El brillante resplandor de la lámpara hacía que destacaran ligeramente al proyectar pequeñas sombras que delineaban los contornos. Entonces comprendí que el diseño estaba formado por medias lunas individuales como la de mi muñeca.

Miré de nuevo mi pequeña cicatriz solitaria y recordé cómo había sufrido. Vi de nuevo la forma de los dientes de James, grabada para siempre en mi piel.

Entonces, tragué con dificultad el aire, y lo miré.

—Jasper, ¿qué fue lo que te pasó?

Neófito

—Lo mismo que te ocurrió a ti en la mano —contestó Jasper con voz serena—, sólo que mil veces más —soltó una risotada amarga y se frotó el brazo—. La ponzoña de vampiro es lo único capaz de dejar cicatrices como las mías.

—¿Por qué? —jadeé horrorizada.

Me sentía grosera, pero era incapaz de apartar la mirada de su piel, de un aspecto tan sutil y a la vez tan devastador.

—Yo no he tenido la misma... crianza que mis hermanos de adopción. Mis comienzos fueron completamente distintos —su voz se tornó dura cuando terminó de hablar. Me quedé boquiabierta, apabullada—. Antes de que te cuente mi historia —continuó Jasper—, debes entender que hay lugares en nuestro mundo, Bella, donde el ciclo vital de los que nunca envejecen se cuenta por semanas, y no por siglos.

Los otros ya habían oído antes la historia, por lo que se desentendieron de ella. Carlisle y Emmett centraron su atención en la televisión. Alice se movió con sigilo para sentarse a los pies de Esme.

Edward permaneció tan absorto como yo; sólo que podía sentir el escrutinio de sus ojos en mi rostro y leer cada estremecimiento provocado por la emoción.

—Si quieres entender la razón, debes cambiar tu concepción del mundo e imaginarlo desde la óptica de los poderosos, de los voraces... o de aquellos cuya sed jamás se sacia.

»Como sabes, algunos lugares del mundo resultan especialmente deseables para nosotros, porque en ellos podemos pasar desapercibidos sin necesidad de demasiadas restricciones.

»Hazte una idea, por ejemplo, del mapa del hemisferio occidental. Imagina un punto rojo que simbolice cada vida humana. Cuánto mayor sea el número de puntos rojos, más sencillo resultará alimentarse sin llamar la atención, es decir, para quienes vivimos de este modo.

Me estremecí ante la imagen en mi mente y ante la palabra «alimentarse», pero Jasper no parecía interesado en asustarme ni se mostraba demasiado protector, como solía hacer siempre Edward. Continuó sin hacer ninguna pausa.

—A los aquelarres sureños apenas les preocupa ser o no descubiertos por los humanos. Son los Vulturis quienes los controlan. No temen a nadie más. Ya nos habrían sacado a la luz de no ser por ellos.

Fruncí el ceño por el modo como pronunciaba el nombre, con respeto, casi con gratitud. Me resultaba muy difícil aceptar la idea de los Vulturis como los buenos de la película, fuera en el sentido que fuera.

—En comparación, el norte es mucho más civilizado. Principalmente, aquí somos nómadas que disfrutamos del día tanto como de la noche, lo que nos permite interactuar con los humanos, sin que levantemos sospecha alguna. El anonimato es importante para todos nosotros.

»El sur es un mundo diferente. Allí, los inmortales pasan el día planeando su siguiente movimiento o anticipando el de sus enemigos, y sólo salen de noche; y es que allí ha habido guerra constante durante siglos, sin un solo momento de tregua. Los aquelarres apenas son conscientes de la existencia de los humanos, o lo son igual que los soldados cuando ven una manada de vacas en el camino. El hombre nada más es comida disponible, de la que se ocultan exclusivamente por temor a los Vulturis.

—Pero ¿por qué luchan? —pregunté.

Jasper sonrió.

—¿Recuerdas el mapa con los puntos rojos? —esperó a que asintiera—. Luchan por controlar las áreas donde se acumulan más puntos rojos.

»Verás, en algún momento, a alguien se le ocurrió que si fuera el único vampiro de la zona, digamos, por ejemplo, México Distrito Federal, entonces podría alimentarse cada noche dos o tres veces sin que nadie se diera cuenta, por lo que planearon formas de deshacerse de la competencia.

»Los demás no tardaron en imitarlos, unos con tácticas más eficaces que otros.

»Pero la estrategia más efectiva fue la que puso en marcha un vampiro bastante joven, llamado Benito. La primera vez que se oyó hablar de él apareció desde algún lugar al norte de Dallas y masacró los dos pequeños aquelarres que compartían el área cercana a Houston. Dos noches más tarde, atacó a un clan mucho más grande de aliados que reclamaban Monterrey, al norte de México, y volvió a ganar.

—¿Y cómo lo consiguió? —pregunté con curiosidad y cautela.

—Benito había creado un ejército de vampiros neófitos. Fue el primero en pensarlo y, al principio, esto hizo de él y los suyos una fuerza imparable. Los vampiros muy jóvenes son inestables, salvajes y casi imposibles de controlar. A un neófito se le puede enseñar a que se controle, al razonar con él, pero diez o quince neófitos juntos son una pesadilla. Se vuelven unos contra otros con tanta rapidez como contra el enemigo. Benito debía estar creando continuamente otros nuevos, conforme aumentaban los enfrentamientos entre ellos, y también porque los aquelarres derrotados solían diezmar, al menos, la mitad de sus fuerzas antes de sucumbir.

»Ya ves, aunque los conversos son peligrosos, hay todavía posibilidad de derrotarlos, si sabes lo que haces. Tienen un increíble poder físico, al menos durante el primer año y si se les deja utilizar la fuerza, pueden aplastar a un vampiro más viejo con facilidad, pero son esclavos de sus instintos, y además, predecibles. Por lo general, no tienen habilidad para el combate, sólo músculo y ferocidad. Y en este caso, la fuerza del número.

»Los vampiros del sur de México previeron lo que se les venía encima e hicieron lo único que se les ocurrió para contrarrestar a Benito, es decir, crearon ejércitos de neófitos por su cuenta...

»Y entonces se desató el infierno, y lo digo de un modo más literal de lo que a ti pueda parecerte. Nosotros, los inmortales, también tenemos nuestras historias, y esta guerra en particular no debería ser olvidada nunca. Sin duda, no era un buen momento para ser humano en México.

Me estremecí.

—Cuando el recuento de cuerpos alcanzó proporciones epidémicas, la historia oficial habló de una enfermedad que había afectado a la población más pobre, y entonces fue cuando intervinieron los Vulturis. Se reunió toda la guardia y peinó el sur de Norteamérica. Benito se había afianzado en Puebla, donde había erigido de forma acelerada un ejército dispuesto a la conquista del verdadero premio: la ciudad de México. Los Vulturis comenzaron por él, pero aniquilaron a todos los demás.

»Ejecutaron sumariamente a cualquier vampiro que tuviera neófitos, y como casi todo el mundo los había utilizado en su intento de protegerse de Benito, México quedó libre de vampiros durante un tiempo.

»Los Vulturis invirtieron casi un año para dejar limpia la casa. Es otro capítulo de nuestra historia que no debemos olvidar, a pesar de los pocos testigos que quedaron para describir lo ocurrido. Hablé con uno que había contemplado de lejos lo que sucedió cuando cayeron sobre Culiacán.

Jasper se estremeció. Luego, caí en la cuenta de que nunca antes lo había visto temeroso ni horrorizado; aquélla era la primera vez.

—Bastó para que la fiebre de la conquista sureña no se extendiera y el resto del mundo permaneció a salvo. Debemos a los Vulturis nuestra actual forma de vida.

»Los supervivientes no tardaron en reafirmar sus derechos en el sur en cuanto los Vulturis regresaron a Italia.

»No transcurrió mucho tiempo antes de que los aquelarres se enzarzaran en nuevas disputas. Abundaba la mala sangre, si se me permite la expresión, y la *vendetta* era moneda corriente. La táctica de los neófitos estaba ahí y algunos cedieron a la tentación de usarla, aunque los aquelarres meridionales no habían olvidado a los Vulturis, por lo que actuaron con más cuidado en esta ocasión: seleccionaron a los humanos y, luego, los entrenaron y usaron con más cuidado, por lo que la mayor parte de las veces pasaron desapercibidos. Sus creadores no dieron motivos para el regreso de los Vulturis.

»Los enfrentamientos continuaron, pero a menor escala. De vez en cuando, algunos sobrepasaban los límites y daban pie a las especulaciones de la prensa de los humanos; entonces, los Vulturis reaparecían para exterminarlos, pero quedaban los demás, los precavidos...

Jasper se quedó mirando a las musarañas.

—Fueron ésos quienes te convirtieron, supongo —dije con un hilo de voz.

—En efecto —admitió—. Vivía en Houston, Texas, cuando

era mortal. Tenía casi diecisiete años cuando me uní al ejército confederado en 1861. Mentí a los reclutadores acerca de mi edad. Les dije que había cumplido los veinte y lo creyeron, pues era lo suficientemente alto como para aparentar más edad.

»Mi carrera militar fue efímera, pero muy prometedora. Le caía bien a la gente y siempre escuchaban lo que tenía que decir. Mi padre decía que yo tenía carisma. Por supuesto, ahora sé que había algo más, pero, fuera cual fuera la razón, me ascendieron rápidamente por encima de hombres de mayor edad y experiencia. Además, por otra parte, el ejército confederado era nuevo y se organizaba como podía, lo cual daba mayores oportunidades. En la primera batalla de Galveston —qué bueno, en realidad— fue más una escaramuza que una batalla propiamente dicha, fui el mayor más joven de Texas, y eso sin que se supiera mi verdadera edad.

»Estaba al frente de la evacuación de las mujeres y los niños de la ciudad cuando los morteros de los barcos de la Unión llegaron al puerto. Necesité un día para acondicionarlos antes de enviarlos con la primera columna de civiles que conducíamos a Houston.

»Recuerdo perfectamente esa noche.

»Había anochecido cuando alcanzamos la ciudad. Me demoré lo suficiente para asegurarme de que todo el grupo quedaba a salvo; conseguí un caballo nuevo en cuanto concluí mi cometido y galopé de vuelta a Galveston. No había tiempo para descansar.

»Me encontré con tres mujeres a pie a kilómetro y medio de la ciudad. Di por hecho que se trataba de rezagadas y bajé para ofrecerles mi ayuda, pero me quedé petrificado cuando contemplé sus rostros a la tenue luz de la luna. Sin lugar a dudas, eran las tres damas más hermosas que había visto en mi vida.

»Recuerdo lo mucho que me maravilló la extrema palidez de su piel, ya que incluso la muchacha de pelo negro y de facciones marcadamente mexicanas tenía un rostro de porcelana bajo la luz lunar. Todas ellas parecían bastante jóvenes para ser consideradas muchachas. Sabía que no eran miembros extraviados de mi grupo, pues no habría olvidado a esas tres beldades si las hubiera visto antes.

»—Se quedó sin habla —observó la primera. Hablaba con una voz delicada y atiplada, como las melodías de las campanas de viento. Tenía la cabellera rubia y la piel nívea.

»La otra era aún más rubia, pero su tez era de un blanco calcáreo. Tenía rostro de ángel. Se inclinó hacia mí con ojos entornados e inhaló hondo.

»—¡Um! —dio un suspiro—. Embriagador.

»La más pequeña, la morena menudita, la tomó por el brazo y habló apresuradamente. Su voz era demasiado tenue y musical como para que sonara cortante, pero ése parecía ser su propósito.

»—Céntrate, Nettie —la instó.

»Siempre he tenido intuición a la hora de detectar la jerarquía entre las personas y me quedó muy claro que era la morena quien llevaba la voz cantante. Si ellas hubieran estado dentro de un ejército, yo habría dicho que estaba por encima de las otras dos.

»—Es bien parecido, joven, fuerte, un oficial... —la morena hizo una pausa que intenté aprovechar para hablar, pero fue en vano—, y hay algo más... ¿Lo percibes? —preguntó a sus compañeras—. Es... persuasivo.

»—Sí, sí —aceptó rápidamente Nettie mientras se inclinaba de nuevo hacia mí.

»—Contente —previno la morena—, deseo conservarlo.

»Nettie frunció el ceño. Parecía irritada.

»—Haces bien si crees que puede servirte, María —dijo la rubia más alta—. Yo suelo matar al doble de los que me quedo.

»—Eso haré —coincidió María—. Éste me gusta de veras. Aparta a Nettie, ¿está bien? No tengo ganas de estar protegiéndome las espaldas mientras me concentro.

»El vello de la nuca se me erizó, a pesar de que no comprendía ni una sola de las palabras de aquellas hermosas criaturas. El instinto me decía que me hallaba en grave peligro y que el ángel no bromeaba al hablar de matar, pero se impuso el discernimiento al instinto, ya que me habían enseñado a no temerles a las mujeres, sino a protegerlas.

»—Vamos de caza —aceptó Nettie con entusiasmo mientras alargaba la mano para tomar la de la otra muchacha.

»Dieron la vuelta con una gracilidad asombrosa y corrieron hacia la ciudad. Parecían volar e iban tan deprisa que los cabellos flameaban detrás de sus figuras como si fueran alas. Parpadeé sorprendido mientras las veía desaparecer.

»Me volví para observar a María, que me estudiaba con curiosidad.

»Nunca había sido supersticioso y, hasta ese momento, no había creído en fantasmas ni en ninguna otra tontería sobrenatural. De pronto, me sentí inseguro.

»—¿Cómo te llamas, soldado? —inquirió María.

»—Mayor Jasper Whitlock, señorita —balbuceé, incapaz de ser grosero con una dama ni aunque fuera un fantasma.

»—Espero que sobrevivas, de veras, Jasper —aseguró con voz suave—. Tengo un buen presentimiento en lo que a ti se refiere.

»Se acercó un paso más e inclinó la cabeza como si fuera a besarme. Me quedé allí clavado, a pesar de que todos mis instintos clamaban para que huyera.

Jasper hizo una pausa y permaneció con gesto pensativo hasta que al final agregó:

—A los pocos días me iniciaron en mi nueva vida.

No supe si había eliminado de la historia la parte de su conversión por cortesía hacia mí o en reacción a la tensión que emanaba de Edward, tan manifiesta que hasta yo podía sentirla.

—Se llamaban María, Nettie y Lucy y no llevaban juntas mucho tiempo. María había reunido a las otras dos, las tres eran supervivientes de una derrota reciente. María deseaba vengarse y recuperar sus territorios, mientras que las otras dos estaban ansiosas de aumentar sus... tierras de pastoreo. Estaban reuniendo una tropa, pero lo hacían con más cuidado del habitual. Fue idea de María. Ella quería una fuerza de combate superior, por lo que buscaba hombres específicos, con potencial y, luego, nos prestaba mayor atención y entrenamiento del que antes se le hubiera ocurrido a nadie. Nos adiestró en el combate y nos enseñó a pasar desapercibidos para los humanos. Nos recompensaba cuando lo hacíamos bien.

Hizo una pausa para saltarse otra parte.

—Pero María tenía prisa, sabedora de que la fuerza descomunal de los neófitos declinaba tras el primer año desde la conversión y pretendía actuar mientras aún conserváramos esa energía.

»Éramos seis cuando me incorporé al grupo de María y se nos unieron otros cuatro en el transcurso de dos semanas. Todos éramos varones, pues ella quería soldados, lo cual dificultaba aún más que no estallaran peleas entre nosotros. Tuve mis primeras riñas con mis nuevos camaradas de armas, pero yo era más rápido y mejor luchador, por lo que ella estaba muy complacida conmigo, a pesar de lo mucho que le molestaba tener que reemplazar a mis víctimas. Me recompensaba a menudo, por lo cual gané en fortaleza.

»Ella juzgaba bien a los hombres y no tardó en ponerme al frente de los demás, como si me hubiera ascendido, lo cual encajaba a la perfección con mi naturaleza. Las bajas descendieron drásticamente y nuestro número subió hasta rondar la veintena...

»...una cifra considerable para los tiempos difíciles que nos tocaba vivir. Mi don para controlar la atmósfera emocional circundante, a pesar de no estar aún definido, resultó de una efectividad vital. Pronto, los neófitos comenzamos a trabajar juntos como no se había hecho hasta la fecha. Incluso María, Nettie y Lucy fueron capaces de cooperar con mayor armonía.

»María se encariñó conmigo y comenzó a confiar más y más en mí. En cierto modo, yo adoraba el suelo que pisaba. No sabía que existía otra forma de vida. Ella nos dijo que así era como funcionaban las cosas y nosotros le creímos.

»Me pidió que le avisara cuando mis hermanos y yo estuviéramos preparados para la lucha y yo ardía en deseos de probarme. Al final, conseguí que trabajaran codo con codo veintitrés vampiros neófitos increíblemente fuertes, disciplinados y de una destreza sin comparación. María estaba eufórica.

»Nos acercamos con sigilo a Monterrey, el antiguo hogar de María, donde nos lanzó contra sus enemigos, que nada más contaban con nueve neófitos en aquel momento y un par de vampiros veteranos para controlarlos. María apenas podía creer la facilidad con la que acabamos con ellos, sólo cuatro bajas en el transcurso del ataque, una victoria sin precedentes.

»Todos estábamos bien entrenados y realizamos el golpe de estado con la máxima discreción, de tal modo que la ciudad cambió de dueños sin que los humanos se dieran cuenta.

»El éxito la volvió avariciosa y no transcurrió mucho tiempo antes de que María fijara los ojos en otras ciudades. Ese primer año extendió su control hasta Texas y el norte de México. Entonces, otros vinieron desde el sur para expulsarla.

Jasper recorrió con dos dedos el imperceptible contorno de las cicatrices de un brazo.

—Los combates fueron muy intensos y a muchos les preocupó el probable regreso de los Vulturis. Tras dieciocho meses, fui el único superviviente de los veintitrés primeros. Ganamos tantas batallas como perdimos y Nettie y Lucy se aliaron en contra de María, que fue la que prevaleció al final.

»Ella y yo fuimos capaces de conservar Monterrey. La cosa se calmó un poco, aunque las guerras no cesaron. Se desvaneció la idea de la conquista y quedó más bien la de la venganza y las rencillas, pues fueron muchos quienes perdieron a sus compañeros y eso no es algo que se perdone entre nosotros.

»María y yo mantuvimos en activo alrededor de una docena de neófitos. Significaban muy poco para nosotros. Eran títeres, material desechable del que nos deshacíamos cuando sobrepasaban su tiempo de utilidad. Mi vida continuó por el mismo sendero de violencia y de ese modo pasaron los años. Yo estaba hastiado de aquello, mucho antes de que todo cambiara…

»Unas décadas después, inicié cierta amistad con un neófito que, contra todo pronóstico, había sobrevivido a los tres primeros años y seguía siendo útil. Se llamaba Peter, me caía bien, era… «civilizado»; sí, supongo que ésa es la palabra adecuada. Le disgustaba la lucha a pesar de que se le daba bien.

»Estaba a cargo de los neófitos, venía a ser algo así como su niñera. Era un trabajo de tiempo completo.

»Al final, llegó el momento de efectuar una nueva purga. Era necesario reemplazar a los neófitos cada vez que superaban el momento de máximo rendimiento. Se suponía que Peter me ayudaba a deshacerme de ellos. Los separábamos de uno en uno. Siempre se nos hacía la noche muy larga. Aquella vez intentó convencerme de que algunos de ellos tenían potencial, pero me negué porque María me había dado órdenes de que me librara de todos.

»Habíamos realizado la mitad de la tarea cuando me percaté de la gran agitación que embargaba a Peter. Meditaba la posibilidad de pedirle que se fuera y rematar el trabajo yo solo mientras llamaba a la siguiente víctima. Para mi sorpresa, Peter se puso arisco y furioso. Confiaba en que sería capaz de dominar cualquier cambio de humor... Era un buen luchador, pero jamás fue un rival para mí.

»La neófita a la que había convocado era una mujer llamada Charlotte, que acababa de cumplir su año. Los sentimientos de Peter cambiaron y se descubrieron cuando ella apareció. Él le ordenó a gritos que se fuera y salió disparado detrás de ella. Pude haberlos perseguido, pero no lo hice. Me disgustaba la idea de matarlo.

»María se enojó mucho conmigo por aquello...

»Peter regresó a escondidas cinco años después, y eligió un buen día para llegar.

»María estaba perpleja por el continuo deterioro de mi estado de ánimo. Ella jamás se sentía abatida y se preguntaba por qué yo era diferente. Comencé a notar un cambio en sus emociones cuando estaba cerca de mí; a veces era miedo; otras, malicia. Fueron los mismos sentimientos que me habían alertado sobre la traición de Nettie y Lucy. Peter regresó cuando me estaba preparando para destruir a mi única aliada y el núcleo de toda mi existencia.

»Me habló de su nueva vida con Charlotte y de un abanico de opciones con las que jamás había soñado. No habían luchado ni una sola vez en cinco años, a pesar de que se habían encontrado con otros muchos de nuestra especie en el norte; con ellos era posible una existencia pacífica.

»Me convenció con una sola conversación. Estaba listo para irme y, en cierto modo, aliviado por no tener que matar a María. Había sido su compañero durante los mismos años que Carlisle y Edward estuvieron juntos, aunque el vínculo entre nosotros no fuera ni por asomo tan fuerte. Cuando se vive para la sangre y el combate, las relaciones son tenues y se rompen con facilidad. Me marché sin mirar atrás.

»Viajé en compañía de Peter y Charlotte durante algunos años mientras entendía aquel mundo nuevo y pacífico, pero la tristeza no desaparecía. No comprendía qué me sucedía, hasta que Peter se dio cuenta de que empeoraba después de cada caza.

»Medité a ese respecto. Había perdido casi toda mi humanidad después de años de matanzas y carnicerías. Yo era una pesadilla, un monstruo de la peor especie, sin lugar a dudas, pero cada vez que me abalanzaba sobre otra víctima humana tenía un atisbo de aquella otra vida. Mientras las presas abrían los ojos, maravillados por mi hermosura, recordaba a María y a sus compañeras, y lo que me habían parecido la última noche que fui Jasper Whitlock. Este recuerdo era más fuerte que todo lo demás, ya que yo era capaz de saber todo lo que sentía mi presa y vivía sus emociones mientras la mataba.

»Has sentido cómo manipuló las emociones de quienes me rodean, Bella, pero me pregunto si alguna vez has comprendido cómo me afectan los sentimientos que circulan por una habitación. Viví en un mundo sediento de venganza y el odio fue mi continuo compañero durante mi primer siglo de vida. Todo eso disminuyó cuando abandoné a María, pero aún sentía el pánico y el temor de mi presa.

»Empezó a resultar insoportable.

»El abatimiento empeoró y vagabundeé lejos de Peter y Charlotte. Ambos eran civilizados, pero no sentían la misma aversión que yo. A ellos les bastaba con librarse de la batalla, pero yo estaba harto de matar, de matar a cualquiera, incluso a simples humanos.

»Aun así, debía seguir haciéndolo. ¿Qué otra opción me quedaba? Intenté disminuir la frecuencia de la caza, pero al final sentía demasiada sed y me rendía. Descubrí que la autodisciplina era todo un desafío después de un siglo de gratificaciones inmediatas. Todavía no la he perfeccionado.

Jasper se hallaba sumido en la historia, al igual que yo. Me sorprendió que su expresión desolada se suavizara hasta convertirse en una sonrisa pacífica.

—Me hallaba en Filadelfia y había tormenta. Estaba en el exterior y era de día, una práctica con la que aún no me encuentro cómodo del todo. Sabía que llamaría la atención, si me quedaba bajo la lluvia, por lo que me escondí en una cafetería semivacía. Tenía los ojos lo suficientemente oscuros como para que alguien me descubriera, pero eso significaba también que tenía sed, lo cual me preocupaba un poco.

»Ella estaba sentada en un taburete de la barra. Me esperaba, por supuesto —rió entre dientes una vez—. Se bajó de un salto en cuanto entré y vino directamente hacia mí.

»Eso me sorprendió. No estaba seguro de si pretendía atacarme. Ésa era la única interpretación que se me ocurría a tenor de mi pasado, pero me sonreía, y las emociones que emanaban de ella no se parecían a nada que hubiera experimentado antes.

»—Me hiciste esperar mucho tiempo —dijo.

No me había percatado de que Alice había vuelto para quedarse detrás de mí otra vez.

—Y tú agachaste la cabeza, como buen caballero sureño, y respondiste: «Lo siento, señorita» —Alice se rió al recordarlo.

Él le devolvió la sonrisa.

—Tú me tendiste la mano y yo la tomé sin detenerme a buscarle un significado a mis actos, pero sentí esperanza por primera vez en casi un siglo.

Jasper tomó la mano de Alice mientras hablaba y ella esbozó una gran sonrisa.

—Sólo estaba aliviada. Pensé que no ibas a aparecer jamás.

Se sonrieron el uno al otro durante un buen rato después del cual él volvió a mirarme sin perder la expresión relajada.

—Alice me habló de sus visiones acerca de la familia de Carlisle. Apenas di crédito a que existiera esa posibilidad, pero ella me transmitió optimismo y fuimos a su encuentro.

—Nos dio un susto —intervino Edward, con los ojos en blanco antes de que Jasper pudiera explicarme—. Emmett y yo nos habíamos alejado para cazar y de pronto aparece Jasper, cubierto de cicatrices de combate y con este monstruito —Edward propinó un codazo muy suave a Alice—, que saludaba a cada uno por su nombre, lo sabía todo y quería averiguar en qué habitación podía instalarse.

Alice y Jasper se a rieron en armonía, como un dúo de soprano y bajo.

—Cuando llegué a casa, todas mis cosas estaban en la cochera.

Alice se encogió de hombros.

—Tu habitación tenía la mejor vista.

Ahora los tres rieron juntos.

—Es una historia preciosa —comenté. Tres pares de ojos me miraron como si estuviera loca—. Me refiero a la última parte —me defendí—, al final feliz con Alice.

—Ella marca la diferencia —coincidió Jasper—. Y sigo disfrutando de la situación.

Pero no podía durar la momentánea pausa en la tensión del momento.

—Una tropa... —susurró Alice—, ¿por qué no me lo dijiste?

Todos nos concentramos de nuevo en el asunto. Todas las miradas se clavaron en Jasper.

—Creí que había interpretado incorrectamente las señales. ¿Y por qué? ¿Quién iba a crear un ejército en Seattle? En el norte no hay precedentes ni se estila la *vendetta*. La perspectiva de la conquista tampoco tiene sentido, ya que nadie reclama nada. Los nómadas cruzan las tierras y nadie lucha por ellas ni las defiende.

»Pero he visto esto antes y no hay otra explicación. Han organizado una tropa de neófitos en Seattle. Supongo que no llegan a veinte. La parte ardua es su escasa capacitación. Quienquiera que los haya creado se limita a dejarlos sueltos. La situación sólo puede empeorar y los Vulturis no tardan mucho en aparecer por aquí. De hecho, me sorprende que lo hayan dejado llegar tan lejos.

—¿Qué podemos hacer? —preguntó Carlisle.

—Destruir a los neófitos, y además hacerlo pronto, si queremos evitar que se involucren los Vulturis —el rostro de Jasper era severo. Suponía lo mucho que le perturbaba aquella decisión, ahora que conocía su historia—. Les puedo enseñar cómo hacerlo, aunque no va a ser fácil en una ciudad. Los jóvenes no se preocupan de mantener la discreción, pero nosotros debemos hacerlo. Eso nos va a limitar en cierto modo, y a ellos no. Quizá podamos atraerlos para que salgan de allí.

—Quizá no sea necesario —repuso Edward, huraño—. ¿A nadie se le ha ocurrido pensar que la única posible amenaza para la creación de un ejército en esta zona somos… nosotros?

Jasper entornó los ojos mientras que Carlisle los abrió, sorprendido.

—El grupo de Tanya también está cerca —contestó Esme, poco dispuesta a aceptar las palabras de Edward.

—Los neófitos no están arrasando Anchorage, Esme. Me parece que deberíamos sopesar la posibilidad de que seamos el objetivo.

—Ellos no vienen por nosotros —insistió Alice. Hizo una pausa—, o al menos... no lo saben, todavía no.

—¿Qué ocurre? —quiso saber Edward, curioso y nervioso al mismo tiempo—. ¿De qué te acordaste?

—Destellos —contestó Alice—... No obtengo una imagen nítida cuando intento ver qué ocurre, nunca es nada concreto, pero sí he atisbado esos extraños fogonazos. No bastan para poder interpretarlos. Parece como si alguien los hiciera cambiar de opinión y los llevara muy deprisa de un curso de acción a otro para que yo no pueda obtener una visión adecuada.

—¿Crees que están indecisos? —preguntó Jasper con incredulidad.

—No lo sé...

—Indecisión, no —masculló Edward—: conocimiento. Se trata de alguien que sabe que no vas a poder ver nada hasta que se tome la decisión, alguien que se oculta de nosotros y juega con los límites de tu predicciones.

—¿Quién podría saberlo? —susurró Alice.

Los ojos de Edward fueron duros como el hielo cuando respondió:

—Aro te conoce mejor que tú.

—Pero me habría enterado si hubieran decidido venir...

—A menos que no quieran ensuciarse las manos...

—Tal vez se trate de un favor —sugirió Rosalie, que no había despegado los labios hasta ese momento—. Quizá sea alguien del sur, alguien que ha tenido problemas con las reglas, alguien a quien le han ofrecido una segunda oportunidad: no lo destruyen a cambio de hacerse cargo de un pequeño problema... Eso explicaría la pasividad de los Vulturis.

—¿Por qué? —preguntó Carlisle, aún atónito—. No hay razón para que ellos...

—La hay —discrepó Edward en voz baja—. Me sorprende que haya salido tan pronto a la luz, ya que los demás pensamientos eran más fuertes cuando estuve con ellos. Aro nos quiere a Alice y a mí, cada uno a su lado. El presente y el futuro, la omnisciencia total, el poder de la idea lo embriaga, pero yo creía que iba a costarle mucho más tiempo concebir ese plan para lograr lo que tanto ansía. Y también hay algo sobre ti, Carlisle, sobre tu familia, próspera y en aumento. Son los celos y el miedo. No tienes más que él, pero sí posees cosas de su agrado. Procuró no pensar en ello, pero no lo consiguió ocultar del todo. La idea de erradicar una posible competencia estaba ahí. Además, después del suyo, nuestro aquelarre es el mayor de cuantos han conocido jamás...

Contemplé aterrorizada el rostro de Edward. Jamás me había dicho nada de aquello, aunque me imaginaba la razón. Ahora me imaginaba el sueño de Aro: Edward y Alice, con vestiduras negras a su lado, con ojos fríos e inyectados en sangre...

Carlisle interrumpió mi creciente pesadilla.

—Hay que tener en cuenta también que se han consagrado a su misión y no quebrantarían sus reglas. Esto iría en contra de todo aquello por lo que luchan.

—Siempre pueden limpiarlo todo después —refutó Edward con tono siniestro—. Cometen una doble traición y aquí no ha pasado nada.

Jasper se inclinó hacia delante sin dejar de sacudir la cabeza.

—No, Carlisle está en lo cierto. Los Vulturis jamás rompen las reglas. Además, todo esta hecho con descuido. Este... tipo, esta amenaza es... No tienen ni idea de lo que se traen entre manos. Juraría que es obra de un primerizo. No creo que estén involucrados los Vulturis, pero lo estarán. Vendrán.

Nos miramos todos unos a otros, petrificados por la incertidumbre del momento.

—En ese caso, vayamos... —rugió Emmett—. ¿Qué estamos esperando?

Carlisle y Edward intercambiaron una larga mirada de entendimiento. Edward asintió una vez.

—Vamos a necesitar que nos enseñes a destruirlos, Jasper —expuso Carlisle al fin con gesto endurecido, pero podía ver la pena en sus ojos mientras pronunciaba esas palabras. Nadie odiaba la violencia más que él.

Había algo que me turbaba y no conseguía averiguar de qué se trataba. Estaba petrificada de miedo, horrorizada, aterrada, y aun así, por encima de todo eso, tenía la sensación de que se me escapaba algo importante, algo que tenía sentido dentro del caos, algo que aportaría una explicación.

—Vamos a necesitar ayuda —anunció Jasper—. ¿Crees que el aquelarre de Tanya estaría dispuesto...? Otros cinco vampiros maduros supondrían una diferencia enorme y sería una gran ventaja contar con Kate y Eleazar a nuestro lado. Con su ayuda, incluso sería fácil.

—Se lo pediremos —contestó Carlisle.

Jasper le dio un celular.

—Tenemos prisa.

Nunca había visto resquebrajarse la calma innata de Carlisle. Tomó el teléfono y se dirigió hacia las ventanas. Marcó el número, llevó el celular al oído y apoyó la otra mano sobre el cristal. Contempló la neblinosa mañana con una expresión afligida y ambigua.

Edward me tomó de la mano y me llevó hasta un sofá. Me senté a su lado sin perder de vista su rostro, mientras él miraba fijamente a Carlisle, que hablaba bajito y muy deprisa, por lo cual era difícil entenderle. Lo escuché saludar a Tanya y, luego, se adentró en describir con rapidez la situación, demasiado rápido para comprender algo, aunque deduje que el aquelarre de Alaska no ignoraba lo que pasaba en Seattle.

Entonces se produjo un cambio en la voz de Carlisle.

—Vaya —dijo con voz un poco más aguda, a causa de la sorpresa—. No nos habíamos dado cuenta de que Irina lo veía de ese modo.

Edward refunfuñó a mi lado y cerró los ojos.

—Maldito, maldito sea Laurent, que se pudra en el más profundo abismo del infierno al que pertenece...

—¿Laurent? —susurré.

La sangre huyó de mi rostro, pero Edward no me contestó, concentrado en leerle los pensamientos a Carlisle.

No había olvidado ni por un momento mi encuentro con Laurent a principios de primavera. No se había borrado de mi mente una sola de las palabras que pronunció antes de que la manada de Jacob irrumpiera.

«De hecho, he venido aquí para hacerle un favor a ella».

Victoria... Laurent había sido su primer movimiento. Lo había enviado a observar y averiguar si era difícil capturarme. No envió ningún informe gracias a que los lobos acabaron con él.

Aunque había mantenido los viejos lazos con Victoria a la muerte de James, también había entablado nuevos vínculos y relaciones, pues había ido a vivir con la familia de Tanya en Alaska. Tanya, la de la melena de color rubio rojizo, y sus compañeros eran los mejores amigos que los Cullen tenían en el mundo vampírico, prácticamente eran familia. Laurent había pasado entre ellos casi un año entero antes de su muerte.

Carlisle continuó hablando, pero su voz había perdido esa nota de súplica para fluctuar entre lo persuasivo y lo amenazador. Entonces, de pronto, triunfó lo segundo sobre lo primero.

—Eso está fuera de análisis —respondió Carlisle con voz grave—. Tenemos un trato. Ni ellos lo han quebrantado ni nosotros vamos a romperlo. Lamento oír eso... Por supuesto, haremos cuanto esté en nuestras manos... Solos.

Cerró el celular de golpe sin esperar respuesta y continuó contemplando la niebla.

—¿Qué problema hay? —inquirió Emmett a Edward en voz baja.

—El vínculo de Irina con nuestro amigo Laurent era más fuerte de lo que pensábamos. Ella les guarda bastante rencor a los lobos por haberlo matado para salvar a Bella. Ella quiere —hizo una pausa y bajó la mirada en busca de mi rostro...

—Sigue —le insté con toda la calma que pude aparentar.

—Pretende vengarse. Quiere aplastar a toda la manada. Nos prestarían su ayuda a cambio de nuestro permiso.

—¡No! —exclamé con voz entrecortada.

—No te preocupes —me tranquilizó—. Carlisle jamás aceptaría eso —vaciló y luego suspiró—, ni yo tampoco. Laurent tuvo lo que se merecía —continuó, casi con un gruñido— y sigo en deuda con los lobos por eso.

—Esto está mal —dijo Jasper—. Son demasiados, incluso, para un solo enfrentamiento. Les ganamos en habilidad, pero no, en número. Triunfaríamos, sí, pero ¿a qué precio?

Dirigió la vista al rostro de Alice y la apartó enseguida. Quise gritar cuando entendí a qué se refería Jasper.

Venceríamos en caso de que hubiera lucha, pero no sin tener bajas. Algunos no sobrevivirían.

Recorrí la habitación con la vista y contemplé las facciones de Jasper, Alice, Emmett, Rose, Esme, Carlisle, Edward, los rostros de mi familia.

Declaración

—No puedes hablar en serio —dije el miércoles por la tarde—. ¡Cómo se te ocurre! ¡Te has vuelto loca!

—Puedes pensar lo que quieras —replicó Alice—, pero no se suspenderá la fiesta.

La miré fijamente, con ojos tan desorbitados por la incredulidad que pensé que se me salían y caían sobre la bandeja de la comida.

—¡Bueno, Bella, tranquila! No hay razón para no celebrarla. Además, ya se enviaron las invitaciones.

—Tú... estás... loca... como... una cabra —dije.

—Encima, ya te compré tu regalo —me recordó—. Basta con abrirlo.

Hice un esfuerzo para conservar la calma.

—Una fiesta es lo menos apropiado del mundo con la que se nos viene encima.

—Lo más inmediato es la graduación, y dar una fiesta es tan apropiado que casi parece pasado de moda.

—¡Alice!

Ella suspiró e intentó ponerse seria.

—Nos va a llevar un poco de tiempo poner en orden las cosas pendientes. Podemos aprovechar el compás de espera para celebrarlo. Vas a graduarte por primera y única vez en la vida. No volverás a ser humana, Bella. Esta oportunidad es irrepetible.

Edward, que había permanecido en silencio durante nuestra pequeña discusión, le lanzó a su hermana una mirada de advertencia y ella le sacó la lengua. Su tenue voz jamás se había dejado oír por encima del murmullo de voces de la cafetería y, en cualquier caso, nadie comprendería el significado oculto detrás de sus palabras.

—¿Qué es lo que tenemos que poner en orden? —pregunté para no cambiar de tema.

—Jasper cree que un poco de ayuda nos vendría bien —respondió Edward en voz baja—. La familia de Tanya no es nuestra única alternativa. Carlisle intenta averiguar el paradero de algunos viejos amigos y Jasper fue a visitar a Peter y Charlotte. Sopesó, incluso, la posibilidad de hablar con María, pero nadie quiere involucrar a los sureños —Alice se estremeció levemente—. No sería difícil convencerlos de que nos ayudaran —prosiguió—, pero no queremos recibir visitas desde Italia.

—Pero esos amigos… Esos amigos no son «vegetarianos», ¿verdad? —protesté y usé un tono de burla para mencionar el apodo con el que los Cullen se designaban a sí mismos.

—No —contestó Edward, súbitamente inexpresivo.

—¿Vas a traerlos a Forks?

—Son amigos —me aseguró Alice—. Todo va a salir bien, no te preocupes. Luego, Jasper debe enseñarnos unas cuantas formas de eliminar neófitos.

Al oír eso, una sonrisita iluminó el rostro de Edward, y los ojos le centellearon. Sentí una punzada en el estómago, que parecía lleno de fragmentos de hielo.

—¿Cuándo se van? —pregunté con voz apagada.

La idea de que alguno no regresara me resultaba insoportable. ¿Qué pasaba si era Emmett, tan valeroso e inconsciente que jamás tomaba la menor precaución? ¿Y si era Esme, tan dulce y maternal que ni siquiera la imaginaba luchando? ¿Y si caía Alice, tan minúscula y de apariencia tan frágil? ¿Y si...? No podía pensar su nombre ni sopesar la posibilidad.

—Dentro de una semana más o menos —replicó Edward con indiferencia.

Los fragmentos de hielo se agitaron de forma muy molesta en mi estómago y de repente sentí náuseas.

—Te pusiste verde, Bella —comentó Alice.

Edward me rodeó con el brazo y me estrechó con fuerza contra su costado.

—Todo va a salir bien, Bella. Confía en mí, tranquila.

¡Cómo no!, pensé en mi fuero interno. Confiaba en él, pero era yo quien se iba a quedar sentada en la retaguardia, preguntándome si la razón de mi existencia iba a regresar o no.

Fue entonces cuando se me ocurrió que quizá no sería necesario que me sentara a esperar. Una semana era más que suficiente.

—Están buscando ayuda —anuncié despacio.

—Sí.

Alice ladeó la cabeza al percibir un cambio de tono en mi voz. La miré sólo a ella cuando hice mi sugerencia con un hilo de voz un poco más audible que un susurro.

—Yo puedo ayudar.

De repente, Edward se enderezó y me sujetó con más fuerza. Exhaló con un siseo, pero fue Alice quien respondió, sin perder la calma.

—En realidad, eso sería de poca utilidad.

—¿Por qué? —repliqué. Detecté una nota de desesperación en mi voz—. Ocho es mejor que siete y da tiempo de sobra.

—No hay suficientes días para que puedas ayudarnos —repuso ella con aplomo—. ¿Recuerdas la descripción de los jóvenes que hizo Jasper? No serías buena en una pelea. No podrías controlar tus instintos y eso te convertiría en un blanco fácil. Edward resultaría herido al intentar protegerte.

Alice se cruzó de brazos, satisfecha de su irrefutable lógica. Estaba en lo cierto. Siempre se ponía así cuando tenía razón. Me hundí en el asiento cuando se vino abajo mi fugaz ilusión. Edward, que estaba a mi lado, se relajó y me habló al oído.

—No, mientras tengas miedo —me recordó.

—Ah —comentó Alice con rostro carente de expresión, pero luego se volvió hosca—: Odio las cancelaciones en el último minuto, y ésta baja la lista de asistentes a la fiesta a sesenta y cinco.

—¡Sesenta y cinco! —los ojos se me salieron otra vez de las órbitas. Yo no tenía tantos amigos, es más, ¿conocía a tanta gente?

—¿Quién canceló su asistencia? —preguntó Edward para ignorarme.

—Renée.

—¿Qué? —exclamé con voz entrecortada.

—Iba a acudir a tu fiesta de graduación para darte una sorpresa, pero algo salió mal. Encontrarás un mensaje suyo en la contestadora cuando llegues a casa.

Me limité a disfrutar de la sensación de alivio durante unos instantes. Ignoraba qué le había salido mal a mi madre, pero fuera lo que fuera, le guardaba gratitud eterna. Si ella hubiera venido a Forks ahora…, no quería ni imaginarlo, me hubiera estallado la cabeza.

La luz de la contestadora parpadeaba cuando regresé a casa. Mi sensación de alivio volvió a aumentar cuando oí describir a mi madre el accidente de Phil en el campo de béisbol. Se enredó con el receptor mientras hacía una demostración de deslizamiento.

Se rompió el fémur, por lo que dependía de ella por completo y no lo podía dejar solo. Mi madre seguía disculpándose cuando se acabó el tiempo del mensaje.

—Bueno, una menos —suspiré.

—¿Una? ¿Una qué? —inquirió Edward.

—Una persona menos por la que preocuparse de que la maten la semana próxima —puso los ojos en blanco—. ¿Por qué Alice y tú no toman en serio este asunto? —exigí saber—. Es grave.

Él sonrió.

—Confianza.

—Genial —refunfuñé.

Descolgué el auricular y marqué el número de Renée a sabiendas de que me aguardaba una larga conversación, pero también preveía que no iba a tener que participar mucho.

Me limité a escuchar y a asegurarle, cada vez que me dejaba intervenir, que no estaba decepcionada, enfadada ni dolida. Ella debía centrarse en ayudar a la recuperación de Phil, a quien me puso en la línea para que le dijera «que te mejores», y prometí llamarla para cualquier nuevo detalle de la graduación. Al final, para lograr que colgara, me vi obligada a apelar a mi necesidad de estudiar para los exámenes finales.

El temple de Edward era infinito. Esperó con paciencia durante toda la conversación; jugueteaba con mi pelo, y sonreía cada vez que yo alzaba los ojos. Probablemente, era superficial fijarse en ese tipo de cosas mientras tenía tantos asuntos importantes en qué pensar, pero su sonrisa aún me dejaba sin aliento. Era tan guapo que en ocasiones me resultaba extremadamente difícil pensar en otra cosa, como las aflicciones de Phil, las disculpas de Renée o la tropa enemiga de vampiros. La carne es débil.

Me puse de puntitas para besarlo en cuanto colgué. Me rodeó la cintura con los brazos y me llevó hasta la mesa de la cocina, ya que yo no habría podido llegar tan lejos. Eso jugó a mi favor, porque enlacé mis brazos alrededor de su cuello y me fundí con su frío pecho.

Él me apartó demasiado pronto, como de costumbre.

Hice una mueca de contrariedad. Edward se rió de mi expresión una vez que se zafó de mis brazos y mis piernas. Se inclinó sobre la mesa de la cocina a mi lado y me rozó los hombros con el brazo.

—Sé que me consideras capaz de un autocontrol perfecto y persistente, pero lo cierto es que no es así.

—Qué más quisiera yo.

Suspiré; él hizo lo mismo y luego cambió de tema.

—Mañana después de la escuela voy a ir de caza con Carlisle, Esme y Rosalie —anunció—. Serán sólo unas horas y vamos a estar cerca. Alice, Jasper y Emmett se las arreglarían para mantenerte a salvo, si fuera necesario.

—¡Puaj! —refunfuñé. Mañana era el primer día de los exámenes finales y la escuela cerraba por la tarde. Tenía exámenes de Cálculo e Historia, los dos puntos débiles para conseguir la graduación, por lo que iba a estar casi todo el día sin él y sin tener otra cosa qué hacer por la cual preocuparme—. Me molesta que me cuiden.

—Es provisional —me prometió.

—Jasper va a aburrirse y Emmett se burlará de mí.

—Van a portarse mejor que nunca.

—Bueno —rezongué. Entonces se me ocurrió que tenía otra alternativa distinta a las niñeras—. Sabes..., no he ido a La Push desde el día de las hogueras —observé con cuidado su rostro en busca del menor gesto, pero sólo los ojos se tensaron levemente—. Allí estaría a salvo —le recordé.

Lo consideró durante unos instantes.

—Es probable que tengas razón.

Mantuvo el rostro en calma, quizá estaba demasiado imperturbable para ser sincero. Estuve a punto de preguntarle si prefería que me quedara en casa, pero luego imaginé a Emmett burlándose de mí, razón por la que cambié de tema.

—¿Ya tienes sed? —pregunté mientras estiraba la mano para acariciar la leve sombra de debajo de sus ojos. Su mirada seguía siendo de un dorado intenso.

—En realidad, no.

Parecía reacio a responder, y eso me sorprendió. Aguardé una explicación que me dio a regañadientes.

—Queremos estar lo más fuertes posible. Quizá volvamos a cazar durante el camino de cara al gran juego.

—¿Eso les dará más fuerza?

Estudió mi rostro, pero sólo halló curiosidad.

—Sí —contestó al final—. La sangre humana es la que más vitalidad nos proporciona, aunque sea levemente. Jasper le ha dado vueltas a la idea de hacer trampas. Es un tipo realista, aunque la idea no le agrade, pero no la va a proponer. Conoce cuál sería la respuesta de Carlisle.

—¿Eso los ayudaría? —pregunté en voz baja.

—Eso no importa. No vamos a cambiar ahora nuestra manera de ser.

Puse mala cara. Si había algo que aumentara las posibilidades... Estaba favorablemente predispuesta a aceptár la muerte de un desconocido para protegerlo a él. Me aborrecí por ello, pero tampoco era capaz de rechazar la posibilidad.

Él volvió a cambiar de tema.

—He ahí la razón por la que son tan fuertes. Los neófitos están llenos de sangre humana, su sangre, que reacciona a la transformación. Hace crecer los tejidos, los fortalece. Sus cuerpos consumen de forma lenta esa energía y, como dijo Jasper, la vitalidad comienza a disminuir pasado el primer año.

—¿Cuánta fuerza tendré?

Sonrió.

—Más que yo.

—¿Y más que Emmett?

La sonrisa se hizo aún mayor.

—Sí. Hazme el favor de medir fuerzas con él. Le hace falta un baño de humildad.

Me reí. Sonaba tan ridículo.

Luego, suspiré y me bajé de la mesa de la cocina. No podía aplazarlo por más tiempo. Tenía que estudiar de verdad. Por fortuna, contaba con la ayuda de Edward, que era un tutor excelente y lo sabía absolutamente todo. Supuse que mi mayor problema sería concentrarme durante los propios exámenes. Si no me controlaba, iba a ser capaz de terminar escribiendo un ensayo sobre la historia de las guerras de los vampiros en el sur.

Me tomé un respiro para telefonear a Jacob. Edward pareció tan cómodo como cuando llamé a Renée y volvió a juguetear con mi pelo.

Mi telefonazo despertó a Jacob, a pesar de que era bien entrada la tarde. Tomó con júbilo la posibilidad de una visita al día siguiente. En la escuela de los quileute ya habían iniciado las vacaciones de verano, por lo que podía recogerme tan pronto como me conviniera. Me complacía mucho tener una alternativa a la de las niñeras. Pasar el día en compañía de un amigo era un poquito más decoroso...

... pero una parte de esa dignidad se perdió cuando Edward insistió en dejarme en la misma línea divisoria, como un niño que se confía a la custodia de sus tutores.

—Bueno, ¿cómo te fue en los exámenes? —me preguntó

Edward durante el camino para iniciar la conversación.

—El de Historia era fácil, pero el de Cálculo, no sé, no sé. Me parece que tenía sentido, lo cual quiere decir que lo más probable es que me haya equivocado.

Él se carcajeó.

—Estoy convencido de que lo hiciste bien, pero puedo sobornar al señor Varner para que te ponga una nota sobresaliente si estás tan preocupada.

—Gracias, gracias, pero no.

Se rió de nuevo, pero las carcajadas se detuvieron en cuanto doblamos la última curva y vio estacionado el auto rojo.

Suspiró pesadamente.

—¿Pasa algo? —inquirí, ya con la mano en la puerta.

Sacudió la cabeza.

—Nada.

Entrecerró los ojos y clavó la mirada en el otro auto a través del parabrisas. Ya conocía esa mirada.

—No leas la mente de Jacob, ¿sí? —le dije.

—Resulta difícil ignorar a alguien que va gritando.

—Ah —cavilé durante unos segundos—. ¿Y qué es lo que grita? —inquirí en un susurro.

—Estoy absolutamente seguro de que va a contártelo él —repuso Edward con tono irónico.

Lo habría presionado sobre el tema, pero Jacob se puso a tocar el claxon. Sonaron dos rápidos bocinazos de impaciencia.

—Es un comportamiento descortés —refunfuñó Edward.

—Es Jacob.

Suspiré y me apresuré a salir del coche antes de que hiciera algo que sacara de sus casillas a Edward.

Me despedí de él con la mano, antes de entrar en el Volkswagen Golf. Desde lejos me pareció que los bocinazos o los pensamientos de Jacob lo alteraron de verdad, pero tampoco es que yo tuviera una vista de lince, cometía errores todo el tiempo...

Deseé que Edward se acercara, que ambos salieran de los autos y se estrecharan las manos como amigos, que fueran Edward y Jacob en vez de vampiro y licántropo. Tenía la sensación de tener en las manos dos imanes obstinados y estar intentando acercarlos para obligarlos a actuar contra los dictados de la naturaleza.

Suspiré y entré en el auto de Jacob.

—Hola, Bella.

El tono de Jake era normal, pero hablaba arrastrando las sílabas. Estudié su rostro mientras comenzaba a descender por la carretera de regreso a La Push. Condujo algo más deprisa que yo, pero bastante más lento que Edward.

Jacob parecía diferente, quizás incluso enfermo. Se le cerraban los párpados y tenía el rostro demacrado. Llevaba el pelo desgreñado, con los mechones disparados en todas direcciones, hasta casi el punto de llegarle a la barbilla en algunos sitios.

—¿Estás bien, Jacob?

—Sólo un poco cansado —consiguió decir antes de verse desbordado por un descomunal bostezo. Cuando acabó, preguntó—: ¿Qué quieres hacer hoy?

Lo contemplé durante un instante.

—Por ahora —sugerí—, vamos a tu casa —no se le veían ganas de querer hacer mucho más que eso—. Ya montaremos en moto más tarde.

—Okey, okey —dijo.

Y bostezó de nuevo.

Me sentí extraña al no encontrar a nadie en la casa. Entonces comprendí que consideraba a Billy como parte del mobiliario, siempre presente.

—¿Dónde está tu padre?

—Con los Clearwater. Suele pasar mucho rato allí desde la muerte de Harry. Sue se siente un poco sola.

Jacob se sentó en el viejo sofá y se arrastró dando tumbos para hacerme un lugar.

—Ah, muy bien. Pobre Sue.

—Sí... Ella está teniendo —vaciló—... Tiene problemas con los chicos.

—Normal. Debe de ser muy duro para Seth y Leah haber perdido a su padre.

—Tienes razón —coincidió él, con la mente sumida en sus pensamientos.

Tomó el control remoto y empezó a cambiar la televisión de canal en canal sin prestar la menor atención. Bostezó de nuevo.

—¿Qué te ocurre? Pareces un zombi, Jake.

—Esta noche no he dormido más de dos horas, y la anterior, sólo cuatro —me dijo. Estiró sus largos brazos lentamente y pude oír chasquear las articulaciones mientras se flexionaba. Dejó caer el brazo izquierdo sobre el respaldo del sofá, detrás de mí, y reclinó la cabeza contra la pared.

—Estoy muerto.

—¿Por qué no duermes? —le pregunté.

Hizo un mueca.

—Sam tiene problemas. No confía en tus chupasangre y en lo que yo hablé con Edward. Hice turnos dobles durante las dos últimas semanas sin que nadie me ayudara, aun así, él no lo tiene en cuenta. Así que de momento estoy libre.

—¿Turnos dobles? ¿Y lo haces para vigilar mi casa? Jake, eso es una equivocación. Necesitas dormir. Voy a estar bien.

—Sí, claro —de pronto, abrió un poco los ojos, más alerta—... Eh, ¿Ya averiguaron quién estuvo en tu habitación? ¿Hay alguna novedad?

Ignoré la segunda pregunta.

—No, aún no sabemos nada de mi... visitante.

—Entonces, seguiré rondando por ahí —insistió mientras se le cerraban los párpados.

—Jake —comencé a quejarme...

—Eh, es lo menos que puedo hacer... Te ofrecí servidumbre eterna, recuerda, ser tu esclavo de por vida.

—¡No quiero un esclavo!

No abrió los ojos.

—Entonces, ¿qué quieres, Bella?

—Quiero a mi amigo Jacob..., y no se me antoja verlo medio muerto, haciéndose daño por culpa de alguna insensatez...

—Míralo de este modo —me atajó—. Espero la oportunidad de rastrear a un vampiro al que se me permite matar, ¿está bien?

No le contesté. Entonces, me miró para estudiar mi reacción.

—Estoy bromeando, Bella.

No aparté la vista del televisor.

—Bueno, ¿y tienes algún plan especial para la próxima semana? Vas a graduarte. Guau, qué bien —hablaba con voz apagada y su rostro, ya demacrado, estaba ojeroso cuando cerró los ojos, aunque en esta ocasión no era a causa de la fatiga, sino del rechazo. Comprendí que esa graduación tenía un significado especial para él, aunque ahora mis intenciones se habían trastocado.

—No tengo ningún plan «especial» —respondí cuidadosamente con la esperanza de que mis palabras lo tranquilizaran sin necesidad de ninguna explicación más detallada. No quería abordar eso en aquel momento. Por un lado, él no tenía aspecto de poder sobrellevar conversaciones difíciles; y por otra, iba a percatarse de mis muchos reparos—. Bueno, tengo que ir a una fiesta de graduación. La mía —hice un sonido de disgusto—.

A Alice le encantan las fiestas y esa noche invitó a todo el pueblo a su casa. Será horrible.

Abrió los ojos mientras yo hablaba. Una sonrisa de alivio atenuó su aspecto cansado.

—No recibí ninguna invitación. Me siento muy ofendido —bromeó.

—Considérate invitado. Se supone que es mi fiesta, por lo que puedo invitar a quienquiera.

—Gracias —contestó con sarcasmo mientras cerraba los ojos una vez más.

—Me gustaría que vinieras —repuse sin ninguna esperanza—. Sería más divertido, para mí, quiero decir.

—Bueno, bueno —murmuró—... Sería muy... prudente.

Se puso a roncar pocos segundos después.

Pobre Jacob. Estudié su rostro mientras dormía y me gustó lo que vi; no estaba a la defensiva ni reflejaba amargura. De pronto, apareció el chico que había sido mi mejor amigo antes de que toda esa estupidez de la licantropía se interpusiera en el camino. Parecía mucho más joven. Parecía mi Jacob.

Me acomodé en el sofá para esperar a que se despertara, con la esperanza de que durmiera durante un buen rato y recuperara el sueño atrasado. Cambié de canal, pero no había nada bueno, así que lo dejé en un programa culinario, sabedora de que nunca sería capaz de emular semejante despliegue en la cocina de Charlie. Mi amigo siguió roncando cada vez más fuerte, por lo que subí un poco el volumen de la tele.

Estaba sorprendentemente relajada, incluso soñolienta también. Me sentía más segura en aquella casa que en la mía, puede que porque nadie había acudido a buscarme a ese lugar. Me acurruqué en el sofá y pensé en dormir un rato yo también. Quizá lo habría logrado, pero era imposible conciliar el sueño con los ronquidos de Jake. Por eso, dejé vagar mi mente en lugar de dormir.

Había terminado los exámenes finales. La mayoría estaban facilísimos con excepción de Cálculo que , sin que importara el resultado, ya era historia. Mi educación en la escuela había concluido y no sabía cómo sentirme en realidad. Era incapaz de contemplarlo con objetividad al estar ligada al fin de mi existencia como mortal.

Me pregunté cuánto tiempo pensaba Edward usar su pretexto: «no mientras tengas miedo». Iba a tener que ponerme firme alguna vez.

Al pensarlo desde un punto de vista práctico, sabía que tenía más sentido pedirle a Carlisle que me transformara después de la graduación. Forks estaba a punto de convertirse en un pueblo tan peligroso como si fuera zona de guerra. No. Forks era ya zona de guerra, sin mencionar que sería una excusa perfecta para perderme la fiesta de graduación. Sonreí cuando pensé en la más trivial de las razones para la conversión, estúpida, sí, pero aun así, convincente.

Pero Edward tenía razón: todavía no estaba preparada.

No deseaba ser práctica. Quería que fuera él quien me transformara. No era un deseo racional, de eso no tenía duda. Dos segundos después de que cualquiera me mordiera y la ponzoña corriera por mis venas dejaría de preocuparme por quién lo hubiera hecho, por lo que no habría diferencia alguna.

Resultaba difícil explicar en palabras, incluso a mí, por qué tenía tanta importancia. Guardaba relación con el hecho de que él hiciera la elección. Si me quería lo bastante para conservarme como era, también debería impedir que me transformara otra persona. Era una chiquillada, pero quería que sus labios fueran el último placer que sintiera; aún más —y más embarazoso, algo que no diría en voz alta—, deseaba que fuera su veneno el que emponzoñara mi cuerpo. Eso haría que le perteneciera de un modo tangible y cuantificable.

Pero sabía que se iba a aferrar al plan de la boda como una garrapata. Estaba segura de que buscaba forzar una demora y se afanaba en conseguirla. Intenté imaginarme anunciando a mis padres que me casaba ese verano, y también a Angela, Ben, Mike. No podía. No se me ocurría qué decir. Resultaría más sencillo explicarles que iba a convertirme en vampiro. Y estaba segura de que, al menos mi madre, sobre todo si era capaz de contarle todos los detalles de la historia, iba a oponerse con más fuerza a mi matrimonio que a mi *vampirización*. Hice una mueca en mi fuero interno, al imaginar la expresión horrorizada de Renée.

Entonces, tuve por un segundo otra visión: Edward y yo, con ropas de otra época, en un columpio de un porche. Un mundo donde a nadie le sorprendería que yo llevara un anillo en el dedo, un lugar más sencillo donde el amor se encauzaba de forma simple, donde uno más uno sumaban dos.

Jacob roncó y rodó de costado. Su brazo cayó desde lo alto del respaldo del sofá y me fijó contra su cuerpo.

¡Vaya, cuánto pesaba! Y calentaba... Resultó sofocante al cabo de unos momentos.

Intenté salir de debajo de su brazo sin despertarlo. Intenté empujarlo un poquito, pero abrió los ojos bruscamente. Se levantó de un salto y miró a su alrededor con ansiedad.

—¿Qué? ¿Qué? —preguntó, desorientado.

—Sólo soy yo, Jake. Lamento haberte despertado.

Se giró para mirarme y parpadeó confuso.

—¿Bella?

—Hola, dormilón.

—¡Rayos! ¿Me dormí? Lo siento. ¿Cuánto tiempo me perdí?

—Unas cuantas horas por lo menos. Perdí la cuenta.

Se dejó caer en el sofá, a mi lado.

—¡Vaya! Cuánto lo siento, Bella.

Le acomodé ligeramente la melena en un intento de arreglarla un poco.

—No lo lamentes. Estoy contenta de que pudieras dormir algo.

Bostezó y se desperezó.

—Últimamente, soy un desastre. No me extraña que Billy se pase el día fuera. Soy un aburrimiento andando.

—Te ves bien —le aseguré.

—Puaj, salgamos. Necesito dar un paseo por ahí o voy a quedarme dormido otra vez.

—Mejor duerme otro poco, Jacob. Estoy bien. Llamaré a Edward para que venga a recogerme —palmeé mis bolsillos mientras hablaba y descubrí que los tenía vacíos—. ¡Maldición! Voy a tener que pedirte prestado el teléfono. Creo que dejé el mío en el auto.

Comencé a enderezarme.

—¡No! —insistió Jacob al tiempo que me aferraba la mano—. No, quédate. No puedo creer que haya desperdiciado tanto tiempo.

Me levantó de un jalón del sofá mientras hablaba y salimos de la casa. Tuvo que agachar la cabeza al llegar a la altura del marco de la puerta. Había refrescado de modo notable durante su sueño. El aire era anormalmente frío para aquella época del año. Debía estar próxima una tormenta, pues parecíamos estar en febrero en lugar de mayo.

El viento helado lo puso más alerta. Caminaba de un lado

para otro delante de la casa y me llevaba a rastras con él.

—¿Qué te pasa? Sólo te quedaste dormido — encogí los hombros.

—Quería hablar contigo. No lo puedo creer…

—Pues habla ahora.

Jacob buscó mis ojos durante un segundo y, luego, desvió la mirada deprisa hacia los árboles. Casi daba la impresión de haber enrojecido, pero resultaba difícil de asegurarlo al tener la piel oscura.

De pronto, recordé lo que me había dicho Edward cuando vino a dejarme, que Jacob me diría lo que estaba gritando en su mente. Empecé a morderme el labio.

—Mira, planeaba hacer esto de un modo algo diferente — soltó una risotada, y parecía que se reía de sí mismo—, de un modo más sencillo —añadió—. Prepararía el terreno primero, pero —miró a las nubes—… No tengo tiempo para preparativos…

Volvió a reírse, nervioso, aún caminábamos, pero más despacio.

—¿De qué me hablas? —inquirí.

Respiró hondo.

—Quiero decirte algo que ya sabes, pero creo que, de todos modos, debo decirlo en voz alta para que jamás haya confusión en este tema.

Me planté y él tuvo que detenerse. Le solté la mano y crucé los brazos. De repente, estuve segura de lo que iba a decir y no quería saber lo que estaba preparando.

Jacob frunció el ceño y sus cejas casi se tocaron; proyectó una profunda sombra en los ojos oscuros como boca de lobo, cuando perforaron los míos con la mirada.

—Estoy enamorado de ti, Bella —dijo con voz firme y

decidida—. Te quiero, y deseo que me elijas a mí en vez de a él. Sé que tú no sientes lo mismo que yo, pero necesito decir la verdad para que sepas cuáles son tus opciones. No me gustaría que la falta de comunicación se interpusiera en nuestro camino.

Apuesta

Clavé los ojos en él durante más de un minuto sin saber qué decir. No se me ocurría nada.

La seriedad abandonó su cara cuando vio mi expresión de sorpresa.

—Bueno —dijo mientras sonreía—. Eso es todo.

—Jake, yo —sentí como si algo se me pegara a la garganta. Intenté aclarármela—... Yo no puedo... Quiero decir, yo no... Debo irme.

Me volví, pero él me tomó de los hombros y me hizo girar.

—No, espera. Eso ya lo sé, Bella, pero mira... Respóndeme a esto, ¿sí? ¿Quieres que me vaya y no vuelvas a verme? Contesta con sinceridad.

Era difícil concentrarse en esa pregunta, así que me tomé un minuto antes de responder.

—No, no quiero eso —admití al fin.

Jacob esbozó otra gran sonrisa.

—Pero yo no te quiero cerca de mí por la misma razón que tú a mí —objeté.

—En tal caso, dime exactamente por qué me quieres a tu alrededor.

Lo pensé con cuidado.

—Te extraño cuando no estás. Cuando tú eres feliz —puntualicé—, me haces feliz, pero podría decir lo mismo de

Charlie. Eres como de la familia, y te quiero, pero no estoy enamorada de ti.

Él asintió sin inmutarse.

—Pero deseas que no me vaya de tu vida.

—Así es.

Suspiré. No lo desanima nada.

—Entonces, me quedaré por ahí.

—Lo tuyo es masoquismo —refunfuñé.

—Sí.

Acarició mi mejilla derecha con las yemas de los dedos. Aparté su mano de un manotazo.

—¿Crees que podrías comportarte, por lo menos, un poquito mejor? —pregunté, irritada.

—No. Tú decides, Bella. Puedes tenerme como soy, con mi mala conducta incluida, o nada…

Lo miré fijamente, frustrada.

—Eres mezquino.

—Y tú también.

Eso me detuvo un poco y retrocedí un paso sin querer. Él tenía razón. Si yo no fuera mezquina ni egoísta, le diría que no quería que fuéramos amigos y que se alejara. Me equivocaba al intentar mantener la amistad cuando eso iba a herirlo. No sabía qué hacía allí, pero de pronto estuve segura de que mi presencia no era conveniente.

—Tienes razón —susurré.

Él se rió.

—Te perdono. Intenta no enojarte mucho conmigo. En los últimos tiempos, he decidido que no voy a arrojar la toalla. Lo cierto es que esto de las causas perdidas tiene algo irresistible.

—Jacob, *lo* amo — miré fijamente sus ojos en un intento de que me tomara en serio—. Él es mi vida.

—También me quieres a mí —me recordó. Alzó la mano cuando empecé a protestar—. Sé que no de la misma manera, pero él no es toda tu vida, ya no. Quizá lo fue una vez, pero se marchó, y ahora tiene que enfrentarse a la consecuencia de esa elección: yo.

Sacudí la cabeza.

—Eres imposible.

De pronto, se puso serio y situó su mano debajo de mi barbilla. La sujetó con firmeza para que no pudiera evitar su resuelta mirada.

—Estaré aquí. Lucharé por ti, hasta que tu corazón deje de latir, Bella —me aseguró—. No olvides que tienes otras opciones.

—Pero yo no las quiero —disentí mientras procuraba, sin éxito alguno, liberar mi barbilla—, y los latidos de mi corazón están contados, Jacob. El tiempo casi se acabó.

Entrecerró los ojos.

—Razón de más para luchar, y luchar duro ahora que aún puedo —susurró.

Todavía sostenía con fuerza mi mentón, apretaba con tanta fuerza que me lastimaba. Entonces, de repente, vi la resolución en sus ojos y quise oponerme, pero ya era demasiado tarde.

—N...

Estampó sus labios sobre los míos, silenciando mi protesta, mientras me sujetaba la nuca con la mano libre, imposibilitando cualquier intento de fuga. Me besó con ira y violencia. Empujé contra su pecho sin que él pareciera notarlo. A pesar de la rabia, sus labios eran dulces y se amoldaron a los míos con una nueva calidez.

Lo agarré por la cara para apartarlo, pero fue en vano otra vez. En esta ocasión sí pareció darse cuenta de mi rechazo, y lo exasperó. Sus labios consiguieron abrirse paso entre los míos y pude sentir su aliento abrasador en la boca.

Actué por instinto. Dejé caer los brazos a los costados y me quedé inmóvil, con los ojos abiertos, sin luchar ni sentir, a la espera de que se detuviera.

Funcionó. Se esfumó la cólera y él se echó hacia atrás para mirarme. Presionó dulcemente sus labios contra los míos de nuevo, una, dos, tres veces. Fingí ser una estatua y esperé.

Al final, soltó mi rostro y se alejó.

—¿Ya terminaste? —le pregunté con voz inexpresiva.

—Sí.

Suspiró y cerró los ojos.

Hice el brazo hacia atrás y tomé impulso para propinarle un puñetazo en la boca con toda la fuerza de la que era capaz.

Se oyó un crujido.

—Ay, ay, ay —grite mientras saltaba como loca con la mano pegada al pecho.

Estaba segura de que me la había roto.

Jacob me miró atónito.

—¿Estás bien?

—No, maldición… ¡Me rompiste la mano!

—Bella, *tú* te rompiste la mano. Ahora, deja de bailotear por ahí y permíteme echar un vistazo.

—¡No me toques! ¡Me voy a casa ahora mismo!

—Iré por el auto —repuso con calma. Ni siquiera tenía colorada la mandíbula, como ocurre en las películas. Qué triste.

—No, gracias —siseé—. Prefiero ir a pie.

Me volví hacia el camino. Estaba a pocos kilómetros de la línea divisoria. Alice me vería en cuanto me alejara de él y enviaría a alguien a recogerme.

—Déjame llevarte a casa —insistió Jacob.

Increíblemente, tuvo el descaro de pasarme el brazo por la cintura.

Me alejé con brusquedad y gruñí:

—Okey, hazlo. Ardo en deseos de ver qué te hace Edward. Espero que te parta el cuello, *perrito* imbécil y prepotente.

Jacob puso los ojos en blanco y caminó conmigo hasta el lado del copiloto para ayudarme a entrar. Se había puesto a silbar cuando entró por la puerta del conductor.

—Pero… ¿no te lastimé? —inquirí, furiosa y sorprendida.

—¿Estás bromeando? Jamás habría pensado que me habías dado un puñetazo si no te hubieras puesto a gritar. Quizá no sea de piedra, pero no soy *tan* blando.

—Te odio, Jacob Black.

—Eso es bueno. El odio es un sentimiento ardiente.

—Yo te voy a dar ardor —repuse con un hilo de voz—. El asesinato es la última pasión del crimen.

—Bueno, vamos —contestó, todo jubiloso y como si estuviera a punto de ponerse a silbar de nuevo—. Debe haber sido mejor que besar a una piedra.

—Ni a eso se pareció —repuse con frialdad.

Frunció los labios.

—Eso dices tú.

—Eso es lo que es.

Pareció molestarle durante unos instantes, pero enseguida se animó.

—Lo que pasa es que estás enojada. No tengo ninguna experiencia en esta clase de cosas, pero a mí me pareció increíble.

—Puaj —me quejé.

—Esta noche te vas a acordar. Cuando él crea que duermes, tú vas a estar sopesando tus opciones.

—Estoy convencida de que si me acuerdo de ti esta noche,

será sólo porque tenga una pesadilla.

Redujo a paso de tortuga la velocidad del auto y se volteó a mirarme con ojos abiertos y ávidos.

—Piensa en cómo sería, Bella, sólo eso —me instó con voz dulce y entusiasta—. No tendrías que cambiar en nada por mi causa, sabes que a Charlie le haría feliz que me eligieras a mí y yo podría protegerte tan bien como tu vampiro, quizá incluso mejor... Además, yo te haría feliz, Bella. Hay muchas cosas que él no puede darte y yo sí. Apuesto a que él ni siquiera puede besar igual que yo por miedo a herirte, y yo nunca, nunca lo haría, Bella.

Alcé mi mano rota.

Él suspiró.

—Eso no es culpa mía. No deberías haberlo hecho.

—No puedo ser feliz sin él, Jacob.

—Jamás lo has intentado —refutó él—. Cuando te dejó, te aferraste a su ausencia en cuerpo y alma. Podrías ser feliz si lo dejaras. Lo serías conmigo.

—No quiero ser feliz con nadie que no sea él —insistí.

—Nunca podrás estar tan segura de él como de mí. Te abandonó una vez y quizá lo haga de nuevo.

—No lo hará —repuse entre dientes. El dolor del recuerdo me mordió como un latigazo y me llevó a querer devolver el golpe—. Tú me dejaste una vez —le recordé con voz fría. Me refería a las semanas en que se ocultó de mí y a las palabras que me dijo en los bosques cercanos a su casa.

—No fue así —replicó con vehemencia—. Ellos me dijeron que no podía decirte nada, que no era seguro para ti que estuviéramos juntos, pero ¡jamás te dejé, Bella, jamás! Solía merodear por tu casa de noche, igual que ahora, para asegurarme de que estabas bien.

No estaba dispuesta a permitir que me hiciera sentir mal por eso en aquel momento.

—Llévame a casa. Me duele la mano.

Suspiró y volvió a conducir a velocidad normal, sin perder de vista la carretera.

—Tú sólo piensa en eso, Bella.

—No —repuse con obstinación.

—Lo harás esta noche, y yo estaré pensando en ti igual que tú en mí.

—Como te dije: sólo si tengo una pesadilla.

Me sonrió abiertamente.

—Me devolviste el beso.

Respiré de forma entrecortada, cerré los puños sin pensar y la mano herida me hizo reaccionar con un siseo de dolor.

—¿Te encuentras bien? —preguntó.

—No te devolví el beso.

—Creo que soy capaz de establecer la diferencia.

—Es obvio que no. No te devolví el beso, intenté que me soltaras de una maldita vez, idiota.

Soltó una carcajada gutural.

—¡Qué susceptible! Yo diría que estás demasiado a la defensiva.

Respiré profundamente. No tenía sentido discutir con él. Iba a tergiversar mis palabras. Me concentré en la mano e intenté estirar los dedos para determinar dónde estaba la fractura. Sentí fuertes punzadas de dolor en los nudillos. Gemí.

—Lamento de verdad lo de tu mano —dijo Jacob; casi parecía sincero—. Usa un bate de béisbol o una palanca de hierro la próxima vez que quieras pegarme, ¿sí?

—No creas que se me va a olvidar —murmuré.

No comprendí adónde nos estábamos dirigiendo hasta que

me vi caminado en mi mismísima calle.

—¿Por qué me traes aquí?

Me miró sin comprender.

—Creí que me habías dicho que te trajera a casa.

—Puaj... Supongo que no puedes llevarme a casa de Edward, ¿verdad? —le reproché mientras rechinaba los dientes con frustración.

El dolor le crispó las facciones. Vi que le afectaba más que cualquier otra cosa que pudiera decir.

—Ésta es tu casa, Bella —repuso en voz baja.

—Ya, pero ¿vive aquí algún doctor? —pregunté mientras alzaba la mano otra vez.

—Ah —se quedó pensando casi un minuto antes de añadir—: Te llevaré al hospital, o lo puede hacer Charlie.

—No quiero ir al hospital. Es embarazoso e innecesario.

Dejó que el vehículo avanzara lentamente enfrente de la casa sin dejar de pensar, con gesto de indecisión. El coche patrulla de Charlie estaba estacionado en la entrada.

Suspiré.

—Vete a casa, Jacob.

Me bajé torpemente del Volkswagen para dirigirme a la casa. Detrás de mí, el motor se apagó. Estaba menos sorprendida que enojada cuando descubrí a Jacob otra vez a mi lado.

—¿Qué vas a hacer? —preguntó.

—Ponerme un poco de hielo en la mano, telefonear a Edward para pedirle que venga a recogerme y me lleve a casa de Carlisle para que me cure la mano. Luego, si sigues aquí, iré en busca de una palanca de hierro.

No contestó. Abrió la puerta de la entrada y la mantuvo abierta para permitirme pasar.

Caminamos en silencio mientras pasábamos delante del

cuarto de estar. Charlie estaba sentado en el sofá.

—Hola, chicos —saludó, inclinándose hacia delante—. Cuánto me alegra verte por aquí, Jake.

—Hola, Charlie —le contestó Jacob con tranquilidad y desparpajo.

Caminé hacia la cocina sin decir ni una palabra.

—¿Y a ésta qué le pasa? —quiso saber mi padre. Escuché cómo Jacob le contestaba:

—Cree que se rompió la mano.

Me dirigí al congelador y saqué unos hielos.

—¿Cómo se lastimó?

Pensé que Charlie debería divertirse menos y preocuparse más como padre.

Jacob se rió.

—Me pegó.

Charlie también se carcajeó. Torcí el gesto mientras golpeaba los hielos contra el borde del fregadero. Los cubitos se desparramaron dentro de la pila. Agarré un puño con la mano sana, los puse sobre la mesa de la cocina y los envolví con un paño de cocina.

—¿Por qué te pegó?

—Por besarla —admitió Jacob sin avergonzarse.

—Bien hecho, muchacho —lo felicitó Charlie.

Apreté los dientes, me dirigí al teléfono y llamé al celular de Edward.

—¿Bella? —respondió a la primera llamada. Parecía más que aliviado: estaba encantado. Oí de fondo el motor del Volvo, lo cual significaba que ya estaba en el auto. Estupendo—. Dejaste aquí el celular. Lo siento. ¿Te llevó Jacob a casa?

—Sí —refunfuñé—. ¿Puedes venir a buscarme, por favor?

—Voy en camino —respondió de inmediato—. ¿Qué pasa?

—Quiero que Carlisle me examine la mano. Me parece que me la rompí.

Se hizo un silencio en la habitación contigua. Me pregunté cuánto tardaría Jacob en salir corriendo. Sonreí al imaginarme su inquietud.

—¿Qué ocurrió? —inquirió Edward con voz apagada.

—Le pegué a Jacob —admití.

—Bien —dijo Edward con voz siniestra—, aunque lamento que te hayas lastimado.

Solté una carcajada. Él sonaba tan complacido como lo había estado Charlie hacía unos instantes.

—Desearía haberlo lastimado un poco —suspiré, frustrada—. Pero ni siquiera se despeinó.

—Eso tiene arreglo —sugirió.

—Esperaba que contestaras eso.

Hubo una leve pausa y él, ahora con más precaución, continuó:

—No es propio de ti. ¿Qué te hizo?

—Me besó —gruñí.

Al otro lado de la línea sólo se oyó el sonido de un motor al acelerar.

Charlie volvió a hablar en la otra habitación.

—Quizá deberías irte, Jake —sugirió.

—Creo que voy a quedarme por aquí, si no te importa.

—Allá tú —murmuró mi padre.

Finalmente, Edward habló de nuevo.

—¿Sigue ahí ese perro?

—Sí.

—Voy a doblar la esquina —anunció, amenazador, y colgó.

Escuché el sonido de su coche que aceleraba por la carretera mientras estaba colgando el teléfono, sonriente. Los frenos chirriaron con estrépito cuando apareció de repente delante de la casa. Fui hacia la puerta.

—¿Cómo está tu mano? —preguntó Charlie cuando pasé por delante. Parecía muy violento, pero Jacob, estaba cómodamente instalado a su lado en el sofá, se hallaba muy a gusto.

Alcé el paquete con hielo para mostrárselo.

—Se está hinchando.

—Quizá deberías elegir rivales de tu propio tamaño —sugirió mi padre.

—Quizá —admití.

Me acerqué para abrir la puerta. Edward me estaba esperando.

—Déjame ver —murmuró.

Examinó mi mano con tanta delicadeza y cuidado que no me causó daño alguno. Tenía las manos tan frías como el hielo, y mi piel agradecía ese tacto gélido.

—Me parece que tienes razón en lo de la fractura —comentó—. Estoy orgulloso de ti. Debes de haberle pegado con mucha fuerza.

—Lo golpeé con todas mis fuerzas, pero no parece haber bastado.

Suspiré.

Me besó la mano con suavidad.

—Yo me haré cargo —prometió.

—Jacob —llamó Edward con voz sosegada y tranquila.

—Vamos, vamos —dijo Charlie, levantándose del sofá.

Jacob llegó antes al vestíbulo y, mucho más silenciosamente, Charlie lo siguió. Y lo hizo con expresión atenta y ansiosa.

—No quiero ninguna pelea, ¿entendido? —habló mirando sólo a Edward—. Puedo ponerme la placa si eso consigue hacer que mi petición sea más oficial.

—Eso no va a ser necesario —replicó Edward con tono contenido.

—¿Por qué no me arrestas, papá? —sugerí—. Soy yo la que da puñetazos por ahí.

Charlie enarcó la ceja.

—¿Quieres presentar cargos, Jake?

—No —Jacob esbozó una ancha sonrisa. Era incorregible—. Ya me lo cobraré en otro momento.

Edward hizo una mueca.

—¿En qué lugar de tu cuarto tienes el bate de béisbol, papá? Voy a tomarlo prestado un minuto.

Charlie me miró sin alterarse.

—Basta, Bella.

—Vamos a ver a Carlisle para que le eche un vistazo a tu mano antes de que acabes en la cárcel —dijo Edward.

Me rodeó con el brazo y me condujo hacia la puerta.

—Está bien —contesté.

Ahora que él me acompañaba ya no estaba enojada. Me sentí confortada, y la mano me molestaba menos. Caminábamos por la acera cuando oí susurrar a Charlie detrás de mí.

—¿Qué haces? ¿Estás loco?

—Dame un minuto, Charlie —respondió Jacob—. No te preocupes, enseguida vuelvo.

Miré hacia atrás para descubrir que Jacob hacía ademán de seguirnos. Se detuvo lo justo para cerrar la puerta en las narices de mi padre, que estaba inquieto y sorprendido.

Al principio, Edward lo ignoró mientras me llevaba hasta el auto. Me ayudó a entrar, cerró la puerta y después se encaró con Jacob en la acera.

Me incliné para sacar el cuerpo por la ventanilla abierta. Podía ver a mi padre que miraba a escondidas a través de las cortinas de la sala.

La postura de Jacob era despreocupada, con los brazos cruzados, pero apretaba la mandíbula con fuerza.

Edward habló con voz tan pacífica y amable que les daba a

sus palabras un tono extrañamente amenazador.

—No voy a matarte ahora. Eso disgustaría a Bella.

—Um —rezongué.

Edward se giró con ligereza para dedicarme una fugaz sonrisa. Conservaba la calma.

—Mañana te preocuparías —dijo mientras me acariciaba la mejilla con los dedos; luego, se volvió hacia Jake—. Pero si alguna vez Bella vuelve con el menor daño, no importa de quién sea la culpa, da lo mismo que ella se tropiece y caiga o que del cielo surja un meteorito y le caiga en la cabeza, vas a tener que correr el resto de tus días a tres patas. ¿Lo entendiste, perrito?

Jacob puso los ojos en blanco.

—No pienso regresar —musité.

Edward continuó como si no me hubiera oído.

—Te romperé la mandíbula si vuelves a besarla —prometió con voz suave, aterciopelada y muy seria.

—¿Y qué pasa si es ella quien quiere besarme? —inquirió Jacob que arrastraba las palabras con tono arrogante.

—¡Ja! —bufé.

—En tal caso, si es eso lo que quiere, no objetaré nada —Edward encogió los hombros, imperturbable—. Quizá convendría que esperaras a que ella lo dijera, en vez de confiar en tu interpretación del lenguaje corporal, pero… tú mismo, es tu cara.

Jacob esbozó una sonrisa burlona.

—Lo está deseando —refunfuñé.

—Sí, así es —murmuró Edward.

—Bueno, ¿y por qué no te encargas de su mano en vez de estar hurgando en mi cabeza? —dijo Jacob con irritación.

—Una cosa más —dijo Edward despacio—. Yo también voy a luchar por ella. Deberías saberlo. No doy nada por sentado y pelearé con el doble de intensidad que tú.

—Bien —gruñó—, no es divertido pelear con alguien que no opone resistencia.

—Ella es mía —afirmó Edward en voz baja, repentinamente sombría, no tan contenida como antes—, y no dije que fuera a jugar limpio.

—Yo tampoco.

—Mucha suerte.

Jacob asintió.

—Sí, y que gane el mejor *hombre*.

—Eso suena bien, cachorrito.

Jacob hizo una mueca durante unos instantes, pero enseguida recompuso el gesto y se inclinó para esquivar a Edward y sonreírme. Yo le devolví una mirada llena de ira.

—Espero que te mejores pronto de la mano. Lamento de veras que estés herida.

De manera pueril, aparté el rostro.

No volví a alzar la mirada mientras Edward le daba la vuelta al auto para subirse por el lado del conductor. Por ello, no supe si Jacob volvía a la casa o continuaba allí plantado, mirándome.

—¿Cómo te sientes? —preguntó mi novio mientras nos alejábamos.

—Enojada.

Rió entre dientes.

—Me refería a la mano.

Encogí los hombros.

—He pasado por peores cosas.

—Cierto —admitió, y frunció el ceño.

Edward rodeó la casa para entrar en el garaje. Allí estaban Emmett y Rosalie, cuyas piernas perfectas, inconfundibles, a pesar de estar ocultas por unos pantalones de mezclilla, sobresalían de debajo del enorme jeep de Emmett. Él se sentaba a su lado con un brazo extendido bajo el auto para orientarlo hacia ella. Necesité un momento para comprender que él desempeñaba las funciones de un gato hidráulico.

Emmett nos observó con curiosidad cuando Edward me ayudó a salir del auto con mucho cuidado. Concentró su mirada en la mano que yo acunaba contra el pecho. Esbozó una gran sonrisa.

—¿Te volviste a caer, Bella?

Lo fulminé con la mirada.

—No, Emmett, le di un puñetazo en la cara a un hombre lobo.

El interpelado parpadeó y, luego, estalló en una sonora carcajada. Edward me guió, pero cuando pasamos al lado de ambos, Rosalie habló desde abajo del vehículo.

—Jasper va a ganar la apuesta —anunció con petulancia.

La risa de Emmett cesó en el acto y me estudió con ojos calculadores.

—¿Qué apuesta? —quise saber mientras me detenía.

—Deja que te lleve junto a Carlisle —me urgió Edward mientras clavaba los ojos en Emmett y sacudía la cabeza de forma imperceptible.

—¿Qué apuesta? —me empeciné mientras me encaraba con Edward.

—Gracias, Rosalie —murmuró mientras me sujetaba con más fuerza por la cintura y me conducía hacia la casa.

—Edward —me quejé.

—Es infantil —se escabulló—. Emmett y Jasper siempre están apostando.

—Emmett me lo dirá.

Intenté darme la vuelta, pero me sujetó con brazo de hierro. Suspiré.

—Apostaron sobre el número de veces que fallas a lo largo del primer año.

—Vaya —hice una mueca que intentó ocultar mi repentino pánico al comprender el significado de la apuesta—. ¿Apostaron para ver a cuántas personas voy a matar?

—Sí —admitió él a regañadientes—. Rosalie cree que tu temperamento da más posibilidades a Jasper.

Me sentí un poco mejor.

—Jasper apuesta fuerte.

—Se sentirá mejor si te cuesta habituarte. Está harto de ser el más débil de la familia.

—Claro, por supuesto que sí. Supongo que podría cometer unos pocos homicidios adicionales para que Jasper se sintiera mejor. ¿Por qué no? —farfullé. En mi mente ya podía ver los titulares de la prensa y las listas de nombres.

Me dio un apretón.

—No tienes que preocuparte de eso ahora. De hecho, no tienes que preocuparte de eso jamás, si así lo deseas.

Lancé un gemido y Edward, al creer que era el dolor de la mano lo que me molestaba, me llevó más deprisa hacia la casa.

Tenía la mano rota, pero la fractura no era seria, sino una diminuta fisura en un nudillo. No quería que me enyesaran la mano y Carlisle dijo que bastaría un cabestrillo, si prometía no quitármelo. Y así lo hice.

Edward llegó a creer que estaba inconsciente mientras Carlisle me ajustaba el cabestrillo a la mano con todo cuidado y expresó su preocupación en voz alta las pocas veces que sentí dolor, pero yo le aseguré que no se trataba de eso.

Como si pudiera preocuparme por una cosa más después de todo lo que llevaba encima.

Las historias acerca de vampiros recién convertidos que Jasper nos había contado al narrarnos su pasado habían calado en mi mente y ahora arrojaban nueva luz con las noticias de la apuesta de Emmett. Por curiosidad, me detuve a preguntarme qué habrían apostado. ¿Qué premio podría interesarle a alguien que ya lo tiene todo?

Siempre supe que iba a ser diferente. Albergaba la esperanza de convertirme en alguien fuerte, tal y como me decía Edward. Fuerte, rápida y, por encima de todo, guapa. Alguien capaz de estar junto a él sin desentonar.

Había procurado no pensar demasiado en las restantes características que iba a tener: salvaje, sedienta de sangre... Quizá no sería capaz de contenerme para no matar gente, desconocidos que jamás me habían hecho daño alguno, como el creciente número de víctimas en Seattle, personas con familia, amigos y un futuro, personas con vidas. Quizá yo sería el monstruo que habría de arrebatarles todo eso.

Pero podía arreglármelas, la verdad, pues confiaba en Edward, confiaba en él ciegamente. Estaba segura de que no me dejaría hacer nada de lo que tuviera que arrepentirme. Sabía que él me llevaría a cazar pingüinos a la Antártida, si yo se lo pedía, y que yo haría cualquier cosa para seguir siendo una buena persona, una «vampira buena». Me hubiera reído como una tonta de no ser por aquella nueva preocupación.

¿Podía convertirme yo en algo parecido a los neófitos, a aquellas imágenes de pesadilla que Jasper había dibujado en mi memoria? ¿Y qué sería de todos aquellos a los que amo si lo único que quisiera fuera matar gente?

Edward estaba muy obsesionado con que no me perdiera nada mientras era humana. Aquello solía resultarme bastante estúpido. No me preocupaba desaprovechar experiencias propias de los hombres. Mientras estuviera con Edward, ¿qué más podía pedirle a la vida?

Contemplé fijamente su rostro mientras él observaba cómo Carlisle me sujetaba el cabestrillo. No había en este mundo nada que yo quisiera más que a él. ¿Podía eso cambiar? ¿Habría alguna experiencia humana a la que no estuviera dispuesta a renunciar?

Hito

—¡No tengo qué ponerme! —me quejé, hablando sola.

Vacié los cajones y los armarios, y luego extendí toda mi ropa sobre la cama. Contemplé los huecos desocupados con la esperanza de que apareciera alguna prenda apropiada.

Mi falda caqui yacía sobre el respaldo de la mecedora, a la espera de que descubriera algo con lo que combinara bien, una prenda que me hiciera parecer guapa y adulta, una capaz de transmitir la sensación de «ocasión especial». Me había quedado sin opciones.

Era hora de irme y aún llevaba puesta mi sudadera favorita. Iba a tener que asistir a la graduación con ella, a menos que encontrara algo mejor, y no había demasiadas posibilidades.

Torcí el gesto delante de la montaña de ropa apilada encima de la cama.

Lo peor era que sabía exactamente qué habría llevado si aún la tuviera a mano: la blusa roja que me robaron. Pegué un puñetazo a la pared con la mano buena.

—¡Maldito vampiro ladrón! —grité.

—¿Qué hice? —inquirió Alice, apoyada con gesto informal junto a la ventana abierta como si hubiera estado allí todo el tiempo. Luego, añadió con una sonrisa—: *Toc, toc.*

—¿De veras resulta tan difícil esperarme que no puedes entrar por la puerta?

—Yo sólo pasaba por aquí —dejó caer sobre el lecho una caja plana de color blanco—. Se me ocurrió que quizá necesitarías algo de ropa para la ocasión.

Observé el gran paquete que descansaba en lo alto de mi decepcionante vestuario e hice una mueca.

—Admítelo —dijo Alice—, soy tu salvación.

—Eres mi salvación —dije de mala gana—. Gracias.

—Bueno, es agradable hacer algo bien para variar. No sabes lo irritante que resulta que mi habilidad no funcione como antes. Me siento tan inútil, tan… normal —se encogió aterrada ante esa palabra.

—No puedo imaginarme lo espantoso que resultaría ser normal. ¿Me explico?

Ella se rió.

—Bueno, al menos esto repara el robo de tu maldito ladrón, por lo que ahora sólo me falta por descubrir qué pasa en Seattle, que aún no lo veo…

Todo encajó cuando ella relacionó ambas situaciones en una sola frase. De pronto, tuve clara cuál era la relación que no lograba establecer y la esquiva sensación que me había importunado durante varios días. Me quedé mirándola abstraída mientras se me congelaba en el rostro el gesto que había esbozado.

—¿No vas a abrirla? —preguntó. Suspiró al ver que no me movía, así que decidió levantar la tapa de la caja ella misma. Sacó una prenda y la sostuvo en lo alto, pero no lograba concentrarme en ella—. Es preciosa, ¿no crees? Elegí el color azul porque sé que es el color que a Edward más le gusta que lleves.

No le presté atención alguna.

—Es la misma —murmuré.

—¿Qué? —inquirió—. No tienes nada similar y, a juzgar por lo que estabas gritando, sólo tienes una falda.

—No, Alice, olvídate de la ropa y escucha.

—¿No te gusta?

Una nube de desencanto nubló el rostro de Alice.

—Escúchame, ¿no lo ves? La irrupción en mi casa y el robo de mis cosas se relacionan con la creación de neófitos en Seattle.

La prenda se le escapó de entre los dedos y volvió a caer dentro de la caja.

Alice se concentró ahora, con voz súbitamente aguda.

—¿Qué te hace pensar eso?

—¿Recuerdas lo que dijo Edward sobre usar las lagunas de tu premonición para mantener fuera de tu vista a los neófitos? Y luego está lo que explicaste sobre una sincronización demasiado perfecta y el cuidado que había puesto el ladrón en no dejar pistas, como si supiera lo que eres capaz de ver. Creo que él usó esas lagunas. ¿Qué posibilidades hay de que actúen exactamente al mismo tiempo dos personas que saben lo bastante sobre ti para comportarse de ese modo? Ninguna. Es una persona. Es la misma persona. El organizador de ese ejército robó mi aroma.

Alice no estaba habituada a que la sorprendieran. Se quedó allí clavada e inmóvil durante tanto tiempo que comencé a contar los segundos en mi mente mientras esperaba. No se movió durante dos minutos; luego, volvió a mirarme y repuso con voz ahogada:

—Tienes razón, claro que sí, y cuando se considera de ese modo...

—Edward se equivocó —dije con un hilo de voz—. Era una prueba para saber si funcionaba. Aunque tú estuvieras vigilando, si era capaz de entrar y salir sin peligro, podría hacer lo que se le antojara. Por ejemplo, intentar matarme... No se llevó mis cosas para demostrar que me había encontrado, las robó para tener mi aroma y posibilitar que otros pudieran encontrarme.

Me miró sorprendida. Yo tenía razón y leí en sus ojos que ella lo sabía.

—Ay, no —dijo articulando para que le leyera los labios.

Había esperado tanto tiempo a que mis presentimientos tuvieran lógica que sentí un espasmo de alivio a pesar de que aún asimilaba el hecho de que alguien había creado una tropa de vampiros —la misma que había acabado truculentamente con la vida de docenas de personas en Seattle— con el propósito expreso de matarme.

En parte, ese alivio se debía a que eso ponía fin a aquella irritante sensación de estar pasando por alto una información vital...

...lo más importante era algo muy diferente.

—Bueno —musité—, ya nos podemos relajar todos. Finalmente, nadie intenta exterminar a los Cullen.

—Estás totalmente equivocada si crees que ha cambiado algo —refutó Alice entre dientes—. Si buscan a uno de los nuestros, van a tener que pasar por encima de nuestros cadáveres para conseguirlo.

—Gracias, Alice, pero al menos ya sabemos cuál es el verdadero objetivo. Eso tiene que ayudar.

—Quizá —murmuró mientras paseaba de un lado a otro de mi habitación.

Pom, pom, pom...

Un puño aporreó la puerta de mi cuarto.

Yo di un salto, pero mi acompañante no pareció oírlo.

—¿Todavía no estás lista? ¡Vamos a llegar tarde! —se quejó Charlie, que parecía estar con los nervios a flor de piel. Había tenido muchos problemas para ponerse elegante.

—Casi estoy. Dame un minuto —pedí con voz quebrada.

Mi padre permaneció en silencio durante una fracción de segundo.

—¿Estás llorando?

—No. Estoy nerviosa. Vete.

Oí cómo sus pasos pesados se alejaban escaleras abajo.

—He de irme —susurró Alice.

—¿Por qué?

—Edward viene hacia aquí, y si se entera de esto…

—¡Vete, vete! —la urgí de inmediato.

Se pondría como loco si se enteraba. No podría ocultárselo durante mucho tiempo, pero la ceremonia de graduación no era el mejor momento para que se enojara.

—Póntelo —me ordenó Alice antes de irse silenciosamente por la ventana.

Hice lo que me pidió: vestirme sin pensar, pues estaba en las nubes.

Había planeado hacerme un peinado sofisticado, pero ya no tenía tiempo, por lo que arreglé mi cabello como cualquier otro día. No importaba. Más aún, ni siquiera me molesté en mirarme al espejo, ya que no tenía ni idea de si combinaba la falda con el suéter de Alice. Tampoco eso importaba. Me agarré la espantosa toga amarilla de poliéster y bajé corriendo las escaleras.

—Estás muy guapa —dijo Charlie con cierta brusquedad, fruto de la emoción reprimida—. ¿Y ese suéter? ¿Es nuevo?

—Sí —murmuré mientras me intentaba concentrar—, me lo regaló Alice. Gracias.

Edward llegó a los pocos minutos de que se fuera su hermana. No había pasado suficiente tiempo para que yo adoptara una imagen de calma, pero no tuvo ocasión de preguntarme qué ocurría, pues acudimos a la graduación en el auto patrulla.

Charlie no había cedido en toda la semana anterior. Había insistido en llevarme él cuando se enteró de que tenía intención de ir a la ceremonia en el auto de Edward. Comprendí su punto de vista: los padres tienen ciertos privilegios el día de la graduación. Yo accedí de buen agrado y Edward lo aceptó de buen humor. Incluso, sugirió que fuéramos todos juntos, a lo cual no se opusieron ni Carlisle ni Esme, por lo que mi padre no logró urdir ninguna objeción convincente y tuvo que aceptarlo a regañadientes. Por eso, ahora Edward viajaba en el asiento trasero del auto patrulla de mi padre, detrás de la mampara de fibra de vidrio. Mostraba un gesto burlón, probablemente como réplica a la expresión altanera de Charlie, y una sonrisa cada vez más amplia. Papá le dirigió una mirada a escondidas por el espejo retrovisor. Lo más probable es que eso significara que se le habían ocurrido un par de cosas agradables, y que le traerían problemas conmigo si las decía en voz alta.

—¿Te encuentras bien? —preguntó Edward mientras me ayudaba a salir del asiento de delante en el estacionamiento de la escuela.

—Estoy nerviosa —contesté, y no le mentía.

—Estás preciosa.

Parecía a punto de añadir algo más, pero Charlie, en una maniobra que pretendía ser sutil, se metió entre nosotros y me pasó el brazo por los hombros.

—¿No estás entusiasmada? —me preguntó.

—La verdad es que no —admití.

—Bella, éste es un momento importante. Vas a graduarte de la escuela y ahora te espera el gran mundo... Vas a vivir por tu cuenta... Has dejado de ser mi niña pequeña —se le hizo un nudo en la garganta.

—Papá —protesté—, no vayas a ponerte sentimental...

—¿Quién se pone sentimental? —refunfuñó—. Ahora bien, ¿por qué no te alegras?

—No lo sé, papá. Supongo que aún no noto la emoción, o algo así.

—Me alegro de que Alice haya organizado esa fiesta. Necesitas algo que te anime.

—Claro, como yo estoy para fiestas...

Se rió al oír el tono de mi voz. Luego, me estrechó por los hombros mientras Edward contemplaba las nubes con gesto pensativo. Charlie nos dejó en la puerta trasera del gimnasio y dio una vuelta alrededor del lugar para acudir a la entrada principal, donde estaba el resto de los padres.

Se armó un alboroto de cuidado cuando la señora Cope, de la oficina principal del colegio, y el señor Varner, el profesor de Cálculo, intentaron ordenarnos a todos alfabéticamente.

—Cullen, al frente —le ordenó a Edward el señor Varner.

—Hola, Bella.

Alcé la vista para ver a Jessica Stanley que me saludaba con la mano desde el final de la fila. Sonreía.

Edward me dio un beso fugaz, suspiró y fue a ocupar su lugar entre los alumnos cuyo primer apellido empezaba con *ce*. Alice no estaba allí. ¿Qué estaría haciendo? ¿Iba a perderse la graduación? Qué inoportuna fui. Debería haber esperado a que todo esto terminara para contarle mis hipótesis.

—¡Aquí, Bella, aquí! —me volvió a llamar Jessica.

Retrocedí hasta el final de la cola para ocupar un lugar detrás de ella. Decir que sentía curiosidad por saber por qué se mostraba tan amistosa era quedarse corta. Al acercarme, vi a Angela Weber cinco lugares detrás, que observaba a Jessica con la misma curiosidad.

Jess empezó a mascullar, incluso, antes de que estuviera lo suficientemente cerca para oírla.

—...asombroso. Quiero decir, que parece que fue ayer cuando nos conocimos y ahora vamos a graduarnos juntas —señaló—. ¿Puedes creer que todo esto haya acabado? Tengo ganas de llorar.

—Me pasa lo mismo —murmuré.

—Todo parece increíble. ¿Recuerdas tu primer día en la escuela? Nos hicimos amigas enseguida, en cuanto nos vimos. Qué emoción. Te voy a extrañar ahora que me voy a California y tú, a Alaska. ¡Tienes que prometerme que nos veremos! Me alegra mucho que des una fiesta. Es perfecto, porque no vamos a pasar mucho tiempo juntas en una buena temporada, y como todos nos vamos a ir...

Y no se callaba ni debajo del agua. Estaba segura de que la repentina recuperación de nuestra amistad se debía a la nostalgia de la graduación y a la gratitud de haberla invitado a mi fiesta, una invitación en la que yo no había tenido nada que ver. Le presté la mayor atención posible mientras me ponía la toga y me descubría feliz de haber terminado bien con Jessica.

Aquello era un punto final. No importaba lo que dijera Eric, el número uno de la promoción, sobre que la ceremonia de entrega de diplomas era un nuevo «comienzo» y todas las demás tonterías. Quizás eso fuera más aplicable a mí que al resto, pero aquel día todos dejábamos algo atrás.

Todo se desarrollaba con tal celeridad que tenía la sensación de mantener apretado el botón que hace avanzar rápido un video. ¿Esperaría que nosotros fuéramos a esa misma velocidad? Impulsado por los nervios, Eric hablaba con tal rapidez que las palabras y las frases se atropellaban unas a otras y dejaron de tener sentido. El director Greene comenzó a llamarnos uno por uno casi sin pausa entre un nombre y otro. La primera fila del gimnasio se apresuró para recoger el diploma. La pobre señora Cope se mostraba muy torpe a la hora de pasarle al director el diploma correcto para que se lo entregara al estudiante correspondiente.

Alice apareció de pronto para recoger el suyo. Observé cómo recorría el estrado con un rostro de máxima concentración y con sus andares de bailarina. Edward acudió justo detrás, con expresión confundida, pero no alterada. Sólo ellos dos eran capaces de lucir aquel amarillo espantoso y tener un aspecto tan estupendo. Su gracia, que iba más allá de la vida terrenal, los diferenciaba del resto del gentío. Me pregunté cómo era posible que me hubiera creído su farsa alguna vez. Un par de ángeles con las alas desplegadas llamarían menos la atención.

Me levanté del asiento en cuanto oí al señor Greene pronunciar mi nombre, a la espera de que avanzara la fila que tenía delante de mí. Me percaté de los vítores que se levantaron en la parte posterior del gimnasio. Miré a mi alrededor hasta ver a Jacob y Charlie que, de pie, lanzaban gritos de ánimo. Atisbé la cabeza de Billy a la altura del codo de Jake. Conseguí dedicarles algo muy parecido a una sonrisa.

El señor Greene terminó de pronunciar la lista de nombres y pasó a repartir los diplomas con una sonrisa tímida.

—Felicidades, señorita Stanley —dijo cuando Jess tomó el suyo.

—Felicidades, señorita Swan —masculló mientras depositaba el diploma en mi mano buena.

—Gracias —murmuré.

Y eso fue todo.

Avancé junto a Jessica para ponerme con el resto de los graduados. Ella tenía los ojos rojos y se secaba la cara con la manga de la toga. Necesité unos instantes para comprender que estaba llorando.

El director dijo algo que no llegué a oír, pero todo el mundo a mi alrededor gritó y lloró. Todos lanzaron al aire los birretes amarillos. Me quité el mío demasiado tarde, por lo que me limité a dejarlo caer al suelo.

—Ay, Bella —lloriqueó Jess por encima del súbito estruendo de conversaciones—. No puedo creer que se haya acabado.

—A mí me da la impresión de que no se ha terminado —murmuré.

Pasó los brazos por mis hombros y me dijo:

—Tienes que prometerme que estaremos en contacto.

Le devolví el abrazo. Me sentí un poco incómoda mientras eludía su petición.

—Cuánto me alegra haberte conocido, Jessica. Han sido dos años estupendos.

—Lo fueron.

Suspiró, se sorbió la nariz y dejó caer los brazos.

—¡Lauren! —lloró mientras agitaba los brazos por encima de la cabeza y se abría paso entre la masa de ropas amarillas. Los familiares empezaron a reunirse con los graduados, por lo que todos estuvimos más apretados.

Logré atisbar a Angela y a Ben, ya rodeados por sus respectivas familias. Los felicitaría más tarde. Ladeé la cabeza en busca de Alice.

—Felicidades —me susurró Edward al oído mientras sus brazos se enroscaban a mi cintura. Habló con voz contenida. Él no había tenido ninguna prisa en que yo alcanzara aquel hito en particular.

—Eh, gracias.

—Parece que aún no has superado los nervios —observó.

—Aún no.

—¿Qué es lo que aún te preocupa? ¿La fiesta? No va a ser tan horrible.

—Es probable que tengas razón.

—¿A quién estás buscando?

Mi búsqueda no había sido tan sutil como pensaba.

—A Alice… ¿Dónde está?

—Salió corriendo en cuanto recogió el diploma.

Su voz adquirió un tono diferente. Alcé los ojos para ver su expresión anonadada mientras miraba hacia la salida trasera del gimnasio. Tomé una decisión impulsiva, la clase de cosas que debería pensarme dos veces, aunque rara vez lo hacía.

—¿Estás preocupada por Alice?

—Eh…

No quería responder a eso.

—De todos modos, ¿en qué está pensando? Quiero decir… ¿En qué piensa para mantenerte fuera de su mente?

Clavó los ojos en mí de inmediato y los entrecerró con recelo.

—Lo cierto es que está traduciendo al árabe *El himno de batalla de la República*. Cuando termine con eso, se propone hacer lo mismo con la lengua de signos coreana.

Solté una risita nerviosa.

—Supongo que eso debería ocupar toda su mente.

—Tú sabes qué le preocupa —me acusó.

—Claro —esbocé un ligera sonrisa—. Se me ocurrió a mí.

Él esperó, confuso.

Miré a mi alrededor. Mi padre debía de estar abriéndose camino entre la gente.

—Conociendo a Alice —susurré a toda prisa—, intentará ocultártelo hasta después de la fiesta, pero dado que yo estaba a favor de cancelarla… Bueno, no te enojes y actúa como si no pasara nada, ¿esta bien? Por lo menos, ahora conocemos sus intenciones. Siempre es mejor saber lo máximo posible. No sé cómo, pero ha de ayudar.

—¿De qué me hablas?

Vi aparecer la cabeza de Charlie por encima de otras mientras me buscaba. Me localizó y me saludó con la mano.

—Tú, tranquilo, ¿sí?

Él asintió una vez y frunció los labios con gesto severo.

Le expliqué mi hopótesis en apresurados cuchicheos.

—Creo que te equivocabas por completo en cuanto a lo que nos espera. Todo tiene un mismo origen y creo que, en realidad, vienen por mí. Es una única persona la que ha interferido en las visiones de Alice. El desconocido de mi habitación hizo una prueba para verificar si podía engañarla. Creo que quien hace cambiar de opinión a los neófitos y el ladrón de mi ropa es la misma persona. Todo encaja. Mi aroma es para ellos —Edward empalideció de tal modo que me resultó difícil continuar hablando—. Pero ¿no lo ves? Nadie viene por ustedes. Es estupendo… Nadie quiere hacerles daño a Esme ni a Alice ni a Carlisle.

Abrió los ojos con desmesura y pánico. Estaba aturdido y horrorizado. Al igual que Alice en su momento, veía que mi deducción era acertada.

Puse una mano en su mejilla.

—¡Cálmate ! —le supliqué.

—¡Bella! —dijo Charlie mientras se abría paso a empujones entre las familias que nos rodeaban.

—¡Felicidades, pequeña!

Mi padre no dejó de gritar ni siquiera cuando se acercó lo suficiente para poder hablarme al oído. Me rodeó con sus brazos de tal modo que obligó a Edward a hacerse a un lado.

—Gracias —contesté con un murmullo, preocupada por la expresión del rostro de Edward, que…

…no había recuperado el control de sus emociones. Aún

tenía las manos extendidas hacia mí, como si pretendiera agarrarme y comenzar a correr. Su control era un poquito superior al mío. Escaparnos no me parecía ninguna mala idea.

—Jacob y Billy tenían que irse... ¿Ya los viste? —preguntó Charlie.

Mi padre retrocedió un paso sin soltar mis hombros. Se mantenía de espaldas a Edward, probablemente, en un esfuerzo por excluirle, aunque en ese preciso momento aquello incluso nos convenía, pues él seguía boquiabierto y con los ojos desorbitados a causa del miedo.

—Oh, sí —le aseguré a mi padre en un intento de prestarle atención—, y también los oí.

—Aparecer por aquí ha sido un bonito detalle de su parte —dijo Charlie.

—Ajá.

Bueno. Decírselo a Edward fue una terrible idea. Alice acertó al crear una nube de humo tras la que ocultar sus pensamientos y yo tenía que haber esperado a que nos quedáramos solos en algún lugar, quizá cuando estuviéramos con el resto de la familia, y sin nada frágil a la mano, cosas como ventanas, coches o escuelas.

Verlo así me estaba haciendo revivir todos mis miedos y algunos más. Su expresión ya había superado el pánico y ahora sus facciones reflejaban pura y simple rabia.

—Bueno, ¿adónde quieres ir a cenar? —preguntó Charlie—. Hoy no hay límites.

—Puedo cocinar.

—No seas tonta. ¿Quieres ir al *Lodge?* —preguntó casi con avidez.

No me gustaba nada la comida del restaurante favorito de Charlie, pero ¿qué importaba eso cuando, de todos modos, no iba a ser capaz de tragar ni un bocado?

—Claro, vamos allí, estupendo.

La sonrisa de Charlie se ensanchó más; luego, suspiró y volvió un poco la cabeza hacia Edward sin mirarlo en realidad.

—¿Vienes, Edward?

Miré a mi novio con ojos de súplica y él recompuso la expresión antes de que Charlie se volviera del todo para ver por qué no le respondía.

—No, gracias —contestó un poco arrogante, con el rostro severo y frío.

—¿Quedaste con tus padres? —preguntó Charlie, con tono molesto. Edward siempre era mucho más amable de lo que mi padre se merecía y aquella súbita hostilidad lo sorprendió.

—Exacto, si me disculpan...

Edward se dio media vuelta de forma brusca y se alejó entre el gentío, cada vez más escaso. Quizá se desplazó un poquito más deprisa de la cuenta para mantener su farsa, habitualmente perfecta.

—¿Qué dije? —preguntó Charlie con expresión de culpabilidad.

—No te preocupes, papá —le aseguré—. No tiene nada que ver contigo.

—¿Se volvieron a pelear?

—No, para nada. No es asunto tuyo.

—Tú lo eres.

Puse los ojos en blanco.

—Vámonos a cenar.

El Lodge estaba llenísimo. A mi juicio, el local era de batante mal gusto y sus precios, excesivos, pero era lo más parecido a un restaurante de verdad que teníamos en el pueblo. Por eso, la gente lo frecuentaba cuando celebraba acontecimientos. Melancólica, mantuve la vista fija en una cabeza de alce de aspecto más bien tristón, mientras mi padre se devoraba unas costillas de primera calidad y conversaba por encima del respaldo del asiento con los padres de Tyler Crowley. Había mucho ruido. Todo el mundo acudió allí después de la graduación y la mayoría conversaba entre los pasillos de separación de las mesas y por encima de los bancos corridos, como mi padre.

Yo estaba de espaldas a las ventanas de la calle. Resistí el impulso de girarme y buscar a quien pudiera estar mirándome. Sabía que iba a ser incapaz de ver nada. Estaba tan segura de eso como de que él no iba a dejarme desprotegida ni un segundo, no después de esto.

La cena se alargó. Charlie estaba muy ocupado departiendo, por lo que comió muy despacio. Yo cortaba trocitos de mi hamburguesa y los ocultaba entre los pliegues de la servilleta cuando estaba segura de que mi padre centraba su atención en otra cosa. Todo parecía requerir mucho tiempo, pero cada vez que miraba el reloj, lo cual hacía con más frecuencia de la necesaria, apenas se habían movido las manecillas.

Me puse en pie cuando, al fin, el camarero le dio el cambio y papá dejó una propina en la mesa.

—¿Tienes prisa? —me preguntó.

—Me gustaría ayudar a Alice con lo de la fiesta —mentí.

—De acuerdo.

Se volvió para despedirse de todos los allí presentes. Yo atravesé la puerta del local para esperarlo junto al auto patrulla. Me apoyé sobre la puerta del copiloto a la espera de que Charlie lograra salir de la improvisada tertulia. El estacionamiento permanecía casi a oscuras. La nubosidad era tan densa que resultaba difícil determinar si el sol se había puesto o no. La atmósfera era pesada, como cuando está a punto de llover.

Algo se movió entre las sombras.

Mi respiración entrecortada se convirtió en un suspiro de alivio cuando Edward irrumpió de entre la penumbra.

Me estrechó con fuerza contra su pecho sin pronunciar ni una palabra. Fijó una de sus frías manos en mi barbilla y me obligó a alzar el rostro para poder posar sus duros labios contra los míos. Sentí la tensión de su mentón.

—¿Cómo estás? —pregunté en cuanto me dio un respiro.

—No muy bien —murmuró—, pero ya logré controlarme. Lamento haber perdido el control.

—Es culpa mía. Tendría que haber esperado para contártelo.

—No —disintió—. Era algo que debía saber. ¡No puedo creer que no haya sido capaz de verlo!

—Tienes muchas cosas en la cabeza.

—¿Y tú no?

De pronto, volvió a besarme sin darme opción a contestar. Se retiró al cabo de un instante.

—Charlie viene hacia aquí.

—Voy a tener que dejarlo que me lleve a tu casa.

—Los seguiré hasta allí.

—No es realmente necesario —intenté decir, pero ya se había ido.

—¿Bella? —me llamó Charlie desde la entrada del restaurante mientras escudriñaba las sombras.

—Estoy aquí fuera.

Mi padre caminó despacio hacia el coche, murmurando críticas sobre la impaciencia.

—Bueno, ¿cómo estás? —me preguntó mientras conducía por la carretera en dirección norte—. Ha sido un gran día.

—Estoy bien —mentí.

Se dio cuenta enseguida y se rió.

—Supongo que estás preocupada por la fiesta, ¿no?

—Sí —volví a mentir.

Esta vez no se dio cuenta.

—No eres de las que les gustan las fiestas.

—No sé de quién habré heredado eso —susurré.

Charlie rió entre dientes.

—Bueno, estás realmente guapa. Me gustaría pensar que algo he aportado... Perdona.

—No seas tonto, papá.

—No es ninguna tontería. Siempre me siento como si no hubiera hecho por ti nada de lo que debería.

—Eso es una ridiculez. Lo has hecho estupendamente. Eres el mejor padre del mundo, y... —no resultaba fácil hablar de sentimientos con Charlie, pero perseveré después de aclararme la garganta—. Me alegra haber venido a vivir contigo, papá. Es la mejor idea que he tenido. Así que no te preocupes, sólo estoy experimentando un ataque de pesimismo postgraduación.

Bufó.

—Quizá, pero tengo la sensación de haber hecho algunas cosas mal. Quiero decir... ¡Mira tu mano! —me miré las manos sin comprender. La izquierda descansaba sobre el cabestrillo negro con tanta comodidad que apenas me daba cuenta. El nudillo roto casi no me dolía ya—. Jamás se me ocurrió que tuviera que enseñarte cómo propinar un puñetazo. Supongo que me equivoqué en eso.

—Pero ¿tú no estás de parte de Jacob?

—No importa a favor de quién esté. Si alguien te besa sin tu permiso, tienes que ser capaz de dejar claros tus sentimientos sin resultar herida. No metiste el pulgar dentro del puño, ¿verdad?

—No, papá. Eso está muy bien por tu parte, aunque resulte

raro decirlo, pero no creo que unas lecciones hubieran servido de mucho. Jacob tiene la cara como el hormigón.

Charlie soltó una carcajada.

—Pégale en la panza la próxima vez.

—¿La próxima vez? —pregunté con incredulidad.

—Ah, no seas demasiado dura con el muchacho. Es muy joven.

—Es odioso.

—Continúa siendo tu amigo.

—Lo sé —suspiré—. La verdad es que no estaba segura de lo que correspondía hacer, papá.

Charlie cabeceó despacio.

—Ya. Lo correcto nunca resulta obvio. Lo que es válido para unos no se puede aplicar a otros. Así que…, buena suerte a la hora de averiguarlo.

—Gracias —le dije en voz baja.

Se rió de nuevo, pero luego torció el gesto.

—Si esa fiesta se desenfrena más de la cuenta… —comenzó.

—No te preocupes, papá. Carlisle y Esme van a estar presentes. Estoy segura de que también tú puedes venir, si quieres.

Mi padre hizo una mueca de disgusto y entrecerró los ojos para mirar la noche a través del parabrisas. Le gustaban las fiestas tan poco como a mí.

—¿Dónde está la próxima salida? —preguntó—. Deberían señalizar mejor el camino hasta la casa; es imposible encontrarlo de noche.

—Justo detrás de la próxima curva, creo —fruncí los labios—. ¿Sabes qué? Tienes razón: es imposible encontrarlo. Alice me dijo que iba a incluir un mapa en la invitación, pero aun así, lo más probable es que se pierdan todos los invitados.

Me animé un poco ante esa perspectiva.

—Quizá —dijo Charlie cuando el camino se curvó hacia el este—, o quizá no.

La suave y oscura gasa de la noche cesaba donde debía de estar el camino de los Cullen. Alguien había colocado luces parpadeantes en los árboles que flanqueaban la entrada. Era imposible perderse.

—Alice —dije con aspereza.

—Guau —comentó Charlie mientras girábamos hacia el camino.

Los dos árboles del comienzo no eran los únicos iluminados. Cada seis metros, aproximadamente, había una señal que nos guiaba durante los cinco kilómetros de trayecto hasta llegar a la gran casa blanca.

—Ella no es de las que dejan las cosas a medias, ¿eh? —murmuró mi padre con respeto.

—¿Seguro que no quieres entrar?

—Absolutamente seguro. Que te diviertas, hija.

—Muchísimas gracias, papá.

Estaba riéndose cuando salí del coche y cerré la puerta. Vi cómo seguía sonriendo mientras se alejaba. Después de suspirar, subí las escaleras para soportar mi propia fiesta.

Pacto

—¿Bella?

La suave voz de Edward sonó a mis espaldas. Me volví a tiempo para verlo subir la escalera del porche con su habitual fluidez de movimientos. La carrera le alborotó los cabellos. Me rodeó entre sus brazos de inmediato, tal y como había hecho en el estacionamiento, y volvió a besarme.

Aquel beso me asustó. Había demasiada tensión, una enorme desesperación en la forma como sus labios aplastaron los míos..., como si temiera que no nos quedara demasiado tiempo.

No podía permitirme pensar eso, no si iba a tener que comportarme como una persona normal durante las próximas horas. Me aparté de él.

—Vamos a quitarnos de encima esta estúpida fiesta —dije, rehuyendo su mirada.

Puso las manos sobre mis mejillas y esperó hasta que alzara la vista.

—No voy a dejar que te suceda nada.

Le toqué los labios con la mano buena.

—Mi persona no me preocupa demasiado.

—¿Por qué eso no me sorprende? —murmuró. Respiró hondo y esbozó una leve sonrisa—. ¿Lista para la celebración? —preguntó.

Gemí.

Me abrió la puerta, teniéndome bien sujeta por la cintura. Entonces, me quedé petrificada durante un minuto antes de sacudir la cabeza.

—Increíble...

—Alice es así.

Había transformado el interior de la casa de los Cullen en una discoteca, de ese estilo de locales que no sueles encontrar en la vida real, sólo en la televisión.

—Edward —llamó Alice desde su posición junto a un altavoz—, necesito tu consejo —señaló con un gesto la imponente pila de discos compactos—. ¿Deberíamos poner melodías conocidas y agradables o educar los paladares de los invitados con la buena música? —concluyó, señalando otra pila diferente.

—No te salgas de la agradable —le recomendó Edward—. «Treinta monjes y un abad no pueden hacer beber a un asno contra su voluntad».

Alice asintió con seriedad y comenzó a lanzar los CDs «educativos» en una bolsa. Noté que se había cambiado y llevaba una camiseta sin mangas cubierta de lentejuelas y unos pantalones de cuero rojos. Su piel desnuda relucía de un modo extraño bajo el parpadeo de las intermitentes luces rojas y púrpuras.

—Me parece que no voy vestida con la elegancia apropiada para la ocasión.

—Estás perfecta —discrepó Edward.

—Más que eso —rectificó Alice.

—Gracias —suspiré—. ¿De verdad creen que va a venir alguien?

—No va a faltar nadie —aseguró Edward—. Todos se mueren de ganas por ver el interior de la misteriosa casa de los huraños Cullen.

—Genial —protesté.

No había nada en lo que pudiera ayudar. Albergaba serias dudas de que alguna vez fuese capaz de hacer las cosas que hacía Alice, ni siquiera cuando no tuviera necesidad de dormir y me moviera mucho más deprisa.

Edward se negó a apartarse de mi lado ni un segundo. Me llevó consigo cuando fue primero en busca de Jasper y, luego, de Carlisle para contarles mi descubrimiento. Horrorizada, escuché en silencio sus planes para atacar a la tropa de Seattle. Estaba segura de que la desventaja numérica no complacía a Jasper, pero no habían sido capaces de convencer a la familia de Tanya, que no estaba dispuesta a colaborar. Jasper no intentaba ocultar su angustia del modo como lo hacía Edward. Resultaba obvio que no le gustara jugar con apuestas tan fuertes.

No podría quedarme en la retaguardia esperando a que aparecieran por casa. No lo haría o me volvería loca.

Sonó el timbre.

De pronto, de forma casi delirante, todo fue normal. Una sonrisa perfecta, genuina y cálida reemplazó la tensión en el rostro de Carlisle. Alice subió el volumen de la música y, luego, se acercó bailando hasta la puerta.

El Suburban llegó cargado con mis amigos, demasiado nerviosos o intimidados para acudir cada uno por su cuenta. Jessica fue la primera en traspasar la puerta con Mike que le pisaba los talones. Los siguieron Tyler, Conner, Austin, Lee, Samantha y, por último, incluso, Lauren, cuyos ojos críticos relucían de curiosidad. Todos se mostraban expectantes y luego, cuando entraron en la enorme estancia engalanada con aquella elegancia delirante, parecieron abrumados. La habitación no estaba vacía: los Cullen ocupaban su lugar, listos para escenificar su perfecta representación de una familia humana.

Esa noche yo tenía la sensación de estar actuando un poquito más que ellos.

Acudí para saludar a Jess y a Mike, con la esperanza de que el tono nervioso de mi voz pasara por puro entusiasmo. El timbre sonó antes de que pudiera acercarme a alguien. Dejé entrar a Angela y a Ben, y mantuve la puerta abierta al ver que Eric y Katie acababan de llegar al pie de las escaleras.

No hubo ninguna otra ocasión para sentir pánico. Tuve que hablar con todo el mundo y continuar ofreciendo la nota jovial, propia de la anfitriona. Aunque se había presentado como una fiesta ofrecida por Edward, Alice y yo, era inútil negar que yo me había convertido en el objetivo más popular de agradecimientos y felicitaciones. Quizá, debido a que los Cullen tenían un aspecto extraño bajo las luces festivas elegidas por Alice. Quizá, porque aquella iluminación sumía la estancia en las sombras y el misterio. No propiciaba una atmósfera para que las personas normales se relajaran cuando estaban cerca de alguien como Emmett. En una ocasión vi cómo Emmett le sonreía a Mike por encima de la mesa de la comida. Él dio un paso atrás, asustado por los centelleos que las luces rojas arrancaban a los dientes del vampiro.

Lo más probable era que Alice hubiera hecho esto a propósito para obligarme a ser el centro de atención, una posición con la que, en su opinión, yo debería disfrutar. Ella me obligaba a seguir los usos y las costumbres de los hombres para hacerme sentir humana.

La fiesta fue un éxito rotundo, a pesar del estado de tensión nerviosa provocado por la presencia de los Cullen, aunque tal vez eso sólo añadiera una nota de emoción al ambiente del lugar. El ritmo de la música era contagioso; las luces, casi hipnóticas; la comida debía de estar buena, a juzgar por la velocidad con que desaparecía. La estancia pronto se abarrotó, aunque no hasta el punto de provocar claustrofobia. Parecía haber acudido la clase entera del último curso, además de algunos alumnos de cursos inferiores. Los asistentes movían los cuerpos al ritmo del compás marcado con los pies. Todos estaban a punto de ponerse a bailar.

No era tan terrible como había temido. Seguí el ejemplo de Alice: me mezclé y charlé con todos, que parecían bastante fáciles de complacer. Estaba segura de que aquella fiesta era la mejor de cuantas se habían celebrado en Forks desde hacía mucho tiempo. Alice casi ronroneaba de placer. Nadie iba a olvidar aquella noche.

Di otra vuelta alrededor de la sala y volví a encontrarme con Jessica, que balbuceaba de excitación, pero no era preciso prestarle atención ya que era poco probable que ella necesitara de una respuesta. Edward permanecía a mi lado, negándose a apartarse de mí. Mantenía una mano bien sujeta a mi cintura y de vez en cuando me acercaba a él, probablemente como reacción a pensamientos que no quería oír.

Fue por eso que enseguida me puse en alerta cuando dejó colgar el brazo a un costado y empezó a separarse de mí.

—Quédate aquí —me susurró al oído—. Vuelvo ahora.

Cruzó entre el gentío con gracilidad. Dio la impresión de que no había rozado ninguno de los cuerpos apretados. Se marchó tan deprisa como para darme la oportunidad de preguntarle por qué se iba. Entrecerré los ojos y no lo perdí de vista. Jessica gritaba con entusiasmo por encima de la música y se colgaba de mi codo sin que le hiciera caso a mi falta de atención.

Lo observé hasta que llegó a la oscura puerta en la entrada de la cocina, donde las luces sólo brillaban de forma intermitente. Se inclinó sobre alguien, cuya identificación resultó imposible por culpa de las cabezas de los invitados, que me tapaban el campo de visión.

Me puse de puntitas y estiré el cuello. En ese preciso momento, una luz roja iluminó su espalda. La luz hizo destellar las lentejuelas de la camisa de Alice, cuyo rostro quedó iluminado una fracción de segundo. Fue suficiente.

—Discúlpame un momento, Jessica —dije mientras retiraba su brazo de mi codo.

No me detuve a esperar su reacción ni a verificar si mi brusquedad la había molestado. Eludí los cuerpos que se interponían en mi camino y de vez en cuando propiné alguno que otro empujón, pocos, por fortuna, ya que no había mucha gente bailando. Me apresuré a cruzar la puerta de la cocina.

Edward se había ido, pero Alice seguía allí, inmóvil en la penumbra, con el rostro desconcertado y la mirada, ausente, propios de quien acaba de presenciar un terrible accidente. Se sujetaba al marco de la puerta con una de sus manos, como si necesitara ese apoyo.

—¿Qué pasa, Alice? ¿Qué? ¿Qué viste? ¡Dime! —le imploré y crucé los dedos de las manos con gesto suplicante.

Ella no me miró; siguió con los ojos clavados a lo lejos. Seguí la dirección de su mirada y me percaté de cómo Alice captaba la atención de Edward a través de la habitación. El rostro de Edward era tan inexpresivo como una piedra. Se volvió y desapareció en las sombras de debajo de la escalera.

El timbre sonó en ese momento, cuando habían transcurrido varias horas desde la última llamada. Alice alzó la vista con una expresión perpleja que pronto se convirtió en una mueca de disgusto.

—¿Quién invitó al licántropo?

Le puse mala cara cuando me agarró.

—Culpable —admití.

No me había pasado por la cabeza la posibilidad de anular la invitación, pero ¿quién iba a pensar que Jacob fuera capaz de aparecer allí, como si nada? Ni en el más descabellado de los sueños...

—Bueno, en tal caso, hazte cargo de él. Tengo que hablar con Carlisle.

—¡No, Alice, espera!

Intenté agarrarla por el brazo, pero ella ya se había ido y mi mano se cerró en el vacío.

—¡Maldición! —rezongué.

Adiviné lo que ocurría. Alice tuvo la visión que había esperado desde hacía tanto tiempo y, francamente, no me sentía con ánimos para soportar el suspenso mientras atendía la puerta. El timbre volvió a sonar un buen rato. Alguien mantenía apretado el botón. Actué con resolución. Di la espalda a la puerta de la cocina y con la mirada registré la sala a oscuras en busca de Alice.

No logré ver nada. Comencé a abrirme paso hacia las escaleras.

—¡Hola, Bella!

La voz gutural de Jacob resonó en un momento durante el que no sonaba la música. Muy a mi pesar, alcé los ojos al oír mi nombre.

Puse cara de pocos amigos.

En vez de un hombre lobo, vinieron tres. Jacob entró por su cuenta, flanqueado por Quil y Embry. Ambos parecían muy tensos mientras miraban en la estancia de un lado a otro, como si estuvieran adentrándose en una cripta embrujada. La mano temblorosa de Embry todavía sostenía la puerta y tenía la mitad del cuerpo fuera, preparado para comenzar correr.

Jacob me saludó con la mano. Estaba más calmado que sus compañeros, pero arrugaba la nariz con gesto de repulsión.

También lo saludé con la mano, pero en señal de despedida. Luego, regresé en busca de Alice. Me colé por un hueco que había entre las espaldas de Conner y Lauren... Pero él apareció de la nada, me puso la mano en el hombro, y me llevó hasta las sombras imperantes de la cocina.

—¡Qué bienvenida tan cordial! —apuntó.

Agité mi mano libre y lo miré con desagrado.

—¿Qué rayos haces aquí?

—Me invitaste tú, ¿lo recuerdas?

—Si el gancho de derecha fue demasiado sutil para ti, permíteme que te lo traduzca: era una cancelación de la invitación.

—No tengas tan poco espíritu deportivo. Encima de que te traigo un regalo de graduación y todo...

Me crucé de brazos. No tenía ganas de pelearme con Jacob en ese momento. Ardía en deseos de saber en qué consistía la visión de Alice y qué decían al respecto Edward y Carlisle. Estiré el cuello para buscarlos con la mirada por un costado de Jacob.

—Devuélvelo a la tienda, Jake. Tengo asuntos que atender.

Jacob obstaculizó mi línea de visión para evitar que lo ignorara.

—No puedo devolverlo a ninguna tienda porque no lo he comprado. Lo hice con mis manos, y me costó bastante tiempo.

Volví a echar mi cuerpo a un lado, pero no conseguí ver a ningún miembro de la familia Cullen. ¿Dónde se habían metido? Escruté la penumbra una vez más.

—Oye, ya, Bella. ¡No hagas como que no estoy aquí!

—No lo hago —no los veía por ninguna parte—. Mira, Jake, ahora tengo la cabeza en otra parte...

Puso la mano debajo de mi barbilla y me obligó a mirarlo.

—¿Podría tener el privilegio de que me atendieras unos segundos, señorita Swan?

Me alejé para evitar el contacto con él.

—No me toques, Jacob —masculló.

—Disculpa —contestó de inmediato, mientras alzaba los brazos para simular que se rendía—. Lo siento de veras; me refiero a lo del otro día. No debí besarte de ese modo. Estuvo mal. Supongo que me hice falsas ilusiones al pensar que me querías.

—Falsas ilusiones... ¡Qué atinada descripción!

—Sé amable, ya sabes, al menos podrías aceptar mis disculpas.

—Está bien, disculpas aceptadas, y ahora, si me perdonas un momento...

—*Okey* —repuso entre dientes.

Lo dijo con una voz tan diferente que dejé de buscar a Alice y estudié su rostro. Tenía la vista clavada en el suelo para ocultar los ojos. El labio inferior sobresalía levemente.

—Supongo que preferirás estar con tus amigos «de verdad» —dijo con el mismo tono abatido—. Lo entiendo.

—¡Oye, Jake! —me quejé—. Sabes que eso no es justo.

—¿Ah, no?

—Deberías saberlo —me incliné hacia delante y alcé la vista en un intento de establecer contacto visual. Entonces, él levantó los ojos por encima de mi cabeza, para evitar mi mirada—. ¿Jake?

Él rehusó mirarme.

—Eh, dijiste que me habías hecho algo, ¿no? —pregunté—. ¿Era puro cuento? ¿Dónde está mi regalo?

Mi intento de simular entusiasmo fue patético, pero aun así funcionó. Puso los ojos en blanco y me hizo un mueca. Seguí con la patética farsa de la petición y mantuve abierta la mano delante de mí:

—Sigo esperando.

—Bueno —refunfuñó con sarcasmo, pero metió la mano en el bolsillo trasero de su pantalón y sacó una bolsita de holgada tela multicolor fuertemente atada con cintas de cuero. La puso en mi mano.

—Vaya, qué preciosura, Jake. ¡Gracias!

Suspiró.

—El regalo está dentro, Bella.

—Ah.

Me enredé con las cintas. Él resopló y me quitó la bolsita para abrirla con un sencillo tirón de la cinta correcta. Mantuve la mano extendida, pero él agitó la bolsa y dejó caer algo plateado en mi mano. Los eslabones de metal tintinearon levemente.

—No hice la pulsera —admitió—, sólo el dije.

Sujeto a uno de los eslabones de plata había un pequeño adorno tallado en madera. Lo sostuve entre los dedos para examinarlo de cerca. Sorprendía la cantidad de detalles complejos de la figurita: un lobo en miniatura de extremo realismo, incluso, labrado en una madera de tonalidades rojizas que encajaban con el color de su pelambre.

—Es precioso —susurré—. ¿Lo hiciste tú? ¿Cómo?

Él encogió los hombros.

—Es una habilidad que aprendí de Billy; se le da mejor que a mí.

—Resulta difícil de creer —murmuré mientras daba vueltas y más vueltas al lobito de madera entre los dedos.

—¿Te gusta de verdad?

—¡Sí! Es increíble, Jake.

Jacob esbozó una sonrisa que al principio fue de felicidad, pero luego la expresión se llenó de amargura.

—Bueno, supuse que esto quizás haría que te acordaras de

mí de vez en cuando. Ya sabes cómo son estas cosas: ojos que no ven, corazón que no siente.

Ignoré su actitud.

—Ten, ayúdame a ponérmelo.

Le ofrecí la muñeca izquierda, dado que el cabestrillo me impedía mover la mano derecha. Abrochó el cierre con facilidad, a pesar de que parecía demasiado delicado para sus enormes dedos.

—¿Te lo pondrás? —preguntó.

—Por supuesto que sí.

Me sonrió. Era la sonrisa feliz que tanto me gustaba ver en su cara.

Le correspondí con otra, pero mis ojos volvieron por instinto a la habitación y busqué entre la gente algún indicio de Edward o Alice.

—¿Por qué estás tan trastornada? —preguntó Jacob.

—No es nada —le mentí mientras intentaba concentrarme—. Gracias por el regalo, de veras, me encanta.

—¿Bella? —me dijo frunciendo el ceño hasta que su sombra le oscureció los ojos—. Está a punto de pasar algo, ¿verdad?

—Jake, yo… No, no es nada.

—No me mientas, eso no se te da. Deberías decirme de qué se trata. Queremos enterarnos de este tipo de cosas —dijo, utilizando al fin el plural.

Lo más probable es que tuviera razón. Los lobos eran parte importante de lo que estaba pasando, sólo que yo no estaba segura de qué estaba ocurriendo.

—Te lo contaré, Jacob, pero déjame averiguar antes qué pasa, ¿está bien? Tengo que hablar con Alice.

Una chispa de comprensión le iluminó el semblante.

—La médium tuvo una visión.

—Sí, en el momento en que te apareciste.

—¿Es sobre el chupasangre que entró en tu cuarto? —murmuró, manteniendo el tono de voz por debajo del sonido de la música.

—Tiene relación —admití.

Estuvo cavilando durante un minuto antes de inclinar la cabeza hacia delante para estudiar mis facciones.

—Te estás callando algo que sabes, algo grande.

¿Qué sentido tenía mentirle de nuevo? Me conocía demasiado bien.

—Sí.

Jacob me observó fijamente durante una fracción de segundo y, luego, se volteó para atraer la atención de sus hermanos de manada, que seguían en la entrada, incómodos y violentos. Se movieron en cuanto se percataron de su expresión y se abrieron paso con agilidad entre los invitados de la fiesta; ellos se movían también con una flexibilidad propia de bailarines. Flanquearon a Jacob en cuestión de medio minuto y sobresalieron muy por encima de mí.

—Ahora, explícate —exigió Jacob.

Embry y Quil miraron de manera alternativa el rostro de mi amigo y el mío, confusos y precavidos.

—No sé prácticamente nada, Jake.

Continué buscando en la sala, pero ahora para que me rescataran. Los licántropos me arrinconaron en una esquina en el sentido más literal del término.

—Entonces, cuéntanos lo que sepas.

Los tres cruzaron los brazos a la vez. La escena tenía una poco de gracia, aunque resultaba sobre todo amenazadora.

Entonces vi a Alice bajar por las escaleras. Su piel nívea refulgía bajo la luz púrpura.

—¡Alice! —grité con alivio.

Ella me miró en cuanto dije su nombre, a pesar de que el *ruido* de los altavoces tendría que haber ahogado mi voz. Moví el brazo libre con energía y observé su rostro cuando ella se fijó en los tres hombres lobo que se inclinaban sobre mí. Entrecerró los ojos.

Sin embargo, antes de que se produjera esa reacción, la tensión y el miedo dominaron su rostro. Me mordí el labio mientras se acercaba con sus andares saltarines.

Jacob, Quil y Embry se alejaron de ella con expresiones de preocupación. Alice rodeó mi cintura con el brazo.

—Tengo que hablar contigo —me susurró.

—Este..., Jake, te veré luego... —dije cuando se calmó la situación.

Él alargó su enorme brazo para bloquearnos el paso y apoyó la mano contra la pared.

—Eh, no tan deprisa.

Alice alzó la vista para clavarle sus ojos desorbitados de incredulidad.

—¿Disculpa?

—Dinos qué está pasando —exigió él con un gruñido.

Jasper se materializó literalmente de la nada. Alice y yo estábamos contra la pared y al segundo siguiente Jasper estaba junto a Jacob, en el costado opuesto al del brazo extendido, con expresión aterradora.

Jacob retiró el brazo con lentitud. Parecía el mejor movimiento posible, si parto de la base de que quería conservar ese miembro.

—Tenemos derecho a enterarnos —murmuró Jacob y lanzó una mirada desafiante a Alice.

Jasper se interpuso entre ellos. Los licántropos se aprestaron a la lucha.

—Eh, eh —intervine y añadí una risita ligeramente histérica—. Esto es una fiesta, ¿Se acuerdan?

Nadie me hizo el menor caso. Jacob fulminó a Alice con la mirada mientras Jasper hacía lo propio con Jacob. De pronto, Alice se quedó pensativa.

—Está bien, Jasper. En realidad, tiene razón.

Jasper no relajó la posición ni un poco.

Me embargaba una tensión tan fuerte que estaba convencida de que me iba a estallar la cabeza de un momento a otro.

—¿Qué viste, Alice?

Ella miró a Jacob durante unos instantes y, luego, se volteó hacia mí. Era evidente que había decidido dejar que se enteraran.

—La decisión está tomada.

—¿Se van a Seattle?

—No.

Sentí cómo el color huía de mi rostro y noté un retortijón en el estómago.

—Vienen hacia aquí —aventuré con voz ahogada.

Los muchachos quileute observaban en silencio y leían el involuntario juego de emociones de nuestros rostros. Se habían quedado clavados donde estaban, pero aun así no permanecían del todo quietos. Las manos no dejaban de temblarles.

—Sí.

—Vienen a Forks —susurré.

—Sí.

—¿Con qué fin?

Ella comprendió mi pregunta y asintió.

—Uno de ellos lleva tu blusa roja.

Intenté tragar saliva.

La expresión de Jasper era de desaprobación. No le gustaba debatir aquello delante de los hombres lobo, pero le urgía decir algo.

—No podemos dejarlos llegar tan lejos. No somos bastantes para proteger el pueblo.

—Lo sé —repuso Alice con el rostro súbitamente desolado—, pero no importa dónde los enfrentemos, porque vamos a seguir siendo pocos, y siempre quedará alguno que vendrá a registrar el pueblo.

—¡No! —murmuré.

El estruendo de la fiesta sofocó mi grito de rechazo. A nuestro alrededor, mis amigos, vecinos e insignificantes enemigos comían, reían y se movían al ritmo de la música, ajenos al hecho de que, por mi causa, estaban a punto de enfrentarse al peligro, el terror y, quizá, la muerte.

—Alice, debo irme, tengo que alejarme de aquí —le dije articulando para que me leyera los labios.

—Eso no sirve de nada. No es como si nos enfrentáramos a un rastreador. Ellos seguirían viniendo primero aquí.

—En tal caso, debo salir a su encuentro —si no hubiera tenido la voz tan ronca y forzada, la frase habría sido un grito—. Quizá se vayan sin hacer daño a nadie si encuentran lo que vienen a buscar.

—¡Bella! —protestó Alice.

—Espera —ordenó Jacob con voz enérgica—. ¿Quién viene?

Alice le dirigió una mirada gélida.

—Son de los nuestros; un montón.

—¿Por qué?

—Vienen por Bella. Es cuanto sabemos.

—¿Los superan en número? ¿Son demasiados para ustedes? —preguntó.

Jasper se molestó.

—Contamos con algunas ventajas, perro. Será una lucha igualada.

—No —lo contradijo Jacob; una sonrisa a medias, fiera y extraña, se extendió por su rostro—, no va a ser igualada.

—¡Excelente! —exclamó Alice, cuya nueva expresión miré fijamente, paralizada por el pánico. Su rostro estaba más que alegre y la desesperación había desaparecido de sus rasgos perfectos.

Dedicó a Jacob una ancha sonrisa que él le devolvió.

—No tendré visiones si intervienen ustedes, por supuesto —comentó, muy segura de sí—. Es un problema, pero, tal y como están las cosas, lo asumo.

—Debemos coordinarnos —dijo Jacob—. No será tan fácil. Éste sigue siendo más un trabajo para nosotros que para ustedes.

—Yo no iría tan lejos, pero necesitamos la ayuda, así que no nos vamos a poner delicados.

—Espera, espera, espera —los interrumpí.

Alice estaba de puntitas y Jacob se inclinaba hacia ella. Ambos estaban con los rostros relucientes de entusiasmo, a pesar de tener la nariz arrugada a causa de sus respectivos olores. Me miraron con impaciencia.

—¿Coordinarnos? —repetí entre dientes.

—¿De veras crees que nos vamos a quedar fuera de esto? —preguntó Jacob.

—¡*Están* fuera de esto!

—No es eso lo que piensa su médium.

—Alice, niégate —insistí—. Los matarán a todos.

Jacob, Quil y Embry se rieron a mandíbula batiente.

—Bella —contestó Alice con voz suave y apaciguadora—, todos moriremos si actuamos por separado; juntos...

—...no habrá problema —Jacob concluyó la frase.

Quil volvió a reírse y preguntó con entusiasmo:

—¿Cuántos son?

—¡No! —grité.

Alice ni siquiera me miró.

—Su número varía... Ahora son veintiuno, pero la cifra va a bajar.

—¿Por qué? —preguntó Jacob con curiosidad.

—Es una larga historia —contestó Alice, mirando de repente a su alrededor—, y éste no es el lugar adecuado para contarla.

—¿Y qué tal esta noche, más tarde? —presionó Jacob.

—De acuerdo —le contestó Jasper—. Si van a luchar con nosotros, van a necesitar algo de instrucción.

Todos los lobos pusieron cara de contrariedad en cuanto oyeron la segunda parte de la frase.

—¡No! —protesté.

—Esto va a resultar un poco raro —comentó Jasper pensativamente—. Nunca había pensado en la posibilidad de trabajar en equipo. Ésa debe ser nuestra prioridad.

—Sin ninguna duda —coincidió Jacob, a quien le entraron las prisas—. Tenemos que volver por Sam. ¿A qué hora?

—¿A partir de qué hora es demasiado tarde para ustedes?

Los tres quileute pusieron los ojos en blanco.

—¿A qué hora? —repitió Jacob.

—¿A las tres?

—¿Dónde?

—A quince kilómetros al norte del puesto del guarda forestal de Hoh Forest. Vengan por el oeste y podrán seguir nuestro rastro.

—Allí estaremos.

Se dieron media vuelta para marcharse.

—¡Espera, Jake! —grité detrás de él—. ¡No lo hagas, por favor!

El interpelado se detuvo y se dio la vuelta para sonreírme.

Mientras, Quil y Embry se encaminaban hacia la puerta con impaciencia.

—No seas ridícula, Bella. Acabas de hacerme un regalo mucho mejor que el mío.

—¡No! —grité de nuevo.

El sonido de una guitarra eléctrica ahogó mi grito.

Jacob no me respondió. Se apresuró a alcanzar a sus amigos, que ya se habían alejado. Lo vi desaparecer sin que pudiera hacer nada.

Instrucción

—Ha debido de ser la fiesta más larga de la historia universal —me quejé de camino a casa.

Edward no parecía estar en desacuerdo.

—Bueno, ya terminó —me animó mientras me acariciaba el brazo con dulzura...

...a que ahora era la única que necesitaba cariños. Edward estaba bien, así como toda su familia.

Todos me tranquilizaron. Alice se había acercado para darme unas palmadas de afecto mientras lanzaba una mirada elocuente a Jasper. No paró hasta que sentí un flujo de paz a mi alrededor. Esme me besó en la frente y me prometió que todo iba a ir bien. Emmett se río escandalosamente y se quejó de que yo fuera la única a la que le permitieran pelear con hombres lobo. La solución de Jacob los había dejado a todos relajados, casi eufóricos, después de las interminables semanas de tensión. La confianza había reemplazado a la duda y la fiesta había concluido con un toque de verdadera celebración...

...salvo para mí.

Ya era bastante malo que los Cullen pelearan por mi causa. Me costaba mucho aceptarlo. Era más de lo que podía soportar, pero... ¿también Jacob? No, ni él ni los tontos de sus hermanos, la mayoría más jóvenes que yo. No eran más que descomunales niños fortachones que se metían en líos como quien va de excursión a la playa. Mi seguridad no podía ponerlos en peligro también a ellos. Estaba desquiciada de los nervios, y se notaba. No sabía cuánto tiempo resistiría la tentación de gritar.

—Esta noche vas a llevarme contigo —susurré para mantener mi voz bajo control.

—Estás agotada, Bella.

—¿Crees que seré capaz de dormir?

Frunció el ceño.

—Esto va a ser una prueba. No estoy seguro de que la cooperación… sea posible. No quiero que te pongas en medio.

Como si eso no me fuera a preocupar aún más…

—Recurriré a Jacob, si tú no me llevas.

Entrecerró los ojos. Aquello era un golpe bajo y yo lo sabía, pero no iba a aceptar de modo alguno que me dejara atrás.

Siguió sin responder cuando llegamos a mi casa. Las luces del cuarto de estar estaban encendidas.

—Te veo arriba —murmuré.

Entré de puntitas por la puerta principal y me fui a la sala, donde dormía Charlie, despatarrado encima del sofá demasiado pequeño. Roncaba con una intensidad equiparable a la de una motosierra.

Le sacudí el hombro enérgicamente.

—¡Papá! ¡Charlie! —él refunfuñó pero sin abrir los ojos. Ya regresé. Te vas a lastimar la espalda como sigas durmiendo en esa postura. Vamos, es hora de moverse.

Mi padre siguió sin despegar los párpados aun después de que lo sacudiera varias veces. Al fin me las arreglé para que se levantara. Lo ayudé a llegar a su cama, donde se derrumbó encima de las mantas y, sin desvestirse, comenzó a roncar.

En esas condiciones, no era probable que se pusiera a buscarme muy pronto.

Edward esperó en mi habitación a que me lavara la cara y cambiara la ropa de la fiesta por unos pantalones y una blusa de franela. Me observó con una mueca en la cara desde la mecedora, mientras yo colgaba en una percha del armario el suéter que me había regalado Alice.

Tomé su mano y le dije:

—Ven aquí.

Luego, lo atraje a la cama y lo empujé encima de ella antes de acurrucarme junto a su pecho. Quizás él estaba en lo cierto y yo estaba tan cansada que me dormiría enseguida, pero no permitiría que se escabullera sin mí.

Me arropó con el edredón y me sujetó con fuerza.

—Relájate, por favor.

—Claro.

—Esto va a salir bien, Bella, lo presiento.

Apreté los dientes con fuerza.

Edward seguía irradiando alivio. A nadie, salvo a mí, le preocupaba que resultaran heridos Jacob y sus amigos, y menos aún, a los Cullen.

Él sabía que estaba a punto de dormirme.

—Escúchame, Bella, esto va a ser fácil. Vamos a tomar por sorpresa a los neófitos, que no tienen ni idea de la presencia de los licántropos. He visto cómo actúan en grupo, según recuerda Jasper, y de veras creo que las técnicas de caza de los lobos van a funcionar con mucha limpieza. Una vez que estén divididos y sorprendidos, ya no van a ser rival para el resto de nosotros. Alguno, incluso, podría quedarse fuera. No sería necesario que participáramos todos —añadió para quitarle peso al asunto.

—Claro, va a ser como dar un paseo en el bosque —murmuré en tono apagado.

—Calla, ya verás como sí —me acarició la mejilla—. No te preocupes ahora.

Comenzó a tararear mi nana pero, por una vez, no me calmó.

Resultarían heridas personas a quienes yo quería, bueno, en realidad, eran vampiros y licántropos, pero aun así los quería. Y aquello sería por mi causa, otra vez. Deseé poder fijar mi mala suerte con algo más de precisión. Sentía ganas de salir y gritar al cielo: «Soy yo a quien quieres, aquí, aquí. Sólo a mí».

Me devané los sesos para hallar un camino en el que pudiera hacer eso: obligar a que mi mala suerte se centrara exclusivamente en mi persona. No iba a ser fácil y tendría que aguardar el momento oportuno.

No logré conciliar el sueño. Los minutos transcurrieron con rapidez y, para mi sorpresa, seguía en tensión y despierta cuando Edward nos incorporó a los dos para que estuviéramos sentados.

—¿Estás segura de que no prefieres quedarte a dormir?

Le dirigí una mirada envenenada.

Suspiró y me alzó en brazos antes de salir de un salto por la ventana.

Trotó conmigo a su espalda por el silencioso bosque en sombras, y enseguida sentí su júbilo. Corría igual que cuando lo hacía sólo para divertirnos, nada más que para sentir el soplo del viento en el pelo. Era el tipo de actividad que me hacía feliz en tiempos menos angustiosos.

Su familia ya lo aguardaba cuando llegamos al gran claro. Hablaban con despreocupación y tranquilidad. El retumbar de la risa de Emmett resonaba de forma ocasional por el espacio abierto. Edward me dejó en el suelo y caminamos hacia ellos tomados de la mano.

Era una oscura noche en la que la luna se ocultaba detrás de las nubes. Pasó más de un minuto antes de que me diera cuenta de que estábamos en el claro donde los Cullen jugaban al béisbol. Fue en aquel mismo paraje donde hacía más de un año James y su aquelarre habían interrumpido la primera de aquellas desenfadadas veladas. Era raro volver allí, como si aquella reunión estuviera incompleta si no estaban con nosotros James, Laurent y Victoria. Aquella secuencia de acontecimientos no iba a repetirse. Quizá todo se había alterado ahora que James y Laurent no iban a volver. Sí, alguien había cambiado su forma de actuar. ¿Era posible que los Vulturis hubieran alterado sus tradicionales procedimientos de intervención?

Yo albergaba serias dudas.

Victoria siempre me había parecido una fuerza de la naturaleza. Se asemejaba a un huracán que avanzaba hacia la costa en línea recta, implacable e inevitable, pero predecible. Quizá fuera un error considerarla una criatura tan limitada; lo más probable es que fuera capaz de adaptarse.

—¿Sabes lo que pienso? —le pregunté a Edward.

Él se rió.

—No —contestó. Estuve a punto de sonreír—. ¿Qué piensas?

—Todos los cabos encajan, no sólo dos, sino los tres.

—No te entiendo.

—Han pasado tres cosas malas desde tu regreso —las enfaticé enumerándolas con los dedos—: los neófitos de Seattle, el desconocido de mi cuarto y la primera de todas: Victoria vino por mí.

Entrecerró los ojos. Daba la impresión de haber pensado mucho en ello.

—¿Qué te hace pensar eso?

—Porque estoy de acuerdo con Jasper: los Vulturis adoran sus reglas y, además, de todos modos, habrían hecho un trabajo más fino —*y porque ya habría muerto si ése hubiera sido su deseo,* añadí en mi interior—. ¿Recuerdas cuando rastreaste a Victoria el año pasado?

—Sí —frunció el ceño—. No lo hice muy bien.

—Alice dice que estuviste en Seattle. ¿La seguiste hasta allí?

Frunció las cejas hasta el punto de que ambas se rozaron.

—Sí. Um...

—Ahí lo tienes. Se le pudo ocurrir la idea en esa ciudad, pero ella no sabe realmente cómo hacerlo de modo correcto, por eso los neófitos están fuera de control.

Edward sacudió la cabeza.

—Sólo Aro conoce con exactitud el funcionamiento de la habilidad adivinatoria de Alice.

—Aro es quien mejor lo sabe, pero ¿acaso no la conocen bastante bien Tanya, Irina y el resto de sus amigos de Denali? Laurent vivió con ellas durante mucho tiempo y, si mantuvo con Victoria una relación en términos lo bastante cordiales como para hacerle favores, ¿por qué no le iba a contar todo lo que sabía?

Edward mantuvo el ceño fruncido.

—No fue ella quien entró en tu cuarto.

—¿Y no ha podido entablar nuevas amistades? Piensa en ello: si es Victoria quien está detrás del asunto de Seattle, está haciendo un montón de nuevos amigos; los está creando.

Su frente se pobló de arrugas que delataban la concentración con que sopesaba mis palabras.

—Um... Es posible —contestó al fin—. Sigo creyendo más viable la hipótesis de los Vulturis, pero tu teoría tiene un punto a su favor: la personalidad de Victoria. Tu conjetura encaja a la perfección con su forma de ser. Ha demostrado un notable instinto de supervivencia desde el principio. Quizá sea un talento natural. En cualquier caso, con este plan, ella no tendría que arriesgarse ante ninguno de nosotros, permanecería en la retaguardia y dejaría que los neófitos causaran estragos aquí. Tampoco correría grave peligro frente a los Vulturis. Es posible, incluso, que cuente con nuestra participación. Aunque su tropa ganara, no lo haría sin sufrir graves pérdidas. Con eso sobrevivirían pocos neófitos en condiciones de testificar contra ella. De hecho —continuó pensando—, apuesto a que ella ha planeado eliminar a los posibles supervivientes... Aun así, debe tener algún amiguito un poco más maduro; no un converso reciente, capaz de dejar con vida a tu padre...

Examinó el lugar con el ceño torcido y luego, de pronto, salió de su fantasía y me sonrió.

—No hay duda de que es perfectamente posible, pero tenemos que estar preparados para cualquier contingencia hasta estar seguros. Hoy estás de lo más perspicaz —añadió—. Es impresionante.

Suspiró.

—Quizá sea una simple reacción refleja a este lugar. Tengo la sensación de tenerla tan cerca que creo que me observa en este mismo momento.

La idea lo hizo apretar los dientes.

—Jamás te tocará, Bella.

A pesar de sus palabras, recorrió atentamente con la mirada los oscuros árboles del bosque. Una extraña expresión pobló su rostro mientras escrutaba las sombras. Retiró los labios hasta dejar los dientes al descubierto. En sus ojos ardió una luz extraña, algo similar a una fiera e indómita esperanza.

—Aun así, no les daré ocasión de estar tan cerca —murmuró—, ni a Victoria ni a quienquiera que pretenda hacerte daño. Tendrán que pasar por encima de mi cadáver. Esta vez acabaré con ella personalmente.

La vehemente ferocidad de su voz me estremeció y estreché sus dedos con los míos aún con más energía. Deseé tener la suficiente fuerza para mantener enlazadas nuestras manos para siempre.

Nos encontrábamos muy cerca de su familia ya, y fue entonces cuando me percaté, por vez primera, de que Alice no parecía compartir el optimismo de los demás. Permanecía apartada; miraba a Jasper, que la estrechaba entre sus brazos, como si lo necesitara para entrar en calor. Fruncía los labios con mueca de contrariedad.

—¿Qué le pasa a Alice? —pregunté con un hilo de voz.

Edward volvió a reír para sí entre dientes.

—No puede ver nada ahora que los licántropos están de camino. Esa «ceguera» le produce malestar.

A pesar de ser el miembro de los Cullen más alejado de nosotros, ella oyó su cuchicheo, alzó los ojos y le sacó la lengua. Edward se rió otra vez.

—Hola, Edward —lo saludó Emmett—; hola, Bella. ¿Vas a participar en el entrenamiento?

Mi novio regañó a su hermano.

—Emmett, por favor, no le des ideas.

—¿Cuándo llegan nuestros invitados? —le preguntó Carlisle a Edward.

Éste se concentró durante unos instantes y suspiró.

—Estarán aquí dentro de minuto y medio, pero voy a tener que fungir de traductor, ya que no confían en nosotros lo bastante como para usar su forma humana.

Carlisle asintió.

—Resulta duro para ellos. Les agradezco que vengan.

Miré a Edward con ojos entrecerrados.

—¿Vienen como lobos?

Él asintió y se mostró cauto ante mi reacción. Tragué saliva al recordar las dos veces en que había visto a Jacob en su forma lobuna. La primera fue en el prado, con Laurent, y la segunda, en el sendero del bosque cuando Paul se enojó conmigo. Ambos recuerdos eran aterradores.

Los ojos de Edward centellearon de un modo anómalo, como si se le acabara de ocurrir algo que tampoco fuera placentero. No tuve tiempo de estudiarlo con detenimiento, ya que se volteó a toda prisa hacia Carlisle y los demás.

—Prepárense: estarán aquí en cualquier momento.

—¿A qué te refieres? —quiso saber Alice.

—Silencio —le advirtió; luego, la miró de pasada cuando dirigía la vista en dirección a la oscuridad.

De pronto, el círculo informal de los Cullen se estiró hasta formar una línea flexible, en cuya punta estaban Jasper y Emmett. Supe que a Edward le habría gustado acompañarlos por la forma como permanecía inclinado a mi lado. Estreché su mano con más fuerza.

Entrecerré los ojos para estudiar el bosque, pero no vi nada.

—Maldición —masculló Emmett en voz baja—, ¿habías visto algo así?

Esme y Rosalie intercambiaron una mirada. Ambas tenían los ojos desorbitados por la sorpresa.

—¿Qué pasa? —susurré lo más bajito posible—. No veo nada.

—La manada ha crecido —me susurró Edward al oído.

¿Por qué se sorprendían? ¿Acaso no les había dicho yo que Quil se había unido al grupo? Agucé la vista para distinguir a los seis lobos en la penumbra. Finalmente, algo titiló en la oscuridad; eran sus ojos, aunque a mayor altura de lo esperado. Había olvidado su talla. Eran altos como caballos, sin un gramo de grasa, todo pelaje y músculo, y unos dientes como cuchillas, imposibles de pasar por alto.

Sólo lograba verles los ojos. Mientras escrutaba las sombras en un intento de distinguirlos mejor. Caí en la cuenta de que había más de seis pares de ojos delante de nosotros: u*no, dos, tres*... Conté mentalmente los pares de pupilas a toda prisa. Dos veces...

Eran diez.

—Fascinante —murmuró Edward en un susurro apenas audible.

Carlisle avanzó un paso con deliberada lentitud. Fue un gesto lleno de cautela, destinado a transmitir tranquilidad.

—Bienvenidos —saludó a los lobos, aún invisibles.

—*Gracias* —contestó Edward con un tono extraño y sin gracia. Entonces, comprendí de inmediato que las palabras procedían de Sam.

Estudié los ojos relucientes situados en el centro de la línea de pupilas; brillaban a mayor altura que el resto. Era imposible distinguir en la oscuridad la figura negra del lobo gigante.

Edward volvió a hablar con la misma voz distante, con la que reprodujo las palabras de Sam.

—*Vinimos a oír y a escuchar, pero nada más. Nuestro autodominio no nos permite rebasar ese límite.*

—Es más que suficiente —respondió Carlisle—. Mi hijo Jasper goza de experiencia en este asunto —prosiguió e hizo un gesto hacia la posición de Jasper, que estaba tenso y alerta—. Él nos va a enseñar cómo luchar, cómo derrotarlos. Estoy seguro de que podrás aplicar esos conocimientos a su propio estilo de caza.

—*Los atacantes... ¿son diferentes a ustedes?* —preguntó Sam por medio de Edward.

Carlisle asintió.

—Todos ellos se han transformado hace poco, apenas llevan unos meses en esta nueva vida. En cierto modo, son niños. Carecen de habilidad y estrategia, sólo tienen fuerza bruta. Esta noche son veinte, diez para ustedes y otros diez para nosotros. No debería ser difícil. Quizá disminuya su número. Los neófitos suelen luchar entre ellos.

Un ruido sordo recorrió la imprecisa línea lobuna. Era un gruñido bajo, un refunfuño, pero lograba transmitir una sensación de euforia.

—*Estamos dispuestos a encargarnos de más de los que nos corresponden si fuera necesario* —tradujo Edward, en esta ocasión habló con tono menos indiferente.

Carlisle sonrió.

—Ya veremos cómo se dan las cosas.

—*¿Saben el lugar y el momento de su llegada?*

—Cruzarán las montañas dentro de cuatro días, a última hora de la mañana. Alice nos ayudará a interceptarlos cuando se aproximen.

—*Gracias por la información. Estaremos atentos.*

Resonó un suspiro antes de que los ojos de la línea descendieran hasta el nivel del suelo, casi al mismo tiempo.

Se hizo el silencio durante dos latidos de corazón, y luego Jasper se adelantó un paso en el espacio vacío entre los vampiros y los lobos. No me resultó difícil verlo, ya que su piel refulgía en la oscuridad, como los ojos de los licántropos. Jasper lanzó una mirada de desconfianza a Edward, quien asintió. Entonces, les dio la espalda y suspiró con incomodidad.

—Carlisle tiene razón —empezó Jasper, dirigiéndose sólo a nosotros. Daba la impresión de que intentaba ignorar a la audiencia ubicada a sus espaldas—. Van a luchar como niños.

Las dos cosas básicas que jamás deben olvidar son: la primera, no dejen que los atrapen entre sus brazos, y la segunda, no busquen matarlos de frente, pues eso es algo para lo que todos están preparados. En cuanto vayan por ellos de costado y en continuo movimiento, van a quedar muy confundidos para dar una réplica eficaz. ¿Emmett?

Con una ancha sonrisa, el interpelado se adelantó un paso de la línea formada por los Cullen.

Jasper retrocedió hacia el extremo norte de la brecha entre los enemigos, ahora aliados. Hizo una señal a su hermano para que se adelantara.

—De acuerdo, que sea Emmett el primero. Es el mejor ejemplo de ataque de un neófito.

Emmett entrecerró los ojos y murmuró:

—Procuraré no romper nada.

Jasper esbozó una ancha sonrisa.

—Con ello quiero decir que él confía en su fuerza. Su ataque es muy directo. Los neófitos tampoco van a intentar ninguna sutileza. Procuran matar por la vía rápida.

Jasper retrocedió otros pocos pasos con el cuerpo en tensión.

—Estoy listo, Emmett... Intenta atraparme.

No conseguí ver a Jasper. Se convirtió en un borrón cuando Emmett lo cargó como un oso, sonriente y sin dejar de gruñir. Era también muy rápido, por supuesto, pero no tanto como Jasper, que parecía tener menos sustancia que un fantasma. Se escurría de entre los dedos de su hermano cada vez que las enormes manos de Emmett estaban a punto de atraparlo. A mi lado, Edward se inclinaba hacia delante con la mirada fija en ellos y en el desarrollo de la pelea.

Entonces, Emmett se quedó helado. Jasper le había atrapado por detrás y tenía los colmillos a una pulgada de su garganta.

Emmett empezó a maldecir.

Se levantó un apagado murmullo de reconocimiento entre los lobos, que no perdían detalle.

—Otra vez —insistió Emmett, que había perdido su sonrisa.

—Eh, ahora me toca a mí —protestó Edward. Lo agarré con más fuerza.

—Espera un minuto —Jasper sonrió mientras retrocedía—. Antes quiero demostrarle algo a Bella —lo observé con ansiedad cuando le pidió por señas a Alice que se adelantara—. Sé que te preocupas por ella —me explicó mientras Alice entraba en el círculo con sus despreocupados andares de bailarina—. Deseo mostrarte por qué no es necesario.

Aunque sabía que Jasper jamás permitiría que le sucediera nada malo a su compañera, seguía siendo duro mirar mientras él retrocedía antes de acuclillarse delante de ella. Alice permaneció inmóvil. Parecía minúscula como una muñeca, en comparación con Emmett. Sonrió para sí. Jasper se adelantó primero para, luego, deslizarse con sigilo hacia la izquierda.

Ella cerró los ojos.

El corazón me latió desbocado cuando vi a Jasper acechar la posición de Alice.

Él saltó y desapareció. De pronto, apareció junto a Alice, que parecía no haberse movido.

Jasper dio media vuelta y se lanzó de nuevo contra ella, sólo para caer detrás de Alice, igual que la primera vez. Ella permaneció con los ojos cerrados y sin perder la sonrisa.

Entonces, la observé con mayor cuidado.

Alice sí que se movía. Los ataques de Jasper me habían despistado y yo lo había pasado por alto. Ella se adelantaba un pasito en el momento exacto en que el cuerpo de Jasper salía disparado hacia la anterior posición de Alice. Ella daba otro paso más mientras las manos engarfiadas del atacante silbaban al pasar por donde antes había estado su cintura.

Él la acosaba de cerca y ella comenzó a moverse más deprisa. ¡Estaba bailando! Se movía en espiral, se retorcía y se curvaba sobre sí. Mientras arremetía y la buscaba entre sus gráciles acrobacias, sin llegar a tocarla nunca, él se convertía en su pareja de baile, en una danza en la que cada movimiento estaba coreografiado. Al final, Alice se rió...

Apareció de la nada y se subió a la espalda de su compañero, con los labios pegados a su cuello.

—Te atrapé —dijo ella antes de besar a Jasper en la garganta.

Él rió entre dientes al tiempo que meneaba la cabeza.

—Eres un monstruito aterrador, de veras.

Los lobos mascullaron de nuevo. Esta vez, el sonido reflejaba cautela.

—Les caerá muy bien aprender un poco de respeto —murmuró Edward, divertido. Luego, en voz más alta, dijo—: Mi turno.

Me apretó la mano antes de marcharse. Alice acudió para ocupar su lugar a mi lado.

—Hace frío, ¿eh? —me preguntó con una expresión engreída después de su exhibición.

—Mucho —admití sin apartar la vista de Edward, que se deslizaba sin hacer ruido hacia Jasper con movimientos felinos y atentos, como los de un gato de los pantanos.

—No te quito el ojo de encima, Bella —me susurró de repente, tan bajito que apenas la oí a pesar de tener los labios pegados a mi oído. Mi mirada osciló de su rostro a Edward, que estaba absorto contemplando a Jasper. Ambos estaban haciendo amagos a medida que se acortaba la distancia entre ellos. Las facciones de

Alice tenían un tono de reproche—. Le avisaré a Edward si decides llevar a la práctica tus planes —me amenazó—. Que te pongas en peligro no va a ayudar a nadie. ¿Acaso crees que algún neófito daría media vuelta si murieras? La lucha no cesaría ni por su parte ni por la nuestra. No puedes cambiar nada, así que pórtate bien, ¿sí?

Hice una mueca e intenté ignorarla.

—Te tengo vigilada —insistió.

Para ese momento, los dos contendientes se habían acercado el uno al otro y la lucha parecía ser más reñida que las anteriores. Jasper contaba a su favor con la referencia de un siglo de combate y, aunque intentaba actuar ciñéndose sólo a los distados del instinto, el aprendizaje lo guiaba una fracción antes de actuar. Edward era ligeramente más rápido, pero no estaba familiarizado con los movimientos de Jasper. Proferían de modo constante instintivos gruñidos y se acercaban una y otra vez sin que ninguno fuera capaz de obtener una posición ventajosa. Como se movían muy rápidamente, era difícil comprender lo que estaban haciendo; además, era imposible apartar la mirada. Los penetrantes ojos de los lobos atraían mi atención de vez en cuando. Tenía el presentimiento de que ellos observaban todo aquello con más atención que yo, quizá más de lo conveniente.

Al final, Carlisle se aclaró la garganta. Jasper se rió y Edward se irguió, sonriéndole.

—Dejémoslo en empate —admitió Jasper— y volvamos al trabajo.

Todos actuaron por turnos —Carlisle, Rosalie, Esme y, luego, Emmett de nuevo—. Entrecerré los ojos y me mantuve encogida cuando Jasper atacó a Esme, cuyo enfrentamiento resultó ser el más difícil de ver. Después de cada uno, sus movimientos eran más lentos, aunque no lo bastante para que yo los comprendiera, y daba nuevas instrucciones.

—¿Ven lo que estoy haciendo aquí? —preguntaba—. Eso es, justo así —los animaba—. Los costados, deben concentrarse en los costados. No olviden cuál será su objetivo. No dejen de moverse.

Edward no se descuidaba ni un segundo en la vigilancia y escuchaba aquello que los demás no podían.

Se me hizo difícil seguir la instrucción conforme los párpados me empezaron a pesar más y más. Las últimas noches no había dormido bien y, de todos modos, casi llevaba veinticuatro horas sin dormir. Me apoyé sobre el costado de Edward y cerré los ojos.

—Estamos a punto de acabar —me avisó en un susurro.

Jasper lo confirmó cuando se volvió hacia los lobos, por vez primera, con una expresión llena de incomodidad.

—Mañana seguiremos con la instrucción. Por favor, los invitamos a que regresen para observar.

—*Sí* —respondió Edward con la fría voz de Sam—, *aquí estaremos.*

Entonces, Edward suspiró, me palmeó el brazo y se alejó de mí para volverse hacia su familia.

—La manada considera que les ayudaría familiarizarse con nuestros olores para no cometer errores luego. Les sería más fácil si nos quedáramos quietos.

—No faltaba más —le contestó Carlisle a Sam—. Lo que necesiten.

Los lobos emitieron un gañido gutural y fúnebre mientras se incorporaban.

Olvidé la fatiga y abrí los ojos como platos.

La intensa negrura de la noche empezaba a aclararse. El sol se escondía al otro lado de las montañas y todavía no alumbraba la línea del horizonte, pero ya iluminaba las nubes. Y de pronto, gracias a esa luminosidad, fue posible distinguir las formas y el color de las pelambreras cuando se acercaron los lobos.

Sam iba a la cabeza, por supuesto. Era increíblemente grande y negro como el carbón, un monstruo surgido de mis pesadillas en su sentido más literal. Después de que lo viera a él y a los demás lobos en el prado, la manada había protagonizado algunos de mis peores delirios.

Era posible cuadrar aquella enormidad física con sus ojos ahora que podía verlos a todos, y parecían más de diez. La manada ofrecía un aspecto sobrecogedor.

Vi por el rabillo del ojo a Edward, que no me perdía de vista y evaluaba con atención mi reacción.

Sam se acercó a la posición de Carlisle, al frente de su familia, con el resto del grupo pegado a su cola. Jasper se puso rígido, pero Emmett, que estaba al otro lado de Carlisle, permanecía sonriente y relajado.

Sam olfateó a Carlisle. Me dio la impresión de que arrugaba el hocico al hacerlo. Luego, se dirigió hacia Jasper.

Recorrí las dos hileras de lobos con la mirada, convencida de poder identificar a los nuevos miembros de la manada. Había uno de color gris claro, mucho más pequeño que el resto, que tenía el pelaje del lomo erizado como muestra de disgusto. La pelambrera de otro era del color de la arena del desierto, tenía aspecto desgarbado y andares torpes en comparación con los del resto. Gimoteó por lo bajo cuando el avance de Sam lo dejó solo entre Carlisle y Jasper.

Posé los ojos en el lobo que iba detrás del líder. Tenía un pelaje marrón rojizo y era más grande que los demás, y en comparación, también más peludo. Era casi tan alto como Sam, el segundo de mayor tamaño del grupo. Su posición era despreocupada, con un descuido manifiesto, a diferencia del resto, que consideraban aquella experiencia toda una prueba.

El gran lobo de pelaje rojizo se percató de mi mirada y alzó los ojos para observarme con sus conocidos ojos negros.

Le devolví la mirada mientras intentaba asumir lo que ya sabía. Noté que mi rostro dejaba traslucir los sentimientos de fascinación y maravilla.

El hocico de la criatura se abrió, y dejó entrever los dientes. Habría sido una expresión aterradora, de no ser por la lengua que colgaba a un lado y esbozaba una sonrisa lobuna.

Mostré una risita.

La sonrisa de Jacob se ensanchó y mostró sus dientes afilados. Abandonó su lugar en la fila sin prestar atención a las miradas de la manada y pasó trotando junto a Edward y Alice. Se detuvo a poco más de medio metro de mi posición. Permaneció allí quieto y lanzó una rápida mirada a Edward, que se mantenía inmóvil como una estatua y evaluaba mi reacción.

La criatura bajó las patas delanteras y agachó la cabeza, para que su cara no estuviera a mayor altura que la mía. Así podía mirarme a los ojos y sopesar mi respuesta de un modo muy similar al de Edward.

—¿Jacob? —pregunté, sin aliento.

La réplica fue un sonido sordo y profundo, muy parecido a una risa desvergonzada.

Los dedos me temblaron levemente cuando extendí la mano para tocar el pelaje marrón de un lado de su cara. Jacob cerró los ojos e inclinó su enorme cabeza en mi mano. Emitió un zumbido desde el fondo de la garganta.

La pelambrera era suave y áspera al mismo tiempo, y cálida, al tacto. Me dio curiosidad y hundí en ella los dedos para saber cómo era la textura. Acaricié el cuello allí donde se oscurecía el color. No reparé en lo mucho que me había acercado hasta que, de pronto, y sin aviso previo, me pasó la lengua por toda la cara, desde la barbilla hasta el nacimiento del cabello.

—¡Oye, Jacob, no seas bruto! —me quejé al tiempo que retrocedía de un salto y le propinaba un manotazo, tal y como habría hecho si hubiera estado en su forma humana.

Mientras se alejaba, soltó entre dientes un aullido ahogado; se estaba riendo de nuevo.

Fue en ese momento cuando me percaté de que nos estaban mirando todos, los licántropos y los vampiros. Los Cullen parecían perplejos y, en algunos casos, incluso disgustados. Era difícil descifrar los rostros de los lobos, pero me dio la impresión de que el de Sam reflejaba descontento.

Y cuestión aparte era Edward, que estaba con los nervios de punta y claramente decepcionado. Advertí que él esperaba una reacción mía diferente, como que saliera huyendo o que me pusiera a gritar.

Jacob profirió otra vez esa risa descarada.

El resto de la manada había empezado a retroceder sin perder de vista a los Cullen. Jacob dio vueltas a mi alrededor mientras observaba cómo se iban sus compañeros, hasta que los perdimos de vista en las profundidades del bosque. Sólo dos de ellos se rezagaron junto a los árboles, mirando a Jacob con ansiedad.

Edward suspiró, ignoró a Jacob y se acercó a mí para tomarme de la mano.

—¿Estás lista? —me preguntó.

Antes de que yo pudiera contestar, Edward se volvió hacia Jacob y le habló.

—Todavía no he averiguado todos los detalles —respondió a la pregunta que el lobo le formuló en su mente.

Jacob refunfuñó con resentimiento.

—Es más complicado que todo eso —contestó Edward—. No te preocupes, me encargaré de que esté a salvo.

—¿De qué están hablando? —exigí saber.

—Sólo estamos hablando sobre estrategias.

Jacob hizo oscilar su cabeza para mirarnos a Edward y a mí antes de saltar de repente en dirección al bosque. Mientras corría, veloz como una flecha, me percaté por vez primera del trozo de tela negra que llevaba en la pata trasera.

—¡Espera! —lo llamé con un grito.

Extendí una mano para alcanzarlo sin pensar, pero él se perdió entre los árboles en cuestión de segundos seguido por los otros dos lobos.

—¿Por qué se va? —le pregunté, molesta.

—Va a volver —repuso Edward, resignado—. Desea poder hablar por sí mismo.

Observé la linde del bosque por la que había desaparecido el lobo mientras me apoyaba en el costado de Edward. Estaba al borde del colapso, pero seguí luchando por mantenerme en pie.

Jacob acudió al trote, pero esta vez no a cuatro patas, sino a dos piernas. Iba con el pecho desnudo y llevaba la melena enmarañada y alborotada. No vestía más atuendo que los pantalones cortos de color negro. Corría sobre el suelo helado con los pies descalzos y ahora acudía solo, aunque sospeché que sus amigos se mantenían ocultos entre los árboles.

Los Cullen se habían situado en corrillo y hablaban en cuchicheos entre ellos. Aunque rehuyó a los vampiros, no tardó mucho en cruzar el campo.

—Bueno, chupasangre —dijo Jacob cuando se plantó a un metro escaso de nosotros; era obvio que retomaba la conversación que yo me había perdido—, ¿por qué es tan complicado?

—Debo sopesar todas las posibilidades —replicó Edward, sin inmutarse—. ¿Qué ocurre si te atrapan?

Jacob resopló ante esa idea.

—Bueno, entonces, ¿por qué no la dejamos en la reservación? De todos modos, Collin y Brady van a quedarse en retaguardia; estará a salvo con ellos.

Torcí el gesto.

—¿Hablas de mí?

—Sólo quiero saber qué planea hacer contigo durante la lucha —explicó Jacob.

—¿*Hacer* conmigo?

—No puedes quedarte en Forks, Bella —me explicó Edward con voz apaciguadora—. Conocen tu paradero. ¿Qué ocurriría si alguno llegara a escabullirse?

Sentí un retortijón en el estómago y la sangre me huyó del rostro.

—¿Charlie? —dije casi sin aliento.

—Estará con Billy —me aseguró Jacob enseguida—. Si mi padre tiene que cometer un asesinato para conseguir que vaya a la reserva, lo hará. Probablemente, no tendrá que llegar a eso. Será el sábado, ¿no? Hay partido.

—¿Este sábado? —pregunté mientras la cabeza me daba vueltas. Me hallaba muy aturdida para controlar mis pensamientos desbocados. Miré a Edward y le dediqué un mueca—. ¡Maldición! Acabas de perderte tu regalo de graduación.

Él se rió.

—Lo que vale es la intención —me recordó—. Puedes darle las entradas a quien quieras.

Enseguida se me ocurrió la solución.

—Angela y Ben —decidí de inmediato—. De ese modo, al menos estarán fuera del pueblo.

Edward me acarició la mejilla.

—No puedes evacuar a todos —repuso con voz gentil—.

Ocultarte es una simple precaución, te lo aseguro. Ahora ya no tenemos problema. No son suficientes para mantenernos ocupados.

—¿Y qué ocurre con el plan de protegerla en La Push? —lo interrumpió Jacob con impaciencia.

—Ha ido y venido de allí demasiadas veces —explicó Edward—. El lugar está lleno de su rastro. Mi hermana sólo ha visto venir de caza a neófitos muy recientes, pero alguien más experimentado tuvo que crearlos. Todo esto podría ser una maniobra de distracción de parte de quienquiera que sea él... —Edward hizo una pausa para mirarme— o ella. Y aunque Alice lo verá, si decide venir a echar un vistazo por sí mismo, quizás en ese momento estaremos demasiado ocupados. No puedo dejarla en ningún lugar que haya frecuentado. Debe ser difícil de localizar, aunque sólo sea por si acaso. La posibilidad es remota, pero no voy a correr riesgos.

No aparté los ojos de Edward mientras se explicaba. Fruncí el ceño cada vez más. Me dio unas palmadas en el brazo.

—Me paso de precavido —me dijo.

Jacob señaló al fondo del bosque, al este de nuestra posición, a la vasta extensión de las montañas Olympic.

—Bueno, ocúltala ahí —sugirió—. Hay un millón de escondrijos posibles y cualquiera de nosotros puede acudir en cuestión de minutos, si fuera necesario.

Edward negó con la cabeza.

—El aroma de Bella es demasiado fuerte y el de nosotros dos juntos deja una pista inconfundible, y sería así, incluso aunque yo la llevara cargando. Nuestro rastro ya destaca entre los demás olores, y en conjunto con el de Bella, siempre llamaría la atención de los neófitos. No estamos seguros del camino exacto que van a seguir, ya que ni ellos mismos lo saben aún.

Si hallan su olor antes de que nos encontremos con ellos...

Ambos hicieron una mueca de disgusto y fruncieron el ceño al mismo tiempo.

—Ya ves las dificultades.

—Tiene que haber una forma eficaz —murmuró Jacob, que apretó los labios mientras contemplaba el bosque.

Di una cabezada y me incliné hacia delante. Edward rodeó mi cintura con un brazo y me acercó a él para soportar mi peso.

—Debo llevarte a casa. Estás agotada y Charlie va a despertarse enseguida.

—Espera un momento —pidió Jacob mientras se volvía hacia nosotros—. Mi olor te disgusta, ¿no?

Le relucían los ojos.

—No es mala idea —Edward se adelantó dos pasos—. Es factible —se volvió hacia su familia y dijo gritando—: ¿Qué te parece, Jasper?

El interpelado alzó los ojos con curiosidad y retrocedió medio paso junto a Alice, que volvía a estar descontenta.

—De acuerdo, Jacob —Edward hizo un asentimiento de cabeza.

Jacob se volvió hacia mí con una extraña mezcla de emociones en el rostro. Estaba claro que le entusiasmaba su nuevo plan, con independencia de en qué consistiera, pero seguía incómodo por la cercanía de sus aliados y al mismo tiempo enemigos. Luego, cuando él extendió los brazos hacia mí, me llegó el momento de preocuparme.

Edward respiró hondo.

—Vamos a ver si mi olor basta para ocultar tu aroma —explicó Jacob.

Observé sus brazos extendidos con gesto de sospecha.

—Vas a tener que dejar que te lleve, Bella —me dijo Edward. Habló con calma, pero había una inconfundible nota oculta de malestar en su voz.

Puse cara de pocos amigos.

Jacob puso los ojos en blanco, se impacientó y se acercó para tomarme en brazos.

—No seas niña —murmuró mientras lo hacía.

Sin embargo, y al igual que yo, lanzó una mirada a Edward, que permanecía sereno y seguro de sí. Entonces, le habló a su hermano Jasper.

—El olor de Bella es mucho más fuerte que el mío... Se me ocurrió que tendríamos más posibilidades si lo intentaba alguien más.

Jacob se alejó de ellos y se encaminó con paso veloz hacia el interior del bosque. Me mantuve en silencio cuando nos envolvió la oscuridad. Hice una mueca, pues me sentía incómoda en los brazos de Jacob. Había demasiada intimidad entre nosotros. Seguramente, no era necesario que me sujetara con tanta fuerza, y no podía dejar de preguntarme qué significado tendría para él un abrazo que me hacía recordar mi última tarde en La Push, algo en lo que prefería no pensar. Me crucé de brazos, enfadada, cuando el cabestrillo de mi mano acentuó aquel recuerdo.

No nos alejamos demasiado. Describió un amplio círculo desde nuestro punto de partida, quizá la mitad de la longitud de un campo de fútbol, antes de regresar al claro desde una dirección diferente. Jacob se dirigió hacia la posición donde nos esperaba Edward, que ahora estaba solo.

—Bájame.

—No quiero darte la oportunidad de estropear el experimento —aminoró el paso y me sujetó con más fuerza.

—Eres un verdadero fastidio —me quejé entre dientes.

—Gracias.

Jasper y Alice surgieron de la nada y se situaron junto a Edward. Jacob dio un paso más y me dejó en el suelo a dos metros escasos de mi novio. Caminé hacia él y lo tomé de la mano sin volver la vista hacia Jacob.

—¿Y bien? —quise saber.

—Siempre y cuando no toques nada, Bella, no imagino a nadie husmeando tan cerca de esta pista como para poder distinguir tu aroma —respondió Jasper, con una mueca—, que queda oculto.

—Todo un éxito —admitió de inmediato Alice sin dejar de arrugar la nariz.

—Eso me dio una idea...

—...que va a funcionar —agregó Alice con confianza.

—Bien pensado —coincidió Edward.

—¿Cómo soportas esto? —me preguntó Jacob con un hilo de voz.

Edward ignoró al licántropo y me miró mientras me explicaba la idea.

—Vamos a dejar, bueno, tú vas a dejar una pista falsa hacia el claro. Los neófitos vienen de caza. Se entusiasmarán al captar tu esencia y haremos que vayan exactamente adonde nos interesa a nosotros. De ese modo, no tendremos que preocuparnos del tema. Alice ya ha visto que el truco funciona. Se dividirán en dos grupos en cuanto descubran nuestro aroma en un intento de atraparnos entre dos fuegos. La mitad cruzará el bosque; allí es donde la visión cesa de pronto...

—¡Sí! —siseó Jacob.

Edward le dedicó una sonrisa de sincera camaradería.

Me sentí fatal. ¿Cómo podían estar tan ansiosos? ¿Cómo iba a soportar que los dos se pusieran en peligro?

No podía…

…y no iba a hacerlo.

—Eso, ni se te ocurra —repuso de pronto Edward, claramente disgustado.

Di un brinco, preocupada porque, de algún modo, consiguió enterarse de mi resolución, pero Edward no apartaba la vista de Jasper.

—Lo sé, lo sé —se apresuró a responder éste—. En realidad, ni siquiera lo había considerado de verdad —Alice le pisó el pie—. Bella los haría enloquecer si se quedara en el claro como cebo —le explicó a su compañera—. No serían capaces de concentrarse en otra cosa que no fuera ella, y eso nos daría la ocasión de borrarlos del mapa… —Edward le lanzó una mirada envenenada que lo hizo retractarse—. No podemos hacerlo, claro, es una de esas ideas locas que se me ocurren: resultaría demasiado peligroso para ella —añadió enseguida, pero me miró por el rabillo del ojo, y su expresión era de lástima por la oportunidad desperdiciada.

—No podemos —zanjó Edward de modo terminante.

—Tienes razón —admitió Jasper. Tomó la mano de Alice y se volteó hacia los demás—. ¿Al mejor de tres? —oí cómo le preguntaba a ella cuando se iban para continuar practicando.

Jacob lo vio irse con gesto de repugnancia.

—Jasper considera cada movimiento desde una perspectiva puramente militar —dijo Edward en voz baja, para salir en defensa de su hermano—. Sopesa todas las opciones. Es perfeccionismo, no crueldad.

El hombre lobo bufó.

Se había ensimismado tanto en urdir el plan que no se había percatado de lo mucho que se había acercado a Edward, situado ahora a un metro suyo. Yo estaba entre ambos y era capaz de sentir en el aire la tensión, similar a la estática; una carga muy incómoda.

Edward retomó el hilo del asunto.

—La traeré aquí el viernes por la tarde para dejar la pista falsa. Después, puedes reunirte con nosotros y conducirla a un lugar que conozco. Está totalmente apartado y es fácil de defender, da igual quién ataque. Yo llegaré allí por otra ruta alternativa.

—¿Y entonces, qué? ¿La dejamos allí con un celular? —saltó Jacob con tono de desaprobación.

—¿Se te ocurre algo mejor?

De pronto, Jacob adoptó un gesto petulante.

—Lo cierto es que sí.

—Vaya… Bueno, perro, la verdad es que tu idea no está nada mal.

Jacob se volvió hacia mí enseguida, como si estuviera dispuesto a representar el papel de chico bueno y mantenerme al tanto de la conversación.

—Estamos intentando convencer a Seth para que se quede con los dos más jóvenes. Él también lo es, pero se muestra testarudo. Se me ocurrió una nueva tarea para él: hacerse cargo del celular.

Intenté aparentar que lo entendía, pero no engañé a nadie.

—Seth Clearwater estará en contacto con la manada mientras permanezca en forma lobuna, pero ¿no será la distancia un problema? —preguntó Edward y se volvió hacia Jacob.

—En absoluto.

—¿Cuatrocientos ochenta kilómetros? —inquirió Edward, tras leerle la mente—. Es impresionante.

Jacob volvió a desempeñar su papel de chico bueno.

—Es lo más lejos que hemos llegado a probar —me explicó—.

Asentí distraídamente, ocupada en digerir que el joven Seth Clearwater ya se había convertido también en hombre lobo, una perspectiva que me impedía concentrarme. Aún veía su deslumbrante sonrisa, tan parecida a la de un Jacob más joven. Tendría quince años a lo sumo, si es que los había cumplido. Su entusiasmo ante la fogata en la sesión del Consejo adquiría ahora un nuevo significado...

—Es una buena idea —Edward parecía reacio a admitir las bondades—. Me sentiría mucho más tranquilo con Seth allí, aun cuando no fuera posible la comunicación inmediata. No sé si hubiera sido capaz de dejar sola a Bella, aunque pensar que hemos tenido que llegar a esto... ¡Confiar en licántropos!

—...o luchar con vampiros en vez de contra ellos —replicó Jacob, remedando el mismo tono de repulsión.

—Bueno, al menos vas a luchar contra algunos —repuso Edward.

Jacob sonrió.

—¿Por qué crees que estamos aquí?

Egoísmo

Edward me llevó a casa en brazos, ya que supuso que no iba a ser capaz de aguantar el viaje de vuelta agarrada a su espalda. Debí de quedarme dormida por el camino.

Al despertar, me encontraba en mi cama. Una luz mortecina entraba por las ventanas en un extraño ángulo, casi como si estuviera atardeciendo.

Bostecé y me estiré. Lo busqué a tientas en la cama, pero mis dedos sólo encontraron las sábanas vacías.

—¿Edward? —musité.

Seguí palpando y esta vez encontré algo frío y suave. Era su mano.

—¿Ahora sí estás despierta de verdad? —murmuró.

—Ajá —asentí con un suspiro—. ¿Di muchas falsas alarmas?

—Has estado muy inquieta, y no has parado de hablar en todo el día.

—¿En todo el *día?* —pestañeé y volví a mirar hacia las ventanas.

—Ha sido una noche muy larga —repuso en tono tranquilizador—. Te ganaste un día entero en la cama.

Me incorporé. La cabeza me daba vueltas. La luz que entraba por la ventana venía del oeste.

—¡Guau!

—¿Tienes hambre? —me preguntó—. ¿Quieres desayunar en la cama?

—Me voy a levantar —dije con un gruñido, y volví a desperezarme—. Necesito ponerme en pie y moverme un poco.

Me llevó a la cocina de la mano sin quitarme los ojos de encima, como si temiera que fuera a caerme. O a lo mejor creía que andaba como una sonámbula.

No me compliqué, y metí un par de rebanadas en la tostadora. Al hacerlo, me vi reflejada en la superficie cromada del aparato.

—¡Buf! Me veo fatal.

—Fue una noche muy larga —volvió a decirme—. Deberías haberte quedado aquí durmiendo.

—Sí, claro. Y perdérmelo todo. Tienes que empezar a aceptar el hecho de que ahora formo parte de la familia.

Edward sonrió.

—Puede que me acostumbre a la idea.

Me senté a desayunar y él se puso a mi lado. Al levantar la tostada para darle el primer bocado, me di cuenta de que Edward estaba observando mi mano. Al mirarla, vi que todavía llevaba puesto el regalo que Jacob me había dado en la fiesta.

—¿Puedo? —preguntó, señalando el pequeño lobo de madera.

Comí haciendo bastante ruido.

—Claro.

Puso la mano bajo la pulsera y sostuvo el dije sobre la pálida piel de su palma abierta. Por un instante me dio miedo, ya que la menor presión de sus dedos podía convertirla en astillas.

No, él no haría algo así. Me sentí avergonzada sólo de pensarlo. Edward sopesó el lobo en la mano unos segundos y luego lo dejó caer. La figurilla se quedó colgando de mi muñeca con un leve balanceo.

Traté de leer su mirada. Su expresión era seria y pensativa; todo lo demás lo mantenía oculto, si es que había algo más.

—Así que Jacob Black puede hacerte regalos.

No era una pregunta ni una acusación, sólo la constatación de un hecho. Pero sabía que se refería a mi último cumpleaños y a cómo me había empeñado en que no quería regalos y, menos aún, de Edward. No era un comportamiento del todo lógico y, además, nadie me había hecho caso.

—Tú me has hecho regalos —le recordé—. Sabes que me gustan los objetos hechos a mano.

Edward frunció los labios.

—¿Y qué pasa con los objetos usados? ¿Puedes aceptarlos?

—¿A qué te refieres?

—Este brazalete —trazó un círculo con el dedo alrededor de mi muñeca—, ¿piensas llevarlo puesto mucho tiempo?

Me encogí de hombros.

—Es porque no quieres herir sus sentimientos, ¿no? —insinuó con perspicacia.

—Supongo que no.

—Entonces —me preguntó, observando mi mano mientras hablaba; me la puso boca arriba y recorrió con el dedo las venas de mi muñeca—, ¿no crees que sería justo que yo también tuviera una pequeña representación?

—¿Una representación?

—Un amuleto, algo que te recuerde a mí.

—Tú estás siempre en mis pensamientos. No necesito recordatorios.

—Si yo te diera algo, ¿lo llevarías? —insistió.

—¿Algo usado? —aventuré.

—Sí, algo que yo haya llevado puesto una temporada —dijo y puso su sonrisa angelical.

Pensé que si ésa era su única reacción al regalo de Jacob, la aceptaba de buen grado.

—Lo que tú quieras.

—¿Te has dado cuenta de la injusticia? —me preguntó y cambió a un tono acusador—. Porque yo sí, desde luego.

—¿Qué injusticia?

Edward entrecerró los ojos.

—Todo el mundo puede regalarte cosas, menos yo. Me habría encantado hacerte un regalo de graduación, pero no lo hice, porque sabía que te molestaría más que si te lo hacía cualquier otra persona. Es injusto. ¿Cómo me explicas eso?

—Es fácil —dije, encogiéndome de hombros—. Para mí, tú eres más importante que nadie en el mundo, y el regalo que me has entregado eres tú mismo. Eso es mucho más de lo que merezco, y cualquier cosa que me des desequilibra aún más la balanza entre nosotros.

Edward procesó esta información un instante y después puso los ojos en blanco.

—Es ridículo. Me estimas en mucho más de lo que valgo.

Mastiqué con calma. Sabía que si le decía que se pasaba de modesto no me haría caso.

Su celular sonó. Antes de abrirlo, miró el número.

—¿Qué pasa, Alice?

Mientras él escuchaba, yo esperé su reacción. De pronto me sentí muy nerviosa, pero a Edward no pareció sorprenderle lo que le contaba Alice, fuese lo que fuese, y se limitó a resoplar unas cuantas veces.

—Yo también lo creo —le dijo a su hermana mientras me miraba a los ojos alzando una ceja en gesto de desaprobación—. Ha estado hablando en sueños.

Me sonrojé. ¿Qué se me había escapado ahora?

Edward me lanzó una mirada furiosa al cerrar el teléfono.

—¿Hay algo de lo que quieras hablar conmigo?

Reflexioné unos instantes. Dada la advertencia de Alice la noche anterior, era fácil suponer la razón de la llamada. Luego, recordé los sueños que había tenido durante el día, unos sueños agitados en los que corría detrás de Jasper. Intentaba seguirlo entre el laberinto de árboles para llegar al claro, donde sabía que encontraría a Edward. También, a los monstruos que querían matarme, cierto, pero no me importaba porque ya había tomado mi decisión.

También era fácil suponer que Edward me había oído mientras estaba dormida.

Fruncí los labios por un momento, incapaz de aguantarle la mirada. Esperé.

—Me gusta la idea de Jasper —dije por fin.

Edward emitió un gruñido.

—Quiero ayudar. Tengo que hacer algo —insistí.

—Ponerte en peligro no es ninguna ayuda.

—Jasper cree que sí. Y él es el experto.

Edward me dirigió una mirada furibunda.

—No puedes impedírmelo —lo amenacé—. No pienso esconderme en el bosque mientras todos ustedes se arriegan por mi causa.

Casi se le escapó una sonrisa.

—Alice no te ve dentro del claro, Bella. Te ve extraviada y dando tumbos por la espesura. No serás capaz de encontrarnos. Sólo vas a conseguir que pierda más tiempo en lo que te busca luego.

Traté de mantenerme tan fría como él.

—Eso es porque Alice no ha tenido en cuenta a Seth Clearwater —dije sin levantar la voz—. Y en todo caso, de haberlo hecho, no habría podido ver nada en absoluto, pero parece que Seth quiere estar allí tanto como yo. No será muy difícil convencerlo para que me enseñe el camino.

Un relámpago de ira recorrió su cara, pero enseguida respiró profundamente y recuperó la compostura.

—Eso podría haber funcionado... si no me lo hubieras dicho. Ahora tendré que pedirle a Sam que le dé a Seth ciertas instrucciones. Aunque no quiera, Seth no puede negarse a acatar ese tipo de órdenes.

Sin perder mi sonrisa apacible, le pregunté:

—¿Y por qué tendría que darle esas instrucciones? ¿Y si le digo a Sam que me conviene ir al claro? Apuesto a que prefiere hacerme un favor a mí que a ti.

Edward tuvo que controlarse de nuevo para no perder la compostura.

—Tal vez tengas razón, pero seguro que Jacob está más que dispuesto a dar esas mismas instrucciones.

Fruncí el ceño.

—¿Jacob?

—Jacob es el segundo al mando. ¿No te lo ha dicho nunca? Sus órdenes también deben ser obedecidas.

Me tomó por sorpresa, y su sonrisa indicaba que lo sabía. Arrugué la frente. No dudaba de que Jacob se pondría de su parte, aunque sólo fuera por esta vez. Y además, Jacob nunca me había contado eso.

Edward se aprovechó de mi momento de vacilación, y prosiguió en un tono suave y conciliador:

—Anoche me asomé a la mente de la manada. Fue mucho mejor que una telenovela. No tenía ni idea de lo compleja que es la dinámica de una manada tan numerosa. Cada individuo tratando de resistirse a la psique colectiva... Es absolutamente fascinante.

Lo miré furiosa: era obvio que intentaba distraerme.

—Jacob te ha ocultado un montón de secretos —me dijo con una sonrisa sarcástica.

No le contesté, y me limité a mirarlo fijamente, aferrada a mi argumento y esperando un resquicio para utilizarlo.

—Por ejemplo, ¿te fijaste anoche en el pequeño lobo gris?

Asentí con la barbilla rígida. Edward soltó una carcajada.

—Se toman muy en serio todas sus leyendas. Pero resulta que hay cosas que no aparecen en ellas y para las que no están preparados.

Suspiré.

—Está bien, me convenciste. ¿A qué te refieres?

—Siempre han aceptado, sin cuestionarlo, que sólo los nietos directos del lobo original tienen el poder de transformarse.

—¿Así que alguien que no es descendiente directo de ese lobo se ha transformado?

—No. Ella es descendiente directa, hasta ahí va bien.

Pestañeé y abrí los ojos como platos.

—¡¿Ella?!

Edward asintió.

—Ella te conoce. Se llama Leah Clearwater.

—¿Leah es una mujer lobo? —exclamé—. ¿Cómo? ¿Desde cuándo? ¿Por qué no me lo dijo Jacob?

—Hay cosas que no le está permitido compartir con nadie. Por ejemplo, cuántos son en realidad. Como te dije hace un momento, cuando Sam da una orden la manada no puede ignorarla. Jacob procura pensar en otras cosas cuando está cerca de mí, pero después de lo de anoche ya no tiene remedio.

—No puedo creerlo. ¡Leah Clearwater!

De pronto recordé a Jacob cuando hablaba de Leah y de Sam. Él reaccionó como si hubiera hablado de más cuando mencionó que Sam tenía que mirar a Leah a la cara «todos los días» sabiendo que había roto sus promesas. También me acordé de Leah sobre el barranco, y de la lágrima que le brillaba en la mejilla cuando el Viejo Quil habló de la carga y el sacrificio que compartían los hijos de los quileute. Pensé en Billy, que pasaba tanto tiempo con Sue porque ella tenía problemas con sus hijos. ¡Y el verdadero problema era que los dos se habían convertido en licántropos!

Nunca había pensado demasiado en Leah Clearwater; sólo para compadecer su pérdida cuando Harry murió. Más tarde, había vuelto a sentir lástima por ella cuando Jacob me contó su historia y me explicó cómo la extraña imprimación entre Sam y su prima Emily le había roto el corazón.

Y ahora Leah formaba parte de la manada de Sam. Compartía los pensamientos con él... y era incapaz de ocultar los suyos.

«Es algo que todos odiamos —me había dicho Jacob—. No tener privacidad ni secretos es atroz. Todo lo que te avergüenza queda expuesto para que todos lo vean».

—Pobre Leah —susurré.

Edward resopló.

—Les está haciendo la vida imposible a los demás. No estoy seguro de que merezca tu compasión.

—¿Qué quieres decir?

—Es bastante duro para ellos tener que compartir todos sus pensamientos. La mayoría intenta cooperar y hacer las cosas más fáciles. Pero basta con que un solo miembro sea malévolo de forma deliberada para que todos sufran.

—Ella tiene razones de sobra —murmuré, aún de parte de Leah.

—Lo sé —me dijo—. El impulso de imprimación es de lo más extraño que he visto en mi vida, y mira que he visto cosas raras —sacudió la cabeza, perplejo—. Resulta imposible describir la forma como Sam está ligado a su Emily, o mejor debería decir a «su Sam». En realidad, él no tenía otra opción. Me recuerda *El sueño de una noche de verano* y el caos que desatan los hechizos de amor de las hadas. Es como magia —sonrió—. Casi tan fuerte como lo que yo siento por ti.

—Pobre Leah —dije de nuevo—. Pero ¿a qué te refieres con «malévolo»?

—Leah les recuerda constantemente cosas en las que ellos preferirían no pensar —me explicó—. Por ejemplo, a Embry.

—¿Qué pasa con Embry? —le pregunté, sorprendida.

—Su madre se fue de la reserva de los makah hace diecisiete años, cuando estaba embarazada de él. Ella no es una quileute, y todo el mundo dio por hecho que había dejado a su padre con los makah. Pero después él se unió a la manada.

—¿Y?

—Que los principales candidatos a ser el padre de Embry son Quil Ateara sénior, Joshua Uley y Billy Black. Y todos ellos estaban casados en aquella época, por supuesto.

—¡No! —dije, boquiabierta. Edward tenía razón: era igual que una telenovela.

—Ahora Sam, Jacob y Quil se preguntan cuál de ellos tiene un hermanastro. Todos quieren pensar que es Sam, ya que su viejo nunca fue un buen padre, pero ahí está la duda. Jacob nunca se ha atrevido a preguntarle a Billy sobre el asunto.

—¡Guau! ¿Cómo has averiguado tanto en una sola noche?

—La mente de la manada es algo hipnótico. Todos piensan juntos y por separado al mismo tiempo. ¡Hay tanto que leer…!

Edward sonaba casi compungido, como quien ha tenido que soltar una buena novela justo antes del momento culminante. Me reí.

—Sí, la manada resulta fascinante —coincidí—. Casi tanto como tú cuando intentas cambiar de tema.

Su expresión volvió a ser cortés: una perfecta cara de jugador de póquer.

—Tengo que ir a ese claro, Edward.

—No —dijo en tono concluyente.

Entonces se me ocurrió otro rumbo distinto.

No era tanto que yo tuviera que ir al claro como que tenía que estar en el mismo lugar que Edward.

Eres cruel, me dije a mí misma. *¡Egoísta, egoísta, más que egoísta! ¡No se te ocurra hacer eso!*

Ignoré mis impulsos bondadosos, pero aun así fui incapaz de mirarlo mientras hablaba. La culpa mantenía mis ojos clavados a la mesa.

—Mira, Edward —susurré—, la cuestión es ésta: ya me he vuelto loca una vez. Sé cuáles son mis límites. Y si me vuelves a dejar, no podré soportarlo.

Ni siquiera levanté la mirada para ver su reacción, temiendo comprobar el dolor que le estaba infligiendo. Oí que tomaba aire de repente, y luego siguió un silencio. Seguí mirando la madera oscura de la mesa, deseando ser capaz de retractarme de mis palabras. Pero sabía que probablemente no lo haría. Y menos si aquello funcionaba.

De pronto sus brazos me rodearon, y sus manos me acariciaron la cara y los brazos. *Él* me estaba consolando a *mí*. Mi culpa pasó a modo de torbellino, pero mi instinto de supervivencia era más fuerte, y no cabía duda de que Edward resultaba imprescindible para que yo sobreviviera.

—Sabes que no es así, Bella —murmuró—. No estaré lejos, y pronto habrá acabado todo.

—No puedo —insistí, con la mirada aún fija en la mesa—.

No soporto la idea de no saber si volverás o no. Por muy pronto que se acabe, no puedo vivir con eso.

Edward suspiró.

—Es un asunto sencillo, Bella. No hay razón para que tengas miedo.

—¿Seguro?

—Ninguna razón.

—¿A nadie le va a pasar nada?

—A nadie —me prometió.

—¿Así que no hay ninguna razón para que yo esté en ese claro?

—Desde luego que no. Alice me dijo que tienen menos de diecinueve años. Los manejaremos sin problemas.

—Está bien. Me dijiste que era tan fácil que alguien podía quedarse fuera —repetí sus palabras de la noche anterior—. ¿Hablabas en serio?

—Sí.

Estaba tan claro que no sé cómo no lo vio venir.

—Si es tan fácil —añadí—, ¿por qué no puedes quedarte fuera tú?

Tras un largo rato en silencio, me decidí a levantar la mirada para observar su expresión.

Había vuelto a poner cara de jugador de póquer.

Respiré hondo.

—Así que, una de dos: o es más peligroso de lo que quieres reconocerme, en cuyo caso será mejor que yo esté allí para ayudarlos, o bien va a ser tan fácil que se las pueden arreglar sin ti. ¿Cuál de las dos opciones es la correcta?

No respondió.

Sabía en qué estaba pensando. En lo mismo que yo: Carlisle, Esme, Emmett, Rosalie, Jasper. Y... me obligué a pensar en el último nombre. Alice.

¿Soy un monstruo?, me pregunté. No del tipo que el propio Edward creía ser, sino un monstruo de verdad, de los que dañan a la gente. Esa clase de monstruos que no conocen límites para conseguir lo que quieren.

Lo que yo quería era que él estuviese a salvo conmigo. ¿Existía algún límite a lo que estaba dispuesta a hacer o a sacrificar por ese propósito? No estaba segura.

—¿Me estás pidiendo que deje que luchen sin mi ayuda? —me preguntó en voz baja.

—Sí —me sorprendía hablar en un tono tan ecuánime cuando en el fondo me sentía una miserable—. Eso, o que me dejes ir. Me da igual, siempre que estemos juntos.

Respiró profundamente y, luego, exhaló el aire muy despacio. Me puso las manos a ambos lados de la cara, y me obligó a aguantarle la mirada, y clavó sus ojos en los míos durante largo rato. Me pregunté qué buscaba en ellos y qué estaba encontrando, y si la culpa era tan palpable en mi rostro como en mi estómago, que se me había revuelto.

Sus ojos lucharon por contener alguna emoción que no pude leer. Después, apartó una mano de mi cara para sacar de nuevo el celular.

—Alice —dijo, con un suspiro—, ¿puedes venir un rato para hacer de niñera con Bella? —enarcó una ceja, desafiándome a decirle que no—. Necesito hablar con Jasper.

No oí nada, pero era evidente que Alice aceptaba. Edward soltó el teléfono y volvió a mirarme a la cara.

—¿Qué vas a decirle a Jasper? —le pregunté.

—Voy a comentarle… la posibilidad de que yo me quede fuera.

Me fue fácil leer en su rostro lo difícil que le resultaba pronunciar aquellas palabras.

—Lo lamento.

Y era cierto. Odiaba obligarlo a hacer esto, pero no tanto como para fingir una sonrisa y decirle que siguiera adelante sin mí. No; me sentía mal, pero no hasta tal punto.

—No te disculpes —me dijo y esbozó apenas una sonrisa—. Nunca temas decirme lo que sientes, Bella. Si eso es lo que necesitas... —se encogió de hombros—. Tú eres mi prioridad número uno.

—No me refería a eso. No se trata de que elijas entre tu familia o yo.

—Ya lo sé. Además, no es eso lo que me pediste. Me ofreciste las dos opciones que puedes soportar tú, y escogí la que puedo soportar yo. Así es como se supone que funciona una compromiso.

Me incliné hacia delante y apoyé la frente contra su pecho.

—Gracias —le susurré.

—Cuando quieras —me respondió, y me dio un beso en el pelo—. Cualquier cosa...

Nos quedamos un buen rato sin movernos. Mientras mantenía mi cara escondida contra su camisa, dos vocecitas luchaban en mi interior: la buena me decía que fuera valiente, y la mala le decía a la buena que cerrara la boca.

—¿Quién es la tercera esposa? —me preguntó de repente.

—¿Cómo? —me hice la tonta. No recordaba haber vuelto a tener ese sueño.

—Anoche murmuraste algo sobre «la tercera esposa». Lo demás tenía algo de sentido, pero con eso me perdí del todo.

—Ah, ya. Es una de las leyendas que escuché junto al fuego, la otra noche —me encogí de hombros—. Se me debió de quedar grabada.

Edward se apartó un poco de mí y ladeó la cabeza, tal vez

confundido por el matiz funesto de mi voz. Antes de que pudiera preguntar algo, Alice apareció en la puerta de la cocina con cara de pocos amigos.

—Te vas a perder la diversión —gruñó.

—Hola, Alice —la saludó Edward.

Después me puso un dedo bajo la barbilla y me levantó la cara para darme un beso de despedida.

—Volveré esta misma noche —me prometió—. Tengo que reunirme con los demás para solucionar este asunto y reorganizarlo todo.

—Está bien.

—No hay mucho que reorganizar —dijo Alice—. Ya se lo conté. Emmett está encantado.

Edward exhaló un suspiro.

—Ya me lo imagino.

Salió por la puerta y me dejó a solas con Alice.

Ella me miró echando chispas por los ojos.

—Lo siento —volví a disculparme—. ¿Crees que esto lo hará más peligroso para ustedes?

Alice soltó un bufido.

—Te preocupas demasiado, Bella. Te van a salir canas antes de tiempo.

—Entonces, ¿por qué estás enfadada?

—Edward es un cascarrabias cuando no se sale con la suya. Me estoy imaginando cómo va a ser aguantarlo durante los próximos meses —hizo una mueca—. Supongo que, si sirve para que mantengas la cordura, merece la pena, pero me gustaría que no fueras tan pesimista, Bella. Resulta innecesario.

—¿Dejarías que Jasper fuera sin ti? —le pregunté.

Alice hizo otro mohín.

—Eso es diferente.

—Sí, claro.

—Ve a ducharte —me ordenó—. Charlie llegará a casa en quince minutos, y si te ve así como estás no creo que te deje salir otra vez.

Había perdido el día entero. ¡Qué desperdicio! Me alegraba saber que no siempre tendría que seguir malgastando mi tiempo de vida con horas de sueño.

Cuando Charlie llegó a casa, yo estaba perfectamente presentable: me había vestido, me había arreglado el pelo y le estaba sirviendo la cena en la mesa de la cocina. Alice se sentó en el sitio habitual de Edward, lo cual pareció terminar de alegrarle el día.

—¡Hola, Alice! ¿Cómo estás, cariño?

—Muy bien, Charlie, gracias.

—Veo que por fin decidiste salir de la cama, dormilona —me dijo mientras me sentaba a su lado. Después se dirigió de nuevo a Alice—. Todo el mundo habla de la fiesta que dieron tus padres anoche. Supongo que aún no han terminado de recoger todo el lío.

Alice se encogió de hombros. Conociéndola, seguro que ya lo había hecho todo.

—Mereció la pena —repuso ella—. Fue una fiesta genial.

—¿Dónde está Edward? —preguntó Charlie, casi a regañadientes—. ¿Ayudando con la limpieza?

Ella suspiró con gesto trágico. Probablemente estaba fingiendo, pero lo hacía tan bien que no supe qué pensar.

—No. Está con Emmett y Carlisle; hacen planes para el fin de semana.

—¿Otra excursión?

Alice asintió, con rostro apesadumbrado.

—Sí, se van todos, menos yo. Siempre hacemos una excusión para celebrar el fin de curso, pero este año decidió que se me antojaría más ir de compras que al campo. Ninguno de ellos quiere quedarse a acompañarme. Me han abandonado.

Alice hizo un puchero. Al verla tan desconsolada, Charlie se inclinó hacia ella y le tendió la mano sin pensarlo; buscaba alguna forma de ayudarla. La miré con recelo, sin saber qué pretendía.

—Alice, cariño, ¿por qué no te quedas con nosotros? —le ofreció Charlie—. No me gusta pensar que te vas a quedar sola en esa casa tan grande.

Ella suspiró. Algo me aplastó el pie bajo la mesa.

—¡Ay! —protesté.

Charlie se volvió hacia mí.

—¿Qué pasa?

Alice me lanzó una mirada de frustración. Sin duda estaba pensando que esa noche yo andaba muy lenta de reflejos.

—Me he dado un golpe en un dedo —mascullé.

—Ah —Charlie volvió a mirar a Alice—. Bueno, ¿qué te parece?

Ella volvió a pisarme, pero esta vez no tan fuerte.

—Esto... —dije—, la verdad es que no tenemos mucho sitio, papá. No creo que a Alice le guste dormir en el suelo de mi habitación.

Charlie frunció los labios, y Alice volvió a poner gesto de desconsuelo.

—A lo mejor Bella puede irse contigo —sugirió Charlie—. Sólo hasta que vuelvan tus hermanos.

—Oh, Bella, ¿no te importa? —me preguntó Alice, con una sonrisa radiante—. No te importa venir de compras conmigo, ¿verdad?

—Claro —asentí—. ¿De compras? Me encanta.

—¿Cuándo se van los demás? —preguntó Charlie.

Alice hizo otra mueca.

—Mañana.

—¿Para cuándo me necesitas? —pregunté.

—Para después de cenar, supongo —respondió, y después se acarició la barbilla con gesto pensativo—. ¿Tienes algún plan para el sábado? Me gustaría ir de compras a la ciudad, así que necesitaríamos todo el día...

—A Seattle, no —dijo Charlie, frunciendo el ceño.

—No, claro que no —se apresuró a añadir Alice, aunque ambas sabíamos que el sábado Seattle sería una ciudad de lo más segura—. Estaba pensando, por ejemplo, en Olympia...

—Eso te gustará, Bella —dijo Charlie, aliviado—. ¡Ve con ella y hártate de ciudad!

—Sí, papá. Es buena idea.

Con unas cuantas frases, Alice había conseguido despejar mi agenda para la batalla.

Edward volvió poco después. No le sorprendió que Charlie le deseara un buen viaje y le aclaró que saldrían por la mañana temprano. Dio las buenas noches antes de lo habitual y Alice se marchó con él.

Poco después de que se fueran, me excusé.

—Pero no puedes estar cansada... —protestó Charlie.

—Sí, un poco —mentí.

—No me extraña que te guste escaparte de las fiestas —me dijo—. Con lo que te cuesta recuperarte...

Cuando llegué arriba, Edward yacía atravesado encima de mi cama.

—¿Cuándo vamos a reunirnos con los lobos? —susurré al acercarme a él.

—Dentro de una hora.

—Eso está bien. Jake y sus amigos necesitan dormir un poco.

—No tanto como tú —señaló.

Cambié de tema, porque sospechaba que me iba a decir que me quedara en casa.

—¿Te dijo Alice que va a secuestrarme otra vez?

Edward sonrió.

—En realidad no va a hacerlo.

Me quedé mirándolo, y él se rió en voz baja ante mi cara de desconcierto.

—Soy el único que tiene permiso para retenerte como rehén, ¿recuerdas? —me dijo—. Alice se va de caza con el resto —suspiró—. Supongo que yo ahora ya no tengo por qué hacerlo.

—¿Así que eres tú quien va a secuestrarme?

Edward asintió.

Me lo imaginé durante unos instantes. No tendría a Charlie en el piso de abajo escuchando o subiendo a asomarse cada poco rato a mi cuarto. Ni tampoco una casa llena de vampiros insomnes con su aguzado y entremetido sentido del oído; solos él y yo, solos de verdad.

—¿Te parece bien? —me preguntó, preocupado por mi silencio.

—Bueno... sí, salvo por una cosa.

—¿Qué cosa? —me preguntó, nervioso. Era increíble, pero, por alguna razón, aún parecía albergar dudas respecto a su control sobre mí. Quizá tenía que dejárselo más claro.

—¿Por qué no le dijo Alice a Charlie que se iban esta noche? —pregunté.

Edward se rió, aliviado.

Disfruté más del viaje al claro que la noche anterior. Seguía sintiéndome culpable y asustada, pero ya no estaba tan aterrorizada y podía desenvolverme. Era capaz de ver más allá de lo que iba a pasar, y casi podía creer que las cosas tal vez saldrían bien. Al parecer, a Edward no le disgustaba la idea de perderse esta pelea, lo cual me hacía más fácil aceptar sus palabras cuando decía que iba a ser *pan comido*: si él mismo no se lo creyera, no abandonaría a su familia. Quizás Alice tenía razón y yo me preocupaba demasiado.

Al fin, llegamos al claro.

Jasper y Emmett ya estaban luchando; a juzgar por sus risas, era un simple calentamiento. Alice y Rosalie los observaban, tiradas en el suelo. Mientras, a unos cuantos metros, Esme y Carlisle charlaban con las cabezas juntas y los dedos entrelazados, sin prestar atención a nada más.

Esa noche había mucha más luz. La luna brillaba a través de un fino velo de nubes, y pude ver sin problemas a los tres lobos sentados al borde del cuadrilátero de entrenamiento, separados entre sí para observar la lucha desde diferentes ángulos.

También me resultó fácil distinguir a Jacob. Lo habría reconocido de inmediato, aunque no hubiera levantado la cabeza al oír que nos acercábamos.

—¿Dónde están los demás lobos? —pregunté.

—No hace falta que vengan todos. Con uno bastaría para hacer el trabajo, pero Sam no se fiaba de nosotros tanto como para enviar sólo a Jacob, aunque éste quería hacerlo así. Quil y Embry son sus... Supongo que podrían llamarse sus copilotos habituales.

—Jacob confía en ti.

Edward asintió.

—Confía en que no intentaremos matarlo. Eso es todo.

—¿Vas a participar esta noche? —pregunté, indecisa. Sabía que esto iba a resultar casi tan duro para él como lo habría sido para mí que me dejara atrás. Tal vez incluso más.

—Ayudaré a Jasper cuando lo necesite. Quiere ensayar con grupos desiguales y enseñarles cómo actuar contra múltiples atacantes.

Se encogió de hombros.

Y una nueva oleada de pánico hizo pedazos mi confianza, ya de por sí escasa.

Seguían siendo inferiores en número, y yo lo empeoraba aún más.

Me quedé mirando al campo de batalla para tratar de ocultar mis emociones.

No era el lugar más adecuado en el que posar la mirada, si consideraba que estaba intentando engañarme a mí y convencerme de que todo iba a salir bien y a la medida de mis necesidades. Porque cuando me obligué a apartar los ojos de los Cullen, Jacob captó mi mirada y me sonrió. Pensaba en que aquel combate de entrenamiento se convertiría en una batalla mortal en cuestión de días.

Era la misma sonrisa lobuna de la noche anterior, y entrecerraba los ojos igual que lo hacía cuando era humano.

Me resultaba difícil creer que poco tiempo atrás los hombres lobo me daban miedo, y que había llegado a tener pesadillas con ellos.

Supe, sin preguntarlo, quién de los otros dos era Embry y quién era Quil. Sin duda, el lobo gris, más delgado y con manchas oscuras en el lomo, sentado y que lo observaba todo con paciencia, se trataba de Embry; mientras que Quil, de pelaje color chocolate en el cuerpo y algo más claro en la cara, daba constantes sacudidas, como si deseara unirse a aquel combate amistoso. No eran monstruos, ni siquiera en esta situación. Eran mis amigos.

Unos amigos que no parecían ni mucho menos tan indestructibles como Emmett y Jasper se movían rápidamente como cobras mientras la luna bañaba su piel de granito. Unos amigos que, por lo visto, no entendían el peligro que estaban corriendo. Unos amigos que seguían siendo en cierto modo mortales, que podían sangrar, que podían morir...

La confianza de Edward me tranquilizaba, ya que era evidente que no estaba preocupado por su familia, pero me pregunté si también se sentiría afectado en el caso de que los lobos sufrieran algún daño. Si esa posibilidad no le preocupaba, ¿había alguna razón para que estuviera nervioso? La confianza de Edward sólo servía para aplacar una parte de mis temores.

Intenté sonreír a Jacob y tragué saliva para deshacer el nudo que tenía en la garganta. Pero no sirvió de mucho.

Jacob se incorporó con una agilidad increíble en una criatura tan enorme y se acercó trotando hacia donde nos encontrábamos, al borde del claro.

—Hola, Jacob —saludó Edward con cortesía.

Jacob lo ignoró y clavó sus ojos oscuros en mí. Bajó la cabeza hasta mi altura, como había hecho el día anterior, ladeó el hocico y dejó escapar un sordo gemido.

—Estoy bien —le respondí, sin esperar la traducción de mi novio—. Sólo estoy preocupada.

Jacob seguía mirándome.

—Quiere saber por qué estás preocupada —dijo Edward.

Jacob emitió un gruñido. No fue un sonido amenazante, sino de irritación. Edward contrajo los labios.

—¿Qué? —pregunté.

—Cree que mis traducciones son bastante deficientes. Lo que dijo en realidad es: «Eso es una estupidez. ¿Por qué hay que preocuparse?». Le corregí un poco porque me parecía una grosería.

Sonreí a medias. Estaba demasiado nerviosa para divertirme.

—Hay muchos motivos para estar preocupada —le dije a Jacob—. Por ejemplo, que unos cuantos lobos estúpidos acaben malheridos.

Jacob se rió con un áspero ladrido.

Edward suspiró.

—Jasper quiere ayuda. ¿Puedes prescindir de mis servicios como traductor?

—Me las arreglaré.

Edward me dirigió una mirada melancólica, difícil de interpretar, y después me dio la espalda y se encaminó al lugar donde lo esperaba Jasper.

Me senté en el mismo sitio en que me encontraba. El suelo estaba duro y frío.

Jacob también dio un paso hacia delante; después se volvió hacia mí y emitió un gemido bajo y gutural, mientras aventuraba otro paso.

—Adelante, ve tú —le dije—. No quiero verlo.

Jacob volvió a ladear la cabeza y, con un ronco suspiro, se acurrucó en el suelo a mi lado.

—En serio, vete —lo animé.

No respondió, y se limitó a apoyar la cabeza sobre las garras.

Me quedé mirando las nubes plateadas; no quería ver la pelea. Ya tenía material de sobra para alimentar mi imaginación. Una brisa atravesó el claro, y me dio un escalofrío.

Jacob se arrastró y se acercó hacia mí. Luego, apoyó su pelaje cálido contra mi costado izquierdo.

—Eh... Gracias —murmuré.

Pasado un rato, me recliné sobre su amplio hombro. Así estaba mucho más cómoda.

Las nubes desfilaban lentamente por el cielo, y sus gruesos jirones se iluminaban al pasar por delante de la luna y volvían a sumirse en sombras al dejarla atrás.

Distraída, me dediqué a pasar los dedos por el pelaje que recubría el cuello de Jacob. Su garganta retumbó con el mismo canturreo extraño que había escuchado el día anterior. Era un sonido casi hogareño, más áspero y salvaje que el ronroneo de un gato, pero que transmitía la misma sensación de comodidad.

—Nunca he tenido perro —dije—. Siempre he querido tener uno, pero Reneé les tiene miedo.

Jacob se rió, y su cuerpo se estremeció bajo mis dedos.

—¿No te preocupa lo del sábado? —le pregunté.

Volvió su enorme cabeza hacia mí, y pude ver cómo ponía los ojos en blanco.

—Me gustaría sentirme tan optimista como tú.

Jacob apoyó la cabeza en mi pierna y empezó a ronronear otra vez. Eso me hizo sentirme un poco mejor.

—Así que mañana nos espera una buena caminata, supongo.

Jacob emitió un gruñido de entusiasmo.

—Puede ser un paseo largo —le advertí—. El concepto de distancia de Edward no es el mismo que el de una persona normal.

Jacob emitió otro ladrido a modo de risa.

Hundí más los dedos en su pelaje y apoyé mi cabeza en su cuello.

Era extraño. Aunque ahora Jake tenía forma de lobo, sentía que volvía a haber entre nosotros una relación más parecida a la de antes (una amistad tan sencilla y natural como el hecho de respirar) que las últimas veces que habíamos estado juntos. Sentía como si Jacob aún fuese humano. Resultaba curioso descubrir de nuevo aquella sensación que creía haber perdido por culpa de su naturaleza de licántropo.

En el claro seguían jugando a matarse, mientras yo me dedicaba a contemplar las nubes que pasaban sobre la luna.

Compromiso

Todo estaba listo.

Mi equipaje para la visita de dos días «a Alice» estaba preparado, y la bolsa me esperaba en el asiento del copiloto de mi coche. Les había regalado las entradas del concierto a Angela, Ben y Mike. Este último iba a llevar a Jessica, tal y como yo esperaba. Billy le había pedido prestado el bote al Viejo Quil Ateara, y había invitado a Charlie a pescar en mar abierto antes de que empezara el partido de la tarde. Collin y Brady, los dos licántropos más jóvenes, permanecerían en la retaguardia para proteger La Push, aunque eran tan sólo unos chicos de trece años. Aun así, Charlie estaría más seguro que ninguno de los que se iban a quedar en Forks.

Yo había hecho cuanto estaba en mi mano. Traté de convencerme de ello, y también de apartar de mi cabeza la gran cantidad de factores que quedaban fuera de mi control. De un modo u otro, en cuarenta y ocho horas todo habría acabado. Era un pensamiento casi reconfortante.

Edward me había pedido que me relajara, y yo iba a intentarlo por todos los medios.

—¿Podemos olvidarnos de todo por una noche y pensar tan sólo en nosotros dos? —me había suplicado y desató sobre mí todo el poder de su mirada—. Parece que nunca tenemos tiempo para nosotros. Necesito estar a solas contigo, sólo contigo.

No era una solicitud difícil de aceptar, aunque una cosa era asegurar que iba a olvidar mis temores y otra, hacerlo de verdad. Pero ahora tenía otras cosas en qué pensar, sobre todo, al saber que disponíamos de esta noche para nosotros dos solos, lo cual me ayudaba.

Algunas cosas habían cambiado.

Por ejemplo, ya estaba preparada.

Preparada para unirme a su familia y a su mundo. Así me lo revelaban el miedo, la culpa y la angustia que experimentaba en ese momento. Había tenido ocasión de concentrarme en esas sensaciones —lo había hecho mientras contemplaba la luna entre las nubes, recostada contra el cuerpo de un hombre lobo—, y sabía que ya no volvería a caer presa del pánico. La siguiente vez que nos ocurriera algo, yo estaría preparada. En el balance final, pensaba ser un activo, no un pasivo. Edward no tendría que volver a elegir nunca más entre su familia y yo. Íbamos a ser compañeros, igual que Alice y Jasper. La próxima vez, yo cumpliría mi parte.

Esperaría a liberarme de la espada para que Edward se sintiera satisfecho, pero no hacía falta: estaba lista.

Sólo faltaba un detalle.

Había cosas que aún no habían cambiado; entre ellas, el amor desesperado que sentía por mi novio. Había tenido mucho tiempo para analizar las consecuencias de la apuesta de Jasper y Emmett, y para decidir a qué cosas estaba dispuesta a renunciar junto con mi naturaleza humana y a cuáles, no. Sabía muy bien qué experiencia quería gozar antes de convertirme en un ser inhumano.

De modo que esa noche teníamos algunos asuntos pendientes que solucionar. Después de todo lo que había visto en los últimos dos años, yo ya no creía en el significado de la palabra «imposible». Edward tendría que recurrir a algo más que ese vocablo para detenerme.

Para ser sincera, sabía que no iba a ser tan fácil, pero pensaba intentarlo.

Teniendo en cuenta la decisión que había tomado, no me extrañó descubrir lo nerviosa que estaba mientras conducía el largo trecho hasta su casa. No sabía cómo hacer lo que quería hacer, y estaba muerta de miedo. Al ver lo despacio que conducía, Edward, que iba en el asiento del copiloto, trataba de contener una sonrisa. Me sorprendió que no insistiera en tomar el volante, pero esa noche mi velocidad de tortuga no parecía molestarle.

Ya había oscurecido cuando llegamos a su casa. A pesar de ello, el prado se veía iluminado por la luz que brillaba en todas las ventanas.

En cuanto apagué el motor, él ya estaba abriendo la puerta de mi lado. Me sacó volando con un brazo de la cabina mientras que con el otro tomaba mi bolsa del asiento trasero y se la colgaba del hombro. Sus labios se encontraron con los míos al mismo tiempo que le oía cerrar la puerta de la camioneta con el pie.

Sin dejar de besarme, me levantó en el aire para acomodarme mejor entre sus brazos y me llevó hasta la casa como si fuera un bebé.

¿Acaso estaba abierta la puerta? No lo sabía. Cuando entramos, me sentía mareada. De momento, se me olvidó respirar, por lo que tuve que obligarme a hacerlo.

El beso no me asustó. No era como otras veces, cuando sentía el temor y el pánico agazapados por debajo de su estricto control. Ahora no sentí sus labios nerviosos, sino ardientes. Edward parecía tan emocionado como yo ante la perspectiva de una noche entera para concentrarnos en estar juntos. Siguió besándome durante un buen rato, de pie en la entrada. Parecía menos a la defensiva de lo habitual, y su gélida boca mostraba una apremiante necesidad de la mía.

Empecé a albergar un cauteloso optimismo. Tal vez conseguir mis propósitos no iba a resultar tan difícil como me había esperado.

No, me dije, *sin duda será bien difícil, y aún más.*

Con una leve risita, Edward me apartó un poco y me sostuvo en el aire a casi a un metro de su cuerpo.

—Bienvenida a casa —me dijo, con un brillo cálido en la mirada.

—Eso suena bien —le respondí sin aliento.

Me depositó con suavidad en el suelo. Yo le rodeé con los brazos; no estaba dispuesta a dejar el menor espacio vacío entre los dos.

—Tengo algo para ti —anunció como de pasada.

—¿Qué?

—Un objeto usado. Dijiste que podías aceptar regalos de ese tipo, ¿te acuerdas?

—Ah, ya. Supongo que lo dije.

Mi renuencia hizo reír a Edward.

—Está en mi habitación. ¿Voy por él?

¿Su habitación?

—Claro —le contesté. Me sentí un poco tramposa cuando entrelacé mis dedos con los suyos—.

Edward debía de estar impaciente por entregarme mi regalo, porque no se conformó con la velocidad humana. Volvió a tomarme en brazos y subió las escaleras prácticamente volando. Cuando llegamos al dormitorio, me dejó en la puerta y salió como una bala hasta el armario.

Aún no había dado un solo paso y ya lo tenía otra vez delante de mí. Pero lo ignoré, entré en el cuarto y me encaminé hacia el enorme lecho dorado. Después me senté en el borde, me volteé hacia el centro de la cama y, una vez allí, me acurruqué abrazándome las rodillas.

—¿Y bien? —refunfuñé. Ahora que estaba donde quería, podía permitirme cierta resistencia—. Enséñamelo.

Edward soltó una carcajada.

Se subió a la cama y se sentó a mi lado. Mi corazón latía desbocado. Con un poco de suerte, él lo interpretaría como una reacción ante su regalo.

—Es un objeto usado —me recordó en tono serio. Me apartó la muñeca izquierda de la pierna y acarició la pulsera de plata por un instante. Después, volvió a ponerme el brazo donde lo tenía.

Examiné con atención el obsequio. De la cadena, en el lado opuesto al lobo, colgaba un cristal brillante en forma de corazón, tallado en innumerables caras que resplandecían a la tenue luz de la lámpara. Contuve el aliento.

—Era de mi madre —se encogió de hombros, desenfadado—. Heredé de ella un puñado de baratijas como ésta. Ya les regalé unas cuantas a Esme y a Alice, así que, como ves, no tiene tanta importancia.

Sonreí con tristeza al ver su aplomo. Edward prosiguió:

—Aun así, se me ocurrió que podría ser un buen símbolo: duro y frío —se rió—. Y a la luz del sol se ve el arco iris.

—Olvidas que se parece a ti en algo mucho más importante —murmuré—. Es precioso.

—Mi corazón es igual de silencioso que éste —dijo—. Y también es tuyo.

Giré la muñeca para que el cristal brillara bajo la luz.

—Gracias. Por los dos...

—No, gracias a ti. Me alivia que hayas aceptado un regalo sin protestar. No está mal como práctica —sonrió, luciendo sus blancos dientes.

Me apoyé en él: escondí la cabeza bajo su brazo y me acurruqué a su lado. Era como abrazarse al *David* de Miguel Ángel, salvo que esta perfecta criatura de mármol me rodeó con sus manos para apretarme más.

Parecía un buen punto de arranque.

—¿Podemos hablar de una cosa? De entrada, te agradecería que empezaras abriendo un poco tu mente.

Edward dudó un instante.

—Lo intentaré —me contestó a la defensiva, con cautela.

—No voy a romper ninguna regla —prometí—. Esto es estrictamente entre tú y yo —me aclaré la garganta—. Esto... Verás, la otra noche me impresionó la facilidad con que fuimos capaces de llegar a un acuerdo. Pensé que me gustaría aplicar ese mismo principio a una situación diferente.

¿Por qué me estaba expresando de una forma tan rebuscada? Debían de ser los nervios.

—¿Qué quieres negociar? —me preguntó e insinuó una sonrisa en su voz.

Me esforcé por encontrar las palabras exactas para abordar el asunto.

—Escucha a qué velocidad te late el corazón —murmuró Edward—. Parece un colibrí que bate las alas. ¿Estás bien?

—Estoy perfectamente.

—Entonces continúa, por favor —me animó.

—Bueno, supongo que primero quería hablar contigo sobre esa ridícula condición del matrimonio.

—Será ridícula para ti; no, para mí. ¿Qué tiene de mala?

—Me preguntaba si… si se trata de una cuestión negociable.

Edward frunció el ceño.

—Ya he cedido en lo más importante, al aceptar cobrarme tu vida en contra de mi propio criterio. Eso me otorga el derecho a arrancarte a ti ciertos compromisos.

—No —negué con la cabeza y me concentré en mantener la compostura—. Ese trato ya está cerrado. Ahora no estamos hablando de mi… transformación. Lo que quiero es arreglar algunos detalles.

Me miró con recelo.

—¿A qué detalles te refieres, exactamente?

Vacilé un instante.

—Primero, aclaremos cuáles son tus condiciones.

—Ya sabes lo que quiero.

—*Matrimonio* —hice que sonara como una palabrota.

—Sí —respondió con una amplia sonrisa—. Eso para empezar.

Esto me impresionó tanto que mi compostura se esfumó.

—¿Es que hay más?

—Bueno —dijo con aire de estar calculando algo—, si te conviertes en mi esposa, entonces lo que es mío es tuyo… Por ejemplo, el dinero para tus estudios. Así que no debería haber problema con lo de Dartmouth.

—Puestos en lo absurdo, ¿se te ocurre algo más?

—No me importaría que me dieras algo más de tiempo.

—No. Nada de tiempo. Ahí sí que no hay trato.

Edward exhaló un largo suspiro.

—Sólo sería un año, como mucho dos…

Apreté los labios y meneé la cabeza.

—Prueba con lo siguiente.

—Eso es todo. A menos que quieras hablar de autos…

Edward sonrió al verme hacer una risa forzada. Después me tomó la mano y se dedicó a juguetear con mis dedos.

—No me había dado cuenta de que quisieras algo más, aparte de transformarte en un monstruo como yo. Siento una enorme curiosidad por saber de qué se trata —habló con voz tan suave y baja que su leve tono de impaciencia me habría pasado desapercibido si no lo hubiera conocido tan bien.

Hice una pausa y contemplé su mano sobre la mía. Aún no sabía por dónde empezar. Sentía sus ojos clavados en mí, y me daba miedo levantar la mirada. La sangre se me empezó a subir a la cara.

Sus dedos gélidos rozaron mi mejilla.

—¿Te estás ruborizando? —preguntó, sorprendido. Yo seguía mirando hacia abajo—. Por favor, Bella, no me gusta el suspenso.

Me mordí el labio.

—Bella...

Su tono de reproche me recordó que le dolía que me guardase mis pensamientos.

—Me preocupa un poco... lo que pasará después —reconocí y me atreví a levantar la mirada por fin.

Noté que su cuerpo se ponía tenso, pero su voz seguía siendo de terciopelo.

—¿Qué es lo que te preocupa?

—Todos parecen convencidos de que mi único interés va a ser exterminar a todos los habitantes de la ciudad —respondí. Edward puso mala cara al oír las palabras que había elegido—. Me da miedo estar tan preocupada por contener mis impulsos violentos que no vuelva a ser yo misma... Y también me da... me da miedo no volver a desearte como te deseo ahora.

—Bella, esa fase no dura eternamente —me tranquilizó.

Era obvio que no me estaba entendiendo.

—Edward —le dije. Estaba tan nerviosa que me dediqué a estudiar con atención un lunar de mi muñeca—. Hay algo que me gustaría hacer antes de dejar de ser humana.

Él esperó a que prosiguiera, pero no lo hice. Mi cara estaba roja como un tomate.

—Lo que quieras —me animó, impaciente y sin que tuviera idea de lo que iba a pedirle.

—¿Me lo prometes? —era consciente de que mi plan para atraparlo con sus palabras no iba a funcionar, pero no pude resistirme a preguntárselo.

—Sí —respondió. Alcé la mirada y vi en sus ojos una expresión ferviente y algo perpleja—. Dime lo que quieres, y lo tendrás.

No podía creer que me estuviera comportando de una forma tan torpe y tan estúpida. Era demasiado inocente; precisamente, mi inocencia era el punto central de la conversación. No tenía la menor idea de cómo mostrarme seductora. Tendría que conformarme con recurrir al rubor y la timidez.

—Te quiero a ti —balbuceé de forma casi ininteligible.

—Sabes que soy tuyo —sonrió, sin comprender aún, e intentó retener mi mirada cuando volví a desviarla.

Respiré profundamente y me puse de rodillas sobre la cama. Luego, le rodeé el cuello con los brazos y lo besé.

Me devolvió el beso, desconcertado, pero de buena gana. Sentí sus labios tiernos contra los míos, y me di cuenta de que tenía la cabeza en otra parte, de que intentaba adivinar qué pasaba por la mía. Decidí que necesitaba una pista.

Solté mis manos de su nuca y con dedos trémulos le recorrí el cuello hasta llegar a las solapas de su camisa. Aquel temblor no me ayudaba demasiado, ya que tenía que darme prisa y desabrocharle los botones antes de que él me detuviera.

Sus labios se congelaron, y casi pude escuchar el chasquido de un interruptor en su cabeza cuando, por fin, relacionó mis palabras con mis actos.

Me apartó de inmediato con un gesto de desaprobación.

—Sé razonable, Bella.

—Me lo prometiste. Lo que yo quiera —le recordé, sin ninguna esperanza.

—No vamos a discutir sobre eso.

Se quedó mirándome mientras se volvía a abrochar los dos botones que había conseguido soltarle.

Rechiné los dientes.

—Pues yo digo que sí vamos a discutirlo —repuse. Me llevé las manos a la blusa y de un tirón abrí el botón de arriba.

Me agarró las muñecas y me las sujetó a ambos lados del cuerpo.

—Y yo te digo que no —refutó, tajante.

Nos miramos con ira.

—Tú querías saber —le eché en cara.

—Creí que se trataba de un deseo vagamente realista.

—De modo que tú puedes pedir cualquier estupidez que se te antoje, por ejemplo, casarnos, pero yo no tengo derecho ni siquiera a discutir lo que…

Mientras lanzaba mi discurso, Edward me sujetó ambas manos con una de las suyas para que dejara de gesticular, y utilizó la que le quedaba libre para taparme la boca.

—No —su gesto era pétreo.

Respiré profundamente y traté de calmarme. Según se desvanecía la ira, empecé a sentir algo distinto.

Me llevó unos instantes admitir por qué había vuelto a agachar la mirada, por qué me había ruborizado otra vez, por qué se me había revuelto el estómago, por qué tenía los ojos húmedos y por qué de pronto quería salir corriendo de la habitación.

Era por aquella reacción tan poderosa e instintiva; por su rechazo.

Sabía que me estaba comportando de forma irracional. Edward había dejado claro en otras ocasiones que el único motivo por el que se negaba a hacerlo era mi propia seguridad. Sin embargo, jamás me había sentido tan vulnerable. Me quedé mirando al edredón dorado que hacía juego con sus ojos e intenté desterrar la reacción refleja que me decía que no era deseada ni deseable.

Edward suspiró. Me quitó la mano de la boca y la puso bajo mi barbilla. Me levantó la cara para que lo mirase.

—¿Y ahora qué?

—Nada —musité.

Observó con atención mi rostro durante un buen rato mientras yo trataba en vano de apartarme de su mirada. Después, arrugó la frente con gesto de horror.

—¿Lastimé tus sentimientos? —me preguntó con consternación.

—No —mentí.

Ni siquiera supe cómo ocurrió: de pronto, me encontré entre sus brazos, y él acunaba mi cabeza. La sujetaba entre el hombro y la mano, y con el pulgar me acariciaba la mejilla una y otra vez.

—Sabes por qué tengo que decirte que no —susurró—, y también sabes que te deseo.

—¿De verdad? —le pregunté con voz titubeante.

—Pues claro que sí, niña guapa, tonta e hipersensible —soltó una carcajada y, luego, su voz se volvió neutra—. Todo el mundo te desea. Sé que hay una cola inmensa de candidatos

451

detrás de mí; todos maniobran para colocarse en primera posición, a la espera de que yo cometa un error... Eres demasiado deseable para tu propia seguridad.

—¿Quién es el tonto ahora? —tenía muy claro que los adjetivos «torpe», «vergonzosa» e «inepta» no aparecían en ningún diccionario bajo la definición de «deseable».

—¿Tengo que dejarlo por escrito para que me creas? ¿Te digo los nombres que encabezan la lista? Ya conoces unos cuantos, pero otros te sorprenderían.

Moví la cabeza a los lados, sin que la apartara de su pecho, e hice una mueca.

—Estás intentando cambiar de tema.

Edward volvió a suspirar.

—Dime si he hecho algo mal —intenté sonar objetiva—. Tus exigencias son éstas: que nos casemos —era incapaz de decirlo sin torcer el gesto—, que te deje pagar mis estudios y que te dé más tiempo. Además, no te importaría que mi vehículo fuera un poco más rápido —enarqué las cejas—. ¿Se me olvida algo? Es una lista considerable.

—La única exigencia es la primera —Edward hacía esfuerzos para no reírse—. Las demás son simples peticiones.

—A cambio, mi pequeña y solitaria exigencia es...

—¿Exigencia? —me interrumpió, de nuevo serio.

—Sí, dije exigencia.

Edward entornó los ojos.

—Casarme es como una condena para mí —dije—. No pienso aceptar, a menos que reciba algo a cambio.

Se inclinó para susurrarme con voz tierna:

—No. Ahora es imposible. Más adelante, cuando seas menos frágil. Ten paciencia, Bella.

Intenté mantener una voz firme y ecuánime.

—Ahí está el problema. Cuando sea menos frágil, ya nada será igual. ¡Yo no seré la misma persona! Ni siquiera estoy segura de quién seré para entonces.

—Seguirás siendo tú, Bella —me prometió.

Fruncí el ceño.

—Si cambio lo bastante como para querer matar a Charlie, o chupar la sangre de Jacob o de Angela si tengo ocasión, ¿cómo voy a seguir siendo la misma?

—Se te pasará. Además, dudo que quieras beber sangre de perro —fingió estremecerse ante tal idea—. Aunque seas una renacida, una neófita, seguro que tienes mejor gusto.

Ignoré su intento de desviar el tema.

—Pero eso será lo que más voy a desear siempre, ¿verdad? —dije en tono desafiante—. ¡Sangre, sangre y más sangre!

—El hecho de que sigas viva es una prueba de que eso no es cierto —argumentó.

—Porque para ti han pasado más de ochenta años —le recordé—. Estoy hablando de algo físico. De forma racional, sé que volveré a ser yo misma... cuando transcurra un tiempo. Pero en lo puramente físico, siempre tendré sed, por encima de cualquier otro deseo —Edward no contestó—. Así que seré distinta —concluí, sin oposición por su parte—. Porque ahora mismo lo que más deseo eres tú, más que la comida o el agua o el oxígeno. Mi mente tiene una lista de prioridades ordenada de forma algo más racional, pero mi cuerpo...

Giré la cabeza para darle un beso en la palma de la mano.

Edward respiró profundamente. Me sorprendió notar que titubeaba.

—Bella, podría matarte —se justificó.

—No creo que seas capaz.

Edward entrecerró los ojos. Después, apartó la mano de mi

cara y tanteó detrás de él; buscaba algo que no pude ver. Se oyó un chasquido amortiguado y la cama tembló bajo nosotros.

Tenía en la mano algo oscuro, y me lo acercó para que lo examinara. Era una flor de metal, una de las rosas que adornaban los barrotes de hierro forjado del dosel de su cama. Cerró la mano un segundo, apretó los dedos con suavidad, y volvió a abrirla.

Sin decir una sola palabra, me extendió una masa triturada e informe de metal negro. Había adquirido el perfil del hueco de su mano, como un trozo de plastilina apretujado en el puño de un niño. Una fracción de segundo después, el bulto se desmenuzó y se convirtió en polvo negro sobre la palma de su mano.

Le lancé una mirada furiosa.

—No me refería a eso. Ya sé cuánta fuerza tienes, no hace falta que destroces los muebles.

—Entonces, ¿qué querías decir? —me preguntó con voz siniestra y arrojó a un rincón el puñado de virutas de hierro, que repiquetearon como lluvia al chocar contra la pared.

Traté de explicarme, con sus ojos clavados en mí.

—Obviamente, no me refiero a que no pudieras herirme si lo desearas... Es más importante que eso: se trata de que no quieres hacerme daño. Por eso creo que no serías capaz.

Empezó a decir que no con la cabeza antes de que yo terminara de hablar.

—Tal vez no funcione así, Bella.

—*Tal vez* —me burlé—. Tienes tanta idea de lo que estás diciendo como yo.

—Exacto. ¿Tú crees que me atrevería a correr un riesgo semejante contigo?

Lo miré a los ojos durante un buen rato. No vi en ellos el menor atisbo de indecisión, y comprendí que no iba a ceder.

—Por favor —supliqué, desesperada—. Es lo único que quiero, por favor. —cerré los ojos, derrotada, a la espera de un rápido y definitivo no.

Pero Edward no respondió de inmediato. Vacilé un momento, sorprendida al notar que su respiración volvía a acelerarse.

Abrí los ojos y vi que tenía la cara descompuesta.

—Por favor —volví a susurrar. Los latidos de mi corazón se dispararon de nuevo. Me apresuré a aprovechar la duda que había asomado de repente a sus ojos, y las palabras me brotaron a borbotones—. No tienes que darme ninguna garantía. Si no funciona, bueno, no pasa nada. Sólo te pido que lo intentemos. Únicamente intentarlo, ¿sí? A cambio te daré lo que quieras —le prometí de manera atolondrada—. Me casaré contigo. Dejaré que me pagues la universidad en Dartmouth y no me quejaré cuando los sobornes para que me admitan. Hasta puedes comprarme un coche más potente, si eso te hace feliz. Pero sólo... Por favor...

Me rodeó con sus brazos helados y puso los labios al lado de mi oreja; su respiración gélida me hizo estremecer.

—Esta sensación es insoportable. Hay tantas cosas que he querido darte. Y tú decides pedirme precisamente esto. ¿Tienes idea de lo doloroso que me resulta negarme cuando me lo suplicas de esta forma?

—Entonces, no te niegues —le dije, sin aliento.

No me respondió.

—Por favor —lo intenté de nuevo.

—Bella...

Movió la cabeza a los lados, pero esta vez tuve la impresión de que el lento deslizar de su cara y sus labios sobre mi garganta no era una negación. Más bien parecía una rendición. Mi corazón, que ya latía deprisa, adquirió un ritmo frenético.

De nuevo aproveché la ventaja como pude. Cuando volvió su rostro hacia el mío en aquel ademán lento y vacilante, me retorcí entre sus brazos y busqué sus labios. Él me agarró la cara entre las manos, y creí que me apartaría una vez más.

Pero me equivocaba.

Su boca ya no era tierna; el movimiento de sus labios transmitía una sensación nueva por completo, de conflicto y desesperación. Entrelacé los dedos detrás de su cuello y sentí su cuerpo más gélido que nunca contra mi piel, que de pronto parecía arder. Me estremecí, pero no era a causa del frío.

Edward no paraba de besarme. Fui yo quien tuvo que apartarse para respirar, pero ni siquiera entonces sus labios se separaron de mi piel, sino que se deslizaron hacia mi garganta. La emoción de la victoria fue un extraño clímax que me hizo sentir poderosa y valiente. Mis manos ya no temblaban; mis dedos soltaron con facilidad los botones de su camisa y recorrieron las líneas perfectas de su pecho de hielo. Edward era tan hermoso... ¿Qué palabra acaba de utilizar él? ¿Insoportable? Sí, su belleza era tan intensa que resultaba casi insoportable.

Dirigí su boca hacia la mía; parecía tan encendido como yo. Una de sus manos seguía acariciando mi cara, mientras la otra me aferraba la cintura y me apretaba contra él. Eso imposibilitaba un poco llegar a los botones de mi blusa, pero no imposible.

Unas frías esposas de acero apresaron mis muñecas y levantaron mis manos por encima de la cabeza, que de pronto estaba apoyada sobre una almohada.

Sus labios volvían a estar junto a mi oreja.

—Bella —murmuró, con voz cálida y aterciopelada—. Por favor, ¿te importaría dejar de desnudarte?

—¿Quieres hacerlo tú? —pregunté, confusa.

—Esta noche no —respondió con dulzura. Ahora sus labios recorrían más despacio mi mejilla y mi mandíbula. La urgencia se había desvanecido.

—Edward, no —empecé a decir.

—No estoy diciendo que no —me dijo en tono tranquilizador—. Sólo digo que «esta noche no».

Pensé en ello durante unos instantes, mientras mi respiración empezaba a calmarse.

—Dame una razón convincente para que yo comprenda por qué esta noche no es tan buena como cualquier otra —aún me faltaba el aliento, lo que hacía que el timbre de frustración de mi voz sonara menos convincente.

—No nací ayer —Edward se rió quedamente junto a mi oreja—. ¿Cuál de nosotros dos se resiste más a darle al otro lo que quiere? Acabas de prometer que te casarás conmigo, pero si cedo a tus deseos esta noche, ¿quién me garantiza que por la mañana no saldrás corriendo a los brazos de Carlisle? Está claro que yo soy mucho menos reacio a darte a ti lo que deseas. Por lo tanto: tú primero.

Resoplé, y le pregunté con incredulidad:

—¿Tengo que casarme antes contigo?

—Ése es el trato: lo tomas o lo dejas. El compromiso, ¿recuerdas?

Me envolvió con sus brazos y me besó de un modo que debería ser ilegal. Era demasiado persuasivo; era como una coacción, una intimidación. Traté de mantener la mente despejada; fracasé de inmediato y por completo.

—Creo que no es buena idea —resollé cuando al fin me dejó respirar.

—No me sorprende que lo pienses —sonrió con gesto burlón—. Tienes una mente muy cuadriculada.

—Pero ¿se puede saber qué ha pasado? —dije—. Por una vez pensé que esta noche era yo quien tenía el control, y de repente...

—...estás comprometida —completó él.

—¡Eh! Por favor, no digas eso en voz alta.

—¿Vas a romper tu promesa? —me preguntó.

Se apartó un poco para poder leer en mi cara. Realmente lo estaba disfrutando.

Lo miré con furia para intentar olvidar la forma como su sonrisa me aceleraba el corazón.

—¿Vas a romperla? —insistió.

—¡No! —gruñí—. No voy a romperla. ¿Ya estás contento?

Su sonrisa era cegadora.

—Sumamente contento.

Solté otro bufido.

—¿No estás contenta?

Me besó de nuevo sin dejarme responder. Fue otro beso demasiado convincente.

—Un poco —reconocí cuando me dejó hablar—, pero no por lo de casarnos.

Volvió a besarme.

—¿No tienes la sensación de que todo está al revés? —dijo y se rió en mi oído—. Tú deberías querer casarte y yo no. Es lo convencional.

—En nuestra relación no hay nada convencional.

—Cierto.

Volvió a besarme, y siguió haciéndolo hasta que mi corazón palpitó como un tambor y la piel se me enrojeció.

—Escucha, Edward —le dije en tono cariñoso cuando hizo una pausa para darme un beso en la palma de la mano—. Dije que me casaría contigo, y lo haré. Te lo prometo. Te lo juro.

Si quieres, te firmo un contrato con mi propia sangre.

—Eso no tiene gracia —murmuró, con la boca apoyada en el interior de mi muñeca.

—Lo que quiero decir es que no pienso engañarte. Me conoces muy bien. Así que no hay razón para esperar. Estamos completamente solos: ¿cuántas veces ocurre eso? Además, tenemos esta cama tan grande y tan cómoda...

—Esta noche, no —repitió.

—¿No confías en mí?

—Desde luego que sí.

Usé la mano que él seguía besando para echar su cara un poco hacia atrás y así estudiar su expresión.

—Entonces, ¿cuál es el problema? Sabes de sobra que al final vas a ganar —fruncí el entrecejo y añadí—: Tú siempre ganas.

—Sólo cubro mis apuestas —respondió con calma.

—Hay algo más —dije, entornando los ojos. Su rostro estaba a la defensiva, señal de que, bajo su aire despreocupado, ocultaba algún motivo secreto—. ¿Acaso tienes tú la intención de faltar a tu palabra?

—No —prometió en tono solemne—. Te lo juro, *intentaremos* hacerlo. Después de que te cases conmigo.

Sacudí la cabeza y me reí sin ganas.

—Me haces sentir como el malo de la película, que se retuerce el bigote mientras trata de arrebatarle la virginidad a la pobre protagonista.

Durante un segundo me dirigió una mirada suspicaz, y enseguida agachó la cabeza para apretar los labios contra mi clavícula.

—De eso se trata, ¿verdad? —se me escapó una carcajada más de asombro que de alegría—. ¡Intentas proteger tu virginidad! —me tapé la boca con la mano para sofocar la carcajada que me salió a continuación. Aquellas palabras estaban tan pasadas de moda...

—No, niña boba —murmuró contra mi hombro—. Estoy intentando proteger la tuya. Y me lo estás poniendo muy difícil.

—De todas las cosas ridículas que...

—Deja que te diga una cosa —me interrumpió—. Ya sé que hemos discutido esto antes, pero te pido que me entiendas. ¿Cuántas personas en esta habitación tienen alma, y la oportunidad de ir al cielo, o lo que haya después de esta vida?

—Dos —respondí con decisión.

—Bueno. Quizá sea cierto. Hay muchas opiniones sobre eso, pero la inmensa mayoría de la gente parece creer que hay ciertas normas que deben seguirse.

—¿No te basta con las normas vampíricas? ¿Es que tienes que preocuparte también de las humanas?

—No está mal —dijo y se encogió de hombros—. Sólo por si acaso.

Lo miré y entrecerré los ojos.

—Por supuesto, aunque tengas razón con respecto a lo de mi alma, puede que ya sea demasiado tarde para mí.

—No, no es tarde —dije.

—«No matarás» es un precepto aceptado por la mayoría de las religiones. Y yo he matado a mucha gente, Bella.

—Sólo a los malos.

Se encogió de hombros.

—Tal vez eso influya, tal vez no, pero tú aún no has matado a nadie...

—Que tú sepas —le dije.

Sonrió, pero hizo caso omiso a mi interrupción.

—Y voy a hacer todo lo posible para mantenerte alejada del camino de la tentación.

—Está bien, pero no estábamos hablando de cometer asesinatos —le recordé.

—Se aplica el mismo principio. La única diferencia es que ésta es la única área en que estoy tan inmaculado como tú. ¿No puedo dejar al menos una regla sin romper?

—¿Una?

—Bueno, ya sabes que he robado, he mentido, he codiciado bienes ajenos... Lo único que me queda es la castidad —sonrió con malicia.

—Yo miento constantemente.

—Sí, pero lo haces tan mal que no cuenta. Nadie se cree tus mentiras.

—Espero que te equivoques. De lo contrario, Charlie debe de estar a punto de echar la puerta abajo con una pistola cargada en la mano.

—Charlie es más feliz cuando finge que se traga tus cuentos. Prefiere engañarse a sí mismo y no pensar demasiado en ello —me dijo sonreído.

—Pero ¿qué bien ajeno has codiciado tú? —le pregunté—. Lo tienes todo.

—Te codicié a ti —su sonrisa se apagó—. No tenía derecho a poseerte, pero fui y te tomé de todos modos. Ahora, mira cómo has acabado: intentando seducir a un vampiro —meneó la cabeza con horror fingido.

—Tienes derecho a codiciar lo que ya es tuyo —le contesté—. Además, creía que lo que te preocupaba era mi castidad.

—Y lo es. Si resulta demasiado tarde para mí... Prefiero arder en las llamas del infierno, y perdóname el juego de palabras, antes que dejar que te impidan entrar en el cielo.

—No puedes pretender que entre en un sitio en donde tú no vayas a estar —le dije—. Ésa es mi definición del infierno. De todas formas, tengo una solución muy fácil: no vamos a morirnos nunca, ¿de acuerdo?

—Suena bastante sencillo. ¿Por qué no se me había ocurrido?

Siguió sonriéndome hasta que solté un airado «¡ajá!».

—Así que te niegas a dormir conmigo hasta que no estemos casados.

—Técnicamente, nunca podré dormir contigo.

Puse los ojos en blanco.

—Muy maduro, Edward. Me refería a acostarnos.

—Bueno, si se quita ese detalle, tienes razón.

—Yo creo que escondes algún otro motivo.

Abrió unos ojos como platos, con gesto inocente.

—¿Otro motivo?

—Sabes que eso aceleraría las cosas —le respondí.

Edward intentó contener la sonrisa.

—Sólo hay una cosa que quiero acelerar, y el resto puede esperar por siempre… Pero, la verdad, tus impacientes hormonas humanas son mi más poderoso aliado en este sentido.

—No puedo creer que me hagas pasar por el altar. Cuando pienso en Charlie… ¡O en Renée! ¿Te imaginas lo que van a decir Angela o Jessica? ¡Arg! Ya estoy viendo sus chismoseo.

Edward me miró enarcando una ceja, y enseguida supe por qué. ¿Qué más me daba lo que dijeran de mí si pronto me marcharía para no volver? ¿De verdad era tan hipersensible que no podía soportar unas cuantas semanas de indirectas y miraditas?

Lo que más me molestaba era que, si yo me hubiera enterado de que alguna se iba a casar ese mismo verano, me habría puesto a murmurar como las demás.

¡Uf! *Casarme este verano.* Me dio un escalofrío.

Sí, otra cosa que me molestaba era que me habían educado para que sintiera escalofríos sólo de pensar en el matrimonio.

Edward interrumpió mis cavilaciones.

—No hace falta que sea una gran fiesta. No necesito tanta una boda exuberante. No tienes que decírselo a nadie ni cambiar tus planes. ¿Por qué no vamos a Las Vegas? Puedes ponerte unos pantalones. Hay una capilla que tiene una ventanilla por la que te casan sin que te bajes del coche. Lo único que quiero es hacerlo oficial, y que quede claro que me perteneces a mí y a nadie más.

—No puede ser más oficial de lo que ya es —refunfuñé, aunque su descripción no me había sonado tan mal. La única que se iba a sentir decepcionada era Alice.

—Ya veremos —sonrió, complaciente—. Supongo que no querrás aún el anillo de compromiso.

Tuve que tragar saliva antes de responder.

—Supones bien.

Edward se rió al ver la expresión de mi cara.

—De acuerdo. De todos modos, no tardaré en rodear tu dedo con él.

Me quedé mirándolo.

—Hablas como si ya tuvieras un anillo.

—Y lo tengo —dijo sin avergonzarse—. Estoy listo para ponértelo al menor signo de debilidad.

—Eres increíble.

—¿Quieres verlo? —me preguntó. De pronto, sus ojos topacio brillaron de emoción.

—¡No! —exclamé. Fue un acto reflejo del que me arrepentí de inmediato, ya que Edward se entristeció—. Bueno, si de verdad quieres enseñármelo, hazlo —intenté arreglarlo; apreté los dientes para no demostrar el pánico irracional que me poseía.

—No pasa nada, en serio —repuso mientras se encogía de hombros—. Puedo esperar.

Di un suspiro.

—Enséñame el maldito anillo, Edward.

Negó con la cabeza.

—No.

Estudié su expresión durante un buen rato.

—Por favor —le pedí con voz tierna para experimentar con el arma que acababa de descubrir. Le acaricié la cara con la punta de los dedos—. Por favor, ¿puedo verlo?

Edward entornó los ojos.

—Eres la criatura más peligrosa que he conocido en mi vida —declaró. Pero se levantó y se arrodilló junto a la mesita de noche con aquella elegancia inconsciente que lo caracterizaba. Apenas un instante después volvió a la cama, se sentó a mi lado y me rodeó el hombro con un brazo. En la otra mano tenía una pequeña caja negra, que depositó en precario equilibrio sobre mi rodilla izquierda.

—Adelante, échale un vistazo —me instó de repente.

Sostener aquella cajita de aspecto inofensivo me resultó más difícil de lo que esperaba, pero no quería volver a herir sus sentimientos, así que traté de dominar el temblor de mi mano. La caja estaba forrada de satén negro. Lo acaricié con los dedos, indecisa.

—¿No te habrás gastado mucho dinero? Si lo hiciste, miénteme.

—No me gasté nada —me aseguró—. Se trata de otro objeto usado. Es el mismo anillo que mi padre le dio a mi madre.

—Oh —dije, sorprendida. Después pellizqué la tapa entre el pulgar y el índice, pero no la abrí.

—Supongo que es demasiado anticuado —se disculpó medio

en broma—. Está tan pasado de moda como yo. Puedo comprarte otro más moderno. ¿Qué te parece uno de *Tiffany's*?

—Me gustan las cosas pasadas de moda —murmuré mientras levantaba la tapa con dedos vacilantes.

Rodeado por raso negro, el anillo de Elizabeth Masen brillaba a la tenue luz de la habitación. La piedra era un óvalo grande decorado con filas oblicuas de brillantes piedrecillas redondas. La banda era de oro, delicada y estrecha, y tejía una frágil red alrededor de los diamantes. Nunca había visto nada parecido.

Sin pensarlo, acaricié aquellas gemas resplandecientes.

—Es muy bonito—murmuré, sorprendida de mi propia reacción.

—¿Te gusta?

—Es precioso —encogí los hombros, para fingir que no me interesaba demasiado—. A cualquiera le gustaría.

Edward soltó una carcajada.

—Pruébatelo, a ver si te queda bien.

Cerré la mano izquierda instintivamente.

—Bella —dijo con un suspiro—, no voy a soldártelo al dedo. Sólo quiero que te lo pruebes para ver si tengo que llevarlo a que lo ajusten. Luego puedes quitártelo.

—Está bien —cedí.

Cuando iba a tomar el anillo, Edward me detuvo. Tomó mi mano izquierda en la suya y deslizó el anillo por mi dedo medio. Después, me sujetó la mano en alto para que ambos pudiéramos contemplar el efecto de los brillantes sobre mi piel. Tenerlo puesto no resultó tan horrible como había temido.

—Te queda perfecto —afirmó en tono flemático—. Eso está bien: así me ahorro una ida a la joyería.

Al percibir la intensa emoción que se ocultaba bajo el tono despreocupado de su voz, lo miré a la cara. A pesar de que intentaba fingir indiferencia, sus ojos también lo delataban.

—Te gusta, ¿verdad? —le pregunté suspicaz, mientras movía los dedos en el aire y pensaba que era una pena no haberme roto la mano izquierda.

Edward encogió los hombros.

—Claro —dijo, siempre en el mismo tono apático—. Te queda muy bien.

Lo miré a los ojos, para tratar de descifrar la emoción que ardía bajo la superficie. Edward me devolvió la mirada, y todo disimulo se desvaneció. Su rostro de ángel resplandecía con la alegría de la victoria. Era una visión tan gloriosa que me cortaba la respiración.

Antes de que pudiera recobrar el aliento, Edward me besó eufórico. Cuando retiró su boca para susurrarme al oído, la cabeza me daba vueltas; pero me di cuenta de que su respiración era tan entrecortada como la mía.

—Sí, me gusta. No sabes cuánto.

Me reí.

—Te creo.

—¿Te importa que haga una cosa? —me preguntó mientras me abrazaba con fuerza.

—Lo que quieras.

Pero me soltó y se apartó de mí.

—Lo que quieras, excepto eso —me quejé.

Sin hacerme caso, Edward me tomó de la mano y me levantó de la cama. Después, se plantó de pie frente a mí, con las manos sobre mis hombros y el gesto serio.

—Quiero hacer esto como Dios manda. Por favor, recuerda que dijiste que sí. No me estropees este momento.

—Oh, no —dije boquiabierta, mientras él clavaba una rodilla en el suelo.

—Pórtate bien —murmuró.

Respiré profundamente.

—Isabella Swan —me miró a través de aquellas pestañas de una longitud imposible. Sus ojos dorados eran tiernos y, a la vez, abrasadores—. Prometo amarte para siempre, todos los días de mi vida. ¿Quieres casarte conmigo?

Quise decirle muchas cosas. Algunas no eran nada agradables, mientras que otras resultaban más empalagosas y románticas de lo que el propio Edward habría soñado. Decidí no ponerme en evidencia y me limité a susurrar:

—Sí.

—Gracias —respondió.

Después, tomó mi mano y me besó las yemas de los dedos antes de besar también el anillo, que ahora me pertenecía.

Pistas

Me fastidiaba desperdiciar parte de la noche durmiendo, pero era inevitable. Cuando me desperté, el sol brillaba con fuerza al otro lado del ventanal, y unas pequeñas nubes recorrían el cielo a gran velocidad. El viento sacudía las copas de los árboles con tanta fuerza que parecía que todo el bosque fuera a desgajarse.

Edward me dejó sola para que me vistiera, y yo agradecí disponer de un momento para pensar. Por alguna razón, mi plan para la noche anterior había resultado un completo desastre, y ahora tenía que afrontar las consecuencias. Le devolví el anillo en cuanto me pareció que podía hacerlo sin herir sus sentimientos, pero a pesar de ello, notaba un peso en la mano izquierda, como si aún lo llevara puesto y fuera invisible.

Pensé que no tenía que preocuparme tanto. No iba a hacer nada extraordinario: sólo un viaje en coche a Las Vegas. Y se me estaba ocurriendo algo aún mejor que unos pantalones: unos *pants*. La ceremonia no podía durar mucho; quince minutos como máximo, así que seguro que sería capaz de soportarlo.

Y después, una vez pasado el trance, Edward tendría que cumplir su parte del trato. Lo mejor era que me concentrara en eso y olvidara todo lo demás.

Me había asegurado que no tenía por qué contárselo a nadie, y yo tenía decidido tomarle la palabra. Desde luego, fue una solemne tontería de mi parte no haber pensado en Alice.

Los Cullen llegaron a casa alrededor del mediodía. Parecían rodeados por un aura diferente, más seria y formal, que me recordó de golpe la enormidad de lo que iba a ocurrir.

Alice parecía estar de un humor de perros, algo raro en ella. Pensé que estaba frustrada por sentirse «normal», ya que las primeras palabras que dirigió a Edward fueron para quejarse de trabajar con los lobos.

—*Creo* —dijo, poniendo una mueca al pronunciar el verbo que recalcaba su falta de certeza— que deberías meter ropa que abrigue en la maleta, Edward. No puedo ver dónde estás exactamente, ya que esta tarde sales con ese perro, pero parece que la tormenta que se avecina será aún más intensa en toda esa zona.

Edward asintió.

—Va a nevar en las montañas —le advirtió Alice.

—¡Guau, nieve! —murmuré. ¡Pero, por Dios, si estábamos en junio!

—Llévate una chaqueta —me dijo Alice. Su tono era hostil, cosa que me sorprendió. Intenté interpretar su rostro, pero ella lo apartó.

Miré a Edward. Estaba sonriente; lo que molestaba a Alice, a él parecía divertirlo.

Edward tenía equipo para acampar de sobra para elegir: los Cullen eran buenos clientes del almacén Newton, donde compraban artículos para mantener la farsa de que eran humanos. Tomó un saco de plumas, una tienda de campaña pequeña y varios botes de comida deshidratada —sonrió al reparar en la cara de asco que puse al verlas—, y lo metió todo en una mochila.

Alice entró en el garaje mientras estábamos allí y se dedicó a observar en silencio los preparativos de Edward. Él la ignoró.

Edward me dejó su celular cuando terminó de hacer el equipaje.

—Llama a Jacob y dile que pasaremos a recogerlo en una hora, más o menos. Él ya conoce el lugar de la cita.

Jacob no estaba en casa, pero Billy prometió buscar a algún otro licántropo para que le diera el mensaje.

—No te preocupes por Charlie, Bella —me aseguró Billy—. La parte que me atañe está controlada.

—Sí, ya sé que Charlie estará bien —no estaba tan convencida como él sobre la seguridad de su hijo, pero me abstuve de decir nada.

—Me encantaría estar con ellos mañana —Billy se rió con tristeza—. Qué duro es ser viejo, Bella.

El impulso de pelea debía de ser una característica propia del cromosoma Y. Eran todos iguales.

—Pásatela bien con Charlie.

—Buena suerte, Bella —me deseó—. Y... díselo también a los Cullen, de mi parte.

—Lo haré —le prometí, sorprendida por el detalle.

Cuando fui a devolverle el teléfono a Edward, vi que él y Alice discutían en silencio. Ella lo miraba a él con ojos suplicantes, y él a ella con el ceño fruncido; no debía de gustarle lo que ella estaba pidiéndole.

—Billy les desea buena suerte.

—Muy amable por su parte —dijo Edward, y se apartó de Alice.

—Bella, ¿puedo hablar contigo a solas? —me dijo ella.

—Vas a complicarme la vida sin necesidad, Alice —le advirtió mi novio—. Preferiría que no lo hicieras.

—Esto no es contigo, Edward —le contestó. Su hermano soltó una carcajada. Algo en la respuesta de Alice, al parecer, le resultaba gracioso—. No es asunto tuyo —insistió Alice—. Son cosas de mujeres.

Él arrugó el ceño.

—Deja que hable conmigo —le dije a Edward, que no ocultaba su curiosidad.

—Tú lo has querido —murmuró. Volvió a reírse, medio enfadado, medio divertido, y salió de la cochera.

Me volví hacia Alice, preocupada, pero ella no me miró a mí. Todavía no se le había pasado el mal humor.

Fue a sentarse sobre su Porsche, con gesto abatido. Yo la seguí y me puse a su lado, apoyada contra el parachoques.

—Bella —me dijo en tono triste. De pronto se encogió y se acurrucó contra mi costado. Su voz sonaba tan afligida que la abracé para consolarla.

—¿Qué ocurre, Alice?

—¿Es que no me quieres? —me preguntó en el mismo tono lastimoso.

—Pues claro que sí, y lo sabes.

—Entonces, ¿por qué veo que te vas a Las Vegas para casarte a escondidas y sin invitarme?

—Oh —murmuré, con las mejillas encendidas. Me di cuenta de que había herido sus sentimientos y me apresuré a defenderme—. Ya sabes que no soporto hacer las cosas con tanta pompa. Además, fue idea de Edward.

—No me importa de quién fue la idea. ¿Cómo puedes hacerme esto? Me habría esperado esto de Edward, pero no de ti. Yo te quiero como si fueras mi hermana.

—Alice, *eres* mi hermana.

—Bla, bla, bla —dijo con un gruñido.

—Bueno, puedes venir. No habrá mucho que ver.

Alice seguía poniendo caras raras.

—¿Qué? —le pregunté.

—¿Cuánto me quieres, Bella?

—¿Por qué me preguntas eso?

Se me quedó mirando con ojos suplicantes. Tenía las cejas levantadas como un payaso triste y le temblaban las comisuras de los labios. Aquello podía partirle el corazón a cualquiera.

—Por favor, por favor, por favor —susurró—. Por favor, Bella, por favor, si de verdad me quieres, déjame organizar tu boda.

—Oh, Alice —le respondí yme alejé de ella—. No me hagas esto.

—Si me quieres de verdad, deja que lo haga.

Crucé los brazos.

—Esto es injusto. Edward ya utilizó ese mismo argumento conmigo.

—Apuesto a que Edward prefiere que te cases con él a la manera tradicional, aunque no te lo haya dicho. Y Esme... ¡Imagínate lo que significaría para ella!

Solté un bufido.

—Preferiría enfrentarme a los neófitos yo sola.

—Seré tu esclava diez años.

—¡Tendrás que ser mi esclava un siglo!

Los ojos de Alice brillaron de alegría.

—¿Eso es un sí?

—¡No, es un no! ¡No quiero hacerlo!

—Lo único que tienes que hacer es caminar unos cuantos metros y repetir lo que diga el sacerdote.

—¡Puaj!

—¡Por favor! —dijo, dando saltitos—. ¡Por favor, por favor, por favor, por favor, por favor!

—Esto no te lo voy a perdonar nunca, Alice.

—¡Yupi! —gritó mientras aplaudía.

—No dije nada.

—Pero lo harás —respondió canturreando.

—¡Edward! —grité mientras asomaba la cabeza fuera del garaje—. Sé que nos estás escuchando. Ven aquí un momento.

Alice seguía aplaudiendo detrás de mí.

—Muchas gracias, Alice —repuso Edward en tono agrio, a mi espalda. Me volteé para hablarle, pero vi en su semblante tal expresión de angustia y preocupación que fui incapaz de quejarme. Me abracé a él y escondí el rostro, porque tenía los ojos humedecidos de ira y no quería que pensara que estaba llorando.

—Las Vegas —me prometió Edward al oído.

—Ni de broma —nos contradijo Alice con regocijo—. Bella nunca me haría algo así. ¿Sabes, Edward? Como hermano, a veces me decepcionas.

—No seas mezquina —la regañé—. Él intenta hacerme feliz, al contrario que tú.

—Yo también lo intento, Bella, sólo que sé mucho mejor qué es lo que te puede hacer feliz... a largo plazo. Ya me lo agradecerás. Quizá tardes cincuenta años, pero al final lo harás.

—Jamás pensé que apostaría alguna vez contra ti, Alice, pero ese día ha llegado.

Alice dejó escapar su risa de plata.

—Bueno, ¿me vas a enseñar el anillo o no?

No pude contener un aspaviento de horror cuando Alice me agarró la mano izquierda, para soltarla al instante.

—Um... Vi cómo te lo ponía. ¿Me perdí algo? —se extrañó Alice. Se concentró durante medio segundo y arrugó el entrecejo, antes de contestar a su propia pregunta—. No, la boda sigue en pie.

—Bella tiene prejuicios contra las joyas —le explicó Edward.

—¿Y qué pasa porque lleve un diamante más? Bueno, supongo que el anillo tiene muchos diamantes, pero me refiero a que lleva uno en...

—¡Ya basta, Alice! —la interrumpió Edward, mirándola con tal furia que volvió a parecer un vampiro—. Tenemos prisa.

—No lo entiendo. ¿Qué pasa con eso de los diamantes? —pregunté.

—Hablaremos de eso más adelante —respondió Alice—. Edward tiene razón: será mejor que se vayan. Tienen que tender una trampa y acampar antes de que se desate la tormenta —frunció el ceño y su expresión se volvió seria, casi nerviosa—. No te olvides del abrigo, Bella. Presiento que va a hacer un frío impropio de esta estación.

—Ya tomé su abrigo —la tranquilizó Edward.

—Que pasen una buena noche —nos dijo a modo de despedida.

El camino hasta el claro fue el doble de largo que otras veces. Edward tomó un desvío para asegurarse de que mi aroma no aparecía en ningún lugar cercano al rastro que Jacob iba a disimular más tarde. Me llevó en brazos, y se echó la voluminosa mochila a la espalda donde, por lo general, cargaba mi peso.

Se detuvo en el extremo más lejano del claro y me puso en el suelo.

—Bien. Ahora camina un trecho hacia el norte y toca todas las cosas que puedas. Alice me dio una imagen clara de su trayectoria, y no tardaremos mucho en cruzarnos con ella.

—¿Hacia el norte?

Edward me sonrió y señaló la dirección exacta que debía seguir.

Me adentré en el bosque, y dejé atrás el claro y la luz amarilla y diáfana de aquel día extrañamente soleado. Tal vez la visión borrosa de Alice la había hecho equivocarse con respecto a la nieve. Al menos, ésa era mi esperanza. El cielo estaba casi despejado, aunque el viento silbaba con furia en los espacios abiertos. Entre los árboles soplaba con más calma, pero aun así era demasiado frío para el mes de junio: a pesar de que llevaba un suéter grueso y debajo, una camiseta de manga larga; tenía la piel de gallina en los brazos. Caminé despacio para dejar mi rastro con los dedos sobre todo lo que quedaba a mi alcance: la corteza rugosa de los árboles, los helechos húmedos, las piedras cubiertas de musgo.

Edward me acompañaba; andaba en paralelo a unos veinte metros de distancia.

—¿Estoy haciéndolo bien? —le grité.

—Perfecto.

De pronto, se me ocurrió una idea.

—¿Crees que esto ayudará? —le pregunté, y me pasé los dedos por la cabeza y me quité algunos cabellos sueltos para dejarlos caer sobre los helechos.

—Sí, eso hará el rastro más intenso, pero no hace falta que te arranques toda la melena, Bella. Con eso basta.

—Me sobran algunos más.

Bajo los árboles reinaba la oscuridad. Me habría gustado caminar más cerca de Edward para aferrarle la mano.

Coloqué otro cabello en una rama rota que me cortaba el paso.

—No tienes por qué dejar que Alice se salga con la suya —me dijo Edward.

—No te preocupes por eso. Pase lo que pase, no pienso dejarte plantado en el altar —tenía el triste presentimiento de que Alice iba a salirse con la suya; más que nada porque cuando quería conseguir algo no se andaba con escrúpulos, y además era experta en lograr que los demás nos sintiéramos culpables.

—Eso no es lo que me preocupa. Mi único deseo es que todo salga como tú quieres.

Contuve un suspiro. No quería herir sus sentimientos al decirle la verdad: que en realidad lo de Alice no me importaba, porque sólo suponía un punto más en el grado de horror que ya sentía.

—Aunque se salga con la suya, podemos hacer que sea una boda íntima: únicamente nosotros. Emmett puede conseguir una licencia de cura en Internet.

Me eché a reír.

—Eso suena mejor.

La boda ya no parecería tan oficial si Emmett leía los votos, lo cual era un punto a favor, pero me iba a costar mucho no reírme.

—¿Ves? —me dijo con una sonrisa—. Siempre se puede llegar a un acuerdo intermedio.

Me llevó un rato llegar al lugar donde la tropa de neófitos iba a cruzarse con mi rastro, pero Edward no perdió la paciencia, a pesar de la lentitud de mi paso.

Tuvo que guiarme un poco más por el camino de regreso para asegurarse de que volvía a seguir el mismo rastro. Todo me resultaba demasiado parecido.

Casi habíamos llegado al claro cuando tropecé. Ya alcanzaba a divisarlo, y quizá ésa fue la razón por la que me emocioné y olvidé vigilar mis pasos. Conseguí agarrarme antes de darme de cabeza contra un árbol, pero mi mano izquierda partió una ramita que me hizo un corte en la palma.

—¡Ay! Vaya, genial —masculló.

—¿Estás bien?

—Sí, sí. Quédate donde estás. Estoy sangrando, pero cortaré la hemorragia en un minuto...

No me hizo caso y llegó a mi lado antes de que pudiera terminar la frase.

—Llevo un botiquín —me dijo mientras se descolgaba la mochila—. Tuve el presentimiento de que podía hacernos falta.

—No es nada. Puedo curarme yo sola; no tienes por qué pasar un mal rato.

—No te preocupes por eso —repuso con toda la calma—. A ver, deja que te lo limpie.

—Espera un segundo. Acabo de tener otra idea.

Sin mirar la sangre y respirando por la boca para evitar que se me revolviera el estómago, apreté la mano contra una piedra.

—¿Qué estás haciendo?

—A Jasper le va a encantar —murmuré. Reanudé el camino de vuelta al claro y con la palma de la mano toqué todo lo que tenía a mi alcance—. Seguro que esto los atrae.

Edward suspiró.

—Contén la respiración —le pedí.

—Estoy bien, pero me parece que te estás pasando.

—Ésta es mi única misión, así que quiero hacer un buen trabajo.

Mientras hablaba, pasamos junto al último árbol antes del claro. Dejé que mi mano herida rozara contra los helechos.

—Pues lo has conseguido —dijo Edward—. Los neófitos se pondrán frenéticos, y Jasper se quedará impresionado por la dedicación que has puesto en ello. Ahora deja que te cure la mano. Te ensuciaste la herida.

—Deja que lo haga yo, por favor.

Edward me tomó la mano y sonrió al examinarla.

—Esto ya no me molesta como antes.

Lo examiné atentamente, en busca de algún signo de inquietud mientras me limpiaba el corte. Él seguía respirando de forma regular, con la misma sonrisa en los labios.

—¿Por qué no te molesta? —le pregunté por fin, mientras me vendaba la mano.

Él se encogió de hombros.

—Lo superé.

—¿Que lo has superado? ¿Cuándo? ¿Cómo?

Traté de recordar la última vez que había tenido que contener la respiración cerca de mí. Lo único que se me ocurrió fue mi cumpleaños, en septiembre, aquella fiesta que acabó en desastre.

Edward apretó los labios; parecía estar buscando las palabras adecuadas.

—Durante veinticuatro horas creí que estabas muerta, Bella. Eso cambió mi modo de ver las cosas.

—¿Y también cambió la forma como percibes mi olor?

—En absoluto. Pero... tras ver cuáles eran mis sentimientos al creer que te había perdido... mis reacciones han cambiado. Todo mi ser huye aterrorizado de cualquier acción que pueda inspirar de nuevo ese dolor.

No supe qué responder a eso. Edward se rió al ver mi expresión.

—Supongo que la experiencia puede calificarse como instructiva.

En ese momento atravesó el claro una ráfaga de viento que me echó el pelo sobre la cara y me hizo sentir un escalofrío.

—Bueno —dijo, tomando de nuevo la mochila—, ya has cumplido con tu parte —sacó mi chaqueta de invierno y me ayudó a ponérmelo—. Lo demás ya no está en nuestras manos. ¡Nos vamos de campamento!

Aquel entusiasmo fingido me hizo soltar una carcajada.

Edward me tomó la mano vendada —la otra estaba peor, aún en cabestrillo— y nos encaminamos hacia el otro lado del claro.

—¿Dónde quedamos con Jacob?

—Aquí mismo —señaló hacia los árboles que teníamos frente a nosotros, al mismo tiempo que Jacob salía con paso cauteloso de entre las sombras.

No debería haberme sorprendido el verlo en su forma humana. No sé por qué estaba buscando un enorme lobo color castaño.

Jacob volvió a parecerme más grande, sin duda por culpa de mis expectativas. De forma inconsciente, debí de creer que ante mí aparecería el Jacob de mis recuerdos, que era más pequeño y apacible y no me ponía las cosas tan difíciles. Tenía los brazos cruzados sobre el pecho desnudo y llevaba una prenda de abrigo en la mano. Nos miró con gesto inexpresivo.

Edward curvó hacia abajo las comisuras de la boca.

—Tendría que haber otra forma mejor de hacer las cosas.

—Demasiado tarde —murmuré en tono pesimista.

Edward lanzó un suspiro.

—Hola, Jake —le saludé cuando estuvo más cerca.

—Hola, Bella.

—¿Cómo estás, Jacob? —lo saludó Edward.

Jacob se ahorró los saludos y fue al grano:

—¿Adónde la llevo?

Edward sacó un mapa de un bolsillo lateral de la mochila y se lo dio. Jacob lo desplegó.

—Estamos aquí —informó Edward estirando el brazo para señalar el lugar exacto. El licántropo retrocedió instintivamente para apartarse de su mano, pero luego volvió a enderezarse. Mi novio fingió no darse cuenta.

—Y tú la llevarás hasta por aquí —prosiguió Edward, trazando un camino sinuoso que seguía las líneas de relieve del mapa—. Apenas son quince kilómetros.

Jacob asintió una sola vez.

—Cuando estés más o menos a un kilómetro y medio, tu sendero se cruzará con el mío. Síguelo hasta el punto de destino. ¿Necesitas el mapa?

—No, gracias. Conozco la zona como la palma de mi mano. Creo que sé adónde voy.

Parecía que a Jacob le costaba más trabajo que a Edward mantener un tono educado y cortés.

—Yo tomaré la ruta más larga. Los veré en unas horas.

Después me miró con gesto infeliz. Esa parte del plan no le gustaba.

—Hasta luego —murmuré.

Edward desapareció entre los árboles, en dirección contraria. En cuanto se esfumó, Jacob volvió a estar contento.

—¿Qué ocurre, Bella? —me preguntó con una amplia sonrisa.

Puse los ojos en blanco.

—Lo de siempre.

—Entiendo —me dijo—. Una pandilla de vampiros que intentan matarte. Lo de siempre.

—Lo de siempre.

—Bueno —añadió mientras se ponía el abrigo para tener las manos libres—. Nos vamos.

Hice una mueca y di un paso hacia él.

Jacob se agachó y pasó el brazo por detrás de mis rodillas. Mis piernas se elevaron en el aire, pero antes de que mi cabeza se estampara contra el suelo me agarró con el otro brazo.

—Idiota —murmuré.

Él se rió y arrancó a correr entre los árboles. Llevaba un ritmo constante, un trote que podría haber mantenido cualquier humano en forma… siempre que fuera por terreno llano y sin una carga extra de cien libras.

—No hace falta que corras. Te vas a cansar.

—Correr no me cansa —Jacob respiraba con el ritmo regular de un corredor de maratón—. Además, pronto hará más frío. Espero que Edward termine de instalar el campamento antes de que lleguemos.

Toqué con el dedo el grueso relleno de su chaqueta.

—Pensé que tú ya no pasabas frío.

—Y así es. La traje para ti, por si acaso no venías equipada —miró mi chaqueta, casi decepcionado al ver que sí—. No me gusta cómo está el tiempo. Me pone nervioso. ¿Te fijaste que no hemos visto ningún animal?

—La verdad es que no.

—Me imaginaba que no te darías cuenta. Tus sentidos están demasiado embotados.

Pasé por alto ese comentario.

—A Alice también le preocupa la tormenta.

—No es normal que el bosque esté tan silencioso. Elegiste la peor noche para ir de campamento.

—No ha sido del todo idea mía.

El camino que había tomado era cada vez más empinado, pero eso no le hizo aminorar la marcha. Saltaba con agilidad de una roca a otra, sin necesitar la ayuda de las manos. Su equilibrio era tan perfecto que me recordaba a una cabra montés.

—¿Qué te colgaste del brazalete? —me preguntó.

Miré hacia abajo y me di cuenta de que llevaba el corazón de cristal boca arriba sobre la muñeca.

Encogí los hombros, con cierto sentimiento de culpa.

—Otro regalo de graduación.

Jacob soltó un bufido.

—Ya me lo olía yo: una piedra preciosa.

¿Una piedra preciosa? De pronto recordé la frase que Alice

481

había dejado sin terminar en el garaje. Miré el cristal blanco y brillante e intenté acordarme de lo que había comentado sobre los diamantes. ¿Habría querido decir «ya llevas un diamante de Edward»? No, imposible. Si el corazón era un diamante, debía de pesar cinco quilates o alguna tontería parecida. Edward no habría...

—Hace ya tiempo que no bajas a La Push —me dijo Jacob, para interrumpir el inquietante rumbo de mis conjeturas.

—He estado muy ocupada —le respondí—. Y... de todos modos, creo que no habría ido.

Jacob torció el gesto.

—Creí que tú eras la compasiva y yo, el rencoroso.

Me encogí de hombros.

—He pensado mucho en lo que pasó la última vez que nos vimos. ¿Y tú?

—No —respondí.

Jacob se rió

—O estás mintiendo, o eres la persona más testaruda sobre la faz de la tierra.

No me gustaba mantener una conversación de esa clase en las condiciones del momento, rodeada por aquellos brazos demasiado cálidos y sin poder evitarlo. Tenía su cara muy cerca para mi gusto, y me habría gustado poder dar un paso atrás.

—Una persona inteligente tiene en cuenta todos los aspectos de una decisión.

—Y yo los he tenido en cuenta —repliqué.

—Si no has pensado en la... eh..., conversación que tuvimos la última vez que viniste a verme, es que no es cierto.

—Aquella *conversación* no es relevante para mi decisión.

—Hay gente que hace lo que sea para engañarse a sí misma.

—Me di cuenta de que los licántropos, en particular, tienen

tendencia a cometer ese error. ¿Crees que sea algo genético?

—¿Significa eso que él besa mejor que yo? —preguntó Jacob. De repente, se había puesto de mal humor.

—La verdad es que no sabría decirlo, Jake. Al único chico al que he besado en mi vida es a Edward.

—Eso sin contarme a mí.

—Yo no cuento aquello como un beso, Jacob. A mí me pareció más bien una agresión.

—Uf... Eso suena un poco frío.

Encogí los hombros. No pensaba retirarlo.

—Ya te pedí disculpas —me recordó.

—Y yo te perdoné... casi del todo, pero eso no cambia la forma como recuerdo lo que pasó.

Murmuró algo ininteligible.

Durante un rato guardamos silencio; sólo se escuchaba su rítmica respiración y el rugido del viento en las copas de los árboles. A nuestro lado se erguía un escarpada roca gris. Seguimos por su base, que se alejaba del bosquey dibujaba una curva ascendente.

—Sigo creyendo que esto es una irresponsabilidad —dijo Jacob de pronto.

—No sé de qué estás hablando, pero te equivocas.

—Piénsalo, Bella. Según tú, en toda tu vida sólo has besado a una persona, que ni siquiera es una persona de verdad, y dices que con eso te basta. ¿Cómo sabes que eso es lo que quieres? ¿No deberías salir con otra gente?

Mantuve la voz calmada.

—Sé perfectamente lo que quiero.

—Entonces no sería tan malo que lo confirmaras. Tal vez tendrías que intentar besar a alguien más. Sólo por comparar... ya que lo que ocurrió el otro día no cuenta. Podrías besarme a mí, por ejemplo. No me importa que me utilices para experimentar.

Me apretó contra el pecho, de modo que mi rostro quedó aún más cerca del suyo. Estaba sonriendo por su propio chiste, pero yo no pensaba correr ningún riesgo.

—No juegues conmigo, Jake, o juro que cuando Edward intente partirte la cara no lo detendré.

En mi voz había un timbre de pánico que lo hizo sonreír más.

—Si tú me pides que te bese, él no tendrá razón para enfadarse. ¿No dijo que no pasaba nada?

—Si crees que voy a pedírtelo, espera sentado, Jake. Aunque seas un hombre lobo, te vas a cansar de esperar.

—Pues sí que estás hoy de mal humor.

—Me pregunto por qué será.

—A veces, pienso que te gusto más como lobo.

—Pues mira, sí, a veces yo también lo creo. Es posible que tenga que ver con que cuando eres lobo no puedes abrir el boca.

Frunció los labios con gesto pensativo.

—No, dudo que sea por eso. Me parece que te resulta más fácil estar cerca de mí cuando no soy humano porque así no tienes que fingir que no te atraigo.

Me quedé boquiabierta al oírlo; pero, al darme cuenta, cerré la boca y rechiné los dientes.

Él lo oyó, y sonrió de oreja a oreja en gesto de victoria.

Respiré profundamente antes de hablar.

—No. Estoy bien segura de que es porque no puedes hablar.

Jacob suspiró.

—¿Nunca te cansas de engañarte a ti misma? Sabes de sobra que siempre me tienes presente en tu cabeza. Físicamente, quiero decir.

—¿Cómo podría alguien no tenerte presente físicamente, Jacob? —le pregunté—. Eres un monstruo gigante que se niega a respetar el espacio vital de los demás.

—Te pongo nerviosa, pero sólo cuando soy humano. Te sientes más cómoda cerca de mí cuando soy un lobo.

—El nerviosismo no es lo mismo que la irritación.

Jacob se me quedó mirando por un instante. Aminoró la marcha, y su gesto de diversión desapareció. Entrecerró los ojos, que se volvieron negros bajo la sombra de sus cejas. Su respiración, tan regular mientras corría, empezó a acelerarse. Lentamente, agachó la cara y la arrimó a la mía.

Lo miré a los ojos. Supe con exactitud lo que pretendía.

—Es tu cara —le recordé.

Soltó una carcajada y empezó a aligerar el ritmo de nuevo.

—Prefiero no pelearme con tu vampiro esta noche. En cualquier otro momento me daría igual, pero mañana los dos tenemos un trabajo que hacer, y no quiero dejar a los Cullen con uno menos.

Un repentino ataque de vergüenza hizo que se me demudara el gesto.

—Lo sé, lo sé —me dijo, al malinterpretar mi expresión—. Crees que podría conmigo.

Me sentía incapaz de hablar. Era yo, y no, Jacob, quien iba a dejarles con uno menos. ¿Y si alguien resultaba herido por culpa de mi debilidad? ¿O si, por el contrario, me mostraba valiente y Edward…? No quería ni pensarlo.

—¿Qué te pasa, Bella? —su gesto dejó de ser jocoso y bravucón, y debajo apareció el Jacob que yo conocía, como si se hubiese quitado una máscara—. Si he dicho algo que te ha molestado, quiero que sepas que sólo estaba bromeando. No era mi intención decir nada que... Oye, ¿estás bien? No llores, Bella —me pidió.

Intenté dominarme.

—No voy a llorar.

—¿Qué es lo que dije?

—No es nada que hayas dicho; es... Es por mi culpa. Hice algo... terrible.

Me miró aturdido, con los ojos como platos.

—Edward no va a luchar mañana —le expliqué en susurros—. Lo obligué a quedarse conmigo. ¡Soy una cobarde asquerosa!

Jacob arrugó el ceño.

—¿Y crees que no va a salir bien? ¿Crees que te van a encontrar aquí? ¿Es que sabes algo que yo no sepa?

—No, no. Eso no me da miedo. Es que... no puedo dejarlo ir. Si no regresara... —me estremecí, y tuve que cerrar los ojos para ahuyentar esa idea.

Jacob se quedó callado. Yo seguí hablando, sin abrir los ojos y en voz baja.

—Si alguien resulta herido, la culpa siempre será mía. Y aunque ninguno... Me he portado fatal. Pero tenía que hacerlo, tenía que convencerlo de que se quedara conmigo. Estoy segura de que no me lo echará en cara, pero yo sabré siempre qué cosas soy capaz de hacer —me sentí un poco mejor al sacar todo eso de mi interior, aunque tan sólo se lo pudiera confesar a Jacob.

Él resopló. Abrí los párpados despacio, y me entristeció ver que había vuelto a enfundarse aquella máscara de dureza.

—No puedo creer que haya dejado que lo convenzas para que no participe. Yo no me perdería esto por nada del mundo.

—Lo sé —repuse con un suspiro.

—De todas formas, eso no quiere decir nada —empezó a rectificar—. No significa que te quiera más que yo.

—Pero tú no te habrías quedado conmigo, aunque te lo hubiera suplicado.

Arrugó los labios por un instante, y me pregunté si iba a intentar negarlo. Los dos sabíamos cuál era la verdad.

—Pero sólo porque yo te conozco mejor —respondió por fin—. Todo va a ir como la seda. Y aunque me lo pidieras y te dijera que no, sé que después no te enojarías tanto conmigo.

—Quizá tengas razón. Si todo saliera bien, a lo mejor no me enfadaría contigo. Pero aun así, todo el tiempo que estés fuera voy a estar muerta de preocupación. Me voy a volver loca.

—¿Por qué? —me preguntó con brusquedad—. ¿Qué más te da si me ocurre algo?

—No digas eso. Sabes de sobra cuánto significas para mí. Lamento que no sea de la forma como tú querrías, pero así son las cosas. Eres mi mejor amigo. Al menos, antes lo eras. Y aún sigues siéndolo… cuando bajas la guardia.

Jacob puso aquella sonrisa de antaño que yo adoraba.

—Siempre lo seré —me prometió—. Incluso, aunque no… aunque no me comporte tan bien como debería. Pero, en el fondo de mi ser, siempre estaré contigo.

—Lo sé. Si no, ¿por qué crees que aguanto todas tus tonterías?

Jacob se rió conmigo, pero después su mirada se entristeció.

—¿Cuándo te vas a dar cuenta por fin de que también estás enamorada de mí?

—Siempre tienes que arruinar un buen momento.

—No digo que no lo ames a él, no soy tonto, pero se puede querer a más de una persona a la vez, Bella. Es algo que pasa a menudo.

—Yo no soy un lobo chiflado como tú, Jacob.

Al ver que arrugaba la nariz, estuve a punto de pedir disculpas por lo que acababa de decir; pero él cambió de tema.

—No estamos muy lejos. Puedo olerlo.

Suspiré aliviada.

Jacob malinterpretó el significado de mi suspiro.

—Iría más despacio, Bella, pero supongo que querrás guarecerte antes de que eso se nos venga encima.

Los dos levantamos la mirada al cielo.

Por el oeste se acercaba un sólido muro de nubes púrpura, casi negras, y el bosque se sumía en sombras a su paso.

—¡Guau! —murmuré—. Será mejor que te des prisa, Jake. Querrás llegar a casa antes de que la tormenta descargue.

—No me voy a casa.

Me quedé mirándolo, exasperada.

—No vas a acampar con nosotros.

—Si te refieres al pie de la letra, no, no pienso meterme en su tienda. Prefiero la tormenta antes que ese olor. Pero seguro que tu chupasangre querrá mantenerse en contacto con la manada para coordinar las acciones, así que yo, amablemente, voy a facilitarle ese servicio.

—Creía que ése era el trabajo de Seth.

—Él se hará cargo de ese cometido mañana, durante la batalla.

Cuando me la recordó, guardé silencio por un instante. Me quedé mirando a Jacob; de repente, volvía a estar tan preocupada como antes.

—Supongo que, ya que estás aquí, no hay forma de convencerte de que te quedes —le dije—. ¿Y si me pongo a suplicarte, o te ofrezco convertirme en tu esclava el resto de mi vida?

—Suena tentador, pero no. Aun así, debe de ser divertido verte suplicar. Si quieres, puedes intentarlo.

—¿Es que no hay nada que pueda decir para convencerte?

—No, a menos que puedas prometerme una batalla mejor.

En cualquier caso, quien da las órdenes es Sam.

Eso me recordó algo.

—Edward me dijo algo el otro día... sobre ti.

Jacob se alarmó.

—Seguro que era mentira.

—¿Ah, sí? ¿Entonces no eres el segundo al mando de la manada?

Jacob parpadeó. Se quedó pálido por la sorpresa.

—Ah, ¿era eso?

—¿Por qué no me lo habías dicho nunca?

—¿Por qué iba a hacerlo? No es gran cosa.

—No lo sé. ¿Por qué no? Es interesante. ¿Cómo funciona? ¿Cómo es que Sam ha acabado de macho Alfa y tú de... de macho Beta?

Jacob se rió de los términos que se me acababan de ocurrir.

—Sam es el primero, el mayor. Es lógico que él tome el mando.

Arrugué la frente.

—Pero entonces, ¿el segundo no debería ser Jared, o Paul? Fueron los siguientes en transformarse.

—Bueno, es complicado de explicar —se evadió.

—Inténtalo.

Jacob exhaló un suspiro.

—Tiene más que ver con el linaje. Ya sé que está un poco pasado de moda. ¿Qué más da quién era tu abuelo? Pero es así.

Entonces recordé algo que Jacob me había dicho mucho tiempo atrás, antes de que ninguno de los dos supiéramos nada sobre hombres lobo.

—¿No me dijiste que Ephraim Black fue el último jefe que habían tenido los quileute?

—Sí, es cierto. Él era el Alfa. ¿Sabías que teóricamente Sam es ahora el jefe de toda la tribu? —soltó una carcajada—. Qué tradiciones tan estúpidas.

Cavilé sobre ello durante un instante para tratar de encajar todas las piezas.

—Pero también me dijiste que la gente escuchaba a tu padre más que a ninguna otra persona del Consejo por ser nieto de Ephraim, ¿no?

—¿Adónde quieres ir a parar?

—Bueno, si tiene que ver con el linaje… ¿No deberías ser tú el jefe?

Jacob no me respondió. Se quedó mirando al bosque, cada vez más tenebroso, como si de pronto necesitara concentrarse para saber por dónde iba.

—¿Jake?

—No, ése es el trabajo de Sam —mantuvo los ojos clavados en el agreste sendero que seguíamos.

—¿Por qué? Su bisabuelo era Levi Uley, ¿no? ¿Levi no era también un Alfa?

—Sólo hay un Alfa —respondió de forma automática.

—Entonces, ¿qué era Levi?

—Un Beta, supongo —resopló al pronunciar el término con que lo había bautizado—, como yo.

—Eso no tiene sentido.

—Tampoco importa.

—Sólo quiero entenderlo.

Jacob se decidió por fin a mirarme, y al verme confusa volvió a suspirar.

—Sí. Se supone que yo debería ser el Alfa.

Fruncí el ceño.

—¿Es que Sam no ha querido renunciar?

—No es eso. Es que yo no he querido ascender.

—¿Por qué no?

Jacob puso un gesto de contrariedad ante mis preguntas. *Que se aguante*, pensé, *ahora le toca a él sentirse incómodo.*

—No quería nada de esto, Bella. No quería que las cosas cambiaran. No quería ser un jefe legendario ni formar parte de una manada de hombres lobo, y mucho menos ser su líder. Cuando Sam me lo ofreció, lo rechacé.

Pensé en eso un buen rato. Jacob, sin interrumpir mis cavilaciones, volvió a escrutar las tinieblas del bosque.

—Yo creía que eras feliz, que estabas contento con tu situación —le dije, por fin.

Jacob sonrió para tranquilizarme.

—Sí, no está tan mal. A veces es emocionante, como lo de mañana. Pero, al principio, fue como si me hubieran reclutado para una guerra de cuya existencia no sabía nada. No me dejaron elegir. Fue algo irrevocable —Encogió los hombros—. De todos modos, supongo que ahora estoy contento. Tenía que ser así y, además, ¿en quién más podía confiar para tomar la decisión? No hay nadie mejor que uno mismo.

Me quedé mirando a mi amigo con una inesperada sensación de respeto. Era mucho más maduro de lo que había creído hasta entonces. Igual que me había pasado con Billy la otra noche junto a la hoguera; había una grandeza en él que nunca habría sospechado.

—El jefe Jacob —murmuré, sonriendo ante el sonido de esas tres palabras juntas.

Él puso los ojos en blanco.

En ese momento, el viento sacudió con fuerza los árboles, tan gélido como si bajara soplando de un glaciar. Los fuertes crujidos de la madera resonaron en el monte. Aunque la luz se debilitaba a medida que aquella tenebrosa nube cubría el cielo, pude distinguir unos pequeños copos blancos que revoloteaban sobre nosotros.

Jacob apretó el paso y concentró toda su atención en el suelo mientras corría a toda velocidad. Me acurruqué contra su pecho para protegerme de aquella molesta nevada.

Minutos después, Jacob llegó al lado de sotavento de la roca, y vimos la pequeña tienda montada contra la pared de roca, al abrigo de la tempestad. Los copos caían en remolinos sobre nosotros, pero el vendaval era de tal intensidad que no dejaba que se posaran en ningún sitio.

—¡Bella! —gritó Edward con alivio. Lo sorprendimos mientras paseaba nervioso por aquel reducido claro.

Apareció a mi lado como un rayo, tan rápidamente que apenas lo vi como un borrón. Jacob se encogió sobresaltado, y después me dejó en el suelo. Edward ignoró su reacción y me abrazó con fuerza.

—Gracias —dijo Edward por encima de mi cabeza. Su tono era sincero—. Eres más rápido de lo que me esperaba. Te lo agradezco de veras.

Me giré para observar la respuesta de Jacob, que se limitó a encoger los hombros; toda cordialidad se había esfumado de su rostro.

—Llévala dentro. Esto se va a poner peor: se me están poniendo de punta los pelos de la cabeza. ¿Esta tienda es segura?

—Sólo me faltó soldarla a la roca.

—Bien.

Jacob alzó la mirada al cielo, que ahora estaba negro por la tormenta y salpicado de remolinos de nieve. Sus ollares se ensancharon.

—Voy a transformarme —anunció—. Quiero saber cómo está todo por casa.

Colgó el abrigo en una rama corta y ancha, y se adentró en las tinieblas del bosque sin mirar hacia atrás.

Hielo y fuego

La tienda de campaña se estremeció bajo el azote del viento, y yo con ella.

El termómetro bajaba. Una gelidez punzante atravesaba el saco de dormir. La chaqueta, estaba helada, a pesar de hallarme completamente vestida, incluso con las botas de montaña anudadas. ¿Cómo podía hacer tanto frío? ¿Cómo podía seguir bajando la temperatura? Tendría que parar en algún momento, ¿no?

—¿Qu-ué hooora es? —me esforcé en pronunciar las palabras, una tarea casi imposible con aquel castañeteo de dientes.

—Las dos —contestó Edward, sentado lo más lejos posible de mí...

...en aquel espacio tan exiguo, temeroso casi de respirar cerca, teniendo en cuenta lo helada que estaba. El interior de la tienda estaba demasiado oscuro para que distinguiera su rostro con claridad, pero su voz sonaba desesperada por la preocupación, la indecisión y la decepción.

—Quizá...

—No, estoy bbbien, la vverdad. No qqquiero salir ffuera.

Ya había intentado convencerme, al menos una docena de veces, de que saliéramos corriendo de allí, pero a mí me aterrorizaba abandonar el refugio. Si ya hacía frío en la tienda, donde me encontraba a resguardo del viento rugiente, podía imaginarme lo horrible que sería si saliéramos corriendo al exterior.

Y, además, echaría a perder con todos los esfuerzos hechos durante la tarde. ¿Tendríamos tiempo suficiente para recuperarnos cuando pasara la tormenta? ¿Y si no se acababa? Era ilógico moverse ahora. Podía sobrevivir a toda una noche de frío.

Me preocupaba que se hubiera perdido el rastro que había dejado, pero él me prometió que los monstruos que venían lo encontrarían con facilidad.

—¿Qué puedo hacer yo? —me dijo, en tono de súplica.

Yo me limité a sacudir la cabeza.

En el exterior, bajo la nieve, Jacob aullaba de frustración.

—Vvvete dee aquí —le ordené de nuevo.

—Sólo está preocupado por ti —me tradujo Edward—. Se encuentra bien. Su cuerpo está preparado para enfrentar esto.

—E-e-e-e-e.

Quise decirle que aun así debía marcharse, pero la idea se me quedó atrapada entre los dientes. Me esforcé, y estuve a punto de despellejarme la lengua en el intento. Al menos, Jacob sí parecía estar bien equipado para la nieve, mejor, incluso, que el resto de su manada; su piel cobriza era más gruesa y greñuda. Me pregunté a qué se debería eso.

Jacob volvió a gimotear, en tonos muy agudos, un lamento que crispaba los nervios.

—¿Qué quieres que haga? —gruñó Edward, demasiado nervioso ya para andarse con delicadezas—. ¿Que la saque con la que está cayendo? No sé en qué puedes ser tú útil. ¿Por qué no vas por ahí a buscarte un sitio más caliente o lo que sea?

—Estoy bbbieenn —protesté.

A juzgar por el gruñido de Edward y el enmudecimiento del aullido que sonaba fuera de la carpa no había conseguido convencer a nadie. El viento zarandeó la tienda con fuerza y yo me estremecí a su ritmo.

Un aullido repentino desgarró el rugido del viento y me cubrí los oídos para no escuchar el ruido. Edward puso mala cara.

—Eso no va a servir de nada —masculló—, y es la peor idea que he oído en mi vida —añadió en voz más alta.

—Mejor que cualquier cosa que se te haya ocurrido, seguro —repuso Jacob; me llevé una gran sorpresa al oír su voz humana—. «¿Por qué no vas por ahí a buscarte un sitio más caliente?» —remedó entre refunfuños—. ¿Qué crees que soy? ¿Un san bernardo?

Oí el zumbido del cierre de la entrada de la carpa al abrirse.

Jacob la descorrió lo menos que pudo, pero le fue imposible penetrar en la tienda sin que por la pequeña abertura se colara el aire glacial y unos cuantos copos de nieve, que cayeron en el piso de lona. Me agité de una forma tan violenta que el temblor se transformó en una convulsión en toda regla.

—Esto no me gusta nada —masculló Edward mientras Jacob volvía a cerrar el cierre de la entrada—. Limítate a darle el abrigo y sal de aquí.

Mis ojos se habían adaptado lo suficiente para poder distinguir las formas. Vi que Jacob traía la chaqueta que había estado colgada de un árbol al lado de la tienda.

Intenté preguntar que de qué estaban hablando, pero todo lo que salió de mis labios fue «qqquuqqquu», ya que el temblor me hacía tartamudear de forma descontrolada.

—La chaqueta es para mañana, ahora tiene demasiado frío para que pueda calentarse por sí misma. Está helada —se dejó caer al suelo junto a mí—. Dijiste que ella necesitaba un lugar más caliente y aquí estoy yo —Jacob abrió los brazos todo lo que le permitió la anchura de la tienda. Como era habitual cuando corría en forma de lobo, sólo llevaba la ropa justa: unos pantalones, sin camiseta ni zapatos.

—Jjjjaakkee, ttteee vas a cccoonnggelar —intenté protestar.

—Lo dudo mucho —contestó él alegremente—. Conseguí alcanzar casi cuarenta y tres grados estos días, parezco una tostadora. Te voy a tener sudando en un instante.

Edward rugió, pero Jacob ni siquiera se volvió a mirarlo. En lugar de eso, se acuclilló a mi lado y empezó a abrir el cierre de mi saco de dormir.

La mano blanca de Edward aprisionó de repente el hombro de Jacob para sujertarlo, blanco níveo contra piel oscura. La mandíbula de Jacob se cerró con un golpe audible, se le dilataron las aletas de la nariz y su cuerpo rehuyó el frío contacto. Los largos músculos de sus brazos se flexionaron automáticamente en respuesta.

—Quítame las manos de encima —gruñó entre dientes.

—Pues quita tú las tuyas de encima de ella —respondió Edward con tono de odio.

—Nnnnooo peleeeen —supliqué. Me sacudió otro estremecimiento. Parecía que se me iban a partir los dientes, de lo fuerte que chocaban unos contra otros.

—Estoy seguro de que ella te agradecerá esto cuando los dedos se le pongan negros y se le caigan —repuso Jacob con brusquedad.

Edward dudó, pero al final soltó a su rival y regresó a su posición en la esquina.

—Cuida lo que haces —advirtió con voz fría y aterradora.

Jacob se rió entre dientes.

—Hazme un sitio, Bella —dijo mientras bajaba un poco más el cierre.

Lo miré indignada. Ahora entendía la virulenta reacción de Edward.

—N-n-n-no —intenté protestar.

—No seas tonta —repuso, exasperado—. ¿Es que quieres dejar de tener diez dedos?

A la fuerza, embutió su cuerpo en el pequeño espacio disponible y forzó el cierre de la cremallera que estaba a su espalda.

Y entonces tuve que apartar mis objeciones; no tenía ganas de soltar ni una más. Estaba muy calentito. Me rodeó con sus brazos y me apretó contra su pecho desnudo de manera cómoda y acogedora. El calor era irresistible, como el aire cuando has pasado sumergido demasiado tiempo. Se encogió cuando apreté con avidez mis dedos helados contra su piel.

—Ay, Bella, me estás congelando —se quejó.

—Lo ssssienttoo —tartamudeé.

—Intenta relajarte —me sugirió mientras otro estremecimiento me atravesaba con violencia—. Te calentarás en un minuto. O mucho antes, claro, si te quitaras la ropa.

Edward gruñó de pronto.

—Sólo quería confirmar que estaba bien —se defendió Jacob—. Es mera supervivencia, nada más.

—Ca-calla ya, Ja-jakee —repuse enfadada, aunque mi cuerpo no intentó apartarse de él—. Nnnnadie nnnnecesssita to-todos los de-dedddos.

—No te preocupes por el chupasangre —sugirió Jacob, seguro de sí mismo—: únicamente está celoso.

—Claro que lo estoy —intervino Edward, cuya voz se había vuelto de nuevo de terciopelo, controlada, un murmullo musical en la oscuridad—. No tienes la más ligera idea de cuánto desearía hacer lo que estás haciendo por ella, perrito.

—Así es la vida —comentó Jacob en tono ligero, aunque después se tornó amargo—. Al menos sabes que ella querría que fueras tú.

—Cierto —admitió Edward.

Los temblores fueron disminuyendo y se volvieron soportables mientras ellos discutían.

—Ya —exclamó Jacob, encantado—. ¿Te sientes mejor?

Al fin pude articular con claridad.

—Sí.

—Todavía tienes los labios azules —reflexionó Jacob—. ¿Quieres que te los caliente también? Sólo tienes que pedirlo.

Edward suspiró profundamente.

—Compórtate —le susurré y apreté la cara contra su hombro.

Se encogió de nuevo cuando mi piel fría entró en contacto con la suya y yo sonreía con una cierta satisfacción vengativa.

Ya me había templado y me hallaba cómoda dentro del saco de dormir. El cuerpo de Jacob parecía irradiar calor desde todos lados, quizá también porque había metido en el interior del saco su enorme cuerpo. Me quité las botas en dos tirones y presioné los dedos de los pies sobre sus piernas. Dio un respingo, pero después ladeó la cabeza para apretar su mejilla cálida contra mi oreja entumecida.

Me di cuenta de que la piel de Jacob tenía un olor a madera, almizcleño, que era muy apropiado para el lugar donde nos encontrábamos, en mitad de un bosque. Resultaba estupendo. Me pregunté si los Cullen y los quileute no estaban todo el día con ese fastidio del olor simplemente por puro prejuicio, ya que, para mí, todos ellos olían muy bien.

La tormenta aullaba en el exterior como si fuera un animal que atacaba la tienda, pero ahora ya no me inquietaba. Jacob estaba a salvo del frío, igual que yo. Además, estaba demasiado cansada para preocuparme por nada, fatigada de estar despierta hasta tan tarde y dolorida por los espasmos musculares. Mi cuerpo se relajó con lentitud mientras me descongelaba, parte por parte, y después se quedó flojo.

—¿Jake? —musité medio dormida—. ¿Puedo preguntarte algo? No estoy de bromas ni nada parecido. «Es sólo curiosidad, nada más» —eran las mismas palabras que él había usado en mi cocina. No podía recordar ya cuánto tiempo hacía de eso.

—Claro —rió entre dientes, al darse cuenta y recordar.

—¿Por qué tienes más pelo que los demás? No me contestes, si te parece una grosería —no conocía qué reglas de etiqueta regían en la cultura lupina.

—Porque mi pelo es más largo —contestó, divertido. Al menos, mi pregunta no le había ofendido. Sacudió la cabeza de forma que su pelo sin recoger, que le llegaba hasta el mentón, me golpeó la mejilla.

—Ah —me sorprendió, pero la verdad es que tenía sentido. Así que ése era el motivo por el cual ellos se rapaban al principio, cuando se unían a la manada—. ¿Por qué no te lo cortas? ¿Te gusta ir con esos pelos?

Esta vez no me respondió enseguida, y Edward se rió discretamente.

—Lo siento —intervine, haciendo un alto para bostezar—. No pretendía ser indiscreta. No tienes por qué contestarme.

Jacob profirió un sonido enfurruñado.

—Bah, él te lo va a contar de todos modos, así que mejor te lo digo yo: me estaba dejando crecer el cabello porque... me parecía que a ti te gustaba más largo.

—Oh —me sentí incómoda—. Este... yo... me gusta de las dos maneras, Jake. No tienes por qué molestarte.

Él encogió los hombros.

—De todas formas ha sido de utilidad esta noche, así que no te preocupes por eso.

No tenía nada más que decir. Hubo un silencio prolongado en medio del cual los párpados me pesaban cada vez más y al final, agotada, cerré los ojos. El ritmo de mi respiración disminuyó hasta alcanzar una cadencia regular.

—Eso está bien, cielo, duerme —susurró Jacob.

Yo suspiré, satisfecha, ya casi inconsciente.

—Seth está aquí —informó Edward a Jacob con un hilo de voz; de pronto, comprendí el asunto de los aullidos.

—Perfecto. Ahora ya puedes estar al tanto de lo que pasa mientras yo cuido a tu novia por ti.

Edward no replicó, pero yo gruñí medio dormida.

—Déjalo ya —mascullé entre dientes.

Todo se quedó tranquilo entonces, al menos dentro de la tienda. Afuera, el viento aullaba de forma enloquecedora al pasar entre los árboles. La estructura metálica vibraba de tal modo que resultaba imposible pegar ojo. Una racha de viento y nieve soplaba cada vez que estaba a punto de sumirme en la inconsciencia y zarandeaba de forma repentina las varillas de sujección. Me sentía fatal por el lobo, el chico que estaba afuera, quieto en la nieve.

Mi mente vagó mientras permanecía a la espera de conciliar el sueño. Aquel pequeño y cálido lugar me hacía recordar los primeros tiempos con Jacob y cómo solían ser las cosas cuando él era mi sol de repuesto, la calidez que hacía que mereciera la pena mi vida vacía. Hacía tiempo que no pensaba en Jacob de ese modo, pero aquí estaba él de nuevo, proporcionándome su calor.

—¡Por favor! —masculló Edward—. ¡Si no te importa...!

—¿Qué? —respondió Jacob entre susurros, sorprendido.

—¿No crees que deberías intentar controlar tus pensamientos? —el bajo murmullo de Edward sonaba furioso.

—Nadie te ha dicho que escuches —cuchicheó Jacob desafiante, aunque algo avergonzado—. Sal de mi cabeza.

—Me gustaría hacerlo. No tienes idea de a qué volumen suenan tus pequeñas fantasías. Es como si estuvieras gritándomelas.

—Intentaré bajarlas de tono —repuso Jacob con sarcasmo.

Hubo una corta pausa en silencio.

—Sí —contestó Edward a un pensamiento no expresado en voz alta, con un murmullo tan bajo que casi no lo capté—. También estoy celoso de eso.

—Ya me lo imaginaba yo —susurró Jacob, petulante—. Igualar las apuestas hace más interesante el juego, ¿no?

Edward se rió entre dientes.

—Sueña con ello, si quieres.

—Ya sabes, Bella todavía podría cambiar de idea —lo tentó Jacob—. Eso, además de todas las cosas que yo puedo hacer con ella y tú no, al menos, claro, sin matarla.

—Duérmete, Jacob —masculló Edward—. Estás empezando a ponerme nervioso.

—Sí, creo que lo haré. Aquí se está muy a gusto.

Edward no contestó.

Yo estaba ya demasiado perdida en mi sueño como para pedirles que dejaran de hablar de mí como si no estuviera presente. La conversación era ya casi irreal, y no estaba segura de si estaba o no, despierta del todo.

—Ojalá pudiera —repuso Edward después de un momento, para contestar una pregunta que yo no había oído.

—Pero, ¿serías sincero?

—Siempre puedes curiosear a ver qué pasa —la silenciosa risita de Edward me hizo preguntarme si me estaba perdiendo algún chiste.

—Bien, tú ves dentro de mi cabeza. Déjame echar una miradita dentro de la tuya esta noche; eso sería justo —repuso Jacob.

—Tu mente está llena de preguntas. ¿Cuáles quieres que conteste?

—Los celos... deben de estar comiéndote. No puedes estar tan seguro de ti como parece, a menos que no tengas ningún tipo de sentimientos.

—Claro que sí —admitió Edward, y ya no parecía divertido en absoluto—. Justo en estos momentos lo estoy pasando tan mal que apenas puedo controlar la voz, pero de todos modos es mucho peor cuando no la acompaño, las veces en que ella está contigo y no puedo verla.

—¿Piensas en esto todo el tiempo? —susurró Jacob—. ¿No te resulta difícil concentrarte cuando ella no está?

—Sí y no —respondió Edward; parecía decidido a contestar con sinceridad—. Mi mente no funciona exactamente igual que la tuya. Puedo pensar en muchas cosas a la vez. Eso significa que puedo pensar siempre en ti y en si es contigo con quien está cuando parece tranquila y pensativa.

Ambos se quedaron callados durante un minuto.

—Sí, supongo que piensa en ti a menudo —murmuró Edward en respuesta a los pensamientos de Jacob—, con más frecuencia de la que me gustaría. A Bella le preocupa que seas infeliz. Y no es que tú no lo sepas, ni tampoco que no lo uses de forma deliberada.

—Debo usar cuanto tenga a mano —contestó Jacob en un bisbiseo—. Yo no cuento con tus ventajas, como la de saber que ella está enamorada de ti.

—Eso ayuda —comentó Edward con voz dulce.

Jacob se puso desafiante.

—Pero Bella también me quiere a mí. Ya lo sabes —Edward no contestó y Jacob suspiró—, aunque ella no.

—No puedo decirte si tienes razón.

—¿Y eso te molesta? ¿Te gustaría ser capaz de saber también lo que ella piensa?

—Sí y no, otra vez. A ella le gusta más así y, aunque algunas veces me vuelve loco, prefiero que Bella sea feliz.

El viento intentaba arrancar la tienda; la sacudía como si hubiera un terremoto. Jacob me abrazó para protegerme.

—Gracias —susurró Edward—. Aunque te suene raro, supongo que me alegro de que estés aquí, Jacob.

—Si quieres decir que tanto como a mí me encantaría matarte, yo también estoy contento de que ella se haya calentado, ¿está bien?

—Es una tregua algo incómoda, ¿no?

El murmullo de Jacob se volvió repentinamente engreído.

—Ya sé que estás tan loco de celos como yo.

—Pero no soy tan estúpido como para hacer una bandera de ello, como tú. No ayuda mucho a tu caso, ya sabes.

—Tienes más paciencia que yo.

—Es posible. He tenido cien años de plazo para ejercitarla. Los cien años que llevo esperándola.

—Bueno, y... ¿en qué momento decidiste jugarte el punto del buen chico lleno de paciencia?

—Cuando me di cuenta del daño que le hacía verse obligada a elegir. En general, no me es difícil ejercer este tipo de control. La mayoría de las veces soy capaz de sofocar... los sentimientos poco civilizados que siento por ti con bastante facilidad. Algunas veces ella cree ver lo que está pasando en mi interior, pero no puedo estar seguro de eso.

—Pues yo creo, simplemente, que te preocupa que, si la obligaras a elegir de verdad, no te escogería. Edward no contestó con rapidez.

—Eso es verdad en parte —admitió al fin—, pero sólo una

pequeña parte. Todos tenemos nuestros momentos de duda. Pero lo que de verdad me preocupaba era que ella se lastimara por intentar escaparse para verte. Después de que acepté que, más o menos, estaba segura contigo, tan segura, al menos, como ella puede estar, me pareció mejor dejar de llevarla al límite.

Jacob suspiró.

—Ya le he dicho a ella todo esto, pero no me cree.

—Lo sé —sonó como si Edward estuviera sonriendo.

—Tú te crees que lo sabes todo —masculló Jacob entre dientes.

—Yo no conozco el futuro —dijo Edward, con la voz de repente insegura.

Se hizo una larga pausa.

—¿Qué harías, si ella cambiara de idea? —le preguntó Jacob.

—Tampoco lo sé.

Jacob se rió bajito entre dientes.

—¿Intentarías matarme? —comentó sarcásticamente, como si dudara de la capacidad de Edward para hacerlo.

—No.

—¿Por qué no? —el tono de Jacob era todavía de burla.

—¿De verdad crees que buscaría hacerle daño de esa manera?

Jacob dudó durante unos momentos y después suspiró.

—Sí, tienes razón. Ya sé que la tienes, pero algunas veces...

—...te resulta una idea fascinante.

Jacob apretó la cara contra el saco de dormir para sofocar sus risas.

—Exactamente —admitió al final.

Aquel sueño estaba resultando de lo más grotesco. Me pregunté si no sería el viento incesante el que me hacía imaginar todos estos murmullos, salvo que el viento parecía gritar más que susurrar.

—¿Y cómo sería?, me refiero a lo de perderla... —inquirió Jacob después de un tranquilo interludio y sin que hubiera ni el más leve rastro de humor en su voz repentinamente ronca—. ¿Cómo fue cuando pensaste que la habías perdido para siempre? ¿Cómo te las... arreglaste?

—Es muy difícil para mí hablar de ello —admitió el vampiro. El licántropo esperó—. Ha habido dos ocasiones en las que he pensado eso —Edward habló a un ritmo más lento de lo habitual—. Aquella vez en que creí que podía dejarla, fue casi... casi insoportable. Pensé que Bella me olvidaría y que sería como si no me hubiera cruzado con ella jamás. Durante unos seis meses fui capaz de estar lejos sin romper mi promesa de no interferir en su vida. Casi lo conseguí... Luchaba contra la idea, pero sabía que a la larga no vencería; tenía que regresar, aunque sólo fuera para saber cómo estaba. O al menos eso era lo que pensaba. Y si la encontraba razonablemente feliz... Me gustaría pensar que, en ese caso, habría sido capaz de marcharme otra vez.

»Pero ella no era feliz, así que me habría quedado. Y claro, éste es el modo como me ha convencido para quedarme con ella mañana. Hace un rato tú te estabas preguntando qué era lo que me motivaba... y por qué ella se sentía tan innecesariamente culpable. Me recuerda lo que le hice cuando me marché, lo que le seguiré haciendo si me voy. Ella se siente fatal por sentirse así, pero tiene razón. Yo nunca podré compensarla por aquello, pero tampoco dejaré de intentarlo, de todos modos.

Jacob no respondió durante unos momentos, bien porque estaba escuchando la tormenta o bien porque aún no había asimilado aquellas palabras; no supe el motivo.

—¿Y aquella otra vez, cuando pensaste que había muerto?

¿Qué sentiste? —susurró Jacob con cierta rudeza.

—Sí —Edward contestó a esta pregunta de forma distinta—. Posiblemente, tú te sentirás igual dentro de poco, ¿no? La manera como nos percibes a nosotros no te permitirá verla sólo como «Bella» y nada más, pero eso es lo que ella será.

—Eso no es lo que te pregunté.

La voz de Edward se volvió más rápida y dura.

—No puedo describir cómo me sentí. No tengo palabras.

Los brazos de Jacob se ciñeron a mi alrededor.

—Pero tú te fuiste porque no querías que ella se convirtiera en una chupasangre. Deseabas que continuara siendo humana.

Edward repuso despacio.

—Jacob, desde el momento en que me di cuenta de que la amaba, supe que había sólo cuatro posibilidades.

»La primera alternativa, la mejor para Bella, habría sido que no sintiera eso tan fuerte que siente por mí, que me hubiera dejado y se hubiera marchado. Yo lo habría aceptado, aunque eso no modificara mis sentimientos. Tú piensas que yo soy como... una piedra viviente, dura y fría. Y es verdad: somos lo que somos y es muy raro que no experimentemos ningún cambio real, pero cuando eso sucede, como cuando Bella entró en mi vida, es un cambio permanente. No hay forma de volver atrás...

»La segunda opción, la que yo escogí al principio, fue quedarme con ella a lo largo de toda su vida humana. A Bella no le convenía malgastar su tiempo con alguien que no podía ser humano como ella. Sin embargo, era la alternativa que yo podía encarar con mayor facilidad, aunque supiera, por supuesto, que cuando ella muriera, yo también encontraría una forma de morir. Sesenta o setenta años seguramente me parecerían muy pocos años. Pero entonces se demostró lo peligroso que era para ella vivir tan cerca de mi mundo... Parecía que iba mal todo lo que podía ir mal, o bien pendía sobre nosotros para golpearnos. Me aterrorizaba pensar que ni siquiera tendría esos sesenta años si me quedaba cerca de Bella siendo ella humana.

»Así que escogí la tercera posibilidad, la que, sin duda, se ha convertido en el peor error de mi muy larga vida, como ya sabes: salir de su vida y esperar que ella se viera forzada a aceptar la primera alternativa. No funcionó y casi nos mata a ambos en el camino.

»¿Qué es lo que me queda, sino la cuarta opción? Es lo que ella quiere o, al menos, lo que cree querer. Estoy intentando retrasarlo, darle tiempo para que encuentre una razón que la haga cambiar de idea, pero Bella es muy... terca. Eso ya lo sabes. Tendré suerte, si consigo alargarlo unos cuantos meses más. Tiene pánico a hacerse mayor y su cumpleaños es en septiembre...

—Me gusta la primera alternativa —masculló Jacob.

Edward no respondió.

—Ya sabes lo mucho que me cuesta aceptar esto —murmuró Jake lentamente—, pero veo cuánto la amas... a tu manera. No puedo negarlo.

»Si tengo eso en cuenta, no creo que debas abandonar todavía la primera opción. Pienso que hay grandes probabilidades de que ella estuviera bien, una vez pasado el tiempo, claro. Ya sabes, si no hubiera saltado del acantilado en marzo y si tú hubieras esperado otros seis meses antes de venir a comprobar... Bueno, podrías haberla encontrado razonablemente feliz. Tenía un plan en marcha.

Edward rió entre dientes.

—Quizá habría funcionado. Era un plan muy bien pensado.

—Así es —suspiró Jake—, pero —de repente comenzó a susurrar tan rápido que las palabras se le enredaron unas con otras—, dame un año chupasa..., Edward. Creo que puedo hacerla feliz, de verdad. Es necia, nadie lo sabe mejor que yo, pero tiene capacidad de sanar. De hecho, se hubiera curado antes. Y ella podría seguir siendo humana, en compañía de Charlie y Renée, y maduraría, tendría niños y... sería Bella.

»Tú la quieres tanto como para ver las ventajas de este plan. Ella cree que eres muy altruista, pero, ¿lo eres de veras? ¿Crees que serías capaz de considerar la idea de que yo sea mejor para Bella que tú?

—Ya lo he hecho —contestó Edward serenamente—. En muchos sentidos, tú serías más apropiado para ella que cualquier otro ser humano. Bella necesita alguien que la cuide y tú eres lo bastante fuerte para protegerla de sí misma y de cualquiera que intentara hacerle daño. Ya lo has hecho, razón por la que estoy en deuda contigo por el resto de mi vida, es decir, para siempre, pase lo que pase...

»Incluso, le pregunté a Alice si Bella estaría mejor contigo. Es imposible que lo sepa, claro: mi hermana no puede verte; así que Bella, de momento, está segura de su elección.

»Pero no voy a ser tan estúpido como para cometer el mismo error, Jacob. No voy a intentar obligarla a que escoja de nuevo la primera alternativa. Me quedaré mientras ella me quiera a su lado.

—¿Y si al final decidiera que me quiere a mí? —lo desafió Jacob—. De acuerdo, es una posibilidad muy remota; te concedo eso.

—La dejaría marchar.

—¿Sin más? ¿Simplemente así?

—En el sentido de que nunca le mostraría lo duro que eso

sería para mí, sí, pero me mantendría vigilante. Mira, Jacob, también tú podrías dejarla algún día. Como Sam y Emily, tampoco tú tendrías opción. Siempre estaría esperando para sustituirte y me moriría de ganas de que eso sucediera.

Jacob resopló por lo bajo.

—Bueno, has sido mucho más sincero de lo que tenía derecho a esperar, Edward. Gracias por permitirme entrar en tu mente.

—Como te dije, me siento extrañamente agradecido por tu presencia en su vida esta noche. Es lo menos que podía hacer... ya sabes, Jacob, si no fuera por el hecho de que somos enemigos naturales y que pretendes robarme la razón de mi existencia, en realidad, creo que me caerías muy bien.

—Quizá... si no fueras un asqueroso vampiro que planea quitarle la vida a la chica que amo... Bueno, no, ni siquiera entonces.

Edward rió entre dientes.

—¿Puedo preguntarte algo? —empezó Edward después de un momento en silencio.

—¿Acaso necesitas preguntar?

—Sólo escucho tus pensamientos. Es sobre una historia que Bella no tenía interés alguno en contarme el otro día. Algo acerca de una tercera esposa...

—¿Qué pasa con eso?

Edward no contestó, para escuchar la historia en la mente de Jacob. Oí su lento siseo en la oscuridad.

—¿Qué? —inquirió Jacob de nuevo.

—Claro. ¡Claro! —a Edward le hervía la sangre—. Habría preferido que tus mayores se hubieran guardado esa historia para sí mismos, Jacob.

—¿No te gusta ver a las sanguijuelas en el papel de chicos malos? —se burló Jacob—. Ya sabes que lo son, entonces y ahora.

—Lo cierto es que esa parte me importa un poco. ¿No adivinas con qué personaje podría sentirse identificada Bella?

A Jacob le llevó un minuto entender.

—Oh, oh. Arg... La tercera esposa. Bueno, ahora entiendo.

—Por eso quiere estar en el claro. Para hacer lo que pueda, por poco que sea, tal como dijo... —Edward suspiró—. Ése es otro buen motivo para que mañana no me separe de ella. Tiene una gran inventiva cuando desea algo.

—Pues ya sabes, tu hermano de armas le dio esa misma idea tanto como la propia historia.

—Nadie pretendió hacer daño —cuchicheó Edward en un intento de serenar los ánimos.

—¿Y cuánto durará esta pequeña tregua? —preguntó Jacob—. ¿Hasta las primeras luces? ¿O mejor esperamos hasta que termine la lucha?

Hubo una pausa mientras ambos pensaban.

—Cuando amanezca —susurraron a la vez, y después ambos se rieron

—Que duermas bien, Jacob —masculló Edward—. Disfruta del momento.

Hubo silencio de nuevo, y la tienda se quedó quieta durante unos cuantos minutos. El viento parecía haber decidido que, después de todo, no iba a aplastarnos y se daba por vencido.

Edward gruñó por lo bajo.

—No quería decir eso de forma tan literal.

—Lo siento —cuchicheó Jacob—. Podrías dejarme, ya sabes... dejarnos una cierta intimidad.

—¿Quieres que te ayude a dormir, Jacob? —le ofreció Edward.

—Podrías intentarlo —le contestó Jacob, indiferente—. Sería interesante ver quién saldría peor parado, ¿no?

—No me tientes mucho, lobo. Mi paciencia no es tan grande como para eso.

Jacob rió entre dientes.

—Mejor no me muevo ahora, si no te importa.

Edward comenzó a canturrear para sí mismo, aunque más alto de lo habitual, supongo que para intentar ahogar los pensamientos de Jacob. Pero era mi nana lo que tarareaba y, a pesar de la creciente inquietud que este sueño en susurros me había provocado, caí aún más profundamente en la inconsciencia..., en otros sueños que tenían más sentido...

Monstruo

A pesar de que me hallaba dentro de la tienda, había mucha luminosidad cuando me desperté por la mañana y la luz del sol me lastimó en los ojos. Sudaba intensamente, tal y como predijo Jacob, que roncaba suavemente junto a mi oreja y mantenía los brazos enlazados alrededor de mi cuerpo.

Aparté la cabeza de su pecho caliente, casi enfebrecido, y sentí el aguijonazo de la mañana fría en mi mejilla bañada en sudor. Él suspiró en sueños y apretó los brazos alrededor de mí de forma inconsciente.

Incapaz de aflojar su abrazo, me retorcí en mi esfuerzo por levantar la cabeza lo suficiente para que mi mirada se encontrara con la de Edward, que me contempló con expresión serena, aunque el dolor en sus ojos era incuestionable.

—¿Está caliente ahí afuera? —murmuré.

—Sí. Dudo que hoy necesitemos la estufa.

Intenté alcanzar el cierre, pero no logré liberar los brazos. Me estiré para luchar contra el peso inerte de Jacob, que susurró algo pese a estar por completo dormido, y me estrechó aún con más fuerza.

—¿Y si me ayudas? —le pregunté con calma.

Edward sonrió.

—¿Quieres que le quite los brazos?

—No, gracias; sólo libérame. Me dará calor.

Edward abrió el cierre del saco de dormir con un movimiento brusco y veloz. Jacob cayó hacia atrás y se dio con la espalda desnuda en el suelo helado de la tienda.

—¡Eh! —se quejó y abrió los ojos de golpe.

Se retorció y saltó por instinto para apartarse del frío. Al rodar, terminó cayendo sobre mí. Jadeé cuando su peso me dejó sin respiración, pero de pronto dejó de aplastarme. Sentí el impacto cuando Jacob salió volando contra uno de los palos de la tienda y ésta se sacudió.

Los gruñidos brotaron desde todas partes a mi alrededor. Edward se agazapaba delante de mí; no podía verle el rostro, pero los rugidos surgían enfurecidos de su pecho. Jacob también se había encorvado, con todo el cuerpo sacudido por los estremecimientos, mientras gruñía entre los dientes apretados. Las rocas devolvieron el eco de los feroces sonidos que Seth Clearwater emitía fuera de la tienda.

—¡Se calman ya! —grité y me incorporé con torpeza para interponerme entre los dos. El espacio era tan reducido que no necesité estirarme mucho para poner una mano en el pecho de cada uno de ellos. Edward enroscó un brazo alrededor de mi cintura preparado para apartarme del camino de un empujón—. ¡Deténganse ahora mismo! —les dije.

Jacob comenzó a calmarse cuando notó el contacto de mi mano. Disminuyó la frecuencia de sus convulsiones, pero no dejó de exhibir los dientes ni apartó los enfurecidos ojos de Edward. Seth no dejó de proferir su aullido interminable, un violento contrapunto para el repentino silencio que se hizo en la tienda.

—¿Jacob? —le pregunté y me mantuve a la espera, hasta que finalmente bajó la mirada y la dirigió a mí—. ¿Te lastimaste?

—¡Claro que no! —masculló.

Me volví hacia Edward, que me miraba con una expresión dura y furiosa.

—Eso no estuvo bien. Deberías disculparte.

Sus ojos se dilataron de disgusto.

—Estás bromeando. ¡Te estaba aplastando!

—¡Porque lo tiraste al suelo! Ni lo hizo a propósito ni me lastimó.

Edward refunfuñó y puso cara de asco, pero luego, con lentitud, elevó la mirada hacia Jacob con ojos claramente hostiles.

—Disculpa, perro.

—No ha pasado nada —replicó Jacob, con un borde afilado y provocador en su voz.

Todavía hacía frío, aunque nada comparable con la helada nocturna. Crucé los brazos.

—Ven —dijo Edward, tranquilo de nuevo. Tomó la chaqueta del suelo y me la puso alrededor.

—Es de Jacob —protesté.

—Él tiene un abrigo de pieles —insinuó Edward.

—Si no importa, yo prefiero el saco de dormir —Jacob ignoró a Edward, nos eludió y se metió dentro—. No quiero levantarme aún. No pasará a la historia por ser la noche en que mejor he dormido, desde luego.

—Fue idea tuya —repuso Edward, impasible.

Jacob se acurrucó, con los ojos ya cerrados, y bostezó.

—No he dicho que haya sido una mala noche, sino que dormí poco. Pensé que Bella no iba a callarse nunca.

Me dio algo de vergüenza, y me pregunté qué cosas habría podido decir en sueños. Las perspectivas eran horribles.

—Me alegro de que lo hayas disfrutado tanto —murmuró Edward.

Los ojos oscuros de Jacob parpadearon y se abrieron.

—Entonces, ¿tú no pasate una buena noche? —preguntó, muy seguro de sí mismo.

—No ha sido la peor noche de mi vida.

—Pero ¿entra al menos entre las diez peores? —inquirió Jacob con un disfrute perverso.

—Posiblemente.

Jacob sonrió y entornó los párpados.

—Ahora bien —continuó Edward—, no figuraría entre las diez *mejores* noches de mi vida si hubiera podido ocupar tu lugar. Sueña con eso.

Los ojos de Jacob se abrieron con una mirada hostil. Se sentó rígido y con los hombros tensos.

—¿Sabes qué? Creo que hay demasiada gente aquí dentro.

—No podría estar más de acuerdo.

Propiné un codazo a Edward en las costillas; probablemente iba a costarme un buen moretón en el codo.

—En tal caso, supongo que ya me dormiré un ratito después —Jacob puso mala cara—. De todos modos, necesito hablar con Sam.

Se arrodilló y abrió el cierre de la puerta.

Un dolor repentino zigzagueó por mi columna vertebral y se alojó en mi vientre en cuanto me di cuenta de que quizá no volvería a verlo. Regresaba con Sam para luchar contra una horda de vampiros neófitos sedientos de sangre.

—Jacob, espera.

Estiré el brazo para retenerlo, pero mi mano se escurrió por su brazo, y él lo agitó antes de que lograra aferrarlo.

—Jacob, por favor, ¿no podrías quedarte?

—No.

La negativa sonó dura y fría. Supe que mi rostro denotaba pena porque él espiró y una media sonrisa endulzó su expresión.

—No te preocupes por mí, Bella. Estaré bien, como siempre —soltó una risa forzada—. Además, ¿crees que voy a dejar que Seth ocupe mi lugar, se quede con toda la diversión y me robe la gloria? ¡Seguro! —bufó.

—Ten cuidado…

Salió de la tienda antes de que pudiera terminar la frase.

—Dame un respiro, Bella —le oí murmurar mientras cerraba el cierre.

Agucé el oído para percibir el sonido de sus pasos al alejarse, pero no se oía nada, ni el viento. Sólo escuché el canto matutino de los pájaros en las lejanas montañas. Jacob se movía ahora con sigilo.

Me acurruqué en mis ropas de abrigo y me dejé caer contra el hombro de Edward. Nos quedamos quietos un buen rato.

—¿Cuánto nos queda? —pregunté.

—Alice le dijo a Sam que tardarían alrededor de una hora —repuso Edward con voz sombría.

—Quiero que estemos juntos. Pase lo que pase.

—Pase lo que pase —asintió él, con los ojos fuertemente cerrados.

—Lo sé —comenté—. A mí también me aterroriza.

—Ellos saben cómo arreglárselas —me aseguró Edward e hizo que su voz sonara divertida a propósito —. Me fastidia perderme la diversión, eso es todo.

Otra vez con la diversión. Se me dilataron las ventanillas de la nariz.

Me pasó el brazo por los hombros.

—No te preocupes —me rogó; después, me besó en la frente.

Como si hubiera algo que pudiera impedirlo.

—Bueno, bueno.

—¿Quieres que te distraiga? —musitó él mientras deslizaba los dedos helados por mi pómulo.

Sin querer, me estremecí al sentir el roce gélido de sus dedos en la mejilla. Con semejante temperatura, no era momento para caricias tan frías.

—Quizá no sea la mejor ocasión —le repliqué mientras retiraba su mano—. Hay otras formas de distraerme.

—¿Qué te gustaría?

—Podrías contarme cuáles han sido tus diez mejores noches —le sugerí—. Me da curiosidad.

Él se rió.

—Intenta adivinarlas.

Sacudí la cabeza.

—Has vivido demasiadas noches de las que no sé nada, todo un siglo...

—Acotaré la cuestión. Las mejores han ocurrido desde que nos conocemos.

—¿De verdad?

—Sí, sin duda, y por un amplio margen.

Me quedé pensativa un minuto.

—Sólo puedo pensar en las mías —admití.

—Lo más probable es que coincidan —me alentó.

—Bueno, voy a empezar por la primera noche, la que te quedaste conmigo.

—Sí, ésa es una de las mías también; aunque claro, tú estuviste inconsciente durante mi parte favorita.

—Tienes razón —recordé—. Aquella noche también estuve hablando.

—Sí —asintió.

Enrojecí mientras me preguntaba otra vez qué es lo que podría haber dicho mientras dormía en los brazos de Jacob. No podía recordar qué había estado soñando, o si en verdad había soñado, así que eso no me servía de ayuda.

—¿De qué hablé anoche mientras dormía? —murmuré en voz más baja que antes.

Se encogió de hombros en vez de contestar, y yo hice un gesto de dolor.

—¿Tan malo fue?

—No, no tanto —suspiró él.

—Por favor, dímelo.

—Principalmente me llamaste, lo mismo que de costumbre.

—Eso no tiene nada de malo —admití con cautela.

—Pero al final, sin embargo, empezaste a murmurar algo sin sentido sobre «Jacob, mi Jacob» —constaté su dolor, incluso, en el susurro de su voz—. *Tu* Jacob disfrutó con esa parte.

Alargué el cuello hacia arriba y estiré los labios hasta alcanzar el borde de su mandíbula. Mantenía la vista clavada en la lona del techo, por lo que no pude verle los ojos.

—Lo siento —cuchicheé—. Ésa es la manera como lo distingo.

—¿Distingues?

—De ese modo, diferencio entre el doctor Jekyll y el señor Hyde, entre el Jacob que me gusta y el que me pone de un humor de perros —le expliqué.

—Eso tiene sentido —sonó ligeramente aplacado—. Háblame de otra de tus noches favoritas.

—La que volamos de regreso desde Italia —frunció el ceño—. ¿No es una de las tuyas? —le pregunté.

—Sí, lo cierto es que sí, pero me sorprende que figure en tu lista. ¿No tenías la absurda impresión de que yo actuaba impulsado por la culpabilidad y de que iba a salir disparado en cuanto se abrieran las puertas del avión?

—Sí —sonreí—, pero, sin embargo, te quedaste.

Me besó los cabellos.

—Me amas más de lo que merezco.

Me reí ante la imposibilidad de esa idea.

—La siguiente fue la noche posterior a Italia —continué.

—Sí, ésa está en la lista. Estuviste muy divertida.

—¿Divertida? —objeté.

—No tenía ni idea de que tus sueños fueran tan vívidos. Me costó lo indecible convencerte de que estabas despierta.

—Todavía no estoy segura —musité—. Siempre me has parecido más un sueño que una realidad. Dime una de las tuyas. ¿He adivinado tu mejor noche?

—No. La mía fue hace dos días, cuando por fin accediste a casarte conmigo.

Hice una mueca.

—¿Ésa no está en tu lista?

Pensé en la manera como me había besado, la concesión que le había arrancado y cambié de idea.

—Sí, sí claro que está, pero con reservas. No entiendo por qué es tan importante para ti. Ya me tienes para siempre.

—Dentro de cien años, cuando dispongas de una perspectiva suficiente para apreciar realmente la respuesta, te lo explicaré.

—Te recordaré que me lo cuentes… dentro de cien años.

—¿Estás bien calentita? —me preguntó de forma inesperada.

—Estoy bien —le aseguré—. ¿Por qué?

Un ensordecedor aullido de dolor desgarró el silencio imperante en el exterior antes de que pudiera contestar. El sonido reverberó en la roca desnuda de la montaña y llenó el aire de tal modo que podía sentirse llegar desde cualquier dirección.

El aullido invadió mi mente como un tornado, tan extraño como familiar; extraño porque nunca antes había oído un lamento tan torturado; y familiar, porque reconocí la voz de modo instantáneo, identifiqué el sonido y comprendí el significado con la misma seguridad que si se hubiera producido en mi interior. No cambiaba nada que Jacob no fuera humano cuando aullaba. No necesitaba traducción alguna.

Se hallaba muy cerca y había escuchado todas y cada una de mis palabras, y sentía un dolor agudo, como una agonía.

El aullido se quebró en un peculiar sollozo estrangulado y después se hizo el silencio de nuevo.

Esta vez tampoco fui capaz de escuchar su marcha, pero la sentí: reparé en la ausencia que antes había malinterpretado, noté el vacío que había dejado su partida.

—Parece que a tu estufa se le ha acabado el gas —respondió Edward con serenidad—. Se acabó la tregua —añadió, tan bajo que no podía estar realmente segura de lo que había dicho.

—Jacob estaba escuchando —dije. No era una pregunta.

—Sí.

—Tú lo sabías.

—Sí.

Miré al vacío, sin ver nada.

—Nunca prometí que sería una pelea limpia —me recordó sin perder la calma—, y merece saber qué hay.

Dejé caer la cabeza entre las manos.

—¿Estás enojada conmigo? —inquirió.

—No, contigo no —masculló—. Me horrorizo de mí misma.

—No te atormentes —me suplicó.

—Sí —admití con amargura—. Debo ahorrar energías para atormentar a Jacob un poco más, hasta que no deje un recoveco sano.

—Él sabía lo que se traía entre manos.

—¿Y tú crees que eso importa? —la fragilidad de mi voz reflejaba con qué esfuerzo intentaba contener las lágrimas—.

¿Tú crees que a mí me preocupa si es o no, un juego limpio o si se le ha advertido de forma adecuada? Le he hecho daño, y cada vez que vuelvo al tema se lo sigo haciendo —fui elevando la voz, hasta la histeria—. Soy una persona odiosa.

Él me estrechó con más fuerza entre sus brazos.

—No, no lo eres.

—¡Sí lo soy! ¿Ando mal de la cabeza? —luché contra sus brazos y él me soltó—. Tengo que ir y buscarlo.

—Bella, él ya está a kilómetros de aquí y hace frío.

—No me importa. No me puedo quedar aquí sentada —me quité la chaqueta de Jacob, sacudí los pies dentro de las botas y me arrastré rígidamente hacia la puerta; sentía las piernas entumecidas—. Tengo que... debo ir...

No sabía cómo terminar la frase ni tampoco qué iba a hacer, pero de todos modos abrí la cremallera de la tienda y salí de un salto al exterior, donde lucía una mañana brillante y helada.

Supuse que el viento se habría llevado la nevisca. Era lo más plausible, ya que parecía improbable que se hubiera derretido por efecto del sol naciente que, desde el sudeste, proyectaba sus rayos sobre la nieve que había quedado. El reflejo me lastimaba los ojos, poco habituados a una luz tan intensa. El aire tenía un filo cortante, pero estaba totalmente en calma y conforme el astro rey ascendía en el horizonte, con lentitud, se volvía cada vez más acorde con la estación.

Seth Clearwater se hallaba a la sombra de un abeto de copa ancha, con la cabeza entre las patas; se acurrucaba en un área alfombrada por pinaza, donde era casi invisible debido al parecido del color arena de su pelaje y el de las agujas de árbol secas. Lo descubrí gracias al reflejo de la nieve en sus ojos abiertos, que me observaban con cierto aire acusatorio.

Me percaté de que Edward caminaba detrás de mí mientras

avanzaba a trompicones entre los árboles. No lo oía, pero la luz del sol incidía en su piel, hasta crear un arco iris cuyo fulgor fluctuaba delante de mí. No hizo además de detenerme hasta que me interné varios metros en la zona sombreada del bosque.

Me tomó la muñeca izquierda con su mano. Lo ignoré e intenté zafarme para quedarme libre.

—No puedes seguirlo. Al menos, no hoy. Casi es la hora. Y el que te pierdas no ayudará a nadie, en cualquier caso.

Retorcí la muñeca y tiré inútilmente.

—Lo siento, Bella —susurró—. Lamento haberme comportado de ese modo.

—Tú no hiciste nada. Es culpa mía. Fui sólo yo. Todo lo he hecho mal. Debería haber… cuando él… yo no tendría que… yo… —empecé a sollozar.

—Bella, Bella…

Deslizó sus brazos a mi alrededor y empapé su camiseta con mis lágrimas.

—Yo debería haberle contado… tendría que… haberle dicho… —¿qué? ¿Acaso había alguna manera de hacer bien aquello?—. Él no debería haberlo… sabido de esa forma.

—¿Quieres que intente traerlo de vuelta para que puedas hablar con él? Todavía queda un poco de tiempo —susurró Edward, con la voz ahogada por la agonía.

Asentí contra su pecho, sin valor para mirarle a la cara.

—Quédate cerca de la tienda. Volveré pronto.

Sus brazos se desvanecieron, como él. Se marchó tan rápidamente que, en el segundo que tardé en levantar la mirada, ya no pude verlo. Estaba sola.

Un nuevo sollozo irrumpió en mi pecho. Hoy estaba haciéndole daño a todo el mundo. ¿Acaso debía perjudicar a todo aquel que tocara?

No entendía por qué me sentía tan mal. Al fin y al cabo, siempre había sabido que aquello iba a acabar tarde o temprano, pero Jacob nunca había tenido una reacción como ésa, jamás se había venido abajo mostrando toda la intensidad de su angustia. El dolor de su aullido seguía hiriéndome en lo más hondo del pecho. Otra pena acompañaba el dolor: la pena de sentir lástima de Jacob; pena también por herir a Edward, por no ser capaz de dejar marchar a Jacob con serenidad, a pesar de saber que era lo correcto, que no quedaba otra salida.

Era una egoísta, hería a todo el mundo. Torturaba a aquellos a quienes amaba.

Me parecía a Cathy, el personaje de *Cumbres borrascosas,* sólo que mis opciones eran mucho mejores que las de ella, porque ni uno era tan malvado ni el otro, tan débil. Y aquí estaba sentada, llorando por ello, sin hacer nada productivo para llevar las cosas por buen camino, exactamente igual que Cathy.

Lo que me hería no debía influir más en mis decisiones. No habría de permitirlo. Esta decisión valía de poco, llegaba demasiado tarde, pero, a partir de ahora, tendría que hacer lo correcto.

Tal vez ya se había terminado todo. Quizás Edward no pudiera traérmelo de nuevo. En tal caso, yo debería aceptarlo y continuar con mi vida. Edward no me volvería a ver nunca derramar otra lágrima por Jacob Black. Los sollozos tenían que terminarse. Me enjugué la última lágrima con los dedos, fríos de nuevo.

Ahora bien, si Edward lograba traer a Jacob, tendría que pedirle que se marchara de mi vida para nunca volver.

¿Por qué me resultaba tan difícil? Era muchísimo más arduo que decir adiós a mis otros amigos, a Angela, a Mike. ¿Por qué me hacía tanto daño? Eso no estaba bien. No debería hacerme sentir tan mal. Ya tenía lo que quería. No podía tenerlos a los dos, porque Jacob no se conformaba con ser sólo mi amigo. Ya era hora de que abandonara la idea. ¿Cómo podía ser tan ridículamente avariciosa?

Debía desprenderme de ese sentimiento irracional de que Jacob perteneciera a mi vida. Él no podía ser para mí, no podía ser «mi» Jacob cuando yo me había entregado a otra persona.

Caminé con lentitud hacia el pequeño claro, arrastrando los pies. Cuando llegué al espacio abierto, parpadeaba por la claridad de la luz. Lancé un rápido vistazo a Seth, que no se había movido de su lecho de agujas de pino y, después, miré a lo lejos para evitar sus ojos.

Me daba cuenta de que tenía el pelo enmarañado, retorcido en manojos como las serpientes de Medusa. Intenté pasar los dedos entre los mechones, pero pronto lo dejé. De todos modos, ¿a quién le importaba mi aspecto?

Tomé la cantimplora que colgaba al lado de la puerta de la tienda y la sacudí. Sonó un chapoteo, por lo que desenrosqué la tapa y tomé un sorbo para enjuagarme la boca con el agua helada. Había comida en algún sitio de por allí, pero no tenía hambre suficiente como para ponerme a buscarla. Comencé a pasear nerviosamente de un lado para otro a través del pequeño espacio lleno de luz; sentía los ojos de Seth sobre mí todo el rato. Como no lo miraba, en mis recuerdos seguía viéndolo más como un chico que como un lobo gigante, más parecido al joven Jacob.

Quise pedirle a Seth que ladrara o hiciera algún otro signo si Jacob regresaba, pero me abstuve. No importaba si volvía o no, de hecho, sería mucho más fácil si no lo hacía. Deseaba que hubiera alguna manera de llamar a Edward.

Seth aulló en ese momento y se incorporó sobre sus patas.

—¿Qué pasa? —le pregunté estúpidamente.

Él me ignoró, correteó hasta la linde del bosque y apuntó hacia el oeste con la nariz. Comenzó a gimotear.

—¿Son los otros, Seth? —inquirí—. ¿En el claro?

Me miró y lanzó un débil aullido; después, giró el hocico de nuevo en dirección oeste. Echó las orejas hacia atrás y volvió a aullar.

¿Por qué era tan idiota? ¿En qué estaba yo pensando cuando envié a Edward lejos de allí? ¿Cómo se suponía que iba yo a saber lo que estaba pasando? No hablaba el idioma de los lobos.

Un sudor frío comenzó a deslizarse por mi columna. ¿Y si se había agotado ya el tiempo? ¿Y si Edward y Jacob se habían acercado demasiado a la zona de peligro? ¿Qué pasaría si Edward decidía unirse a la lucha?

Un pánico helado anidó en mi estómago. ¿Y si la inquietud de Seth no tenía nada que ver con el claro y su aullido era una negación? ¿Y si Jacob y Edward estaban luchando el uno contra el otro en algún lugar lejano del bosque? No harían una cosa así, ¿verdad?

Me di cuenta, con una repentina y escalofriante certeza, de que eso es lo que ocurriría si cualquiera de los dos decían ciertas cosas. Pensé en el tenso enfrentamiento de la tienda esa mañana y me pregunté si no había subestimado lo cerca que había estado de estallar una lucha real.

No merecía menos si, de algún modo, perdía a los dos.

Mi corazón quedó apresado en el frío.

Antes de que me fuera a desmayar del susto, un gruñido ligero salió del interior del pecho de Seth; después, abandonó la vigilancia y volvió a su lugar de descanso. Eso me calmó, pero me irritó a la vez. ¿Es que no podía escribir un mensaje en el suelo con la pata o algo así?

La agitación de mi caminata me había hecho sudar debajo de todas las capas de ropa que llevaba. Arrojé la chaqueta dentro de la tienda y después volví a abrirme camino hacia el centro del pequeño claro.

De pronto, Seth saltó sobre sus patas con el pelo detrás del cuello completamente erizado. Miré alrededor sin ver nada. Iba a acabar aventándole una piña si continuaba con ese comportamiento.

Gruñó, un sonido bajo de advertencia, mientras subía con sigilo hasta el extremo occidental. Me dominó otra vez la misma impaciencia.

—Somos nosotros, Seth —gritó Jacob desde una cierta distancia.

Intenté explicarme por qué mi corazón se había acelerado en cuanto lo escuché. Era sólo miedo a lo que debía hacer, eso era todo. No me iba a permitir sentirme aliviada por el simple motivo de que hubiera regresado. Desde luego, aquello habría sido muy poco práctico de mi parte.

Edward apareció primero ante mi vista, con el rostro inexpresivo y tranquilo. Cuando salió de las sombras, el sol relumbró sobre su piel como lo había hecho antes en la nieve. Seth acudió a saludarlo y lo miró intencionadamente a los ojos. Edward asintió con lentitud y la preocupación le llenó de arrugas la frente.

—Sí, eso es todo lo que necesitamos —murmuró para sus adentros antes de dirigirse al gran lobo—. Supongo que no debería sorprendernos, pero vamos a ir un poco apurados. Por favor, dile a Sam que le pida a Alice que intente concretar aún más el esquema.

Seth asintió bajando la cabeza una vez y yo deseé ser capaz de aullar. Vaya, ahora sí había podido asentir. Volví la cara, enfadada, y me di cuenta de que Jacob estaba allí.

Me había dado la espalda, y quedó de frente al lugar por el que había llegado. Esperé con cautela a que se diera la vuelta.

Edward apareció a mi lado de repente. Agachó la cabeza para mirarme sin que en sus ojos hubiera otra cosa que no fuera la más pura preocupación. Su generosidad era infinita. En esos momentos, me lo merecía menos que nunca.

—Bella —susurró Edward—. Ha surgido una pequeña complicación. Me voy a llevar a Seth un poco más allá para intentar solventarla —me dijo con una voz estudiadamente desprovista de preocupación—. No me iré lejos, pero tampoco podré oírte. Ya sé que no quieres público y no me importa que escojas el camino que quieras.

El dolor no irrumpió del todo en su voz hasta el final.

No debía herirlo nunca más. Ésa tenía que ser mi misión en la vida. Yo no debía volver a ser el motivo por el que esa mirada asomara a sus ojos. Estaba demasiado aturdida, incluso, para preguntarle en qué consistía el problema. Era suficiente con lo que tenía encima en esos momentos.

—Apresúrate —le susurré.

Me dio un beso suave en los labios antes de desaparecer en el bosque con Seth a su lado.

Jacob estaba quieto a la sombra de los árboles, lo cual me impedía ver su expresión con claridad.

—Tengo prisa, Bella —empezó con tono de aburrimiento en la voz—. ¿Por qué no acabas con esto de una vez?

Tragué saliva, con la garganta súbitamente tan seca que no estaba segura de poder articular sonido alguno.

—Limítate a decirlo, y terminemos de una vez.

Inhalé un gran trago de aire.

—Siento ser tan mala persona —murmuré—. Lamento haber sido tan egoísta. Desearía no haberme encontrado nunca contigo para no herirte como lo he hecho. No lo haré más, te lo prometo. Me mantendré apartada de ti. Me mudaré fuera del estado. No tendrás que volver a verme nunca jamás.

—Eso no se parece en nada a una disculpa —replicó con amargura.

No pude elevar mi voz por encima del sonido de un susurro.

—Dime cómo se hace bien.

—¿Qué pasa si no quiero que te vayas? ¿Qué pasa si quiero que te quedes, seas egoísta o no? ¿Acaso no tengo opinión, si lo único que haces es hacerlo cada vez más difícil?

—Eso no serviría de nada, Jake. Es un error que sigamos viéndonos cuando ambos queremos cosas distintas. La situación no va a mejorar. Seguiré haciéndote daño y odio hacerlo —se me quebró la voz.

Él suspiró.

—Detente. No tienes que decir nada más. Lo comprendo.

Quería decirle cuánto lo extrañaría, pero me mordí la lengua. Eso tampoco ayudaría en nada. Se quedó quieto un momento, con la vista clavada en el suelo, y luché contra la necesidad acuciante de ir a abrazarlo para darle consuelo.

Y entonces su cabeza se irguió de manera repentina.

—Bien, tú no eres la única capaz de sacrificarse —repuso, con la voz más fuerte—. A ese juego pueden jugar dos.

—¿Qué?

—Yo también me he portado bastante mal y te lo he puesto más difícil de lo necesario. Podía haberme retirado con elegancia al principio…, y también te he lastimado.

—Ha sido culpa mía.

—No voy a dejar que cargues tú con todas las culpas, Bella; ni con toda la gloria. Sé cómo redimirme.

—¿De qué estás hablando? —inquirí.

Me asustaba el brillo fanático que de pronto había iluminado sus ojos. Alzó la vista al cielo; luego, me sonrió.

—Se avecina por ahí una lucha encarnizada de veras. No sería tan difícil que yo cayera en ella.

Sus palabras penetraron lentamente en mi cerebro, una por una, y no pude respirar. A pesar de todas mis intenciones respecto a sacar a Jacob de forma definitiva de mi vida, no me di cuenta hasta ese preciso instante de cuánto tendría que hundir el cuchillo para conseguirlo.

—¡Oh no, Jake! No, no, no, no —grité horrorizada—. No, Jake, no. Por favor, no —empezaron a temblarme las rodillas.

—¿Cuál es la diferencia, Bella? Eso sería lo más conveniente para todos, sencillo, y ni siquiera tendrías que mudarte.

—¡No! —elevé la voz—. ¡No, Jacob! ¡No lo permitiré!

—¿Y cómo me detendrás? —me tentó con acento ligero y sonrió para quitarle peso a su tono de voz.

—Jacob, te lo suplico. Quédate conmigo —me habría arrodillado de haber sido capaz de moverme.

—¿Durante quince minutos, mientras me pierdo una buena pelea, para que luego me abandones en cuanto pienses que ya estoy a salvo? Debes de estar bromeando.

—No huiré. Cambié de idea. Buscaremos alguna solución, Jacob, siempre hay alguna manera de llegar a un arreglo. ¡No vayas!

—Mientes.

—No. Ya sabes qué mal se me da mentir. Mírame a los ojos. Me quedaré, si tú también lo haces.

Su rostro se endureció.

—¿Para ser tu testigo en la boda?

Pasó un momento antes de que yo pudiera articular palabra y aun así la única respuesta que pude darle fue:

—Por favor.

—Eso es lo que pensaba —repuso y serenó de nuevo su expresión, a pesar del brillo turbulento de sus ojos—. Te quiero, Bella —murmuró.

—Te quiero, Jacob —respondí con voz rota.

Él sonrió.

—Eso lo sé mejor que tú.

Se volvió para marcharse.

—Haré cualquier cosa —le grité con voz estrangulada—, lo que quieras, Jacob. ¡No vayas!

Él se detuvo y se giró con lentitud.

—No creo que en realidad quieras decir eso.

—Quédate —le supliqué.

Sacudió la cabeza.

—No —se paró momentáneamente, como si estuviera tomando alguna decisión—. Me voy y dejaremos que decida el destino.

—¿Qué quieres decir? —pregunté con voz ahogada.

—No voy hacer nada con premeditación. Me limitaré a luchar lo mejor posible por mi manada y dejaré que ocurra lo que tenga que ocurrir —se encogió de hombros—. Salvo que tú quieras convencerme de que en verdad quieres que regrese, sin que te hagas la desinteresada.

—¿Cómo?

—Podrías pedírmelo —sugirió.

—Vuelve —murmuré. ¿Cómo podía él dudar de qué era lo que quería?

Sacudió la cabeza y volvió a sonreír.

—No es de eso de lo que estoy hablando.

Me llevó un segundo entender a qué se refería. Durante todo el rato me miró con su expresión de seguridad, bien seguro de cuál sería mi reacción. Tan pronto como me di cuenta, sin embargo, solté las palabras sin pararme a contemplar el coste que acarrearían.

—¿Quieres besarme, Jacob?

Abrió los ojos a causa de la sorpresa, pero luego los entornó, suspicaz.

—¿Es broma?.

—Bésame, Jacob. Bésame y luego regresa.

Él vaciló entre las sombras mientras meditaba. Se volvió a medias hacia el oeste, con el torso que me daba ligeramente la espalda, aunque sus pies continuaban plantados en el mismo sitio. Todavía mirando hacia lo lejos, dio un paso inseguro en mi dirección, y después, otro. Volteó el rostro para mirarme, lleno de dudas.

Le devolví la mirada. No tenía ni idea de cuál era la expresión de mi rostro.

Jacob vaciló sobre sus talones y después se tambaleó hacia delante, para salvar la distancia que había entre nosotros en tres grandes zancadas.

Sabía que se aprovecharía de la situación. Lo esperaba. Me quedé muy quieta, con los puños cerrados a ambos costados, mientras él tomaba mi cabeza entre sus manos y sus labios se encontraban con los míos con un entusiasmo rayado en la violencia.

Pude sentir su ira conforme su boca descubría mi resistencia pasiva. Movió una mano hacia mi nuca y encerró mi cabello desde las raíces en un puño retorcido. La otra mano me aferró con rudeza el hombro y me sacudió, y después me arrastró hacia su cuerpo. Su mano se deslizó por mi brazo, para asir mi muñeca y poner mi brazo alrededor de su cuello. Lo dejé allí, con la mano todavía encerrada en un puño, insegura de cuán lejos estaba dispuesta a llegar en mi desesperación por mantenerlo vivo. Durante todo este tiempo, sus labios, desconcertantemente suaves y cálidos, intentaban forzar una respuesta en los míos.

Tan pronto como se aseguró de que no dejaría caer el brazo, me liberó la muñeca y buscó el camino hacia mi cintura. Su mano ardiente se asentó en la parte más baja de mi espalda y me aplastó contra su cuerpo, y me obligó a arquearme contra él.

Sus labios liberaron los míos durante un momento, pero sabía que no había terminado. Siguió la línea de mi mandíbula con la boca y, después, exploró toda la extensión de mi cuello. Me soltó el pelo y buscó el otro brazo para colocarlo alrededor de su cuello, como había hecho con el primero.

Luego, sus brazos abrazaron mi cintura y sus labios encontraron mi oreja.

—Puedes hacerlo mucho mejor, Bella —susurró hoscamente—. Lo estás tomando con mucha calma.

Me estremecí cuando sentí cómo sus dientes se aferraban al lóbulo de mi oreja.

—Eso está bien —cuchicheó—. Por una vez, suéltate, disfruta lo que sientes.

Sacudí la cabeza de modo mecánico, hasta que una de sus manos se deslizó otra vez por mi pelo y me detuvo.

Su voz se tornó ácida.

—¿Estás segura de que quieres que regrese o lo que en realidad deseas es que muera?

La ira me inundó como un fuerte calambre después de un golpe duro. Esto ya era demasiado, no estaba jugando limpio.

Mis brazos estaban alrededor de su cuello, así que tomé dos puñados de pelo e ignoré el dolor lacerante de mi mano derecha. Intenté apartar mi rostro del suyo para soltarme.

Y Jacob me malinterpretó.

Era demasiado fuerte para darse cuenta de que mis manos querían causarle daño, de que intentaba arrancarle el pelo desde la raíz. En vez de ira, creyó percibir pasión. Pensó que al fin le correspondía.

Con un jadeo salvaje, volvió su boca contra la mía, con los dedos clavados frenéticamente en la piel de mi cintura.

El ramalazo de ira desequilibró mi capacidad de autocontrol; su respuesta extática, inesperada, me sobrepasó por completo. Si sólo hubiera sido cuestión de orgullo, habría sido capaz de resistirme, pero la profunda vulnerabilidad de su repentina alegría rompió mi determinación, me desarmó. Mi mente se desconectó de mi cuerpo y le devolví el beso. Contra toda razón, mis labios se movieron con los suyos de un modo extraño, confuso, como jamás se habían movido antes, porque no tenía que ser cuidadosa con Jacob y, desde luego, él no lo estaba siendo conmigo.

Mis dedos se afianzaron en su pelo, pero ahora para acercarlo a mí.

Lo sentía por todas partes. La luz incisiva del sol había vuelto mis párpados rojos, y el calor iba bien con el calor. Había ardor por doquier. No podía ver ni sentir nada que no fuera Jacob.

La pequeñísima parte de mi cerebro que conservaba la cordura empezó a hacer preguntas.

¿Por qué no detenía aquello? Peor aún, ¿por qué ni siquiera encontraba el deseo de detenerlo? ¿Qué significaba que no quisiera que Jacob parara? ¿Por qué mis manos, que colgaban de sus hombros, se deleitaban en lo amplios y fuertes que eran? ¿Por qué no sentía sus manos lo suficientemente cerca, a pesar de que me aplastaban contra su cuerpo?

Las preguntas resultaban estúpidas, porque yo sabía la verdad: me había mentido.

Jacob tenía razón. Había tenido razón todo el tiempo. Era más que un amigo para mí. Ése era el motivo por el que me resultaba tan difícil decirle adiós, porque estaba enamorada de él también. Lo amaba mucho más de lo que debía, pero, a pesar de todo, no lo suficiente. Estaba enamorada, pero no tanto como para cambiar las cosas, sólo lo suficiente para hacernos aún más daño. Para hacerle mucho más daño del que ya le había hecho con anterioridad.

No me preocupé por nada más que no fuera su dolor. Yo me merecía cualquier pena que esto me causara. Esperaba, además, que fuera mucha. Esperaba sufrir de verdad.

En este momento, parecía como si nos hubiéramos convertido en una sola persona. Su dolor siempre había sido y siempre sería el mío y también su alegría ahora era mi alegría. Y sentía esa alegría, pero también que su felicidad era, de algún modo, dolor. Casi tangible, quemaba mi piel como si fuera ácido, una lenta tortura.

Por un larguísimo segundo, que parecía no acabarse nunca, un camino totalmente diferente se extendió ante los párpados de mis ojos, colmados de lágrimas. Parecía que estuviera mirando a través del filtro de los pensamientos de Jacob, vi con exactitud lo que iba a abandonar, lo que este nuevo descubrimiento no me salvaría de perder. Pude ver a Charlie y Renée mezclados en un extraño *collage* con Billy y Sam en La Push. Pude ver el paso de los años y su significado, ya que el tiempo me hacía cambiar. Pude ver al enorme lobo cobrizo que amaba, que siempre se alzaba protector cuando lo necesitaba. En el más infinitesimal fragmento de ese segundo, vi las cabezas inclinadas de dos niños pequeños, de pelo negro, que huían de mí en el bosque que me era tan familiar. Cuando desaparecieron, se llevaron el resto de la visión con ellos.

Y entonces, con absoluta nitidez, sentí cómo se escindía esa pequeña parte de mí a lo largo de una fisura en mi corazón y se desprendía del todo.

Los labios de Jacob todavía estaban donde antes habían estado los míos. Abrí los ojos y me estaba mirando, maravillado con cada detalle.

—Tengo que irme —susurró.

—No.

Sonrió, satisfecho por mi respuesta.

—No tardaré mucho —me prometió—, pero una cosa primero...

Se inclinó para besarme de nuevo y ya no había motivo para resistirse. ¿Qué sentido tenía?

Esta vez fue diferente. Sus manos se deslizaron con suavidad por mi rostro y sus labios cálidos fueron suaves, inesperadamente indecisos. Duró poco, y fue dulce, muy dulce.

Sus brazos se cerraron a mi alrededor y me abrazó con seguridad mientras me murmuraba al oído.

—Éste debería haber sido nuestro primer beso, mejor tarde que nunca.

Contra su pecho, donde él no podía verme, mis lágrimas brotaron y se derramaron por mis mejillas.

Decisión precipitada

Me tumbé boca abajo sobre el saco de dormir a la espera de que me cayera el mundo encima. Ojalá me enterrara allí mismo una avalancha. Deseaba de todo corazón que sucediera. No quería volver a verme el rostro en un espejo en mi vida.

No me avisó ningún sonido. La mano fría de Edward salió de la nada y se deslizó entre mi pelo enmarañado. Me estremecí llena de culpabilidad ante su contacto.

—¿Estás bien? —murmuró, con ansiedad.

—No. Quiero morirme.

—Eso no ocurrirá jamás. No lo permitiré.

Gruñí y luego susurré:

—Tal vez cambies de idea.

—¿Dónde está Jacob?

—Se fue a luchar —mascullé contra el suelo.

Se había marchado del campamento con alegría, con un optimista «volveré» y salió corriendo. Iba encorvado cuando atravesó el claro; tembló ya mientras se preparaba para cambiar de forma. A esas alturas, la manada ya estaría al tanto de todo. Seth Clearwater, al ir de un lado a otro fuera de la tienda, fue un testigo íntimo de mi desgracia.

Edward se quedó en silencio un buen rato.

—Oh —exclamó al fin.

Cuando escuché el tono de su voz, temí que la avalancha no cayera lo suficientemente deprisa. Le clavé la mirada. Debido a sus ojos desenfocados, sabía que estaba atento a algo que jamás habría querido que supiera; habría preferido morir antes de que se enterara. Dejé caer la cabeza de nuevo contra el suelo.

Me quedé paralizada cuando Edward se rió entre dientes, de mala gana.

—Y yo pensaba que estaba jugando sucio —comentó con renuente admiración—. Me hizo quedar como el santo patrón de la ética —su mano acarició la parte de mi mejilla que quedaba al descubierto—. No estoy enojado contigo, amor. Jacob es más astuto de lo que yo creía, aunque habría deseado que no se lo hubieras pedido, claro.

—Edward —balbucee contra el áspero nailon—. Yo... yo... este... la verdad...

—Ya, no digas nada —me calló sin dejar de acariciarme la mejilla con los dedos—. No es eso lo que quería decir. Es sólo que él te habría besado de todos modos, incluso, aunque tú no hubieras caído en sus redes, y ahora no tengo una buena excusa para partirle la cara. Y de verdad que lo hubiera disfrutado.

—¿Caído en sus redes? —masculló de manera casi incomprensible.

—Bella, ¿realmente te has creído que él es así de noble, que habría desaparecido en el esplendor de la gloria sólo para dejarme el camino libre?

Elevé el rostro con lentitud hasta encontrarme con su mirada paciente. Su expresión era amable y tenía los ojos llenos de comprensión, más que del rechazo que me merecía.

—Sí, claro que le creí —murmuré entre dientes y, después, miré hacia otro lado. A pesar de todo, no sentía ningún tipo de ira contra Jacob por hacer trampas. No había espacio suficiente en mi cuerpo para contener nada, aparte del odio que sentía por mí misma.

Edward rió de nuevo, con suavidad.

—Eres tan mala mentirosa, que te cuesta creer que los demás puedan tener un poco de esa habilidad.

—¿Por qué no estás enojado conmigo? —susurré—. ¿Por qué no me odias? ¿O no te has enterado de toda la historia todavía?

—Creo que ya tengo suficiente con una cierta comprensión general de los hechos —comentó para restarle importancia, casi con humor—. Jacob es capaz de crear imágenes mentales muy vívidas. Apuesto a que ha conseguido que su manada se sienta tan mal, al menos, como yo. El pobre Seth tiene náuseas, pero Sam ya lo está haciendo regresar a la realidad.

Cerré los ojos y sacudí la cabeza; en ese momento, experimenté una honda agonía. Las cortantes fibras de nailon del suelo de la tienda me arañaron la piel.

—Simplemente eres humana —me cuchicheó y pasó con lentitud su mano por mi pelo.

—Ésa es la defensa más penosa que he oído en mi vida.

—Pero es la verdad, Bella, eres humana; y por mucho que yo desease que no fuese así, él también lo es... Hay huecos en tu vida que yo no puedo llenar, y lo comprendo.

—No es verdad. Precisamente eso es lo que me convierte en un ser tan horrible. No es un problema de huecos.

—Tú lo quieres —susurró con dulzura.

El intento de negarlo hacía que me doliera cada célula del cuerpo.

—Pero a ti te quiero más —le dije. No podía decir ninguna otra cosa.

—Sí, ya lo sé, claro, pero... cuando te abandoné, Bella, te dejé desangrándote. Jacob fue la persona que te puso los puntos para curarte. Eso les dejó una huella a ambos. No estoy muy seguro de que esta clase de puntos se disuelvan por sí mismos. Y no puedo culpar a ninguno de los dos por algo que yo convertí en una necesidad. Soy yo quien debe aspirar al perdón, pero aun así, eso no me eximirá de las consecuencias.

—Ya sabía yo que encontrarías alguna manera de culparte. Por favor, déjalo ya. No puedo soportarlo.

—Entonces, ¿qué quieres que te diga?

—Quiero que me llames por todos los nombres malos que conozcas y uses cada lenguaje que sepas. Quiero que me digas lo disgustado que estás conmigo y que me vas a dejar, de forma que yo pueda suplicar y arrastrarme de rodillas para que te quedes.

—Lo siento —suspiró—. No puedo hacer eso.

—Al menos deja de intentar que me sienta mejor. Déjame sufrir. Me lo merezco.

—No —insistió él en un murmullo bajo.

Asentí con lentitud.

—Bueno, tienes razón. Continúa comportándote de ese modo tan comprensivo. Probablemente, eso sea mucho peor.

Se quedó en silencio unos momentos y sentí cómo se cargaba la atmósfera con una nueva sensación de urgencia.

—Es inminente —afirmé.

—Sí, dentro de unos cuantos minutos. Sólo me queda tiempo para decirte una cosa más…

Esperé. Cuando al fin comenzó a hablar, seguía haciéndolo en susurros.

—Yo sí puedo ser noble, Bella. Así que no voy a hacer que escojas entre los dos. Sólo sé feliz y, de ese modo, toma lo que quieras de mí, o nada en absoluto, si eso te parece mejor. No dejes que ninguna deuda que creas tener conmigo influya en tu decisión.

Golpeé el suelo al alzarme sobre mis rodillas.

—¡Maldición, acaba con esto de una vez! —le grité.

Sus ojos se dilataron sorprendidos.

—No, no lo entiendes. No estoy haciendo que te sientas mejor, Bella; es lo que pienso de verdad.

—Ya sé que lo piensas —rugí—. Pero ¿no vas a luchar? ¡No empieces ahora con lo del noble sacrificio! ¡Pelea!

—¿Cómo? —me preguntó y sus ojos de pronto parecieron cargados de tristeza.

Salté sobre su regazo y arrojé mis brazos a su alrededor.

—No me importa si hace frío aquí. No me importa si huelo a perro. Hazme olvidar lo espantosa que soy, ayúdame a que lo olvide. ¡Haz que olvide hasta mi nombre! ¡Pelea de una vez!

No esperé a que se decidiera, ni a darle la oportunidad de decirme que él no estaba interesado en un monstruo cruel y despiadado como yo. Me apreté contra él y aplasté mi boca contra sus labios fríos como la nieve.

—Ten cuidado, mi amor —masculló bajo la urgencia de mi beso.

—No —gruñí.

Con dulzura, apartó mi rostro unos centímetros.

—No me tienes que probar nada.

—Ni lo pretendo. Dijiste que podría tener lo que quisiera de ti y esto es lo que deseo. Lo quiero todo —anudé mis brazos alrededor de su cuello y me estiré para alcanzar sus labios. Él inclinó la cabeza para devolverme el beso, pero su boca fría se volvió más indecisa cuanto más se intensificaba mi impaciencia. Mi cuerpo tenía sus propias intenciones, y me arrastraba con él. Como de costumbre, movió las manos para sujetarme.

—Quizá no es el mejor momento para esto —sugirió, muy tranquilo para mi gusto.

—¿Por qué no? —refunfuñé. No había manera de luchar si él iba a adoptar una actitud racional; dejé caer los brazos.

—En primer lugar, porque hace frío —se inclinó para tomar el saco de dormir del suelo y me envolvió en él como si fuera una manta.

—No es verdad —lo interrumpí—. El primer motivo es que te muestras extrañamente moralista para ser un vampiro.

Él se rió entre dientes.

—De acuerdo, te doy la razón en eso. Pongamos el frío en segundo lugar. Y en tercero…, bueno, porque la verdad, cariño, es que apestas.

Arrugó la nariz.

Yo suspiré.

—En cuarto lugar —murmuró y bajó la cabeza tanto que pudo susurrar cerca de mi oreja—. Lo haremos, Bella. Cumpliré mi promesa de corazón, pero preferiría que no fuera como respuesta a Jacob Black.

Me encogí y enterré el rostro en su hombro.

—Y en quinto...

—Es una lista muy pero que muy larga —cuchicheé.

Se rió

—Sí, pero ¿quieres escuchar lo de la lucha o no?

Mientras hablaba, Seth aulló de forma estridente fuera de la tienda.

El cuerpo se me puso rígido al oír el sonido. No me percaté de que había cerrado la mano izquierda en un puño, y se me habían clavado las uñas en la palma vendada, hasta que Edward la tomó y me abrió los dedos con ternura.

—Todo va a estar bien, Bella —me prometió—. Tenemos la habilidad, el entrenamiento y la sorpresa de nuestra parte. La lucha habrá acabado muy pronto. Si yo no lo pensara así de verdad, estaría ahora allí abajo y tú permanecerías aquí, encadenada a un árbol o en donde pudiera conseguir que no te movieras.

—Alice es tan pequeña —me lamenté.

Él se rió entre dientes.

—Eso podría ser un problema, claro… siempre que hubiera alguien capaz de atraparla.

Seth empezó a gimotear.

—¿Pasa algo malo? —le pregunté.

—Qué va. Simplemente está enojado por tener que quedarse con nosotros. Sabe que la manada lo ha confinado aquí para mantenerlo apartado de la acción y protegerlo. Saliva de ganas de reunirse con ellos.

Le dediqué una cara de disgusto a Seth.

—Los neófitos han llegado a la última señal, y todo funciona como si fuera resultado de un encantamiento; Jasper es un genio. También han captado el rastro de los que están en el prado, así que ahora se están dividiendo en dos grupos, como predijo Alice —murmuró Edward, con los ojos concentrados en algún lugar lejano—. Sam nos está convocando para encabezar el inicio de la emboscada —estaba tan concentrado en lo que escuchaba que usó el plural empleado por la manada de forma habitual.

De repente, bajó la mirada hacia mí.

—Respira, Bella.

Luché para hacer lo que me pedía. Podía escuchar el pesado jadeo de Seth justo fuera de la pared de la tienda e intenté emparejar mis pulmones al ritmo regular, de modo que no terminara hiperventilando.

—El primer grupo está en el claro. Podemos escuchar la pelea.

Los dientes se me cerraron de forma audible.

Se rió una vez.

—Podemos oír a Emmett; está pasándolo muy bien.

Me obligué de nuevo a respirar al ritmo de Seth.

—El segundo grupo se está preparando. No están alerta porque no nos han olido todavía.

Edward gruñó.

—Están hablando de ti —los dientes se le cerraron también de golpe—. Se supone que deben asegurarse de que no escapes. ¡Buen movimiento, Leah! Vaya, qué rápida —murmuró con aprobación—. Uno de los neófitos descubrió nuestro olor y Leah lo tiró al suelo antes de que se diera cuenta. Sam está ayudándola a deshacerse de él. Paul y Jacob atraparon a otro, pero los demás se pusieron a la defensiva. No tienen ni idea de qué hacer con nosotros. Ambos grupos están fintando. No, dejen que Sam lidere; apártenlos del camino —masculló entre dientes—. Sepárenlos; no dejen que se protejan las espaldas unos a otros.

Seth aulló suavemente.

—Eso está mejor; llévenlos hacia el claro —asintió Edward.

Su cuerpo cambiaba inconscientemente de posición mientras observaba; lucía tenso e intentaba anticiparse a los movimientos que habría hecho si hubiera estado allí. Sus manos todavía sostenían las mías y yo entrelacé mis dedos con los suyos. Al menos, él no estaba allí abajo.

La única advertencia fue la súbita ausencia de sonidos.

El ritmo acelerado de la respiración de Seth se cortó y, como yo había acompasado mi respiración a la suya, lo noté.

Dejé de respirar también cuando me di cuenta de que Edward se había transformado en un bloque de hielo. Me asusté demasiado y no pude poner mis pulmones en funcionamiento.

Oh, no. No. No.

¿Quién había perdido? ¿Ellos o nosotros? Míos, todos eran míos. Pero ¿en qué iba a consistir mi pérdida?

Tan rápido ocurrió que no supe con exactitud cuándo fue. De pronto, se puso en pie y la tienda cayó hecha jirones a mi alrededor. ¿Era Edward él que lo había hecho? ¿Por qué?

Bizqueé, aturdida bajo la brillante luz del sol. Seth era todo lo que podía ver, justo a nuestro lado, con su rostro sólo a veinte centímetros del de Edward. Se miraron el uno al otro con concentración absoluta durante un segundo que se me hizo eterno. El sol relumbraba sobre la piel de Edward y enviaba chispas de luz hacia el pelambre de Seth.

Y entonces, Edward susurró imperiosamente:

—¡Corre, Seth!

El gran lobo aceleró y desapareció entre las sombras del bosque.

¿Pasaron dos segundos completos? Me parecieron horas. Me sentí aterrorizada hasta el punto de las náuseas; tenía la certeza de que las cosas se habían complicado en el claro y había ocurrido algo horrible. Abrí la boca para pedirle a Edward que me llevara allí y que lo hiciera ya. Ellos lo necesitaban, y también a mí. Si tenía que sangrar para salvarlos, lo haría. Moriría por ello, como la tercera esposa. No tenía ninguna daga de plata en mis manos, pero seguro que encontraría una forma.

Pero antes de que pudiera decir una sílaba, sentí como si me hubiesen sacado el aire del cuerpo de un solo golpe. Como las manos de Edward nunca me habían soltado, simplemente quería decir que nos estábamos moviendo, tan rápidamente que la sensación era como de caerse de lado.

Me encontré de pronto con la espalda aplastada contra la falda del acantilado. Edward se puso delante de mí, en una postura que yo conocía muy bien.

El alivio me recorrió la mente al mismo tiempo que el estómago se me hundía hasta las plantas de los pies.

Lo había malinterpretado.

Alivio: no había sucedido nada malo en el claro.

Horror: lo terrible iba a suceder *aquí*.

Edward adoptó una posición defensiva, medio agachado, con los brazos adelantados ligeramente, una pose que me trajo un recuerdo tan duro que me sentí mareada. La roca a mi espalda pudo ser aquella antigua pared de ladrillo de un callejón italiano, donde él se había interpuesto entre los guerreros Vulturis, cubiertos con sus mantos negros, y yo.

Algo venía por nosotros.

—¿Quién es? —murmuré.

Las palabras salieron entre sus dientes con un rugido más alto de lo que yo esperaba. Demasiado alto... Eso quería decir que ya no había posibilidad alguna de esconderse. Estábamos atrapados y daba igual quién escuchara su respuesta.

—Victoria —contestó, escupiendo la palabra como si fuera una maldición —. No está sola. Nunca tuvo intención de participar en la lucha, pero seguía a los neófitos para observar. Cuando percibió mi olor, tomó la decisión de seguirlo por pura intuición; adivinó que tú permanecerías donde yo estuviera. Y acertó. Tú tenías razón: detrás de todo esto siempre estuvo ella y nadie más que ella.

Victoria estaba lo suficientemente cerca como para que él pudiera escuchar sus pensamientos.

Me sentí aliviada otra vez. Si hubieran sido los Vulturis, ambos estaríamos muertos. Pero, con Victoria, no teníamos que ser los dos. Edward podría sobrevivir a esto. Era un buen luchador, tan bueno como Jasper. Si ella no traía a otros consigo, podría abrirse camino hasta volver con su familia. Edward era más rápido que ninguno. Sería capaz de hacerlo.

Me alegraba mucho de que él hubiera hecho que Seth se marchara, pero claro, no había nadie a quien el lobo pudiera acudir en busca de ayuda. Victoria había sincronizado perfectamente su actuación. Al menos, Seth estaba a salvo; no imaginaba al enorme lobo de color arena cuando pensaba en él: sólo veía al desgarbado chico de quince años.

El cuerpo de Edward se movió unos milímetros, pero me permitió saber hacia dónde mirar. Observé las sombras oscuras del bosque.

Era como si mis pesadillas caminaran a mi encuentro con la idea de saludarme.

Dos vampiros se deslizaron con lentitud dentro de la pequeña abertura de nuestro campamento, con los ojos atentos, sin perder nada de vista. Brillaban como diamantes bajo el sol.

Apenas pude ver al chico rubio; porque sí, era sólo un chico, a pesar de su altura y su musculatura, y quizá tenía mi edad cuando lo convirtieron. Sus ojos, del color rojo más intenso que había visto nunca, no retuvieron mi atención, y pese a ser el que estaba más cerca de Edward, y el peligro más cercano, casi no lo vi, porque a pocos metros y algo más atrás, Victoria clavó su mirada en la mía.

Su pelo anaranjado era más brillante de lo que recordaba; era como una llama. No había viento, pero el fuego alrededor de su rostro parecía hacerle titilar un poco, como si estuviera vivo.

Tenía los ojos negros por la sed. No sonreía, como siempre había hecho en mis pesadillas, sino que apretaba los labios en una línea tensa. Había una sorprendente cualidad felina en el modo como acuclillaba el cuerpo, como una leona a la espera de la oportunidad para atacar. Su mirada salvaje e inquieta fluctuaba entre Edward y yo, pero nunca descansaba en él más de medio segundo. No podía apartar sus ojos de mi rostro más de lo que yo podía apartar los míos.

Emanaba tensión de un modo que parecía casi visible en el aire. Podía sentir el deseo, la pasión arrolladora que la tenía bien aferrada en sus garras. Supe lo que pensaba, casi como si yo pudiera oír también sus pensamientos.

Estaba tan cerca de lo que quería; el centro de toda su existencia durante más de un año, ahora estaba tan cerca...

Mi muerte...

Su plan era tan obvio como práctico. El chico rubio y grande atacaría a Edward, y ella me liquidaría tan pronto como Edward estuviera lo suficientemente distraído.

Sería rápido, porque no le quedaba mucho tiempo para juegos, pero también, definitivo. Algo de lo que no sería posible recobrarse. Algo que ni siquiera la ponzoña de un vampiro podría reparar.

Ella tendría que detener mi corazón. Quizá lo haría al lanzar una mano contra mi pecho, hasta aplastarlo, o cualquier otra cosa parecida.

Mi corazón latió con furia, ruidosamente, como si quisiera ofrecer un objetivo más obvio.

A una inmensa distancia, lejos, más allá del bosque oscuro, el aullido de un lobo hizo eco en el aire sereno. Como Seth se había marchado, no había forma de interpretar el sonido.

El chico rubio miró a Victoria por el rabillo del ojo, para esperar una orden.

Era joven en más de un sentido. Lo supuse porque el brillante iris escarlata no duraba mucho tiempo en un vampiro. Esto quería decir que sería muy fuerte, pero no muy bueno en las artes de la pelea. Edward sabría cómo deshacerse de él, y sobreviviría.

Victoria proyectó su barbilla hacia Edward y le ordenó al chico, sin palabras, que atacara.

—Riley —dijo Edward con voz dulce, suplicante. El joven rubio se quedó helado, con los ojos dilatados por la sorpresa—. Te está mintiendo, Riley —continuó Edward—. Escúchame: te miente del mismo modo como les mintió a los otros que ahora mueren en el claro. Tú sabes que ella los engañó, porque te utilizó para ello, ya que ninguno de ustedes pensó jamás en ir a ayudarlos. ¿Es tan difícil creer que su falsedad también te alcance a ti?

La confusión se expandió por el rostro de Riley.

Edward se movió unos cuantos centímetros hacia un lado. Riley compensó el movimiento de modo automático al ajustar de nuevo su posición.

—Ella no te quiere, Riley —la voz de Edward era persuasiva, casi hipnótica—. Nunca te ha amado. Victoria amó una vez a alguien que se llamaba James y tú no eres más que un instrumento para ella.

Cuando dijo el nombre de James, los labios de Victoria se retrajeron en una mueca que mostraba todos sus dientes. Sus ojos continuaron clavados en mí.

Riley lanzó una mirada frenética en su dirección.

—¿Riley? —insistió Edward.

Éste volvió a concentrarse en Edward de forma instintiva.

—Ella sabe que te mataré, Riley. Quiere que tú mueras, para no tener que mantener más su mentira. Sí, eso sí lo ves, ¿verdad? Ya notaste la renuencia en sus ojos. Has sospechado de esa nota falsa que se percibe en sus promesas. Tienes razón: ella nunca te ha querido. Todos los besos y todas las caricias no eran más que mentiras.

Edward inclinó su cuerpo unos cuantos centímetros más hacia el muchacho y se apartó otros tantos de mí.

La mirada de Victoria se ajustó al espacio que se había abierto entre nosotros. No le llevaría más de un segundo matarme; sólo necesitaba el más pequeño atisbo de oportunidad para hacerlo.

Riley volvió a cambiar su posición, esta vez con más lentitud.

—No tienes por qué morir —le dijo Edward, con los ojos fijos en los del muchacho—. Hay otras formas de vivir distintas de la que ella te ha enseñado. No todo son mentiras ni sangre, Riley. Puedes seguir un camino nuevo desde ahora. No debes morir por culpa de sus engaños.

Edward deslizó un pie hacia delante y hacia un lado. Ahora había medio metro entre él y yo. Riley se retrasó algo más de lo necesario para compensar el avance de Edward. Victoria se inclinó hacia delante, sobre sus talones.

—Es tu última oportunidad, Riley —susurró Edward.

El rostro del joven vampiro mostraba verdadera desesperación mientras escrutaba a Victoria en busca de respuestas.

—Él es el mentiroso, Riley —intervino Victoria y abrí la boca de asombro al escuchar el sonido de su voz—. Ya te advertí acerca de sus truquitos mentales. Tú sabes que te quiero.

Su voz no era el salvaje gruñido gatuno que parecía el más idóneo para su figura. Por el contrario, resultaba dulce, agudo, con un toque de soprano, casi como el de un bebé. El tipo de voz que va acorde con rizos rubios y chicle de color rosa. No tenía sentido que saliera de entre sus dientes desnudos y relucientes.

Riley apretó la mandíbula y cuadró los hombros. Sus ojos se vaciaron de todo tipo de confusión o de sospecha y de cualquier otra clase de pensamiento. Se tensó para atacar.

El cuerpo de Victoria parecía temblar de lo agazapada que estaba. Sus manos se habían convertido en garras a la espera de que Edward se separara sólo un centímetro más de mí.

El gruñido no provenía de ninguno de ellos.

Una forma similar a la de un mamut de color tostado cayó sobre el centro del claro y arrojó al suelo a Riley.

—¡No! —gritó Victoria, contrariada, con su voz de bebé aguda por la incredulidad.

A un metro y medio de mí el enorme lobo arrancó algo de raíz y lo separó del cuerpo del vampiro rubio. Un objeto blanco y duro chocó contra las rocas al lado de mis pies. Me deslicé a un lado para apartarme.

Victoria no desperdició ni una sola mirada en el chico, al cual había jurado poco antes su amor. Tenía los ojos aún fijos en mí, llenos de una decepción tan feroz que le daba un aspecto desquiciado.

—No —repitió entre dientes, mientras Edward comenzaba a moverse hacia ella, para bloquear su acceso hasta mí.

Riley estaba de nuevo de pie, con una apariencia contrahecha y demacrada, pero aún capaz de lanzar un perverso golpe hacia el hombro de Seth. Oí cómo se partía el hueso. Seth se retiró y comenzó a girar sobre sí mismo, cojeando. Riley levantó las manos de nuevo, preparado; aunque me parecía que le faltaba parte de una de ellas...

A pocos metros de esta pelea, Victoria y Edward fintaban.

En realidad no daban vueltas, porque Edward no iba a permitirle adquirir una posición más cercana a mí. Ella se deslizaba hacia atrás y se movía de un lado al otro; intentaba encontrar un hueco en su defensa. Él seguía su juego de piernas con agilidad, para acecharla con perfecta concentración. Comenzaba a moverse justo una fracción de segundo *antes* de que ella se moviera; leía sus intenciones en sus pensamientos.

Seth embistió a Riley de costado y volvió a arrancarle algo que provocó un horrible alarido de dolor. Otro gran trozo blanco y pesado cayó en el bosque con un golpe sordo. Riley rugió de furia y Seth saltó hacia atrás, extrañamente ligero para su tamaño, mientras el neófito lanzaba un golpe hacia él con la mano destrozada.

Victoria se abrió camino en zigzag hacia el extremo más lejano del pequeño claro. Estaba dividida: sus pies la empujaban hacia la seguridad, pero sus ojos mostraban su ansia al clavarse en mí como si fueran imanes y la atrían hacia mi lugar. Podía ver cómo luchaban en su interior el deseo ardiente de matar contra el instinto de supervivencia.

Edward también podía ver esto, claro.

—No te vayas, Victoria —murmuró en el mismo tono hipnótico de antes—. Nunca tendrás otra oportunidad como ésta.

Ella le mostró los dientes y siseó en su dirección, pero parecía incapaz de alejarse de mí.

—Podrás huir después —ronroneó Edward—. Tendrás mucho tiempo para eso. Es lo que haces siempre, ¿no? Ése es el motivo por el que te retenía James. Le eras útil, pese a tu afición a los juegos mortales. Una compañera con un asombroso instinto para la huida. Él no debería haberte dejado. Le hubieran sido de gran utilidad tus habilidades cuando lo atrapamos en Phoenix.

Un rugido brotó entre los dientes de ella.

—Sin embargo, eso fue todo lo que significaste para él. Es de tontos malgastar tanta energía al vengarse de alguien que sintió menos afecto por ti que un cazador por su perro. No fuiste para él nada más que alguien oportuno. Yo lo supe.

Edward esbozó una sonrisa torcida mientras se golpeaba la sien con un dedo.

Con un aullido estrangulado, Victoria se precipitó contra los árboles de nuevo y se fintó hacia un lado. Edward respondió y el baile comenzó de nuevo.

Justo entonces, el puño de Riley alcanzó el flanco de Seth y un gemido bajo se ahogó en la garganta del lobo gigante. Seth retrocedió con los hombros encogidos, como si intentara sacudirse el dolor.

Por favor, quise rogarle a Riley, pero no me funcionaron los músculos para abrir la boca o para expulsar el aire de mis pulmones. *Por favor, es sólo un niño.*

¿Por qué no habría huido Seth? ¿Por qué no lo hacía ahora?

Riley estaba cerrando de nuevo la distancia entre ellos, empujando a Seth contra la pared de roca donde yo me encontraba. Victoria pareció de pronto interesada en el destino de su compañero. Podía verla que miraba de reojo, y juzgaba la distancia entre Riley y yo. Seth atacó de nuevo a Riley, que se vio obligado a retirarse y Victoria siseó.

Seth ya no cojeaba. Al dar vueltas, se topó con la espalda de Edward, la cual rozó con la cola, y los ojos de Victoria casi se salieron de sus órbitas.

—No, no me atacará—le dijo Edward para contestar la pregunta que había surgido en su mente y usó su distracción para deslizarse más cerca de ella—. Tú nos proporcionaste un enemigo común, nos convertiste en aliados.

Ella apretó los dientes, intentando mantener concentrada su atención sólo en Edward.

—Míralo más de cerca, Victoria —murmuró él, restándole concentración—. ¿De verdad se parece tanto al monstruo cuyo rastro siguió James desde Siberia?

Sus ojos se abrieron del todo, y después comenzaron a oscilar salvajemente entre Edward, Seth y yo, de uno en uno.

—¿No es el mismo? —gruñó con su voz de soprano, de niña pequeña—. ¡Es imposible!

—Nada es imposible —murmuró Edward, con la voz suave como el terciopelo mientras se acercaba a ella centímetro a centímetro—, excepto lo que tú quieres. Jamás la tocarás.

Ella sacudió la cabeza de manera rápida y entrecortada, e intentó evitar sus movimientos de distracción y evadirlo, pero él se colocó en el lugar apropiado para bloquearla tan pronto como ella pensó el plan. Su rostro se contorsionó de frustración y después se agazapó aún más, como una leona de nuevo, y atacó de forma deliberada hacia delante.

Victoria no estaba precisamente falta de experiencia ni era una neófita dirigida por sus instintos, más bien era letal. Como yo conocía la diferencia entre ella y Riley, sabía que Seth no habría durado tanto si hubiera estado luchando contra esa vampira.

Edward también cambió de posición, conforme se acercaron el uno al otro, y aquello se convirtió en una lucha entre un león y una leona.

El baile aumentó de ritmo.

Una danza similar a la de Alice y Jasper en el prado, una espiral borrosa de movimientos, sólo que esta danza no estaba coreografiada de modo tan perfecto. Agudos crujidos y chasquidos reverberaban de la pared del acantilado, conforme alguien era desalojado de su lugar. Pero se movían tan rápido que no podía decir quién cometía los errores...

Riley se distrajo con ese violento ballet, con los ojos llenos de ansiedad por su compañera. Seth atacó de nuevo, arrancando de otro bocado un pequeño trozo del vampiro. Riley bramó y lanzó un tremendo golpe de revés que acertó de lleno en el amplio pecho de Seth. Su cuerpo enorme se elevó más de tres metros y chocó contra la pared rocosa sobre mi cabeza con una fuerza que pareció sacudir todo el pico de la montaña. Oí cómo se escapaba el aire de mis pulmones y salté fuera de su camino cuando él rebotó contra la piedra y cayó sobre el suelo a pocos metros de donde yo estaba.

Un suave gemido se escapó de entre sus dientes.

Empezaron a caerme fragmentos agudos de roca sobre la cabeza y me arañaron la piel desnuda. Una astilla de roca afilada me cayó encima del brazo derecho y la aferré irreflexivamente. Mis dedos se cerraron a su alrededor cuando se activaron mis instintos de supervivencia. Mi cuerpo se preparaba para luchar, sin preocuparse de lo poco eficaz que fuera el gesto, al no haber ocasión alguna para la huida.

Se me disparó la adrenalina en las venas. Notaba que la abrazadera me cortaba la palma y sentía las protestas de la fisura de mi nudillo. Era consciente de todo esto, pero, a pesar de ello, no podía sentir dolor.

Detrás de Riley, todo lo que se podía ver era la llama fluctuante del pelo de Victoria y un borrón blanco. Los chasquidos metálicos y los desgarrones aumentaban de ritmo, lo mismo que los jadeos y los siseos horrorizados, lo cual dejaba claro que el baile se estaba volviendo mortal para alguien.

Pero ¿para quién?

Riley se deslizó hacia mí, con los ojos rojos brillantes de furia. Miró hacia la montaña renqueante de pelo color arena que se encontraba entre nosotros y sus manos, destrozadas y rotas, se cerraron como garras. Abrió la boca, con los dientes brillantes, como si se estuviera preparando para desgarrar la garganta de Seth.

Un segundo latigazo de adrenalina me atravesó como un choque eléctrico y de pronto lo vi todo claro.

Ambas luchas se desarrollaban muy cerca. Seth estaba a punto de perder la suya y no tenía ni idea de si Edward ganaba o perdía. Ambos necesitaban ayuda. Una distracción. Algo que les diera una oportunidad.

Mi mano aferró la astilla de piedra tan fuerte que uno de los soportes de la abrazadera se rompió.

¿Tendría la suficiente fuerza? ¿Sería lo bastante valiente? ¿Cuánta energía haría falta para enterrar la piedra rugosa en mi cuerpo? ¿Le daría eso a Seth el tiempo necesario para volver a ponerse en pie? ¿Se curaría lo suficientemente rápido como para que mi sacrificio le diera alguna oportunidad?

Con la punta aguda del fragmento me subí el grueso suéter hacia arriba para exponer la piel y después presioné la parte más afilada contra la arruga de mi codo. Allí tenía la larga cicatriz que me hice la noche de mi último cumpleaños, cuando derramé suficiente sangre como para captar la atención de todos los vampiros y dejarlos helados en sus sitios por un momento. Recé para que volviera a funcionar. Me erguí y aspiré un gran trago de aire.

Victoria se distrajo con el sonido de mi jadeo. Sus ojos, detenidos durante la mínima fracción de un segundo, se encontraron con los míos. En su expresión se mezclaban la furia y la curiosidad de una forma extraña.

No sé cómo pude escuchar ese pequeño ruido con todos los otros que reverberaban en la pared de piedra y me martilleaban el cerebro. El sonido de los latidos de mi propio corazón podría haber sido suficiente para haberlo ahogado. Pero en el mismo segundo en que miré a Victoria a los ojos, creo que fui capaz de oír un familiar suspiro exasperado.

En ese mismo corto segundo, el baile se detuvo de manera violenta. Pasó tan deprisa que ya había terminado antes de que yo pudiera seguir la secuencia exacta de los hechos. Intenté captarlos en mi mente como pude.

Victoria salió volando del borrón y chocó contra un alto abeto, más o menos a la mitad del tronco. Cayó sobre la tierra ya agazapada para saltar.

De forma simultánea, Edward, del todo invisible por la velocidad, se volvió a sus espaldas y cogió al desprevenido Riley por el brazo. Me pareció como si Edward plantara su pie contra su espalda y tirara hacia arriba...

El pequeño campamento se llenó con el taladrante aullido de agonía de Riley.

Al mismo tiempo, Seth saltó sobre sus patas y me ocultó la mayor parte de la visión.

Pero aún podía ver a Victoria. Y aunque parecía extrañamente deformada, como si fuera incapaz de enderezarse por completo, pude distinguir la sonrisa que atravesaba su rostro salvaje, la misma que aparecía en mis sueños.

Se agachó y saltó.

Algo pequeño y blanco silbó por el aire y colisionó con ella en pleno vuelo. El impacto sonó como una explosión, y la lanzó contra otro árbol, que esta vez se partió por la mitad. Volvió a aterrizar sobre sus pies, agazapada y preparada, pero Edward ya ocupaba su posición. Sentí cómo el alivio barría mi corazón cuando lo vi de pie y en perfecto estado.

Victoria pateó algo a un lado con su pie desnudo: el misil que había abortado su ataque. Dio vueltas hasta mí y me di cuenta de lo que era.

Se me encogió el estómago.

Los dedos todavía se retorcían. Aferrándose a las hojas de hierba, el brazo de Riley comenzó a moverse de forma convulsiva por el suelo.

Seth estaba de nuevo dando vueltas en torno a Riley, mientras éste se retiraba. Caminaba de espaldas ante el licántropo que avanzaba, con el rostro rígido por el dolor. Alzó su único brazo a la defensiva.

Seth cayó sobre Riley y el vampiro perdió el equilibrio. Vi al lobo hundir los dientes en el hombro de Riley y, luego, tirar, en un salto hacia atrás de nuevo.

Con un chirrido metálico que taladraba los oídos, Riley perdió su otro brazo.

Seth sacudió la cabeza y lanzó la extremidad contra los árboles. El entrecortado ruido siseante que salió de entre sus dientes sonaba como una risita burlona.

Riley gritó con un torturado lamento.

—¡Victoria!

Ella ni siquiera se estremeció al oír el sonido de su nombre. Sus ojos ni siquiera hicieron el intento de moverse hacia su compañero.

Seth se lanzó hacia delante con la fuerza de una bola de demolición. El golpe los llevó a ambos entre los árboles, donde los chirridos metálicos acompañaban los gritos agónicos de Riley. Éstos cesaron de repente, mientras que continuaron los ruidos de trituración de la materia pétrea del cuerpo del vampiro.

Aunque no malgastó en Riley ni una mirada de despedida, Victoria pareció darse cuenta de que estaba sola. Comenzó a apartarse de Edward con una decepción infinita que llameaba en sus ojos. Me lanzó una corta mirada de anhelo y después empezó a retirarse más deprisa.

—No —canturreó suavemente Edward, con su voz seductora—. Quédate un poco más.

Ella aceleró y voló hacia el refugio del bosque como la flecha de un arco.

Pero Edward fue más rápido, como la bala de una pistola.

La agarró por la espalda desprotegida justo al borde de los árboles y el baile se acabó con un último y sencillo paso.

La boca de Edward se deslizó por su cuello como una caricia. El estruendo chirriante de los esfuerzos de Seth cubrió cualquier otro ruido, o no hubo ningún sonido distintivo que permitiera dar una imagen clara de violencia. Podría haber parecido que estaba besándola.

Y luego su ardiente maraña de pelo ya no siguió conectada con el resto de su cuerpo. Las temblorosas olas anaranjadas de sus cabellos cayeron al suelo y dieron un salto antes de rodar hacia los árboles.

Espejo

Abrí los ojos más de lo normal a causa de la sorpresa, pero logré desviarlos para no examinar de cerca el objeto ovalado envuelto en pequeños aros de cabellos revueltos.

Edward se puso en acción otra vez. Desmembró el cadáver decapitado con rapidez y fría eficacia.

No pude acercarme a él... Los pies no me respondían, parecía que los tenía atornillados a la roca de debajo, pero escudriñé todos y cada uno de sus movimientos en busca de alguna posible herida. El pulso se redujo a un ritmo normal una vez que me aseguré de que no estaba herido. Se movía con la agilidad de costumbre. Ni siquiera vi un rasguño en sus ropas.

No dirigió la mirada hacia la pared del acantilado, donde todavía permanecía petrificada de espanto mientras apilaba los miembros aún temblorosos y palpitantes; luego, los cubrió con hojas secas. Sus ojos rehusaron encontrarse con los míos, atónitos, cuando se lanzó como una flecha en pos de Seth.

No había dispuesto de tiempo para recobrarme cuando los dos estuvieron de vuelta. Edward regresó con los brazos llenos con restos de Riley, mientras Seth llevaba en la boca un gran trozo —el torso—. Volcaron su carga en el montón. Edward extrajo del bolsillo un objeto rectangular. Abrió el encendedor plateado de butano y aplicó la llama a la yesca seca. Prendió de inmediato y enseguida se levantaron grandes llamas de fuego anaranjadas.

Edward llevó a Seth hacia los árboles y en un murmullo le pidió:

—Reúne hasta el último trozo.

El vampiro y el hombre lobo peinaron todo el campamento. De vez en cuando lanzaban a las llamas trocitos de roca blanca. Seth manejaba los trozos con los dientes. La mente no me funcionaba muy bien, y era incapaz de comprender por qué no se transformaba en hombre para usar las manos.

El vampiro no apartó los ojos de su tarea.

Después de que terminaron, el fuego furioso envió al cielo una asfixiante fumarada púrpura. La densa columna de humo se enroscó despacio, y aparentó una mayor consistencia. Al arder, olía como el incienso, pero, luego, dejaba un aroma desagradable, espeso y fuerte.

Seth volvió a proferir desde el fondo del pecho aquel sonido guasón.

Una sonrisa recorrió el tenso rostro de Edward, que estiró el brazo y cerró la mano en un puño. Seth sonrió, exhibiendo una larga hilera de dientes como cuchillas, y tocó el puño de Edward con el hocico.

—Ha sido un espléndido trabajo de equipo —murmuró Edward.

Seth soltó una carcajada.

Luego, Edward respiró profundamente y se volvió con lentitud para hacerme frente.

Yo no comprendía su expresión. Actuaba con la misma cautela que si yo fuera otro enemigo; más que cautela, en sus ojos leía el miedo. Él no había mostrado miedo alguno cuando se había enfrentado a Victoria y a Riley... Tenía la mente cansada e inútil como mi cuerpo. Lo miré desconcertada.

—Bella, cariño —dijo con su voz más suave mientras

caminaba hacia mí exageradamente despacio. Llevaba las manos en alto y las palmas hacia delante. Atontada como me encontraba, me recordaba a un sospechoso cuando se aproximaba a un policía para demostrarle que no iba armado—. Bella, ¿puedes soltar la piedra, por favor? Con cuidado, no vayas a hacerte daño.

Me había olvidado por completo del arma tan tosca que empuñaba. Entonces me percaté de que el dolor de los nudillos obedecía a la fuerza con que la aferraba. ¿Me los habría vuelto a romper? Esta vez, Carlisle me iba a enyesar la mano para asegurarse de que lo obedecía.

Edward se quedó a medio metro de mí, con las manos en el aire y los ojos llenos de miedo.

Necesité de muy pocos segundos para acordarme de mover los dedos. Luego, solté la piedra, que hizo ruido al caer al suelo, y mantuve la mano inmóvil en esa misma posición.

Él se relajó un poco cuando me vio con las palmas vacías, pero no se acercó más.

—No te asustes, Bella —murmuró—. Estás a salvo, no voy a hacerte daño.

La desconcertante promesa sólo consiguió confundirme aún más. Lo miré fijamente, como si fuera tonta, para intentar comprenderlo.

—Todo va a estar bien, Bella. Sé que tienes miedo, pero la lucha ya terminó. Nadie va a hacerte daño. No voy a tocarte. No voy a lastimarte —repitió.

Parpadeé con rabia y recuperé mi voz.

—¿Por qué repites eso como un loro? —di un paso hacia él, que retrocedió ante mi avance—. ¿Qué pasa? —pregunté en voz baja—. ¿A qué te refieres?

—Tú no... —sus ojos dorados reflejaron una confusión similar a la mía—. ¿no me tienes miedo?

—¿A ti? ¿Por qué...?

Me tambaleé al dar otro paso y tropecé, lo más probable era que con mis propios pies, pero Edward me tomó en brazos. Hundí el rostro en su pecho y comencé a sollozar.

—Bella, Bella, cuánto lo lamento. Ya ha terminado, ya ha terminado.

—Estoy bien —respondí entre jadeos—. Me encuentro perfectamente, pero estoy alucinada. Dame un minuto.

Me sujetó con más fuerza.

—Cuánto lo siento —repetía una y otra vez.

Me aferré a él hasta que fui capaz de respirar y, luego, lo besé en el pecho, los hombros y el cuello, en cualquier parte de su anatomía a la que era capaz de llegar. Poco a poco, comencé a razonar de nuevo.

—¿Te encuentras bien? —le pregunté entre uno y otro beso—. ¿Te lastimó Victoria?

—Estoy muy bien —me dijo mientras enterraba el rostro entre mis cabellos.

—¿Y Seth?

Edward rió entre dientes.

—Está más que bien, de hecho, está muy orgulloso de sí mismo.

—¿Y los demás? ¿Y Alice? ¿Y Esme? ¿Y los lobos?

—Todos están sanos y salvos. El asunto también terminó para ellos. Todo salió perfectamente, tal y como te prometí. La peor parte la hemos soportado nosotros.

Me concedí un instante para asimilarlo, asumirlo y dejarlo asentado de forma definitiva. Mi familia y mis amigos estaban a salvo. Victoria jamás volvería a intentar cazarme.

Se había acabado.

Todos íbamos a estar bien, pero seguía tan confusa que no era capaz de aceptar las buenas noticias.

—Dime por qué pensabas que te tenía miedo —insistí.

—Lo siento —repitió y se disculpó una vez más. ¿Por qué pedías perdón? No tenía ni idea—. Lo lamento. No quería que fueras testigo de aquello ni que me vieras a mí de esa forma. Seguro que te asusté.

Dediqué un minuto a darle vueltas a todo aquello: a la vacilación con que se había acercado, las manos suspendidas en el aire, como si yo estuviera a punto de echar a correr si él se movía deprisa...

—¿Lo dices en serio? —pregunté al fin—. Tú... ¿qué? ¿Crees que me asustaste? —bufé. El bufido fue estupendo. Una voz no tiembla ni se quiebra cuando bufas. Sonó con una admirable brusquedad.

Tomó mi mentón entre los dedos y ladeó mi rostro para poder examinarlo a gusto.

—Bella... yo... acabo... —vaciló, pero luego hizo un esfuerzo para que le salieran las palabras— acabo de decapitar y desmembrar a una criatura a menos de veinte metros de ti. ¿Acaso no te «inquieta»?

Puso mala cara.

Encogí los hombros. El encogimiento de hombros también era algo estupendo. Muy... displicente.

—Lo cierto es que no. Sólo temía que Seth o tú resultaran heridos. Quería ayudarlos, pero no había mucho que yo pudiera hacer...

Mi voz se apagó al ver sus facciones lívidas de repente.

—Sí —dijo con tono cortado—, el truquito de la piedra... ¿Sabes lo cerca que estuve de sufrir un desmayo? No era precisamente una forma de facilitar las cosas.

Su mirada fulminante me dificultaba la respuesta.

—Quería ayudar, y Seth estaba herido...

—No lo estaba, Seth sólo fingía, Bella. Era una trampa, y entonces tú... —sacudió la cabeza, incapaz de terminar la frase—. Seth no veía lo que hacías, por lo que tuve que tomar cartas en el asunto. Ahora está un poco contrariado por no poder reclamar una victoria total.

—Seth... ¿fingía? —Edward asintió con severidad—. Vaya.

Ambos mirábamos a Seth, que nos ignoraba y contemplaba las llamas con una actitud indiferente. Rebosaba arrogancia en cada pelo de la pelambrera.

—¡Y yo qué iba a saber! —señalé, ahora a la defensiva—. No es fácil ser la única persona indefensa de por aquí. ¡Espera a que sea vampiro y verás! La próxima vez no me voy a quedar sentada para mirar desde la banca.

Una docena de sentimientos enfrentados revolotearon en su rostro antes de que mi ocurrencia le hiciera gracia.

—¿La próxima vez? ¿Prevés que va a haber otra guerra pronto?

—¿Con la suerte que yo tengo? ¿Quién sabe?

Puso los ojos en blanco, pero advertí que estaba un poco ido. Los dos nos sentíamos mareados de alivio. Aquello había acabado.

¿O no?

—Espera, ¿no dijiste algo antes... —me estremecí al recordar exactamente lo que había sucedido «antes». ¿Qué iba a decirle a Jacob? Un dolor punzante traspasaba mi corazón, dividido con cada latido. Resultaba difícil de creer, casi imposible, pero todavía no había dejado atrás la parte más dura de ese día—. ...sobre «una pequeña complicación»? Y Alice, que necesitaba fijar el itinerario para Sam. Dijiste que iba a ser cerca. ¿A qué te estabas refiriendo?

Los ojos de Edward volaron al encuentro de los de Seth. Los dos intercambiaron una mirada.

—¿Y bien? —exigí saber.

—No es nada, de veras —se apresuró a decir—, pero tenemos que ponernos en marcha...

Hizo ademán de ponerme sobre sus espaldas, pero me erguí y retrocedí.

—Define «nada».

Edward tomó mi rostro entre las manos.

—Sólo tenemos un minuto, así que no te asustes, ¿está bien? Insisto: no hay razón para tener miedo. Confía en mí esta vez, por favor.

Asentí en un intento de ocultar el terror que me había entrado de pronto. ¿Cuánto más era capaz de soportar antes de desmoronarme?

—No hay nada que temer. Ya entendí.

Frunció los labios durante unos instantes mientras decidía qué decir y luego lanzó una repentina mirada a Seth, como si éste lo hubiera llamado.

—¿Y qué hace ella? —inquirió.

El lobo profirió un aullido lleno de ansiedad y preocupación que me erizó el vello de la nuca. Reinó un silencio sepulcral durante un segundo interminable. Luego, Edward dio un grito ahogado:

—¡No...!

Una de sus manos salió volando en pos de algo invisible.

—¡No!

Un espasmo sacudió el cuerpo de Seth, que lanzó un desgarrador aullido de agonía con toda la potencia de los pulmones. Edward se arrodilló al momento y aferró la cabeza del animal con ambas manos. El dolor le crispaba el gesto.

Grité una vez, desconcertada por el pánico, y me dejé caer de rodillas junto a ellos. Como una tonta, intenté retirarle las manos de la cabeza del animal. Mis manos sudorosas resbalaron sobre su piel marmórea.

—¡Edward, Edward!

Hizo un esfuerzo manifiesto para mirarme y dejar de apretar los dientes.

—Está bien. Vamos a estar perfectamente... —se calló y se estremeció una vez más.

—¿Qué ocurre? —grité mientras Seth aullaba de angustia.

—Estamos bien. Vamos a estar perfectamente... —repitió jadeando—. Sam... ayudó...

Comprendí que no hablaba de sí mismo ni de Seth en cuanto mencionó el nombre de Sam. Ninguna fuerza invisible los atacaba. Esta vez, la crisis no estaba allí.

Estaba usando el plural propio de la manada.

Había agotado toda mi adrenalina. No me quedaba ni una gota. Se me doblaron las piernas y no me caí, porque Edward saltó para sostenerme en sus brazos antes de que me golpeara contra las piedras.

—¡Seth! —bramó Edward.

El lobo estaba agazapado, tenso por el dolor, y parecía a punto de correr al bosque.

—¡No! Ve directamente a casa ahora mismo —le ordenó—. ¡Lo más rápido posible!

Seth gimoteó y sacudió su gran cabeza de un lado para otro.

—Confía en mí, Seth.

El enorme lobo contempló los torturados ojos de Edward durante un momento eterno antes de enderezarse y hechar a correr entre los árboles del bosque, desapareciendo como un fantasma.

Edward me acunó con fuerza contra su pecho y luego avanzó

como un bólido por la espesura en sombras; siguió un camino diferente al del lobo.

—¿Qué ocurrió, Edward? ¿Qué le pasó a Sam? —me esforcé para que las palabras pasaran por mi garganta inflamada—. ¿Adónde vamos? ¿Qué es lo que ocurre?

—Debemos volver al claro —me dijo en voz baja—. Sabíamos que existía la posibilidad de que esto ocurriera. Alice lo vio por la mañana y se lo dijo a Sam para que se lo transmitiera a Seth. Los Vulturis han decidido que ha llegado la hora de intervenir.

Los Vulturis...

Eso era demasiado. Mi mente se negó a encontrarles sentido a las palabras y fingió no comprenderlas.

Pasamos dando tumbos junto a los árboles. Corríamos cuesta abajo tan deprisa que me daba la impresión de caer en picada, fuera de control.

—No te asustes. No vienen por nosotros. Se trata sólo del contingente habitual de la guardia que se encarga de limpiar esta clase de líos, o sea, no es nada de capital importancia. Simplemente están haciendo su trabajo. Parecen haber arreglado oportunamente el momento de su llegada, por supuesto, lo cual me lleva a creer que nadie en Italia habría lamentado que los neófitos hubieran reducido las dimensiones del clan Cullen —habló entre dientes con voz triste y dura—. Sabré qué piensan a ciencia cierta, en cuanto lleguen al claro.

—¿Ésa es la razón por la que regresamos? —susurré.

¿Sería yo capaz de manejar aquella situación? Imágenes de criaturas con ropajes negros se arrastraron a mi mente, poco proclive a aceptarlas, y logré echarlas, pero estaba al límite de mis fuerzas.

—Es parte del motivo, pero sobre todo, es porque va a ser más seguro presentar un frente unido. No tienen ninguna razón para hostigarnos, pero Jane está con ellos, y podría tener tentaciones, si sospecha que estamos solos en algún lugar alejado del resto. Lo más probable es que ella suponga que estoy contigo. Demetri la acompaña, por supuesto, y él es capaz de localizarme, si ella se lo pide.

No quería pensar en ese nombre. No deseaba ver en mi mente aquel rostro infantil de cegadora belleza. Un extraño sonido de ahogo se escapó de mi garganta.

—Calla, Bella, calla. Todo va a salir bien. Alice lo ha visto.

Si Alice lo había visto, ¿dónde estaban los lobos? ¿Dónde se encontraba la manada?

—¿Y qué ocurre con el grupo de Sam?

—Han tenido que huir a toda prisa. Los Vulturis no respetan los tratos con los licántropos.

Oí cómo se aceleraba mi respiración. No podía controlarla y empecé a jadear.

—Te juro que van a estar bien —me prometió Edward—. Los Vulturis no van a reconocer el olor ni van a percatarse de la intervención de los lobos. No se hallan muy familiarizados con la especie. La manada estará a salvo.

Fui incapaz de asimilar esa explicación. Mis temores habían hecho jirones mi capacidad de concentración. «Vamos a estar perfectamente», había dicho hacía un momento, pero Seth había aullado de dolor. Edward había evitado mi primera pregunta, había distraído mi atención hablando de los Vulturis…

Estaba muy cerca, rozaba la verdad con la yema de los dedos.

Cuando pasábamos cerca de ellos a la carrera, los árboles eran un borrón y fluían a nuestro alrededor como agua de color jade.

—¿Qué ocurría antes, cuando Seth se puso a aullar? —insistí. Edward vaciló—. ¡Dímelo, Edward!

—Todo ha terminado —respondió tan bajito que apenas pude oírlo por encima del viento generado por su velocidad—. Los lobos no se conformaron con su parte. Pensaron que los tenían a todos y, por supuesto, Alice no pudo verlo.

—¿Qué pasó?

—Leah localizó a un neófito escondido y fue lo bastantemente estúpida y presuntuosa como para querer demostrar algo…, y se enzarzó en una lucha en solitario.

—Leah —repetí; estaba demasiado débil para avergonzarme de la sensación de alivio que me inundó—. ¿Va a recuperarse?

—Leah no resultó herida —contestó él.

Me quedé mirándolo durante un segundo. «Sam lo ayudó», había dicho Edward, que en ese instante se había quedado con la vista fija en el cielo. Seguí la dirección de su mirada. Una nube púrpura se enganchaba a las ramas de los árboles. La visión me extrañó, pues era un día desacostumbradamente soleado. No, no era una nube. Identifiqué la textura de la densa columna de humo por su similitud a la de nuestro campamento.

—Edward, alguien está herido, ¿verdad? —pregunté con voz casi inaudible.

—Sí —susurró.

—¿Quién? —pregunté, y lo hice a pesar de conocer la respuesta, por supuesto que sí.

Claro que la sabía.

Los árboles empezaron a pasar más despacio a nuestro alrededor a medida que llegábamos a nuestro destino.

Él necesitó de un buen rato antes de contestarme.

—Jacob —dijo.

Fui capaz de asentir una vez.

—Por supuesto —susurré.

Solté el borde de la consciencia al que me había aferrado con uñas y dientes hasta ese momento.

Todo se volvió negro.

El contacto de dos manos heladas en mi piel fue lo primero de lo que volví a ser consciente. Eran más de dos manos. Unos brazos me sostenían, alguien curvó la palma de la mano para acomodarla a mi mejilla, unos dedos acariciaban mi frente, mientras que otros presionaban suavemente a la altura de la muñeca.

Luego, tuve conciencia de las voces. Al principio, era un simple zumbido, pero fueron creciendo en volumen y claridad como si alguien hubiera subido el botón de la radio.

—Lleva así cinco minutos, Carlisle.

La voz de Edward sonaba ansiosa.

—Recobrará el sentido cuando esté preparada, Edward —respondió con la calma y aplomo habituales—. Hoy ha tenido que pasar por situaciones muy difíciles. Dejemos que la mente se proteja.

Pero no tenía el pensamiento a salvo del dolor, sino atrapado por éste, ya que formaba parte de la negrura de la inconsciencia.

Me sentía desconectada del cuerpo, como si estuviera confinada en un rincón de mi mente, pero sin estar ya al frente de los mandos, y no podía hacer nada al respecto, ni pensar. El tormento era demasiado fuerte para eso. No había escapatoria posible.

Jacob...

Jacob...

No, no, no, no...

—¿Cuánto tiempo tenemos, Alice? —inquirió Edward con voz aún tensa que evidenciaba el escaso efecto de las palabras tranquilizadoras de Carlisle.

—Otros cinco minutos —la voz chispeante y alegre de Alice sonó aún más distante—. Bella abrirá los ojos dentro de treinta y siete segundos. No tengo duda alguna de que ya nos escucha.

—Bella, cielo, ¿me oyes? —ésa era la dulce y reconfortante voz de Esme—. Ya estás a salvo, cariño.

Sí, yo estaba a salvo. Pero ¿acaso eso importaba de verdad?

Noté en ese momento unos fríos labios en el oído y Edward pronunció las palabras que me permitieron escapar de lo que me encerraba en mi mente.

—Vivirá, Bella. Jacob Black se está recuperando mientras hablo. Se va a poner bien.

Hallé el camino para volver a mi cuerpo en cuanto cesaron el dolor y el pánico. Pestañeé.

—Bella.

Edward suspiró de alivio y tocó mis labios con los suyos.

—Edward —susurré.

—Sí, estoy aquí.

Hice un esfuerzo por abrir los párpados y contemplar sus pupilas doradas.

—¿Está bien Jacob?

—Sí —me dijo.

Estudié sus ojos con detenimiento en busca de algún indicio de que sólo pretendiera aplacarme, pero eran de una transparencia absoluta.

—Lo examiné yo mismo —intervino entonces Carlisle. Me volví para ver su rostro a escasa distancia. La expresión de Carlisle era seria y tranquilizadora. Era imposible dudar de él—. Su vida no corre peligro. Sana a una velocidad increíble, aunque sus heridas eran bastante graves como para haber necesitado varios días de recuperación. Haré cuanto esté en mi mano por ayudarlo en cuanto hayamos terminado aquí. Sam intenta hacerlo volver a su forma humana para que resulte más fácil tratarlo —Carlisle esbozó una leve sonrisa—. Nunca he ido a una facultad de Veterinaria.

—¿Qué le pasó? —pregunté con un hilo de voz—. ¿Qué tan graves son sus heridas?

El rostro de Carlisle volvió a ser serio.

—Había otro lobo en apuros...

—Leah —musité.

—Sí. La apartó del camino del neófito, pero no tuvo tiempo de defenderse. El converso le astilló la mitad de los huesos del cuerpo.

Me estremecí.

—Sam y Paul acudieron a tiempo. Ya estaba mucho mejor cuando lo llevaban de regreso a La Push.

—Pero ¿se va a recuperar del todo?

—Sí, Bella. No sufrirá daños permanentes.

Respiré profundamente.

—Tres minutos —dijo Alice en voz baja.

Forcejeé para ponerme en pie. Edward comprendió mi intención y me ayudó a incorporarme.

Contemplé la escena que se ofrecía delante de mí.

Los Cullen permanecían en un holgado semicírculo alrededor de una hoguera donde, aunque se veían pocas llamas, la humareda púrpura era densa, casi negra, y flotaba encima de la reluciente hierba como si fuera una enfermedad. El más cercano a aquella neblina de apariencia casi sólida era Jasper, por lo que su piel relucía al sol con menor intensidad que la del resto. Estaba de espaldas a mí, con los hombros tensos y los brazos ligeramente extendidos. Cerca de él había algo sobre lo que se agachaba con suma precaución.

Estaba muy aturdida como para sentir algo más que una leve sorpresa al comprender de qué se trataba.

En el claro había ocho vampiros.

La chica apretaba contra el cuerpo las piernas, enlazadas por los brazos, hasta convertirse en una bola junto a las llamas. Era muy joven, más que yo. Tendría unos quince años, pelo oscuro y complexión menuda. No me quitaba la vista de encima. El iris de sus ojos era de un rojo sorprendente, por lo intenso, mucho más que el de Riley, casi refulgía. Esos ojos daban vueltas, fuera de control.

Edward vio mi expresión de aturdimiento.

—Se rindió —me explicó en voz baja—. Nunca antes había visto algo parecido. Sólo a Carlisle se le ocurriría aceptar la oferta. Jasper no lo aprueba.

No fui capaz de separar la vista de la escena que se desarrollaba junto al fuego. Jasper se frotaba el antebrazo izquierdo con aire ausente.

—¿Le pasa algo a Jasper? —susurré.

—Está bien, pero el veneno le produce ardor.

—¿Lo mordieron? —pregunté, horrorizada.

—Pretendía estar en todas partes al mismo tiempo, sobre todo para asegurarse de que Alice estuviera a salvo —Edward meneó la cabeza—. Ella no necesita la ayuda de nadie.

Alice dedicó una mueca a su amado.

—Es un tonto *sobreprotector*.

De pronto, la chica joven echó hacia atrás la cabeza y aulló con estridencia.

Jasper le gruñó y ella retrocedió, pero hundió los dedos en el suelo como si fueran garras y giró la cabeza de derecha a izquierda con angustia. Jasper dio un paso hacia ella, que se acuclilló más. Edward se movió con exagerada tranquilidad mientras giraba nuestros cuerpos de tal modo que él quedara situado entre ella y yo. Me asomé por encima de su hombro para ver a la golpeada chica y a Jasper.

Carlisle apareció enseguida junto a Jasper y le puso una mano en el hombro.

—¿Cambiaste de idea, jovencita? —le preguntó Carlisle con su flema habitual—. No tenemos especial interés en acabar contigo, pero lo haremos si no eres capaz de controlarte.

—¿Cómo pueden soportarlo? —gimió la chica con voz alta y clara—. La *quiero*.

Concentró el encendido iris rojo en Edward, a quien traspasó con la mirada para llegar hasta mí. Volvió a hundir las uñas en el duro suelo.

—Debes controlarte —insistió Carlisle con severidad—. Debes ejercitar tu autocontrol. Es posible y es lo único que puede salvarte ahora.

La muchacha se aferró la cabeza con las manos, encostradas de suciedad, y se puso a gemir.

Sacudí el hombro de Edward para atraer su atención y pregunté:

—¿No deberíamos alejarnos de ella?

Al oír mi voz, la muchacha retiró los labios por encima de los dientes y adoptó una expresión atormentada.

—Tenemos que permanecer aquí —murmuró Edward—. Ellos están a punto de entrar en el claro por el lado norte.

Mi corazón se desbocó mientras examinaba la linde del claro, sin que viera otra cosa que la densa cortina de humo. Mis pupilas regresaron a la neófita después de unos segundos de búsqueda infructuosa; seguía mirándome con ojos enloquecidos.

Le sostuve la mirada durante un largo momento. Los cabellos negros cortados a la altura de la barbilla le realzaban el rostro de alabastro blanco. Era difícil definir como hermosas sus facciones, crispadas y deformadas por la rabia y la sed. Los salvajes ojos rojos eran dominantes, hasta el punto de que resultaba imposible apartar de ellos la mirada. Me contempló con despiadada obsesión. Se estremecía y se retorcía cada pocos segundos.

Me quedé observando a la muchacha, boquiabierta; me preguntaba si no estaría contemplando mi futuro en un espejo.

Entonces, Carlisle y Jasper comenzaron a retroceder hacia nuestra posición. Emmett, Rosalie y Esme convergieron a toda prisa hacia la posición que ocupábamos Edward, Alice y yo para presentar un frente unido, como había dicho Edward, conmigo en el centro, la posición más segura.

Dividí mi atención entre la neófita salvaje y la búsqueda de los monstruos, cuya llegada era inminente.

Aún no había nada que ver. Le lancé una mirada a Edward, cuyos ojos se clavaban en el horizonte sin pestañear. Intenté seguir la dirección de sus pupilas, pero no hallé más que el denso humo de olor aceitoso que serpenteaba sin prisa a poca altura y se alzaba con pereza para ondular encima de la hierba.

La humareda se extendió por la parte delantera y se oscureció en el centro. Entonces, una voz apagada surgió del interior.

—Ajá.

Reconocí esa nota de apatía de inmediato.

—Bienvenida, Jane —saludó Edward con un tono distante, pero cortés.

Las siluetas oscuras se acercaron. Los contornos se hicieron más nítidos al salir de la humareda. Sabía que Jane iba al frente, gracias a la capa oscura, casi negra, y a que era la figura de menor talla, casi sesenta centímetros, aunque apenas podía distinguir sus rasgos angelicales bajo la sombra de la capucha.

También me resultaban familiares las cuatro enormes figuras envueltas en atavíos grises que marchaban detrás de ella. Estaba segura de conocer a la que avanzaba en primer lugar. Felix alzó los ojos mientras yo intentaba confirmar mi sospecha. Echó hacia atrás la capucha levemente para que pudiera ver cómo me sonreía y me guiñaba el ojo. Edward, inmóvil por completo, me mantenía a su lado y agarraba mi mano con fuerza.

La mirada de Jane recorrió poco a poco los luminosos rostros de los Cullen antes de caer sobre la neófita, que seguía junto al fuego con la cabeza entre las manos.

—No lo comprendo —la voz de Jane aún sonaba aburrida, pero no parecía tan desinteresada como antes.

—Se rindió —le explicó Edward para deshacer la posible confusión de la vampiro, cuyos ojos volaron con rapidez a las facciones de Edward.

—¿Rendido?

Felix y otra de las sombras intercambiaron una fugaz mirada. Edward se encogió de hombros.

—Carlisle le dio esa opción.

—No hay opciones para quienes quebrantan las reglas —zanjó ella, tajante.

Carlisle habló entonces con voz suave.

—Está en tus manos. No vi necesario aniquilarla en cuanto se mostró voluntariamente dispuesta a dejar de atacarnos. Nadie le ha enseñado las reglas.

—Eso es irrelevante —insistió Jane.

—Como desees.

Jane clavó sus ojos en Carlisle con consternación. Sacudió la cabeza de forma imperceptible y luego recompuso las facciones.

—Aro deseaba que llegáramos tan al oeste para verte, Carlisle. Te envía saludos.

El aludido asintió.

—Les agradecería que le transmitieran a él los míos.

—Por supuesto —Jane sonrió. Su rostro era aún más adorable cuando se animaba. Volvió la vista atrás, hacia el humo—. Parece que hoy hicieron su trabajo... —su mirada pasó a la cautiva—. Bueno, casi todo. Sólo por curiosidad profesional, ¿cuántos eran? Ocasionaron una buena oleada de destrucción en Seattle.

—Dieciocho, contándola a ella —contestó Carlisle.

Jane abrió aún más los ojos y contempló las llamas nuevamente; parecía evaluar el tamaño de la hoguera. Felix y la otra sombra intercambiaron una mirada más prolongada.

—¿Dieciocho? —repitió. La voz sonó insegura esta vez.

—Todos recién convertidos —explicó Carlisle con desdén—. Ninguno estaba cualificado.

—¿Ninguno? —la voz de Jane se endureció—. Entonces, ¿quién los creó?

—Se llamaba Victoria —respondió Edward, sin rastro de emoción en la voz.

—¿Se *llamaba?*

Edward ladeó la cabeza hacia la zona este del bosque. La mirada de Jane se concentró enseguida en la lejanía, quizás en la otra columna de humo, pero no aparté la vista para verificarlo.

Jane se quedó observando ese lugar durante un buen rato y, luego, examinó la hoguera cercana una vez más.

—La tal Victoria... ¿Se cuenta aparte de estos dieciocho?

—Sí. Iba en compañía de otro vampiro, que no era tan joven como éstos, pero no tendría más de un año.

—Veinte —musitó Jane—. ¿Quién acabó con la creadora?

—Yo —contestó Edward.

Jane entrecerró los ojos y miró a la neófita próxima a las llamas.

—Eh, tú —ordenó con voz más severa que antes—, ¿cómo te llamas?

La joven le lanzó una mirada torva a Jane al tiempo que fruncía con fuerza los labios.

Jane le devolvió una sonrisa angelical.

La neófita reaccionó con un aullido ensordecedor. Su cuerpo se arqueó con rigidez hasta quedar en una postura antinatural y forzada. Desvié la mirada y sentí la urgencia de taparme las oídos. Apreté los dientes con la esperanza de contener las náuseas. El chillido se intensificó. Intenté concentrarme en el rostro de Edward, tranquilo e indiferente, pero eso me hizo recordar que él mismo había sido sometido a la mirada atormentadora de Jane, y me puse muy mal. Miré a Alice, y a Esme, que estaba a su lado, pero tenían un rostro tan carente de expresión como el de Edward.

Al final, ella se calló.

—¿Cómo te llamas? —exigió Jane. Su voz no tenía la menor entonación.

—Bree —respondió ella entrecortadamente.

Jane esbozó una sonrisa y la chica volvió a gritar. Contuve el aliento hasta que cesó el grito de dolor.

—Ella va a contarte todo lo que quieras saber —le dijo Edward entre dientes—. No es necesario que hagas eso.

Jane alzó los ojos chispeantes, a pesar de que solían ser inexpresivos.

—Ya lo sé —le contestó a Edward, a quien sonrió antes de volverse hacia la joven neófita, Bree.

—¿Es cierto eso, Bree? —dijo Jane, otra vez con gran frialdad—. ¿Eran veinte?

La muchacha yacía jadeando con el rostro apoyado sobre el suelo. Se apresuró a responder.

—Diecinueve o veinte, quizá más, ¡no lo sé! —se encogió, aterrada de que su ignorancia le acarreara otra nueva sesión de tortura—. Sara y otra cuyo nombre no conozco se enzarzaron en una pelea durante el camino...

—Y esa tal Victoria... ¿Fue ella quien los creó?

—Y yo qué sé —se estremeció de nuevo—. Riley nunca nos dijo su nombre y esa noche no vi nada... Estaba oscuro y dolía —Bree tembló—. Él no quería que pensáramos en ella. Nos dijo que nuestros pensamientos no eran seguros.

Jane se volvió para mirar a Edward y luego concentró su interés en Bree.

Victoria lo había planeado bien. Si no hubiera seguido a Edward, no habría habido forma de saber con certeza que estaba involucrada...

—Háblame de Riley —continuó Jane—. ¿Por qué los trajo a este lugar?

—Nos dijo que debíamos destruir a los raros esos de ojos amarillos —contestó Bree de buen grado—. Según él, iba a ser muy fácil. Nos explicó que la ciudad era suya y que los de los ojos amarillos iban a venir por nosotros. Toda la sangre sería para nosotros en cuanto desaparecieran. Nos dio su olor —Bree alzó una mano y apuntó su dedo en dirección a mí—. Dijo que identificaríamos al aquelarre gracias a ella, que estaría con ellos. Prometió que ella sería para el primero que la tomara.

A mi lado sonó el chasquido de mandíbulas de Edward.

—Parece que Riley se equivocó en lo relativo a la facilidad —observó Jane.

Bree asintió. Parecía aliviada de que la conversación discurriera sin más dolor.

—No sé qué ocurrió. Nos dividimos, pero los otros no volvieron. Riley nos abandonó, y no volvió para ayudarnos como había prometido. Luego, la pelea fue muy confusa y todos acabaron hechos pedazos —se volvió a estremecer—. Tenía miedo y quería salir corriendo. Ése de ahí —continuó mientras miraba a Carlisle— dijo que no me haría daño si dejaba de luchar.

—Ajá, pero no estaba en sus manos ofrecer tal cosa, jovencita —murmuró Jane con voz extrañamente gentil—. Quebrantar las reglas tiene consecuencias.

Bree la miró fijamente sin comprender.

Jane contempló a Carlisle.

—¿Están seguros de haber acabado con todos? ¿Dónde están los otros?

El rostro de Carlisle denotaba una gran seguridad cuando asintió.

—También nosotros nos dividimos.

Jane esbozó una media sonrisa.

—No voy a ocultar que estoy impresionada —las grandes sombras situadas a su espalda asintieron para demostrar que estaban de acuerdo con ella—. Jamás había visto a un aquelarre escapar sin bajas de un ataque de semejante magnitud. ¿Saben qué hay detrás de todo? Parece un comportamiento muy extremo, máxime si consideramos el modo como viven aquí. ¿Por qué la muchacha es la clave?

Sin querer, sus ojos descansaron en mí durante unos segundos. Tuve un escalofrío.

—Victoria le guardaba rencor a Bella —le explicó Edward, imperturbable.

Jane se carcajeó. El sonido era áureo, como la burbujeante risa de una niña feliz.

—*Esto* parece provocar las reacciones más fuertes y desmedidas de nuestra especie —apuntó mientras me miraba directamente con una sonrisa en su angelical rostro.

Edward se enderezó. Lo miré en el momento que giraba hacia Jane.

—¿Tendrías la bondad de no hacer eso? —le pidió con una voz muy tensa.

Jane rió con indulgencia.

—Sólo era una prueba. Al parecer, no sufre daño alguno.

Tuve otro temblor y agradecí que mi organismo no hubiera corregido el fallo técnico que me había protegido de Jane la última vez que nos vimos. Edward me aferró con más fuerza.

—Bueno, parece que no nos queda mucho por hacer. ¡Qué raro! —dijo Jane mientras la apatía se filtraba otra vez en su voz—. No estamos acostumbrados a desplazarnos sin necesidad. Ha sido un fastidio perdernos la pelea. Da la impresión de que habría sido un espectáculo entretenido.

—Sí —saltó Edward con acritud—, y eso que estaban muy cerca. Es una verdadera lástima que no llegaran media hora antes. Quizás entonces podrían haber realizado su trabajo completo.

La firme mirada de Jane se encontró con la de Edward.

—Sí. Qué pena que las cosas hayan salido así, ¿verdad?

Edward asintió para sí mismo, con sus sospechas confirmadas.

Jane se giró para contemplar a la neófita una vez más. Su rostro era de una apatía absoluta.

—¿Felix? —llamó arrastrando las palabras.

—Espera —intervino Edward.

Jane enarcó una ceja, pero Edward miraba a Carlisle mientras hablaba a toda prisa.

—Podemos explicarle las reglas a la joven. Parece dispuesta

a aprenderlas. No sabía lo que hacía —respondió Carlisle—. Estamos preparados para responsabilizarnos de Bree.

La vampiro se encontró dividida entre la incredulidad y la diversión.

—No hacemos excepciones ni damos segundas oportunidades —repuso—. Es malo para nuestra reputación, lo cual me recuerda... —de pronto, volvió a mirarme y su rostro de querubín se llenó de hoyuelos al sonreír—. Cayo estará muy interesado en saber que sigues siendo humana, Bella. Quizá decida hacerte una visita.

—Ya se fijó la fecha —le dijo Alice, al hablar por vez primera—. Quizá vayamos a visitarlos dentro de unos pocos meses.

La sonrisa de Jane se desvaneció y se encogió de hombros con indeferencia, sin mirar a Alice. Se encaró con Carlisle:

—Ha sido bueno conocerte, Carlisle... Siempre creí que Aro exageraba. Bueno, hasta la próxima...

Carlisle asintió con expresión apenada.

—Encárgate de eso, Felix —ordenó Jane al tiempo que señalaba a Bree con la cabeza. Su voz sonaba cada vez más aburrida—. Quiero volver a casa.

—No mires —me susurró Edward al oído.

Era la única orden que tenía ganas de obedecer. Había visto más que de sobra para un solo día, y para toda una vida. Apreté los párpados con fuerza y giré el rostro hacia el pecho de Edward, pero...

...todavía oía.

Resonó un gruñido hondo y sordo, y luego, un aullido agudísimo que me empezaba a resultar horriblemente familiar. El grito se apagó enseguida, y luego sólo se oyeron los escalofriantes sonidos del aplastamiento y la desmembración.

Edward me acarició los hombros con ansiedad.

—Vamos —conminó Jane.

Alcé los ojos y pude ver cómo las espaldas cubiertas por los grandes ropones grises se dirigían hacia los zarcillos de humo. El olor a incienso volvió a ser intenso...

...reciente.

Las sombrías vestiduras se desvanecieron en la espesa humareda.

Ética

Mil productos diferentes abarrotaban la estantería del cuarto de baño de Alice, todos ellos con la pretensión de embellecer la piel de una persona. Supuse que había adquirido la mayoría como deferencia a mí, ya que en aquella casa todos tenían una piel perfecta. Leí las etiquetas con asombro, hecha polvo ante semejante desperdicio.

Tuve la precaución de no mirar al gran espejo.

Alice me peinaba el pelo con movimientos lentos y rítmicos.

—Ya basta, Alice —le insté en tono apagado—. Quiero volver a La Push.

¿Cuántas horas tendría que esperar a que Charlie abandonara la casa de Billy para poder ver a Jacob? Cada minuto que había pasado sin saber si Jake seguía respirando o no; me había pesado como diez vidas completas. Y ahora, cuando por fin podía ir para verificar su estado por mí misma, el tiempo se me pasaba tan rápido... Sentí como si estuviera conteniendo el aliento antes de que Alice llamara a Edward para insistir en que debía mantener esa ridícula farsa de que había dormido fuera de casa. Parecía algo tan insignificante...

—Jacob continúa inconsciente —contestó Alice—. Carlisle o Edward te llamarán en cuanto despierte. De cualquier modo, debes ir a ver a tu padre. Estaba en casa de Billy. Ha visto que Carlisle y Edward han regresado de la excursión y va a recelar cuando llegues a casa.

Ya tenía mi historia memorizada y contrastada.

—No me preocupa. Quiero estar allí cuando Jacob despierte.

—Sé que has tenido un día muy largo, y lo siento, pero ahora has de pensar en Charlie. Debe seguir en la ignorancia para estar a salvo; es más importante que nunca. Sé que aún no has empezado a enfrentarte a ello, pero eso no quiere decir que puedas rehuir tus responsabilidades. Interpreta tu papel primero, Bella, y después podrás hacer lo que quieras. Parte de ser un Cullen consiste en mostrarse meticulosamente responsable.

Era evidente que ella estaba en lo cierto, y si no fuera por esa misma razón, más poderosa que todo mi miedo, mi dolor y mi culpabilidad, Carlisle jamás habría sido capaz de instarme a abandonar a Jacob, estuviera inconsciente o no.

—Vete a casa —me ordenó Alice—. Habla con Charlie. Dale vida a tu coartada. Mantenlo a salvo.

Me puse de pie, y la sangre se me bajó de golpe hasta los pies y me pinchó como las puntas de miles de agujas. Había estado allí sentada durante demasiado tiempo.

—Ese vestido te queda precioso —me aduló Alice.

—¿Eh? Ah. Esto… Gracias otra vez por la ropa —murmuré, más por cortesía que por gratitud real.

—Vas a necesitar una prueba —repuso Alice, con sus ojos abiertos de forma inocente—. ¿Qué es una excursión de compras sin un conjunto nuevo? Es muy favorecedor, aunque esté mal que yo lo diga.

Parpadeé, incapaz de recordar qué ropa me había puesto Alice. No podía controlar mis pensamientos ni evitar que se dispersaran cada pocos minutos, como insectos que huyen de la luz…

—Jacob se encuentra bien, Bella —comentó Alice, que intuía con facilidad mi preocupación—. No hay prisa. Si piensas en la cantidad de morfina adicional que ha tenido que inyectarle Carlisle y al ver lo rápido que la quema con esa temperatura que tiene, ya te puedes hacer idea de que va a estar fuera de combate durante un rato.

Al menos no sentía dolor alguno; todavía no.

—¿Hay algo de lo que quieras hablar antes de irte? —me preguntó Alice con simpatía—. Debes de estar más que traumatizada.

La vi venir e intuí qué atizaba su curiosidad, pero yo tenía otras preguntas.

—¿Seré como ella? —quise saber—. ¿Me pareceré a Bree, la neófita del claro?

Necesitaba reflexionar acerca de muchas cosas, pero no lograba olvidar a la neófita cuya vida había acabado de forma tan abrupta. Su rostro, crispado por el deseo de sangre, persistía detrás de mis párpados.

Alice me acarició el brazo.

—Cada uno es distinto, pero guardará cierto parecido —permanecí quieta mientras intentaba imaginarlo—. Se pasa —me prometió.

—¿Cuánto tiempo necesitaré para superarlo?

Ella se encogió de hombros.

—Unos cuantos años, quizá menos. Podría ser diferente en tu caso. No he visto a nadie que lo haya pasado al haberlo escogido de modo voluntario. Podría ser interesante observar cómo te afecta a ti.

—Interesante —repetí.

—Procuraremos apartarte de los problemas.

—Ya lo sé. Confío en ti —mi voz era mortecina.

Alice arrugó la frente.

—Si te preocupan Carlisle o Edward, te aseguro que ellos estarán bien. Creo que Sam ha empezado a confiar en nosotros...

Bueno, al menos en Carlisle. Eso es estupendo, por supuesto. Imagino que la escena se puso algo tensa cuando Carlisle tuvo que arreglar las fracturas.

—Por favor, Alice.

—Lo siento.

Inhalé profundamente para tranquilizarme. Jacob había comenzado a curarse demasiado rápido y algunos de sus huesos se habían unido mal. Él se lo había tomado bastante bien, pero todavía me resultaba difícil pensar en ello.

—Alice, ¿puedo preguntarte una cosa sobre el futuro?

Ella adoptó de repente una actitud cautelosa.

—Ya sabes que no lo veo todo.

—No es eso... Verás, algunas veces tú sí que ves mi futuro. ¿Por qué crees que no surten efecto en mí los poderes de Edward, Jane o Aro?

Mi frase se desvaneció junto con mi nivel de interés. Mi curiosidad en este asunto se debilitaba, superada por completo por otras emociones más apremiantes. Alice, sin embargo, encontró la cuestión muy interesante.

—En el caso de Jasper, su don actúa sobre tu cuerpo igual que sobre el de los demás. Ésa es la diferencia, ¿lo ves? La habilidad de Jasper afecta de un modo físico. Realmente, te calma o te enerva, no es una ilusión. Y yo tengo visiones de los resultados de las cosas, pero no de las razones y los pensamientos que las provocan. Están fuera de la mente, no son una ilusión, tampoco; es la realidad o, al menos, una versión de ella. Pero tanto Jane, como Edward, como Aro o Demetri, todos ellos trabajan dentro de la mente. Jane sólo crea una ilusión de dolor. En realidad, no le hace daño a tu cuerpo, es sólo que tú lo crees así. ¿Lo ves, Bella? Estás a salvo dentro de tu mente, nadie puede llegar hasta allí. No resulta nada raro que Aro sienta tanta curiosidad por tus habilidades futuras.

Observó mi rostro para ver si seguía su argumento lógico. Para ser sincera, me daba la sensación de que sus palabras habían empezado a atropellarse, y las sílabas y los sonidos habían perdido su significado. No podía concentrarme en ellas. Aun así, asentí. Intenté hacer como si lo hubiera comprendido.

Ella no se dejó engañar. Me acarició la mejilla y murmuró:

—Todo va a salir bien, Bella. No necesito una visión para saber eso. ¿Estás preparada para irte ya?

—Una cosa más: ¿puedo hacerte otra pregunta sobre el futuro? No quiero nada concreto, sólo un punto de vista general.

—Lo haré lo mejor que pueda —me dijo, vacilante de nuevo.

—¿Todavía me ves convirtiéndome en vampira?

—Ah, eso es fácil. Claro que sí.

Asentí con lentitud.

Examinó mi rostro; sus ojos eran insondables.

—¿No estás segura de tu propia decisión, Bella?

—Sí. Simplemente quería saber si tú lo estabas.

—Yo estoy segura en la medida en que tú lo estés. Ya lo sabes: si tú cambias de opinión, cambiará lo que yo veo… o desaparecerá, en tu caso.

Suspiré.

—Pero eso no va a ocurrir.

Me abrazó.

—Lo siento. No puedo ponerme en tu lugar. Mi primer recuerdo es el de ver el rostro de Jasper en mi futuro; siempre supe que él era el lugar hacia donde mi vida se dirigía, pero sí puedo intentar comprenderte. Siento muchísimo que tengas que elegir entre dos opciones igual de buenas.

Me sacudí sus brazos de encima.

—No te apenes por mí —había gente que merecía compasión,

pero yo no era una de ellas. Y no había ninguna elección que tomar, lo único que tenía que hacer era romperle a alguien el corazón—. Será mejor que me vaya a ver a Charlie.

Conduje el auto en dirección a casa, donde mi padre me esperaba con un aspecto tan suspicaz como había augurado Alice.

—Hola, Bella. ¿Qué tal ha ido esa excursión de compras? —me saludó cuando entré en la cocina. Tenía los brazos cruzados sobre el pecho y los ojos fijos en mi rostro.

—Muy larga —contesté con aspecto aburrido—. Acabamos de regresar.

Charlie comprobó cuál era mi estado de ánimo.

—Supongo que ya te has enterado de lo de Jake...

—Sí. Los otros Cullen nos dieron la mala noticia. Esme nos dijo dónde estaban Carlisle y Edward.

—¿Te encuentras bien?

—Estoy preocupada por Jake. Quiero ir a La Push en cuanto haga la cena.

—Ya te advertí que esas motocicletas eran peligrosas. Espero que esto te haga comprender que no bromeaba con ese tema.

Asentí mientras empezaba a sacar cosas del refrigerador. Charlie se instaló en la mesa. Parecía más parlanchín de lo habitual.

—No creo que debas preocuparte mucho por Jake. Alguien que puede soltar esa cantidad de palabrotas con tanta energía seguro que se recupera.

—¿Estaba despierto cuando lo viste? —le pregunté y me volteé para mirarlo.

—Oh, sí, y mucho. Tendrías que haberlo escuchado..., bueno, en realidad, mejor que no. Me da la sensación de que lo ha oído todo el mundo en La Push. No sé de dónde sacó semejante vocabulario, pero espero que no lo haya empleado en tu presencia.

—Pero hoy su excusa es estupenda. ¿Cómo se veía?

—Descompuesto. Lo trajeron sus amigos. Menos mal que son chicos fuertes, porque pesa como un armario. Carlisle le dijo que tenía la pierna derecha rota, y también el brazo derecho. Parece ser que se aplastó un costado del cuerpo al caerse de esa maldita moto —Charlie sacudió la cabeza—. Como me entere yo de que has vuelto a montar en moto, Bella...

—No hay problema, papá, no lo haré. Entonces, ¿crees que Jake está bien?

—Seguro, Bella, no te preocupes. Estaba lo suficientemente consciente como para meterse conmigo.

—¿Meterse contigo? —repetí sobresaltada.

—Así es... entre un insulto a la madre de alguien y que estuvo nombrando a Dios en vano, dijo: «Apuesto a que hoy estás contento de que ella quiera a Cullen en vez de a mí, ¿a que sí, Charlie?».

Me volví hacia el refrigerador para impedir que viera mi rostro.

—Y no puedo discutir eso. Edward es mucho más maduro que Jacob en lo que respecta a tu seguridad; eso tengo que concedérselo.

—Jacob es muy maduro —susurré a la defensiva—. Estoy segura de que no ha sido culpa suya.

—Vaya día más extraño el de hoy —reflexionó mi padre al cabo de un minuto—. Ya sabes, no presto muchos oídos a todas esas supersticiones, pero pasaba algo raro... Era como si Billy supiera que le iba a ocurrir algo malo a Jake. Toda la mañana estuvo nervioso como un pavo en Nochebuena. No creo que haya escuchado ni una palabra de lo que le dije.

»Y después, más sorprendente todavía, ¿te acuerdas cuando en febrero y marzo tuvimos todos aquellos problemas con los lobos?

Me incliné para sacar una sartén del mueble de la cocina y conseguir de ese modo un par de segundos de ventaja.

—Sí —mascullé.

—Pues espero que no volvamos a tener dificultades con eso. Esta mañana, cuando estábamos a bordo del barco, y Billy ni me prestaba atención a mí ni a la pesca, de repente, se escucharon aullidos de lobo en los bosques, más de uno y sonaban bien fuerte, como si estuvieran junto al pueblo. Lo más raro de todo es que Billy le dio la vuelta al barco y se dirigió derechito al puerto, como si estuvieran llamándolo. Ni me escuchó siquiera cuando le pregunté qué estaba haciendo.

»Los sonidos cesaron apenas llegamos, pero Billy estaba necio con lo de no perderse el partido, aunque todavía quedaban horas... Murmuraba algo sin sentido de un programa previo... ¿Cómo iban a adelantar un partido en vivo? Ya te digo, Bella, es de lo más extraño.

»Bueno, pues cuando llegamos tenían puesto otro partido que, según dijo, deseaba ver... pero poco después pareció perder el interés y se pasó todo el tiempo colgado del teléfono; llamaba a Sue, a Emily y al abuelo de tu amigo Quil. Y no es que se interesara por algo en concreto, se limitó a mantener con ellos una charla de lo más banal.

»Y otra vez comenzaron los aullidos justo fuera de la casa. No había oído en mi vida nada igual... Se me puso la carne de gallina. Le pregunté a Billy, y tuve que gritarle por encima de todo ese ruido, si había puesto trampas en el patio, porque parecía como si el animal sufriera mucho.

Hice un gesto de dolor, pero Charlie estaba tan metido en su historia que no se dio cuenta.

—Y claro, a mí se me había olvidado todo esto hasta ahora mismo, porque en ese momento fue cuando llegó Jake. Un minuto antes, los aullidos te ensordecían, hasta el punto de no poder oír ninguna otra cosa y, de pronto, sólo se oían las maldiciones de Jake. Menudo par de pulmones tiene ese chico —Charlie enmudeció un momento con gesto pensativo—. Lo divertido del asunto es que, después de todo, es posible que salga algo positivo de este jaleo. No creí que alguna vez superarían ese absurdo prejuicio que tienen contra los Cullen, pero a alguien se le ocurrió llamar a Carlisle, y Billy se mostró muy agradecido cuando apareció. Pensé que habría que llevar a Jake al hospital, pero Billy prefería tenerlo en casa y Carlisle estuvo de acuerdo. Supongo que él sabe lo que es mejor. Muy generoso de su parte ofrecerse para hacer visitas domiciliarias a un sitio tan lejano.

»Y Edward estuvo realmente encantador... —efectuó una pausa, como si no le apeteciera decir algo. Suspiró y después continuó—. Parecía tan preocupado por Jake como tú... Como si fuera uno de sus hermanos el que estuviera allí tirado. Tenía una mirada... —Charlie sacudió la cabeza—. Es un chico decente, Bella. Intentaré recordarlo, aunque, de todos modos, no te prometo nada —me sonrió.

—No te lo recordaré —susurré.

Charlie estiró las piernas y gruñó.

—Es estupendo volver al hogar. No te puedes hacer idea de lo atestada de gente que se puso la casita de Billy. Se presentaron allí los siete amigos de Jake, todos comprimidos en esa pequeña habitación de la entrada... Apenas se podía respirar. ¿Te has fijado alguna vez en lo grandes que son todos esos chicos quileute?

—Sí, claro.

Charlie me miró; de pronto, parecía más interesado.

—La verdad, Bella, es que Carlisle aseguró que Jake estará en pie y dando vueltas por ahí en poco tiempo. También dijo que parecía peor de lo que era en realidad. Va a ponerse bien.

Me limité a asentir.

Visité a Jacob tan pronto como Charlie se marchó. Tenía un aspecto de extraña indefensión. Había cabestrillos por todas partes, ya que Carlisle juzgaba innecesario enyesarlo ante la rapidez con la que se recuperaba. Tenía el rostro pálido y demacrado, profundamente inconsciente como estaba en ese momento, frágil. A pesar de lo grande que era, me pareció muy frágil. Quizá había sido producto de mi imaginación, al sumarle la idea de que tenía que romper con él.

Ojalá me cayera un rayo y me partiera en dos, y si fuera posible, de forma dolorosa. Por primera vez, el dejar de ser humana se me presentaba como un verdadero sacrificio, como si fuera excesivo lo que iba a perder.

Deposité el plato junto al codo de mi padre y, tras servirle la cena, me dirigí hacia la puerta.

—Esto… Bella, ¿puedes esperar un segundo?

—¿Se me ha olvidado algo? —pregunté mirando su plato.

—No, no. Es sólo que quería pedirte un favor —Charlie frunció el ceño y miró al suelo—. Siéntate, aunque no me llevará mucho.

Me acomodé a su lado, un poco confundida, y traté de concentrarme.

—¿Qué es lo que necesitas, papá?

—Pues, esta es la cuestión, Bella… —Charlie enrojeció—. Quizás es que hoy me siento un poco supersticioso después de haber andado por ahí con Billy, con lo raro que estaba…, pero tengo un presentimiento. Es como si… fuera a perderte pronto.

—No seas tonto, papá —musité con cierta culpabilidad—. Tú quieres que continúe los estudios, ¿no?

—Sólo prométeme una cosa.

Me mostré vacilante, preparada para echarme atrás.

—Bueno...

—¿Me avisarás antes de tomar alguna decisión definitiva? ¿Antes de que te escapes con él o algo así?

—Papá... —me lamenté.

—Hablo en serio. No te montaré un número, pero avísame con alguna antelación. Dame la oportunidad de abrazarte y decirte adiós.

Me acobardé, pero levanté la mano.

—Esto es una tontería, pero te lo prometo, si te hace feliz.

—Gracias, Bella —me dijo—. Te quiero, chiquilla.

—Yo también te quiero, papá —le toqué el hombro y después me retiré de la mesa—. Si necesitas algo, voy a estar en casa de Billy.

No miré atrás cuando corrí hacia fuera. Esto era perfecto, justo lo que necesitaba en esos momentos. Refunfuñé para mis adentros todo el camino hasta La Push.

El Mercedes negro de Carlisle no estaba aparcado frente a la casa de Billy. Eso era bueno y malo. Obviamente, necesitaba hablar con Jacob a solas, pero al mismo tiempo me habría gustado poder aferrarme a la mano de Edward, como había hecho antes, mientras Jacob estaba inconsciente, algo imposible. De todos modos, echaba de menos a Edward, y la tarde a solas con Alice se me había hecho muy larga. Supongo que eso hacía que mi respuesta resultara evidente. Ya tenía claro que no podía vivir sin Edward, pero ese hecho no haría que lo que me esperaba fuera menos doloroso.

Llamé a la puerta principal con suavidad.

—Entra, Bella —contestó Billy. El rugido de mi auto era fácil de reconocer.

Entré.

—Hola, Billy. ¿Está despierto? —le pregunté.

—Recuperó el sentido hace una media hora, justo antes de que se fuera el doctor. Entra. Creo que está esperándote.

Me estremecí y después inhalé profundamente.

—Gracias.

Dudé ante la puerta de la habitación de Jacob, ya que no estaba segura de si debía llamar. Decidí echar primero un ojo y deseé cobardemente, que se hubiera vuelto a dormir. Me sentía como si nada más me quedaran unos cuantos minutos a mi disposición.

Abrí un resquicio la puerta y me apoyé en ella, vacilante.

Jacob me esperaba con el rostro tranquilo y sereno. Ya no tenía ese aspecto ojeroso y demacrado, y en su lugar sólo mostraba una cierta palidez. No había el menor asomo de alegría en sus ojos sombríos.

Se me hacía duro mirarlo a la cara al saber que lo amaba. Era algo que cambiaba mucho las cosas, más de lo que yo pensaba. Me pregunté si también había sido así de duro para él todo el tiempo.

Por suerte, alguien le había cubierto con una colcha. Era un alivio no tener que contemplar la extensión de los daños.

Entré y cerré la puerta poco a poco a mis espaldas.

—Hola, Jake —murmuré.

No me contestó al principio. Me miró a la cara durante un buen rato. Entonces, hizo un pequeño esfuerzo para transformar su expresión en una sonrisa ligera y burlona.

—Sí, había pensado que pasaría algo así —suspiró—. Hoy las cosas han empeorado. Primero, me equivoco de sitio y me pierdo la mejor parte de la lucha. Finalmente, Seth se lleva toda la gloria. Luego, Leah se hace la idiota para demostrar que es tan dura como todos los demás y yo tengo que ser el imbécil que la salve. Y ahora esto —sacudió su mano izquierda hacia mí, que seguía al lado de la puerta, aún indecisa.

—¿Qué tal te sientes? —cuchicheé. Vaya pregunta estúpida.

—Un poquito mareado. El doctor Colmillos no estaba seguro de la dosis de sedante que iba a necesitar y ha seguido el método del ensayo y el error. Creo que se le ha ido la mano.

—Pero no te duele.

—No. Al menos no siento las heridas.

Sonrió, de forma burlona otra vez.

Me mordí el labio. En la vida iba a ser capaz de pasar por esto. ¿Por qué ahora que quería morirme nadie venía a matarme ni a intentarlo siquiera?

La ironía abandonó su rostro y sus ojos se llenaron de calidez. Arrugó la frente, como si estuviera preocupado.

—¿Y qué tal estás tú? —me preguntó, y sonó en verdad interesado—. ¿Te encuentras bien?

—¡¿Yo?! —lo miré fijamente. Quizás era verdad que le habían administrado demasiadas drogas—. ¿Por qué?

—Bueno, suponía, o más bien tenía bastante claro que, en realidad, no te iba a hacer daño, pero no estaba muy seguro de si pasarías un mal trago. Me he estado volviendo loco de preocupación por ti desde que me desperté. No sabía siquiera si te dejaría o no visitarme. Era una incertidumbre terrible. ¿Qué tal fue? ¿Se ha portado mal contigo? Lo siento si ha ido muy mal. No quería que tuvieras que pasar por todo esto tú sola. Estaba pensando que si hubiera estado allí...

Me llevó un minuto entender adónde pretendía ir a parar. Continuó parloteando, y parecía cada vez más incómodo, hasta que me di cuenta de lo que estaba diciendo. Entonces, me apresuré a corregirlo.

—¡No, no, Jake! Estoy bien; en realidad, más que bien. Claro que no se portó mal. ¡Ya me habría gustado!

Sus ojos se dilataron en lo que parecía algo cercano al horror.

—¿Qué?

—Ni siquiera se enfadó conmigo, ¡ni contigo! Es tan poco egoísta que, incluso, me hizo sentir peor. Habría deseado que me gritara o algo así. Y no es que no me lo mereciera. En fin, que fue mucho peor que si me hubiera gritado, pero a él no le importa. Sólo quiere que yo sea feliz.

—¿Y no se ha vuelto loco? —me preguntó Jacob, incrédulo.

—No. Es... demasiado bueno.

Jacob me miró con fijeza durante otro minuto y entonces, de repente, torció el gesto.

—¡Bueno, maldita sea! —gruñó.

—¿Qué es lo que va mal, Jake? ¿Te duele algo? —mis manos se movieron de un lado a otro inútilmente, mientras buscaba su medicación.

—No —refunfuñó en tono disgustado—. ¡Es que no me lo puedo creer! ¿No te dio un ultimátum ni nada parecido?

—Nada de nada..., pero ¿qué es lo que te pasa?

Frunció el ceño y sacudió la cabeza.

—Contaba con otra clase de reacción. Maldición... Es mejor de lo que pensaba.

La forma como lo dijo, aunque sonara más enfadado, me recordó al modo como Edward había hablado sobre la falta de ética de Jacob, aquella misma mañana, en la tienda. Lo que significaba que Jake conservaba la esperanza, seguía luchando. Me estremecí cuando esa certeza se me clavó en lo más hondo.

—No está jugando a ningún juego, Jake —repuse con calma.

—Apuesto a que sí. Juega cada punto tan duro como yo, sólo que él sabe lo que se trae entre manos, y yo no. No me culpes por ser peor manipulador que él. No he tenido tanto tiempo para aprenderme todas las triquiñuelas.

—¡Él no me está manipulando!

—¡Sí que lo hace! ¿Cuándo vas a abrir los ojos y te vas a dar cuenta de que no es tan perfecto como crees?

—Al menos, no me amenazó con hacerse matar para conseguir que lo besara —le contesté con brusquedad. Tan pronto como se me escaparon las palabras, enrojecí disgustada—. Espera. Haz como si no hubiera dicho nada. Me juré que no iba a mencionar ese tema.

Él inspiró con fuerza. Cuando habló, sonaba más tranquilo.

—¿Por qué no?

—Porque no he venido aquí para culparte de nada.

—Sin embargo, es verdad —comentó con indiferencia—. Eso fue lo que hice.

—No te preocupes, Jake. No me enojé.

Sonrió.

—En realidad, no me preocupa. Ya sabía que me perdonarías y estoy contento de haberlo hecho. Y lo haría otra vez. Al menos me quedará eso. Y al menos he conseguido que te des cuenta de que me amas. Eso ya tiene su importancia.

—¿Ah, sí? ¿Es mejor que si yo aún no lo supiera?

—¿No crees que deberías conocer tus sentimientos antes de que te sorprendan algún día, cuando sea demasiado tarde y te hayas convertido en una vampira casada?

Negué con la cabeza.

—No, no me refería a lo mejor para mí, sino a lo mejor para

ti. ¿En qué te facilitaría las cosas saber que estoy enamorada de ti, si de todos modos no iba a suponer diferencia alguna? ¿No te resultaría más fácil si no tuvieras ni idea?

Tomó la pregunta con la seriedad que yo pretendía y sopesó con cuidado sus palabras antes de responder.

—Es preferible saberlo —decidió finalmente—. Por si no te lo habías imaginado, siempre me pregunté si tu decisión habría sido diferente en el caso de que supieras que me querías. Ahora lo sé... Hice cuanto estuvo a mi alcance.

Se sumió en una respiración agitada y cerró los ojos.

Esta vez, no supe ni quise resistirme al impulso de consolarlo. Crucé la pequeña habitación y me arrodillé en el suelo a la altura de su cabeza, sin atreverme a tomar asiento en la cama por temor a moverla y provocarle algún dolor. Me incliné hasta tocarle la mejilla con mi frente.

Jacob suspiró, me pasó la mano por los cabellos y me mantuvo allí.

—Cuánto lo siento, Jake.

—Siempre fui consciente de que había pocas posibilidades. No es culpa tuya, Bella.

—Tú también; no, por favor —gemí.

Se distanció un poco para mirarme.

—¿Qué?

—Es culpa mía, y estoy hasta las narices de que todos me digan lo contrario.

Esbozó una sonrisa, pero la alegría no le llegó a los ojos.

—¿Qué? ¿Me quieres echar a los leones?

—En este momento, creo que sí.

Frunció los labios, como si ponderase hasta qué punto era así. Una sonrisa recorrió su rostro durante unos instantes y, luego, crispó la expresión en un gesto de pocos amigos.

—Es imperdonable que me devolvieras el beso de esa manera —me echó en cara—. Si lo único que pretendías era que regresara, quizá no deberías haberte mostrado tan convincente.

—Lo siento tanto —susurré mientras asentía con la cabeza y mostraba una mueca de dolor.

—Deberías haberme dicho que me largara, que muriera. Eso es lo que querías.

—No, Jacob —gimoteé mientras intentaba reprimir las lágrimas—. ¡No! ¡Jamás!

—¿No te habrás puesto a llorar? —inquirió con una voz que había recuperado su tono habitual.

Se retorció con impaciencia en la cama.

—Sí —murmuré, y me reí sin apenas fuerza, por lo que mis lágrimas se convirtieron en sollozos.

Osciló su peso sobre el lecho y bajó la pierna buena de la cama como si pretendiera ponerse en pie.

—¿Qué diablos haces? —pregunté mientras me sobreponía a los sollozos—. Túmbate, idiota, vas a hacerte daño.

Me levanté y empujé hacia abajo su hombro con ambas manos. Tras rendirse, se reclinó con un jadeo de dolor, pero me agarró por la cintura y me atrajo hacia el lecho, junto a su costado sano. Me acurruqué allí mientras intentaba sofocar aquel estúpido llanto sobre su piel caliente.

—No puedo creer que estés llorando —farfulló—. Sabes que he dicho lo que he dicho porque tú querías; no es lo que pienso en realidad —me acarició los hombros con la mano.

—Lo sé —inhalé hondo de forma entrecortada mientras intentaba controlarme. ¿Cómo me las arreglaba para ser siempre yo la que llorara y él quien me consolara?—. Aun así, sigue siendo cierto. Gracias por decirlo en voz alta.

—¿Sumo puntos por hacerte llorar?

—Claro, Jake —intenté sonreír—. Los que quieras.

—No te preocupes, cielo. Todo va a solucionarse.

—Pues no veo cómo —musité.

Me dio unas palmadas en la coronilla.

—Me voy a rendir, y seré bueno.

—¿Qué? ¿Más jueguitos? —le pregunté; ladeé la mejilla para verle el rostro.

—Quizá —necesitó de un pequeño esfuerzo para poder reírse, y luego hizo un gesto de dolor—. Pero voy a intentarlo.

Torcí el gesto.

—No seas tan pesimista —se quejó—. Dame un poco de crédito.

—¿A qué te refieres con «seré bueno»?

—Seré tu amigo, Bella —contestó en voz baja—. No voy a pedirte nada más.

—Creo que es demasiado tarde para eso, Jake. ¿Cómo vamos a ser amigos cuando nos amamos el uno al otro de este modo?

Miró al techo. Mantuvo la vista fija, como si tratara de leer algo en éste.

—Quizá podamos mantener una amistad a distancia.

Apreté los dientes, alegre de que no me mirara a la cara mientras intentaba controlar los sollozos que amenazaban con superarme. Debía ser fuerte y no tenía ni idea de cómo hacerlo...

—¿Conoces esa historia de la Biblia del rey y de las mujeres que se disputaban a un niño? —preguntó de pronto, como si continuara leyendo en el techo blanco.

—Claro, era el rey Salomón.

—Eso es, el rey Salomón —repitió—, y él habló de cortar en dos al bebé, pero era sólo una prueba para saber a quién debía confiar su custodia.

—Sí, me acuerdo.

Volvió a mirarme.

—No estoy dispuesto a dividirte en dos de nuevo, Bella.

Comprendí a qué se refería. Me estaba diciendo que él era quien más me amaba de los dos, y que su rendición lo demostraba. Quise defender a Edward y decirle que él haría lo mismo, si yo lo deseara, si yo se lo permitiera. Era yo quien no renunciaba a mi objetivo, pero no tenía sentido iniciar un debate que sólo iba a herirlo más.

Cerré los ojos, dispuesta a controlar el dolor para que Jake no cargara con él.

Permanecimos callados durante un momento. Él parecía esperar a que yo dijera algo y yo me devanaba los sesos para que se me ocurriera qué decir.

—¿Puedo decirte cuál es la peor parte? —preguntó, vacilante, al ver que yo no abría la boca—. ¿Te importa? Voy a ser bueno.

—¿Va a servir de algo? —susurré.

—Quizá, y no hará daño.

—En tal caso, ¿qué es lo peor?

—Lo peor de todo es saber que habría funcionado.

—Que quizá habría funcionado.

Suspiré.

—No —meneó la cabeza—. Estoy hecho a tu medida, Bella. Lo nuestro habría funcionado sin esfuerzo, habría sido tan fácil como respirar. Yo era el sendero natural por el que habría discurrido tu vida... —miró al vacío durante unos instantes y esperó—. Si el mundo fuera como debiera, si no hubiera monstruos, ni magia...

Entendía su punto de vista y sabía que tenía razón. Jacob y yo habríamos terminado juntos si el mundo fuera el lugar cuerdo que se suponía que debía ser. Habríamos sido felices. Él era mi alma gemela en aquel mundo, y lo habría seguido siendo si no se hubiera visto ensombrecido por algo más fuerte, algo demasiado fuerte que jamás habría existido en un mundo racional.

¿Habría algo así también para Jacob? ¿Algo que se impusiera a un alma gemela? Necesitaba creer que así era.

Dos futuros y dos almas gemelas, demasiado para una sola persona, y tan injusto que no iba a ser yo la única que pagara por ello. El tormento de Jacob parecía un alto precio. Me arrugué al pensar en ese precio. Me pregunté si no habría vacilado de no haber perdido ya a Edward en una ocasión y no haber sabido cómo era la vida sin él. No estaba segura, pero parecía que ese conocimiento formaba ya parte de la esencia de mi ser. No podía imaginar cómo me sentiría sin ello.

—Él es como una droga para ti —Jake habló con voz pausada y amable, sin atisbo de crítica—. Ahora veo que no eres capaz de vivir sin él. Es demasiado tarde, pero yo habría sido más saludable para ti: nada de drogas, sino el aire, el sol...

Las comisuras de mis labios se alzaron cuando esbocé una media sonrisa.

—Acostumbraba a pensar en ti de ese modo, ya sabes, como el sol, mi propio sol. Tu luz compensaba sobradamente mis sombras.

Él suspiró.

—Soy capaz de manejar las sombras, pero lo que no puedo hacer es luchar contra un eclipse.

Le toqué el rostro. Extendí la mano sobre su mejilla. Suspiró al sentir mi roce y cerró los ojos. Permaneció muy quieto. Durante un minuto pude escuchar el golpeteo lento y rítmico de su corazón.

—Dime, ¿cuál es la peor parte para ti? —susurró.

—Dudo que mencionarlo sea una buena idea.

—Por favor.

—Creo que no haría más que daño.

—Por favor.

¿Cómo podía negarle algo llegados a aquel extremo?

—La peor parte... —vacilé, y dejé que las palabras brotaran en un torrente de verdad—. La peor parte es que lo vi todo, vi nuestras vidas, y las quise con desesperación, lo quise todo, Jake. Deseaba quedarme aquí y no moverme. Deseaba amarte y hacerte feliz, pero no puedo, y eso me está matando. Es como Sam y Emily, Jake, jamás tuve elección. Siempre supe que las cosas no iban a cambiar. Quizá sea por esa razón por lo que he luchado contra ti con tanto ahínco.

Jacob parecía concentrado en seguir respirando con regularidad.

—Sabía que no debía decírtelo.

Él sacudió la cabeza despacio.

—No, me alegra que lo hicieras. Gracias —me besó en la coronilla y suspiró—. Ahora, seré bueno.

Alcé los ojos. Jake sonreía.

—Así que ahora vas a casarte, ¿no?

—No tenemos por qué hablar de eso.

—Me gustaría conocer algunos detalles. No sé cuándo volveré a verte de nuevo.

Tuve que esperar casi un minuto antes de recuperar el habla. Respondí a su pregunta cuando estuve casi segura de que no iba a fallarme la voz.

—En realidad, no es idea mía, pero sí, me voy a casar. Supongo que significa mucho para él. ¿Por qué no?

Jacob asintió.

—Es cierto. No parece gran cosa... en comparación.

Su voz era tranquila, la voz de alguien realista. Le observé fijamente; sentí curiosidad por saber cómo se las estaba arreglando, y lo estropeé. Sus ojos se encontraron con los míos durante unos segundos y, luego, giró la cabeza para desviar la mirada. No hablé hasta que se sosegó su respiración.

—Sí, en comparación —admití.

—¿Cuánto tiempo te queda?

—Eso depende de cuánto le lleve a Alice organizar la boda —contuve un gemido al imaginar lo que ella podría montar.

—¿Antes o después? —inquirió con voz suave.

Supe a qué se refería.

—Antes.

Él asintió. Debió suponer un alivio para él. Me pregunté cuántas noches le habría dejado sin dormir la idea de mi graduación.

—¿Estás asustada? —musitó.

—Sí —repliqué, también en un susurro.

—¿De qué tienes miedo?

Ahora, apenas podía oír su voz. Mantuvo la vista fija en mis manos.

—De muchas cosas —me esforcé en que mi voz sonara más desenfadada, pero no me aparté de la verdad—. Nunca he tenido una vena masoquista, por lo que no voy en busca del dolor. Y me gustaría que hubiera alguna forma de evitar que Edward estuviera conmigo para que no sufriera, pero dudo que la haya. Hay que tener en cuenta también el tema de Charlie y Renée, y luego, mucho después, espero que sea capaz de controlarme pronto. Quizá sea una amenaza tal que la manada deba quitarme de la circulación.

Él alzó los ojos con expresión de reproche.

—Le cortaré el tendón a cualquiera de mis hermanos que lo intente.

—Gracias.

Sonrió con poco entusiasmo y, luego, torció el gesto.

—Pero ¿no es más peligroso que eso? Todas las historias aseguran que resulta demasiado duro. Ellos podrían perder el control. Algunas personas mueren.

Tragó saliva.

—No, eso no me asusta, Jacob, tonto. ¿Acaso no sabes muy bien que no hay que creer en las historias de vampiros? —obviamente, no le vio la gracia al chiste—. Bueno, de todos modos, hay un montón de cosas por las que preocuparse, pero vale la pena al final.

Asintió a regañadientes, y supe que en eso no había forma de que estuviéramos de acuerdo.

Estiré el cuello para susurrarle al oído mientras mi mejilla rozaba su piel ardiente.

—Sabes que te quiero.

—Lo sé —musitó él mientras me sujetaba al instante por la cintura—. Y tú sabes cuánto me gustaría que eso fuera suficiente.

—Sí.

—Siempre estaré esperándote entre bastidores, Bella —me prometió mientras alegraba el tono de voz y aflojaba su abrazo. Me alejé con una sorda y profunda sensación de pérdida. Tuve la desgarradora certeza de que dejaba atrás una parte de mí, que se quedaba ahí, en la cama, a su lado—. Siempre vas a tener un recambio, si algún día lo quieres.

Hice un esfuerzo por sonreír.

—Hasta que mi corazón deje de latir.

Me devolvió la sonrisa.

—Bueno, quizá luego pueda aceptarte… Quizá… Supongo que eso depende de lo mal que huelas.

—¿Regreso a verte o prefieres que no lo haga?

—Lo consideraré y te responderé —contestó—. Quizá necesite compañía para no perder la razón. El excepcional cirujano vampiro me dice que no debo cambiar de fase hasta que me dé el alta... De lo contrario podría alterar la forma como me ha fijado los huesos.

Jacob hizo una mueca.

—Pórtate bien y haz lo que te ordene Carlisle. Te recuperarás más deprisa.

—Bueno, bueno.

—Me pregunto cuándo sucederá —mencioné—, cuándo te fijarás en la chica adecuada.

—No te hagas ilusiones, Bella —de pronto, la voz de Jacob se tornó ácida—. Aunque estoy seguro de que sería un gran alivio para ti.

—Tal vez sí, tal vez no. Lo más probable es que no la considere lo bastante buena para ti. Me pregunto si me pondré muy celosa.

—Esa parte podría ser divertida —admitió.

—Hazme saber si quieres que vuelva y aquí estaré —le prometí.

Volvió su mejilla hacia mí con un suspiro. Me incliné y lo besé suavemente en el rostro.

—Te quiero, Jacob.

Él rió despreocupado.

—Y yo más.

Me observó salir de su habitación con una expresión inescrutable en sus ojos negros.

Necesidades

No llegué muy lejos antes de darme cuenta de que era imposible seguir conduciendo.

Cuando ya no podía ver más, dejé que las ruedas se deslizaran sobre el arcén lleno de baches y reduje la velocidad hasta detenerme. Me derrumbé sobre el asiento y me dejé dominar por la debilidad que traté de controlar en la habitación de Jacob. Fue peor de lo que pensaba y tan fuerte que me tomó por sorpresa. Y sí, había hecho bien en ocultárselo a Jacob. Nadie debía saber esto jamás.

Pero no estuve sola durante mucho tiempo, sólo el necesario para que Alice me descubriera allí y los pocos minutos que tardó él en llegar. La puerta chirrió al abrirse y Edward me abrazó con fuerza.

Al principio fue peor, porque había una pequeña parte en mí, muy pequeña, pero que iba creciendo y enfadándose a cada minuto y gritaba por todo mi ser, que demandaba unos brazos distintos. Y esto fue una nueva fuente de culpa que sirvió para condimentar mi pena.

Él no dijo nada y me dejó sollozar, hasta que empecé a barbotar el nombre de Charlie.

—¿Estás preparada para volver a casa? ¿De veras? —me preguntó, dudoso.

Me las arreglé para convencerlo, después de varios intentos, con el argumento que iba a tardar un poco en sentirme bien.

Necesitaba llegar a casa de Charlie antes de que se hiciera tan tarde como para que telefoneara a Billy.

Así que me llevó a casa, por primera vez sin llegar al máximo de velocidad de mi auto y con su brazo firmemente apretado a mi alrededor. Intenté recobrar el control a lo largo de todo el camino. Pareció un esfuerzo inútil al principio, pero no me di por vencida. Me dije que era cuestión de unos pocos segundos —el tiempo justo para dar unas cuantas excusas o inventar unas cuantas mentiras— y entonces podría derrumbarme otra vez. Tenía que ser capaz de lograr al menos eso. Hice un intento desesperado por encontrar un poco de fuerza en alguna parte de mi cerebro.

Al final, hallé la suficiente para apagar los sollozos, o disminuir su fuerza al menos, aunque no pudiera acabar con ellos del todo. No hubo forma de detener las lágrimas. No encontré nada que me permitiera controlarlas.

—Espérame arriba —murmuré cuando llegamos a la puerta de la casa.

Me abrazó con más fuerza durante un minuto y se marchó.

Una vez dentro, me dirigí en línea recta hacia las escaleras.

—¿Bella? —me llamó Charlie, desde su lugar habitual en el sofá, cuando pasé de largo.

Me volví para mirarlo sin hablar. Se le salieron los ojos de las órbitas y se puso en pie de un salto.

—¿Qué pasó? ¿Está Jacob…? —inquirió.

Sacudí la cabeza con furia mientras intentaba hallar la voz.

—Está bien, está bien —le aseguré, en un tono bajo y hosco. Y en realidad, Jacob estaba bien físicamente, que era todo lo que de verdad le preocupaba a Charlie.

—Pero ¿qué pasó? —me tomó por los hombros, con los ojos aún dilatados y llenos de angustia—. ¿Qué te pasó a ti?

Debía de tener un aspecto mucho peor de lo que imaginaba.

—Nada, papá. Tuve… que hablar con Jacob sobre… algunas cosas un poco difíciles. Estoy bien.

Su ansiedad se calmó y fue sustituida por la desaprobación.

—¿Y éste era realmente el mejor momento? —me preguntó.

—Es probable que no, papá, pero no me dejó otra alternativa, simplemente había llegado el momento de elegir… Algunas veces no hay forma de llegar a un punto intermedio.

Sacudió la cabeza con lentitud.

—¿Cómo lo tomó? —no le contesté. Me miró a la cara durante un minuto y después asintió. Seguro que ésa era respuesta suficiente—. Espero que no eso no afecte su recuperación.

—Se cura rápido —masculló.

Charlie suspiró.

Sentí cómo iba perdiendo el control.

—Estaré en mi cuarto —le dije y sacudí los hombros para desprenderme de sus manos.

—Bueno —admitió Charlie. Se dio cuenta de que estaba controlando las ganas de llorar. Nada lo asustaba más que las lágrimas.

Hice todo el camino a ciegas hasta mi habitación y dando tumbos.

Una vez en el interior, luché con el cierre del cabestrillo; intenté soltarlo con los dedos temblorosos.

—No, Bella —susurró Edward mientras me tomaba las manos—. Esto es parte de quien eres.

Me empujó dentro de la cuna de sus brazos cuando los sollozos se liberaron de nuevo.

Ese día, que se me había hecho el más largo de mi vida, no hacía más que estirarse y volver a estirarse. Me preguntaba si alguna vez se acabaría.

Pero, aunque la noche, implacable, se me hizo larguísima también, no fue la peor de mi vida. Me consolé al pensar en eso, y además... no estaba sola. Y también encontraba muchísimo consuelo en ello.

Los estallidos emocionales aterraban a mi padre. El pánico lo mantuvo alejado de mi habitación y le coartó su deseo de ver cómo estaba, aunque no estuve tranquila y él, probablemente, no durmió mucho más que yo.

De una manera insoportable, esa noche vi con total claridad las cosas en perspectiva. Pude darme cuenta de todos los errores que había cometido y todos los detalles del daño infligido, tanto los grandes como los pequeños. Cada pena que le había causado a Jacob, cada herida que le había ocasionado a Edward, se apilaban en nítidos montones que no podía ignorar ni negar.

Y me di cuenta de que había estado equivocada todo el tiempo sobre los imanes. No era a Edward y a Jacob a los que había tratado de reunir, sino que eran aquellas dos partes de mí, la Bella de Edward y la de Jacob, pero juntas no podían coexistir y nunca debería haberlo intentado.

Con eso, sólo había conseguido causar mucho daño.

En algún momento de la noche recordé la promesa que me había hecho aquella mañana temprano, la de que nunca permitiría que Edward me volviera a ver derramar una lágrima más por Jacob Black. El pensamiento me provocó un ataque de histeria que asustó a Edward mucho más que los sollozos, pero pasó también, como lo demás, y todo siguió su curso.

Edward habló muy poco; se limitó a abrazarse a mí en la cama y me dejó que le estropeara la camiseta con mis lágrimas.

Necesité más lágrimas y más tiempo del que pensaba para purgar esta pequeña ruptura en mi interior. A pesar de todo, sucedió que al final estaba lo suficientemente exhausta como para quedarme dormida. La inconsciencia no supuso el total alivio del dolor, sólo un torpe descanso parecido al sopor, como si fuera una medicina que lo hizo más soportable; pero las cosas quedaron como estaban, y seguí consciente de ellas, incluso dormida, aunque me ayudó a formular una idea de lo que necesitaba hacer.

La mañana trajo con ella, si no una visión más alegre, al menos un cierto control, y un poco de resignación. De forma instintiva, comprendí que esta nueva desgarradura en mi corazón me dolería siempre, y se convertiría ahora en parte de mí misma. El tiempo lo curaría todo o, al menos, eso es lo que la gente suele decir, pero a mí no me preocupaba si el tiempo me curaba o no. Lo que importaba era que Jacob se recuperara y volviera a ser feliz.

No me sentí desorientada cuando me desperté. Abrí los ojos, secos por fin, y me topé con la mirada de Edward, llena de ansiedad.

—Hola —le dije. Tenía la voz ronca, así que me aclaré la garganta. Él no contestó. Me observó, esperando que comenzara de nuevo—. No, estoy bien —le aseguré—. No voy a empezar otra vez —entrecerró los ojos ante mi afirmación—. Siento que hayas tenido que presenciar esto —comenté—. No me parece justo para ti.

Puso las manos a cada lado de mi rostro.

—Bella, ¿estás segura de haber hecho la elección correcta? Nunca te he visto sufrir tanto... —se le quebró la voz en la última palabra.

Sí había conocido una pena mayor.

Le toqué los labios.

—Sí.

—No sé… —arrugó el entrecejo—. Si te duele tanto, ¿cómo puede ser esto lo mejor para ti?

—Edward, tengo claro sin quién no puedo vivir.

—Pero…

Sacudí la cabeza.

—No lo entiendes. Puede que tú seas lo suficientemente valiente o fuerte para vivir sin mí, si eso fuera lo mejor, pero yo nunca podría hacer ese sacrificio. Tengo que estar contigo. Es la única manera como puedo seguir viviendo.

Aún parecía poco convencido. No debería haber dejado que se quedara conmigo la noche anterior, pero lo necesitaba tanto…

—Acércame ese libro, ¿quieres? —le pedí, señalando por encima de su hombro.

Frunció las cejas, confundido, pero me lo dio con rapidez.

—¿Otra vez el mismo? —preguntó.

—Sólo quería encontrar esa parte que recordaba… para ver con qué palabras lo expresa ella… —pasé las páginas deprisa, y encontré con facilidad la que buscaba. Había doblado la esquina superior, ya que eran muchas las veces que había repetido su lectura—. Cathy es un monstruo, pero hay algunas cosas en las que tiene razón —murmuré, y leí las líneas en voz queda, en buena parte para mí—. «Si todo pereciera y él se salvara, yo podría seguir existiendo; y si todo lo demás permaneciera y él fuera aniquilado, el universo entero se convertiría en un desconocido totalmente extraño para mí» —asentí, otra vez para mí —. Comprendo a la perfección lo que ella quiere decir, y también sé sin la compañía de quién no puedo vivir.

Edward me arrebató el libro de las manos y lo lanzó limpiamente a través de la habitación. Aterrizó con un suave golpe sordo sobre mi escritorio. Posó los brazos alrededor de mi cintura.

Una pequeña sonrisa iluminó su rostro perfecto, aunque la preocupación aún se notaba en la frente.

—Heathcliff también tiene sus aciertos —comentó. Él no necesitaba el libro para saberse el texto a la perfección, me estrechó más aún entre sus brazos y me susurró al oído—. «¡No puedo vivir sin mi vida! ¡No puedo vivir sin mi alma!».

—Sí —le contesté en voz baja—. Ése es el tema.

—Bella, no puedo soportar que te sientas tan mal. Quizá…

—No, Edward. He convertido todo en un auténtico lío y voy a tener que vivir con ello, pero ya sé lo que quiero y lo que necesito… y lo que voy a hacer ahora.

—¿Y qué es lo que *vamos* a hacer ahora?

Sonreí un poco ante su corrección y después suspiré.

—Vamos a ver a Alice.

Alice estaba sentada en el primer escalón del porche, demasiado nerviosa para esperarnos dentro. Parecía a punto de comenzar un baile de celebración, y estaba muy excitada con las noticias que sabía que habíamos ido allí a comunicarlas.

—¡Gracias, Bella! —gritó en cuanto bajamos del auto.

—Tranquila, Alice —le advertí, levantando una mano para contener su júbilo—. Voy a ponerte unas cuantas condiciones.

—Ya lo sé, ya lo sé, ya lo sé. Tengo hasta el trece de agosto como fecha máxima. Tienes poder de veto en la lista de invitados y no puedo pasarme en nada o no volverás a hablarme jamás.

—Oh, bien. Está bien. Entonces, ya tienes claras las reglas.

—No te preocupes, Bella, todo será perfecto. ¿Quieres ver tu vestido?

Tuve que respirar varias veces seguidas. *Cualquier cosa que la haga feliz,* me dije.

—Claro.

La sonrisa de Alice estaba llena de orgullo.

—Este, Alice —comenté e intenté mostrar un tono de voz natural, sereno—, ¿cuándo me conseguiste el vestido?

Seguramente no fue una buena actuación. Edward me apretó la mano.

Alice encabezó la marcha hacia el interior y subió las escaleras.

—Estas cosas requieren su tiempo, Bella —explicó, aunque su tono era algo… evasivo—. Quiero decir que no estaba segura de que las cosas fueran a tomar este rumbo, pero había una clara posibilidad…

—¿Cuándo? —volví a preguntarle.

—Perrine Bruyere tiene lista de espera, ya sabes —me contestó ya a la defensiva—. Las obras maestras artesanales no se hacen en un día. Si no lo hubiera pensado con anticipación, ¡llevarías puesta cualquier cosa!

No parecía que fuera capaz de responder, ni siquiera por una sola vez.

—Pero… ¿quién?

—No es un diseñador de los importantes, Bella, así que no es necesario que te enojes, pero él me prometió que lo haría y está especializado en lo que necesito.

—No me estoy enojando.

—No, tienes razón —miró con suspicacia mi rostro en calma. Así que mientras entraba en su habitación, se volvió hacia Edward—. Tú… fuera.

—¿Por qué? —le pregunté.

—Bella —gruñó—. Ya conoces las reglas. Se supone que él no puede ver el vestido hasta el día del evento.

Volví a respirar profundamente.

—A mí eso no me importa, y sabes que ya lo ha visto en tu mente, pero si eso es lo quieres…

Empujó a Edward hacia la puerta. Él ni siquiera le dedicó una mirada, ya que no me perdía de vista, receloso, preocupado por dejarme sola. Yo asentí, y esperé que mi expresión fuera lo bastantemente tranquila como para darle seguridad.

Alice le cerró la puerta en la cara.

—¡Estupendo! —murmuró—. Vamos.

Me tomó de la muñeca y me arrastró hasta su armario, mayor que todo mi dormitorio, y después me haló hasta la esquina más lejana, donde una gran bolsa blanca ocupaba todo un perchero.

Abrió el cierre de la bolsa con un solo movimiento y después la retiró con cuidado de la percha. Dio un paso hacia atrás y alargó un brazo hacia ella como si fuera la presentadora de un programa de concurso.

—¿Y bien? —me preguntó casi sin aliento.

Yo lo observé durante un buen rato para hacerla enojar un poco. Su expresión se tornó preocupada.

—Ah —comenté, y sonreí, para que se relajara—. Ya veo.

—¿Qué te parece? —me exigió.

Era otra vez como mi visión de *Ana de las Tejas Verdes.*

—Es perfecto, claro. El más apropiado. Eres un genio.

Ella sonrió abiertamente.

—Ya lo sé.

—¿Mil novecientos dieciocho? —intenté adivinar.

—Más o menos —admitió ella—. En parte es diseño mío, la cola, el velo… —acarició el satén blanco mientras hablaba—. El encaje es de época, ¿te gusta?

—Es precioso. A él va a gustarle mucho.

—¿Y a ti te parece bien? —insistió ella.

—Sí, Alice, claro. Me parece que es justo lo que necesito. Y sé que harás un magnífico trabajo con todo, pero si pudieras controlarte un poquito…

Sonrió encantada.

—¿Puedo ver tu vestido? —le pregunté.

Ella parpadeó, con el rostro blanco.

—¿No pediste tu traje también? No quiero que mi dama de honor lleve puesto cualquier cosa —hice como si me estremeciera de espanto.

Me abrazó por la cintura.

—¡Gracias, Bella!

—¿Cómo no pudiste ver lo que se nos venía? —bromeé y besé su pelo erizado—. Pero ¡qué clase de psíquica eres tú!

Alice se retiró bailoteando, y su rostro se iluminó con entusiasmo renovado.

—¡Tengo tanto que hacer! Vete a jugar con Edward. Tengo que ponerme a trabajar.

Salió disparada fuera de la habitación y gritó «¡¡Esme!!» antes de desaparecer.

Yo la seguí a mi paso. Edward me esperaba en el vestíbulo, apoyado contra la pared revestida con paneles de madera.

—Eso estuvo muy bien de tu parte —me felicitó.

—Ella parece feliz —admití.

Me tocó la cara y examinó mi rostro con ojos sombríos, ya que había pasado mucho tiempo sin verme.

—Salgamos de aquí —sugirió de súbito—. Vámonos a nuestro prado.

La idea sonaba bastante atractiva.

—Espero no tener que esconderme más, ¿o sí?

—No. El peligro lo dejamos aquí.

Mientras corría, mantuvo una expresión serena, pensativa. El viento me azotaba la cara, más cálido ahora que la tormenta había cesado. Las nubes cubrían el cielo.

Ese día, el prado tenía un aspecto pacífico, el de un lugar

feliz. Matas de margaritas punteaban la hierba con una explosión de blanco y amarillo. Me tiré, sin hacer caso a la ligera humedad del suelo e intenté reconocer formas en las nubes. Parecían muy lisas, muy suaves. Sin figuras, sólo una manta suave y gris.

Edward se colocó a mi lado y me tomó de la mano.

—¿El trece de agosto? —me preguntó de forma casual después de un rato de silencio apacible.

—Eso es un mes antes de mi cumpleaños. No quiero que esté muy cerca.

Él suspiró.

—Esme es tres años mayor que Carlisle. ¿Lo sabías? —sacudí la cabeza—. Y eso no ha creado ninguna diferencia entre ellos.

Mi voz sonó serena, un contrapunto a su ansiedad.

—La edad no es lo que de verdad importa. Edward, estoy preparada. Escogí la vida que deseo y ahora quiero empezar a vivirla.

Me revolvió el pelo.

—¿Y el veto a la lista de invitados?

—La verdad es que no me importa, pero yo... —dudé, ya que no quería extenderme en la explicación, aunque era mejor terminar de una vez—. No estoy segura de si Alice se va a sentir obligada a invitar a unos cuantos licántropos. No sé si... a Jake le daría por... por querer venir. Bien por pensar que sería lo correcto, o porque creyera que heriría mis sentimientos de no hacerlo. Él no tiene por qué pasar por esto.

Edward se quedó quieto durante un minuto. Fijé la mirada en las puntas de las copas de los árboles, casi negras contra el gris claro del cielo.

De repente, Edward me tomó de la cintura y me colocó sobre su pecho.

—Dime por qué estás haciendo esto, Bella. ¿Por qué decidiste ahora darle carta blanca a Alice?

Le repetí la conversación que había tenido con Charlie la pasada noche, antes de ir a ver a Jacob.

—No sería correcto mantener a Charlie al margen de la boda —concluí—, y eso incluye a Renée y Phil. Por otro lado, también quería hacer feliz a Alice. Quizá haría que todo fuera más fácil para Charlie si pudiera despedirme de él de una forma apropiada. Incluso aunque piense que es demasiado pronto, no quiero escatimarle la oportunidad de acompañarme «en el pasillo de la iglesia» —hice una mueca ante las palabras y después inhalé un gran trago de aire—. Al menos, papá, mamá y mis amigos conocerán el mejor aspecto de mi elección, lo máximo que puedo compartir con ellos. Sabrán que te he escogido a ti y sabrán que estamos juntos. Sabrán también que soy feliz, esté donde esté. Creo que es lo mejor que puedo hacer por ellos.

Edward me sujetó el rostro entre sus manos y lo observó atentamente durante un buen rato.

—No hay trato —comentó de forma abrupta.

—¿Qué? —jadeé—. ¿Te estás arrepintiendo? ¡No!

—No me estoy arrepintiendo, Bella. Mantendré mi parte del acuerdo, pero quiero librarte del atolladero. Haz lo que quieras, sin sentirte atada por nada.

—¿Por qué?

—Bella, ya se lo que estás haciendo. Estás intentando hacer que todo el mundo sea feliz y no quiero que estés preocupada por los sentimientos de los demás. Necesito que tú seas feliz. No te inquietes por Alice, yo me ocuparé de eso. Te prometo que no te hará sentir culpable.

—Pero yo...

—No. Vamos a hacer esto a tu manera. A la mía no ha funcionado. Te llamé testaruda, pero mira cómo me comporto yo. Me he obstinado verdaderamente como un idiota a lo que consideraba mejor para ti, y sólo he conseguido herirte. Herirte muy hondo una y otra vez. Ya no confiaré más en mí. Sé feliz a tu manera, ya que yo siempre lo hago mal. Eso es lo que pasa —cambió firmemente de postura—. Vamos a hacer esto a tu manera, Bella, esta noche, hoy. Cuanto antes mejor. Hablaré con Carlisle. He pensando que quizá si te damos suficiente morfina no la pasarás tan mal. Vale la pena intentarlo —apretó los dientes.

—Edward, no...

Me puso un dedo en los labios para cerrarlos.

—No te preocupes, Bella, mi amor. No he olvidado el resto de tus peticiones.

Introdujo las manos en mi cabello y sus labios se movieron lenta, pero concienzudamente, contra los míos, antes de que supiera a qué estaba refiriéndose, y qué intentaba hacer.

No me quedaba mucho tiempo para reaccionar. Si esperaba un poco, no sería capaz de recordar por qué tenía que detenerlo. Ya no podía respirar bien. Aferré sus brazos con las manos, y me apreté más contra él, mi boca estaba pegada a la suya para contestar cualquier pregunta que pudiera hacerme.

Intenté aclarar mi mente, para encontrar una forma de hablar.

Se dio la vuelta lentamente y presioné contra la hierba fría.

¡Oh, vamos, qué importa!, se alegraba mi parte menos noble. Tenía la mente llena de la dulzura de su aliento.

No, no, no, discutía en mi interior. Sacudí la cabeza y su boca se deslizó hasta mi cuello; me dio una oportunidad para recobrar la respiración.

—No, Edward. Detente —mi voz era tan débil como mi voluntad.

—¿Por qué? —susurró en el hueco de mi garganta.

Intenté mostrar algún tipo de resolución en mi tono.

—No quiero que hagamos esto ahora.

—¿Ah, no? —preguntó, con una sonrisa que transparentaba en su voz. Puso sus labios otra vez sobre los míos y se me hizo imposible volver a hablar. El fuego corría por mis venas y me quemó donde mi piel tocaba la suya.

Me obligué a concentrarme. Me costó un esfuerzo enorme el simple hecho de liberar mis manos de su pelo, y trasladarlas a su pecho, pero lo hice. Y después lo empujé, en un intento de apartarlo. No podría haberlo conseguido sola, pero él respondió como sabía que haría.

Se irguió unos centímetros para mirarme. Sus ojos no ayudaron en nada a respaldar mi resolución; ardieron de pasión con un fuego negro.

—¿Por qué? —me preguntó otra vez, su voz baja y ronca—. Te amo. Te deseo justo ahora.

Las mariposas de mi estómago me inundaron la garganta, y él se aprovechó de mi incapacidad para hablar.

—Espera, espera —intenté musitar entre sus labios.

—No será por mí —murmuró despechado.

—¿Por favor? —jadeé.

Él gruñó y se apartó, para dejarse caer sobre su espalda de nuevo.

Nos quedamos allí echados durante un minuto e intentamos frenar el ritmo de nuestras respiraciones.

—Dime por qué no ahora, Bella —exigió él—. Y será mejor que no tenga nada que ver conmigo.

Todo en mi mundo tenía que ver con él. Vaya tontería esperar lo contrario.

—Edward, esto es muy importante para mí. Y quiero hacerlo bien.

—¿Y cuál es tu definición de «bien»?

—La mía.

Se dio la vuelta y se apoyó en el codo. Me miró fijamente, con una expresión de desaprobación.

—¿Y cómo piensas hacer esto bien?

Inhalé en profundidad.

—De forma responsable. Todo a su tiempo. No voy a dejar a Charlie y a Renée sin lo mejor que les pueda ofrecer. No voy a privar a Alice de su diversión, si de todas formas me voy a casar. Y me ataré a ti de todas las formas humanas que haya, antes de pedirte que me hagas inmortal. Quiero cumplir todas las reglas, Edward. Tu alma para mí es muy importante, demasiado importante para tomármela a la ligera. Y no me vas a hacer cambiar de opinión en esto.

—Te apuesto a que sí podría —murmuró, con los ojos llenos de fuego.

—Pero no lo harás —le repliqué e intenté mantener mi voz bajo control—, no si sabes que esto es lo que quiero de verdad.

—Eso no es jugar limpio —me acusó.

Le sonreí abiertamente.

—Nunca dije que lo haría.

Él me devolvió la sonrisa, con una cierta nostalgia.

—Si cambias de idea...

—Serás el primero en saberlo —le prometí.

Las nubes empezaron a dejar caer la lluvia justo en ese momento, unas cuantas gotas dispersas que sonaron con suaves golpes sordos cuando se estrellaron contra la hierba.

Fulminé al cielo con la mirada.

—Te llevaré a casa —me limpió las pequeñas gotitas de agua de las mejillas.

—La lluvia no es el problema —refunfuñé—. Esto sólo quiere decir que es el momento de hacer algo que va a ser muy desagradable e, incluso, peligroso de verdad —los ojos se le dilataron alarmados—. Es estupendo que estés hecho a prueba de balas —suspiré—. Voy a necesitar ese anillo. Ha llegado la hora de decírselo a Charlie.

Se rió ante la expresión dibujada en mi rostro.

—Peligroso de verdad —admitió. Se rió otra vez y luego buscó en el bolsillo de sus pantalones—. Pero al menos no hay necesidad de hacer una excursión.

Otra vez deslizó el anillo en su lugar, en el tercer dedo de mi mano izquierda, donde probablemente estaría… durante toda la eternidad.

Epílogo
Elección

JACOB BLACK

—¿Jacob, cuánto crees que te va a llevar esto? —inquirió Leah, impaciente y quejosa.

Apreté los dientes con fuerza.

Como todo el mundo en la manada, Leah se sabía la historia completa. Conocía la razón por la que había venido aquí, al fin del mundo, de la tierra, el cielo y el mar. Para estar solo. Y ella sabía que eso era lo que yo quería: simplemente estar solo.

Pero Leah me iba a obligar a soportar su compañía, como fuera.

Aunque estaba muy enojado, me sentí lleno de autocomplacencia durante un buen rato. Ya no tenía que pensar siquiera en controlar mi temperamento. Ahora era fácil, algo que me salía porque sí, con naturalidad. Ya no lo veía todo rojo ni sentía esa explosión de calor que me bajara por la columna. Por eso le contesté con voz calmada.

—Tírate por el acantilado, Leah —y señalé el precipicio que se extendía a mis pies.

—Seguro, muchacho —ella me ignoró y se desparramó en el suelo a mi lado—. No tienes ni idea de lo duro que me resulta esto.

—¿A ti? —necesité casi un minuto para aceptar que lo decía

en serio—. Debes de ser la persona más ególatra del mundo, Leah. Odio tener que hacer pedazos ese mundo de ilusiones en el que vives; ése en el que el sol orbita alrededor del sitio donde estás, así que no te voy a contar lo poco que me preocupa tu problema. Vete lejos.

—Sólo míralo desde mi punto de vista por un minuto, ¿sí? —continuó, como si no le hubiera dicho nada.

Si lo hacía para cambiarme el estado de ánimo, funcionaba. Empecé a reír, aunque el sonido se volvió extrañamente doloroso.

—Para esas carcajadas y presta atención —me interrumpió con brusquedad.

—Si finjo que te escucho, ¿te largarás? —pregunté y eché un ojo a su permanente cara de pocos amigos. No estaba seguro de haberle visto alguna vez otra expresión.

Recordé cuando solía pensar que Leah era guapa, incluso hermosa. De eso hacía ya mucho tiempo. Ahora, nadie pensaba en ella de esa manera, excepto Sam. Él nunca se perdonaría, como si fuera culpa suya que se hubiera convertido en esa arpía avinagrada.

Su ceño se cerró más aún, como si adivinara lo que estaba pensando. Probablemente era así.

—Esto me está enfermando, Jacob. ¿Es que no te puedes imaginar por lo que estoy pasando? Ni siquiera me gusta Bella Swan. Y me tienes lamentándome por esta amante de sanguijuelas como si yo también estuviera enamorada de ella. ¿No te das cuenta de que es algo que me hace sentir muy confusa? ¡Anoche soñé que la besaba! ¡Qué demonios se supone que tengo que hacer con eso!

—¿Tiene que importarme?

—¡No puedo soportar más estar en tu cabeza! ¡Termina con

esto de una vez! Ella se va a casar con esa «cosa». ¡Va a intentar convertirse en uno de ellos! Ya es hora de que te des cuenta, muchacho.

—¡Cállate! —rugí.

Devolverle el golpe sería una equivocación. Eso lo sabía y por ello me mordía la lengua, pero lo lamentaría de veras si no se marchaba ahora.

—En cualquier caso, probablemente él la matará —observó Leah, con aire despectivo—. Todas las historias insisten en que suele ocurrir. Quizás un funeral sería mejor final para esta historia que una boda. Ja...

Esta vez reaccioné. Cerré los ojos y luché contra el sabor cálido en mi lengua. Empujé y empujé contra el fuego que bajaba por mi espalda en un esfuerzo por mantener mi forma humana, mientras mi cuerpo intentaba justo lo contrario.

La fulminé con la mirada cuando conseguí controlarme de nuevo. Ella me miraba las manos mientras los temblores iban apagándose. Sonriente.

No se qué le vio.

—Si te agobia la confusión de sexos, Leah... —comenté, con lentitud para enfatizar cada palabra—. ¿Cómo crees que la pasamos los demás mirando a Sam a través de tus ojos? Ya es bastante desagradable que Emily tenga que soportar tu fijación. Tampoco ella necesita que los chicos andemos jadeando detrás de él.

Estaba enojado, sin embargo, sentí cierta culpabilidad cuando observé el espasmo de dolor que cruzó su rostro.

Saltó sobre sus pies, y se paró justo para escupir en mi dirección. Corrió hacia los árboles y vibró como un diapasón.

Me reí sombríamente.

—Te lo dije.

Sam me iba a regañar por esto, pero merecía la pena. Leah ya no me molestaría más. Y lo haría nuevamente si se me presentaba la oportunidad.

Porque sus palabras se habían quedado conmigo, grabadas en mi cerebro, y me hacían sufrir tanto que apenas podía respirar.

No me importaba demasiado que Bella hubiera escogido a otro. Esta agonía no tenía nada que ver con eso. Podía vivir con ese dolor por el resto de mi estúpida vida, forzada a ser demasiado larga.

Lo que sí me importaba era que lo iba a abandonar todo, que iba a dejar que su corazón se parara y su piel se helara y que su mente se retorciera para cristalizarse en la cabeza de un predador, un monstruo, un extraño.

Había pensado que no había nada peor que eso, nada más doloroso en todo el mundo.

Pero, si él la mataba…

Otra vez tuve que combatir la ira que me inundaba. Quizá, si no fuera por Leah, habría estado bien dejar que el calor me transformara en una criatura capaz de lidiar mejor con esto. Una criatura con instintos más fuertes que las emociones humanas. Un animal que no sentiría la pena del mismo modo. Un dolor diferente. Al menos, habría algo de variedad, pero Leah estaba corriendo ahora y yo no quería compartir sus pensamientos. La maldije entre dientes por cerrarme también esa vía de escape.

Me temblaban las manos a pesar de mis esfuerzos. ¿Qué era lo que las hacía temblar? ¿La ira? ¿La agonía? No estaba seguro de contra qué estaba luchando ahora.

Tenía que creer que Bella sobreviviría, pero eso requería confianza, una confianza que yo no deseaba sentir, confianza en la habilidad del chupasangre para mantenerla con vida.

Ella se convertiría en alguien distinto y me preguntaba cómo me afectaría eso. ¿Sentiría lo mismo que si muriera, cuando la viera allí, erguida como una piedra? ¿Como un trozo de hielo? ¿Y qué ocurriría cuando su olor me quemara la nariz y disparara mi instinto de romper y destruir..? ¿Cómo sería eso? ¿Querría matarla? ¿Podría llegar a desear no matar a uno de ellos?

Observé cómo las olas rodaban hacia la playa y desaparecían de mi vista bajo el borde del acantilado, pero allí las escuchaba batir contra la arena. Seguí contemplándolas hasta tarde, hasta mucho después del anochecer.

Seguro que sería mala idea volver a casa, pero tenía hambre y no se me ocurría ningún otro plan.

Me sentí enojado cuando volví a ponerme el cabestrillo y agarré las muletas. Ojalá Charlie no me hubiera visto aquel día ni hubiera difundido la historia de mi «accidente de moto». Estúpidos accesorios, los odiaba.

El apetito empezó a parecerme estupendo en el momento en que entré en la casa y le eché una ojo al rostro de mi padre. Algo le rondaba la cabeza. Lo tuve claro enseguida, ya que sobreactuaba y se movía con una naturalidad excesiva.

También se puso a hablar hasta por los codos y charloteó sobre el día, antes de que pudiera llegar a la mesa. Nunca parloteaba de este modo salvo que hubiera algo que no quisiera decir. Lo ignoré todo lo que pude y me concentré en la comida. Cuanto más rápido me lo tragara todo…

—…y Sue vino a visitarnos hoy —su voz sonaba alta, difícil de ignorar, como de costumbre—. Es extraordinaria, esa mujer es más dura que los osos pardos. De todos modos, no sé cómo consigue arreglárselas con la chica que tiene. La pobre, ya hubiera tenido lo suyo con un simple lobo, pero es que Leah además, come como una loba.

Se rió de su propio chiste.

Esperó un buen rato a ver si yo respondía, pero no pareció darse cuenta de mi expresión indiferente, de mortal aburrimiento. La mayoría de los días esto le molestaba. Quería que se callara ya respecto a Leah, estaba intentando no pensar más en ella.

—Seth es mucho más fácil de llevar. Claro, tú también eres más sencillo que tus hermanas, hasta que... bueno, tú tienes que vértelas con algo más que ellas.

Suspiré, un suspiro largo y profundo y miré hacia la ventana.

Billy se quedó callado durante un segundo que se me hizo un poco largo.

—Hoy llegó una carta.

Seguramente éste era el tema que había estado evitando hasta el momento.

—¿Una carta?

—Una... invitación de boda.

Se me contrajeron todos los músculos del cuerpo y una pizca de calor me bajó por la espalda. Me aferré a la mesa para mantener las manos quietas.

Billy continuó como si no se hubiera dado cuenta.

—Hay una nota dentro que está dirigida a ti. No la he leído.

Sacó un grueso sobre de color marfil de donde lo tenía guardado, entre la pierna y el brazo de su silla de ruedas. Lo dejó en la mesa.

—A lo mejor no deberías leerlo. En realidad, no importa lo que diga.

Estúpida psicología de pacotilla. Tomé el sobre de la mesa.

Era un papel grueso, rígido. Caro. Demasiado elegante para Forks. La tarjeta que iba dentro era formal. Bella no había intervenido en eso. No había ningún rastro de su gusto en las hojas de papel transparente, como pétalos impresos. Apostaría, incluso, a que a ella ni siquiera le gustaba. No leí las palabras, ni siquiera la fecha. No me importaba.

Había un trozo de grueso papel marfil doblado en dos, con mi nombre escrito en tinta negra en la parte posterior. No reconocí la letra manuscrita, pero era tan cursi como todo lo demás. Durante medio segundo, me pregunté si el chupasangre lo hacía para presumir.

Lo abrí.

Jacob:

Sé que rompo las reglas al enviarte esto. Ella tenía miedo de herirte, y no quería que te sintieras en modo alguno obligado, pero sé que si las cosas hubieran salido de otra manera, yo habría deseado tener la posibilidad de elegir.

Te prometo que cuidaré de ella, Jacob. Gracias, por ella y por todo.

Edward

—Jake, sólo tenemos esta mesa —comentó Billy y miró hacia mi mano izquierda.

Tenía los dedos tan apretados contra ella que comenzaba a estar en serio peligro. Los solté uno por uno, y me concentré en esa única acción. Luego junté las manos para evitar el riesgo de romper algo más.

—Bueno, de todas formas no importa —masculló Billy.

Me levanté de la mesa, y encogí los hombros para sacarme la camiseta. Esperaba que, a estas horas, Leah ya estuviera en casa.

—Aún no es demasiado tarde —murmuró Billy cuando abrí la puerta de un empujón.

Estaba corriendo antes de llegar a los árboles; dejé a mis espaldas una hilera de ropas como si fueran migas de pan, igual que las dejaría si quisiera volver a encontrar el camino a casa. Ahora era muy fácil entrar en fase. No tenía que pensar, porque mi cuerpo ya sabía lo que había y me daba lo que deseaba antes de pedírselo.

Ahora tenía cuatro patas y volaba.

Los árboles se desdibujaron en un mar oscuro que fluía a mi alrededor. Mis músculos se contraían y distendían casi sin esfuerzo aparente. Podría correr así durante días sin llegar a cansarme. Quizás esta vez no pararía.

Pero no estaba solo.

Cuánto lo siento, susurró Embry en mi mente.

Podía ver a través de sus ojos. Se hallaba muy al norte, pero se había dado la vuelta y aceleraba para reunirse conmigo. Gruñí y alcancé más velocidad.

Espéranos, se quejó Quil. Él se encontraba más cerca, justo a la salida del pueblo.

Me dejan solo, les rugí.

Podía sentir su preocupación en mi cabeza, pese a que intentaba sofocarla entre los sonidos del viento y el bosque. Esto era lo que más odiaba de todo: verme a través de sus ojos, peor aún ahora, que estaban llenos de compasión. Ellos también vieron mi rechazo, pero continuaron persiguiéndome.

Una voz nueva sonó en mi cabeza.

Dejen que se marche. El pensamiento de Sam era dulce, pero al fin y al cabo seguía siendo una orden. Embry y Quil frenaron hasta alcanzar un ritmo de paseo.

Ojalá pudiera dejar de oírlos, dejar de ver a través de sus ojos. Tenía la cabeza llena de cosas, pero la única manera de evitarlo y volver a estar solo, era regresar a mi forma humana y entonces no podría soportar el dolor.

Salgan de la fase, les ordenó Sam. *Embry, voy a recogerte.*

Primero una y, luego, otra, ambas conciencias se desvanecieron silenciosamente. Sólo quedó Sam.

Gracias, me forcé a pensar.

Vuelve cuando puedas. Las palabras sonaban débiles y desaparecían en el vacío oscuro cuando él también se marchó. Ahora estaba solo.

Mucho mejor: ahora podía oír el ligero crujido de las hojas húmedas bajo mis pezuñas, el susurro de las alas de un búho sobre mi cabeza, el océano, allá muy lejos, hacia el oeste, con su gemido al chocar contra la costa. Escuchaba esto, pero nada más. No sentía más que la velocidad, nada más que el empuje del músculo, los tendones y el hueso, que trabajaban juntos en armonía, mientras los kilómetros desaparecían bajo mis patas.

Si el silencio en mi mente permanecía, nunca volvería atrás. Sería el primero en escoger esta forma frente a la otra. Quizá no tendría que volver a escuchar jamás si corría lo suficiente.

Moví las patas con más rapidez y dejé que Jacob Black desapareciera a mis espaldas.

Agradecimientos

Sería una ingrata si no les agradeciera su apoyo a las muchas personas que me han ayudado a sobrevivir al pacto de otra novela:

Mis padres han sido mi roca; no sé cómo se las arregla la gente para pasar sin el buen consejo de un padre y el hombro de una madre en el cual llorar.

Mi marido y mis hijos han sido de lo más sufrido, cualquiera me habría mandado a un manicomio hace mucho tiempo. Gracias por no hacerlo, chicos.

Mi Elizabeth —Elizabeth Eulberg, una publicista extraordinaria— ha sido mi asidero para no perder la cordura, tanto dentro como fuera de la carretera. Poca gente tiene la suerte de poder trabajar tan estrechamente con sus mejores amigas, y les estaré eternamente agradecida a las chicas del Medio Oeste por su sana afición a comer queso.

Jodi Reamer continúa guiando mi carrera con genio y diplomacia. Es un magnífico consuelo saber que estoy en tan buenas manos.

También es una maravilla poder poner mis manuscritos en las manos adecuadas. Gracias a Rebecca Davis por haber sintonizado tanto con la historia que hay en mi cabeza y ayudarme a encontrar los mejores modos de expresarla. Gracias a Megan Tingley, primero, por su fe inquebrantable en mi trabajo y, segundo, por pulirlo hasta que brillara.

A toda la gente de *Little, Brown and Company Books for Young Readers*, que han cuidado de forma tan asombrosa mis creaciones. Tengo que decir que sé que pusieron todo su amor, y lo aprecio más de lo que parece. Gracias, Chris Murphy, Shawn Foster, Andrew Smith, Stephanie Voros, Gail Doobinin, Tina McIntyre, Ames O'Neill, y muchos otros que han convertido la serie *Crepúsculo* en un éxito.

No me puedo creer lo afortunada que soy por haber descubierto a Lori Joffs, que no sé cómo se las arregla para ser una lectora tan rápida como meticulosa. Siento verdadera emoción por tener una amiga y cómplice tan perspicaz, llena de talento y paciente con mis quejas.

De nuevo a Lori Joffs junto con Laura Cristiano, Michaela Child y Ted Joffs, por crear y mantener la estrella más brillante del universo, *Crepúsculo* en Internet, el Twilight Lexicon. Aprecio de veras el trabajo tan duro que realizaron para construir un espacio agradable para que puedan acudir allí mis seguidores. Gracias también a mis amigos internacionales en *www.crepúsculo-es.com* por un sitio tan sorprendente que trasciende la barrera del idioma. Gracias también a Brittany Gardener, por su maravilloso trabajo en el Twilight and New Moon by Stephenie Meyer MySpace Group, un sitio para los fanáticos tan grande que la idea de mantenerlo al día me deja anonadada; Brittany, me sorprendes. A Katie y Audrey por Bella Penombra, un sitio lleno de belleza; y a Heather, por Nexus rocks. No puedo mencionar aquí todos los sitios maravillosos que hay y sus creadores, pero muchísimas gracias a todos y cada uno de ustedes.

Muchas gracias a mis lectores no profesionales, Laura Cristiano, Michelle Vieira, Bridget Creviston, y Kimberlee Peterson, por sus inestimables aportaciones, por su entusiasmo y sus ánimos.

Todos los escritores necesitan una librería independiente y amiga; me siento agradecida a *Changing Hands Bookstore*, mis seguidores en mi ciudad natal de Tempe, Arizona y, especialmente, a Faith Hochhalter, por su brillante gusto literario.

Estoy en deuda con los dioses del *rock* de Muse, por otro de sus inspiradores álbumes. Gracias por continuar creando mi música favorita. También me siento agradecida a todas las otras bandas de mi *playlist* (lista de reproducción) que me han ayudado en mis bloqueos de escritora y a mis nuevos descubrimientos: "Ok Go", "Gomez", "Placebo", "Blue October" y "Jack's Mannequin".

Y por encima de todo, un gracias descomunal a todos mis fanáticos. Estoy firmemente convencida de que son los más atractivos, inteligentes, fascinantes y entregados de todo el mundo. Me gustaría poder darles a cada uno un gran abrazo y un Porsche 911 Turbo.

Si quieres vivir intensamente la historia de amor entre Edward y Bella...

¡¡entra y participa!!

www.comunidadcrepusculo.es
www.alfaguarainfantilyjuvenil.com/crepusculo
www.crepusculo-es.com

Descubrirás todas las novedades, muchas sorpresas y un espacio en el que puedes conocer a muchos amig@s y admirador@s de *Crepúsculo*, *Luna Nueva* y *Eclipse*.